Anna McPartlin wurde 1972 in Dublin geboren und verbrachte dort ihre frühe Kindheit. Wegen einer Krankheit in ihrer engsten Familie zog sie als Teenager nach Kerry, wo Onkel und Tante sie als Pflegekind aufnahmen. Nach der Schule studierte Anna ziemlich widerwillig Marketing. Nebenbei stand sie auch als Comedienne auf der Bühne, doch ihre wahre Liebe galt dem Schreiben, das sie bald zum Beruf machte. Bei der künstlerischen Arbeit lernte sie ihren späteren Ehemann Donal kennen. Mit ihm lebt sie heute in Dublin.

Bereits ihr Debüt «Weil du bei mir bist» war international ein Bestseller. Mit dem Roman «Die letzten Tage von Rabbit Hayes», in dem Anna McPartlin viel von ihrer eigenen Vergangenheit verarbeitet hat, rührte und begeisterte sie unzählige Leserinnen und Leser und landete einen Riesenerfolg.

ANNA MCPARTLIN

Für immer Rabbit Hayes

ROMAN

Aus dem Englischen
von Sabine Längsfeld
und Katharina Naumann

Rowohlt Taschenbuch Verlag

Deutsche Erstausgabe

Veröffentlicht im Rowohlt Taschenbuch Verlag, Hamburg, Juli 2019

Redaktion Elisabeth Mahler
Umschlaggestaltung ZERO Werbeagentur, München
Umschlagabbildung belindaroberts/gettyimages;
jvillustrations/shutterstock
Gesamtherstellung CPI books GmbH, Leck, Germany
ISBN 978 3 499 27224 0

Prolog

Draußen sangen die Vögel. Drinnen, in dem kleinen, überfüllten, leicht stickigen Hospizzimmer hielt Molly Hayes die Hand ihrer Tochter. Licht fiel durch das gegenüberliegende Fenster und schmerzte in ihren müden Augen. Trotz der überwältigenden Erschöpfung blieb sie wach und betrachtete mit weit geöffneten Augen ihr einst so wunderschönes Kind, das jetzt ein bis zur Unkenntlichkeit aufgedunsenes, jämmerliches Wesen war und um jeden Atemzug rang. Um sie herum verteilt lag und saß der Rest von Mollys Familie. Ihr Mann Jack saß ganz aufrecht auf einem Stuhl, das Kinn auf die Brust gelegt und mit gefalteten Händen. Hin und wieder ruckte sein Kopf hoch, wie bei einem völlig erschöpften Mann, der im Zug schläft. Seine langen, rollenden Schnarcher bildeten den Soundtrack für Rabbits Abgang. Mollys Sohn Davey saß gegen die Wand gelehnt am Boden, seine Schwester Grace nutzte seine Schulter als hartes Kissen. Ihr Atem ging im Gegensatz zu dem ihrer sterbenden Schwester langsam und regelmäßig.

Rabbits beste Freundin Marjorie lag auf dem Boden. Sie hatte die Jacke zusammengerollt und sie sich unter den Kopf gelegt, um nicht auf dem kalten Fliesenboden liegen zu müssen. Sie machte kaum ein Geräusch, eigentlich gar keins.

Äußerlich wirkte Molly ganz ruhig. Sie wusste, dass der Tod kurz bevorstand. Ihr war vollkommen klar, dass Rabbit jetzt jede Sekunde gehen konnte und niemals zurückkommen würde. *Ich hab dich lieb, Rabbit. Ich hab dich so lieb. Hörst du, Rabbit? Deine Mammy hat dich lieb.*

Dann, wie aus dem Nichts, fand Rabbit noch einmal Kraft. Sie packte die Hand ihrer Mutter, und Molly hätte sich vor Schreck fast in die Hose gemacht.

Molly sprang auf. «So ein verdammter Scheißdreck», murmelte sie, legte sich die Hand aufs Herz und überlegte kurz, ob ihre Jüngste sie wohl mit sich nehmen wollte. Als sich ihr Herzschlag wieder halbwegs beruhigt hatte, stützte sie sich aufs Bett und beugte sich über ihre sterbende Tochter. «Rabbit?», flüsterte sie. «Bist du noch bei mir, Schätzchen?»

«Ich muss den Wagen kriegen, Ma», antwortete Rabbit. Molly spürte, wie ihr Herz in tausend Stücke barst. *Das war's.*

Ihre Augen füllten sich mit Tränen, die Nase schwoll zu, in den Ohren brummte es, die Kehle brannte. «Gute Reise, Rabbit», sagte sie. Einen Moment später löste sich der Griff ihres Kindes, und sie war fort.

Molly saß ganz still da, sie weinte nicht oder schrie, sie weckte nicht einmal ihre Familie. Sie drückte nicht auf den Knopf, um die Krankenschwestern zu holen, ging nicht in den Flur, um es dem Ersten zu sagen, der vorbeikam. Stattdessen saß sie ganz still da. Draußen auf dem Fensterbrett zwitscherte ein Vogel. Drinnen, direkt unter diesem Fenster, summte die Heizung. Eine Spinne krabbelte über die Scheibe, um dann auf die Wand zu springen. Molly setzte sich ganz aufrecht hin, Kopf und Rückgrat genau in einer Linie, und streichelte den Kopf ihrer Tochter. Im zarten Alter von vierzig Jahren war Rabbit Hayes gestorben. Mollys jüngstes und mutigstes Kind war tot. Ihre Beine bewegten sich nicht mehr, kein Muskel regte sich. Molly konzentrierte sich darauf, Rabbits Hand zu halten, wartete darauf, dass sie kalt und steif wurde.

Die Uhr an der Wand hatte 5:23 Uhr morgens gezeigt, als Rabbit davon gesprochen hatte, dass sie den Wagen kriegen müsse. Molly wiederholte *5:23 Uhr* immer und immer wieder in ihrem Kopf. Es war wichtig, sich an den Zeitpunkt des Todes und an das Datum zu erinnern. 28. April 2014. Oh, und das Wetter. Sie wusste, dass Rabbit das Wetter wichtig gewesen wäre. Es war warm und hell, aber trotzdem fiel ein beinahe unmerklicher diffuser Nieselregen.

Davey war der Erste, der erwachte. Er spürte sofort, dass Rabbit fort war. Er setzte sich langsam auf und sah seine erstarrte Mutter an.

Aber Molly war woanders. Er stupste Grace an, die aufschreckte.

«Ich bin wach, holt euch eure Brotdosen», rief sie, wischte sich dann abwesend den Sabber vom Kinn und blinzelte, um wieder scharf zu sehen... Erst jetzt dämmerte es ihr: *Verdammt, ich bin gar nicht zu Hause. Das hier ist kein normaler Tag.* Und im selben Moment sah sie Rabbits Leiche, ganz klar und deutlich. *Oh nein.*

«Sie ist tot», sagte Davey, und Grace sprang auf und brach sofort in Tränen aus. «Oh nein, Rabbit!» Es war merkwürdig, weil sie es weder glauben noch akzeptieren konnte, obwohl Rabbit seit langem vom Krebs zerfressen und über Tage gestorben war. Es schien ihr völlig unmöglich. Jetzt lag da ein Stein, wo ein Mensch gewesen war, nein, mehr als ein Mensch, ihre Schwester und Freundin. «Oh nein.» Sie weinte und kämpfte mit dem Rotz, der sich in ihrer Nase bildete.

Marjorie, Rabbits beste Freundin auf der ganzen Welt, setzte sich auf und lehnte sich mit schnurgeradem Rücken gegen die Wand. Heiße Tränen strömten ihr aus den aufgerissenen Augen.

Jack kam nur langsam wieder zu sich. Er hörte den Tod seiner Tochter, bevor er ihn sah. Er stand auf, strich sich die Kleider glatt und ging zu seiner Frau. Er legte ihr die Hand auf die Schulter. Sie war so still und ruhig – wahrscheinlich so still und ruhig, wie sie in den ganzen fünfzig Jahren noch niemals gewesen war, seit er sie kannte und liebte. Dann beugte er sich vor und nahm Rabbit in die Arme.

«Um Himmels willen, beweg sie nicht», quiekte Grace.

Er hielt Rabbit ganz fest und küsste sie aufs Ohr. «Keine Schmerzen mehr», sagte er, und seine Tränen flossen ungebremst. «Wenigstens für dich nicht, mein kleines Mädchen.» Er streckte die Hand nach Molly aus, und sie griff danach. «Ich kann dich nicht auch noch verlieren, Molly», sagte er, ohne Rabbit loszulassen. «Lass mich jetzt bloß nicht allein», warnte er, und Molly nickte. «Aber nur unter der Bedingung, dass du aufhörst, deinen verdammten Rotz an ihre Leiche zu schmieren, Jack», sagte sie, und er ließ Rabbit los. Molly strich die zerknautschte und zerzauste Rabbit wieder glatt.

«Du verlässt mich nicht auch noch, Molly, oder?», setzte er nach. Das hatte ihn die ganze Zeit beschäftigt, seit seine Frau vor zwei Tagen mit Herzproblemen ins Krankenhaus gemusst hatte, nachdem sie Rabbit im Hospiz besucht hatte. Der einzige Grund, dass sie nicht selbst in einem Krankenhausbett lag, war, dass sie an der Seite ihrer Tochter sein musste.

«Wie könnte ich? Du wärst doch ohne mich völlig aufgeschmissen», sagte sie, lächelte ihn an und zwinkerte ihm zu, damit er wusste, dass sie trotz eines toten Kindes und ihrer unzuverlässigen Pumpe auf keinen Fall irgendwo anders hingehen würde. Aber rückblickend war sie gedanklich und emotional schon fort.

TEIL EINS

Tag X

Davey

Eine Stunde nach dem Tod seiner Schwester verließ Davey völlig traumatisiert das Hospiz, stieg in sein Auto und fuhr zu ihr nach Hause, wo seine Freundin Mabel auf ihn wartete. Sie war die Tourmanagerin der amerikanischen Countrysängerin Casey und außerdem ihre Frau. Davey hatte Caseys Tournee neun Tage früher verlassen, als der Anruf gekommen war, dass Rabbit in ein Hospiz verlegt werden würde. Er hatte sofort gewusst, dass das das Ende war – anders als seine verrückten Eltern, die immer noch, bis zur letzten Sekunde, nach einem Heilmittel und/oder einem Wunder gesucht hatten.

Casey hatte ihn in seinem Entschluss unterstützt, die Tour abzubrechen. Davey war mehr als nur ihr Schlagzeuger, er war ihr engster Freund, und das schon seit vielen Jahren. Casey kannte seine ganze Familie. Sie litt mit ihm, der Verlust von Rabbit war niederschmetternd. Aber sie befand sich nun mal auf Tournee. Sie hatte Verpflichtungen. Ganze Stadien voller Menschen wollten unterhalten werden. Sie konnte nicht an der Seite ihres besten Freundes sein, also hatte sie ihm das Zweitbeste geschickt, was sie hatte: die Mutter ihrer Kinder. Bevor Mabel zu Davey nach Irland kam, hatte sie ihm einen Flug organisiert. Casey hatte ihm versichert, dass sie auch ohne ihn irgendwie zurechtkommen würde und dass sein Drum-Techniker sich blind mit seinem Schlagzeug auskannte.

«Gewöhn dich bloß nicht zu sehr an ihn», hatte er gesagt.

«Auf keinen Fall», hatte sie erwidert. Das war tröstlich, denn vor neun Tagen war sein Job als Caseys Drummer noch alles gewesen, was er hatte. Mabel hatte ihre Kinder in einem Tourbus zurückgelassen, damit sie während Caseys Abwesenheit bei Davey sein konnte.

Davey hatte gute Freunde, er besaß ein starkes Netzwerk in Nashville, was einer der Gründe war, weshalb er gegen seine Familie angekämpft und seine Schwester bekniet hatte, ihm die Chance zu geben, deren zwölfjährige Tochter aufzuziehen. Es war weder sein Plan noch seine Absicht gewesen, sich als Vormund vorzuschlagen, aber im Laufe der acht langen Tage und Nächte, in denen er seiner Schwester beim Sterben zugesehen und den Diskussionen zugehört hatte, wer in der Lage wäre, für Juliet zu sorgen, hatte er plötzlich gedacht: Warum eigentlich nicht ich? Seine Eltern waren zu alt, und seine Schwester hatte bereits vier Jungs, mit denen sie in einem winzigen Haus lebte. Warum also nicht er, der Typ mit mehr Geld als Verstand, ohne Frau, ohne Kinder und mit einem riesigen Loch in seinem Leben, das es zu füllen galt?

Jedenfalls hatte Juliet ihn ausgewählt. Sie hatten schon immer eine ganz besonders enge Beziehung zueinander gehabt, obwohl sie so weit voneinander entfernt gelebt hatten. Sie wusste, dass er genügend Platz in seinem Haus und in seinem Herzen für sie hatte. Was sie allerdings nicht wusste, war, wie impulsiv, selbstsüchtig, verkorkst und planlos er war. In ihren letzten Tagen hatte Rabbit zugestimmt, ihre Tochter an Davey zu übergeben. Der Rest der Familie hatte sich ziemlich darüber aufgeregt, aber sie war unerschütterlich gewesen. «Liebe sie einfach, Davey, mehr braucht der Mensch nicht.» Aber natürlich hatte der Krebs da schon auf ihr Gehirn übergegriffen. *Was hab ich mir nur dabei gedacht? Was hat sie sich dabei gedacht? Selbst mit Krebs im Gehirn war unsere Rabbit doch zu klug, um sich auf so was einzulassen. Oh Gott, die anderen haben total recht, ich bin ein Großmaul! Was hab ich bloß getan?*

Er ging durch die Tür, unrasiert, hungrig, aber ihm war schlecht, und er war zu traurig, um etwas herunterzubringen. Mabel reichte ihm eine Tasse schwarzen Kaffee. Der Geruch reichte schon, um ihm Kopfschmerzen zu bereiten. Er musste unbedingt duschen und die Kleider ausziehen, die nach Desinfektionsmittel und Tod rochen. Also stellte sie ihm die Dusche an und legte ihm Handtücher hin, dann führte sie ihn ins Badezimmer, weil er aus Versehen gegen eine Wand gelaufen war, als ob sein GPS nicht mehr richtig funktionierte. Sie sagte, dass alles wieder gut werden würde, und strich ihm übers Haar, als wäre er ein Kind und sie seine Mutter. Sie schob ihn durch die Badezimmertür und ließ ihn vollständig angezogen vor einer donnernden Dusche stehen, die das Zimmer mit heißem Wasserdampf füllte. Eine Weile stand er nur da und sah zu, wie das Wasser auf die Fliesen prasselte, und noch länger stand er unter der Dusche, ertrank dabei, körperlich und emotional.

Als er völlig durchweicht und eher noch elender als erfrischt darunter hervortrat, hörte er, wie Mabel am Telefon mit Casey sprach. «Es ist schlimm», sagte sie. «Echt schlimm.»

Sie hatte recht. Genau das war es. Er schaute in den Spiegel. Man sah ihm den Schmerz an, er war in neun Tagen um zehn Jahre gealtert. Er war vierundvierzig und sah immer noch gut aus, wie man es von einem verwöhnten Musiker erwarten konnte, aber jetzt war er völlig erschöpft.

Er fürchtete sich davor, Juliet vom Tod ihrer Mutter erzählen zu müssen. Er wollte sie nicht aufwecken. Solange sie schlief, war ihre Mutter für sie noch am Leben. Also saß er schweigend neben Mabel und wartete darauf, dass das Kind aufwachte, dass er ihre Schritte im Stockwerk über ihnen hörte, das Trappeln, wenn sie eilig zum Badezimmer lief, das Schließen der Tür und das Öffnen, Juliets Füße auf der Treppe, das Knarren der letzten Stufe. Er spürte, wie Mabel ganz steif wurde. Von seinem Stuhl aus hatte er die Küchentür im Blick.

Juliet kam herein. Sie trug einen Pyjama mit roten Sternchen darauf; ihr langes braunes Haar war frisch gebürstet und fiel ihr über den Rücken. Sie sah exakt so aus wie ihre Mutter in dem Alter, abgesehen von der Hornbrille und dem abgeklebten Auge, die Rabbit so viele Jahre lang hatte tragen müssen. Sie starrte ihren geduschten, aber völlig derangierten Onkel an, der neben seiner Tourneemanagerin saß, der hochgewachsenen, kakaobraunen, glatzköpfigen, imposanten Rock-and-Roll-Mabel. Beide standen ganz offensichtlich völlig neben sich und gaben sich alle Mühe, ihre Gefühle in den Griff zu bekommen.

«Oh», flüsterte sie.

«Es tut mir so leid, Bunny», sagte er. Er stand auf, aber sie wich automatisch einen Schritt zurück.

«Okay», sagte sie und verschränkte die Arme, fast, als wollte sie sich selbst umarmen. «Ist okay», sagte sie. Er kam auf sie zu, um sie in den Arm zu nehmen, aber sie wich immer weiter zurück. Sie wollte nicht berührt werden. Er verstand sofort.

«Ich bin da», sagte er und meinte es genau so, obwohl er gleichzeitig den Drang verspürte zu fliehen.

Sie setzte sich ganz still an den Tisch, weinte nicht. Sie fieselte an dem Ei herum, das Mabel für sie gekocht hatte, und bat nach ein paar Minuten, wieder gehen zu dürfen.

«Natürlich, Bunny», sagte er. «Natürlich.»

Sie schob ihren Stuhl zurück. «Nenn mich nicht Bunny», sagte sie. «Rabbit ist tot. Ich bin nicht mehr ihr Häschen.»

Mabel wandte sich ab und konzentrierte sich auf den Herd, wobei sie sich über den rasierten Kopf strich, was sie nur tat, wenn sie Angst hatte, unter Stress stand oder völlig überwältigt war. Davey bemerkte, dass Juliet Mabels Glatze anstarrte, wenn auch nur ein, zwei Sekunden lang. Anders als Rabbits war Mabels Kahlheit ihre freie Entscheidung. Sie war eine gesunde, fitte Frau in der Blüte ihrer Jahre. Trotz ihrer Beklommenheit sah sie stark und wild aus und strotzte nur so vor Lebendigkeit. Davey fragte sich, ob das Kind wohl gerade an den grauen, weichen, schorfigen, wunden Schädel ihrer sterbenden Mutter dachte. Er legte sich die Hände auf die Schläfen. Eine Migräne kündigte sich an.

Juliet lief die Treppe hoch, sie nahm immer zwei Stufen auf einmal, ging direkt ins Zimmer ihrer Mutter, wickelte sich in deren Bettdecke ein und schlief mit Rabbits Kissen in den Armen bis zum späten Nachmittag. Und Davey? Er saß die ganze Zeit nur auf dem Stuhl in der Küche seiner toten Schwester und fragte sich, was zum Teufel er jetzt tun sollte.

Du wirst eine Menge Fehler machen, und das macht überhaupt nichts, solange sie sich geliebt fühlt. Mehr braucht man nicht, sagte Rabbit in seinem Kopf.

«Ich hab dich lieb», brüllte Davey die Treppe hinauf.

Ach, Rabbit, was zum Teufel haben wir nur getan?

Grace

Grace steckte den Schlüssel ins Schloss und öffnete die Tür. Ihr Mann Lenny und ihre fünf Jungs saßen allesamt auf der Treppe und warteten schon auf sie. Sie hatte aus dem Auto angerufen.

«Sie ist tot.» Mehr brachte sie nicht hervor.

Lenny kam auf sie zu und nahm sie in die Arme. «Es tut mir so leid, Gracie», sagte er.

«Danke», erwiderte sie.

«Tut mir leid, Ma», sagte ihr Ältester Stephen. Der Achtzehnjährige ging schon aufs College und würde dort vermutlich scheitern. Lenny trat zur Seite, damit Stephen seine Mutter umarmen konnte.

Als Nächster kam der sechzehnjährige Bernard. «Ich hab dich lieb, Ma», sagte er. Bernard war sportverrückt. Er lebte praktisch auf dem Spielfeld, liebte seine Mammy über alles und stand dazu. Wenn andere Kinder deswegen über ihn lachten, dann war ihm das egal. Bernard war, was seine Granny Molly einen Schatz nannte.

«Ich weiß, mein Sohn. Ich hab dich auch lieb», sagte sie.

Der vierzehnjährige Ryan, der hinter seinem Bruder stand, umarmte seine Mutter nicht, sondern musterte sie nur. «Du siehst scheiße aus, Ma», stellte er fest. Das war nicht grausam, sondern nur ehrlich. Ryan war Graces Problemkind, er neigte dazu, Grenzen zu übertreten. Er hatte seinen Mitschülern schon Handys gestohlen, sie an einen chinesischen Handyshop verkauft, an der Börse gezockt – und sich dabei als finanzielles Genie erwiesen. Als er schließlich erwischt wurde, konnte er allen geprellten Kindern genug Geld zurückgeben, dass sie sich neue Handys kaufen konnten. Dann drehte er eine Entschuldigungsrunde durch die Schule, wobei er den Krebs seiner Tante Rabbit als Grund für sein Fehlverhalten anführte. *Der kleine Scheißer.* Er kam damit durch, aber Grace beobachtete ihn seitdem mit Argusaugen. «Ich könnte dir ein Bad einlassen?», bot er an, aber sie schüttelte nur den Kopf.

«Nein, danke, Sohn. Ich bin so müde, dass ich vermutlich dabei ertrinken würde.» Lenny verschwand in der Küche, und sie hörte, wie er den Kessel aufsetzte und anfing zu kochen.

«Hatte sie Angst, Ma?», fragte Bernard.

«Nein, mein Schatz.»

«Woher weißt du das?», fragte Ryan.

«Ich weiß es eben.»

Der neunjährige Jeffrey, Graces jüngster Sohn, saß auf den Stufen und trug einen viel zu engen Trainingsanzug. Grace setzte sich neben ihn.

«Alles okay mit dir?», fragte sie.

«Ich hätte auf Wiedersehen sagen sollen», sagte er.

«Du warst dort, und das ist genug.»

«Ich bin ein Baby», erwiderte er.

«Nein, bist du nicht.»

«Ryan sagt das auch.»

«Ryan, nenn deinen Bruder nicht Baby.»

«Fürs Protokoll: Ich habe ihn ein speckiges, heulendes Buddha-Baby genannt», sagte Ryan, und Grace war zu erschöpft, um ihn zurechtzuweisen.

«Hör nicht auf ihn, Jeff, du machst das alles prima.»

«Ich habe vier Pfund abgenommen, Ma», sagte Jeffrey.

«Ich bin auch sehr stolz auf dich.»

Als der Arzt Übergewicht bei ihrem jüngsten Sohn diagnostiziert und die Befürchtung geäußert hatte, er könne Diabetes entwickeln, war sie völlig schockiert gewesen. Wie hatte sie das zulassen können? Diabetes? Das Kind war noch nicht einmal zehn Jahre alt. Sie hatte sich selbst dafür gehasst. *Ich werde das rückgängig machen.* Jeffreys Leben hatte sich an diesem Tag von Grund auf geändert. Seitdem musste er regelmäßig Sport machen, durfte nur noch Wasser trinken und Gemüse essen – er hasste jede einzelne Sekunde seines neuen Lebens. Dennoch gab er sein Bestes, hauptsächlich deshalb, weil er aus irgendeinem Grund Angst hatte, seine Beine zu verlieren. Grace war eben keine sehr feinfühlige Person.

«Willst du so krank werden wie deine Tante Rabbit?», fragte sie, wenn er seinen Salat nicht essen wollte.

«Sie hat Krebs, Ma.»

«Diabetes ist noch viel schlimmer.»

«Was? Auf keinen Fall. Nichts ist schlimmer als Krebs.»

«Wir können ja noch mal darüber reden, wenn du auf zwei Beinstümpfen durch die Gegend humpelst.»

Also jammerte Jeffrey zwar über seine neue Diät, war aber auch sehr entschlossen. *Vier Pfund abgenommen, Rabbit.*

Grace war schon immer und immer noch eine wilde Schönheit, üppig und bildhübsch, aber sie hatte, seit sie denken konnte, die Neigung, schnell zuzunehmen, und musste auf ihr Gewicht achten. Rabbit dagegen war hochgewachsen und schlank gewesen. Sie konnte immer alles essen, ohne zuzunehmen. Grace hatte immer gesagt, Rabbit hätte eben das ganze Glück abbekommen, aber das war vor dem Krebs gewesen. Jetzt saß Grace auf der Treppe und umarmte ihren Jüngsten. Ryan versuchte, sich an ihnen vorbeizudrängen.

«Aus dem Weg, Fetti.»

Grace stand auf, um ihn durchzulassen. «Hör auf damit, Ryan, bitte.»

Sobald sie sich umdrehte, zeigte Ryan Jeffrey den Mittelfinger.

«Zeig deinem Bruder nicht den Stinkefinger», sagte Lenny, der in diesem Moment aus der Küche trat.

Grace half Jeff auf. «Hast du noch was auf dem Herzen, mein Kleiner?», fragte sie.

«Ja.»

«Was?»

«Ich bin am Verhungern.»

«Eier zum Frühstück», sagte Lenny.

«Ich muss mich hinlegen», sagte sie.

«Ja, geh du nur ins Bett, Liebling. Ich wecke dich in ein paar Stunden wieder», sagte Lenny und küsste sie auf die Wange. Sie schaute in seine freundlichen Augen und strich eine Strähne aus seinem schönen Gesicht. Er flüsterte: «Ich liebe dich» und folgte seinem hungrigen Sohn.

«Eier sind eklig», rief Jeffrey aus der Küche.

«Eier sind proteinreich», entgegnete sie.

Sie bemerkte einen Stapel ungeöffneter Briefe, die sich im Laufe der letzten Woche angesammelt hatten. Sie stieg die Treppe hoch und sah sie dabei zerstreut durch: hauptsächlich Rechnungen, ein Katalog von einem Reiseunternehmen, mit dem sie vor zehn Jahren einmal in die Ferien gefahren waren, und noch alles Mögliche andere. Als sie die Tür zur ihrem Schlafzimmer öffnete, fiel ein kleiner weißer Umschlag zu Boden. Die Adresse war mit Hand daraufgekritzelt, und er trug keinen Firmenstempel. Sie öffnete den Umschlag in der Erwartung, irgendeine Einladung oder vielleicht eine Beileidskarte von einem Nachbarn zu finden, der gehört hatte, dass Rabbit im Sterben lag. *Tot. Jetzt ist sie tot.* Sie schloss die Tür ihres Schlafzimmers und merkte erst dann, dass die Karte vom St.-James-Krankenhaus war, wo sie vor ein paar Wochen hatte testen lassen, ob sie eine erbliche Vorbelastung für Brustkrebs hatte. Ihr Herz begann zu rasen, der Puls trommelte in ihrer Halsschlagader und an ihren Handgelenken. Ihre Hände waren schweißnass, die Knie weich, und sie sah plötzlich nur noch verschwommen, die Worte schienen vom Papier zu gleiten. Sie war positiv getestet worden, sie besaß das BRCA-2-Gen. Das Gen hatte eine lange Seriennummer. *Hat diese Nummer Rabbit getötet?* Im Brief stand außerdem, dass sie jetzt ins Hochrisiko-Register aufgenommen worden sei. Man riet ihr, einen Beratungstermin zu vereinbaren. Ihre Knie gaben langsam nach, und sie ließ sich auf den Fußboden sinken, wo sie sich zu einem Ball zusammenrollte und sich die Augen ausweinte.

Grace hatte lange geschwankt, den Test zu machen, seit ihre Schwester vor vier Jahren die Diagnose bekommen hatte. Sie hatte mit ihrer Mutter darüber gesprochen. Aber natürlich hatte Molly nicht darüber reden wollen und es für eine furchtbare Idee gehalten: «Wenn man nach Problemen sucht, findet man auch welche.»

«Aber Rabbit hat Krebs, Ma.»

«Ich habe keinen Krebs und bin schon in den Siebzigern. Rabbit hatte einfach Pech.»

«Rabbit hat das Gen.»

«Weil sie verdammt noch mal Pech hatte.»

«Ja, aber woher kommt das Pech?», fragte Grace. «Glaubst du, dass der Krebs Nanna Mulveys Herzstillstand verursacht hat?»

«Mach dich nicht lächerlich, von Krebs bekommt man doch keinen Herzinfarkt.»

«Was, wenn sie Krebs hatte und es nur nicht wusste?»

«Krebs ist kaum zu übersehen, Liebes.»

«Woran ist denn ihre Schwester gestorben?», fragte Grace. Molly konnte sich nicht daran erinnern. Sie war vor Mollys Geburt gestorben, und Mollys Mutter sprach nicht gern über sie.

«Wie alt war sie, als sie starb?»

«Ich weiß nicht, zwanzig oder so», antwortete Molly.

«Mist. Vielleicht war es Krebs.»

«Ich glaube, es war Polio.»

«Ist das das mit der Eisernen Lunge?»

«Nein, das ist Tuberkulose, die hatte dein Großonkel Maurice, wobei es sein kann, dass Nanna auch ein bisschen TB hatte, das grassierte damals ziemlich.»

«Also haben Kinderlähmung und ein bisschen Tuberkulose sie getötet?»

«Wer weiß, mein Liebling. Wenn sie auch nur ein bisschen so war wie meine Mutter, dann war es vermutlich der Kummer, der sie schließlich umgebracht hat.»

«Gut», sagte Grace. «Also kein Krebs von deiner Seite?»

«Kein Krebs», bekräftigte Molly.

«Was ist mit Dads Mutter?»

Molly wandte sich ab und ging zum Ausguss, um dort geräuschvoll mit den Pfannen zu klappern und mit Wasser herumzuspritzen. Aber Grace ließ sich nicht abschrecken.

«Ma?», sagte sie, nahm sich ein Küchenhandtuch und machte sich bereit, eine saubere Pfanne in Empfang zu nehmen.

«Damals hat man das nicht so genannt. Man hat überhaupt nicht viel geredet, schon gar nicht über Krankheit und Tod, und dein Dad war damals noch ein Kind», sagte Molly.

«Krebs?», fragte Grace.

«Sein Vater wollte nichts sagen, daher konnten wir es nur vermuten.»

Grace wurde es ganz schwer ums Herz.

«Wie alt war sie?», fragte sie.

«Anfang dreißig, glaube ich», antwortete Molly.

«Also liegt der Krebs in der Familie.»

«Da können wir nicht sicher sein, außerdem bist du schon älter als die beiden, als sie die Diagnose erhalten haben.»

«Aber so funktioniert das nicht, Ma!», wandte Grace ein.

«Na, dein Dad hat doch auch keinen Krebs, oder?»

«Nein, Ma, hat er nicht, aber darum geht es auch nicht.»

«Du hast das Gen nicht, Grace, und jetzt will ich nichts mehr davon hören.» Damit war das Gespräch beendet gewesen.

Grace hatte diesen Gedanken ins hinterste Kämmerchen ihres Bewusstseins geschoben, wo er geblieben war und immer weiter an ihr genagt hatte, genau wie der Krebs an ihrer Schwester fraß. Aber als klar war, dass Rabbit nicht mehr geheilt werden würde, hatte Grace beschlossen, die Sache dennoch anzugehen. Sie hatte mit niemandem darüber gesprochen – es war besser, die Sache für sich zu behalten. Wenn das Ergebnis negativ wäre, gäbe es ohnehin keinen Grund mehr. Die Warteliste war lang gewesen, und es hatte über ein Jahr gedauert, bis sie den Beratungstermin bekommen hatte, und als sie endlich einen hatte, hatte sie ernsthaft überlegt, ob sie hingehen sollte. Aber nach sechs Wochen innerer Quälerei war Grace zu dem Schluss gekommen, dass sie keine andere Wahl hatte, als den Test machen zu lassen. Sie hatte all ihren

Mut zusammengenommen und war durch jene Tür gegangen, während sie sich selbst zu beruhigen versucht hatte: *Vermutlich ist alles gut.*

Nur dass nicht alles gut war. Rabbit war tot, und sie trug das Gen in sich. Sie steckte in den Wechseljahren und hatte das Gen. Sie hatte vier Jungs, der Jüngste war erst knapp zehn, und sie hatte das Gen. Sie hatte nichts von all den Dingen getan, die sie hatte tun wollen, zum Beispiel ein Flugzeug zu fliegen oder auf einen Berg zu klettern oder sich einen Job zu suchen, der sie mit Leidenschaft erfüllte, und dann hatte sie noch dieses beschissene, verdammte Kack-Gen. Zwei geschlagene Stunden lang lag sie auf dem Fußboden des Schlafzimmers, völlig verstört. Als sie hörte, wie Lenny die Stufen hinaufkam, rappelte sie sich auf und versteckte sich im Badezimmer. Sie ließ das Wasser laufen und wusch sich das tränenverschmierte Gesicht.

Lenny steckte den Kopf durch die Tür.

«Hast du etwas geschlafen, Schatz?», fragte er.

«Ja», log sie. Er drehte sie an der Schulter zu sich herum, um sie anzusehen. Dann legte er ihr die Hand auf die Stirn.

«Ryan hat recht, du siehst scheiße aus.»

Ich habe das Gen.

«Hoffentlich brütest du nichts aus.»

Ich habe das Gen.

«Meine Schwester ist gerade gestorben.»

Ich habe das Gen.

«Ich weiß, Schatz», sagte er, nahm sie in die Arme und drückte sie an sich.

Ich habe das Gen.

«Soll ich dir was zu essen machen?»

Ich habe das Gen.

«Danke, Lenny.»

«Du bist doch bestimmt kurz vorm Verhungern.»

«Nein, mir geht es prima.»

Ich habe das Gen.

Er küsste sie auf die Wange.

«Ich weiß, dass das ein abgenutzter Spruch ist, aber alles wird gut», sagte er.

«Ich weiß», log sie.

Nur dass ich das Gen habe.

Marjorie

Marjorie schlang die Arme um sich, weil sie so sehr zitterte. Sie saß auf dem kalten Betonboden. Sie war ganz betäubt, ihr war übel, und ihr tat von Kopf bis Fuß alles weh. Sie fragte sich, ob ihre Schmerzen wohl im Entferntesten Ähnlichkeit mit dem Leid hatten, das ihre beste Freundin während ihres vier Jahre andauernden Kampfes gegen den Krebs hatte ertragen müssen. *Wie hat sie das nur geschafft? Wie konnte sie weitermachen? Ich kann ja kaum noch atmen.* Sie bekam kein Essen herunter, sogar bei Wasser musste sie würgen. Es brannte regelrecht im Hals. Eine Frau ging an ihr vorbei, sah sie an und blieb stehen.

«Alles in Ordnung mit Ihnen? Hatten Sie einen Unfall?»

«Nein.»

«Sicher? Sie sehen aus, als hätte man Sie verprügelt.»

«Nein.»

Die Frau ging weiter, und Marjorie zog einen kleinen Taschenspiegel hervor. *JESUS, MARIA UND JOSEPH!* Das

Haar der normalerweise hübschen, entzückenden, adretten, anmutigen, blonden, lockenköpfigen Marjorie Shaw klebte platt an einer Seite, weil sie auf ihrer Jacke auf dem Boden geschlafen hatte. Ihre Mascara war auf der Wange verschmiert, obwohl sie angeblich wasserfest war. Vielleicht hingen genau deshalb schwarze Krümelchen davon in ihrem Gesicht. Der Lidschatten war verwischt, die Lider ganz rot und geschwollen vom ständigen Reiben. Sie hatte sich auf die Lippe gebissen, sodass auch die geschwollen und komisch lila aussah. Die für gewöhnlich gepflegte Kleidung, in der sie geschlafen hatte, war völlig zerknittert. Auf ihrem weißen Kragen prangte ein Kaffeefleck; sie roch nach kaltem Schweiß und hatte einen säuerlichen Geschmack im Mund. Sie wusste nicht mehr, warum sie hierhergekommen war, sie war einfach aus dem Hospiz gerannt und hatte einen Bus mit einer vertrauten Nummer darauf gesehen. Sie war eingestiegen und bis zum Haus ihrer Mutter gefahren. Eine vollkommen sinnlose Aktion – Vera Shaw war der letzte Mensch auf Erden, der irgendjemandem Trost spendete, aber da war sie nun mal, starrte den perfekt gepflegten Garten ihrer Mutter und das beeindruckende Backsteinhaus im viktorianischen Stil an. Es war dunkel, aber dieses Haus wirkte immer dunkel. Das Auto ihrer Mutter parkte davor. Sie war also da. Vielleicht hatte sie sogar bemerkt, dass Marjorie eine halbe Stunde lang auf dem kalten Beton gegenüber gesessen hatte. Ihrer Mutter würde es gar nicht gefallen, sie in diesem Zustand zu sehen. Sie würde irgendeinen grausamen Kommentar abgeben. *Was zum Teufel tue ich hier?* Beim letzten Mal hatte das Gespräch im Streit geendet. Marjorie hatte einen schwierigen Höflichkeitsanruf gemacht, um ihre Mutter wissen zu lassen, dass ihr Exmann Neil ein Baby mit einer Frau namens Debbie bekam.

«Tja, das kommt davon, wenn man mit einem Trottel wie Davey Hayes schläft – dann bekommt dein Ehemann dein Baby eben mit einer anderen Frau.»

«Es ist nicht mein Baby, Mutter.»

«Jetzt wird es das auch niemals sein.»

Marjorie hatte mit dem Bruder ihrer besten Freundin geschlafen, als sie noch verheiratet gewesen war. Sie waren miteinander in ihrem Ehebett gelandet, als Davey vor zwei Jahren während der Ferien nach Irland heimgekommen war. Davey und sie teilten eine lange und schwierige Geschichte. Sie hatte ihre Jungfräulichkeit an Davey Hayes verloren, sie hatte ihn geliebt, seit sie Kinder waren, aber es hatte einfach keine Zukunft gehabt. Wenn sie nicht so unglücklich mit ihrem Mann gewesen wäre, hätte sie ihre Ehe niemals aufs Spiel gesetzt, aber so hatte sie es getan, und er hatte sie dabei erwischt, sie hinausgeworfen, und jetzt wohnte sie allein in einer Mietwohnung. Davey hatte sich dafür entschuldigt, ihr Leben zerstört zu haben, um dann einfach wieder nach Amerika abzuhauen und dort sein lächerliches Rock-and-Roll-Leben im Tourbus weiterzuleben. Sie hatte ihm vergeben, nicht nur, weil er Rabbits Bruder war, sondern auch, weil er eben Davey war. Die Hayes waren ihre Familie, und Molly Hayes war die Mutter, die sie nie gehabt hatte. Sie würde Davey immer vergeben.

«Und dieser verdammte Idiot will dich nicht mal, verdorbene Ware», hatte Vera gesagt, um dann fromm hinzuzusetzen: «Man erntet, was man sät.»

«Wer bist du, dass du mich verurteilst?», hatte Marjorie gefragt.

«Ich bin deine Mutter.»

«Du bist ein kaltherziges Miststück, aus dessen Vagina

ich das Pech hatte zu gleiten.» Nach den jahrelangen Beleidigungen durch ihre Mutter war Marjorie der Geduldsfaden gerissen, und sie hatte sie zurückbeleidigt. Es war das erste Mal gewesen, dass sie auch nur annähernd etwas in dieser Art zu ihr gesagt hatte, aber Rabbit hatte im Sterben gelegen, und sie war wütend und verletzt gewesen.

«Wenn du nur herausgeglitten wärst, Marjorie, sähe mein Leben ganz, ganz anders aus», hatte Vera versetzt und aufgelegt. Marjories Geburt war schwierig gewesen, und Veras mühsame Wehen hatten in einer Symphysiotomie geendet, bei der das Bindegewebe zwischen beiden Schambeinästen durchtrennt worden war, eine barbarische Methode, ein Kind aus einer Frau herauszuschneiden, die Vera Shaw lebenslanges Leid und Schmerzen beschert hatte.

Wenn das ihren Mann nicht fortgejagt hatte, so hatte es sicherlich dazu beigetragen, dass er sie verlassen hatte. Nachdem er jahrelang eine Lüge gelebt, fünf Tage auswärts gearbeitet und die Wochenenden verbarrikadiert in seinem Schlafzimmer verbracht hatte, hatte Marjories Vater endlich zugegeben, dass er eine Zweitfamilie in England unterhielt, zwei Jungen und ein Mädchen. Er hatte Vera noch in derselben Nacht verlassen, und sie hatte nie zu ihm oder seinem Nachwuchs Kontakt aufgenommen. Marjorie war damals sechzehn gewesen. Ihre Beziehung zu ihrer kalten, bitteren und zornigen Mutter war von Anfang an schwierig gewesen.

Ich muss verrückt geworden sein. Sie stand auf, klopfte sich die Kleider ab, und als sie ein Taxi heranwinkte, hätte sie schwören können, dass sich der Spitzenvorhang hinter den Fenstern im Haus ihrer Mutter bewegte.

In ihrer Wohnung ließ sie sich in ein Vollbad sinken und dachte eine Weile an gar nichts, lag nur ganz still im warmen

Wasser. Dann hielt sie die Luft an und ließ sich unter Wasser gleiten.

Rabbit, bist du da?

Ich bin hier.

Ich vermisse dich jetzt schon.

Na ja, wenn du die nächsten paar Sekunden nicht wieder anfängst zu atmen, wirst du mich nicht mehr lange vermissen.

Sie hielt es zwei Minuten aus, bis sie Luft holen musste, dann kam sie prustend hoch, rang gurgelnd nach Luft, und die kalte Luft im Badezimmer verursachte ihr eine Gänsehaut. Der Schmerz in ihrem Herzen war so scharf, als hätte man sie aufgespießt. *Ich will dich sehen, ich will dich anfassen! Rabbit?* Als sie sich die Zähne geputzt hatte und ihr Haar wieder weich und glänzend war, blieb der Schmerz dennoch. Selbst als sie sich die abgestandene Luft und die Spuren des Todes aus jeder Pore geschrubbt hatte, selbst als sie Feuchtigkeitscreme um die Augen und schützenden Balsam auf die aufgesprungenen Lippen aufgetragen hatte, selbst da hielt der Schmerz an. Sie wusste, was es war; sie wusste, das war die Qual des Verlustes, und so fand sie ein wenig Trost in ihrem Elend. Der Schmerz brachte ihr Rabbit irgendwie näher. Sie wischte den beschlagenen Spiegel sauber und sah eine Frau, die wie jemand anderes aussah. Und genau so fühlte sie sich auch – wie jemand anderes. Marjorie ohne Rabbit war jemand anderes.

«Wer bist du jetzt, Marjorie Shaw?», fragte sie.

Ihr Spiegelbild wusste darauf keine Antwort.

Jack

Jack war zum Zeitpunkt des Todes seiner jüngsten Tochter siebenundsiebzig Jahre alt. Er hatte bis dahin ein langes und glückliches Leben geführt. Es war voller Verluste und Sorgen und hin und wieder sogar Angst, aber seine Entscheidungen waren immer gut genug gewesen, sodass er heiter und mit Stolz zurückblicken konnte. Direkt nach Rabbits Tod war Jack hinaus in den Flur geschlüpft, vor allen anderen. Sie war tot, und er hielt es keine weitere Sekunde mehr in diesem Zimmer aus. Er saß im Garten auf einer feuchten Bank, derselben, auf der er gestern schon gesessen hatte, als sie noch am Leben gewesen war. *Wie seltsam,* dachte er.

Er erinnerte sich genau an Rabbits Geburt auf dem Vorplatz einer Autowerkstatt, an seine schreiende Frau und an den Autohändler, der beinahe sein Mittagessen wieder von sich gegeben hätte. Jack dagegen war genau dort, wo die Musik spielte, sozusagen, und redete die ganze Zeit voller Panik davon, dass alle sich beruhigen müssten. Dem kleinen Köpfchen, das sich in den unteren Regionen seiner Frau zeigte, rief er zu: «Na komm schon, Kleines, die Welt wartet auf dich.» Einen Moment lang war das Köpfchen wieder fort, und im nächsten, so plötzlich und unglaublich, lag Rabbit in seinen Armen, brüllte mit zusammengekniffenen Augen und geballten Fäustchen wie am Spieß, bereit zum Angriff. Und sie griff an. Bei Gott, sie griff wahrhaftig an. Dann, an jenem Morgen, an dem sie ihren letzten Kampf focht, war sie im einen Moment noch da und im nächsten fort. Ihre Geburt war so voller Freude, ihr Tod so voller Traurigkeit gewesen, und doch war beides ganz natürlich gewesen.

Daddy hat dich lieb, Rabbit. Daddy wird dich jeden einzelnen Tag vermissen, bis er dich irgendwo wiedersieht, oder, wenn du recht hast und es kein Leben nach dem Tod gibt, dann sieht Daddy dich im Abgrund wieder. Meine Rabbit.

Wenn Jack traurig war, blieb er am liebsten allein. Es ging dabei gar nicht darum, sich zu verstecken, zumal jeder ohnehin immer wusste, wo er war – er war dann einfach nicht verfügbar. Ein unsichtbares Zeichen erschien, auf dem stand «Bin kurz Mittagessen». Zumindest drückte Molly das gern so aus.

«Wo ist mein Dad?», fragte eins der Kinder.

«Kurz mittagessen», antwortete sie dann.

«Was ist denn mit ihm los?»

«Ach, wer weiß, lassen wir den alten Kerl einfach in Ruhe.»

Er fand immer eine Aufgabe, mit der er sich die Leute vom Hals halten konnte, wenn er «mittagessen» war. Er las dann ein Buch oder ordnete seine alten Alben, oder er riss eine Wand ein oder baute einen Schuppen. In Letzterem baute er dann Modellschiffe in Glasflaschen oder malte Tonfiguren an, ganz egal, Hauptsache allein.

Als Molly und er wieder nach Hause kamen, zog sie ihre Schuhe aus und setzte sich an den Küchentisch, um den riesigen Stapel mit Mappen durchzusehen, den sie mit Versuchsreihen gefüllt hatten, die Rabbit vielleicht als Testperson akzeptieren würden. Es war idiotisch. Rabbits Onkologe hatte sie ordentlich zurechtgestutzt: «Die werden Ihr Geld nehmen und ihr die letzten schönen Tage. Sie stirbt», hatte er gesagt. Jetzt war sie tot, und die Mappen stapelten sich noch immer auf dem Küchentisch der Hayes.

Jack konnte es nicht mehr ertragen, seine Frau so dasitzen und ins Leere starren zu sehen. Er benutzte Rabbits Kinderfotos als Entschuldigung, hinauf in den Dachboden zu schleichen. Er zog die Leiter herunter, schaltete das Dachbodenlicht ein, kramte in den Kisten herum und fand etwas Überraschendes: seine eigenen Tagebücher von den 40ern bis Mitte der 90er Jahre, als er einfach mit dem Schreiben aufgehört hatte. Warum, wusste er nicht mehr. Da waren sie alle, und dort auf diesen Seiten würde er auch Rabbit finden, Jahr um Jahr. In seinen Tagebüchern lebte Rabbit weiter. Er nahm eine der Kisten und setzte sich in den Sitzsack, öffnete eins der Bücher und las. *Da bist du ja, mein Liebling.*

Hi, Dad.

Ich lese gerade von der Zeit, in der du vier Jahre alt warst und wie ein Hund gebellt hast, wenn der Postbote an der Tür geklingelt hat. Erinnerst du dich?

Er hat mir die Briefe immer in den Mund gesteckt, meinen Kopf getätschelt und mich Rover genannt, hörte er sie sagen.

Genau, Liebling. Er kicherte leise in sich hinein.

Bis halb vier an diesem Morgen war Jack Hayes offiziell mittagessen.

Juliet

Juliet stand um drei Uhr nachmittags aus dem Bett ihrer Mutter auf. Davey war inzwischen vor Erschöpfung eingeschlafen. Sie hörte, dass Mabel in der Küche auf ihrem Computer tippte. Sie zog sich an und schlich hinaus. Sie wollte die Erwachsenen nicht darauf aufmerksam machen, dass sie wieder wach war. Sie würden ihr nur Essen machen wollen, sie streicheln, umarmen oder mit ihr reden wollen. Aber sie wollte weder Essen noch Trost, sie wollte sich nur kurz die Beine vertreten. Sie ging auf die Straße. Ihr Nachbar Kyle musste sie von seinem Fenster aus beobachtet haben, denn er war sofort mit seinem Fahrrad neben ihr.

«Ich hab's gehört», sagte er.

Juliet ging weiter.

«Tut mir leid», sagte er.

«Was tut dir leid? Du hast sie ja nicht umgebracht.»

«Nein, aber es ist scheiße, deshalb tut's mir leid», sagte er.

«Danke.»

«Und was jetzt?»

«Ich ziehe mit Davey nach Amerika.»

Er blieb ruckartig stehen. «Was?», rief er aus.

«Ich werde bei Davey wohnen.»

«Äh, nein», sagte er.

«Doch, genau so wird es sein, Kyle.»

«Aber ...»

«Aber was? Hast du geglaubt, dass ich weiter im Haus gegenüber von dir wohnen werde und alles beim Alten bleibt?»

«Nein, aber ...»

«Nein. Nichts bleibt beim Alten. Meine Ma ist tot. Mein Leben hier ist vorbei.»

«Das is ja heftig», sagte er.

«Ja, das ist es», sagte sie, und eine Träne rann ihr die Wange hinab. Es war real, ihre Mutter war tot, und sie würde mit einem Onkel nach Amerika ziehen, den sie anhimmelte, aber nicht besonders gut kannte. Sie hatte sich in den letzten Lebenstagen ihrer Mutter an ihm festgehalten. Er war da für sie. Er half ihr. Er war freundlich und widmete ihr Zeit, während ihre Großeltern damit beschäftigt waren, Wunderheilern hinterherzujagen. Grace wiederum teilte ihre Zeit zwischen Rabbit und ihren vier Jungs auf. Sie wollte ihr nicht zur Last fallen.

Ihre Großmutter hatte vor zwei Tagen einen leichten Herzanfall erlitten. Grace war auch so schon gestresst, und Rabbit brauchte Seelenfrieden. Daher ergab es Sinn, sich an Davey zu halten. Er wollte sie bei sich haben. Sie wollte ihn nicht enttäuschen. Sie wollte überhaupt niemanden enttäuschen. Aber das war gewesen, als ihre Mutter noch beruhigt werden musste. Jetzt, nach Rabbits Tod und bei Tageslicht besehen, machte es ihr Angst, mit einem mehr oder weniger Fremden in ein fremdes Land zu ziehen.

Sie setzte sich auf die Mauer zum Nachbargrundstück. Kyle setzte sich vor ihr auf sein Fahrrad.

«Ich werd dich echt vermissen, Juliet.»

«Ich dich auch», sagte sie.

«Ich glaub, dass ich dich vielleicht liebe», sagte er und lief tomatenrot an.

«Du bist zwölf, Kyle», sagte sie mit der Geringschätzung, die ihre Großmutter immer so perfekt zum Ausdruck bringen konnte.

«Ich weiß.»

«Damit kann ich mich nicht auch noch beschäftigen», sagte sie, stand auf und ging wieder in Richtung nach Hause.

«Sorry», sagte er. «Meine Schuld.»

Sie ging zurück ins Haus, schleppte sich die Stufen hinauf und verkroch sich wieder im Schlafzimmer ihrer Mutter. Sie schaute aus dem Fenster. Kyle saß immer noch draußen vor dem Haus auf seinem Fahrrad.

Spinner, dachte sie, aber obwohl ihre ganze Welt auf den Kopf gestellt war, trotz ihrer Verwirrung und ihres Schmerzes, ihrer Angst und ihrer Wut schlich sich ein winziges Lächeln auf ihre Lippen, als sie in den weiten blauen Himmel hinaufschaute. Sie stellte sich vor, wie ihre Ma im Gras lag, eine Sonnenbrille auf der Nase, und ebenfalls in den Himmel hinaufschaute. In ihrem Kopf stand sie neben ihr.

Was machst du da, Ma?

Ich genieße die Aussicht.

Juliet sah sich in dem kleinen Garten um. Das Gras wuchs ungleichmäßig und hatte moosige Stellen, der Zaun war schief und ihr Spielhaus kaputt. *Welche Aussicht?*

Manche Leute wohnen in tollen Häusern am Meer, aber wir alle sehen den Himmel, Bunny. Ist er nicht wunderschön?

Juliet legte sich neben ihre Ma und schaute in das Blau hinauf ... Sie atmete tief durch, und ihr wurde ganz warm ums Herz.

Ja, Ma, sagte sie. Dann verblasste das Bild, sie stand wieder allein da, und ihr wurde kalt. Sie ging ins Bett und schlüpfte unter die Decke ihrer Mutter, umschlang das Kissen ihrer Mutter und atmete ihren Duft ein.

Du bist immer noch hier, du bist im Hospiz, und ich besuche dich heute Abend. Ich werde dir die Nägel lackieren und den Kopf eincremen, und ich werde dir erzählen, was Kyle gesagt hat, und du wirst antworten: ‹Hab ich dir doch gesagt. Wie könnte er dich nicht lieben? Alle lieben dich.› Vielleicht kommen später Francie oder Jay Byrne vorbei und bringen uns alle zum Lachen, oder Granny sagt mal wieder was Unpassendes. Dann liegen wir zusammen im Bett und teilen uns ein Sandwich; du wirst so tun, als würdest du es essen, und ich tue so, als würde ich es dir glauben, und dann kuscheln wir. Ich werde dir sagen, dass ich dich liebhabe, und du wirst deine Nase in mein Haar stecken. Jetzt bin ich nur ein bisschen müde. Ich mach jetzt ein Nickerchen, und dann sehen wir uns später, okay, Ma? Bis bald.

Als Juliet endlich einschlief, war das Kissen ihrer Mutter völlig durchnässt.

Molly

An diesem Abend kamen die Erwachsenen im Bestattungsinstitut zusammen und lernten den Bestattungsunternehmer kennen, Derek Farren, einen korpulenten Mann in seinen Sechzigern, der eine schwarze Perücke im Elvis-Stil trug und ein rosiges, dickliches Gesicht mit blutroten Lippen hatte. Neben Derek stand ein ebenfalls korpulenter Jüngling mit ähnlich dicklichem Gesicht und dunklen Haaren, aber, im Gegensatz zu dem älteren Mann, mit dünnen Lippen, über denen Flaum spross. Beide trugen identische Anzüge mit Seidenwesten. Molly war selbst ein wenig rundlich, aber sie trug ihr kurzes Haar immer anständig in einem kühlen Blond gefärbt und Kleidung, die zu ihrem Alter und ihrem Umfang passten. Sie hielt sich gut, nicht so wie diese beiden Witzbolde. Es fiel ihr schwer, den Blick von ihnen zu wenden. *Die gehören doch in den Zirkus.*

Sie hatte das Bestattungsunternehmen ausgewählt, weil es so nah an ihrem Zuhause lag. Kurz überlegte sie, ob sie sich lieber noch andere hätte ansehen sollten.

«Unser tiefstes Mitgefühl», sagte Derek.

Schwachsinn, dachte Molly. *Das ist dir doch scheißegal. Euch geht es doch bloß ums Geld. Stimmt doch, Rabbit?*

Aber Rabbit antwortete nicht. Rabbit war tot.

«Danke», sagte sie.

«Bitte setzen Sie sich doch», sagte er und führte Molly, Jack, Davey und Grace zu Stühlen mit roten Samtpolstern. Einen von ihnen zog er heran, stellte ihn direkt vor seine Kundschaft und setzte sich.

«Tee, Kaffee, Wasser?», fragte Derek. Alle schüttelten den Kopf.

«Sind Sie sicher? Edmund kann Ihnen alles besorgen, was Sie möchten – sofern es sich im Rahmen hält natürlich, die Yakmilch ist gerade ausgegangen.» Er lachte ein wenig und nickte vor sich hin, offenbar war das seine Art, die Stimmung zu heben. *Mein Kind ist tot, und du bist ungefähr so lustig wie ein Furz im Auto.*

Niemand sonst lachte. Derek räusperte sich.

«Also gut, dann lassen Sie uns über Rabbits Wünsche sprechen», sagte Derek. Der Jüngling mit dem Flaumbärtchen stand hinter Derek und schien ihn wie ein Geheimdienstmitarbeiter zu bewachen. Molly schaute von Derek zum Jüngling und wieder zurück zu Derek.

«Damit hier eins klar ist, Derek, hier geht es darum, was *ich* möchte, und wissen Sie, warum?» Und sie sprach nicht nur mit Derek, sondern mit ihrer ganzen Familie. «Ich bin Rabbits Mutter, und Mütter wissen es immer am besten.»

«Ma, Rabbit ...», setzte Grace an.

«Fang gar nicht erst damit an, Grace.» Sie stellte ein für alle Mal klar, dass sie alle Entscheidungen treffen würde, und in einigen Fällen (wo es wichtig war) würden sie im Gegensatz zu dem stehen, was Rabbit gewollt hätte. Grace murmelte etwas, was so klang wie *Drecksnazitante.* Davey blieb ganz still.

«So nett dieser Raum auch ist, ich will nicht, dass sie hier geparkt wird», sagte sie.

«‹Aufgebahrt› ist der Ausdruck, den wir bevorzugen, Mrs. Hayes», verbesserte sie Derek.

«Ganz egal, wir wollen sie zu Hause haben.»

«Das lässt sich arrangieren.»

«Und ich will einen offenen Sarg. Wir machen ihr ein bisschen Platz im Esszimmer.»

Jack wandte nichts dagegen ein, Molly wusste, dass er seine Jüngste gern noch einmal unter seinem Dach haben würde. Er nickte zum Plan seiner Frau und trocknete seine rot geränderten Augen.

«Ein offener Sarg im Esszimmer!», sagte Grace fassungslos.

«Na ja, ich werd sie ja wohl nicht in den verdammten Schuppen legen, oder?», sagte Molly.

«Das würde sie sicher ganz schrecklich finden, und passt sie da überhaupt hinein?», unterbrach Davey, aber Molly redete schon weiter. Sie hatte alles längst geplant.

«Wir schieben den Esstisch ans Fenster. Dann stellen wir Rabbit an die Wand.»

«Aber dann glotzen alle neugierigen alten Nachbarn durchs Fenster», sagte Grace.

«Dafür hat man Vorhänge», erwiderte Molly.

Grace wandte sich an Davey. «Sag doch was.»

«Oder wir könnten einfach den Deckel auf den Sarg legen, wie normale Menschen, Ma», sagte Davey.

«Sei nicht so frech, Davey», versetzte Molly.

«Ich bin ein erwachsener Mann», murmelte er, hatte aber nicht den Mut, sich mit ihr zu streiten. Dennoch äußerte er noch einmal seine Bedenken, dass es vielleicht verstörend für Juliet sein würde, ihre Mutter kalt wie Marmor im Esszimmer aufgebahrt zu sehen.

«Mal ganz zu schweigen von Jeffrey!», rief Grace. «Er hat schon Albträume, dass seine Tante dieser verfluchte Marshmallow-Mann aus Ghostbusters ist.» Sie wandte sich an Derek. «Verzeihen Sie meine Ausdrucksweise, Derek, aber meine Schwester war am Ende ziemlich aufgedunsen.»

«Entschuldigt und verstanden», sagte der und nickte mitfühlend. Der Stille Ed stand da und rieb sich den nicht vorhandenen Schnurrbart.

«Das wird schon. Es ist gut für Juliet, wenn sie ihre Mammy ein letztes Mal sehen kann», sagte Molly zu Davey.

«Und was ist mit Jeff?», fragte Grace.

«Grace, Jeff hat keine Angst vor Rabbit, er ist nur versessen auf riesige Marshmallows.»

«Treib mich nicht so weit, dass ich dich umbringen muss, alte Frau», sagte Grace in einem Ton, der deutlich machte, dass sie es genau so meinte.

«Also, Grace, jetzt hör auf, deiner Mutter zu drohen», sagte Jack.

Derek beschloss, dass es Zeit war, das Thema zu wechseln. «Wollen Sie Rabbit sehen?», fragte er.

«Oh ja», sagte Molly, aber der Rest der Hayes-Sippe schwieg. Er führte sie in einen Nebenraum und schloss die Tür. In der Mitte lag Rabbit in einem Übergangssarg. Derek und der Stille Ed bewegten sich synchron, hoben den Deckel langsam an und enthüllten Rabbits Gesicht, das aus blauem Satinstoff herauslugte.

«Was zum Henker!», schrie Grace beinahe. «Sie sieht ja aus wie die Jungfrau Maria!»

«Aber nur, wenn die Jungfrau Maria eine Nutte war», sagte Molly und wandte sich an Derek: «Herrgott noch mal, Derek, machen Sie mal halblang mit dem Make-up, geht das?»

«Natürlich. Wir warten noch auf ihre Kleider», antwortete Derek entschuldigend.

«Aber abgesehen vom dicken Make-up ist sie wunderschön, nicht wahr, Grace? Ist sie nicht wunderschön?»

«Sie hat eigentlich nie Make-up getragen, Ma», sagte Grace.

«Tja, weil sie makellose Haut und perfekt geschwungene Wangenknochen hatte. Jetzt ist ihre Haut ruiniert, und ihre Knochen sind nur noch eine ferne Erinnerung, deshalb braucht sie eben Make-up, wenn auch nicht den vollen Alice Cooper», erklärte Molly.

Derek nickte. «Natürlich. Eine guter Hinweis.»

Der Stille Ed unterdrückte etwas, das entfernt wie ein Kichern klang. Derek warf ihm einen bösen Blick zu. Er hätte gern gehabt, dass sie sich jetzt sofort für einen Sarg entschieden, aber Molly war erschöpft, Jack den Tränen nahe und Grace und Davey in düsterer Stimmung. Kein guter Zeitpunkt, um weitere Entscheidungen zu treffen.

«Wir melden uns dann morgen früh dazu, Derek», sagte Molly.

«Natürlich. Es war ein langer Tag. Die Totenwache ist dann für morgen Abend angesetzt?», fragte Derek.

«Genau.»

«Soll ich mich um einen Priester kümmern, oder haben sie jemanden vor Ort?»

«Wir haben jemanden – Pater Frank», sagte Molly.

«Das ist aber kein Gottesdienst, Ma», sagte Grace durch zusammengebissene Zähne.

«Hab ich auch nicht behauptet, Grace. Ich habe nur gesagt, dass wir jemanden vor Ort haben.»

«Nichts Religiöses, Ma», warnte Davey. Rabbit war schon

als Kind Atheistin gewesen, trotz aller Versuche seitens ihrer Mutter, ihr die Kirche näherzubringen. *«Tut mir leid, Ma, das ist absoluter Schwachsinn. Wenn dir das gefällt, dann ist das deine Sache»*, hatte sie öfter gesagt, als Molly zählen konnte. Aber jetzt hatte Molly das letzte Wort in dieser Angelegenheit.

«Klappe, Kinder», sagte Molly, um sich dann an Derek und den Stillen Ed zu wenden. «Das wär's dann also, bis morgen.»

Molly und Jack kehrten in ein stilles, kaltes Haus zurück. Molly drehte die Heizung auf und hörte die Schritte ihres Mannes auf der Treppe. Sie wandte sich gerade noch rechtzeitig um, um ihn auf dem Dachboden verschwinden zu sehen. *Mittagessen. Na klar, was solltest du auch sonst tun, Jack?*

Molly ging allein zu Bett und starrte eine Weile an die Decke, bis ihr die Augen brannten. *Bist du da, Rabbit? Gib mir ein Zeichen, bitte, mein Liebling, es muss nur ein kleines sein, wie die, die deine Gran immer gesendet hat, weißt du noch? Irgendetwas …*

Aber es kam kein Zeichen, und endlich fielen Molly die brennenden Augen zu.

TEIL ZWEI

Die Totenwache

Molly

Am Tag der Totenwache erwachte Molly um sechs Uhr morgens. Draußen zog sich der Kondensstreifen eines Transatlantikfliegers über den blauen Himmel, kräuselte sich und wurde schließlich von den Höhenwinden davongetragen. Sie dachte an ihre Tochter. *Schick mir ein Zeichen.* Es war der dreißigste Tag im April, und der Himmel war heiter, aber zornig. Unter ihm flatterten die Blätter im Wind, und die Narzissen lehnten sich unter seinem Ansturm weit nach links, waren aber noch nicht geknickt. Einer von Mollys Blumentöpfen rollte auf der Terrasse herum, er war zerbrochen. *Ist das ein Zeichen? Mein verdammter Lieblingstopf.* Jack tat, als schliefe er. Sie wusste, dass er nicht wollte, dass der Tag begann, noch nicht, er war noch nicht bereit. Sie ließ ihn liegen.

Sie aß eine halbe Scheibe Toast und trank zwei Tassen Tee. Sie zog ihren Mantel an und hob auf dem Weg hinaus den zerbrochenen Topf auf und warf ihn in den Mülleimer. Um sieben Uhr hielt sie vor Graces Haus, ging aber nicht hinein. Sie konnte Lenny und den Kindern nicht gegenübertreten. Also hupte sie. Grace tauchte nach ein, zwei Minuten auf und winkte. Dann verschwand sie wieder, und während Grace beendete, was auch immer sie gerade tat, hörte Molly Radio. Eine Frau weinte, weil sie ihr Haus an die Bank verlor. Molly schaltete um. Ein Mann weinte, weil er seine gesamte Pension und seine Ersparnisse im Börsencrash verloren hatte. Molly schaltete um. Madonna sang «Like A Virgin» – Molly gab auf und schaltete das Radio aus. Grace kam kurze Zeit später zum Auto.

«Wird auch Zeit», bemerkte Molly.

«Entschuldige, Ma, ich kriege mich irgendwie gar nicht in den Griff.»

Molly nickte und legte ihre Hand auf die ihrer ältesten Tochter. «Es ist schwer.»

«Ja», sagte Grace und heulte los. Es war besser für beide, wenn sie Graces Gefühle ignorierten. Grace bemühte sich, sie wieder in sich zurückzustopfen, indem sie einen kleinen Schokoriegel aus ihrer Tasche zog und ihn aufaß. Molly fuhr weiter.

Als Molly und Grace an Rabbits Haustür klingelten, saßen Davey und Mabel gerade in der Küche und aßen Eier. Juliet lag noch im Bett ihrer Mutter.

«Sie liegt da seit gestern», sagte Davey.

«Hat sie was gegessen?», fragte Grace.

«Ein bisschen, gestern», antwortete Mabel.

«Also gut», sagte Molly. «Ich kümmere mich darum.» Sie ging die Treppe hinauf und in das Zimmer. Juliet tat ebenso wie ihr Großvater, als schliefe sie.

«Ich weiß, dass du wach bist, junge Dame», sagte Molly. «Mich kannst du nicht täuschen.»

Juliet öffnete die Augen. Molly zog sich die Schuhe aus und legte sich zu ihr, und Juliet kuschelte sich sofort an ihre Großmutter.

«Das heute ist das Schlimmste», sagte Molly.

«Ist nicht alles schlimm von jetzt an?», fragte Juliet.

«Ja, aber immerhin musst du danach keinen Smalltalk mehr machen und Sandwiches servieren», sagte Molly.

«Granny?»

«Ja, Bunny.»

«Ich bin so traurig, dass ich am liebsten sterben würde», sagte Juliet mit einer ganz kleinen, zerbrechlichen Stimme.

«Sag das nicht, Liebes», sagte Molly. Ihre Augen füllten sich mit Tränen und flossen über. Sie küsste ihre Enkelin auf den Scheitel. «Bitte, bitte sag das nie wieder. Trotzdem, ich weiß genau, wie du dich fühlst.»

Juliet stand schließlich auf, duschte sich und zog sich an. Molly beschloss, dass es am besten wäre, wenn sie in dieser Nacht bei ihr blieb. Sie fragte Grace, ob sie ihr Ryan und Bernard ausleihen würde. «Sie muss mit Kindern in ihrem Alter zusammen sein», sagte Molly, und Davey und Grace fanden, dass das immerhin besser war, als sie im Bett ihrer Mutter liegen und über das Sterben nachdenken zu lassen.

Molly und Grace standen vor Rabbits Kleiderschrank und begutachteten jedes einzelne Stück. Hauptsächlich lagen da Jeans in allen Farben und Schnitten, außerdem T-Shirts mit V-Ausschnitten und aufgedruckten Band-Namen, dazwischen hingen hie und da ein Rock oder eine Jacke, außerdem ein dunkelblaues Trauzeuginnen-Kleid und ein Strickkleid mit Rollkragen, das bis übers Knie reichte.

«Wie wär's denn mit dem Trauzeuginnen-Kleid?», fragte Grace.

«Sie geht ja nicht auf eine Hochzeit, und außerdem hat sie dieses Kleid gehasst», sagte Molly und setzte sich aufs Bett, den Kopf in die Hände gestützt.

«Erstaunlich, dass sie es überhaupt getragen hat», sagte Grace, setzte sich neben ihre Mutter und legte den Arm um Mollys Schultern.

«Sie hätte auch eine braune Papiertüte getragen, wenn Marjorie sie darum gebeten hätte», sagte Molly und hob den

Blick, um in den Schrank zu starren, dessen Inhalt eher dem einer sechzehnjährigen Rockerin glich als dem einer Mutter in den Vierzigern.

«Der Rollkragen unterstreicht nur ihr aufgedunsenes Gesicht», sagte Molly.

«Wir könnten was kaufen?», schlug Grace vor.

«Was denn?»

«Weiß nicht, vielleicht ein Kleid mit V-Ausschnitt oder eine nette Bluse und eine Hose.»

«Das würde sie schrecklich finden», sagte Molly. «Sie war immer sehr wählerisch bei ihrer Kleidung, schon als sie noch ganz klein war. Als sie zwei Jahre alt war, habe ich sie einmal dabei erwischt, wie sie die Hand in ihre Windel steckte und Scheiße auf ein rosafarbenes Top mit einer Prinzessin schmierte. ‹Die Botschaft ist angekommen›, hab ich gesagt, und das war auch das letzte Mal, dass sie irgendwas mit Rosa oder Prinzessinnen zu tun hatte. Erinnerst du dich daran?»

«Tue ich, Ma», sagte Grace.

«Sie war so eigensinnig», klagte Molly.

«Von wem sie das wohl hatte», versetzte Grace sarkastisch, und Molly kicherte ein wenig.

«Na ja, sie hat den Eigensinn ja wohl nicht völlig von selbst entwickelt, oder?», sagte Molly.

«Nein, Ma, hat sie nicht.»

«Hat sie dir ein Zeichen geschickt, Gracie?»

«Nein, Ma.»

«Oh …»

«Aber sie spricht mit mir», sagte sie.

Molly biss sich heftig auf die Unterlippe und presste so stark die Zähne zusammen, dass sie weh taten. *Sprich doch bitte mit mir, mein Liebling, bitte sprich mit deiner Mammy.* Aber die tote Rabbit hatte keine Zeit für ihre Ma.

Sie starrten noch ein paar Sekunden auf Rabbits dürftige Garderobe.

«Wie wär's mit dem wunderschönen Seidennachthemd, das Marjorie ihr aus Rom mitgebracht hat?», schlug Grace vor.

«Du kannst sie doch nicht in Nachtwäsche beerdigen!», protestierte Molly.

«Warum nicht, sie schläft doch, oder nicht?», sagte Grace. «Außerdem war es sehr teuer und sieht aus wie ein Kleid.»

«Komm wieder zur Vernunft», sagte Molly.

«Keiner wird es merken, nur wir beide wissen es. Wahrscheinlich ist es das beste Stück, das Rabbit je besessen hat», beharrte Grace. Sie wurde plötzlich ganz traurig, weil ihr dämmerte, dass Rabbit kein einziges Mal die Chance gehabt hatte, es zu tragen.

«Komm zur Vernunft», wiederholte Molly. «Wir müssen vielleicht doch etwas kaufen.»

Grace begann wieder zu weinen. «Das fände sie furchtbar.»

Molly wusste, dass ihre Tochter recht hatte. Das war alles zu viel, und es war ja auch noch Zeit.

«Wir müssen die Entscheidung nicht jetzt treffen. Lass sie uns einfach nach Hause holen. Ich will sie endlich zu Hause haben», sagte Molly jetzt leiser. Sie tätschelte ihrer Tochter den Rücken. Grace wischte sich die Augen und die Nase ab und nickte zustimmend.

Wenig später rannte Grace buchstäblich aus Rabbits Haus, sie blieb nicht stehen, um sich in den Zimmern umzusehen, die Rabbits Gegenwart praktisch schrien. Aber Molly tat es. Sie trödelte noch ein wenig im Flur herum und legte die Hand auf das alte Familienfoto der Hayes, das in den Achtzigern aufgenommen worden war, als der ganzen Welt der gute Geschmack abhandenkam und die Iren nur flüchtigen Kontakt zu Haarpflegemitteln hatten. Die zwölf Jahre alte Rabbit sah sie aus dem Foto an, mit zwei langen Zöpfen, einem abgeklebten Auge und einer dicken Brille. *Wo bist du jetzt, Rabbit Hayes?*

Grace wartete im Wagen auf dem Beifahrersitz, während Molly den Tagesablauf mit Davey besprach. Als Molly schließlich einstieg, drückte sie sofort das Gaspedal voll durch und wendete mit Lichtgeschwindigkeit, um aus Rabbits Auffahrt herauszukommen, wobei sie beinahe Kyle umgefahren hätte, der von seinem Fahrrad sprang, um sich vor Mollys eiligem-bis-waghalsigem Fahrstil in Sicherheit zu bringen. Grace kreischte. Molly trat auf die Bremsen. Kyle verschwand hinter dem Auto.

«Oh Gott, was hab ich getan?», sagte Molly leise.

«Oh Gott, was hast du getan?», schrie Grace, starrte in den Rückspiegel und wagte nicht, sich zu rühren.

«Das habe ich verdammt noch mal gerade gefragt, Grace», schrie Molly nun panisch. Sie verlor jetzt völlig die Nerven. Der zwölfjährige Kyle sprang wieder auf die Füße und winkte den Frauen zu. Molly legte die Stirn aufs Steuerrad. «Danke, lieber Jesus.»

Kyle nahm sein Fahrrad auf und schob es zu ihrem Fenster. Molly kurbelte es herunter.

«Alles in Ordnung mit dir, Junge?», fragte sie voller Reue. Er hielt seine freie Hand hoch. Sie blutete. «Oh Gott», sagte sie.

«Ach, machen Sie sich keine Sorgen, Mrs. Hayes, da hatte ich schon viel schlimmere Sachen», sagte er.

«Ganz sicher, mein Kleiner?»

«Klar. Vor zwei Jahren hab ich mir mal das Knie gebrochen, es is immer noch ganz kaputt. Das hier is gar nichts, und mein Fahrrad ist heil, das is das Wichtigste.»

Sie nickte. «Es tut mir wirklich leid.»

«Mir auch», sagt er und wurde ein wenig rot. «Das mit Rabbit, das is echt traurig. Ich habe noch nie jemanden gekannt, der …» Er verstummte. Seine Nase lief ein wenig, und er wischte den Rotz mit dem Ärmel ab. Grace zog ein Taschentuch aus ihrer Handtasche und hielt es dem blutenden Jungen durchs Fenster hin. «Hier, Silberärmel, nimm das.» Kinder, die ihren Rotz an ihren Ärmeln abwischten, brachten sie zur Weißglut, und mit vier Jungs zu Hause war verkrustete Kleidung viel zu lange ein fester Bestandteil ihres Lebens gewesen.

«Sorry», sagte Kyle. Grace fischte einen kleinen Schokoriegel aus ihrer Tasche und gab ihn ihm. «Hier, nimm.»

Er nahm ihn. «Danke.»

«Und noch mal, tut uns leid», sagte Grace.

«Is nicht schlimm», sagte er. «Mir tut es auch noch mal leid.»

Molly kurbelte das Fenster wieder hoch und machte sich daran, das Auto zu wenden, aber diesmal langsam und mit Bedacht, bis sie geradeaus weiterfahren konnte, und als sie so weit war, rief er: «Sie war wunderbar. Rabbit … Sie war …»

Molly schaltete das Radio ein, um Kyle zu übertönen. Sie konnte nicht ertragen, wenn jemand etwas Nettes über Rabbit sagte. Es war einfach zu schmerzhaft und so verdammt unfair. Irgendein Trottel von der Regierung war zu hören, der dafür warb, den Leuten Geld für Wasser abzuknöpfen. «Nur über meine Leiche», murmelte Molly.

«Ma.»
«Was?»
«Über meine Leiche, ernsthaft?»
«Tut mir leid, Liebling», erwiderte Molly.
Den Rest der Fahrt schwiegen sie.

Davey

Davey traf kurz nach zehn Uhr mit Juliet im Haus seiner Mutter ein. Seine Neffen Bernard und Ryan waren schon da. Ryan nickte Davey zu, der zurücknickte. Bernard umarmte Davey unerwartet fest. «Ich hab dich lieb, Onkel Davey.»

«Ich dich auch, Bernard», erwiderte Davey etwas betreten. Er fragte sich manchmal, ob das Kind vielleicht ein bisschen weich in der Birne war.

Ryan hob den Blick und formte mit den Lippen das Wort «Depp». Davey unterdrückte ein Lächeln.

Davey machte sich Sorgen. Juliets Trauer schien im Laufe des Morgens mit jeder Sekunde schlimmer geworden zu sein.

«Was meinst du, ist sie vielleicht krank? Sie sieht krank aus», sagte er.

Molly musterte ihre Enkelin. Ihre Hände fühlten sich kühl und klamm an, sie war bleich, und ihre Pupillen hatten die Größe von Untertassen.

«Schock», stellte Molly fest.

Das Kind war in einem so schlimmen Zustand, dass Molly darauf bestand, ihr Valium zu geben, zwei Milligramm, die niedrigste Dosis. Molly hatte sie noch von einer Knieverletzung im Jahr zuvor da.

«Ich weiß nicht, Ma», sagte Davey. Er war nicht gerade begeistert von der Vorstellung, das Kind unter Drogen zu setzen.

«Aber ich weiß», versetzte Molly. «Das Kind braucht etwas zur Nervenberuhigung.»

Vielleicht hatte sie damit sogar recht, nur dass die zwei Milligramm sich später als zehn Milligramm herausstellten, weil die alte Frau ihre Lesebrille nicht trug, als sie das Medikament ausgab. «Das hier wird dich beruhigen, Schätzchen», versprach sie dem traumatisierten Kind.

«Mir geht es gut, Gran», log Juliet.

«Nein, Bunny. Es geht dir nicht gut. Keinem von uns geht es gut», sagte Molly.

«Nennt mich nicht Bunny.»

«Ich werd's versuchen, aber ich kann nichts garantieren», sagte sie und ließ Juliet ins Leere starren, unter der Obhut ihrer Cousins, die damit beschäftigt waren, um die Fernbedienung zu kämpfen.

Molly bat Davey, seinem Dad eine Tasse Tee auf den Dachboden zu bringen.

«Ist er mittagessen?», fragte er, und sie nickte.

«Weißt du überhaupt, was er da oben macht?»

«Ist mir egal, mein Schatz, hier unten ist genug los.»

Davey zog die Leiter herunter und kletterte auf den Dachboden, um ein wenig Zeit mit seinem Vater zu verbringen. Jack saß in der Ecke unter einer nackten Glühbirne auf einem alten Sitzsack, um ihn herum standen Kisten. Er las in einem alten Tagebuch.

«Was machst du da, Dad?», fragte Davey.

«Ach, das weißt du doch ganz genau», sagte Jack und nahm ihm die Tasse Tee ab.

Davey wusste es zwar nicht, er wollte ihn aber auch nicht drängen.

«Hat Mammy denn was Hübsches für Rabbit zum Anziehen gefunden?»

«Leg den Finger nicht in die Wunde», sagte Davey.

«Richtig. Wie geht's dir, Davey?», fragte Jack.

«Ich hab Angst», gab Davey zu.

«Du wärst ja auch verrückt, wenn du keine Angst hättest», stellte Jack fest und wandte sich dann wieder seiner Lektüre zu. Ihre Unterhaltung war beendet.

Als er wieder nach unten kam, wartete Ryan schon auf ihn.

«Ich glaube, Gran hat Juliet gekillt», sagte Ryan. «Sie hat nicht mal gezuckt, als die Fernbedienung direkt an ihrem Ohr vorbeigezischt ist.»

Davey ging ins Wohnzimmer und musterte die völlig stille Juliet, die mit weit aufgerissenen Augen starr dasaß.

«Die ist ja komplett zugedröhnt», knurrte Davey und schnipste mit den Fingern vor Juliets Gesicht herum. Juliet reagierte nicht.

Er ging in die Küche, wo seine Mutter und Grace gerade Brote schmierten.

«Gib ihr bloß nicht noch eine von diesen Pillen», sagte er.

Molly drehte sich zu ihm herum.

«Ich mache, was ich für richtig halte, Davey», entgegnete Molly. «Sie ist meine Enkelin.»

«Und ich bin ihr Vormund, Ma.»

«Rabbit war nicht ganz bei Verstand, als sie dich gebeten hat, für ihr Kind zu sorgen.»

«Ma ...», warnte Grace.

«Wir wissen doch alle, dass das Wahnsinn ist, Grace. Davey soll Juliet mit nach Amerika nehmen? Wirklich? Er will für sie sorgen? Er kann doch noch nicht einmal für sich selbst sorgen. Sieh ihn dir doch an.» Sie ging aus der Küche, Davey folgte ihr auf dem Fuß. Dann drehte sie sich um und zeigte auf seine Beine. «Ein Mann von über vierzig, der in zerrissenen Jeans herumläuft. Das ist doch eine verdammte Schande.»

Jetzt reichte es Davey. «Sie hat mich ausgewählt, Ma. Nicht dich. Komm damit klar.»

«Sie war krank. Viel zu krank.»

«Lass das, Ma», warnte Grace.

Aber Molly hatte ja recht. Juliet gehörte nach Irland und zu Molly und ihrem Großvater oder zu Grace, Lenny und den vier Jungs. Sie alle wollten Juliet bei sich haben. Wenn Molly nicht gerade einen Herzanfall hinter sich gehabt hätte, das wusste Davey, hätte sie um Juliet gekämpft. Und ja, Grace und Lenny hatten nicht viel Platz, aber mit ein bisschen finanzieller Unterstützung hätten sie anbauen können, und zur Überbrückung stand schon ein zerbeulter alter Wohnwagen bereit, in dem Stephen schlafen konnte. Er stand sogar direkt vor dem Haus, Herrgott noch mal. Aber Davey hatte überhastet eine Lebensentscheidung getroffen, und Rabbit hatte ihn dafür auch noch belohnt, indem sie ihm ihre zwölfjährige Tochter überlassen hatte! Sie musste verrückt gewesen sein. Ein Mann in seinen Vierzigern, der im Tourbus lebte, Sex mit lächerlichen Mädchen hatte, die halb so alt waren wie er, und dessen Vorstellung von Verpflichtung ein Abonnement des Rolling-Stone-Magazins war, das nun bereits 25 Jahre lief. *Ach Rabbit, sie haben ja alle recht. Ich bin ein nutzloser Mistkerl. Und was jetzt?*

Beruhige dich, Davey, du kriegst das hin, hörte er Rabbit sagen.

Ich weiß nicht, Rabbit.

Ich aber.

Davey war ein erwachsener Mann, der kurz davorstand, in Tränen auszubrechen.

Molly musste Daveys Zerrissenheit bemerkt haben. Sie bemühte sich, ruhiger zu atmen.

«Tut mir leid, Sohn, so hab ich das nicht gemeint. Ich bin völlig von der Rolle.» Sie trat zu ihm und umarmte ihn.

«Ich vermisse sie doch auch, Ma», flüsterte er und drückte sie an sich.

«Ich spüre dein Herz in deiner Brust schlagen», sagte sie. «Du lebst. Ich lebe. Lass uns lieb zueinander sein, Davey.»

«Okay, Ma.»

«Weißt du, du warst immer lieb, und Juliet braucht jemanden, der lieb ist», sagte sie, aber er wusste, dass Molly Hayes glaubte, dass ihre Enkelin viel mehr brauchte als jemanden, der lieb war.

«Zerfetzte Jeans stehen dir übrigens ganz gut», sagte sie, um sich bei ihm zu entschuldigen.

Er kicherte in sich hinein. «Danke, Ma.»

Sein Lächeln verschwand, als er hinaus in den Flur trat, wo Juliet den Kopf zwischen die Stäbe des Treppengeländers gesteckt hatte. Sie hatte die Augen aufgerissen und starrte ins Leere. «Ma!», rief er.

Molly kam, das Küchenmesser noch in der Hand. «Allmächtiger, Jungs, wenn sie nicht bei euch ist, dann leint sie gefälligst an», schrie sie ins Wohnzimmer, wo Bernard und Ryan saßen.

Das schaffe ich nicht, dachte er. *Ich habe Rabbit versprochen, mich um Juliet zu kümmern, und schon nach zwei Tagen hat sich das Kind in einen verdammten Zombie verwandelt.*

Molly trat zum Treppengeländer und sprach direkt ins Gesicht ihrer Enkelin.

«Du bist ein bisschen durcheinander, Liebling, und das ist im Moment vermutlich besser so», sagte sie, beugte sich dann zu Juliet und gab ihr ein Küsschen auf die Stirn. «Ich bin ja da», flüsterte sie. «Ich bin immer da, hörst du? Ich pass auf dich auf, Liebling», sagte sie und schrie dann nach Ryan. «Ryan, hol mir mal die Butter.»

Juliet blinzelte. Zugedröhnt oder nicht, das schien die einzige Form der Kommunikation zu sein, zu der sie noch fähig war.

Davey schaute nur zu, er fühlte sich wie ein Versager.

Grace

In der Woche vor ihrem Tod hatte Rabbit gesagt, dass sie einen Korbsarg anstelle eines Sarges aus Holz wollte.

«Warum?», hatte Molly ihre Tochter im Hospiz gefragt.

«Weil das Material nachhaltig ist.»

«Das Korbgeflecht?»

«Genau.»

«Und Holz nicht?»

Darüber musste Rabbit nachdenken. *Oh ja.* Wenn sie nicht gerade damit beschäftigt gewesen wäre zu sterben, wäre ihr sicher ein Argument eingefallen, aber in ihrem Hirn war nur Nebel, weil darin der Krebs wütete. «Na ja, es ist billiger.»

«Also möchtest du, dass dein Daddy und ich an deinem Sarg sparen? Willst du das wirklich?»

«Ein Korbsarg ist absolut angemessen.»

«Das stimmt», sagte Molly, und Rabbit grinste. «Für Eier und für Schinken», setzte Molly hinzu, und Rabbits Grinsen verschwand.

Rabbit wandte sich an Grace, damit die sie unterstützte. «Bitte, Grace, das möchte ich wirklich.»

Grace versprach, dass sie Molly dazu bringen würde, einen Korbsarg zu kaufen. Noch während sie es versprach, fürchtete sie, ihre kleine Schwester im Stich lassen zu müssen.

«Lass mich nicht im Stich», sagte Rabbit.

«Pfadfinderehrenwort», hatte Grace versprochen und den Vulkanier-Gruß gezeigt.

Es war noch immer Vormittag, als Grace und Molly zur Leichenhalle kamen. Grace beschloss, ihre eigenen Probleme ganz bewusst beiseitezuschieben und sich auf Rabbits Totenwache und ihr Begräbnis zu konzentrieren. Das gefährliche Gen würde ihr ja nicht weglaufen, also vergrub sie ihre Sorgen ganz tief in sich. *Denk an Rabbit. Nur an Rabbit. Du hast zwar das Gen, aber keinen Krebs, du stirbst nicht, also mach einfach ganz normal weiter.*

Es ist schon okay, Grace.

Halt den Mund, Rabbit.

«Lass mich das regeln, Schätzchen», sagte Molly, als sie eintraten.

«Keine Chance», sagte Grace, und Molly warf ihr einen Blick und ein Lächeln zu, das nur «Möge der Bessere gewinnen» bedeuten konnte. *Oh Gott.*

Derek und der Stille Ed warteten schon. Derek war enttäuscht zu sehen, dass sie ohne Kleider kamen.

«Wir müssen das noch besprechen», sagte Molly.

«Aber um fünf fängt die Totenwache an», erinnerte Derek sie.

«Dann haben wir ja noch Zeit», versetzte Molly.

«Nicht besonders viel», wandte er ein, aber Molly ging bereits auf einen stabilen Mahagonisarg mit Messingverzierungen zu. «Der da ist es», sagte sie und zeigte darauf.

«Auf keinen Fall, Ma. Sie wollte einen Korbsarg.»

«Kümmere dich um deinen eigenen Kram, Grace», knurrte Molly und fuhr mit der Hand über die Kanten des glänzenden Sarges.

«Sie haben einen guten Geschmack, das ist das obere Segment», sagte Derek. Der Stille Ed schwieg.

«Aber das wollte Rabbit nicht, Ma», beharrte Grace und zog ihre Mutter zu der Variante aus Korbgeflecht.

«Ist Rabbit hier?», fragte Molly und tat so, als schaute sie sich um. «Wollen wir sie noch mal fragen? Rabbit? Rabbit? Bist du dir sicher mit dem Korb, mein Schatz? Er hat einen Grünton, und zwar keinen schönen, das ist eher so ein Grün, das man aushustet, wenn man Bronchitis hat», rief sie zur Decke hoch.

Derek tat so, als müsste er ein paar Fussel von seinem Anzug klauben. Der Stille Ed rieb sich den undefinierbaren Schnurrbart.

«Nein, warte mal, die Toten haben ja gar keine Meinung», sagte Molly.

Derek wusste nicht recht, was er tun sollte. Er trat einen Schritt zurück.

«Sie wollte einen Sarg aus Korbgeflecht, Ma», sagte Grace.

«Nein, Grace, sie wollte leben», widersprach Molly, und weil sie einen Kloß im Hals hatte, biss sie sich auf die Unterlippe und konzentrierte sich auf den Korbsarg vor ihr, um sich wieder zu fassen. Sie berührte ihn, befühlte ihn mit einem angeekelten Gesichtsausdruck. «Ein Korb, Grace?»

«Na ja, für Moses hat es ein Korb auch getan», bemerkte Derek leichthin.

«Moses wurde von seiner Familie ausgesetzt», sagte Molly angewidert.

«Um sein Leben zu retten», wandte Derek entschlossen ein.

«Rettet dieser hässliche grünliche Korb meine Rabbit?», fragte Molly.

«Nein», antwortete Derek und zog sich wieder neben den Stillen Ed zurück.

«Du hast es versprochen», sagte Grace.

«Sie wollte nur, dass wir Geld sparen, Grace. Und ich will jeden beschissenen Penny, den wir besitzen, für sie ausgeben.»

Graces Mutter drückte sich gern unflätig aus, sie hatte ein ziemliches Temperament, einen Kern aus Stahl, ein riesiges Herz, und sie wusste einfach, wie man eine Auseinandersetzung gewann.

Grace umarmte sie. «Okay, Ma. Ich geb's auf.»

Molly drückte Grace fest an sich und küsste sie auf die Wange. Grace schaute zur Decke hinauf. «Tut mir leid, Rabbit, ich hab's wirklich versucht.»

Molly wandte sich an Derek: «Tut mir leid, Derek, manchmal kann ich ein echtes Arschloch sein, aber ich meine es immer gut.» Sie klatschte sich auf die Hüften und hob dann die Hände. «Und ich bin nun mal so, also seien Sie bitte nachsichtig.»

Derek nickte. «Das ist eine schwierige Zeit», sagte er.

Grace folgte ihrer Mutter durch den Raum und stellte sich neben sie.

«Es ist ein sehr hübscher Sarg, Ma», sagte Grace. *Genau*

mein Geschmack. Herrgott, Grace, hör auf damit. Hier geht es nicht um dich.

Genau, Grace, hier geht's nicht um dich. Übrigens steht dir Braun nicht, hörte sie Rabbits Stimme in ihrem Kopf.

Ich warne dich, Rabbit.

«Wir nehmen ihn», sagte Grace.

«Eine sehr gute Wahl», sagte Derek.

«Was wäre denn eine sehr schlechte Wahl?», fragte Molly.

«Verzeihung?»

«Sie sagten gerade: ‹eine sehr gute Wahl›. Was wäre denn eine schlechte Wahl?», wiederholte sie. Derek sah aus, als würde er gleich in Tränen ausbrechen. «Der Korbsarg, oder?», hakte sie nach.

«Es gibt keine schlechte Wahl», sagte Derek.

Sie tätschelte Dereks Schulter. «Gut, dass Sie im Bestattungsgeschäft tätig sind, mein Lieber. Sie würden verhungern, bevor sie auch nur einen verdammten Kühlschrank verkauft hätten.» Sie ließ den einigermaßen beleidigten Derek stehen und ging hinaus.

«Ma, hast du eigentlich jemals Angst?»

«Ich habe ständig Angst, Grace.»

«Und wie schaffst du es, das nie zu zeigen?»

«Welchen Sinn hätte das, das regt die Leute nur auf.»

Grace dachte eine Weile darüber nach. «Ich habe auch die ganze Zeit Angst», sagte sie dann.

Molly nickte mitfühlend. «Unser Geheimnis», sagte sie.

«Unser Geheimnis», stimmte Grace zu.

«Jetzt lass uns mal über Tauben sprechen», sagte Molly. «Daisy Quirk hat welche am Grab ihres Joseph fliegen lassen, und abgesehen von der, die in Panik geraten und gegen eine Bushaltestelle geflogen ist, hat das toll ausgesehen.»

«Ma, bei allem Respekt, halt den Mund.»

«Keiner weiß, was ihm blüht. Wir können immer nur das Beste hoffen.»

Grace sagte nichts, nickte aber, während Molly seufzend und stöhnend aus dem Auto stieg.

Ich habe das Gen, Ma.

Marjorie

Marjorie übernahm den Sandwich-Dienst, kaum dass sie im Haus der Hayes angekommen war. Sie löste den immer frustrierteren Davey ab, der wütend war, dass man ihn mit den Sandwiches zurückgelassen hatte, während seine Mutter und seine Schwester alle wichtigen Entscheidungen allein trafen.

«Und nicht einmal das schaffen sie», beschwerte er sich. «Rabbit steckt immer noch in diesem gotterbärmlichen blauen Seidendings.»

Sie machte ihm eine Tasse Kaffee und sagte, er solle sich hinsetzen. Er brauchte keinen Schinken mehr auf weitere Brotscheiben zu klatschen, zumal er wirklich nicht mit dem Herzen dabei war. Marjorie ihrerseits hätte alles getan, um nicht nachdenken zu müssen, und Sandwiches zu machen, kam ihr da sehr gelegen.

«Wie geht's Mabel?», fragte sie.

«Gut. Sie fliegt übermorgen nach Hause.»

«Und du, Davey? Wann fährst du nach Hause?»

«Bald», antwortete er.

«Einfach so», sagte sie.

«Das ist nicht einfach so. Amerika ist mein Zuhause, mein Leben spielt sich dort ab.»

«Und Juliet?»

«Ihr Leben ist jetzt bei mir», sagte er, aber es klang nicht sehr überzeugend. Er konnte ihr kaum in die Augen sehen.

Als sie Frischhaltefolie über die fünfte Platte mit Sandwiches gespannt hatte, setzte sie sich ihm gegenüber. Er starrte einfach durch sie hindurch, verloren in seiner eigenen Welt voller Schmerz, Verlust, Sorgen und Bedenken.

«Wir haben beide eine Menge Fehler gemacht, oder?», fragte sie.

«Bitte tu das nicht, Marjorie. Ich stehe schon am Abgrund», sagte er und sah aus, als würde er jeden Moment in Tränen ausbrechen.

«Wir sind Arschlöcher», sagte sie. «Aber Rabbit, die war keins. Sie hat dich ausgewählt, also unterstütze ich dich.»

«Warum?», flüsterte er. «Warum hat sie mich ausgewählt?»

Marjorie biss die Zähne aufeinander. «Tu das nicht.»

«Was?»

«Hör auf mit den Selbstzweifeln.»

«Ich will es doch nur verstehen.»

Marjorie gab einen tiefen Seufzer von sich. Davey wartete darauf, dass sie etwas sagte, doch sie seufzte erneut. Das machte Davey Angst. Vielleicht fiel ihr keine Antwort ein?

Dann sagte sie langsam und überlegt: «Sie hat dich ausgesucht, weil sie dich immer auf ein Podest gestellt hat, weißt du das nicht, Davey?»

«Das war Johnny. Ich war nur der Typ, der zufällig neben Johnny stand», sagte Davey.

Johnny Faye war Daveys bester Freund gewesen, ein genialer Sänger und Songwriter mit einem unerschütterlichen Selbstvertrauen, der aber einen viel zu frühen und schrecklichen Tod gestorben war. Johnny Faye war ein echter Rockstar gewesen, mit der Seele eines Dichters und dem Herzen eines Löwen. Rabbit hatte sich in ihn verliebt, bevor sie überhaupt wusste, was Liebe war. Er war vier Jahre älter als sie, und trotzdem war sie immer sein kleiner Kumpel. Er hatte sie gesehen, wie sie wirklich war und wozu sie in der Lage war, bevor jemand anders es tat. Und er hatte ihr auch ihren Namen gegeben: «Sie ist keine Mia, sie ist eine Rabbit», hatte er eines Tages gesagt.

«Das gefällt mir», hatte sie erwidert, und allen anderen hatte es ebenfalls gefallen, und das war's dann. Er hatte recht gehabt, sie war eine geborene Rabbit. Für Davey war sie damals nur seine kleine Schwester gewesen, aber Johnny hatte ihr Potenzial erkannt. Als sie vierzehn gewesen war, hatte er sie zur Tontechnikerin der Band gemacht, sehr zu Daveys Missfallen.

«Die ist doch total scheiße», hatte er gesagt.

«Die sind alle total scheiße», hatte Johnny entgegnet, «aber Rabbit ist die Einzige, die wir kriegen können.»

Davey war eifersüchtig auf ihre Beziehung gewesen, bis Johnny an multipler Sklerose erkrankt war. Rabbit war die Einzige gewesen, die mit seinen Stimmungen und seinen Bedürfnissen hatte umgehen können. Ohne Rabbit hätte die Band niemals so lange weitergemacht. Ohne sie hätte Davey niemals eine Ahnung davon bekommen, wie sich Erfolg anfühlte. Johnny lebte lange genug, um in Davey den Ehrgeiz zu erwecken, um jeden Preis Erfolg zu haben. Als Rabbit alt genug für eine Beziehung mit Johnny war, war er bereits schwer von seiner Krankheit gezeichnet. Aber sie hatten eine kurze Zeit zusammen. Eine glänzende Zeit als verliebtes Paar, bis Johnny das tat, was richtig war, und sie von sich stieß, bevor alles in die Binsen ging. Er wollte nicht, dass Rabbit dabei zusah, wie er zugrunde ging und starb, und ein Teil von ihr kam niemals darüber hinweg. Sogar als sie selbst im Sterben gelegen hatte, hatte Marjorie zweimal mit angesehen, wie sie mit ihrem toten Exfreund und der Liebe ihres Lebens gestritten hatte. Beim ersten Mal war es um Juliet gegangen.

«Tja, Johnny Faye, wenn du mich nicht weggestoßen hättest, wärst du Juliets Vater und nicht irgendein dahergelaufener australischer Rucksacktourist, den ich gar nicht kannte. Andererseits hätte sie dann auch keinen Vater gehabt. Mein armes Bunnylein.»

An diesem Tag war es ihr besonders schlechtgegangen. Beim zweiten Mal war Religion das Thema gewesen. Johnny hatte an Gott geglaubt, das war ein echter Streitpunkt zwischen ihnen gewesen.

«Du liegst in der Erde, Johnny, wenn ich also zu dir komme, dann komme ich dorthin, und du kannst aufhören zu singen ... du sexy Mistkerl», hatte sie gesagt und vor sich hin gekichert. Marjorie hatte so getan, als hätte sie sie nicht gehört und wäre gerade erst ins Zimmer gekommen. Den restlichen Abend hatte Rabbit gelächelt, trotz ihrer Schmerzen und trotz ihrer Angst.

Seid ihr jetzt wieder zusammen? Rabbit? Haben Rabbit Hayes und Johnny Faye endlich ihr Happy End?

Das wüsstest du wohl gern, hörte sie sie sagen.

Allerdings.

«Ja, sie hat ihn auf ein Podest gestellt, aber zuerst dich», sagte Marjorie, und Daveys Augen liefen über.

«Du warst immer gut genug für sie, so schwer das auch ist, und es ist wirklich schwer. Und ich werde dich unterstützen.»

Er schaute zu ihr auf, und sein Gesicht war tränenüberströmt.

«Was, wenn sie einen Fehler gemacht hat?»

«Das hat sie nicht», antwortete sie und begann, noch einen Schwung Brotscheiben mit Butter zu bestreichen.

Juliet

Sobald ihr Kopf sicher aus dem Geländer befreit war, setzten sie Juliet aufs Sofa zwischen Bernard und Ryan, die ein Spiel auf einer Xbox spielten. Sie sprachen nicht miteinander, aber die Geräusche von Waffen und Explosionen, die von dem Gerät ausgingen, waren laut, und der ständig aufblitzende Bildschirm tat Juliet in den Augen weh. Eine lange Zeit verging, die Jungen spielten weiter und kämpften gegen furchterregend aussehende Soldaten und Feinde. Nichts davon erfasste sie wirklich, vielleicht hie und da einen roten Blitz, etwas Grau oder weiße Lichter. Nichts ergab irgendeinen Sinn, es waren nur Bewegungen, Schüsse, Bomben, Schüsse, Bewegungen, und hin und wieder schlugen die Brüder die Fäuste gegeneinander. Sie schloss die Augen, um sich ein wenig auszuruhen, ohne sich hinzulegen. Sie konnte nicht sprechen, das Medikament hatte sie ganz dumpf gemacht. Sie konnte auch nicht klar denken, alles lag hinter einer Nebelwand und wirkte irgendwie unwirklich. Die Zunge lag dick in ihrem Mund, die Haut prickelte und brannte. Der Hals kam ihr ganz zugeschwollen vor, und das Gesicht fühlte sich an wie aus Gummi. Die Luft um sie herum war wie Wasser. Sie saß einfach ganz still da, und Bernard und Ryan spielten immer weiter.

Irgendwann kam Marjorie ins Zimmer.

«Jungs, weg da», befahl sie, und die beiden hockten sich auf den Fußboden, ohne ihr Spiel zu unterbrechen. Marjorie setzte sich neben Juliet, nahm sie in den Arm, und als sich Juliet an ihre Brust schmiegte, seufzte sie erleichtert, schloss die Augen und schlief sofort ein.

Jack

Jack verbrachte den Morgen auf dem Dachboden. Zur Mittagszeit fand er seine Tagebücher aus den Jahren 1954 bis 1968. Ihm fehlten noch 69 und 70, aber 71 bis 84 hatte er schon hervorgekramt. Die Jahre 84 bis 87 suchte er ebenfalls noch. Das waren die wichtigsten «Kitchen Sink»-Jahre, in denen Davey und seine besten Freunde, Leadsänger Johnny Faye, Gitarrist Francie, Bassist Jay und Keyboarder Louis, jeden wachen Moment in seinem Schuppen verbracht hatten, um zu proben. Rabbit wohnte damals praktisch in diesem Schuppen – sie liebte die Musik, aber den so unangestrengt lässigen Johnny Faye liebte sie noch mehr. Er musste lächeln. Davey versuchte ständig, seine kleine Schwester loszuwerden, und Johnny Faye holte sie immer wieder zurück. Jack hatte viel über diese Jahre und ihre ganze Tragik geschrieben und darüber, wie stolz er auf seinen Sohn und seine Tochter in diesen schwierigen Zeiten war. Johnnys und Rabbits

Beziehung trotzte Zeit und Raum. Er starb mit sechsundzwanzig Jahren, und Rabbit überlebte ihn um achtzehn Jahre.

Gut gemacht, mein Liebling.

Danke, Dad.

In Jacks Tagebüchern lebten Johnny und Rabbit noch. Darin hatte er den Aufstieg und den Niedergang der Band und Johnnys und Rabbits tragische Liebesgeschichte aufgezeichnet. Es waren besondere Jahre gewesen, magische sogar, als noch alles möglich war, kurz bevor Johnny krank geworden war. *Damals hatten wir alles,* dachte er. *Die ganze Welt lag uns zu Füßen.* Er hatte es immer gewusst, er hatte sein kleines Mädchen mit jeder Faser geliebt, aber er fragte sich, ob er begriffen hatte, wie besonders sie wirklich gewesen war, bevor ihre Krebserkrankung und ihr langsamer Tod ihn dazu gezwungen hatten, einen Schritt vom Alltag zurückzutun und ihr ganzes Wesen zu betrachten, ihr Leben in seiner Gesamtheit. *Meine Rabbit.*

Er leerte noch immer Kisten und sortierte Haufen, als sein Handy klingelte. Er ging sofort ran. Es war Rabbits Redakteur Brian. Rabbit hatte zehn Jahre lang Porträts und Lifestyle-Features für ihn geschrieben. Er war es gewesen, der zu Beginn ihrer Krebserkrankung vorgeschlagen hatte, dass sie einen Blog darüber verfassen solle – noch bevor auch nur irgendjemand die Möglichkeit eines tödlichen Ausgangs in Erwägung gezogen hatte. Sobald ihre Leserschaft groß genug geworden war, hatte sie Artikel daraus gemacht, und ihr Krebstagebuch war geboren. Die Masse der Briefe, die sie von anderen Krebskranken und -überlebenden erhalten hatte, hatte sie beide in Erstaunen versetzt. Rabbit hatte sich eine ganz neue Community aufgebaut, und ihr Verlust würde sie erschüttern.

«Brian?»

«Jack, ich rufe an, um Ihnen mein Beileid auszusprechen.»

«Danke, Brian, das bedeutet uns eine Menge, ich weiß, dass Rabbit Sie sehr geschätzt hat.»

«Und ich sie. Ich hoffe, es ist nicht zu früh, das anzusprechen, aber Rabbit hat mir das gesamte Material für ihr Buch vor ein paar Tagen geschickt.»

«Oh», machte Jack. «Das wusste ich nicht.»

«Ihr Blog war wahnsinnig erfolgreich, Jack.»

«Ja, ja, sie hatte ganz schön viele Anhänger.»

«Als nächster Schritt war ein Buch geplant. Sie wissen, dass ich das versprochen habe.»

«Stimmt», sagte Jack.

«Es ist ziemlich gut. Ich muss noch einiges daran machen, Rabbits Lebensgeschichte an die Blogeinträge anpassen, aber das wird schon.»

«Danke, Brian, das bedeutet uns sehr viel», sagte Jack.

«Es ist eigentlich eine Liebesgeschichte, Jack.»

«Ich kann nicht ganz folgen.»

«Letztlich geht es nicht wirklich um den Krebs. Es geht um ein Mädchen, das einen Jungen liebt. Es geht um eine warme, lebendige Familie und wunderbare, lange Freundschaften. Es geht um Freude, Jack.»

An dieser Stelle brach Jack in Tränen aus und ließ sich in den Sitzsack sinken. Er schluchzte und schnäuzte sich, und Brian schwieg und hörte zu.

«Danke, dass Sie das sagen, Brian», brachte Jack endlich hervor, als keine Tränen mehr kommen wollten.

«Es ist mir eine Freude, Teil davon zu sein. Als Rabbits Testamentsvollstrecker werden Sie die Verträge mit den Verlagen unterzeichnen müssen.»

«Ja, ja. Das wird mir eine Ehre sein.»

«Selbstverständlich kann ich da nichts versprechen. Natürlich gibt es Interesse, allein schon wegen des Erfolgs ihrer wöchentlichen Blogs, aber es liegt noch ein langer Weg vor uns.»

«Ich verstehe. Tun Sie, was Sie tun können.»

«Jedenfalls ist es eine wunderschöne Geschichte, Jack. Sie hatte ein wunderschönes Leben.»

«Bitte bringen Sie mich nicht schon wieder zum Weinen.»

«Es tut mir sehr leid, dass ich es heute Abend nicht zur Feier schaffe, aber wir sehen uns zur Beerdigung.»

«Danke, Brian.»

Jack legte auf. Er hatte sich vollkommen ausgeweint und war ganz erschöpft davon. Die letzten Wochen hatte er kaum gegessen, und all seine Reserven waren verbraucht, was ein Problem war, da er tief in den gemütlichen Sitzsack gesunken war und keine Kraft mehr hatte, sich hinauszukämpfen. Nachdem er eine gefühlte Ewigkeit mit dem Ding gerungen hatte, war er gezwungen, um Hilfe zu schreien.

«Hallo? Hallo da? Ich bin's, Jack ... Daddy ... ich bin hier oben ... auf dem Dachboden. Ich stecke fest ... kann mal einer ...?»

Mollys Kopf erschien in der quadratischen Öffnung des Dachbodens.

«Da bist du ja, Molls», sagte er.

Sie besah sich die Situation. «Du steckst also im Sitzsack fest», bemerkte sie, und er nickte.

«Gut», sagte sie und verschwand wieder. Er hörte ihre Stimme im Haus rufen.

«Davey, geh mal hoch auf den Dachboden und hilf deinem Dad, machst du das bitte, mein Schatz?»

«Was ist denn mit ihm?»

«Er liegt da wie eine Schildkröte, die man auf den Rücken gedreht hat», rief sie zurück.

Jack machte es sich in seinem Sitzsack-Panzer gemütlich und wartete. *Es geht um Freude,* dachte er und lächelte. *Das reicht mir.*

Marjorie

Marjorie ließ Juliet auf dem Sofa schlafen. Oben hörte sie, wie Davey seinen Dad aus dem Sitzsack hievte.

«Eins, zwei, drei – und ziehen!»

«Oh, oh, oh, mein Rücken. Pass auf meinen Rücken auf, Junge.»

Molly stand kopfschüttelnd und die Hände in die Hüften gestemmt am Treppenabsatz und schaute durch die offene Dachbodentür hinauf.

«Sei vorsichtig, Davey, wir haben jetzt keine Zeit für ihn und seinen Rücken.»

«Ich geb mein Bestes, Ma.»

Marjorie stellte sich neben Molly.

«Kann ich helfen?»

«Nein, du hast schon genug getan», sagte sie und meinte die fünfundzwanzigtausend Sandwiches, die sich in der Küche türmten.

«Was ist denn jetzt mit Rabbits Kleidern?»

«Ich habe Grace losgeschickt. Sie soll was kaufen.»

«Nein», sagte Marjorie und schüttelte den Kopf. Sie stemmte ebenfalls die Hände in die Hüften.

«Wie bitte?»

«Nein, Molly. Tut mir leid. Auf keinen Fall.» Es war sehr ungewöhnlich für Marjorie, Molly auf diese Weise zu widersprechen – normalerweise waren sie einer Meinung. Marjorie war nervös, sie wollte auf keinen Fall respektlos zu Molly sein, schon gar nicht in dieser schrecklichen Situation. Immerhin war sie die Frau, die sie praktisch aufgezogen hatte. Aber wenn man nicht für etwas einsteht, steht man irgendwann für gar nichts, jedenfalls hatte Molly Hayes selbst das immer gesagt. Molly wartete, bis Marjorie die richtigen Worte fand.

«Du weißt genau, was du ihr anziehen sollst. Du willst es nur nicht.»

Molly sog die Wangen ein und biss fest darauf. Sie kaute buchstäblich auf dem Inneren ihres Gesichts herum. Das tat sie immer, wenn sie unter Druck war. «Du meinst, AC / DC», sagte Molly schließlich durch die zusammengebissenen Zähne.

«AC / DC», bestätigte Marjorie und nickte.

«Und du hast da was Spezielles im Sinn?», fragte Molly.

«Highway To Hell Tour 1979.»

«Also willst du, dass mein totes Kind bei seiner Beerdigung ein AC / DC-Highway-To-Hell-Tour-T-Shirt trägt», sagte Molly.

«Es geht nicht darum, was ich oder du wollen», entgegnete Marjorie unerschrocken.

«Und warum hat sie mich dann gebeten, die Kleider für sie auszusuchen?», fragte Molly. Sie verlor gerade die Schlacht, das merkte sie.

«Weil sie wusste, dass du am Ende das Richtige tun würdest», sagte Marjorie.

«Und was wäre das?»

«Sie wusste, dass du mit mir sprechen würdest», sagte Marjorie und lächelte.

Molly lehnte die Stirn gegen die Wand und stieß dreimal dagegen. Genau in diesem Moment zählte Davey seinen Vater herunter. «Eins, zwei, drei – und ziehen.»

«Na komm schon, Sohn, gib mal ein bisschen Gas», sagte Jack oben.

«Du bist wie ein Babyelefant, Dad.»

Molly zog langsam den Schlüssel zu Rabbits Haus aus ihrer Tasche und gab ihn Marjorie. In diesem Moment kam Francie Byrne durch die Hintertür herein, als gehörte ihm das Haus. Francie hatte den größten Teil seiner Jugend hier verbracht und im Schuppen geprobt. Das Haus der Hayes war damals für viele ein Zuhause gewesen.

«Gut», sagte Molly, und Marjorie lächelte.

Francie stand am Fuß der Treppe und schaute hinauf. «Was steht an?»

«Du kommst mit mir mit», sagte Marjorie.

«Okay, aber ohne Anfassen», sagte er und zwinkerte Molly zu. «Sie bleiben hier, Mrs. H?», fragte er.

«So ungefähr, Francie», antwortete Molly.

«Wo ist DB?», fragte er. Seine engsten Freunde und Bandkollegen hatten Davey früher Dead Bird genannt, toter Vogel, weil seine Nase viel zu groß und sein Körper viel zu mager war. Im Laufe der Jahre hatten sie es zu DB abgekürzt.

«Ich bin hier oben, mein Dad hat sich in einen verdammten Sitzsack gezwängt», rief Davey vom Dachboden herunter.

«Könntest du vielleicht helfen, Francie, ich glaube, mein Rücken hat sich völlig verkrampft», rief Jack.

«Alles verändert sich. Alles bleibt, wie es ist», stellte Francie fest. «Bin gleich wieder da, Marjorie.»

Zusammen waren sie durch die Hölle gegangen. Der Verlust von Rabbit hatte Francie und Jay genauso mitgenommen wie die Familie und Marjorie, aber er kannte seine Jobbeschreibung, und die lautete: Alles und alle am Laufen halten und wenn irgend möglich zum Lächeln und Lachen bringen. Und dafür gab es keinen Besseren.

Nachdem er Davey geschickt dabei assistiert hatte, seinen Vater aus den Klauen des weichen Sitzsackes zu befreien, fuhr Francie seinen Lieferwagen zu Rabbits Haus wie ein Mann mit Todessehnsucht. Marjorie kommentierte seinen Fahrstil nicht, krallte sich aber an ihrem Sitz fest, als hinge ihr Leben davon ab. Um ihnen die Zeit zu vertreiben, erzählte er Marjorie von den Fortschritten des jungen Mannes, der Anfang der Woche seine Hand bei einem Samurai-Schwertkampf-Unfall auf dem Fabrikfußboden verloren hatte.

«Wir haben nur gespielt ... Den Scheißkerl, der das Schwert geschwungen hat, haben wir nicht wiedergesehen, ist heulend weggerannt, und jetzt hat er sich krankschreiben lassen. Posttraumatische Belastungsstörung.»

«Und wie geht es dem Typen, der seine Hand verloren hat?»

«Wir nennen ihn auch Die Klaue. Kennst du Sheila Bs Jüngste?»

«Sandra?»

«Genau. Sie hat die Hand in ein Küchentuch und dann in eine Schüssel mit Eis gelegt, und sie haben sie wieder angenäht. So weit, so gut.»

«Siehst du Sheila B noch?»

«Nee, ich halte mich fern, obwohl es heißt, dass sie gerade wieder aus dem Irrenhaus raus ist.»

«Sie kommt vielleicht zur Beerdigung.»

«Na, genau das fehlte noch: meine Alte, wie sie auf meine irre Ex trifft. Da muss ich mir zur Beerdigung wohl eine schusssichere Weste anziehen.»

Marjorie erinnerte sich an Francies und Sheila Bs verrückte Beziehung, als die Band gerade auf dem Höhepunkt ihres Erfolgs war. Sheila war tatsächlich irre, aber lustig, und immer sehr nett zu der jüngeren, schüchternen Marjorie gewesen.

Er fuhr weiter und schrie hin und wieder den Fahrern der anderen Wagen Kommandos zu, die sie natürlich überhaupt nicht hören konnten: «Grün, grün, grüner wird's nicht.» HUUUUUUUPPPPP. «Worauf wartest du, willst du eine verdammte Einladung?» HUUUUUUPPPP.

Er zeigte der Reisegruppe in einem Kleinbus den Stinkefinger, weil sie es gewagt hatten, ihn zu schneiden, scherte auf den Fahrbandrand aus, um einen Mann verbotenerweise links zu überholen, und jagte ihm dabei den Schreck seines Lebens ein, nur um dann das Fenster herunterzukurbeln und ihn anzuschreien: «Sie dürfte man gar nicht auf die Straße lassen!». Danach entspannte er sich.

«Also, wie läuft's mit dir und Davey?», fragte er, und Marjorie stöhnte.

«Es gibt kein Davey und ich», entgegnete sie.

«Ach, lüg du dir nur selbst in die Tasche, das juckt mich überhaupt nicht.»

«Ich lüg mir nicht in die Tasche. Wir hatten im Laufe der Jahre ein paarmal Sex, das war's.» Sie log tatsächlich. Sie hatten sich im Park des Hospizes geküsst, als ihre beste Freundin im Sterben lag. *Was zum Teufel ist bloß los mit uns?*

«In Ordnung», sagte er einigermaßen herablassend.

«Tu doch nicht so, als könntest du das besser beurteilen als ich.»

«Aber ich kann es besser beurteilen. Ich bin Francie Byrne, und Francie Byrne sieht alles.»

Sie war nicht in der Stimmung. «Na gut, mir doch egal.»

Im Haus machte Mabel für Francie einen Kaffee. Marjorie fand das T-Shirt, suchte eine der fünf engen schwarzen Jeans aus, die Rabbit besaß, ihren schwarzen Spitzen-BH und den passenden Slip und steckte noch zwei alte Crew-Bänder ein, mit der Aufschrift «Kitchen Sink» und «The Sound». Sie blieb nicht lange im Zimmer ihrer Freundin, es war einfach unerträglich, von all den Dingen umgeben zu sein, die Rabbit gehörten. Sie atmete ihren Duft ein und wusste, wenn sie noch länger hierblieb, würde sie zusammenbrechen. *Weitermachen, durchstehen, na komm schon, Marjorie.*

Unten lachte Mabel über etwas, das Francie gesagt hatte. Sie verstummte, sobald Marjorie ins Zimmer trat. Dann kam sie auf sie zu und umarmte sie.

«Es tut mir so leid», sagte sie, und Marjorie kämpfte gegen die Tränen an. *Verdammt.*

«Danke, Mabel.»

Mabel warf einen Blick auf die Kleider in Rabbits Hand und nickte. «Wenn ich sterbe, will ich auch, dass du mich anziehst.»

Marjorie lächelte. Francie kippte den Kaffee runter.

«Wohin jetzt, Boss?», fragte er.

«Ins Beerdigungsinstitut.»

«Dann mal los», sagte er. Mabels Skype klingelte, irgendein Promoter in Iowa, den sie als armseliges Arschloch beschrieb. Sie war wieder bei der Arbeit. Marjorie folgte Francie zum Lieferwagen, als Kyle aus dem Nichts auftauchte.

«Ist Juliet bei ihrer Granny?», fragte er.

«Ja.»

«Alles okay?»

«Nein», antwortete Marjorie.

«Richten Sie einen schönen Gruß von Kyle aus, nein, sagen Sie ihr, dass es mir leidtut. Nein. Sagen Sie einen schönen Gruß und …»

Francie beugte sich aus dem Fenster. «Hey, Romeo, hau ab.»

«Oh, ja, wunderbar», sagte er und ging aus dem Weg.

«Sagen Sie ihr nur …», rief er ihnen hinterher, als sie davonfuhren.

Während Francie im Auto einen Anruf von der Arbeit entgegennahm, stapfte Marjorie ins Beerdigungsinstitut und überreichte Derek und dem Stillen Ed die Kleider. Derek wirkte ein bisschen verwirrt, als er das T-Shirt auffaltete.

«Sind Sie da sicher?»

«Ja.»

«Und Mrs. Hayes?»

«Sie hat es abgesegnet.»

«Also gut, wunderbar, dann machen wir uns mal an die Arbeit.»

«Darf ich sie sehen?»

«Wir haben sehr wenig Zeit.»

«Nur ganz kurz, bitte.»

Derek nickte. «Nur einen Moment.» Er ging in eine kleine Kammer. Der Stille Ed stand still da. In diesem Moment kam auch Francie herein.

«Wie läuft's denn?», fragte er.

«Ich will sie nur noch ein Mal sehen», sagte sie und zitterte.

«Möchtest du Gesellschaft?»

«Nein. Macht dir das was aus?»

Er schlang die Arme um sie. «Überhaupt nicht.» Er drehte sich zum Stillen Ed um und musterte ihn vom Scheitel bis zur Sohle. «He, Junge? Wenn du irgendwann mal mit einem Mädchen ins Bett willst, dann mach dir das schmierige Schnurrbärtchen ab», sagte er mit Blick auf den offenbar mühselig gezüchteten Flaum.

Der Stille Ed rieb sich sofort über den kaum vorhandenen Schnurrbart.

«Vertrau mir», sagte Francie.

In der Kammer war es dunkel. Sie war nur von Kerzenlicht erhellt. Der blaue Satinstoff, in dem Rabbit gelegen hatte, war fort. Ein Tuch bedeckte sie bis zum Schlüsselbein. Ihre Hände lagen gerade an ihren Seiten auf dem Tuch. Die Glatze war ganz glatt rasiert. Derek hatte das schwere Make-up entfernt. Stattdessen trug Rabbit jetzt weniger Schminke, dafür mit 3-D-Sculpting-Effekt im Stil der Kardashian-Schwestern. Sie sah aus wie sie selbst.

«Da bist du ja», sagte Marjorie. Tränen brannten ihr in den Augen. Sie nahm Rabbits Hand. «Ich wollte nur ein bisschen Zeit mit dir, nur wir beide. Ich habe jetzt alles geregelt, und ich will mich ja nicht selbst loben, aber es ist fast alles perfekt. Nur gibt es noch ein paar Dinge, über die wir sprechen müssen. Erstens bin ich sauer, dass du mich nie ermuntert hast, andere Freunde zu finden. Du bist meine einzige Freundin, und das ist deine Schuld. Wer kann sich schon mit der mächtigen Rabbit Hayes vergleichen? Ganz sicher nicht die Langweiler in der Bank, mit denen ich mein Leben lang zusammengearbeitet habe, und ja, ich weiß, dass du mir schon vor Jahren geraten hast, dort zu kündigen, aber trotzdem, scheiß auf dich, Rabbit. So, jetzt haben wir das vom Tisch. Was noch? Wie es deiner Ma geht? Na ja, sie hält irgendwie durch, Jack ist mal wieder mittagessen, aber du wusstest ja sicher, dass er sich irgendwie zurückziehen würde. Der kommt schon wieder. Und Grace? Sie tut ihr Bestes. Davey ist eben Davey, er dreht ganz still und heimlich am Rad, aber auch das wird schon wieder. Mabel ist cool. Sie versteht ihn. Juliet? Wie geht es Juliet, höre ich dich fragen. Also, ihr geht es nicht gut, Rabbit. Ihr Schmerz ist so groß, und ich tue alles, um ihn zu lindern, aber ich kann es nicht, niemand kann es, nicht mal deine Mutter, die sie übrigens unter Drogen gesetzt hat. Das Kind stand völlig neben der Spur, hat den Kopf zwischen die Stäbe des Geländers gesteckt und davon gefaselt, dass Gefühle Farben haben. Ich tu mein Bestes, um ihr zu helfen. Ich weiß nur nicht, wie viel Zeit mir noch mit ihr bleibt. Die Tränen haben schon Löcher in ihr Gesicht gebrannt. Sie wischt sich das Wasser, das aus der Nase kommt, erschreckend heftig und oft mit dem Handrücken ab. Ich? Mir geht's gut, du kennst mich, also natürlich nicht gut, aber du weißt schon, gut. Es ist erst der zweite Tag, und ich hasse die Welt ohne dich jetzt schon, das ist also ganz super. Hey, eine lustige Geschichte: Gestern habe ich eine Stunde lang wie ein Psycho auf der Straße gegenüber vom Haus meiner Mutter gesessen. Das ist doch mal was Neues. Was noch?»

Derek klopfte an die Tür, leise, aber beständig.

«Scheiße, ich muss gehen, Derek muss dich anziehen. Das ist eine Vorstellung, auf die ich gut verzichten könnte. Das Gute daran ist, dass du tot bist und das nicht mitbekommst. Der Typ ist ziemlich merkwürdig, und sein Kumpan ... ein echt armer Junge. Die gute Nachricht ist, dass Francie ihm, zehn Minuten nachdem er ihn kennengelernt hat, einen wichtigen Styling-Tipp gegeben hat. Francie ist hier, draußen vor der Tür, und er ist wirklich wunderbar.»

Wieder ein leises Klopfen. «Herrje, Derek meint es wirklich ernst. Ich muss jetzt los, Amigo.» Sie schniefte heftig und zog alles hoch, was sich in ihrer Nase befand. Sie küsste das kalte Gesicht ihrer Freundin. «Du bist echt eine blöde Kuh, mich einfach so zu verlassen.» Sie ließ ihre Hand los.

«Wir müssen jetzt wirklich weitermachen.»

«Entschuldigung», sagte sie und ging hinaus. Draußen zeigte der Stille Ed Francie seine winzigen Muskeln.

«Damit kannst du doch noch nicht mal Schnee von einem Seil hauen», sagte er und gab ihm eine Visitenkarte. «Komm doch mal bei uns im Boxclub vorbei, wir bringen dich in weniger als einem halben Jahr in Form.» Der Stille Ed nahm die Karte.

«Aber komm nicht mit dieser Rotzbremse rein, die Jungs verarschen dich sonst die ganze Zeit», sagte er und deutete auf den gelblichen Flaum. Der Stille Ed bedeckte ihn mit der Hand und nickte eifrig.

Marjorie folgte Francie zum Wagen. Im Auto kramte er ihr ein Taschentuch aus dem Handschuhfach. Sie wischte sich das Gesicht trocken, und für einen kurzen Moment fiel seine unbekümmerte Maske von ihm ab.

«Wenn das doch alles endlich vorbei wäre», sagte er leise und ließ den Motor an.

Grace

Während Grace und Davey einen Teil des Nachmittags damit verbrachten, die Möbel im Esszimmer herumzuschieben, um Platz zu schaffen für Rabbit, kümmerte sich Molly um

Jack und seinen kaputten Rücken. Sie hatte ihren Kindern den Auftrag erteilt, den perfekten Platz für Rabbit zu finden. Das Licht sollte auf sie fallen, aber gleichzeitig sollte sie weit genug vom Fenster entfernt stehen, um unerwünschte Blicke zu unterbinden.

«Sie würde einen offenen Sarg furchtbar finden», beschwerte sich Davey bitterlich.

«Ich weiß», sagte Grace.

«Und dass die Leute sie anstarren.»

«Ich weiß.»

«Wir könnten einfach mit ihr durchbrennen», sagte Davey, aber Grace beachtete ihn nicht.

«Ich könnte auch Francie bitten, uns die Heißklebepistole aus dem Wagen zu holen. Dann könnten wir Kleber auf den Rändern verteilen und den Sargdeckel zuknallen», sagte er.

«Du könntest auch einen Felsbrocken drauflegen. Ma würde trotzdem einen Weg finden, ihn wieder zu öffnen», versetzte sie.

«Es ist einfach nicht richtig», sagte Davey.

«Solange der Sarg noch offen ist, ist Rabbit immerhin noch bei uns», erwiderte sie.

Davey verstand sofort und musste gegen seine Gefühle ankämpfen. Er räusperte sich. «Das stimmt irgendwie.»

Grace stopfte sich ein ganzes dreieckiges Sandwich in den Mund, in dem Versuch, die gähnende Leere in sich zu füllen. Sie sprachen nicht mehr darüber, den Sarg zu schließen.

Die Leiche traf pünktlich um fünf Uhr nachmittags im Haus der Hayes ein. Die Nachbarn kamen aus ihren Häusern, als der Leichenwagen vorfuhr. Sie standen in ihren Gärten und bekreuzigten sich, als die beiden Männer in Anzügen Rabbit auf die Straße rollten. Naturgewalt-Molly stand auf der Treppe vor der Haustür inmitten ihrer Familie, Jack zu ihrer Rechten. Er trug sein Stützmieder und weinte wie ein Baby. Aufgescheuchtes-Reh-Davey stand neben der tieftraurigen Grace und hielt ihre Hand, genau wie damals als Kinder, als sie ihn zur Schule gebracht hatte. Graces Jungs Stephen, Bernard, Ryan und der neunjährige Jeffrey standen hinter ihnen. Marjorie saß mit Juliet auf den Stufen. Das Kind war immer noch völlig zugedröhnt und starrte teilnahmslos die Gartenmauer an.

Grace sah zu, wie ihre kleine Schwester in einer braunen Kiste die Auffahrt hinaufgeschoben wurde. Die gesamte Nachbarschaft hatte sich versammelt und dankte mit solidarisch gesenkten Köpfen heimlich dem lieben Gott, dass es nicht einen von ihnen getroffen hatte.

Es war kaum auszuhalten für Grace. *Ich habe das Gen.* Sie zeigte es nicht, vergrub es tief in sich. Die Bestatter blieben am Gartentor stehen. Plötzlich war Grace wieder in den 80ern, als ein sechzehn Jahre alter Johnny Faye in seinen zerrissenen Jeans, mit langer Lederjacke und weichen Locken auf der Mauer saß. Sie sah die zwölf Jahre alte, schlaksige Rabbit mit ihren langen Zöpfen, ihrer klobigen Brille und dem Pflaster auf dem Auge, das ihr Schielen korrigieren sollte. Johnny hatte den Arm um sie gelegt. Sie weinte, weil die damals 18-jährige Grace schon so üppig war und wildes, rotes Haar besaß. Rabbit war eifersüchtig. «Niemand wird je so wunderschön sein wie du, Rabbit», hatte er zu ihr gesagt. Und er hatte recht gehabt. Rabbit war ihr ganzes Leben lang etwas Besonderes gewesen, sogar mit der dicken Brille und dem Schielauge. Grace dagegen hatte sich nur sehr kurze Zeit besonders gefühlt.

Der Stille Ed stolperte über eine Unebenheit im Pflaster und riss Grace aus ihren Gedanken. Derek warf ihm einen wütenden Blick zu. Ed senkte den Kopf. Alle wichen zurück, um sie hindurchzulassen. Niemand wusste so recht, wo er stehen sollte. Molly dirigierte den Sarg, als regelte sie den Verkehr.

«Hier entlang. Nein. Ein bisschen weiter links. Nein. Mein Links. Nein. Entschuldigung. Rechts. Ein bisschen weiter rechts. Halt.» Sie trat einen Schritt zurück.

Als Rabbit endlich an der richtigen Stelle im Zimmer stand, nahm Derek den Deckel vom Sarg. Alle wichen zurück und bekreuzigten sich automatisch. Die beiden Männer verließen still den Raum, damit die Hinterbliebenen in Ruhe trauern konnten. Molly stand über ihre jüngste Tochter gebeugt, die jetzt ihre eigenen Kleider trug. Ihre blonde Lieblingsperücke war perfekt frisiert, und sie sah exakt aus wie sie selbst.

«Da bist du ja, Liebling.» Molly war plötzlich völlig überwältigt und brauchte einen Stuhl. Davey rannte in die Küche und schob seiner Mum einen unter den Hintern. «Perfekt», sagte sie dann und wandte sich an Marjorie. «Wer hat dich lieb, Marjorie?»

«Molly», antwortete Marjorie.

«Einfach perfekt», murmelte sie, und erst ein, zwei Minuten später ließ sie Marjories Hand wieder los. Grace wurde ganz übel vor Trauer, aber sie blieb stehen, obwohl ihr schwer ums Herz war.

Dann waren die Kinder an der Reihe, sich von Rabbit zu verabschieden. Als Erstes kam Juliet mit Ryan herein. Bernard, Stephen und Jeffrey folgten ihnen.

«Sie macht das toll», sagte Ryan.

Juliet stand wie erstarrt da. Die Hände hingen an ihren Seiten herab, ihre Augen waren weit geöffnet, der Mund ebenfalls. Davey legte die Hände auf Juliets Schultern. Sie lehnte sich an ihn und starrte ihre Mutter lange an.

Dann nickte sie wie zu sich selbst, und Ryan flüsterte Grace zu: «Warum nickt sie?» Grace wusste es auch nicht und fragte sich, ob es wohl mit den Medikamenten zu tun hatte. Also zuckte sie mit den Achseln. Sie warteten alle, dass Juliet den Anblick in sich aufnahm.

«Ich will einfach nur nach Hause», sagte sie schließlich.

«Ich muss zur Totenwache hierbleiben, und Mabel ist schon auf dem Weg. Wir können dich nicht allein lassen», sagte Davey.

«Ich bleibe bei ihr», bot sich Ryan an.

Davey warf Grace einen fragenden Blick zu. Grace kniete sich auf den Boden und schaute zu ihrer Nichte auf. «Bist du sicher, Bunny?»

«Nenn mich nicht Bunny», sagte Juliet, und Grace blickte zu Davey.

«Rabbit ist tot, jetzt will sie kein Bunny mehr sein», erklärte er.

«Oh.» Sie ließ die Hände ihrer Nichte nicht los. «Das ist deine Entscheidung.»

«Ich will nach Hause.»

«Okay.» Sie sah Davey an und nickte. «Ist in Ordnung.»

Ryan zuckte die Achseln. «Siehst du, es ist okay.»

«Lenny ist auf dem Weg. Er kann sie absetzen, bevor die Feier beginnt.»

Davey kramte in seinen Taschen nach Geld. Er gab Ryan einen 50-Euro-Schein. «Holt euch Pizza, aber ich will das Wechselgeld zurückhaben.»

«Volltreffer», sagte Ryan und legte Juliet die Hände auf die Schultern, um sie zurück ins Wohnzimmer zu schieben.

Daveys Handy klingelte.

«Francie?» Er lauschte, und sein Gesicht wurde ein wenig bleich. «Du machst Witze», sagte er, und dann lauschte er erneut, bedankte sich und legte auf.

«Was ist da denn los?», fragte Grace.

«Rabbit ist überall im Radio.»

Marjorie hatte sich darauf konzentriert, sinnlos Geschirr abzuwaschen. Jetzt hielt sie inne und drehte sich um.

«Die Nachricht von ihrem Tod ist letzte Nacht durch einen Tweet von einem Familienaccount öffentlich geworden», sagte Davey.

Molly kam ins Zimmer und schaute zwischen Davey und Marjorie hin und her. «Was ist hier los?»

«Wessen Account?», fragte Grace.

«Ryans.»

«Ach du heilige Scheiße», sagte sie und merkte, wie ihre Knie zum zweiten Mal in zwei Tagen ganz weich wurden.

«Was hat er getan?» Sie brauchte dringend einen Stuhl, sonst würde sie zu Boden sinken und sich zusammenrollen müssen.

«Davey?», fragte Molly. Davey fand den Tweet auf seinem Handy und las ihn vor.

«Die Atheistin und Journalistin Rabbit Hayes ist heute gestorben.»

«Also nein, warum hat er denn unbedingt schreiben müssen, dass sie Atheistin ist?», fragte Molly. Sie klang verärgert.

«Und?», fragte Grace.

«Es gibt da einen Hashtag.»

«Was ist ein Hashtag?», fragte Molly.

«Na ja, es ist eigentlich mehr eine Pointe», antwortete Davey.

«Eine Pointe?» Mollys Stimme war jetzt eine Oktave höher.

Er räusperte sich und las den Tweet erneut laut vor. «Die Atheistin und Journalistin Rabbit Hayes ist heute gestorben #Bestelltundnichtabgeholt.»

«Barmherziger Herr im Himmel», sagte Grace und dachte einen Moment lang, dass sie sich übergeben müsste.

«Und er geht viral.»

«Was bedeutet ‹viral gehen›?», fragte Molly.

Lenny kam durch die Tür. Er trug eine Kiste Wein und vier Einkaufstüten. Er wusste sofort, dass es hier ein Problem gab. Molly Hayes sah aus, als würde sie gleich explodieren, aber es war der Gesichtsausdruck seiner Frau, der ihm wirklich Angst machte.

«Was ist los?», fragte er und stellte die Kisten auf den Küchentisch und die Einkaufstüten auf den Boden.

«Bring deinen Sohn besser ganz schnell raus hier», sagte Grace. Ihr Blut kochte, und sie atmete schwer, wie ein wütender Stier.

«Alarmstufe Rot», rief er. «Alarmstufe Rot.» Lenny musste nicht einmal fragen, welchen Sohn sie meinte. «Ryan», rief er, «sofort ins Auto!»

Ryan kam ins Zimmer. Grace ging sofort auf ihn los.

«Bestellt und nicht abgeholt?», schrie sie.

«Lauf, Ryan. Ich hab keine Ahnung, was hier los ist, aber renn», sagte Lenny. Ryan griff nach seinem Mantel und rannte los. Lenny küsste seine Frau. «Beruhige dich, beruhige dich, okay, mein Liebling? Marjorie, hol ihr einen Drink, irgendwas sehr Starkes.» Er lief raus zu Ryan, der im Auto wartete. Davey holte Juliet und übergab sie Lenny, der mit laufendem Motor wartete. Grace flüchtete nach draußen in den Garten, öffnete den Schuppen ihres Dads und holte den alten, abblätternden Hurlingschläger, der neben der Tür lag. Damit begann sie, auf die großen Plastik-Recyclingtonnen einzudreschen. Das Fenster stand offen.

Marjorie trat neben Molly, die vom Fenster aus zusah.

«Sollen wir etwas unternehmen?»

«Ach, sie wird bestimmt bald müde.»

«Hat sie so was schon mal gemacht?»

«Vor den Recyclingtonnen hatten wir dort immer einen alten Waschtrockner, damit sie etwas Solides zum Draufhauen hatte.»

«Ach so! Ich hatte mich immer gefragt, warum der da herumstand.»

Sie redeten über sie, als hörte sie sie nicht, und es war ihr egal. Sie musste auf irgendetwas eindreschen. Sie musste das hier irgendwie auslöschen. Grace brauchte zehn Minuten, in denen sie wie eine Irre auf die Tonnen einprügelte, eine Blase an den Händen, einen starken Whiskey und ein langes Gespräch mit Pater Frank, bis sie sich endlich beruhigte. Sie war völlig ausgelaugt, emotional, körperlich und psychisch, und die Trauerfeier hatte noch nicht einmal begonnen.

Jack

Pater Frank war eine halbe Stunde vor den Gästen eingetroffen, und nachdem er Grace beruhigt hatte, schüttelte er Jack die Hand. «Ich spreche Ihnen nur mein herzliches Beileid aus, genau wie alle anderen», sagte er.

«Es ist gut, dass Sie gekommen sind», sagte Jack.

«Sie müssen mit Molly sprechen», sagte Pater Frank. «Sie hätte so gern einen Rosenkranz gebetet.»

«Ich spreche mit ihr, aber Pater, um ehrlich zu sein: Einer schadet doch nicht», sagte Jack. Pater Frank nickte. «Rabbit war da aber sehr entschieden.»

«Rabbit ist tot», sagte Jack leise. Pater Frank seufzte. «Natürlich. Ich bete gern einen Rosenkranz für Sie.»

«Meinen aufrichtigsten Dank», sagte Jack. Gemeinsam gingen sie zu Rabbit.

«Highway To Hell», bemerkte Pater Frank und zog die Augenbraue hoch. Ein Lächeln schlich sich auf sein Gesicht.

«Das hätte sie geliebt», sagte Jack.

«Das passt wirklich zu ihr.»

Molly bestand darauf, dass Pater Frank zuerst Sandwiches aß, und weil er noch fahren musste, auch so viel Tee trank, wie Molly in ihn hineinbekommen konnte. Dann ging sie, um nach Grace zu sehen, die sich nach ihrem Ausraster gewaschen und umgezogen hatte. Davey schlich herum und wusste nicht recht, wohin mit sich, bis er schließlich in einem anderen Zimmer verschwand. Die beiden Männer saßen gegenüber und neben Rabbit, die mit gekreuzten Händen dalag. Statt eines Rosenkranzes hielt sie eine laminierte Karte mit der Aufschrift «Unbeschränkter Zutritt zum Backstagebereich» in den Händen.

«Nette Idee», sagte Pater Frank mit einem Nicken in Richtung Backstagepass.

«Alles Marjories Ideen», sagte Jack. «Sie hat uns unser Mädchen wiedergebracht.»

«Das hat sie wirklich.»

«Ich möchte mit Ihnen darüber reden, was wir machen, wenn sie fort ist», sagte Jack.

«Ich fürchte, ich kann Ihnen nicht folgen.»

«Na ja, ich würde sie gern behalten, zumindest einen Teil von ihr.»

«Das Bestattungsunternehmen kümmert sich um die Asche, Jack.»

«Jaja, das verstehe ich, aber ich dachte mehr so spirituell. Wie wäre es denn, wenn etwas von meinem Mädchen in einer Urne vielleicht in der Mauer des Glasnevin-Friedhofs oder im Memorial-Garten bleibt, etwas hier bei ihrer Mutter und mir und etwas bei Juliet, Davey und Grace?»

«Der Körper ist nur eine Hülle, Jack.»

«Also wäre das in Ordnung?»

«Was mich angeht, ja.»

Jack lächelte. «Na, das ist ja schon mal gut, aber ich dachte eher daran, was Gott wohl davon halten würde, wenn es ihn überhaupt gibt.»

«Ihr Glauben schwindet auch, Jack?», sagte Pater Frank in einem Ton, der etwas niedergeschlagen klang.

«Oh nein, mein Glaube hat schon mein ganzes Leben lang geschwankt, es geht immer auf und ab mit ihm. Keine Sorge, ich gehöre trotzdem dazu.»

«Ich würde sagen, dass Gott mit allem einverstanden ist, was Sie tun, um Rabbit und ihr Andenken zu ehren.»

«Okay, wunderbar. Sie können ja die Leute heutzutage in alles Mögliche verpacken, in Schmuck, Steine, Töpfe, sie können sogar Asche-Collagen machen, aber vielleicht geht das nur mit Haustier-Asche.» Er stand langsam und mühevoll auf, wobei er sich den Rücken stützte, und schüttelte Pater Frank die Hand.

«Rückenprobleme, Jack?»

«Probleme mit einem Sitzsack, Pater», erwiderte er.

Wenn Pater Frank keine Ahnung hatte, wovon der alte Mann sprach, dann merkte man es ihm nicht an. «Verständlich», sagte er.

«Sie waren Molly und mir in all den Jahren immer ein guter Freund», sagte Jack und trat an den Sarg, um sein Kind anzuschauen. «Und Sie mussten ganz schön viel aushalten.»

Pater Frank stellte sich neben ihn. «Von Molly oder von Rabbit?»

«Von beiden», antwortete Jack, und die beiden Männer lächelten. Molly hatte den armen Pater Frank oft beschimpft, und sie hatten mehr als einmal erbittert diskutiert, aber er hatte viel Zuneigung für diese Frau, die so großzügig wie beeindruckend war.

«Was Rabbit angeht, wissen Sie wohl, dass Molly mich heimlich ins Hospizzimmer geschleust hat, damit ich ihr die Letzte Ölung gebe.»

«Oh, natürlich», sagte er. «Marjorie und Grace haben mit ihr unter einer Decke gesteckt.»

«Rabbit lag im Halbkoma.»

«Das stimmt.»

«Und doch hat sie es fertiggebracht, aus ihrem Schlaf zu erwachen und ‹Buh!› zu schreien, Allmächtiger», sagte er und bekreuzigte sich. «Ich dachte schon, mein letztes Stündlein hätte geschlagen.»

Jack kicherte leise. «Sie hat schon immer gern Witze gemacht.»

«Besonders auf Kosten Gottes.»

Jacks Lächeln erstarb. «Scheint fast, als hätte er zuletzt gelacht.»

Das war Pater Frank außerordentlich unangenehm. «So habe ich es nicht gemeint», sagte er.

«Ich weiß, dass Ihnen meine Tochter im Laufe der Jahre eine Menge zugemutet hat, besonders, als Johnny so krank war.»

«Johnny starb im Glauben an Gott und den Himmel, Jack. Er glaubte, dass er Rabbit eines Tages wiedersehen würde. Und mir gefällt die Vorstellung, dass dieser Tag jetzt gekommen ist.»

«Was die einander wohl erzählen würden?»

«Johnny Faye würde ihr sicher sehr gern sagen, dass er das ja schon immer gewusst hätte», bemerkte Pater Frank.

«Und Rabbit Hayes würde das hinnehmen, nur um noch einmal in seinen Armen zu liegen.»

Die beiden standen an Rabbits Sarg und nickten.

«Wie wäre es denn mit einem Stück von Paulines Kuchen?»

«Von gegenüber?»

«Ganz genau.»

«Der ist legendär.»

«Das ist er», sagte Jack. «Dann holen Sie sich mal ein Stück, bevor die anderen kommen.»

Während sich die Damen des Hauses anzogen und herrichteten und Davey Hayes in eine Folge von «Mord ist ihr Hobby» eintauchte, aßen Pater Frank und Jack Hayes mit Appetit von Paulines berühmtem Kuchen.

Molly

Molly hatte den ganzen Tag mit Gott gesprochen. Als die Leute zur Tür hereinkamen, bat sie ihn um Kraft. *Lieber Gott, bitte hilf mir dabei, dann werfe ich auch zehn Euro in die Almosenbüchse.* Ab sechs Uhr kamen sie in Scharen. Nur wenige Minuten nach Ankunft des ersten Gastes war das Zimmer zum Bersten voll. Es war das reinste Chaos. *Lieber Gott, bitte mach, dass ich auf den Beinen bleibe, dann sage ich heute auch kein einziges Mal mehr «Scheiße».* Sie war ständig in Bewegung, servierte Sandwiches, Tee, Kaffee, Rotwein, Weißwein sowie Whiskey und Sherry für die Älteren.

Eine Viertelstunde vor der großen Invasion hatte sie sich kurz mit ihrer Mannschaft abgestimmt.

«Grace und Marjorie, ihr habt Sandwich- und Kuchendienst. Jack ist für die Schnäpse verantwortlich, Lenny für Weiß- und Rotwein und Davey für Tee und Kaffee.»

Davey hob die Hand. «Darf ich lieber den Wein machen?»

Lieber Gott, schenke mir Geduld. Ich sage dann auch vor dem Zubettgehen ein Extragebet auf. «Gut, aber trink nicht alles selbst. Ich nehme die Bestellungen an.»

Grace zog Jeffrey beiseite, um ihn daran zu erinnern, dass sie Augen wie ein Luchs besaß und ihn beobachten würde. «Zwei Sandwiches, das ist die Obergrenze. Und keinen Kuchen.»

«Ach, Ma!»

«Gut, ein Stück Kuchen, aber ein kleines. Ich will nicht ständig hinter dir her sein.» Er wusste, dass sie nicht in der

Stimmung für Diskussionen war, er hatte sie gehört, wie sie mit dem Hurlingschläger auf die Plastikmülleimer eingedroschen hatte.

Stephen wollte unbedingt helfen. «Was kann ich denn tun, Gran?», fragte er.

«Sei einfach du selbst, Liebling», antwortete sie.

«Und ich, Gran?», fragte Bernard.

«Du erst recht, mein Sonnenschein.»

«Dann wasche ich ab», erklärte Stephen.

«Und ich trockne ab», setzte Bernard hinzu.

«Danke, Jungs.» *Lieber Gott, pass gefälligst auf diese Jungs auf, sonst bekommst du es mit mir zu tun.*

Die Leute standen Schlange, um einen Blick auf Rabbit zu werfen und ihr die letzte Ehre zu erweisen. Als sie damit fertig waren, war sofort ein Mitglied der Hayes-Familie zur Stelle, um ihnen Essen und Getränke anzubieten. Es schien alles wunderbar zu klappen, es war Zeit für freundliche Worte, herzliche Beileidsbekundungen und ein paar Geschichten aus der guten alten Zeit. Niemand erwähnte den Tweet, aber Molly war sich bewusst, dass sie ihn alle entweder selbst gelesen oder davon gehört hatten. Er hing über ihr wie eine dunkle Wolke, aber sie blieb in Bewegung, um sich um die Bedürfnisse der anderen zu kümmern, ganz so, wie sie es immer tat.

Sie verbrachte viel Zeit damit, die Worte «Tee, Kaffee, Wein, aber doch wenigstens ein kleines Schlückchen?» oder «Sie müssen aber wirklich Paulines Kuchen probieren» immer wieder aufzusagen, bis Pauline höchstpersönlich ihren wilden Galopp bremste.

«Ich übernehme ab hier.»

«Mir geht es gut.»

«Das hier ist kein Restaurant, und du bist keine Kellnerin. Entspann dich ein bisschen, sprich mit den Leuten.»

Molly wollte eigentlich gar nicht mit den Leuten sprechen, aber ihre beste Freundin akzeptierte kein Nein, also gab sie nach.

«Also gut, Monica Leary möchte ein Eiersalat-Sandwich, einen Kaffee und ein Schlückchen Whiskey dazu.»

«Tatsächlich», versetzte Pauline trocken. «Aber sonst geht es ihr gut?»

Plötzlich ohne Beschäftigung, brauchte Molly einen Augenblick, um zu antworten.

«Es hätte noch schlimmer kommen können», sagte ein Fremder zu ihr. Es war ein Mann Anfang sechzig.

«Verzeihung?»

«Meine Tracy ist bei einem Auffahrunfall mit drei Autos ums Leben gekommen.»

Lieber Gott, bitte nimm mir diese mörderischen Gedanken, bevor ich dich auf die schlimmste, schändlichste Art entehre. «In welcher Hinsicht ist das schlimmer?», fragte sie durch die zusammengebissenen Zähne.

«Na ja, wir hätten sie nicht im offenen Sarg ins Esszimmer stellen können», antwortete er ernsthaft.

«Kenne ich Sie?», fragte sie.

«Nein», antwortete er. «Ich habe in den Nachrichten vom Hashtag #Bestelltundnichtabgeholt gehört und wohne nur eine halbe Meile entfernt.»

«Also kennen Sie hier niemanden?»

«Ich kenne Pater Frank», sagte er.

«Gut», sagte sie und wandte sich zur versammelten Menge. «Bitte kurz um Aufmerksamkeit. Nur ein kurzes Wort vom Management.»

Alle verstummten und warteten, dass die Mutter der Verschiedenen etwas Tiefsinniges sagte.

Lieber Gott, bitte vergib mir das, was ich jetzt sage.

«Jeder, der die Nachrichten gehört hat: Es gibt einen neuen Hashtag. Er lautet: #Hautgefälligstab.»

Da fast jeder im Zimmer Molly Hayes gut kannte, brachen alle in Gelächter aus. Selbst Grace brachte ein Lächeln zustande, obwohl sie innerlich immer noch schäumte. Das Eis war jetzt jedenfalls gebrochen, und die Leute schwatzten fröhlich miteinander.

«Rabbit Hayes in den Nachrichten, das ist ja ein Ding», bemerkte Pauline. «Und all die schönen Dinge, die sie über sie als Journalistin und Bloggerin gesagt haben.»

Grace war immer noch wütend. «Ryan hätte das auf keinen Fall tun dürfen.»

«Aber siehst du, wie viele Retweets es davon gibt? Über dreitausend – das ist Wahnsinn!», sagte Justin vom anderen Ende der Straße.

«Ich spreche mit ihm, Liebling», sagte Lenny zu seiner Frau.

«Ich habe es im Radio gehört», sagte Jacks ältester Freund Gerry. «Ich verstehe diese sozialen Medien nicht. Ich kapiere es einfach nicht, ein Junge kann mit dem ganzen Land aus seinem Kinderzimmer heraus kommunizieren! Das ist doch Irrsinn.»

«Nicht nur im ganzen Land, es gibt auch ein paar Retweets aus Deutschland, Frankreich und Großbritannien», sagte Bernard.

«Bekloppt», sagte Gerry.

«Ich verstehe einfach nicht, warum Ryan so etwas tut», sagte Grace niedergeschlagen.

«Er wollte nur angeben», sagte Stephen.

«3044 Retweets, nein, wartet, 3045 Retweets sind echt cool», bemerkte Bernard mit Blick auf sein Handy.

«Nein, das ist nicht cool, Bernard, das ist abscheulich», fuhr Grace ihn an. «Und deine Brüder ...»

«... wollen uns zum Lachen bringen», sagte Molly.

«Na ja, das machen sie aber nicht besonders gut», sagte Grace.

«Rabbit würde lachen», wandte Molly ein.

Marjorie nickte. «Da hat sie recht.»

«Aber es ist nicht lustig, Ma», sagte Grace, und Tränen traten ihr in die Augen. Molly legte den Arm um die Schultern ihrer ältesten Tochter. «Ich weiß, mein Liebling.» Sie küsste sie auf den Scheitel, und Grace rannen die Tränen über die Wangen.

«Sie ist doch keine Pointe», weinte sie an Mollys Brust.

Lieber Gott, hilf mir. Bitte hilf mir.

Alle im Zimmer wurden plötzlich ganz still. Graces Gefühlsausbruch erinnerte sie daran, dass die Leute, die ihnen Essen und Getränke servierten, todunglücklich waren. Mabel, Francie, Jay, Louis und Kev aus Daveys alter Band «Kitchen Sink» standen mit ihren Frauen zusammen. Jay löste sich aus der Gruppe, hob sein Glas und brachte so die Gäste zum Verstummen. Francie tat es ihm nach, und innerhalb von Sekunden hielt der gesamte Raum die Gläser hoch und wartete auf einen Toast.

«Auf Rabbit Hayes. Du wurdest geliebt, und wir werden dich vermissen, ob du hier bist, woanders oder nirgendwo», sagte Jay. Rabbit war mehr als nur die Schwester eines ihrer Bandmitglieder gewesen, sie war selbst Teil der Band, ihre Tontechnikerin, ihr Maskottchen und ihre Türsteherin, wann immer man sie gelassen hatte. Es kam aus tiefstem Herzen, und Jay versagte die Stimme.

«Hört, hört», rief Francie. Alle stießen auf Rabbits Andenken an, und schon bald erfüllte den Raum wieder das Geplauder und Geschnatter der Trauergäste.

Als sich die Mehrheit wieder verabschiedet hatte und nur die engsten Freunde und Familienmitglieder geblieben waren, ungefähr dreißig an der Zahl, holten die Jungs ihre Gitarren hervor. Louis setzte sich ans Klavier, und Davey trommelte auf der alten Bodhrán seines Vaters. Jacks Freund Gerry ging zum Auto und holte sein Akkordeon heraus. «Hab ich für alle Fälle mal mitgebracht», sagte er, als er damit an Molly vorbeiging und es hochhielt. Francies Frau Lorraine hatte eine schöne Stimme, und Francie konnte immerhin den Ton treffen, Jay und Kev ebenfalls. Selbst Grace stimmte mit ein, als sie genügend Whiskey intus hatte. Sie sangen alle zusammen Lieder von Freiheit, Liebe und Verlust, sangen von Krieg und Hoffnung und Verzweiflung. Dann schlug Louis einen vertrauten Takt an, und die anderen hörten auf zu spielen, und er trug ganz allein das Liebeslied vor, das Johnny vor so vielen Jahren für Rabbit geschrieben hatte. Lorraine sang sich das Herz aus dem Leib, und kaum jemand im Haus hatte noch trockene Augen. Molly saß, die Hände im Schoß gefaltet, einfach nur da. Sie weinte nicht, sang auch nicht mit, sie atmete nur ein und aus, und in ihrem Kopf wiederholte sie die Worte: *lieber Gott, lieber Gott, lieber Gott …* Etwas anderes fiel ihr nicht ein.

Pater Frank stand auf, um sich zu verabschieden, und in diesem Augenblick fühlte sie sich einigermaßen verzweifelt. *Lieber Gott … lieber Gott … lieber Gott …* «Zehn Ave-Maria, bevor Sie gehen, Pater», bat Molly.

Er sah sich zu Rabbit um, zu den Musikern, den Freunden und den Familienmitgliedern. «Das hier ist genau das, was sie wollte, Molly. Nicht mich und auch nicht Gott.»

«Da haben Sie recht, Frank, aber Rabbit ist tot, und ich bitte Sie, für uns zu beten, für die Hinterbliebenen.»

Er seufzte und nahm den Schal wieder ab. «Sie hätten in die Politik gehen sollen, Molly.»

«Nur zehn Ave-Maria.»

Jack meldete sich aus der Ecke, in der er mit Gerry und seinem Akkordeon stand. «Vielleicht lieber nur eins», sagte er.

«Ich bin dafür», sagte Marjorie und kümmerte sich nicht um Daveys bösen Blick.

«Echt jetzt? Wir beten? Und das in Gegenwart von Rabbits Leichnam?», protestierte er.

«Wir verstehen die Ironie darin sehr wohl, mein Sohn», sagte Molly und kniete nieder.

Grace, Jack und Marjorie taten es ihr nach, dann die anderen Gäste. Nur Davey blieb neben dem steinernen Gesicht seiner Schwester stehen. Pater Frank bekreuzigte sich, alle anderen ebenfalls.

«Im Namen des Vaters, des Sohnes und des Heiligen Geistes», sagte Molly laut und bekreuzigte sich ebenfalls. *Los jetzt, entspann dich, Molly, atme einfach ein und aus, und alles wird gut.*

Pater Frank begann, das Glaubensbekenntnis herunterzubeten: «Ich glaube an Gott, den Vater, den Allmächtigen, den Schöpfer des Himmels und der Erde. Und an Jesus Christus.»

«Ich glaube an Gott, den Vater …», setzte Molly an, verstummte dann aber. *Tue ich das wirklich? Wie oft muss man eigentlich anklopfen, bis man endlich merkt, dass niemand zu*

Hause ist? Und die katholische Kirche? Glaube ich wirklich an sie und an ihre Botschaft? Jetzt? Nach allem, was sie getan hat? Nach all den Sünden, all den Lügen? Nach all den Verschleierungsversuchen ihrer Verbrechen? Warum sollten diese Männer und Frauen sich auf Korruption einlassen, wenn sie wirklich glauben, dass Gott der Vater der Schöpfer von Himmel und Erde war?

Während die anderen beteten, blieb sie ganz still. Sie sah zu ihrem Sohn hinüber, der bei seiner toten Schwester stand und sie vor den Katholiken beschützte. *Das ist alles Betrug, Ma,* hatte Rabbit so oft gesagt. *Katholiken-GmbH, es geht denen nur ums Geld. Das weißt du. Tief in dir drin weißt du es.*

Sie hatte nicht zugehört. *Aber jetzt will ich es hören. Jetzt höre ich dir zu. Sprichst du mit mir, Rabbit? Sagst du mir, was ich für eine alte Idiotin bin? Wo bist du, Liebling?* Aber Rabbit sagte kein Wort. Sie war tot, und es kam Molly vor, als hätte sie alle Hoffnung und das Versprechen auf die Ewigkeit mit sich genommen. *Tut mir leid.*

Sie hörte zu, wie Pater Frank diese Worte sagte: «Die Vergebung der Sünden, die Auferstehung der Toten und das ewige Leben.» Sie sah ihre tote Tochter an, und bei diesen Worten, die so sinnlos abgespult wurden, keimte in ihr plötzlich die Erkenntnis: Molly Hayes glaubte kein Wort davon. Gebete hatten ihr nicht geholfen. Als sie Gott am meisten gebraucht hätte, hatte er nicht geantwortet. Sie stellte sich selbst die Frage: *Warum? Hat er nicht geantwortet, weil es ihm egal war oder weil es ihn nicht gibt?* Sie kannte die Antwort bereits, denn als Rabbit starb, breitete sich diese Leere in Molly aus, und in diesem Nichts konnte Gott nicht wohnen. *Du hattest recht, mein Liebling. Es ist alles eine verdammte Lüge.*

Pater Frank betete vor, und die Versammelten sprachen die Worte des Vaterunsers und des Ave-Maria nach.

Eine zutiefst traurige Molly Hayes sprach derweil ihr eigenes Gebet: *Lieber Gott, ich bin fertig mit dir.*

Davey

Es war bereits nach zehn Uhr abends. Alle anderen waren schon gegangen, aber Marjorie hatte darauf bestanden zu bleiben, bis auch der letzte Teller abgewaschen, abgetrocknet und wieder aufgeräumt war. Sie sah, wie ihr Bus in seine Haltebucht direkt gegenüber fuhr.

«Zeit für mich zu gehen», sagte sie.

«Nimm dir ein Taxi», sagte Davey.

«Ich kann die Haltestelle von hier aus sehen.»

«Steig nicht in den Bus, jetzt nicht mehr. Es ist spät.»

«Mir geht es gut, Davey.»

Sie nahm ihren Mantel und verabschiedete sich von Molly, die neben Rabbit saß und eine Hand auf Rabbits kalte Stirn gelegt hatte. Jack schlief schon.

Grace umarmte Marjorie. «Danke.» Ihre Dankbarkeit kam aus tiefstem Herzen. Die beiden Frauen drückten einander so lange, bis Davey nach Mantel und Brieftasche griff.

«Wohin gehst du?»

«Zum Bus», sagte er.

«Davey!»

«Lass ihn doch», sagte Grace. «Er würde dir auch in eine einstürzende Kohlemine folgen, wenn das bedeutet, dass er hier rauskann.»

Davey zuckte die Achseln. Seine Schwester hatte recht. Es war schlimm genug, am helllichten Tag in einem Haus voller Leute auf Rabbits Leiche starren zu müssen, aber jetzt, da nur noch die Familie da war und es bereits dunkel war … Also, das war einfach … falsch.

Sie saßen nebeneinander ganz hinten im halbleeren Bus. Die Wärme des Motors blies durch ein Gitter gegen Daveys Oberschenkel und stieg langsam weiter nach oben.

«Wie in den guten alten Zeiten», sagte er und schaute hinaus in den nächtlichen Himmel. Die Mischung aus dem fahrenden Bus, den vorbeifliegenden Lichtern, der warmen Luft, die gegen seine unteren Körperteile blies, und dem Whiskey hatte eine hypnotische Wirkung auf seinen überforderten, belasteten, müden Verstand.

«Du lallst ja.»

«Tut mir leid.»

«Du versuchst jetzt aber nicht, mich rumzukriegen, Davey, oder?»

Er lachte. «Ich könnte mir jetzt gerade nichts Schlimmeres vorstellen.»

«Ich mir auch nicht», sagte sie und lächelte.

«Ich dachte immer, dass der Tod die Leute scharfmacht.»

«Vielleicht eher der drohende Tod», sagte sie.

Er dachte darüber nach, möglicherweise stimmte das. Dieser unbeholfene Kuss vor dem Hospiz …

«Hmmm, also so wie ich mich jetzt fühle, habe ich vielleicht nie wieder Sex», sagte er.

«Na ja, jetzt bist du ja Vater. Das hat angeblich einen enormen Effekt auf die Libido.»

«Wie ist das eigentlich noch mal passiert?», fragte er und lächelte, aber dieses Lächeln erreichte seine Augen nicht. Er hatte Angst, wirklich große Angst. *Was habe ich getan? Was habe ich getan? Was habe ich getan?*

Marjories klingelndes Handy unterbrach das, was sich leicht zu einer Panikattacke hätte auswachsen können. Sie zog das Gerät aus ihrer Tasche, das Wort «Mutter» leuchtete auf dem Display. Wie eine heiße Kartoffel ließ sie es wieder in die Tasche fallen.

«Du willst nicht mit ihr sprechen», stellte Davey fest.

«Sie ist nicht mal zur Trauerfeier gekommen.» Marjorie spuckte die Worte wütend aus. «Rabbit war die einzige richtige Freundin, die ich je hatte. Molly Hayes hat sich immer um mich gekümmert, ich habe mehr Zeit bei euch verbracht als zu Hause. Sie wohnt nur am Ende der verdammten Straße. Sie hätte Rabbit zumindest die letzte Ehre erweisen können.»

«Du weißt doch, wie sie ist», sagte er.

«Das ist ja das Problem.»

«Und Rabbit war nicht deine einzige richtige Freundin.»

«Fang jetzt nicht damit an, Davey.»

«Ich bin dein Freund.»

«Ich habe mit Rabbit jeden Tag telefoniert. Wann habe ich das letzte Mal mit dir gesprochen?»

«Gerade jetzt, gestern und vorgestern.»

«Am Telefon.»

«Ich telefoniere nun mal nicht gern.»

«Tja, wenn wir Freunde wären, hättest du vielleicht eine Ausnahme gemacht, als mein Mann herausgefunden hatte, dass wir beide miteinander geschlafen haben. Oder vielleicht an dem Tag, an dem er mich aus dem Haus geworfen hat. Oder als die Trennungsvereinbarung unterschrieben wurde. Oder in der ersten Nacht, die ich allein in einer Ein-Zimmer-Mietwohnung verbracht habe …»

«Okay, ich versteh schon», sagte er. Diese Auflistung seiner selbstsüchtigen Taten und Unzulänglichkeiten ertrug er jetzt nicht. Jetzt nicht.

«Oder vielleicht, als Rabbits Diagnose plötzlich ‹tödlich› lautete. Das war nämlich der schlimmste Tag meines Lebens.»

«Es tut mir leid, Marjorie», sagte er und meinte es auch so. «Es tut mir wirklich alles so leid.» Und vielleicht waren es der fahrende Bus, die vorbeifliegenden Lichter, die warme Luft untenrum und der Whiskey, aber die Tränen rannen ihm über das Gesicht. Er wischte sie mit dem Handrücken weg. Seine Nase begann zu laufen, und Marjorie kramte ein Taschentuch aus ihrer Tasche.

«Ich will ein besserer Freund werden», sagte er und schnäuzte sich. Dann riss er sich zusammen. «Ich rufe dich einmal die Woche an.»

Er konnte hören, wie Rabbit über ihn lachte.

«Ja, klar», sagte Marjorie.

Er legte den Arm um ihre Schulter, und sie kuschelte sich an ihn, und vielleicht war es der fahrende Bus, die vorbeifliegenden Lichter, die warme Luft untenrum oder der Whiskey, aber er wusste, dass er dieses Versprechen halten würde, was auch immer geschah.

Wehe, wenn nicht, sagte Rabbit in seinem Kopf.

Juliet

Die Augenblicke, Minuten und Stunden verschmolzen zu einem Brei. Dann sprang und schwankte die Zeit, ein Teil von ihr verschwand sogar in einem schwarzen Loch. Und doch erinnerte sich Juliet ganz klar an einzelne Szene: wie erschrocken sie gewesen war, als sie ihre tote Mutter im Esszimmer ihrer Großeltern im Sarg hatte liegen sehen. Trotz der Kleider und des Make-ups sah sie überhaupt nicht so aus wie sie selbst, sondern eher wie eine Schaufensterpuppe, die als Rabbit Hayes verkleidet war, oder eine Wachsfigur, die wie Rabbit Hayes aussehen sollte. Aber ohne die Mimik oder andere Lebenszeichen war es einfach nicht richtig. Hätte man sie so in einem Wachsfigurenmuseum ausgestellt, hätte Juliet sogar ihr Geld zurückverlangt. Die Lippen ihrer Mutter waren ganz dünn und schimmerten gelblich unter dem blassrosa Lippenstift hervor. Ihr Gesichtsausdruck wirkte grimmig. Es war ihr egal, dass ihre Mutter nicht besonders hübsch aussah. Daran war sie gewöhnt. Die Krankheit hatte ihr nach und nach die Schönheit gestohlen, und nur in kurzen Augenblicken war sie zurückgekehrt, wenn sie lächelte oder ihr zuzwinkerte oder wenn es ihr ein wenig besser ging, wenn sie etwas Hübsches trug und ihre Perücke gut saß. Als sie noch am Leben war, war sie trotzdem irgendwie wunderschön gewesen, aber jetzt war all die Schönheit fort. Sie starrte eine welke Hülle an.

Davey hatte sie beobachtet, und sie hatte kein Wort über die Lippen gebracht, stattdessen hatte sie ihrer Ma in Gedanken zugerufen: *Geh!* Und sie hörte, wie Rabbit die Worte vom Ende ihres absoluten Lieblingsfilms «Thelma and Louise» sagte: *Bist du sicher?*, und Juliet nickte still und sagte stumm: *Ja ... ja.* Dann wandte sie sich an ihren Onkel.

«Sie ist tot, Davey.»

«Ich weiß.»

«Ich will nach Hause.»

Im Auto auf der Fahrt nach Hause war Lenny wütend auf Ryan, wegen des Tweets. Aber er sagte kein Wort. Sie fuhren in absoluter Stille, aber Juliet hatte das Gefühl, dass Dampf aus Lennys Ohren käme und seine Wangen hochrot wären, wenn er eine Zeichentrickfigur wäre. Sie wusste, dass Lenny fand, dass die Dinge auch so schon schlimm genug standen und man sich nicht auch noch darüber zanken musste, ob es angemessen war oder nicht, den Tod ihrer Mutter auf Twitter zu verkünden und mit dem Hashtag #Bestelltundnichtabgeholt zu versehen. Zuerst hatte sie es nicht begriffen, irgendwann jedoch dämmerte es ihr, dass der Hashtag eine Anspielung auf den alten Grabspruch für Atheisten aus dem 19. Jahrhundert sein musste: *Hier ruht ein Atheist, bestellt und nicht abgeholt.* Weil die ja nicht in den Himmel aufsteigen konnten, weil sie nicht an den Himmel glaubten. Oder an die Hölle. Aber ihre Gedanken ließen sich nicht greifen, sie war verwirrt und verloren. Ihr Herz war gebrochen, und ihr Hirn fühlte sich so schwer an. Alles an ihr tat weh. Sie saß auf dem Rücksitz des Autos und dachte eine Weile darüber nach, und als sie damit fertig war, begann sie zu lächeln. *Das hätte von meiner Ma kommen können.*

Lenny ließ Ryan und Juliet allein zurück.

«Was wollen wir machen?», fragte Ryan, als sein sprachloser Vater wieder aus der Einfahrt fuhr.

«Nichts», antwortete Juliet. Das hatte sie schon oft gesagt, aber bisher nie so gemeint. Sie wollte absolut gar nichts tun. Sie konnte nicht einmal an Essen, Trinken, Spazierengehen, Sprechen, Bewegen, Sitzen, Scheißen, Pinkeln denken, selbst Schlafen kam ihr wie eine riesige Aufgabe vor. Sie stand einfach nur wie gelähmt mitten in der Küche und steckte fest in Zeit und Raum.

«Cool. Ich bin dann im Wohnzimmer und schaue fern», sagte Ryan.

Er ging ins andere Zimmer, sodass sie ein wenig Zeit für sich hatte. Sie merkte, dass sie genau auf der Stelle stand, an der sich ihre Mutter vor etwas über zwei Wochen das Bein gebrochen hatte. Das Blut war noch über eine Woche auf dem Fußboden geblieben, weil sie mit dem Krankenwagen gefahren waren und Juliet nur ganz kurz noch einmal nach Hause durfte, um schnell ihre Sachen zu holen. Sie hatte es schließlich aufgewischt, als ihre Ma im Hospiz lag und Davey sie noch einmal nach Hause gebracht hatte, damit sie frische Sachen holen konnte. Er hatte im Auto auf sie gewartet, das Radio eingeschaltet und ein Nickerchen gemacht. Sie war auf eine Lache klebrigen, geronnenen, stinkenden Bluts getreten und hatte es, so gut es ging, aufgewischt. Er war irgendwann hereingekommen und war erschrocken und aufgebracht gewesen. Es war so grausam gewesen. Davey hatte keinen besonders starken Magen, nicht so wie Juliet. Sie kam mit allem zurecht, außer vielleicht mit dem Tod. Der Tod hatte sie vollkommen aus der Bahn geworfen. Sie betrachtete den Boden genau und suchte nach Blutspuren, fand aber nichts. Er war sauber. Sie fragte sich, ob die Lache als riesige schwarze Spinne wiederauftauchen würde, wenn sie sie mit einem dieser blauen Lämpchen aus CSI oder Bones anleuchtete. Dann sah sie es, ein winziges Fleckchen an der weißen Stoßleiste. Sie ging darauf zu, kniete sich auf den Boden und besah es sich aus der Nähe. *Ist es das?* Sie berührte es sanft, um es nicht abzureiben. Ein winziges bisschen blieb an ihrem Finger. Sie roch daran. *Kein Geruch*, sie untersuchte noch einmal, was noch da war – es war kein helles Rot, eher ein sehr dunkles Rubinrot, beinahe Schwarz.

«Was machst du da?», fragte Ryan von der Tür aus.

«Ich schaue mir Mas Blut an.»

Er trat an sie heran und stand über ihr. Dann beugte er sich herunter. «Wo denn?»

«Da», sagte sie und zeigte auf die Stelle.

«Bist du sicher, dass das nicht bloß Dreck ist?», fragte er.

«Nein», gab sie zu. «Aber ich glaube, dass es Blut ist.»

«Soll ich es wegputzen?», fragte er.

«Nein», antwortete sie.

«Was willst du denn damit machen, Juliet?»

«Ich will es markieren.»

«Keinen Plan, was du meinst.»

Sie stand auf, nahm einen Filzstift aus der Schublade, malte dann einen Kringel um den Blutspritzer und noch einen Pfeil mit dem Wort «Ma», der auf den Kringel zeigte.

«Ist alles in Ordnung mit dir?», fragte Ryan. Jetzt machte er sich offenbar wirklich Sorgen. Das wusste sie, weil er sich nicht wie sonst wie ein Besserwisser benahm.

«Mir geht's gut», sagte sie, und um weiteren Fragen zu entgehen, lief sie prompt gegen eine Tür.

TEIL DREI

Die Beerdigung

Grace

Grace kam um sechs Uhr morgens in die Küche. Molly machte bereits Tee, Davey stand unter der Dusche, und sie hörte, wie ihr Vater auf dem Dachboden rumorte. Sie streckte den müden Rücken und dehnte den steifen Nacken, beugte sich über den Sarg und gab ihrer Schwester einen Kuss.

«Ich muss jetzt nach Hause, bis später», sagte sie, dann verabschiedete sie sich von ihrer Ma, stieg ins Auto und fuhr heim.

Im Haus war es ungewöhnlich still. Bernard und Stephen hatten im Gästezimmer ihrer Granny geschlafen, Ryan war mit Juliet immer noch im Haus von Rabbit. Das war ganz gut so, denn selbst eine durchschlafene Nacht hatte die brennende Wut in ihr kein bisschen gelindert, wenn sie an Ryan dachte. Sie schaute nach Jeffrey – er schlief tief und fest in seinem Zimmer. Sie schaltete sein Nachtlicht aus. *Du wirst langsam ein bisschen zu alt für so was, mein Junge.* Dann warf sie einen Blick in Stephens Zimmer. Es war leer. Sie machte sich keine Sorgen – vermutlich war er bei einem Mädchen oder schlief seinen Rausch bei einem Freund auf dem Fußboden aus. *Du bist noch jung. Lebe ein wenig, oder noch besser: Lebe viel. Hätte ich mal auch tun sollen.*

Lenny schnarchte. Er schnarchte immer sehr leise, wie ein süßer kleiner Mops-Welpe. Er hatte seinen Frieden gefunden, und sie wollte ihn nicht stören. Also zog sie sich im Badezimmer aus und stellte sich unter die Dusche. Sie wusch sich und schaute an sich hinab, besonders auf ihre Brüste, die, offen gestanden, schwer zu übersehen waren. Sie hatte ihre Brüste immer gemocht: Sie waren vollkommen rund, die Brustwarze exakt in der Mitte, und obwohl sie nach vier Kindern ein wenig abgesackt waren, hatten sie ihre gute Form behalten; sie waren immer noch beeindruckend, und wenn sie ehrlich war, auch ein Quell des Stolzes. *Was jetzt?*, dachte sie. *Soll ich sie einfach abschneiden?* Das konnte sie sich nicht vorstellen. Das war einfach zu drastisch, zumal ihre Brüste so sehr Teil dessen waren, was sie ausmachte. *Hupen-Hayes.* So hatten die Jungs sie damals genannt. Sie waren das Erste, was ihr Mann an ihr bemerkt hatte, als sie sich in der Kaffeeküche der Bank zum ersten Mal begegnet waren. Ihre Brüste, ihr Haar, ihre Augen, ihr Lächeln – in dieser Reihenfolge. Er hatte gesagt, sie wäre der Knaller gewesen. Ein Hupen-Knaller, das war Grace Hayes vor den Kindern. Nach den Kindern war sie immer noch eine gutaussehende Frau. Vielleicht waren ihre Kurven nicht mehr genau an Ort und Stelle, vielleicht waren einige betonter als andere, aber sie hatte immer noch diese Hupen, die inzwischen ein Drei-Sterne-Restaurant für ihre Kinder und lange Jahre lang ein Privatspielplatz für ihren Ehemann gewesen waren. Sie verdankte ihren Brüsten viel. *Was nun?*

Rabbits Identität hatte in ihrer Stärke und ihrer Lebendigkeit gelegen. Ihren großmäuligen Kommentaren, ihrer unglücklichen Liebe und natürlich ihrem Talent. Alles, was sich dieses Kind vorgenommen hatte, hatte sie auch erreicht. Als Johnny Rabbit ein Ticket nach Amerika kaufte, damit sie ihn verlassen und ein neues Leben beginnen solle, hielt sie zunächst stand. Sie wollte für immer bei ihm bleiben, aber er ließ sich nicht erweichen. Er war so entschlossen, sie freizulassen. Also flog sie fort und tat alles, was er von ihr wollte.

Sie lebte, überlebte und gedieh. Rabbit kehrte als Journalistin aus Amerika zurück, und zwar als eine ziemlich gute, jedenfalls Graces bescheidener Meinung nach. Andererseits: Was wusste die langweilige Bankangestellte Grace schon? Rabbit war mehr gewesen als eine Schwester, Mutter und Freundin: Sie war Rabbit Hayes.

Und was war Grace? Ein paar Jungs hatten sie mal MILF genannt. Als sie herausgefunden hatte, dass das «Mom I'd like to fuck» – «Mutter, mit der ich gern ins Bett gehen würde» – bedeutete, war ihr übel geworden. Jetzt konnte sie nur noch an MILF denken. *Ist es das, was ich bin? Ist das alles, was ich bin? Nur etwas Hübsches, was man sich gern ansieht?* Wenn Rabbit noch am Leben wäre und wenn ihre Schwester ihr von ihren Ängsten erzählte, würde sie ihr sagen, dass sie so viel mehr war als das, dass sie schlau und lustig und liebevoll und freundlich war. Sie würde sie an ihr Auge für Details erinnern und an die Tatsache, dass sie so gut wie alles reparieren konnte. Dass sie die geliebte Mutter von vier Jungs war, eine gute Ehefrau und ordentliche Hausfrau. Grace war die rechtmäßige Erbin von Mollys Krone, und das war eine beachtliche Leistung. Sie war diejenige, der sich jedes Familienmitglied anvertraute. Alle verließen sich auf sie. Sie hatte Rabbit dabei geholfen, sich um ihre eigene Tochter zu kümmern, und zwar schon, lange bevor sie krank geworden war. Sie hatte Rabbit geholfen, sich in die Höhe zu schwingen, und war immer für sie da gewesen, wenn sie einen Zufluchtsort gebraucht hatte.

Wie ihre Ma erledigte Grace die Dinge, alles, nichts war ihr zu schwierig. Grace war wichtig. Rabbit würde ihr all das sagen und noch viel mehr, aber Rabbit war tot. Grace war allein mit all ihren Ängsten und Sorgen. *Was nun?* Jetzt dachte sie nicht einmal an ihre Eierstöcke. Sie war sich nicht sicher, ob man sie entfernen musste. Vielleicht nicht, aber wenn doch – was ihr Innenleben betraf, das war Grace nicht so wichtig, sie war durch mit dem Thema Mutterschaft; damit würde sie zurechtkommen, davon ging sie zumindest aus, aber ihre Brüste. *Hupen-Hayes.*

Sie hörte nicht, dass Lenny ins Badezimmer kam. Der Wasserdampf war zu dicht, als dass sie deutlich hätte sehen können, und sie weinte. Sie spürte den kalten Luftzug, als er die Tür öffnete, dann wie die Haare an seinen Beinen ihre Haut streiften, seine Hände auf ihren Hüften und seinen Atem an ihrem Hals.

«Ich hab dich vermisst», sagte er.

«Lenny?»

«Ja», antwortete er und küsste ihren Hals.

«Was magst du an mir am liebsten?»

«Was?»

«Du hast mich schon gehört.»

«Ist das eine Falle?», fragte er und hörte auf, ihren Hals zu küssen.

«Nein.»

«Fühlt sich aber so an.» Nach gefühlten 208 Jahren Ehe witterte Lenny eine Falle schon Meilen im Voraus.

«Was magst du an mir am liebsten?»

«Alles. Ich liebe alles an dir, außer diesen blöden Fragen.»

«Meine Brüste?»

«Ja, die liebe ich», sagte er, grinste wie ein kleiner Junge, fand sie und füllte seine Hände mit ihnen.

«Und wenn sie weg wären?», fragte sie.

«Mach keine Spielchen», sagte er plötzlich ganz ernst.

«Ich mache keine Spielchen. Ich frage nur.»

«Na ja, das würde mich wirklich verdammt traurig machen», sagte er.

«Mich auch», flüsterte sie.

«Aber sie sind ja nicht weg, sie sind genau hier. Alles gut», sagte er.

In einer etwas ungeschickten Bewegung wandte sie sich zu ihm um, die Dusche war nicht groß genug für ausladende Bewegungen. «Ich habe das Gen», sagte sie, und als sie sah, wie seine gute Laune in sich zusammenfiel, ärgerte sie sich über sich selbst, dass sie das Thema angesprochen hatte. Es war Rabbits Tag. *Du hast geschworen zu warten. Dumme Grace.*

Lenny ließ sie los. Er stand wie erstarrt und ganz betreten da.

«Es tut mir leid», sagte sie.

«Wann?»

«Vor einer Weile.»

«Warum?»

«Weil ich nicht will, dass sich die Familie um meine Kinder zankt, wenn ich tot bin.»

«Na ja, sie haben ja noch mich.»

«Du glaubst, dass das reicht?»

«Nein, natürlich nicht.»

«Aber du hast keinen Krebs?»

«Nein.»

«Aber du hast das Gen?»

«Ja.»

«Und jetzt?», fragte er, und sie brach in Tränen aus. *Und jetzt?*

Später im Auto sprachen sie kaum miteinander. Lenny schaltete das Radio an, und sie hörten den Moderatoren der

Morgensendung auf 2FM zu, die miteinander scherzten und sich neckten. Lenny lachte sogar ein, zwei Mal.

«Dieser Bernard O'Shea ist einfach der Beste», sagte er und kicherte.

«Ja, der ist echt der Hammer», sagte Grace halbherzig. Sie hatte kein einziges Wort von dem gehört, was aus Bernard O'Sheas Mund gekommen war.

Lenny fuhr. Grace sah durchs Fenster, wie die Welt an ihr vorbeizog, wie alle ihren eigenen Geschäften nachgingen. Sie fragte sich, wie viel Schmerz und Leid wohl die Frau in ihrem Leben erlitten hatte, die gebückt ihren Einkaufsroller hinter sich herzog. Sie ging langsam, aber stetig durch die Straßen von Dublin, in ihren braunen Schuhen, von denen der eine größer war als der andere. Der Buckel und die nicht zueinanderpassenden Schuhe waren vermutlich noch die geringsten ihrer Probleme, und doch zog sie ihre Tasche hinter sich her und machte einfach weiter. Sie sah ein junges Mädchen mit bunt gefärbten Augenbrauen, das so gut wie nichts am Leib trug und eine Gänsehaut hatte. Sie scrollte mit lächerlich langen Fingernägeln durch die Nachrichten auf ihrem Handy, während sie auf den Bus wartete. Welche Verluste und welche Verzweiflung sie wohl bisher in ihrem Leben erfahren hatte? Sie wandte sich zu ihrem Mann. Er weinte.

«Lenny?»

«Tut mir leid.»

«Schon in Ordnung.»

«Ich kann es einfach nicht glauben, dass sie tot ist», sagte er.

«Ich auch nicht.»

«Ich kann einfach nicht glauben, dass du das Gen hast.»

«Ich auch nicht.»

«Ach Scheiße, Grace. Scheiße.»

«Es wird schon wieder gut», versprach sie. «Dafür sorge ich.»

Er wischte sich mit dem Handrücken die Tränen aus dem Gesicht, und genau in diesem Moment stimmte Bernard O'Shea ein lustiges kleines Liedchen an. Er schaltete auf Newstalk um, dort diskutierte man über die Wasserpreise. «Nein», sagte er und schaltete das Radio aus.

Im Haus der Hayes war einiges los. Molly bereitete das Frühstück und gab Bernard zu essen. In seinem gebügelten Anzug sah er gut aus. Es war merkwürdig, Bernard ohne seine Jogginghosen zu sehen.

«Hey, Sporty Spice», sagte Lenny zu seinem Sohn. «Du siehst gut aus.» Bernard lachte, weil er es mochte, wenn sein Dad ihn Sporty Spice nannte – Bernard war einfach etwas eigen. Er unterbrach sein Frühstück, um seine Ma zu umarmen.

«Wo ist Stephen?»

«Er ist zurück nach Hause gefahren, um Jeffrey zu holen.»

«Oh mein Gott! Wir haben Jeffrey vergessen», sagte Grace zu Lenny. Sie zog ihr Handy heraus und sah, dass sie acht Anrufe verpasst hatte. Sie hielt es in die Höhe. «Ich hatte es leise gestellt!»

«Mach dir keine Sorgen, Stephen hatte sowieso seinen Schlips vergessen.»

«Gut», sagte sie. Dann wandte sie sich an ihre Mutter. «Alles in Ordnung, Ma?»

«Würstchen?», versetzte Molly.

«Ja, immer her damit», sagte sie.

«Dein Dad ist auf den Dachboden gezogen, und ich sag dir eins: Wenn er wieder in diesem Sitzsack festsitzt, dann ...» Sie ging in den Flur und schrie in das Loch in der Decke hinauf: «Zieh endlich deinen Anzug an, alter Mann, wehe, ich muss raufkommen, ich warne dich.» Sie ging zurück zu Grace, aber dann fiel ihr noch etwas ein, und sie drehte sich auf dem Absatz um und ging zurück zu der Öffnung in der Decke. «Du kannst Mittagessen gehen, wenn deine Tochter unter der Erde liegt. Keine Sekunde vorher, hörst du mich, Jack?» Sie wartete eine Sekunde und stampfte dann auf.

Er spähte durch die Luke. «Ich hör dich ja, Molly, ich hör dich.» Langsam kletterte er die Leiter herunter. «Sogar die Engel im Himmel können dich hören.»

«Na, wenn das so ist, dann kannst du ihnen sagen, dass sie ...»

«Molls, Schluss jetzt», sagte er. Jack hatte nichts gegen Kraftausdrücke, aber den Engeln zu sagen, sie sollten sich verpissen, ging wirklich zu weit.

«Gut», sagte sie. Sie lief zurück in die Küche, gerade als Grace Würstchen und Toast für Lenny und sich selbst auftat.

«Wo ist Davey?»

«Er hat Juliet und Ryan vor über einer Stunde hier abgesetzt und ist dann verschwunden.»

Graces Nackenhaare stellten sich auf. «Ryan ist hier.»

Lenny stand auf. «Beruhige dich, Grace.»

«Ich bin ganz ruhig», entgegnete sie. Dann stand sie auf, strich ihre Kleider glatt und ging aus dem Zimmer. Ryan saß ganz still allein im Wohnzimmer auf dem Sofa. Sie setzte sich weit weg von ihm in den Sessel, weil sie Angst vor dem hatte, was sie tun würde, wenn sie zu nah an ihn herankam.

«Warum?», fragte sie. «Sag jetzt nicht, weil Rabbit es lustig gefunden hätte.»

«Und wenn genau das der Grund war?», erwiderte er.

«Dieser Grund ist nicht gut genug.»

«Warum nicht?»

«Weil Rabbit tot ist. Und einen verdammten Witz darüber zu machen, ist einfach respektlos», sagte Grace, und ihre Stimme zitterte vor Wut und Trauer.

«Ich wollte sie nur stolz machen.»

«Was meinst du damit?»

«Es war immer meine Aufgabe, sie zum Lachen zu bringen. Die Dinge auszusprechen, die sonst niemand zu sagen gewagt hat.»

Grace stieß einen tiefen Seufzer aus. «Deine Aufgabe?»

«Ja, meine Aufgabe, du weißt schon, seit sie krank geworden ist. Juliet hat sich um ihre Medikamente gekümmert, du hast sie zu ihren Arztterminen begleitet, Gran hat ihr Essen gemacht, Grandad hat ihr kleine Geschenke gemacht. Ich habe unangemessenes Zeug gesagt, um sie zum Lachen zu bringen.»

«Komm her», sagte sie. Ryan zögerte. Er wirkte unsicher.

«Na komm schon her», sagte sie und stand auf. Ryan trat mit erhobenen Händen auf seine Ma zu. Sie nahm ihn in die Arme und drückte ihn an sich. Er ließ sich allerdings nicht so gern drücken wie sein älterer Bruder Bernard.

«Du bist wirklich ein Stück harte Arbeit, Ryan, aber du bist es auch wert», sagte sie.

«Danke, Ma», sagte er und löste sich aus ihrer Umarmung. «Also, jetzt ist offenbar eine gute Gelegenheit – kann ich dir was sagen?»

Grace ernüchterte sofort. «Was?»

«Juliet hat ein blaues Auge.»

«Was hast du getan?», fragte sie erschrocken.

«Nichts.» Er hatte die Hände schon wieder abwehrend erhoben. «Ich weiß, es klingt wie die Ausrede von einem gewalttätigen Ehemann, aber sie ist in eine Tür gelaufen. Ich schwör's.»

«Allmächtiger», sagte sie, ging in den Flur und sah dort Juliet mit einem angeschwollenen und dunkelvioletten Auge. Sie hielt eine Packung Tiefkühlerbsen dagegen.

«Es ist wohl ein bisschen zu spät für Erbsen, Juliet», sagte sie.

«Ich weiß, aber es fühlt sich gut an.»

«Das passiert, wenn du Kindern Valium gibst, Ma.»

«Verstanden, aber andererseits hat sie geschlafen wie ein Baby, nicht wahr, Liebling?», sagte Molly und stellte dann eine große Platte mit frisch gebratenen Würstchen mitten auf den Tisch.

«Ja, Gran», sagte Juliet.

Dann endlich setzten sich Molly, Juliet, Ryan, Bernard, Lenny und Grace an den Tisch, aßen Würstchensandwiches und tranken Tee. Grace befahl den anderen, so schnell wie möglich alles aufzuessen, damit Jeffrey nicht zu sehr in Versuchung geriet.

«Was soll er denn essen, Grace?», fragte Juliet.

Grace holte einen Müsliriegel aus ihrer Handtasche und legte ihn auf den Tisch.

«Armer Jeffrey», sagte Juliet, und alle nickten. «Trotzdem wäre ich lieber fett als Vollwaise», sagte sie, und Ryan musste lachen.

Molly hob eine Augenbraue, und als sich die Mundwinkel ihrer Enkelin zu einem Lächeln verzogen, zwinkerte sie ihr zu. «Das ist mein Mädchen», sagte sie.

Grace stieß die Gabel in das letzte Würstchen und schob es sich in den Mund.

Später trug Grace Make-up auf Juliets blaues Auge auf.

«Möchtest du ein bisschen Lidschatten?», fragte sie, doch Juliet zuckte die Achseln. Es war ihr egal. *Genau wie deiner Ma.* Sie versuchte sie dazu zu ermuntern, ein hübsches Kleid anzuziehen, aber sie fand Jeans und ein T-Shirt gemütlicher. «Wenn Ma AC / DC trägt, tue ich das auch.»

«Verständlich», sagte Grace und bürstete Juliets langes braunes Haar, so wie sie vor so vielen Jahren das Haar ihrer Mutter gebürstet hatte.

«Du kannst mir alles sagen, das weißt du, oder?», sagte Grace zu ihrer Nichte.

«Ich weiß.»

«Ich wünschte, ich könnte manche Dinge ändern», sagte Grace. *Ich habe das Gen.*

«Das wünsche ich mir auch.»

«Abgesehen davon, dass du gern den Tod deiner Mammy rückgängig machen würdest – würdest du noch etwas verändern?», fragte Grace.

«Was denn zum Beispiel?»

«Zum Beispiel, wo du wohnen willst.»

«Nein.»

«Amerika ist weit weg», sagte Grace.

«Ich weiß.»

«Und Lenny und ich haben einen Wohnwagen gekauft, er steht direkt vor dem Haus.»

Oh, warte mal, ich habe doch das Gen.

«Ich weiß. Gran sagt, er ist ein Schandfleck.»

«Na, ist das nicht wieder nett von ihr?»

«Stephen würde wirklich in den Wohnwagen ziehen, damit ich sein Zimmer haben kann?», fragte Juliet.

«Jepp.»

Sie lächelte. «Und was macht ihr jetzt damit?»

«Wir verkaufen ihn wohl, denke ich.»

«Oder ihr könnt damit in den Ferien nach Wexford fahren», schlug Juliet vor. «Ma hat Wexford immer geliebt.»

«Vielleicht könntest du dann auch kommen.»

«Geht nicht, ich bin dann ja mit Davey in Amerika.»

Und ich weiß nicht, wo ich dann bin. Ich habe das Gen.

Grace beließ es dabei. Das Kind hatte sich entschieden. Rabbit hatte sich entschieden, aber in ihrem Innern schrie sie: *DAS IST DOCH ALLES FALSCH.* Juliets Haar war jetzt fertig gebürstet.

«Ich hab dich lieb, Juliet», sagte sie.

«Ich dich auch, Grace», sagte Juliet, und ihre Augen füllten sich mit Tränen, die ihr Make-up zu ruinieren drohten.

«Kann ich jetzt gehen?», fragte sie, und Grace nickte. Sofort sprang Juliet auf und ging nach unten. Bernard und Ryan saßen wieder vor dem Fernseher. Juliet starrte aus dem Fenster.

«Was machst du da?», fragte Ryan Juliet, als Grace an der Tür vorbeiging.

«Ich warte auf Davey», antwortete sie und wandte den Blick nicht vom Fenster.

«Wo ist Davey eigentlich?», fragte Grace ihre Mutter.

«Das weiß niemand. Er steht schon den ganzen Morgen auf der Vermisstenliste», antwortete Molly.

Graces Herz war kurz davor, auseinanderzubrechen. *Wo zum Teufel bist du, Davey?*

Davey

Davey wachte mit einem Kopf voller Fragen und einem Herzen voller Schmerzen auf. Er musste hier weg, er musste atmen, nachdenken, planen, herausfinden, was das Beste war. Er stieg ins Auto seiner Mutter und wollte eigentlich zum Dollymount Strand fahren, aber der Wagen hatte andere Pläne. Irgendwann merkte er, dass er zum Friedhof fuhr. Er parkte und stieg aus. Er war seit Jahren nicht mehr hier gewesen. Er wusste nicht einmal genau, wohin er gehen musste, nahm aber an, dass es am Ende des langen Pfades nach links ging und dann irgendwann noch mal nach rechts, und danach wusste er es nicht mehr. Als er endlich vor Johnnys Grab stand, setzte er sich auf die Erde.

«Hey, Mann, tut mir leid, dass es so lange her ist, aber andererseits hast du uns so ...» Er versuchte, einen Scherz zu machen, aber er war nicht mit dem Herzen dabei. Er hätte jetzt gut einen Drink gebrauchen können, irgendeinen, am liebsten aus einer Flasche, die in einer Papiertüte steckte. Das kam ihm angemessen vor.

«Also, Rabbit ist vorgestern gestorben. Hast du sie schon wiedergesehen?» Er lehnte sich gegen den kalten Grabstein. «Wenn du sie siehst, sag ihr ... Nein, frag sie, was sie sich verdammt noch mal dabei gedacht hat? Mir ihr Kind zu überlassen? Ich weiß, dass ich sie darum gebeten habe, aber ich bin nun mal ein egoistisches Arschloch. Sie war die Erwachsene, das weißt du, du erinnerst dich daran, selbst als wir noch Kinder waren. Sie war vier Jahre jünger als ich und trotzdem der Boss.» Er schaute sich um – zu seiner Erleichterung war er allein. «Du hast doch geglaubt, Johnny, du hast doch auch gedacht, dass du nach dem Tod irgendwohin kommst und dass das hier nicht das Ende ist. Oder? Bist du irgendwo hingekommen? Kannst du mich hören? Gib mir bitte ein Zeichen. Sag mir, dass ich nicht allein bin.» Er erwartete kein Zeichen, nicht wirklich.

«Auf was für ein Zeichen wartest du denn?», hörte er eine vertraute Stimme hinter sich.

«HERRGOTT NOCH MAL, SCHEISSE!» Er fuhr zusammen und stieß sich den Kopf am Grabstein.

«Oh Mist, alles in Ordnung mit dir?», fragte Mabel. Sie stand jetzt vor ihm, in Regenkleidung aus Plastik und mit einem breitkrempigen Hut auf dem kahlen Schädel.

«Was machst du hier?», fragte er und rieb sich den Kopf.

«Ich habe die ganze Woche so viel von diesem Johnny Faye gehört, dass ich mal herkommen und den Mann hinter dem Geheimnis kennenlernen wollte», antwortete sie, setzte sich neben ihn und reichte ihm ihren Kaffee. «Vorsicht, heiß», warnte sie.

«Wie hast du es denn gefunden?»

«Was? Das Grab?»

Er nickte und nahm einen Schluck vom Kaffee. «Da hinten im Büro sitzt ein Typ mit einer Karte.»

«Ach ja.»

«Und die Sache mit dem Zeichen?», fragte sie.

«Was hast du denn gehört?»

«Och, nur dich. Wie du den Davey gemacht hast», sagte sie. «Wie du wieder zu viel nachgedacht hast.»

«Meine Familie würde behaupten, ‹den Davey machen› bedeutet, zu wenig nachzudenken», sagte er. Sie setzte sich ihm gegenüber auf den Boden, und er sah sich um. «Wusstest du eigentlich, dass hier sehr berühmte Leute begraben sind?»

«Ja.»

«Kriegshelden, Eamon de Valera, Michael Collins?»

Sie starrte ihn mit leerem Blick an.

«Der Schriftsteller, Brendan Behan?»

Sie schüttelte langsam den Kopf.

«Wohl doch nicht so berühmt», murmelte er.

«Abgesehen von diesem Typen hier», sagte sie und betrachtete Johnnys Grabstein. «Ich habe einen eurer frühen Gigs auf YouTube gesehen.»

«In einer anderen Zeit», sagte er.

«Auf einem anderen Planeten», lachte sie. «Aber er war etwas Besonderes.»

«Ich habe Angst», gab er zu.

«Natürlich hast du Angst.»

«Ich darf das hier nicht versauen.»

«Du versaust es nur, wenn du wegrennst.»

«Ich komme nicht gut mit Veränderungen zurecht.»

«Dein Leben verändert sich doch jeden Tag.»

«Meine Sicht auf die Dinge verändert sich. Mein Leben bleibt immer gleich.»

Mabel dachte darüber nach. «Das ist tiefsinnig.»

Er gab ihr den Kaffee. Sie nahm einen Schluck und reichte ihn zurück.

«Hat Casey jemals mit dir darüber gesprochen, was passiert ist, als ich die Zwillinge zur Welt gebracht hatte?»

«Sie hat mir nur von süßen Bildern und eitel Sonnenschein erzählt», antwortete er.

«Ich hatte eine Postpartum-Depression. Kein schlimmer Fall, ich habe die Kinder nicht in Gefahr gebracht oder so, aber ich konnte morgens einfach nicht mehr aufstehen.»

«Das hat sie nicht erzählt.»

«Sie war ja auch nicht da.»

«Was?»

«Sie ist in ein Flugzeug gestiegen und hat uns alleingelassen.»

«Wieso habe ich nichts davon mitbekommen?»

«Wir hatten Elternzeit. Du hast mit einer jungen Band in New York gearbeitet.»

«Und was ist dann passiert?»

«Sie war für 48 Stunden einfach von der Bildfläche verschwunden. Und ich war so von der Rolle, dass ich es nicht mal gemerkt habe. Den Babys ging es gut, keine Sorge, wir hatten ja Kindermädchen. Sie kam nach Hause, und wir mussten beide zugeben, dass wir nicht gut mit der Situation zurechtkamen. Zwei wohlhabende, verwöhnte Mammys mit Unterstützung rund um die Uhr, und wir waren völlig aus der Spur. Das war echt ein Tiefpunkt.»

«Wieso weiß ich nichts davon?»

«Schande über dich.» Sie stand auf, klopfte sich die Erde ab und streckte ihm die Hand hin. Er nahm sie, und sie zog ihn hoch. «Eltern zu sein, ist schwierig. Dein Leben wird sich ändern, aber du musst an das glauben, was in dir nach Juliet gerufen hat. Glaub daran, glaub an Rabbit, sie hätte dir Juliet niemals anvertraut, wenn sie nicht wirklich überzeugt davon gewesen wäre, dass du für sie sorgen kannst.»

«Ich wünschte, das könnte ich. Aber Rabbit lag bei so vielen Dingen falsch», sagte er wehmütig.

«Wenn es nur so was wie Zeichen gäbe», sagte sie.

Er legte den Arm um ihre Schulter, und sie ließen Johnny Fayes Grab hinter sich. «Ganz genau», stimmte er zu. Der Himmel öffnete seine Schleusen, und der Regen stürzte auf sie herab.

«Vielleicht so was wie ein weinender Himmel?», schlug Mabel vor.

«Wir sind hier in Irland. Der Himmel weint ständig.»

Er nahm ihre Hand, und sie rannten über den Friedhof, sprangen über die Gräber und niedrige Hecken. Als sie am Café ankamen, waren sie beide völlig durchnässt.

Sie setzten sich direkt neben einen Heizlüfter, aßen ein warmes Frühstück und schauten zu, wie der Regen gegen die Fensterscheiben prasselte.

«Wow, Frühling in Irland ist echt was Besonderes», bemerkte Mabel.

«Immerhin bist du einigermaßen vorbereitet», sagte er mit Blick auf ihr Regencape. Seine Lederjacke war nur noch ein völlig durchweichter Klumpen.

«Sie haben es im Radio gesagt. Sie reden hier überhaupt ziemlich viel übers Wetter.»

«Anfang des Monats hat es noch geschneit», bemerkte er.

«Klimawandel», sagte sie.

«Vielleicht sind wir alle bald tot.»

«In diesem positiven Sinne», sagte sie und drehte sich um, um der Kellnerin ein Zeichen zu geben, die damit beschäftigt war, auf ihrem Handy herumzutippen. «Könnten wir bitte die Rechnung haben?»

Es waren immer noch zwei Stunden bis zu Rabbits Beerdigung. «Kann ich dir was zeigen?», fragte er.

«Alles, solange es drinnen stattfindet.»

Davey parkte den Wagen seiner Mutter vor Johnny Fayes Haus. Er blieb ein paar Minuten darin sitzen, bis er den Mut fasste, an die Tür zu klopfen. Mabel saß ganz still neben ihm und betrachtete die Straße, die kleinen Reihenhäuser aus braunen Ziegeln mit ihren weißen Fensterbrettern, aus denen eins herausstach, das in einem grässlichen Gelb gestrichen war. Die beiden Häuser daneben hatten die Figur einer weißen Dame, die auf einem Felsen saß, in jedem einzelnen ihrer vier Panoramafenster stehen. Die Porzellanfiguren faszinierten Mabel.

«Warum?», fragte sie und deutete auf die Fenster.

«Manche behaupten, dass die Figuren darauf hinweisen, dass sich im Haus ein Bordell oder eine Drogenhöhle befindet.»

«Wow, stimmt das?»

«Ethel in Nummer 24 ist 90 Jahre alt. Sie ist von Geburt an blind und gibt Klavierunterricht. Also ist das wohl eher unwahrscheinlich. Trevor ist schon über siebzig, war früher mal Priester und dann vierzig Jahre lang Milchmann.»

«Vielleicht hat er seine Drogen mit der Milch ausgeliefert.»

«Er ist außerdem Mitglied der Pioneer Total Abstinence Association und hat beim Gottesdienst die Oblaten und den Wein ausgegeben.»

«Also eindeutig ein Dealer, vertraue niemals einem Abstinenzler, der das Abendmahl ausgibt», sagte sie. «Und was Ethel angeht – wetten, dass er für sie arbeitet?»

Davey kicherte ein wenig. Dann löste er seinen Sicherheitsgurt und stieg aus dem Auto. «Kommst du?», fragte er. Mabel folgte ihm.

Er klingelte, und Mrs. Faye öffnete die Tür. Sie lächelte und weinte dann, als sie ihn erkannte.

«Mein allerherzlichstes Beileid», sagte sie.

«Danke, Mrs. Faye», sagte er und stellte ihr dann Mabel vor. Sie bestand darauf, dass sie hereinkamen, und bot ihnen Tee an.

«Ach, hören Sie doch bitte auf, mich Mrs. Faye zu nennen», sagte sie.

«Schaffe ich nicht. Es kommt mir einfach komisch vor, dich Karen zu nennen», erwiderte er.

«Wie geht es denn deiner Mammy?», fragte sie.

«Ganz gut.»

«Natürlich geht es ihr nicht gut», sagte sie. «Sie ist am Boden zerstört. Hoffentlich bringt es sie nicht um», sagte sie, ohne die Miene zu verziehen. Davey wusste nicht recht, was er darauf sagen sollte. «Danke», brachte er schließlich hervor.

Mabel musste sich ein Lächeln verkneifen. Den Tee lehnten sie beide ab.

«Ich wollte Mabel gern Johnnys Zimmer zeigen», sagte Davey, und Mrs. Faye nickte.

«Natürlich», sagte sie, «ich verstehe.» Sie gab ihm den Schlüssel zu Johnnys Tür, er ging die Treppe hinauf, wobei er immer zwei Stufen auf einmal nahm, und Mabel folgte ihm.

«Und kein Gefummel da oben», rief sie die Treppe hinauf. Mabel erstarrte.

«Sie macht nur Witze», sagte Davey.

«Klar. Wenn man keinen Humor hat, hat man gar nichts», murmelte Mrs. Faye und verschwand in der Küche.

Er schloss die Tür auf, und Mabel trat hinter ihm in ein Zimmer, in dem die Zeit stehengeblieben war. Hier drin war es 1989, in jenen letzten Tagen, bevor Johnny ins Hospiz gebracht worden war. Damals wusste er tief in seinem Herzen, dass er niemals wieder zurückkehren würde in das Haus, in dem man seinen Bedürfnissen nicht gerecht werden konnte, und zu seiner Mutter mit dem starken Willen und dem schwachen Rücken. Er wusste vor allen anderen, dass sich alles verändern würde.

Seine Zimmerwand war mit Songtexten bekritzelt, er musste Stunden dafür gebraucht haben, sie aufzuschreiben. Davey sah, dass seine Hand beim Schreiben gezittert hatte. Er spürte immer noch sein gebrochenes Herz in der Luft. Schwarzer Filzstift, der auf weiße Tapete geblutet war. Er konnte ihn sich nur allzu gut vorstellen, wie er auf der dunkelblau gestreiften Bettdecke lag und den Kassetten lauschte, die sich auf dem Holzfußboden und an der Wand neben einem alten Ghettoblaster mit zwei Kassettenlaufwerken stapelten. Zwei große Poster hingen an der Wand, eines von Kitchen Sink mit Johnny, dem starken und überzeugenden Leadsänger ganz vorn in der Mitte, neben ihm Francie, Jay, Louis und Davey, die alle lächelten, glücklich, aufgeregt, naiv. Auf dem anderen war Daveys andere Band mit Johnny zu sehen, die, die sie gegründet hatten, als sie schon wussten, dass er krank war, The Sound. Die Besetzung war dieselbe, nur dass Kev Louis ersetzt hatte. Auch hier stand Johnny vorn, aber er wirkte dennoch irgendwie entfernt, ein wenig abseits, unberührbar. Es lag Traurigkeit in seinem Blick. Auf diesem Poster lächelte niemand. Für die Mädchen damals mochte das vielleicht sexy gewesen sein, aber für einen erwachsenen Mann und eine Lesbe Ende vierzig war der Anblick herzzerreißend. Die ganze Freude war fort.

Mabel wischte sich eine Träne von der Wange und trat zu Davey, der vor Johnnys Schrank stand. Darin lagen immer noch seine persönlichen Gegenstände, eine Bürste, Haargel und eine Medaille an einem Band, aber Davey starrte nur das Foto an, das an Johnnys altem, zersplittertem Spiegel hing. Johnny und Rabbit waren darauf, Arm in Arm, und beide grinsten breit. Auf dem Foto war sie bereits groß, ihr langes, glattes braunes Haar hatte helle Strähnen, die Brille trug sie nicht mehr, sie war schlank und mühelos hübsch. Er war wie immer der gutaussehende Junge. *So wie wir waren.* Er berührte das Foto ganz vorsichtig und voller Sorge, ein so wertvolles Erinnerungsstück zu beschädigen.

«Sie hat nichts verändert. Es kommt einem vor, als wäre er nur mal kurz rausgegangen, um etwas einzukaufen, und käme in ein paar Minuten wieder zurück. Dann käme er durch diese Tür und würde uns fragen, was zum Teufel wir hier zu suchen haben», sagte Davey und trat zum Fenster.

Hinter den Reihenhäusern stand eine hohe alte, graue Mauer. Grüne Scherben ragten aus dem Beton hervor. Davey stellte sich vor, wie sein Freund in seinen engen Jeans, einer Lederjacke, dicken genagelten Stiefeln und irgendeiner Mütze über diese Mauer rannte – Balance fiel ihm damals noch leicht, er war wie eine Katze –, bei den Byrnes stoppte und dann nach Jay und Francie rief: *«Na los, kommt schon.»* Er stapfte über die Scherben, und Mrs. Byrne rief: «Komm da runter, du Idiot, bevor du dich verdammt noch mal aufspießt.» Aber das tat er nie. Er lachte nur und rannte die gesamte Länge der Mauer entlang, an zwölf Häusern und Gärten vorbei, und sagte überall hallo: *«Ja, hallo, Johnny! Hattet ihr mal wieder einen Auftritt?» – «Ja, im Baggot. Kommen Sie doch mal vorbei.» – «Ach, ich bin zu alt für so was, aber ich sag es meiner Tina, die liebt dich, Johnny.»*

Am Ende der Mauer sprang er herunter und schloss sein Fahrrad auf, das er an einen Laternenpfahl angeschlossen hatte. Er setzte sich darauf und flirtete mit den vorbeikommenden Mädchen, bis die Byrne-Brüder auf ihren Fahrrädern zu ihm stießen. Francie und Jay liefen niemals über die Mauer. Davey konnte noch immer Francies Worte hören. *«Wenn ich Akrobat werden wollte, würde ich zum Zirkus ge-*

hen.» – «Jemand wie du muss nicht mal Akrobat sein, um vom Zirkus aufgenommen zu werden, so wie du drauf bist», murmelte Jay. Dann probten die Jungs in Daveys Garage.

Davey sah seinen Freund so klar vor seinem inneren Auge, als stünde er vor ihm. Alles war noch wie früher, die hohe, graue Mauer mit den grünen Flaschenscherben, der alte Schuppen, sogar der bewölkte Himmel. Nur Johnny fehlte.

Eine halb abgebrannte Kerze stand im alten schmiedeeisernen Kamin und auf dem Sims darüber eine King-James-Bibel und eine kleine Messingstatue von Jesus, der sein Kreuz trug. Ein alter, durchgesessener Ledersessel stand in der Ecke, daneben zwei Gitarren. Davey setzte sich in den Sessel, nahm eine der beiden Gitarren und spielte ein paar Akkorde. Mabel sah sich die Schrift über Johnnys Bett genauer an.

Oh Gott, du hast mich verlassen, einen Jungen, der
bedingungslos liebte.
Die Frommen sagen, du hörst meine Not, aber bist du
auch da bei meinem Tod?
Du schufst mich als Träumer, dann tötest du die
Träume dieses glücklichen Jungen, den das Glück
längst verlassen hat,
Ein grelles Licht, ein Ventilator, der summt, ein Daumen
zum Halten
Ein Mann – ausgelöscht, aber nicht mehr krank.

Danach las sie die Schrift über dem Kamin. Er kannte den Text auswendig, noch mit geschlossenen Augen sah er die schräge, ungleichmäßige, unsichere Schrift. Er hörte den entschlossenen Text in seinem Kopf.

Oh Gott, ich werde wieder sein.
Bei ihr, meiner Liebe, meiner Zuflucht.
Ihre Teufelszunge, ihr Engelsgesicht,
ein gebrochenes Herz wird heilen im Tod,
ein liebender Mann kann nicht bereu'n.

«Hat er daraus einen Song gemacht?», fragte Mabel und riss Davey aus seinen Erinnerungen.

«Wenn er es getan hat, dann hat er uns nichts davon gesagt», sagte Davey.

Mrs. Faye kam durch die offene Tür. Sie trug ein Tablett mit Muffins.

«Das sind keine Songs, Mabel, sondern Gebete», erklärte sie. Sie hielt das Tablett unter Mabels Nase. «Muffins mit Guss?»

«Nein, danke.»

«Davey, komm, nimm du einen.» Sie legte ihm einen in die Hand, noch ehe er ablehnen konnte. «Iss», befahl sie und setzte sich auf das Bett ihres Sohnes. «Es gibt so viel Traurigkeit auf der Welt», sagte sie, und Mabel und Davey nickten. Mrs. Faye beobachtete, wie er ein Stück von dem süßen Gebäck abbiss. Sie nickte und lächelte. «Mein Johnny hatte einen schrecklichen Tod, nicht wahr, Davey?», fragte sie, und Davey nickte mit vollem Mund. «Wenn ich stärker gewesen wäre, hätte ich ihn vorher mit einem Kissen erstickt.»

«Um Himmels willen», sagte Mabel.

„Nicht physisch, versteht ihr, eher emotional. Wenn ich emotional stärker wäre, hätte ich ihn erstickt oder ihm starke Medikamente gegeben oder ihn vergiftet oder jemanden angeheuert. Ich habe sogar recherchiert. Im Internet findet man alles. Einen Killer, einen Vogelkäfig – das kann man alles mit ein paar Klicks machen.»

Mabel warf Davey einen fragenden Blick zu. *Was zum Teufel?*

«Ich würde sagen, dass deine Ma ebenso gehandelt hätte, Davey.»

«Also, ich weiß nicht», sagte Davey und sprühte Krümel dabei.

«Wenn sie gesehen hätte, was ich gesehen habe, hätte sie es getan. Sie ist eine bessere Frau als ich», fügte Mrs. Faye hinzu.

«Es ist trotzdem Mord, Mrs. Faye», wandte Davey ein.

«Ach, es ist Mord und auch wieder nicht. Weißt du, wie wundgelegene Stellen riechen, meine Liebe?», fragte sie Mabel.

Die schüttelte den Kopf. «Nein», antwortete sie.

«Ich bin ihnen seit zwanzig Jahren nicht mehr näher als fünfzehn Meter gekommen und weiß es immer noch.» Ihre Augen füllten sich mit Tränen. Ihre Nasenspitze rötete sich, aber sie lächelte. «Du kanntest ihn nicht», sagte sie zu Mabel, «für dich ist mein Junge nur eine traurige Geschichte, aber es gab auch gute Zeiten, tolle Zeiten, in denen so viel Hoffnung lag, Zeiten, in denen ihm alles gelang. Stimmt doch, Davey, oder?»

«Ja, das stimmt.»

«Meinst du, dass sie wieder zusammen sind, Davey?»

«Ich weiß es nicht, Mrs. Faye, aber es wäre schön.»

«Ich schon. Ich glaube. Ich glaube, dass unsere Rabbit früher von dieser Welt gegangen ist, um mit ihm zusammen zu sein. Warum sollte sie sonst so früh gestorben sein?»

Darauf hatten Davey und Mabel keine Antwort.

«Nimm noch einen Happen, Davey», forderte sie ihn auf und zeigte auf den Muffin.

«Nein, danke.»

«Noch einen.»

Er biss in den Kuchen.

«Ist lecker, oder?», sagte sie, und er nickte. «Die kleinen Debilen machen sie und verkaufen sie an den Ständen.»

Davey hustete. «Was?», sagte er.

«Ich weiß nicht recht, ob man heute noch debil sagen darf», sprang Mabel ein, damit Davey wieder zu Atem kommen konnte.

«Ach? Seit wann denn?»

«Ich weiß nicht, seit einer Weile», sagte Davey.

«Warum das denn?»

«Ich glaube, weil es beleidigend ist.»

«Meine Güte, das wollte ich natürlich nicht. Das sind tolle Jungs, ihre Kuchen sind auch toll, und sie lächeln die ganze Zeit. Was soll man denn stattdessen sagen?», fragte sie.

«Geistige Behinderung», antwortete Davey.

«Gut, aber wenn sie auch körperlich am Arsch sind?», fragte sie. Mabel biss sich auf die Unterlippe.

«Dann spricht man von Menschen mit geistiger und körperlicher Behinderung», sagte Davey.

«Herrje, das ist aber kompliziert», sagte sie.

«Ja», sagte Davey.

«Man lernt doch nie aus», sagte sie und nahm ihm das aus der Hand, was von dem Muffin übrig war. «Aber sie sind wirklich lecker, diese Küchlein, oder?», fragte sie.

«Ganz ausgezeichnet», bestätigte er.

«Ihr Lieben, noch eins, bevor ihr wieder geht. Helft mir mal, das Bett vorzuziehen.»

Davey zog kräftig. Die Wand, die zum Vorschein kam, war ganz verstaubt. Mrs. Faye holte ein Staubtuch aus ihrer Tasche und entfernte die Spinnweben.

«Beugt euch mal vor», sagte sie, und Davey beugte sich vor. Mabel tat es ihm nach. Hinter dem Seitenteil des Bettes stand noch ein Gedicht. «Das hat er an seinem letzten Tag in diesem Zimmer geschrieben. Er wollte nicht, dass es jemand anders sieht als Rabbit. Das habe ich respektiert, bis jetzt.»

Sie lasen es beide. Davey sah erst zu Mrs. Faye, dann zu Mabel und starrte dann wieder die Wand an.

Mabel konnte nicht anders, sie musste es laut lesen. Mrs. Faye trat einen Schritt zurück, schloss die Augen und hörte mit einem leichten Lächeln auf den Lippen zu.

Oh Gott, sie glaubt nicht an dich, nichts von dem, was du sagst und tust oder nicht.
Es gibt kein anderes Leben für sie, keinen Ort, keine Liebe dort.
Aber ich glaube an eine Welt, in der ich Johnny Faye der Sänger bin, der Junge auf der Bühne, an meiner Seite Rabbit, die mich zum Lachen bringt, die mein Leben ist.
Oh Gott, wenn mein Ende schon Leiden ist, so öffne die Tür, lass mich hindurchfliegen, und wenn ihre Zeit gekommen ist, lieber Gott, dann erlaube mir, ihr die Hand zu reichen.
Johnny Faye, 30. April 1989

«Heilige Scheiße», sagte Davey.

«Oh mein Gott, hast du das Datum gesehen?», sagte Mabel zu Davey.

«Ja, das hat er, das hat man an der ‹heiligen Scheiße› gemerkt», bemerkte Mrs. Faye.

«Das war gestern!», sagte Mabel.

«Plus/minus fünfundzwanzig Jahre», fügte Mrs. Faye hinzu.

«Heilige Scheiße», wiederholte Davey.

«Die Welt ist wirklich verrückt», sagte Mrs. Faye, nahm ihr Tablett und wandte sich zum Gehen.

«Du stellst das Bett wieder so hin, wie es war, ja, Davey?», bat sie.

«Ja, natürlich, Mrs. Faye.»

«Sehr gut», sagte sie und verschwand.

Mabel half Davey aufzuräumen und alles wieder an seinen Platz zu stellen. Zuletzt glättete er den Bettüberwurf. Er schaute sich um, zufrieden, dass es im Zimmer wieder so aussah wie zu Beginn ihres Besuches. Es war ein Museum nicht nur für Johnny, sondern auch für Rabbit. Davey setzte sich auf die Bettkante und schloss die Augen.

«Betest du?», fragte Mabel nach ein, zwei Minuten.

Er schüttelte den Kopf. «Ne.»

«Alles okay?», fragte Mabel.

«Ja», antwortete er.

«Jetzt hast du dein Zeichen.»

«Ich glaube schon.»

Als sie gingen, tauchte Mrs. Faye mit einer Plastiktüte voller Muffins auf. «Hier, Davey, nimm die Muffins von den Menschen mit geistiger und körperlicher Behinderung und bring sie deiner Mammy. Sag ihr, wir sehen uns bei der Beerdigung.»

Er nahm sie. «Danke, Mrs. Faye.» Dann umarmte er sie fest.

«Die Welt ist verrückt, nicht wahr, mein Sohn?», sagte sie in seinen Armen.

«Das ist wahr», stimmte er zu. Als sie sich voneinander lösten, sagte er: «Ich habe ihn auch liebgehabt, wissen Sie.»

«Das weiß ich. Jetzt geht, wir müssen heute noch auf eine Beerdigung.»

Davey setzte Mabel an Rabbits Haus ab und holte sich ein frisches Hemd. Dann fuhr er so schnell, wie es der Verkehr erlaubte, um noch rechtzeitig nach Hause zu kommen. Er wollte Rabbit ein letztes Mal auf Wiedersehen sagen. Er wusste, dass er seine Mutter verärgert hatte, ebenso wie Marjorie und Grace, aber das war ihm egal. Juliet war ganz still. Ihr blaues Auge fiel ihm sofort auf.

«Was zum ...»

Molly hob die Hände. «Ich habe einen Fehler gemacht, und jetzt Schwamm drüber.» Als Derek und der Stille Ed angefahren kamen und draußen parkten, spähte Juliet mit ihrem gesunden Auge durch das Wohnzimmerfenster.

«Ist es jetzt an der Zeit, sich zu verabschieden, Davey?», fragte sie.

«Ja, das ist es, Bun... Juliet.»

«Und was kommt dann?»

«Wir gehen zu einem Krematorium und spielen Musik, und die Leute erzählen Geschichten von deiner Mutter. Es wird nett.»

«Und dann verbrennen sie sie.»

«Ja.»

«Und was passiert dann?»

«Na ja, dann gehen wir mit den Freunden und der Familie in ein Hotel ...»

«... zu meiner Ma?»

«Äh, na ja, sie schicken uns in ein paar Wochen ihre Asche.»

«Was machen wir damit?»

«Was wir wollen.»

«Und was ist das?»

«Ich weiß es nicht, Bunny.»

Sie warf ihm einen bösen Blick zu.

«Lass uns erst mal den heutigen Tag hinter uns bringen.»

«Okay», sagte sie schließlich.

Er nahm ihre Hand, und nun beschäftigten sich Davey Hayes' Gedanken nicht mehr mit Flucht, sondern mit Plänen für die Zukunft.

Jack

Jack schlief fünf Stunden, zwei davon auf dem Dachboden, umgeben von Tagebüchern, alten Kartons, Spinnweben und Staub. Er wachte immer wieder auf und nickte dann wieder ein. Nachdem er geduscht und sich einen Anzug angezogen hatte, blieb er ein paar Minuten allein im Esszimmer mit seiner Tochter. Er zog sich einen Stuhl heran, nahm eins seiner alten Tagebücher und zeigte es ihr.

«Sieh mal, Rabbit, das ist ein altes Tagebuch von früher. Ich habe auch geschrieben, weißt du. Nicht wie du natürlich, aber eine Weile lang verging kein einziger Tag, den ich nicht irgendwie aufgezeichnet hätte.»

Er öffnete es und las laut vor: «Heute habe ich die Frau meiner Träume zum Tanzen aufgefordert. Sie hat mir einen einzigen Blick zugeworfen, mir gesagt, ich soll mich verziehen, sich ein Bonbon in den Mund gesteckt und sich abgewendet.

Aber so leicht gebe ich nicht auf. Wenn ich sie anschaue, sehe ich meine Zukunft, ein Haus, Kinder, wir gegen den Rest der Welt. Sie weiß es vielleicht noch nicht, aber ich schon.» Er schloss das Buch. «Deine Mutter hat mich wirklich zappeln lassen, Rabbit, das kann ich dir sagen.» Er schaute sich im Zimmer um. «Aber da sind wir heute, all die Jahre später, und wir waren doch alle glücklich, oder, Rabbit? Wir hatten wirklich alles, sogar in den schlechten Zeiten. Wenn ich darüber nachdenke, weiß ich, dass kein Tag ohne Lachen vergangen ist, und das ist doch schon was, oder? Erinnerst du dich? Ich schon. Ich erinnere mich. Wir hatten so viel Glück, Rabbit, und ich weiß, dass du wirklich Pech hattest, mein Liebling, aber ich weiß auch, dass du dazu bestimmt warst, das Beste aus allem zu machen. Genau das hast du immer gemacht, und deshalb versuchen wir das auch.» Sein Gesicht war inzwischen ganz nass, sein Kragen war nass, die Hände, mit denen er sein Gesicht berührte, waren nass. «Oh, Rabbit», sagte er und schluchzte laut los.

Alles ist gut, Dad, atme einfach ganz ruhig. Ich hab dich lieb, Dad.

Ich dich auch, Rabbit.

Molly legte die Hand auf die Schulter ihres Mannes.

«Wo ist sie hin, Molls?»

Sie schüttelte den Kopf. «Sie ist nirgends hin, Jack. Sie ist hier, genau hier in unseren Herzen und Köpfen, und dort bleibt sie auch, bei dir und mir, bei Davey, Grace, Juliet und all denen, die sie gekannt und geliebt haben.»

Er nahm die Hand seiner Frau. «Ich liebe dich, Molly.»

«Tja, warum auch nicht, ich bin ja schließlich eine verdammte Nervensäge», sagte sie und zwinkerte ihm zu. Er kicherte und küsste ihre Hand, aber sie lachte nicht, lächelte nicht einmal. Ihre Augen waren trocken, und ihre Berührung fühlte sich kühl an.

«Wie geht's dir?», fragte er.

«Frag nicht», antwortete sie, tätschelte seine Schulter und ging.

Mabel kam gerade noch rechtzeitig, als der Sarg geschlossen wurde. Derek und der Stille Ed führten alle ins Esszimmer, und sie stellten sich um Rabbit herum auf. Niemand wusste, was er sagen sollte. Sie alle sahen zu Molly hinüber, damit sie ihnen ein Zeichen gab. Aber sie gab keins. Sie stand einfach nur da und blickte auf ihr Kind hinab. Jack bekreuzigte sich, Davey hielt Juliets Hand und gab ihr ein Küsschen. Marjorie weinte. Grace weinte. Lenny konnte nicht hinsehen. Er starrte auf seine Füße. Stephen legte seine Hand auf Graces Schulter, sie tätschelte sie, und er ließ sie los. Ryan und Bernard standen mit gesenkten Köpfen einfach so da. Jeffrey starrte die gegenüberliegende Wand an.

Endlich schaute sich Molly im Zimmer um. «Sind alle bereit?»

Alle nickten oder murmelten «Ja».

«Also gut», sagte sie. «Derek, wenn es Ihnen nichts ausmacht.» Sie ging aus dem Zimmer, bevor der Deckel geschlossen war.

«Bye, Ma», sagte Juliet, als Rabbit nicht mehr zu sehen war. Als alle das Zimmer verlassen hatten, blieb Jack allein bei seiner Tochter stehen. Er legte die Hand auf das harte Holz. Sie war fort. Der Schmerz in ihm wütete, pulsierte, und plötzlich war er durch den Flur und die Küche in den Garten gelaufen und schrie. Es war ein kehliger Schrei, der von ganz tief innen kam. Die Nachbarin hinter der Mauer, Tess Collins, wartete, bis er fertig war, und streckte dann den Kopf über die Mauer.

«Alles in Ordnung, Jack?»

«Tut mir leid, Tess. Entschuldige den Lärm», sagte er.

Tess entdeckte Molly, Grace und Bernard hinter dem Fenster, die alle besorgt zu ihm hinausstarrten. «Du hast es einfach rausgelassen.»

«Ich glaube, das war's», sagte er und ließ sich in seinem sauberen Anzug auf den Boden sacken.

Molly war schon aus dem Haus, bevor Tess noch etwas sagen konnte. Sie drückte ihren Mann ganz fest an sich.

«Ich glaube, ich habe sie im Stich gelassen, Molly», sagte er und heulte wie ein kleines Kind.

Tess fühlte sich offenbar nicht recht wohl in Gegenwart eines heulenden Mannes und wusste nicht, was sie tun sollte, also duckte sie sich hinter der Mauer, damit man sie nicht mehr sehen konnte. Auf allen vieren kroch sie davon, wobei sie gegen einen Blumentopf stieß und leise «Scheiße» murmelte. Erst als sie an ihrer Hintertür angekommen war, stand sie wieder auf, klopfte sich den Schmutz von der Kleidung und eilte hinein.

Molly drückte Jack immer noch an sich. «Du musst dich jetzt zusammenreißen, Jack, nur heute, für Rabbit.»

Und das tat Jack. Molly rieb seinen Anzug mit einem Küchenhandtuch ab, das sie sich um den Nacken gelegt hatte. Auf dem Weg ins Haus hielt er seine Frau auf. «Und nach heute, Molly, was passiert dann?»

Seine Frau zuckte mit den Schultern. «Wer weiß», sagte sie traurig, und ihre Verzweiflung erschreckte ihn mehr, als seine eigene es je vermocht hätte.

Molly

Die Trauerfeier fand auf dem Glasnevin-Friedhof statt, und zwar in der Kapelle, obwohl die Trauerfeier nicht religiös war. Jeder machte mit, auch Marjorie und sogar Francie und Jay. Molly hatte die Jungs gebeten, ein paar Worte zu sagen. Francie hatte sofort ja gesagt, Jay ein wenig gezögert. «Ich weiß nicht, was soll ich sagen, Mrs. H, außer dass es so verdammt überflüssig ist.»

«Genau. Sag einfach genau das», hatte Molly gesagt. Marjorie wollte das Gedicht «Stehe nicht an meinem Grab und weine» von Mary Elizabeth Frye vorlesen, wenn sie es schaffte, ohne in Tränen auszubrechen.

«Denk einfach an was Schönes», hatte Davey geraten. Das war seine Art zu helfen.

«Was Schönes? Meine beste Freundin ist tot!», hatte sich Marjorie empört.

«Halt den Mund, Davey», hatte Molly gesagt und Marjories Rücken gestreichelt. «Wein einfach, wenn dir danach ist, Marjorie.»

Rabbits Redakteur Brian hatte sich ebenfalls bereit erklärt, etwas vorzubereiten, als Molly ihn angerufen hatte.

«Es wäre mir eine Ehre.»

«Danke, das würde sie freuen.»

«Und das Buch. Ich dachte daran, es folgendermaßen zu …»

«Mir ist das Buch völlig egal, Brian. Ich will mich nur von meiner Tochter verabschieden.»

«Ja, natürlich», hatte Brian gesagt.

Dann hatte Molly die Liste der Redner vorgelesen: Marjorie, Francie, Jay und Brian.

«Einer von uns muss auch etwas sagen», hatte Molly festgestellt und ihre Familienmitglieder der Reihe nach angesehen.

Grace, Davey, Jack, Juliet – keiner von ihnen konnte reden.

«Na gut», hatte Molly schließlich gesagt. «Dann übernehme ich das.»

Davey wollte sich um die Musik kümmern. Er hatte mit Rabbit gesprochen und wusste genau, was sie sich wünschte.

«Ich nehme an, dass darunter nichts ist, was auch nur im Entferntesten einem Kirchenlied ähnelt?», hatte Molly gefragt.

«Nein, Ma.»

«Na gut», hatte sie geantwortet. *Ist ja auch egal.*

Die Kapelle war zum Bersten gefüllt. Einige Trauergäste standen sogar draußen und hörten der Übertragung über einen Lautsprecher zu.

«Herrgott, unsere Rabbit ist ja wie Prinzessin Diana. Die Leute kommen von überall her», sagte Kev, der sich in die Bank hinter Molly setzte. «Entschuldigen Sie noch mal, Mrs. H. Die Hausherrin konnte heute nicht mitkommen, es scheint, unser Jüngster hat die Masern.»

«Oh Gott, Kev, ist das Kind denn nicht geimpft?»

«Hören Sie bloß auf mit Impfungen. Sie ist überzeugt davon, dass sie fremde DNS in die Kinder einspritzen. Sie ist ein bisschen verrückt.»

«Na ja, immerhin hat sie dich geheiratet», versetzte sie. Es war schön, Kev zu sehen, besonders wenn er so gut gekleidet war. In der Band hatte er drei Jahre hintereinander ein und denselben Arbeitsoverall getragen. Das war sein Look gewesen. Neben ihm konzentrierte sich Francie auf seine Rede.

«Was ist mit dir los?»

«Ich will in meiner Rede nur den richtigen Ton treffen.»

«Ach? Und was ist das für ein Ton?»

«Ich weiß nicht. Traurig, aber nicht deprimierend. Meinst du, ich kann einen Witz machen?», fragte er.

«Nein», antwortete Jay.

«Sicher?»

Molly drehte sich um und schnipste gegen Francies Ohr. «Keine Witze, ich hab genug dumme Witze gehört.»

«Schon gut, Mrs. H.»

Louis ging den Kirchgang entlang und schüttelte einigen Trauergästen die Hand. Davey umarmte er. «Alles okay?», fragte er.

«Du kümmerst dich um die Musik», erinnerte ihn Davey.

«Alles unter Kontrolle.»

«Na, wenn das mal stimmt», bemerkte Francie, als sich Louis neben ihn setzte. Kev nickte ihm zu, Louis und er waren nie in derselben Band gewesen.

«Okay, Jungs.» Sie sahen sich in letzter Zeit nicht so oft, aber das war nicht wichtig. Sie waren seit ihrer Kindheit miteinander befreundet, fühlten sich wohl miteinander, egal, wie lange das letzte Treffen her war. Molly mochte das: Diese Jungs waren ihre erweiterte Familie. Sie mochte sie alle. Jeder von ihnen trug einen kleinen Teil von Rabbit in sich. Dieser Gedanke erleichterte ihr nicht die schwere Last, die sie zu tragen hatte, aber er war immerhin etwas.

Sie hatte über die Verwaltung des Glasnevin-Friedhofs eine freie Trauerrednerin ausfindig gemacht. Die Frau wirkte nett. Sie hatte ebenfalls ein paar Kinder, einen Ehemann und einen Hund. Ihre Stimme hatte am Telefon freundlich geklungen, und sie hatte ihr eine Menge Fragen über ihre Tochter gestellt. Über eine Stunde hatte Molly mit der Frau über Rabbit gesprochen. Sie hatte geduldig zugehört und sich Notizen gemacht.

«Reicht das so?», hatte Molly schließlich gefragt.

«Das ist mehr als genug», hatte die Frau geantwortet.

Jetzt saßen sie alle in der Kapelle und warteten auf Rabbit. Derek und der Stille Ed sollten sie bringen. Molly wusste nicht, warum. Eigentlich war es Brauch, dass die Familie dem Leichenwagen folgte, aber diesmal machte er einen Umweg, und das Auto mit der Familie fuhr nicht hinterher. Molly hatte es nicht einmal bemerkt. Während der Fahrt hatte sie sich die ganze Zeit auf ihre Schuhe konzentriert, einfach weil sie es nicht fertigbrachte, den Kopf hochzuhalten. Als sie an der Kapelle ankamen, hatte Grace sie hereingescheucht, bevor der Leichenwagen kam. Molly hatte einfach angenommen, dass die Nichtgläubigen es so machten, nur damit es sich irgendwie unterschied.

Auf ein Handzeichen von Derek gingen die Bandmitglieder und Jack und Lenny zur Eingangstür der Kapelle. Auf dem Weg drückte Louis auf die Start-Taste der Musikanlage, und das erste Lied erklang. Die Menge stand auf und sah zu, wie Jack Davey, Lenny, Francie, Jay, Louis und Kev anführte, die Rabbits Korbsarg den Gang hinauftrugen. Und in diesem Moment begriff Molly, dass Grace sie nach allen Regeln der Kunst hereingelegt hatte.

«Was für ein beschissener Sarg», murmelte sie leise.

«Sie wollte es so, Ma.»

«Wo ist der andere Sarg hin?», frage Jack völlig verwirrt.

«Der war nur gemietet», sagte Grace.

«Ich bringe dich um», sagte Molly.

«Ich habe es ihr versprochen, Ma.»

Molly schüttelte nur den Kopf und seufzte schwer. «Dann

soll es eben so sein, Grace.» Sie legte ihre Hand auf den Korbsarg, in dem ihre Tochter lag, und klopfte dagegen. «Sie passt auf dich auf, mein Schatz», sagte sie zu Rabbit.

Die Trauerrednerin, Caroline, stand mit einer runden Brille und in einem Hosenanzug vor der Versammlung, die Haare hatte sie zu einem Dutt zusammengebunden. Sie hieß alle willkommen und eröffnete ihre Rede, indem sie Rabbit in Mollys Worten beschrieb. Sie sprach darüber, wie offensichtlich es war, dass Rabbit geliebt und bewundert wurde.

Während ihrer Rede beobachtete Molly Juliet. Sie hatte keine Medikamente bekommen, wirkte aber dennoch völlig benommen. *Weiß sie überhaupt, was hier passiert?*

Davey hielt die Hand des Kindes. Er war jetzt ihr Vater. *Ich habe ja selbst keine Ahnung, was hier los ist.*

Dann kündigte Caroline ein weiteres Lied an: «Das hier war eines von Rabbits Lieblingsliedern», sagte sie und nickte Louis zu, der die Daumen reckte und auf «Play» drückte: «Rainy Night In Soho» von den Pogues. Als die vertraute Melodie erklang, sang die halbe Trauergemeinde ohne Aufforderung von Caroline und ohne jede Absprache mit, und der Rest stimmte in den Refrain ein. All die Stimmen, die mit Shane McGowan sangen – das war großartig, und Molly spürte, wie ihr das Herz weh tat.

«Das hätte sie geliebt», flüsterte Jack und schaute sich um. Mollys Hand blieb auf dem Sarg liegen und klopfte im Rhythmus darauf.

Im Anschluss trat Rabbits Redakteur Brian vor die Versammelten. Er stellte sich vor und erklärte denen, die ihn nicht kannten, dass er jahrelang mit Rabbit zusammengearbeitet habe. Er beschrieb, wie brillant sie gewesen war, wie einfühlsam und mitfühlend. Er zeichnete das Bild einer Journalistin, die sich von niemandem etwas hatte gefallen lassen. Er erzählte davon, wie sie einmal einen ziemlich großen Star interviewt hatte. Als der seine Hand auf ihr Knie legte und sie küssen wollte, packte sie ihn bei der Nase und gab ihm drei Sekunden, um die Hand wieder wegzunehmen. Nach zweien hatte er sie von ihrem Knie genommen. Alle lachten. Brian fügte hinzu, dass er gerade damit beschäftigt war, ihren Krebsblog und ihre Erinnerungen zu redigieren, die sie in den letzten Monaten ihres Lebens verfasst hatte. Er sagte allen, sie sollten «gut aufpassen, wenn das Buch erscheint». Dann beendete er seine kurze Ansprache mit den Worten: «Rabbit ist vielleicht tot, aber sie ist nicht fort.»

Alle klatschten, und Caroline nickte Louis zu, der den nächsten Song abspielte, «Blowing In The Wind» von Bob Dylan. Einige weinten, andere lächelten, andere wippten mit oder tappten im Takt mit den Füßen auf den Boden, fast alle sangen.

Als Nächstes war Francie an der Reihe. «Ich heiße Francie Byrne und kenne Rabbit, seit sie noch ein ganz kleines Mädchen war. Erst war sie die kleine Schwester unseres Drummers, dann das nervige Gör, das uns ständig hinterherlief, dann wurde sie unser Roadie und schließlich unsere Tontechnikerin. Sie war 14 und mit uns auf Tour, und sie hat sich gegen einen Haufen haarige alte Typen durchgesetzt. Sie hatte das Mischpult voll unter Kontrolle. Überhaupt war sie viel reifer als ihr Alter, pragmatisch, aber nicht langweilig, und niemand konnte so mit Johnny Faye sprechen wie sie. Er war schon schwierig, bevor er MS bekam. Und er war immerhin der Leadsänger.»

Alle, die Johnny gekannt hatten, einschließlich seiner eigenen Mutter, nickten eifrig. «Er konnte einem echt auf den

Geist gehen», sagte sie zu der Frau neben ihr und lächelte stolz.

«Rabbit war ehrlich, sie sagte, wie es war. Sie zickte nicht herum, darin war sie genau wie ihre Ma. Niemand legte sich mit Rabbit an, aber wenn man etwas brauchte, dann war sie da, an vorderster Front, und hat die Angelegenheit geregelt.» Er schaute zu Molly, die ihm zunickte und lächelte. «Sie war vieles für viele Menschen, Tochter, Schwester, Mutter. Aber für mich war sie eine Freundin. Ich vermisse sie. Danke.»

Die Leute klatschten, und er warf Rabbits Sarg einen Luftkuss zu. Caroline gab Louis ein Zeichen, und der nächste Song begann: «I'm On Fire» von Bruce Springsteen.

Molly hörte im Geiste die Stimme ihrer Grace als Teenager, wie sie Rabbit sagte, sie solle *«zurückspulen, nicht zu weit, ich will den Moderator nicht hören, weiter, nein, noch ein Stückchen zurück.» – «He Grace, wenn ich so weitermache, steht nicht nur Bruce in Flammen, sondern auch die Kassette.»*

Grace brach in Tränen aus.

Lenny tröstete sie, so gut es ging. «Einer von euch holt jetzt mal seiner Ma ein frisches Taschentuch», sagte er zu den Jungs, als der Rotz aus Graces Nase rann. Die Versammelten waren mit dem Songtext nicht so vertraut wie mit den vorherigen, aber den Refrain sangen wieder alle mit, als ob ihr Leben davon abhinge.

«Das ist ja irre», bemerkte Ryan und gab seinem Vater ein Taschentuch für seine Mutter.

Jetzt stand Jay auf der Kanzel. Seine Rede war nur kurz. «Das ist doch scheiße», sagte er und wollte schon wieder gehen, aber dann fiel ihm offenbar etwas ein, und er wandte sich wieder an sein Publikum. «Nicht diese Feier natürlich, sondern dass Rabbit tot ist.»

Molly nickte und klatschte. Alle anderen applaudierten mit, während er zurück zu seinem Platz ging.

«Gut gesagt, mein Lieber», sagte sie, als er an ihr vorbeilief.

Marjorie war die Nächste, sie heulte sich durch das Gedicht, verlor zweimal den Faden, murmelte dreimal das Wort «Scheiße» und schnaubte laut.

«Das war wunderschön, Schätzchen», sagte Molly zur armen Marjorie, die kaum noch atmen konnte. «Vergiss nicht zu atmen.»

«Kann ich nicht.»

«Doch, kannst du. Davey, streichle ihr den Rücken.»

Caroline nickte Louis zu, und er spielte den nächsten Song. «Hit Me Baby One More Time» von Britney Spears erklang, und alle lachten, klatschten und sangen mit. Molly lachte nicht. Sie klatschte auch nicht. *Hit Me ... was? Herrje, Rabbit!*

Juliet lächelte und kicherte sogar ein wenig, als sie sah, dass ihre Cousins Ryan, Bernard und Stephen mitsangen. Jeffrey sah ein bisschen verwirrt aus. Tief in ihrem Herzen wusste Molly, warum Rabbit und Davey ausgerechnet diese Songs ausgewählt hatten. «I'm On Fire» versetzte ihre Freunde zurück in eine Zeit, in der es das höchste der Gefühle war, einen Ghettoblaster zu besitzen, und in der sich jeder am einzigen Festnetztelefon im Haus mit den Worten «Wer spricht da?» gemeldet hatte. «Blowing In the Wind» war Rabbit, wenn sie tiefenentspannt war. «A Rainy Night in Soho» war eine irische Hymne, und Britney, na ja, die war wohl einfach nur auf der Liste, um die Stimmung zu heben. Obwohl Rabbit natürlich nicht vom Tode auferstehen und die Flut der Tränen stoppen konnte, hatte sie ihr Ziel doch erreicht.

Jetzt war Molly an der Reihe. Sie stand auf, glättete ihr Gewand und klopfte auf den Sarg. «Jetzt komm ich, Liebling.» Sie stellte sich vor das volle Haus, sie kannte so viele Gesichter, aber es waren auch viele da, die sie noch nie gesehen hatte. Ihre Hand tat weh vom vielen Händeschütteln. Vielleicht war sie sogar ein wenig geschwollen, sie war sich nicht sicher. Das war auch egal.

«Ich heiße Molly Hayes, und ich bin Rabbits Mutter.» Sie verstummte. Niemand rührte sich, man hätte eine Stecknadel fallen hören können. Sie blickte einfach nur in die Menge.

Grace schickte sich an aufzustehen, um ihre Mutter zu retten, aber Jack legte ihr die Hand aufs Knie und schüttelte den Kopf: «Gib ihr noch eine Minute.» Also blieb sie, wo sie war. Sie schauten zur Kanzel und warteten. Molly holte einen Umschlag aus ihrer Tasche und hielt ihn in die Höhe. «Ich habe hier einen Brief. Er ist von Johnny Faye an Rabbit.» Ihr Blick schweifte suchend über die Menge. «Johnnys Mammy ist auch hier. Wo bist du, Karen?»

Karen Faye hob die Hand.

«Macht es dir was aus?», fragte Molly.

Mrs. Faye stand auf. «Im Gegenteil», sagte sie, winkte und setzte sich wieder.

Molly räusperte sich. «Ich könnte jetzt den ganzen Tag lang von meinen Erinnerungen an Rabbit erzählen. Ich könnte euch schildern, wie sehr ich sie geliebt habe und wie sehr sie mich berührt hat. Ich könnte sagen, wie verloren ich ohne sie sein werde, wie nichts je wieder gut werden wird. Ich könnte sie in wenigen Zeilen zusammenfassen, aber ich bin keine Dichterin, und Rabbit verdient Poesie. Also habe ich hier einen der vielen Briefe, die Rabbit von der Liebe ihres Lebens bekam, als er im Sterben lag.

«Liebe Rabbit,
ich spüre, wie ich fortgleite, Zentimeter für Zentimeter. Es geht langsam und quälend, mein Körper ist nur noch ein Sack voller Knochen, aber tief in mir drin bin ich immer noch ich. Meine Gedärme funktionieren nicht mehr; meine Blase ist an einen Katheter angeschlossen, der wiederum mit einem Pflaster an meinem toten Bein befestigt ist. Meine Sehkraft ist so langsam gewichen, dass am Ende einfach alles schwarz war, aber hin und wieder sehe ich Sterne aufblitzen. Es fällt mir jetzt schwer zu sprechen, die Worte fließen nicht mehr, meine Zunge gehorcht mir kaum noch. Diesen Brief zu diktieren, kostet mich eine Woche. Ich bin immer so müde, und die Krankenschwestern haben ja auch nicht ständig Zeit, aber obwohl sie mich gar nicht kennen, sind sie alle sehr nett zu diesem zerbrechlichen und verängstigten Mann tief in diesem stammelnden, vergehenden Knochensack. Sie sagen, es sei das Herz eines jungen Mannes, das mich hier hält, aber auch das schlägt immer langsamer. Ich spüre nicht mehr viel in letzter Zeit, aber das fühle ich noch. Ich vermisse dich, Rabbit, aber nicht genug, als dass ich wollte, dass du nach Hause zurückkommst, und nicht genug, um dich zu bitten, dein Versprechen zu brechen, niemals hierherzukommen.
Noch nicht, aber bald werde ich wieder bei dir sein, das weiß ich, wenn keine Zeit mehr ist und der Abschied kommt. Wir werden dann nicht mehr wirklich miteinander sprechen, du wirst nur Alltägliches erzählen, und ich werde salzige Tränen vergießen, aber diese Tränen werden Freudentränen sein. Bis dahin sollst du wissen, dass du meine ganze Welt warst. Danke, dass du dein

Licht hast scheinen lassen, noch lange nachdem es schon dunkel geworden war, dass du mit allen Mitteln gegen das Unbekannte gekämpft hast. Danke, dass du ehrlich und treu warst und mich genügend respektiert hast, um mit mir zu streiten, dass du mich immer herausgefordert hast und das tust, worum ich dich aus der Tiefe meines Knochensacks gebeten habe.

Danke, dass du du bist.»

Molly verstummte, holte Atem. Sie weinte nicht. Sie sah nicht einmal so aus, als müsse sie weinen. Sie brauchte nur einen Moment, um sich zu sammeln. Sie blickte vom Brief hoch und zum Sarg ihrer Tochter. «Daher möchte ich jetzt danke sagen, Rabbit, danke, dass du meine Welt warst, dass du das Licht hast scheinen lassen und mit allen Mitteln gegen das Unbekannte gekämpft hast. Danke, dass du ehrlich und treu warst und ständig und bis zum Ende mit uns gestritten hast, und ich hoffe, du bist glücklich in deinem verdammten Korbsarg.»

Das Schluchzen der Menge wurde zu einem Lachen. Es war eine Befreiung, wie ein Benzinkanister, der laut explodiert und dann schnell abbrennt.

«Danke, dass du du warst.» Sie stieg von der Kanzel, und die Menge stand auf und applaudierte ihr so begeistert, als wäre diese Trauerfeier eine Art Show. Sie setzte sich wieder neben ihren Mann, der ihre zitternde Hand nahm. Er weinte. Alle weinten, außer Molly. Sie war angenehm benommen, und obwohl sie weder Beruhigungsmittel genommen noch Alkohol getrunken hatte, bekam sie vom Rest der Feier nichts mehr mit.

Juliet

Als sie aus der Kapelle trat, fühlte sich Juliet klein und verloren in der riesigen Menge. Sie ließ Daveys Hand für einen kurzen Moment los und wurde sofort von der Menge fortgezogen. Es war gar nicht so leicht, wieder zurückzufinden. Also stand sie zwischen den Erwachsenen und Beinahe-Fremden und wartete darauf, dass sich eine Lücke auftat, um sich wieder zurück in die Sicherheit zu wühlen. In diesem Augenblick tippte ihr Kyle auf die Schulter.

«Hey», sagte er.

Sie drehte sich zu ihm um. «Hey», sagte sie.

«Hab gestern deine Gran gesehen, die hat mich beinahe umgenietet», sagte er.

«Ja», sagte sie.

Er zeigte ihr zum Beweis eine Wunde, die bis zum Ellenbogen reichte.

«Sieht schlimm aus.»

«Della ist hier», sagte er. «Willst du hallo sagen?»

Sie nickte. Della war Juliets beste Freundin. Sie hatte sie vor ein paar Tagen zum letzten Mal gesehen. Sie hatten auf dem Fußballplatz der Schule gesessen, und Della hatte Juliet angeboten, zu ihr und ihren Eltern zu ziehen, wenn sie wollte. Juliet hatte damals noch nicht begriffen, dass ihre Mutter wirklich im Sterben gelegen hatte. Ihre ganze Familie hatte, um sie zu schonen, nicht die ganze Wahrheit gesagt, und so war dieses Angebot für sie völlig aus heiterem Himmel gekommen. Völlig überfordert war sie aufgesprungen und hatte ihre Freundin sitzenlassen. Della hatte ihr seitdem mehrere Textnachrichten geschrieben, in denen sie sich immer wieder entschuldigt hatte, aber Juliet hatte nicht geantwortet. Jetzt fiel ihr niemand ein, mit dem sie lieber zusammen gewesen wäre, außer vielleicht mit Kyle.

Kyle zog sie durch die Menge der Trauergäste. Hie und da wurden sie aufgehalten.

«Das mit deiner Ma tut mir ja so leid», sagte eine Frau, als Juliet an ihr vorbeilief.

«Vielen Dank.»

«Jetzt ist sie im Himmel», sagte ein alter Mann.

«Sie hat nicht an den Himmel geglaubt», versetzte sie und war schon an ihm vorbei.

«Stell sie dir als hellen Stern vor», riet eine ältere Frau und griff nach Juliets Hand.

«Lieber nicht, das wäre schon irgendwie schräg.»

Kyle zog sie zu einer Lücke, in der man wieder Luft bekam. Sie atmete ein und aus.

«Okay?»

«Gut», sagte sie.

Della kam hinter einem Auto hervor und umarmte Juliet. «Tut mir so leid, dass ich nicht bei der Totenwache war. Mam und Dad hatten einen Riesenkrach wegen einer überzogenen Kreditkarte, und es war alles ziemlich dramatisch», erklärte sie.

«Ist schon okay, ich stand ohnehin unter Drogen», sagte Juliet.

«Quatsch!», sagte Della.

«Ernsthaft.»

«Woher hattest du denn die Drogen?»

«Gran.»

«Die ist ja echt die Härte», sagte Della.

«Ja.»

«Ich habe gehört, dass du bei Davey wohnen willst», sagte Della. Ihre Augen füllten sich mit Tränen.

«Bitte nicht», mischte sich Kyle ein.

Della reckte mahnend den Zeigefinger. «Sie kann tun und lassen, was sie will. Ist es denn das, was du möchtest, Juliet? Denn meine Ma hat es ganz ernst gemeint, als sie gesagt hat, dass du bei uns wohnen kannst.»

«Kann ich nicht», widersprach Juliet.

«Warum nicht?»

«Meine Ma wollte, dass ich bei Davey lebe.»

«Und was willst du?», hakte Della nach.

«Ich bin zwölf, Della. Ich will meine Ma», sagte sie, und Tränen rannen ihr über die Wangen.

«Tut mir leid», sagte Della.

«Amerika ist cool», sagte Kyle und zog ein Tempo aus seiner Tasche, das er eindeutig bereits zum Naseputzen benutzt hatte. Er versuchte es Juliet zu geben, die abwinkte.

«Das ist eklig», kommentierte Della.

«Tut mir leid», sagte Kyle.

Juliet musste sich plötzlich ganz dringend setzen. Also setzte sie sich einfach auf den Boden. Ihre Freunde taten es ihr nach, einer auf jeder Seite, ihre Schultern berührten sich.

«Was, wenn ich es schrecklich finde?», flüsterte Juliet.

«Das geht gar nicht, ist doch Amerika», sagte Della.

Kyle nickte und wiederholte, dass Amerika cool sei. «Außerdem kannst du immer nach Hause kommen», fügte er hinzu, und Juliet weinte noch mehr.

Was ist zu Hause?, fragte sie sich. *Zu Hause ist, wo meine Ma ist. Jetzt habe ich kein Zuhause mehr, genau wie Davey.*

Nach längerem Wühlen förderte Kyle schließlich auf wundersame Weise doch noch ein sauberes Taschentuch zutage und gab es Juliet.

Sie wischte sich die Tränen ab. *Ich bin genau wie Davey,* dachte sie.

«Geht's wieder besser?», fragte Della.

«Nein, aber das wird schon. Ich bleibe bei Davey.»

«Ich werde dich wirklich vermissen, aber wir skypen und whatsappen und simsen die ganze Zeit», sagte Della.

«Ja», stimmte Juliet zu, aber schon jetzt spürte sie die Entfernung zwischen ihnen.

Marjorie

Nach der Kapelle waren die Trauergäste zum Essen ins Clontarf Castle eingeladen. Marjorie setzte sich an die Bar. Davey gab ihr ein Glas Rotwein.

«Hältst du durch?», fragte er.

«Glaub schon», antwortete sie.

«Das Gedicht war wunderschön.»

«Ach, halt den Mund, Davey.»

«Langsam reicht's mir, dass mir alle ständig sagen, ich soll den Mund halten», meinte er, und sie grinste ein wenig. Er setzte sich auf den Hocker neben ihr. «Wird es denn heute Abend gehen?», fragte er.

«Was soll das denn heißen?»

«Ist nur eine Frage.»

«Klar.»

«Was glaubst du denn, was es heißt?»

«Ich weiß es nicht, Davey. Ich bin müde.»

Sie starrte zu ihrem Exmann und seiner neuen, schwangeren Freundin hinüber, der quirligen Debbie.

«Neil ist also auch gekommen», stellte er fest.

«Jepp.»

«Das war dann doch ganz nett von ihm.»

«Er hat Rabbit sehr gemocht», sagte sie und nahm einen tiefen Schluck aus ihrem Rotweinglas.

«Das ist also seine Freundin», bemerkte er.

«Das ist sie.»

«Hübsch», sagte er, und sie drehte sich zu ihm um und warf ihm einen bösen Blick zu. Er lächelte. «Dir kann sie nicht das Wasser reichen.»

«Warum ist sie hier, Davey?», fragte sie.

«Unterstützung.»

«Warum sind sie noch zum Leichenschmaus geblieben?»

«Keine Ahnung.»

Neil schaute herüber und lächelte. Er stupste Debbie an, und plötzlich kamen beide auf sie zu. *Oh Gott.* Davey sprang auf. Die beiden Männer traten einander gegenüber. Neil streckte die Hand aus, um Daveys zu schütteln.

«Mein herzliches Beileid, Davey», sagte er.

«Danke.»

Zwischen ihnen lag eine spürbare Anspannung. Aber letztlich war Davey nur ein kleines Rädchen in der Maschinerie des Unfalls, der seine Ehe gewesen war, und Neil war ein anständiger Mann und offensichtlich glücklich.

«Es tut mir so leid», sagte Debbie zu Davey und schüttelte ein wenig zu heftig seine Hand. Dann wandte sie sich an Marjorie.

«Hallo», sagte sie und streckte ihr die Hand hin. Sie trafen zum ersten Mal aufeinander.

«Hallo», sagte Marjorie und schüttelte die Hand.

«Es tut mir sehr leid wegen deiner besten Freundin», sagte sie, und Marjorie brach in Tränen aus. Debbie versuchte sie zu umarmen, und es war alles ein bisschen peinlich – Debbie war ganz zaghaft, Marjorie schreckte ein wenig zurück, und dann war da noch dieser dicke Bauch zwischen ihnen. Marjorie tätschelte Debbie den Rücken und löste sich dann von ihr.

«Danke», sagte sie und meinte es ehrlich. *Und jetzt geh bitte wieder.*

«Wir gehen dann mal wieder», sagte Neil.

Davey und Marjorie nickten beide.

Neil machte ein paar Schritte, drehte sich dann jedoch wieder um. «Ich wünsche euch beiden viel Glück», sagte er noch, legte den Arm um seine schwangere Freundin, und dann gingen sie wirklich.

Davey wandte sich an Marjorie und setzte sich wieder neben sie.

«Sag jetzt kein Wort», warnte sie ihn.

«Ich wollte gar nichts sagen», sagte er und zog die Schultern hoch.

«Gut», sagte sie und trank ihr Glas aus.

«Mabel bringt Juliet nach Hause. Ich gehe später noch mit den Jungs auf einen Drink aus, willst du mitkommen?»

«Nein.»

«Das sind auch deine Freunde, Marjorie.»

«Nein, sind sie nicht. Ich war nie Teil dieser Welt.»

«Stimmt nicht.»

«Doch, das stimmt, und es ist in Ordnung. Es war mir nie wichtig.»

«Ich will nicht, dass du alleine bist.»

Sie stand auf, beugte sich vor und küsste ihn auf die Wange. «Bis bald, Davey.»

Er hielt sie an der Hand fest. «Geh nicht.»

«Gute Nacht», sagte sie und ging.

In der Hotellobby traf sie auf Molly. Sie saß allein auf einer Chaiselongue.

«Gehst du nach Hause, meine Liebe?», fragte sie, und Marjorie nickte.

«Scheißtag», sagte Molly.

«Der schlimmste von allen», sagte Marjorie.

«Du hast Rabbit verloren, Marjorie, und ich weiß, wie nah ihr einander gestanden habt, aber du hast noch dein ganzes Leben vor dir.»

«Das sagt man immer so.»

«Scheißtag», sagte sie noch mal.

«Der schlimmste von allen.»

Bald danach kam das Taxi. Marjorie umarmte Molly.

«Lass bald von dir hören, Marjorie, du bist eine von uns.»

Marjorie versprach Molly, sich bald bei ihr zu melden, kletterte ins Taxi, nannte dem Mann die Adresse und heulte den gesamten Weg nach Hause.

Juliet

Kyles Eltern verließen das Clontarf Castle gegen drei und ließen ihn in Mabels Obhut. Als es Abend wurde, rief sie ein Taxi, und sie fuhren zusammen nach Hause. Mabel saß vorn, Juliet mit Kyle auf der Rückbank. Sie berührten sich nicht, aber Juliet spürte, wie nah er ihr war. Es fühlte sich merkwürdig und irgendwie elektrisierend an. Die Härchen auf ihren Armen stellten sich auf. Was war das denn?

Mabel bezahlte den Fahrer und fragte Kyle, ob er noch mit hereinkommen wollte. Er schaute Juliet fragend an. Sie nickte.

«Okay», sagte er dann.

Mabel wärmte Lasagne auf, und die beiden aßen in der Küche, während sie selbst im Wohnzimmer saß und über Skype mit Casey und den Kindern sprach.

Juliet stocherte in ihrem Essen herum. Sie hatte seit Tagen nicht gegessen, ihr Magen fühlte sich hart an und schmerzte, und ihre Kehle und die Speiseröhre kamen ihr eng vor. Kyle dagegen fiel buchstäblich über seinen Teller her.

«Das ist ja superlecker, hat Mabel das gekocht?»

«Das hat jemand bei meiner Gran abgegeben. Ihr Gefrierschrank ist schon proppenvoll.»

«Wenn meine Ma doch auch nur mal italienisch kochen würde. Sie kocht immer nur irische Gerichte.»

«Was ist denn irisch?»

«Kartoffeln, Gemüse und Fleisch.»

«Oh.»

«Ja, entweder gibt es Kartoffeln, Gemüse und Lamm, Schweinerippchen oder Speck, Hackfleisch, Pute, Schinken oder, zu ganz besonderen Gelegenheiten, auch mal ein gut durchgebratenes Steak.»

«Klingt ja schrecklich.»

«Das ist echt scheiße. Dad sagt, es ist wie in den 80ern.»

«Was soll das denn bedeuten?»

«Weiß nicht», sagte er. «Ich glaube, das Leben damals war noch ein bisschen beschissener als heute.»

«Meine Ma fand die 80er toll», sagte Juliet.

«Ja, aber die war auch cool.»

Juliet lächelte. «Ja, total cool.»

«Kann ich dich mal was fragen?», sagte er und spülte seinen Teller im Ausguss ab.

«Ja.»

«Warum hat Mabel eine Glatze?»

«Weil sie auch cool ist.»

«Oh.»

Als Mabel das Gespräch mit ihrer Frau und den Kindern beendet hatte, kamen Juliet und Kyle ins Wohnzimmer und spielten auf Juliets Xbox. Sie sprachen nicht wirklich miteinander, kommentierten nur hie und da ihre Spielzüge.

«Du bist müde. Ich geh jetzt lieber», sagte Kyle, und sie widersprach nicht.

«Danke, dass du hier warst», sagte sie.

«Schon okay.»

Sie brachte ihn zur Tür. Als sie sie öffnete, stand er ganz nah bei ihr, und dann umarmte er sie, und ihre Haut brannte. Sie zog sich zurück.

«Musst du wirklich gehen?», fragte er.

«Ja.»

«Warum?»

«Darum.»

Er sah aus, als würde er gleich in Tränen ausbrechen.

«Ich werde dich echt vermissen.»

«Ich dich auch.»

Er weinte. Er weinte, und das Einzige, was ihr einfiel, um dem ein Ende zu setzen, war, ihn auf die Lippen zu küssen.

«Oh», sagte er.

Was tue ich da? Was ist nur los mit mir? «Tut mir leid», sagte sie.

«Kein Problem. Ich glaube, das ist das Beste, was mir je passiert ist.»

Sie spürte Panik in sich aufsteigen. «Du musst jetzt gehen.»

«Sehen wir uns morgen?», fragte er, und sie nickte, woraufhin er über die Straße zu seinem Haus sprang.

Sie schloss die Tür, ihr war ein bisschen übel. *Ma ist tot, und ich küsse einen Jungen. Oje. Es tut mir so leid, Ma. Oh nein. Oh nein.* Sie rannte die Stufen hinauf, direkt ins Zimmer ihrer Mutter und riss den Schrank auf. Sie zog eines der langärmeligen T-Shirts ihrer Mutter heraus und stecke die Nase tief hinein, atmete ihren Duft ein. Dann setzte sie sich aufs Bett und drückte es so fest an sich, wie sie nur konnte. Vollkommen angezogen (abgesehen von den Socken und Schuhen) schlief sie im Bett ihrer Mutter ein, mit dem Gesicht im zerknüllten «Blondie»-T-Shirt ihrer Mutter. Und zum ersten Mal, seit sie fünf Jahre alt gewesen war, lutschte sie wieder am Daumen.

Marjorie

In der Wohnung war es kalt. Marjorie zog ihre High Heels an der Tür aus und drehte die Heizung auf. Sie holte sich eine Flasche Wein, ein Glas und eine Decke, setzte sich aufs Sofa und schaltete den Fernseher ein. *Politik, nein. Eine seichte Serie, auf keinen Fall. Die Wiederholung eines Krimis, nein, absolut nein.* Sie entschied sich für eine Tierdokumentation, in der es um das Paarungsverhalten von Löwen ging. *Herrgott, sind die aggressiv dabei.* Sie wollte gerade umschalten, als ihr Telefon klingelte. Die Nummer war unbekannt, und sie dachte einen

Moment lang, es könne Mabel sein. Vielleicht brauchte Juliet sie. Sie meldete sich mit einem hektischen Hallo.

«Marjorie, ich bin's, dein Vater.»

Marjorie wurde es ganz kalt. Als sie zum letzten Mal diese Stimme gehört hatte, war sie sechzehn Jahre alt gewesen, und er hatte ihr gesagt, dass er eine Zweitfamilie in Großbritannien habe, eine Familie, bei der er leben wolle. Er sprach von einer Frau, die er mehr liebte als ihre Mutter, und von Kindern, die er mehr liebte als Marjorie. «Du bist ja inzwischen alt genug, um das zu verstehen», waren seine letzten Worte gewesen. Dann war er hinaus in die Nacht verschwunden und nie mehr zurückgekehrt. Er hatte sie mit einer Mutter zurückgelassen, die am Rande eines Nervenzusammenbruchs stand und mit Selbstmord drohte. Aber Marjorie hatte gewusst, dass sie das niemals tun würde. Sie hatte gewusst, dass ihre Mutter zu gläubig war, als dass sie das darauf unweigerlich folgende Höllenfeuer auch nur ernsthaft in Erwägung gezogen hätte. Aber das machte es kein bisschen leichter. Ihr Vater hatte sie bei einer Frau zurückgelassen, die ihr die Schuld für ihr zerstörtes Leben gab. Bei einer Frau, die böse und gemein sein und gehässige, hämische Dinge sagen konnte. Kurz nachdem er gegangen und noch bevor er am Ende der Straße angekommen war, schrie sie schon, dass sie wünschte, Marjorie wäre nie geboren worden. Später fühlte Marjorie sich ständig schuldig, weil sie sich wünschte, ihre Mutter würde einfach abhauen oder sterben. Über die Jahre hinweg erinnerte ihre Mutter sie immer wieder daran, dass Daddy sie verlassen hatte, weil Marjorie sie kaputt gemacht hatte und sie Daddy keinen Sohn mehr schenken konnte.

«Na, das hinterlässt ja wohl keine Narben», hatte Rabbit gesagt, als Marjorie sich ihr im Alter von zehn Jahren zum

ersten Mal anvertraut hatte, und Marjorie hatte darüber lachen müssen. *«Hör mal, Marj, du hattest einfach Pech, deine Ma ist eine Spinnerin»*, hatte sie gesagt. Dann hatte sie Molly Hayes geholt, die Marjorie erklärte, dass der kaputte Unterleib ihrer Mutter nicht ihre Schuld war, sondern die Schuld des Arztes, der sie bei der Geburt verpfuscht hatte. *«Und um ehrlich zu sein, Süße, war deine Mammy schon eine verbiesterte Zicke, bevor du geboren wurdest. Tut mir leid, das so sagen zu müssen, aber das ist die Wahrheit.»* Das brachte Marjorie zum Lächeln. *«Und Theresa Shea hatte auch so eine Operation wie deine Ma, und sie ist auch völlig verpfuscht, aber sie liebt ihre Kinder, und weißt du, warum?»*, fragte sie Marjorie, die den Kopf schüttelte. *«Weil Theresa Shea keine verbiesterte Zicke ist. Tut mir leid.»*

Marjorie hatte erneut gelacht, dann geweint, und Molly hatte sie fest an sich gedrückt, ihr ins Gesicht geschaut und zum ersten Mal die Worte gesagt, die Marjorie die Welt bedeuteten: *«Wer hat dich lieb, Marjorie?» – «Molly.»*

Rabbit, Molly und die Familie Hayes hatten Marjorie gerettet aus einem Leben voller Einsamkeit und Schmerz, bevor und nachdem ihr Vater sie verlassen hatte.

«Marjorie, hast du mich gehört? Ich bin's, dein Vater.»

«Ich habe dich gehört», sagte sie, und einen flüchtigen Moment lang fragte sie sich, ob er wohl von Rabbits Tod erfahren hatte und sie deshalb anrief, immerhin war er ja ihr Dad. Dann überlegte sie, woher er ihre Nummer hatte.

Er musste ihre Gedanken gelesen haben. «Eine deiner Kolleginnen bei der Bank hat mir deine Nummer gegeben, nachdem ich ihr die Umstände erläutert habe», erklärte er.

«Welche Umstände denn?», fragte sie.

«Deine Mutter hatte einen Schlaganfall», antwortete er.

«Wie bitte?»

«Sie hatte einen Schlaganfall.»

«Woher weißt du das?»

«Ich werde immer noch als Verwandter benachrichtigt.»

Zwei Gedanken schossen Marjorie durch den Kopf: 1. *Scheiße, ein Schlaganfall!* Und 2. *Natürlich wird er benachrichtigt, ist ja erst fünfundzwanzig verdammte Jahre her.*

«Hörst du mich, Marjorie?», fragte er erneut.

«Ja, ich höre dich», antwortete sie benommen. Sie versuchte immer noch zu verstehen, was da gerade geschah.

«Sie ist im The-Mater-Krankenhaus.»

«Woher weißt du, dass ich in der Bank arbeite?», fragte Marjorie.

«Ist das wichtig?», fragte er zurück.

«Ja.»

«Deine Freundin Rabbit hat mich vor ein paar Jahren ausfindig gemacht und mir geschrieben, wie es dir geht und was du so machst.»

«Warum?»

«Sie schrieb, sie wollte, dass ich weiß, was ich verpasse.»

«Sie hat dich aber nicht gebeten, zu kommen und mich zu treffen?», fragte Marjorie gespannt.

«Nein, sie hat deutlich gemacht, dass ich mich fernhalten soll.»

Marjorie fing an zu weinen. Er schwieg und wartete darauf, dass sie aufhörte.

«Hast du Ma gesehen?» Die Worte waren heraus, bevor sie nachdenken konnte.

«Ich wohne nicht mehr in Irland, Marjorie», sagte er in einem Tonfall, der nahelegte, dass er sie für ein wenig beschränkt hielt.

«Natürlich.»

«Ich wollte es dich nur wissen lassen, damit sie nicht allein ist», sagte er.

«Das ist aber großherzig von dir.» Endlich brachte sie ein wenig Sarkasmus zustande.

«Tut mir leid.»

«Gut.»

«Es tut mir wirklich leid.»

«Dad?»

«Ja, Marjorie.»

«Fick dich doch ins Knie», sagte sie ganz im lauten und stolzen Molly-Hayes-Stil und legte auf.

Wer hat dich lieb, Marjorie?

Molly.

Die Flasche Wein trank sie allein aus.

Jack

Jack war müde, aber gleichzeitig aufgedreht. Molly saß vor dem Fernseher, unkonzentriert und entweder nicht in der Lage oder nicht in der Stimmung, mit ihm zu reden. Er wusste, wo er sein wollte: oben auf dem Dachboden mit seinen alten Tagebüchern, zurück in einer Welt, bevor seine jüngste Tochter an Krebs erkrankt und einen qualvollen Tod gestorben war, zurück an den Anfang – da wollte Jack hin.

Falls Molly hörte, wie er die Leiter zum Dachboden herunterzog, ließ sie es sich nicht anmerken. Er stieg in die Dunkelheit hinauf und schaltete das kleine Licht ein. Davey hatte den Sitzsack durch einen Stuhl ersetzt, den Molly im Flur hatte stehen lassen, damit sie sich daraufstellen konnte, um Glühbirnen auszuwechseln. Er setzte sich darauf und wählte eines der Tagebücher aus dem Jahr 1962 aus. Dem Jahr, in dem er Molly kennengelernt hatte. Er lächelte in sich hinein.

«Wir konnten uns auf so vieles freuen», sagte er zu sich, dann schaute er hinauf ins Dach. «Du warst damals nur ein Funkeln in meinen Augen, Rabbit. Ach, aber wenn du damals deine Mammy gesehen hättest. Sie war etwas Besonderes, mein Mädchen, sie war nicht von dieser Welt. Ich habe vorher und nachher nie wieder jemanden wie sie kennengelernt, abgesehen von dir und deiner Schwester.»

Er öffnete das Tagebuch und setzte sich. Er las und ließ sich in eine andere Zeit, an einen anderen Ort bringen. Er saß ganz still da, ganz erfüllt von seinen eigenen Texten, und erinnerte sich, und dann, als wäre ihm gerade erst aufgefallen, dass sie ja auch da war, wandte er den Blick wieder nach oben. «Mach dir keine Sorgen, Rabbit, ich lese nur die guten Abschnitte laut vor», sagte er. Und das tat er. Hin und wieder las er laut einen Abschnitt über das Leben in Irland im Jahr 1962 und fügte dann ein, zwei Anmerkungen hinzu. «Felder, so weit das Auge reicht, damals, Rabbit, und zwar sogar im Stadtzentrum. Hab ich dir je erzählt, wie viel ich als Anzahlung für dieses Haus bezahlt habe? Eine Fünf-Pfund-Note habe ich dafür hingelegt. Fünf Pfund! Heutzutage würde man für das Doppelte nicht einmal mehr ein Päckchen Zigaretten bekommen, aber damals war das ein Vermögen.»

Der alte Mann las und sprach die ganze Nacht mit dem Dach, und als sich seine Augen vor Erschöpfung trübten und sein Rücken schon ganz steif war, als sein Nacken und seine Beine wie Wackelpudding waren, steckte er ein Lesezeichen in das Tagebuch und legte es zurück in die Kiste. Er versuchte aufzustehen und hielt dabei seine Knie fest. «Ich muss jetzt gehen, mein Mädchen, aber morgen sehen wir uns wieder.»

Nacht, Dad.

Nacht, mein Liebling.

Er wusste, dass sie nicht wirklich da war, aber ganz allein, hier am höchsten Punkt des Hauses und mit seinen alten Tagebüchern, fühlte er sich ihr nahe.

Davey

Im Pub holte Kev die erste Runde. Jay und Francie spielten Poolbillard, Davey und Louis sahen ihnen zu.

«Denkst du noch manchmal an Kitchen Sink, jetzt, wo du in der Oberliga mitspielst?», fragte Louis.

«Die ganze Zeit», antwortete Davey.

«Ja, Mann, wir waren nur dumme Kinder, die geglaubt haben, sie wüssten alles. Herrje, wir hatten ja keine Ahnung.»

«Wir hatten Ahnung genug», widersprach Davey.

«Tut mir leid, dass ich euch im Stich gelassen habe.»

«Warum?», fragte Davey.

«Ich hatte ein bisschen das Gefühl, ein sinkendes Schiff zu verlassen. Johnny war krank, wir hatten kein Ziel. Und ich hatte eine Freundin, die schwanger war.»

«Das musst du nicht erklären», sagte Davey. «Du hast getan, was du tun musstest.»

«Jedenfalls haben sie sich ziemlich verbessert», sagte Kev und stellte die Biere auf den Tisch.

«Ja, genau», sagte Louis. «Als hätten sie es nicht schon schwer genug mit einem behinderten Leadsänger, nein, sie haben auch noch einen Gitarristen im Arbeitsoverall bekommen.»

«Schon gut, beruhige dich, Captain Synthesizer», sagte Kev. «Ich habe diesen Overall geliebt.»

Francie schlug Jay zwei gegen eins, und sie kamen zu den anderen herüber und nahmen ihre Pints. «Um was geht's?»

«Louis macht sich gerade über Kev wegen seines Arbeitsoveralls lustig, und Kev zieht Louis auf, weil er nur Synthesizer spielt», erklärte Davey.

«Kümmere dich nicht darum, Louis. Für Nik Kershaw war der Overall auch gut genug, und sieh nur, wo er jetzt ist», sagte Francie.

«Wo ist er denn?», fragte Kev.

«Nirgends, verdammt noch mal », sagte Jay.

Die Jungs lachten. «Hey, Louis, hab ich dir von meinen Eiern erzählt?», sagte Francie.

«Oh nein, jetzt hör bloß mit deinen verdammten Eiern auf», sagte Jay.

«Was ist denn mit deinen Eiern?», fragte Louis.

«Schnipp, schnapp. Und Ende», sagte Kev.

«Sie hatten die Größe einer Steckrübe und dieselbe verdammte Farbe», sagte Francie.

«Du solltest die verklagen», sagte Davey. Er hörte die Geschichte schon zum zweiten Mal in dieser Woche.

«Ich sollte die verklagen, ich bin schließlich der, der sich das ständig anhören muss», sagte Jay.

«Herrgott, vielleicht sollte ich sie verklagen. Scheiße, ich wusste, dass ich Fotos davon hätte machen sollen», sagte Francie. «Aber meine Alte wollte das nicht, hat gesagt, dass meine Eier vielleicht in die Cloud hochgeladen und die Bilder anderweitig verwertet werden.»

Die Jungs lachten. «Wer zum Teufel sollte dich und deine Eier weiterverwerten?», fragte Jay.

«Irgendwelche durchgeknallten Typen, was weiß ich», sagte Francie. «Für den Fall, dass du noch nicht gemerkt hast, dass die überall sind.»

«Da wir gerade davon sprechen, keine Spur von Sheila B heute?», sagte Jay, und Francie nickte. Er war dankbar, dass seine Exfreundin von damals nicht aufgetaucht war und eine Szene gemacht hatte.

Später stellte sich Davey zu Francie, der draußen rauchte. Francie bot auch ihm eine Zigarette an.

«Lieber nicht», sagte Davey. Er rauchte gern hin und wieder eine, wenn es sehr stressig war, aber seit er seine kleine Schwester an Krebs hatte sterben sehen …

«Haben sie dir ins Gewissen geredet?», fragte Francie.

Tatsächlich hatten Marjorie und Grace ihm gedroht, ihn totzutreten, wenn sie ihn je wieder mit einer Zigarette erwischen sollten. «Ja, sozusagen», murmelte Davey. Sie hatten es genauso gemeint, richtig bösartig waren sie gewesen.

«Verständlich.»

Sie standen nebeneinander und schauten hinauf in einen klaren Nachthimmel.

«Nichts wird mehr so sein, wie es mal war», stellte Davey fest.

«Nichts ist jemals so, wie es mal war, Davey. Die Veränderung ist das einzig Konstante im Leben.»

«Hast du das im Krankenhaus gehört?»

«Auf einem Glückskeks.»

«Also, ich bin jetzt Vater.»

«Willkommen in der Hölle», sagte Francie.

«Aber ich schaffe das.»

«Klar tust du das.»

«Es wird gut werden.»

«Nein, es wird dir verdammt noch mal das Herz brechen.»

«Herrgott, Francie, ich versuche gerade, das Positive daran zu sehen.»

Er blies den Rauch aus, der sich in der kühlen Luft kräuselte. «Es ist es wert, Davey.»

Davey ging nach zwei Pints Bier. Als er wieder in Rabbits Haus ankam, schliefen Mabel und Juliet schon. Er klappte seinen Computer auf und buchte zwei Erste-Klasse-Flüge in die USA, in einer Woche. *Wenn die Veränderungen kommen wollen, dann sollen sie es eben tun.*

Grace

Grace verlor sich in ihren Gedanken. Lenny hatte das Radio eingeschaltet und fuhr. Es regnete. Der Asphalt vor ihnen glänzte im Licht der Straßenlaternen und Autolichter. Die Straße wirkte schmierig, als wäre sie mit einem violetten Plastikfilm überzogen. Lenny fuhr direkt durch eine tiefe Pfütze. Das Wasser teilte sich, eine kleine Welle bildete sich und spritzte. Sie waren allein. Stephen fuhr die Jungs in einem Auto nach Hause, das er von einem Kumpel geliehen hatte. Sie hatten sie schon vor einer ganzen Weile im Verkehr aus den Augen verloren.

«Und wenn er nicht versichert ist?», sagte Grace plötzlich.

«Wer?», fragte Lenny.

«Stephen.»

«Ach, es ist doch nur eine Meile die Straße runter.»

«Wir könnten alle vier in einer Riesenexplosion verlieren.»

«Herrje, Grace, das wird nicht passieren.»

«Und wahrscheinlich ist die Versicherung dann die geringste unserer Sorgen», sagte sie.

«Lass uns einfach hoffen, dass sie von der Polizei angehalten worden sind und Stephen eine Anzeige bekommt», sagte Lenny, um die Stimmung ein bisschen aufzuheitern.

«Immer noch besser, als in den Flammen zu sterben.»

Sie verstummten erneut. Grace konzentrierte sich auf die Wassertropfen, die die Windschutzscheibe herunterrannen, und auf das emsige und leicht kratzige Geräusch der Scheibenwischer. Zehn Minuten vergingen, bis Lenny das Radio ausschaltete.

«Wir müssen über heute Morgen sprechen.»

«Ich bin zu müde.»

«Bitte, Grace.»

«Was soll ich denn noch dazu sagen?»

«Ich will wissen, was dir durch den Kopf geht.»

«Ich habe dir doch gesagt, im Moment mache ich mir um die Kinder Sorgen.»

«Grace!»

«Stephen ist ein beschissener Autofahrer, Lenny, das wissen wir beide.»

«Grace?»

«Was?»

«Sprich mit mir.»

«Es gibt da eine Operation, der ich mich unterziehen kann. Dabei entfernen sie mir die Brüste und die Eierstöcke.»

Er wurde blass, selbst im Dunkeln sah sie, wie die Farbe aus seinem Gesicht wich.

«Aber du hast doch keinen Krebs.»

«Noch nicht.»

«Vielleicht bekommst du ihn nie.»

«Aber vielleicht auch schon morgen.»

«Das kannst du nicht machen.»

«Ich habe ja auch nicht gesagt, dass ich es mache, aber es sind nun mal meine Brüste.»

«Oh, aber wenn es um meine Eier geht ...»

«Ich habe dieses verdammte Gen, Lenny.»

Er hielt am Straßenrand, ohne das Lenkrad loszulassen. «Aber das bedeutet nicht, dass du Krebs bekommst. Richtig? Du kannst nicht einfach Stücke aus dir herausschneiden lassen, nur für den Fall. Das ist verrückt.» Lenny kannte die Auswirkungen, die die Brustamputation auf Rabbit gehabt hatte. Er war da gewesen, als sich die Wunden infiziert hatten, er wusste Bescheid über die beschädigten Nerven und die psychischen Auswirkungen. Und Grace war schon nach einem verdammten Bluttest zusammengebrochen.

Sie drehte sich zu ihm um. «Ich muss nur nachdenken», sagte sie.

Er starrte seine Frau an. «Du musst nachdenken.»

«Ja. Ich. Ich muss nachdenken.»

Er legte den Gang ein und fuhr weiter. Danach sprachen sie kein Wort mehr miteinander.

Lenny blieb noch wach und schaute die Zusammenfassung der Höhepunkte eines Fußballspiels. Grace lag allein im Bett, mit aufgerissenen Augen, und dachte über die letzten Tage von Hupen-Hayes nach.

Molly

Molly konnte in der Nacht nach der Beerdigung ihrer Tochter nicht einschlafen, kniff aber die Augen zusammen. Sie lag neben dem heißen, atmenden Klumpen, der ihr komatöser Ehemann war. Sie ordnete ihre verwirrten Gedanken und reduzierte sie auf eine Reihe knapper und bohrender Fragen.

F: Warum habe ich überhaupt jemals an Gott geglaubt?
A: Weil man es mir so beigebracht hat.
F: Warum habe ich gebetet?
A: Weil man es mir so beigebracht hat.
F: Habe ich jemals etwas erlebt, was meinen Glauben gestärkt hat?
A: Nein.
F: Habe ich jemals etwas erlebt, was meinen Glauben in Frage gestellt hat?
A: Ja.
F: Glaube ich immer noch?
A: Nein.
F: Was bedeutet das?
A: Ich weiß es nicht.
F: Was weiß ich denn überhaupt?
A: Dass das Leben nicht fair ist.
F: Was tue ich dagegen?
A: Ich tue, was ich immer tue. Ich kämpfe.
F: Und was dann?
A: Dann sterbe ich.
F: Und was dann?
A: Nichts.

Du hast recht, Rabbit. Hörst du, Liebling? Es ist alles völliger Blödsinn … Bitte, Liebling, sprich mit mir, so wie du mit Grace sprichst. Sie hat mir erzählt, dass du immer in ihrem Kopf bist. Sprich mit mir.

Aber Rabbit sprach nicht mit ihrer Mutter. Sie war tot, und sie hatte Gott mit sich genommen. *Es tut mir leid.*

Am nächsten Morgen öffnete Molly ihre müden Augen, um der Welt als eine etwas andere Version ihrer selbst entgegenzutreten – ein bisschen weniger hoffnungsvoll, ein bisschen erbitterter. Die Veränderung würde für entferntere Bekannte kaum spürbar sein, aber für diejenigen, die sie besser kannten, war sie gewaltig.

TEIL VIER

Jahr eins

Juliet

Eine Woche nach der Beerdigung ihrer Mutter stand Juliet am Flughafen. Sie spürte, wie das Gewicht des Rucksacks auf ihrem Rücken sie auf den öde gefliesten Boden drückte. Sie schaute zu den anderen, um daraus schließen zu können, wie sie sich selbst verhalten sollte. Molly war stoisch, zeigte keinerlei Gefühle. Grace sah aus wie ein Geist. Lenny wirkte wütend. Stephen war nicht mitgekommen; er musste an einer Studiengruppe oder etwas Ähnlichem teilnehmen, und das war dringender, als sich von seiner Cousine zu verabschieden. Marjorie sah mit ihrem breiten Lächeln und den aufgerissenen Augen ein wenig irre aus.

Jeder hier versuchte auf seine Weise, mit der Situation zurechtzukommen. Bernard, Ryan und Jeffrey waren bedrückt. Sie hingen herum wie Marionetten, denen man die Fäden durchtrennt hatte. Jack saß auf einem Stuhl und hatte den Kopf in die Hände gestützt. Es war wie bei der Totenwache, nur dass es diesmal weder Kuchen, Alkohol noch höfliche Konversation gab, sondern nur ein paar Leute, die in einer großen kahlen Halle herumlungerten, einander anstarrten, auf das Unausweichliche warteten und dabei hofften, dass es bald zu Ende sein würde. Juliet fühlte sich immer noch benebelt und angenehm stumpf.

«Wir müssen los», sagte Davey.

Plötzlich umgab sie ein Tsunami aus Gefühlen. Dicke, heiße Tränen rannen ihr die Wangen hinab, sie bebte und zitterte, ihre Knie wurden weich, und obwohl die Tränen unablässig aus ihren Augen strömten, brannten ihre Augen, ihr Herz und ihre Seele. *Was tue ich hier? Wo bist du, Ma? Bitte, Ma. Komm zurück. Ich will nicht weg.* Davey nahm sie bei der Hand und zog sie an seine Seite. Er hielt sie ganz nah bei sich, aber sie spürte, dass er ebenfalls zitterte.

Molly kniete sich neben sie. «Ich bin nur einen Anruf weit entfernt. Einen Flug. Wenn du mich brauchst, bin ich da.»

Juliet drückte ihre Granny ganz fest an sich, und eine Sekunde lang dachte sie, dass sie sie vielleicht einfach nie mehr loslassen würde, aber dann löste sich Molly von ihr.

«Ist schon in Ordnung, mein Liebling», sagte Molly, aber es war natürlich nicht in Ordnung. Das wussten sie beide.

Grace umarmte Juliet, und sie weinte und küsste sie auf den Scheitel, und dann war Lenny an der Reihe. «Wir sind auch immer für dich da, Juliet.»

«Danke, Lenny», sagte sie.

Dann verabschiedeten sich die Kinder von ihr: «Bis Weihnachten», sagte Jeffrey.

«Dafür ist es doch noch viel zu lang hin», wandte Bernard ein.

Ryan flüsterte Juliet ins Ohr: «Lass dich bloß nicht runterziehen von den Vollidioten.»

Sie wusste nicht genau, wen er meinte, aber sie lächelte und nickte. «Okay», sagte sie, und er ballte die Hand zur Faust, schüttelte sie und nickte mit dem Kopf. «Okay», wiederholte sie.

Jetzt war Marjorie an der Reihe. Sie weinte und hielt sich ein Taschentuch vor die Nase, und als sie die Worte «Ich hab dich lieb» stammelte, flüsterte Juliet ihr ins Ohr: «Hab keine Angst, Marjorie.» Weil ihre Ma genau so etwas gesagt hätte. Marjorie verlor die Fassung und musste sich an Lenny festhalten. Grace holte ihr einen Stuhl. *Scheiße. Tut mir leid.*

Schließlich stand sie vor ihrem Grandad. Er gab ihr ein Zeichen, sich auf seinen Schoß zu setzen. Sie kletterte hinauf, und schon schluchzten sie und umarmten sich.

«Gut, das reicht jetzt», sagte Molly und nahm Juliet bei der Hand. «Der alte Kerl wird dich mit seiner Heulerei noch ertränken, wenn du ihn lässt. Was ist Grandad?»

«Ein Schlaffi», sagte Juliet.

«Ein Schlaffi», bestätigte Molly und zwinkerte ihr zu. Dann wandte sie sich an Davey: «Du weißt, was ich sagen will.»

«Versau es nicht.»

«Guter Junge. Ich hab dich lieb, mein Sohn.»

«Ich dich auch, Ma.»

«Und jetzt los.» Molly würgte die Worte geradezu hervor. «Los jetzt.»

Die ersten Monate in Amerika zogen wie im Nebel an ihr vorbei, eines verschmolz mit dem anderen und dann wieder mit etwas anderem. Neue Orte, Dinge, Menschen, Anblicke, Geräusche, Lichter – sogar das Wetter war neu und anders als alles, was sie bisher gekannt hatte. Alles kam ihr größer und lauter, heller und mutiger vor. Sie schien in eine übertriebene Welt des Überschusses und gleichzeitig des Mangels gekommen zu sein. Der Schmutz war schmutziger, die Einsamen ein winziges bisschen einsamer. Vielleicht war es nur die kleine Juliet aus einer kleinen Vorstadt von Dublin, Irland, die mit dieser neuen, glitzernden Welt voller Musik, Industrie und Leidenschaft, voller geschäftiger Großstadtstraßen und riesiger Plätze, Pferde und Limousinen, Bauern und Industrieller, Weltklassemusiker und Big Business nicht zurechtkam, vielleicht aber war sie nur ein kleines Mädchen, das um ihre Mutter trauerte und das deshalb nicht einmal das trübste Licht in ihren müden Augen ertragen konnte.

Jedenfalls wusste sie am Ende der ersten Woche, dass sie nie hierherpassen würde. Aber sie würde nicht aufgeben, denn sie war stur wie ihre Mutter und fürchtete sich auch vor dem, was in Dublin auf sie warten würde. *Nichts.* Ihre Mutter war tot, ihr Zuhause gab es nicht mehr, es war an ein Paar mit einem zweijährigen Sohn vermietet worden, das hatte ihr Kyle erzählt, als sie am Dienstag wie immer geskypt hatten.

Sie war gerade drei Monate in der Schule, als sie ein Mädchen aus ihrer Klasse bewusstlos schlug, die Polizei gerufen und sie vom Unterricht ausgeschlossen wurde.

«Warum hast du das getan, mein Liebling?», fragte Molly sie auf Skype.

«Sie war schrecklich, Gran.»

«Ja, aber ...»

«Sie hat Mas Blogs im Internet gefunden und vor der ganzen Klasse vorgelesen und sich dann darüber lustig gemacht», sagte Juliet, und dabei traten ihr die Tränen in die Augen. «Sie haben sich alle über Mas Worte und Sorgen kaputtgelacht.»

«Na, wenn das so ist, hoffe ich, dass sie eine Gehirnerschütterung hat», sagte Molly.

Davey war oft auf Tour, daher war es sinnvoll, eine Lehrerin zu engagieren und Juliet mitzunehmen. Sie sollte im Bus bei Mabel, Casey und den Zwillingen schlafen und tagsüber Zeit mit ihm verbringen. Das war nicht perfekt, aber sie würden es hinbekommen.

«Und du vermisst es nicht, keine Kinder in deinem Alter um dich herum zu haben?», fragte Grace auf Skype.

«In der Schule hat eigentlich niemand mit mir geredet», gab Juliet zu.

«Hast du denn mit den anderen geredet?», fragte Grace nach.

«Nein.»

«Warum nicht?»

«Meine Ma ist gestorben.»

«Stimmt. Aber du vermisst wirklich keine Gleichaltrigen?»

«Eigentlich nicht. Manchmal vielleicht. Ich hab zu viel zu tun», sagte Juliet.

«Ach. Was denn so?», fragte Grace.

«Ich muss lernen und bei Davey und den Jungs sein. Ach, und sein Freund Trevor, der Tontechniker, zeigt mir, wie man ein Mischpult bedient, wie Ma.»

«Und wie alt ist dieser Trevor?», fragte Grace misstrauisch. Mabel tauchte im Hintergrund auf und sagte: «Mach dir keine Sorgen. Er ist ein glücklich verheirateter Mann mit Kind.»

«Oh, hallo, Mabel, wie geht's Casey und den Kindern?»

«Ihnen geht's gut. Pass auf dich auf, Grace», sagte sie und verschwand, um sich um ihre eigenen Angelegenheiten zu kümmern.

«Bist du glücklich?»

Juliet ließ die Schultern hängen. «Meine Ma ist tot.»

«Möchtest du wieder nach Hause?»

«Nein.»

«Okay. Ich hab dich lieb.»

In Wahrheit wollte sie nicht nach Hause, aber sie wollte auch nicht im Tourbus leben. Es war zermürbend, ständig von Stadt zu Stadt zu reisen, und sie fühlte sich oft einsam, aber sie würde Davey auf keinen Fall verlassen.

Wir gehören zusammen, oder nicht, Ma? Ich passe auf Davey auf und er auf mich. Sie verbrachten viel Zeit miteinander, unterhielten sich, lasen, hörten Musik und aßen schlechtes Essen in schlechten Lokalen. Manchmal machte es Spaß. Es war Davey, der vorschlug, sie solle sich ein Hobby suchen, und sie Trevor vorstellte. Sie fühlte sich an jedem der Auftrittsorte sofort vom Mischpult angezogen, das hatte Davey bemerkt.

«Ich hätte es nie gedacht, aber sie ist ein Naturtalent.» Trevor war geduldig und nett zu ihr, hatte nie etwas dagegen, wenn sie während des Soundchecks neben ihm saß, und beantwortete jede ihrer vielen Fragen. Er zeigte ihr auch Fotos von seiner Frau und seinem Kind. Er wusste, wie es sich anfühlte, die Menschen zu vermissen, die man liebte. Sie konnte mit ihm reden und am kleinen Mischpult sitzen und zuhören, wie der Klang auf- und abschwoll, und dann fühlte sie sich ihrer Ma näher als in jenen letzten Tagen, als sie neben ihrem sterbenden Körper gelegen hatte.

«Du weißt doch, dass meine Ma früher für Davey und die Band den Sound geregelt hat, als sie in meinem Alter war?»

«Ja», sagte Kyle.

«Na ja, Trevor, der Tontechniker, ist richtig cool. Er lässt mich bei der Arbeit zuschauen, und beim Soundcheck lässt er mich Dinge ausprobieren, manchmal, nicht oft, auch nur für ein, zwei Minuten, aber das ist so cool. Er bringt mir total coole Dinge bei.»

«Das gefällt dir?»

«Das System ist viel größer als das, mit dem Ma früher zu tun hatte. Sie hatte ein 10-Kanal-Pult, Trevors hat 96 Kanäle.»

«Wow», machte Kyle, aber es war kein sehr überzeugendes Wow.

«Es geht dir am Arsch vorbei», sagte sie, und er grinste ein wenig.

«Nein, es interessiert mich», widersprach er, und sie wurde rot. Auf dem Bildschirm sah er ein bisschen älter aus.

Sie unterhielten sich oft, aber mit Della sprach sie so gut wie gar nicht. Juliet vermisste sie, verstand aber, dass manche Freundschaften nur im realen Leben überleben konnten. Und in Dellas realem Leben lebte Juliet nicht mehr.

Juliet träumte viel von ihrer Ma. Es waren schräge, nebulöse, traurige Träume, die sie tagelang beschäftigten. In einem immer wiederkehrenden Traum rief ihre Mutter um Hilfe, und Juliet sah sie auf dem Küchenflur in ihrem alten Mietshaus liegen. Blut breitete sich unter ihr aus. Sie sah sie weinen und die Arme nach ihr ausstrecken, aber sie konnte nicht zu ihr. Eine unsichtbare Barriere hielt sie von ihr fern, und das war grauenvoll.

«Ich bin hier, Ma, kannst du mich sehen, Ma? Ich komme!»

«Hilf mir, Juliet.»

«Ich bin hier.»

«Wo bist du, Juliet?»

«Na, hier bin ich.»

«BUNNY!!!!»

«MA!»

Dann verschwand sie im Boden und hinterließ nur einen Brandfleck.

Diese Träume waren zutiefst verstörend, und eine Weile war der Schlaf ihr Feind.

«Ist denn alles in Ordnung mit dir?», fragte Davey, wenn sie wieder blass und launisch war, weil sie unter Schlafentzug litt.

«Was geht das dich an?», versetzte sie.

«Eine Menge! Was meinst du damit?», sagte er und war

verletzt. Sie saßen zusammen im Tourbus. Die Reise sollte sechs Stunden dauern, und sie hatten erst zwei davon hinter sich gebracht.

«Du bist zwei Tage einfach so verschwunden!», schrie sie.

«Ich hatte zwischen den Shows was zu tun», sagte er.

«Du hast dich nicht mal verabschiedet», sagte sie.

«Du warst in dem anderen verdammten Bus. Was sollte ich denn tun?»

«Mich anrufen, mit mir skypen, mir eine WhatsApp oder eine SMS schicken ...»

«Schon gut, schon gut. Du hast ja recht. Tut mir leid», sagte er.

«Ich dachte schon, wir hätten dich verloren», sagte sie und brach in Tränen aus. «Scheiße. Natürlich. Tut mir leid», sagte Davey betroffen. Er war als Vater kein Naturtalent, aber er gab sein Bestes.

Den meisten Kontakt hatte sie zu Gemma, ihrer Lehrerin. Die war achtundzwanzig und mit einem Soldaten verheiratet. Er war in Afghanistan stationiert. Einmal träumte Juliet, dass ihre Mutter als Geisel in einer Höhle versteckt wurde und eine Burka mit AC/DC-Logo trug. Gemma kam und ging, Davey ließ sie für ein, zwei Tage einfliegen, sie unterrichtete Juliet und gab ihr Hausaufgaben; und auf Skype war sie immer erreichbar. Es war gut. Alles war gut.

An Juliets dreizehntem Geburtstag wachte sie vom Ping ihres Computers auf. Sie öffnete Skype, und Molly erschien auf dem Bildschirm.

«Hallo, mein Liebling!», sagte sie und winkte. «Herzlichen Glückwunsch zum Geburtstag.»

«Danke, Gran.»

«Und sieh mal, wer da ist», sagte sie und drehte den Computer um, um Juliet ein paar kopflose Körper zu zeigen.

«Du musst ihn anheben, Ma.»

«Was muss ich anheben, Grace?»

«Den Computer. Das Kind sieht doch nur unsere Bäuche.»

Grace beugte sich herunter. «Hallo, Bunny ... entschuldige, Juliet. Herzlichen Glückwunsch zum Geburtstag.»

«Danke, Grace.» Der Computer bewegte sich erneut, und plötzlich konnte Juliet alles sehen, ihre Gran, ihren Grandad, Grace, Lenny, Stephen, Bernard, Ryan und Jeffrey. Jeffrey hatte noch mehr abgenommen.

«Wow, Jeff», sagte sie und reckte die Daumen. Sie sangen alle Happy Birthday für sie, sogar Ryan.

«Wo ist Davey?», fragte Molly.

«Im anderen Bus.»

«Wie feiert ihr denn heute?»

«Oh, heute ist wieder ein Auftritt, also gehen wir vermutlich nur essen.»

«Und das war's?»

«Casey und Mabel haben einen Kuchen gebacken.»

«Einen Kuchen?», wiederholte Molly. Sie klang ausgesprochen sauer.

«Ich bin doch nur dreizehn geworden, das ist doch keine große Sache», sagte Juliet und fühlte sich plötzlich ganz weinerlich.

«Deine Ma wäre so stolz auf dich», sagte Molly.

Jack weinte.

«Ach, wein doch nicht, Grandad», sagte Juliet und weinte selbst.

«Da siehst du, was du angerichtet hast», sagte Molly und stieß ihn mit dem Ellenbogen in die Seite.

«Ma, lass meinen Dad in Ruhe», sagte Grace, und danach schrien sich alle nur noch an und redeten gleichzeitig. Es war großartig. Es endete damit, dass Molly ihrer Enkelin sagte, dass sie sich Weihnachten sehen würden.

Juliet tat so, als freute sie sich unglaublich darauf, nach Hause zu kommen, aber das stimmte nicht. Die Vorstellung machte ihr Angst. In Dublin war ihre Mutter wirklich tot, toter als hier in den Staaten. Hier konnte Juliet so tun, als wäre sie zu Hause immer noch am Leben, umgeben von Musik und Freunden und Familie und allem, was sie liebte. Juliet konnte so tun, als würde sie sie bald wiedersehen.

Aber dann flogen sie zu Weihnachten nicht nach Hause, die Auftritte wurden immer mehr, sodass einfach keine Zeit war, und Juliet war erleichtert. *Zu früh.* Ihre Gran wollte sie eigentlich besuchen kommen, aber der Arzt hatte es ihr verboten. Nach ihrer Stent-Operation hatte er eine tiefe Venenthrombose entdeckt. Juliet war erleichtert. Sie konnte sich nicht vorstellen, wie Molly Hayes ihre überlebensgroße Persönlichkeit in einen Tourbus hätte quetschen sollen.

Dann kam die erschütternde Nachricht, dass Grace das Gen hatte. Davey erzählte ihr davon. Sie saß schweigend am Abendbrottisch und spielte mit dem Essen auf ihrem Teller, spießte es mit der Gabel auf und schob es dann in Kreisen und Achten herum. Er sprach davon, dass auch sie sich testen lassen solle, wenn sie alt genug wäre. Das war zu viel für sie, also verstaute sie diese Information ganz weit hinten in ihrem Bewusstsein, um sie wieder hervorzuholen, wenn sie die Kraft hatte, damit zurechtzukommen.

Die Tage wurden zu Wochen, die Wochen zu Monaten, und im Handumdrehen stand der Jahrestag von Rabbits Tod vor der Tür.

Zwei Dinge passierten an dem Tag, an dem Davey Juliet verkündete, dass sie zu diesem Anlass nach Hause fliegen würden. Das Erste war eigentlich keine große Sache, aber es setzte ihr trotzdem zu. Sie hatte mit Trevor am Mischpult gesessen, er hatte ihr gezeigt, wie man den Eingangsschallpegel regelte, und dann berührte seine Hand ihre Brust. Er sah sie komisch an und machte dann weiter, als wäre nichts passiert. Es war ja auch nicht wirklich etwas passiert, aber es fühlte sich falsch an. Sie fand den Eingangspegel, und dann meldete sich Trevors Frau per FaceTime, und sie verabschiedete sich hastig, während er Ashley, seiner vierjährigen Tochter, ein Luftküsschen schickte.

Davey kam zum Abendessen zu ihr in Caseys Bus. Er sagte ihr, Grace würde sich nächste Woche, nach Rabbits erstem Todestag, operieren lassen müssen. Casey und Mabel saßen daneben, um sie beide zu unterstützen.

«Wir fliegen», sagte er.

«Nein», sagte sie.

«Es wird aber Zeit», sagte er.

«Ich kann nicht.»

«Ich weiß, dass es dir Angst macht, Süße, aber du bist ein starkes Mädchen», sagte Casey. «Wir bleiben hier und warten, bis du wieder nach Hause kommst», sagte Mabel, aber immer nur von Stadt zu Stadt zu fahren, war ja gar kein Zuhause. Juliet hatte kein Zuhause.

«Grace lässt sich eine Woche nach dem Todestag meiner Ma operieren?»

«Es ging einfach nicht anders, Bun...iet», sagte Davey.

«Hörst du endlich damit auf, mich Buniet zu nennen?»

«Na, dann hör du damit auf, darauf zu bestehen, dass ich dich Juliet nenne.»

«Das ist mein Name!», schrie sie.

«Nein, für mich nicht», schrie er zurück.

«Okay, jetzt regt euch mal alle wieder ab. Ich habe die Zwillinge gerade ins Bett gebracht», sagte Casey.

«Entschuldigung», sagten sie beide gleichzeitig.

«Wir fahren nach Hause, Juliet», sagte er.

«Ich hasse dich, Davey», schrie sie, und danach aßen sie in betretenem Schweigen.

Grace

Im Jahr nach Rabbits Tod verwandelte sich Graces Leben in eine Reihe von Arztterminen und theoretischen Diskussionen. Sie hatte Termine für Mammographien, MRTs, Beratungen, psychotherapeutische Sitzungen, bei Onkologen und dann wieder Termine bei Ärzten, bei denen sie eine zweite Meinung einholen sollte, Termine für weitere Mammographien, MRTs, psychotherapeutische Sitzungen. Und so ging es immer weiter. Ihr Leben war zu einer Krankenakte zusammengeschmolzen, die wöchentlich dicker wurde, und zu einem Terminplan, in dem sich Krankenhäuser und Arztpraxen abwechselten. Und währenddessen tickte eine Zeitbombe in ihr. Die Mammographien waren unangenehm, die MRTs angsteinflößend und die Therapie oft peinlich, nicht nur, weil Grace darüber sprechen musste, wie sie sich fühlte, und auch noch Lenny zuhören musste, der sie überhaupt nicht unterstützte, sondern nur abwarten wollte, bis die Bombe in ihr explodierte. Die Diskussion darüber war immer dieselbe und völlig fruchtlos.

«Du hast keinen Krebs. Vielleicht bekommst du nie Krebs.» Und: «Du kannst dich doch nicht in kleine Stückchen schneiden lassen. Das ist doch irre.» Und: «Das ist die Trauer. Die Schuldgefühle und die Trauer.» Dieses spezielle Argument kam nach einer ziemlich intensiven Therapiesitzung, in der Grace zugegeben hatte, dass sie Schuldgefühle wegen Rabbits Tod hatte. Sie fühlte sich schuldig, weil sie direkt nach Rabbits Diagnose nicht für sie da gewesen war.

Grace hatte Angst vor Krankenhäusern, vor Blut und vor Nadeln, daher hatte sie zuerst gezögert, aber schließlich hatte sie sich doch um ihre Schwester gekümmert, obwohl es ihr schwergefallen war – Rabbits Leben hatte schließlich aus nichts anderem mehr bestanden als aus Krankenhäusern, Blut und Nadeln. Sie hatte ihr Bestes gegeben, aber sie fühlte sich dennoch schuldig, weil sie nicht dabei hatte helfen können, eine Wunde zu verbinden, oder weil sie das Gesicht hatte abwenden müssen, wenn sie den kranken, rohen, vernarbten, kaputten, verwundeten und blutigen Körper ihrer Schwester gesehen hatte. Sie fühlte sich schuldig, weil sie lebte und ihre jüngere Schwester tot war und weil sie froh war, am Leben zu sein. Sie wollte nicht sterben.

«Du stirbst nicht», schrie Lenny im Auto nach einer Therapiesitzung, aber die Bombe tickte so laut, dass sie ihn kaum verstehen konnte. Er dagegen hörte das Ticken nicht. Vielleicht wollte er es einfach nicht hören. Sie fühlte sich wie versteinert und sehr, sehr traurig. Das einzig Gute daran, dass sie den Test hatte machen lassen, war, dass sie jetzt im System war, man beobachtete sie. Ein Team von Spezialisten stand bereit. Einigen hätte das ausgereicht, aber Grace nicht. Sie konnte nicht mehr schlafen, geradeaus denken, lachen oder auch nur lächeln. *Ich habe das Gen.*

Natürlich trauerte sie, aber mehr als der Verlust ihrer Schwester, die Sorge um ihre Eltern, um Juliet und Davey, mehr auch als die Schuld, die sie wie schweres Gepäck mit sich herumtrug, zerstörte das ständige, unausweichliche laute Ticktack der Bombe ihre Zuversicht und raubte ihr den Seelenfrieden. Natürlich wollte sie auch nicht, dass man Stücke aus ihr herausschnitt, sie war verängstigt und verschreckt und ganz krank davon, aber schlimmer noch als all das war, dass sie absolut und vollkommen allein war.

Vier Wörter verschlimmerten Graces Isolation um das Zehnfache: «Es ist Ihre Entscheidung». Der Onkologe legte alle Fakten auf den Tisch und erläuterte immer nur, was man tun konnte – niemals, was man tun sollte. Er erklärte ihr, warum sie zur Hochrisikogruppe gehörte, und führte Prozentzahlen an, die in diesem Moment überhaupt keinen Sinn ergaben. Lenny machte sich Notizen und nickte immer wieder, sie saß nur da und ließ die Erläuterungen des Arztes über sich ergehen, der erklärte, was bei einem MRT passierte. *Eine Nadel!* Sie hörte ihn sagen, dass man ihr ein Kontrastmittel in den Arm spritzen würde, den Rest drang schon gar nicht mehr zu ihr durch. Er empfahl zweimal im Jahr Mammographien und MRTs, um ganz sicherzugehen. Die Beratung war ein Muss, vor allem, wenn sie eine vorbeugende Operation in Erwägung zog. Lang und breit sprach er über eine doppelte Mastektomie und erläuterte unterschiedliche Methoden des Brustaufbaus, die alle barbarisch und schmerzhaft klangen. Dann begann er die beidseitige Salpingo-Ovarektomie zu erklären. Grace wurde schwindelig. Sie konnte sich kaum noch konzentrieren. Die Luft kam ihr so schwer vor. Aber Lenny blieb konzentriert.

«Ovarektomie, können Sie das buchstabieren?»

Der Arzt buchstabierte das Wort, und Lenny schrieb es in großen Buchstaben auf.

«Und was ist das jetzt?», fragte er.

«Das ist die Entfernung des Eileiters und der Eierstöcke einer Frau.»

«Aber Rabbit hatte Brustkrebs. Die Eierstöcke waren der einzige Ort in ihrem Körper, an dem sie keinen Krebs hatte.»

«Rabbit?»

«Meine Schwester», hörte Grace sich sagen. «Am Ende war er überall.»

«Graces Gen bedeutet, dass sie ein hohes Risiko trägt, nicht nur Brustkrebs, sondern auch Eierstockkrebs zu bekommen.»

«Also wollen Sie ihr die Brüste abschneiden und ihr die Eierstöcke herausnehmen?», fragte Lenny.

«Nein, das möchte ich nicht», und dann kamen wieder die vier Wörter: «Es ist Ihre Entscheidung», sagte er und sah Grace an.

«Aber das würden Sie empfehlen?»

«Ich kann Ihnen nur erklären, was gemacht werden kann. Es ist Ihre Entscheidung», wiederholte er.

«Ich bitte Sie aber um Ihre Meinung», sagte Lenny.

«Jeder Mensch ist anders, Sie haben die Wahl. Manche wollen die Operation, andere wollen lieber häufiger ihre Brüste untersuchen lassen und verlassen sich auf das engmaschige Kontrollnetz. Es ist Ihre Entscheidung», sagte er erneut und sah Grace an.

Der Psychotherapeut, der Facharzt, die Sprechstundenhilfe, der Radiologe, der Berater, der Chirurg, den sie um eine zweite Meinung baten, sogar das Mädchen von der Krebshotline – jeder Einzelne im gesamten System sagte ihr, dass das Gen sie umbringen könne, aber sobald das Thema «vorbeugende Operation» aufkam, wiederholten sie alle dieselben vier Wörter. Sie wünschte sich jemanden, irgendjemanden, der ihr einfach sagte, sie solle es tun. Sie solle sich operieren lassen. Retten Sie Ihr Leben. Aber niemand tat das. «Es ist Ihre Entscheidung.»

«Wenn es absolut notwendig wäre, würden sie nicht dir die Entscheidung überlassen», wandte Lenny ein. «Dann gäbe es gar keine Entscheidung.»

Sie recherchierte alles, was sie zum Thema finden konnte, verbrachte Stunden online und las Protokolle aus allen möglichen Ländern. *Tick-tack. Es ist deine Entscheidung. Tick-tack …*

Das MRT war Graces erste Gelegenheit, ihrer lähmenden Angst vor Nadeln ins Auge zu sehen. Es war außerdem ein Test für ihre Stärke und Durchhaltefähigkeit. Und es lief nicht gut. Sie brauchte jedes bisschen mentale und körperliche Stärke, um überhaupt den Raum zu betreten. Lenny war da; er hätte sie auch auf dem Rücken hineingetragen, wenn er gemusst hätte. Sie weinte leise, sie zitterte, und ihr Gesicht war so blass, dass sie fünf Minuten lang den Kopf zwischen die Beine nehmen musste, um sich zu beruhigen. *Ich benehme mich wie ein Baby. Herrgott noch mal, Grace. Reiß dich zusammen. Rabbit hat so was in der Mittagspause hinter sich gebracht.* Schließlich streckte sie den Arm aus, schaute weg und weinte noch lauter, ihr lief die Nase, und ihre Beine fühlten sich so schwer an, dass sie schon befürchtete, der Druck würde die Knie herausspringen lassen. *Tick-tack. Es ist deine Entscheidung. Tick-tack …* Sofort wurde klar, dass ihre Venen tief lagen, eng und sehr dünn waren. Sie waren schwer zu treffen, sie hielten nicht viel Druck aus und platzten leicht.

Als das Kontrastmittel endlich in ihr war und sie auf dem Bauch in einer Art Weltraumtunnel lag, regungslos, aber immer noch weinend, wusste sie, dass sie das hier keine zwei- oder dreimal im Jahr ertragen würde. Es war einfach zu viel.

«Na, das war doch gar nicht so schlimm», hatte Lenny hinterher gesagt, als sie beim Mittagessen saßen und sie nur mit der Gabel aß, weil sie wegen der geschwollenen Armbeuge kaum das Messer benutzen konnte.

Er redete ihr Trauma klein. «Es war doch bloß ein MRT, Grace. Wenn es schon bei einem einfachen MRT so ein Drama gibt, dann stell dir nur mal eine OP vor.»

Sie konnte sich eine OP in der Tat vorstellen, und diese Vorstellung beherrschte jeden ihrer Gedanken. Sie erweckte ihre schlimmsten Ängste zum Leben und gab ihnen Macht über sie. Es war ein Albtraum. *Tick-tack. Es ist deine Entscheidung. Tick-tack …*

Es fühlte sich überhaupt nicht wie eine Entscheidung an. Es fühlte sich an wie eine Last. Lenny wollte sich immer noch nicht damit auseinandersetzen. «Du hast keinen Krebs.»

Sie bat darum, dass man sie sofort auf die Liste für die OP setzte, weil die Liste lang war und sie so Zeit zum Nachdenken haben würde. Sie konnte immer noch absagen. Vorsicht war besser als Nachsicht, aber tief in sich und unter einer unsichtbaren Uhr vergraben wusste sie immer, was sie tun würde. Sie brauchte vier Monate voller Tests, Beratungsgespräche, Mammographien, ein MRT und ein Skype-Gespräch mit ihrer Nichte, bis sie sich schließlich dazu durchrang.

«Bitte, bitte stirb nicht, Grace.»

Und das gab den Ausschlag.

«Ich lasse mich operieren», sagte sie. Sie lag im Bett neben Lenny. Er las einen Roman von Tom Clancy, und sie starrte auf einen spinnwebförmigen Riss an der Decke. Er ließ das Buch fallen und nahm seine Brille ab. Sie hörte, wie sie auf den Nachttisch fiel, und machte sich Sorgen, dass er sie zerbrochen haben könnte. Es war eine Gleitsichtbrille, die über fünfhundert Pfund gekostet hatte. Er sagte kein Wort, sondern schaltete nur mit einem dumpfen Schlag das Licht aus und drehte sich von ihr weg.

Grace erzählte es ihren Eltern an einem Sonntag beim Abendessen. Es waren nur Molly, Jack, Lenny und Grace da, keine Kinder. Molly hatte ein Brathähnchen gemacht und schickte Lenny los, um Pommes dazu zu kaufen, als sie merkte, dass sie sämtliche Beilagen vergessen hatte.

«Mein Hirn ist ein schwarzes Loch», sagte sie zur Erklärung. Aber das war nicht weiter wichtig, Grace und Lenny waren ja nicht zum Essen gekommen. Sie befanden sich im Krieg und waren auf der Suche nach Verbündeten.

«Ma, Dad, ich habe Neuigkeiten.»

«Wehe, es sind keine guten, Schätzchen», sagte Molly.

«Tut mir leid, Ma, leider nein. Ich habe das Gen.»

«Welches Gen denn, Liebling?», fragte Jack.

«Das, von dem Rabbit ihren Krebs bekommen hat.»

Jack ließ seine Gabel fallen. Molly saß stocksteif da.

«Du hast den Test gemacht», sagte Molly.

«Ja.»

«Und du hast das Gen», sagte sie.

«Ja.»

«Und jetzt will sie sich die Brüste abschneiden und die Eierstöcke rausnehmen lassen», sagte Lenny, womit er ihr die Pointe nahm.

«Ich will das natürlich nicht», verbesserte sie ihren Mann.

«Aber du tust es trotzdem», sagte er.

«Ich habe keine Wahl», schrie sie. Sie hatte es so satt, sich immer wieder wiederholen zu müssen.

«Du hast eine Wahl, du kannst einfach ganz oft zu den Kontrollen gehen. Sag du es ihr, Jack. Und du, Molly. Sagt ihr, dass sie sich nicht sinnlos aufschlitzen lassen soll.»

Jacks Stuhl quietschte, als er ihn zurückschob. Er stand auf und verließ das Zimmer.

«Dad», rief Grace hinter ihm her. Sie weinte schon wieder, immer weinte sie, sie hatte es so satt zu weinen.

«Ich kann nicht», sagte er und schloss die Tür hinter sich. Lenny und Grace schauten Molly hilfesuchend an.

«Bitte, Molly», sagte Lenny. «Bring sie zur Vernunft.»

«Tu es. Rette dich», sagte Molly schließlich zu Grace, und Grace war so erleichtert, dass sie in ihre Hände schluchzte. *Endlich. Danke.*

Molly stand auf, räumte das Geschirr zusammen und ging damit zum Ausguss. Lenny folgte ihr.

«Weißt du überhaupt, wie schwer diese Operationen sind. Wie viele Komplikationen es dabei geben kann? Dass sie sich infizieren kann? Wie belastend die Narkose ist? Was das mit ihrem allgemeinen Gesundheitszustand machen kann? Selbst ohne Komplikationen ist das eine OP, die ihr gesamtes Leben verändert. Sie wird dadurch empfindlicher, alles wird ihr weh tun, psychisch ist das auch eine Riesenbelastung, und da reden wir nur von der Mastektomie.» Er spuckte die Worte aus, kämpfte darum, dass die Leute um ihn herum wieder zur Vernunft kamen, kämpfte um das Leben seiner Frau. Um das Leben, das sie jetzt lebte. Nicht um das Leben einer Schattengestalt, die man für alle Fälle zurechtgeschnitzt hatte. Für alle Fälle reichte einfach nicht aus. Auch als Molly begann abzuwaschen, ließ er sich immer weiter über das Thema aus:

«Und wenn sie ihr die Eierstöcke und Eileiter herausnehmen, was ist dann mit der Menopause? Was macht das mit ihr? Molly, bitte, ich flehe dich an.»

Molly trocknete die Hände an ihrem Kleid ab und sagte: «Grace kommt sowieso bald in die Wechseljahre, mein Lieber. Und was den Rest angeht, da hast du mit allem recht. Unsere Grace konnte sich ja nicht mal Ohrlöcher stechen lassen, ohne dabei umzukippen und eine Gehirnerschütterung zu bekommen. Und die OP verändert tatsächlich ihr Leben. Aber Krebs beendet es. Also musst du dir eine Frage stellen: Bist du wirklich bereit, dieses Risiko einzugehen?»

«Es tut mir leid», weinte er.

«Es soll dir nicht leidtun, du sollst sie unterstützen», sagte sie. Grace saß noch immer am Tisch und weinte ebenfalls. «Und Himmel noch mal, jetzt hört endlich alle auf zu heulen, dieses Gegreine geht mir unfassbar auf den Geist.»

Sich für die OP auszusprechen, war das eine. Aber sich wirklich damit auseinanderzusetzen und zu reden, eine ganz andere. Immer wenn sie daran dachte, zog sich ihr Magen zusammen, ihre Hände zitterten, und ihre Beine fühlten sich so schwach an wie die eines neugeborenen Rehs. Aber sie musste stark sein. *Es muss sein.* Jetzt, da Lenny endlich mit an Bord war, durfte sie sich nicht gehenlassen. Sie wollte nicht darüber reden. *Was gibt es dazu schon zu sagen, Rabbit?*

Nichts, Gracie, überhaupt nichts.

Zu dem Druck, den Grace verspürte, kam noch hinzu, dass Lenny genau beobachtete, was sie aß und trank. Grace verstand plötzlich, wie sich Jeffrey fühlen musste, und das war nicht gut. Selbst wenn sie am Freitagabend versuchte, eine Flasche Wein zu öffnen, drohte ihr Mann ihr mit dem Finger.

«Alkohol erhöht das Risiko, an Krebs zu erkranken.»

«Das ist es wert.»

«Also gibst du einfach so deine Brüste auf, aber nicht ein Glas Merlot?»

«Fick dich, Lenny», sagte Grace und trank dann die ganze Flasche aus.

Er saß ihr ständig mit Sport- und Ernährungstipps im Nacken. «Du musst fit bleiben, wenn du dich gut erholen willst.» Wenn Grace sich schon operieren ließ, dann würde er dafür sorgen, dass sie trainiert wie eine Athletin in die OP ging. Grace und Jeffrey saßen jetzt beide im Ernährungs- und Sportgefängnis, und das war wahrhaftig kein Spaß. Dann entdeckte er Antioxidantien.

Einen Monat später beschlossen sie, es den Jungs zu sagen. *SCHEISSE. Stephen wird es gut aufnehmen. Er ist alt genug, um es zu verstehen. Der arme Bernard wird am Boden zerstört sein. Jeffrey wird Angst bekommen, aber wenn ich heiter wirke und ihm sage, dass alles wieder gut wird, glaubt er mir.* Sorgen machte sie sich vor allem um Ryan. *Wie wird er es aufnehmen?* Sie wusste es nicht. Er kam so gut in der Schule zurecht, seit er die Kurse für besonders begabte Kinder belegte. Seitdem hatte er genügend Hausaufgaben, sodass er sich nicht langweilte, und die anderen Kinder in den Kursen forderten ihn ein wenig heraus. Er hatte viel zu tun, viel zu viel, um wieder abzurutschen, obwohl er immer noch diesen Aktienfonds managte, den er mit den Erlösen aus den Verkäufen illegaler Gelder begonnen hatte. Der Fonds lief so gut, dass sein Vater ihn schon gebeten hatte, für ihn zu investieren. Das hier würde ein harter Schlag sein. Er würde so tun, als machte es ihm nichts aus, aber es konnte ihn aus der Spur werfen. All die gute Arbeit in den letzten fünf Monaten wäre umsonst, wenn er dann wieder abdrehte. *Es tut mir leid, Ryan. Bitte tu nichts Dummes. Bitte fang nicht an, mich zu hassen. Bitte zerstöre nicht dein Leben. Es ist doch nur eine Operation. Keine große Sache. Ich werde gesund bleiben.* Aber es war natürlich eine große Sache, und Grace war sich nicht sicher, ob es ihr je wieder gutgehen würde.

Lenny machte sein berühmtes vegetarisches Chili, das überhaupt nicht berühmt war. Grace und die Kinder saßen um den Küchentisch, und er füllte die Schüsseln, der Dampf stieg in die Luft, und die Jungs hatten sich bereits mit ihren Löffeln bewaffnet.

«Schon wieder kein Fleisch?», sagte Ryan. «Du weißt, dass ich billig welches besorgen kann.»

«Diese Familie isst kein Fleisch, das irgendwo vom Laster gefallen ist, Ryan», sagte Lenny.

«Sind wir jetzt Vegetarier?», fragte Stephen.

«Nein, aber es ist gut, hin und wieder fleischfreie Tage einzuschieben», antwortete Lenny.

«Seit wann?», fragte Ryan.

«Seit jetzt.»

«Mir schmeckt's», sagte Jeffrey und haute mit dem Genuss eines Menschen rein, der sehr lange nichts mehr zu essen bekommen hatte.

«Nur weil Specki so speckig ist, müssen wir also leben wie die Ökospinner?», sagte Ryan.

«Nenn deinen Bruder nicht Specki, Ryan», sagte Grace.

«Außerdem habe ich fast dreizehn Kilo abgenommen», sagte Jeffrey. «Ich bin nicht mehr speckig.»

«Also gut, Mopsi», sagte Ryan, und Stephen schnipste ein wenig heißes Chili nach ihm. Er schrie auf. «Das hat weh getan.»

Lenny bediente sich selbst und setzte sich. «Es hat mehrere Gründe, dass wir weniger Fleisch essen. Über einen davon möchten wir gern mit euch sprechen. Mammy hat das Gen, das bei Rabbit den Krebs ausgelöst hat.» Die Atmosphäre im Raum veränderte sich sofort. «Sie hat keinen Krebs, aber sie hat ein erhöhtes Risiko, Krebs zu bekommen.»

«Wie viel höher ist ihr Risiko?», fragte Ryan.

«Ungefähr 55 Prozent.»

«Einer von zwei Menschen, die nach 1960 geboren sind, wird im Laufe des Lebens eine Form von Krebs bekommen», sagte Ryan.

«Woher weißt du das?», fragte Stephen.

«Von der ‹Stand up to cancer›-Initiative, auf Channel Four.»

«Na, dann ist es ja gut, dass wir in Irland wohnen», bemerkte Stephen.

«Volldepp», sagte Ryan.

«Was bedeutet das, Ma?», fragte Bernard weinend.

«Es bedeutet, dass sie ein viel größeres Risiko hat, Krebs zu bekommen, als andere Menschen, und da das Risiko ohnehin schon jeden Zweiten betrifft, bedeutet das, dass sie am Arsch ist», erklärte Ryan.

«Oh Gott», sagte Stephen.

«Nein!», sagte Bernard schluchzend.

«Ist schon okay», sagte Grace. «Wir haben einen Plan.»

«Was denn für einen?», fragte Jeffrey und schob seinen Teller weg.

«Eure Mammy wird sich die Brüste und die Eileiter entfernen lassen, um das Risiko einer Krebserkrankung zu reduzieren.»

«Um wie viel?», fragte Ryan.

«Genug, dass es sich lohnt», antwortete Lenny, der einen Kloß im Hals hatte und die Worte herauswürgen musste.

«Wann?», fragte Ryan.

«Ich stehe auf einer Liste. Ich muss warten, bis sie mich anrufen», antwortete Grace.

«Ich glaube, das ist schlau», sagte Stephen. «Ich glaube, das ist das Richtige.»

«Danke, mein Sohn.» Sie sah den schluchzenden Bernard an und Jeffrey, der an seinem Ohr herumzupfte, was er schon als Kleinkind immer getan hatte, wenn er verzweifelt war. Ryan starrte einfach auf die Tischplatte.

«Noch Fragen?», sagte Lenny.

«Stirbt meine Ma?», fragte Bernard.

«Nein, Junge. Jedenfalls nicht bald.»

«Das habt ihr über Rabbit auch gesagt», bemerkte Bernard.

«Rabbit hatte Krebs, Eure Mammy nicht.»

«Noch nicht», verbesserte Ryan.

«Halt den Mund, Ryan», fuhr ihn Lenny an.

«Nein, er hat ja recht», sagte Grace. «Noch habe ich keinen Krebs, und wenn Rabbit sich auf das Gen hätte testen und sich operieren lassen, so wie ich es tun werde, dann wäre sie vielleicht noch hier.»

«Was ist mit uns?», fragte Ryan.

«Das verstehe ich nicht», sagte Lenny.

«Wenn Rabbit das Gen hatte und Ma es auch hat, was ist dann mit uns?»

Graces Herz setzte kurz aus. Natürlich stellte Ryan diese Frage.

«Ihr könnt alle den Test machen, wenn ihr älter seid», sagte Lenny, und seine Stimme zitterte dabei ein wenig. «Stephen, du bist schon alt genug. Du kannst ihn machen, wenn du willst.»

«Aber wir haben doch gar keine Brüste», wandte Jeffrey ein.

«Egal, wir sind trotzdem am Arsch», sagte Ryan.

«Jetzt hör mal auf mit diesem Ausdruck, Ryan», befahl Lenny.

Grace nickte. «Wenn ihr das Gen habt, dann bedeutet es nur, dass ihr mit höherer Wahrscheinlichkeit Krebs bekommen könnt.»

«Oh Mann», sagte Stephen und seufzte tief. «Und ich habe gerade eine neue Freundin.»

«Es tut mir so leid.» Die Last von allem senkte sich plötzlich auf sie, und Grace brach in Tränen aus.

Bernard sprang auf und umarmte seine Ma. «Ich hab dich lieb, Ma.»

«Ich dich auch, Sohn.»

Jeffrey stand auf und umarmte seine Ma ebenfalls. Stephen kam zu ihr und küsste sie auf den Scheitel. «Das wird schon, Ma. Es wird alles gut mit uns.»

Ryan blieb sitzen. Als seine Brüder sich schließlich von seiner Ma gelöst hatten, sah er sie an und hob die Schultern. «Ich muss das erst mal verdauen, Ma», sagte er, stand vom Tisch auf und ging aus der Küche.

Zwei Wochen später kam Ryan mit einem großen braunen gepolsterten Umschlag zu seiner Ma, als diese gerade die Wäsche von der Leine nahm.

«Ich weiß, dass du Angst hast vor Nadeln und so, deshalb hab ich dir was besorgt», sagte er und gab ihr den Umschlag.

«Was ist das denn?», fragte sie. Sie öffnete den Umschlag,

und zwei Stofftaschen fielen heraus. Darauf waren ein Hase und die Namen von Lenny und den vier Jungs gestickt.

«Das sind Taschen für die Urin- und Drainagebeutel», sagte er. «Wenn du die Operation machen lässt, bekommst du ja einen Katheter.» Sie spürte, wie ihre Beine nachgaben. Er fing sie auf und stützte sie. «Dann musst du sie dir nicht ansehen, Ma. Sie sind dann hier drin versteckt.» Er zeigte es ihr. «Guck mal, ich habe eine Rabbit und unsere Namen daraufsticken lassen, damit du immer weißt, warum du die ganze Sache auf dich nimmst.»

Sie brach in Tränen aus. «Das ist das Liebste, was jemals jemand für mich getan hat.»

Er lächelte. «Cool», sagte er und wandte sich zum Gehen, aber dann drehte er sich noch einmal zu seiner Ma um. «Und mach dir keine Sorgen um mich. Wenn einer von uns das Gen hat, dann sicher Bernard oder Jeff. Einer oder beide von den beiden Schlaffis.» Er zwinkerte ihr zu, und sie musste lachen.

«Danke, Sohn», sagte sie. Und fünf Monate nach Rabbits Tod schaffte es Grace endlich wieder durchzuatmen.

Der Brief mit dem Termin glitt an einem Dienstag Ende März durch den Briefschlitz. Das Datum der Operation war für den 5. Mai angesetzt. Neun Tage nach dem ersten Jahrestag von Rabbits Tod. Das war eine Menge zu verarbeiten. Das Jahr war voller Schmerz gewesen, ein Nebel aus Medikamenten, Angst, Reden, Zuhören und Furcht, und jetzt war der Krieg beinahe vorbei, aber die Schlacht um die Heilung stand noch bevor.

Davey

Nichts ist einfach, wenn man sich um ein Kind kümmern muss. Das musste Davey schon bald nach dem Tod seiner Schwester erkennen. Es war nicht nur Juliets Einsamkeit, ihr Rauswurf aus der Schule und die Notwendigkeit, ein neues Leben auf Tour aufzubauen, es waren schlicht die alltäglichen Mühen und Probleme der Elternschaft. Es war nicht leicht, rund um die Uhr der lustige, unkonventionelle und herzliche Onkel zu sein. Es war noch schwerer, der Vertraute zu sein und ganz frei und offen zu reden und gleichzeitig das Gesetz, den Präsidenten, den gefürchteten Erziehungsberechtigten zu geben. Es war anstrengend. Er spürte, wie die Trauer sie von ihm wegzog, und das war ja auch zu erwarten gewesen, aber es war eine unangenehme Überraschung, mit welcher Heftigkeit sie ihre Wut und Bitterkeit an ihm ausließ. Es war nicht leicht, mit dem eigenen Schmerz und dem Schmerz seiner Nichte zurechtzukommen und gleichzeitig dafür zu sorgen, dass sie gesund und am Leben blieb. Er war noch nie in seinem Leben für irgendetwas oder irgendjemanden verantwortlich gewesen, abgesehen von einer Cannabis-Pflanze, und die hatte er zu Tode geraucht. Er machte sich ständig Sorgen, jeder wache Moment war mit Gedanken darüber erfüllt, was Juliet aß, trank, tat, dachte, sagte, fühlte. Ihre körperlichen Bedürfnisse waren das eine, ihre emotionalen etwas ganz anderes. Wenn sie nicht wütend war und ihn von sich stieß, war sie höflich und fasste ihn mit Samthandschuhen an. Ihre Beziehung, die früher so leicht und entspannt gewesen war, war angestrengt und schwierig geworden, und er wusste, dass er sie enttäuschte. Er wusste nur nicht, wie er es besser machen sollte.

Zuerst gab er sich alle Mühe, sämtliche wichtigen Rollen für sie auszufüllen, aber das wollte sie gar nicht. Sie wollte allein sein. Er gab ihr Raum und versuchte, respektvoll mit ihrer Privatsphäre umzugehen. Er wollte nicht aufdringlich sein, und damit versagte er jeden Tag noch mehr. Als sie aus der Schule geworfen wurde und Juliet ihn anflehte, sie mit auf Tour zu nehmen, leistete er daher kaum Widerstand. Davey war schon immer dafür bekannt gewesen, den Weg des geringsten Widerstandes zu gehen. Er heuerte eine Lehrerin an und redete sich ein, dass es ihr auf Tour besser gehen würde.

Zuerst schien das auch so zu sein. Ihre Stimmung besserte sich, sie wirkte entspannter. Juliet war immer gern in der Gesellschaft Erwachsener gewesen. Sie half Casey und Mabel mit den Zwillingen, und so war sie auch beschäftigt, wenn sie nicht lernte. Sie kam gut mit allen Crewmitgliedern aus und fuhr gern von Stadt zu Stadt, mochte es, immer woanders zu sein, immer in Bewegung … Vielleicht war sie wie er und brauchte die Bewegung, vielleicht lief sie auch davon. Er wusste es nicht genau. Sie sagte, es gehe ihr «gut». Er tat sein Bestes.

Dann rief Grace an. «Ich habe das Gen. Du könntest es auch haben. Juliet und meine Kinder auch, wir alle.»

«Oh Gott.»

«Ja.»

«Herrgott noch mal, Grace.»

«Ja.»

«Es tut mir so leid.»

«Lass dich testen.»

«Ich habe mich schon testen lassen, Grace. Ich habe es nicht.»

«Wann?», fragte sie.

«Als Rabbit die Diagnose bekam, habe ich es bei meinem Gesundheitscheck machen lassen. Ohne den Check kann ich nicht auf Tour, deshalb mache ich ihn sowieso jedes Jahr.»

«Gut», sagte sie, «Gut. Gut für dich.» Es klang ein wenig enttäuscht.

«Wäre es dir lieber, wenn ich das Gen auch hätte?», fragte er halb im Scherz.

«Sei nicht so ein Arsch», erwiderte sie.

«Ich rede dann mal mit Juliet», sagte er. «Sie ist noch viel zu jung für all das.»

«Stimmt. Du solltest Ma anrufen und sagen, dass du es nicht hast», sagte sie.

«Sag du es ihr.»

«Verfickt noch mal, Davey, sie geht jetzt schon die Wände hoch vor Sorgen. Ruf sie einfach an.»

Er versuchte, das Gespräch mit Grace zu beenden, indem er ihr sagte, dass er sie liebhatte.

«Was meinst du denn, was ich tun sollte? Was würdest du mir raten?», fragte sie urplötzlich, als er schon auflegen wollte.

«Das ist deine Entscheidung», antwortete er.

«Davey?»

«Ja?»

«Verpiss dich», sagte sie und legte auf.

Immer die gleiche Leier, dachte er.

Er rief seine Mutter direkt danach an.

«Ich bin ja so erleichtert, mein Junge. Ich bin so erleichtert. Danke. Danke», sagte sie. Sie klang erschöpft.

«Alles in Ordnung bei dir, Ma?», fragte er.

«Ich fühl mich wie ein Schluck Wasser in der Kurve, mein Schatz.»

«Was heißt das, Ma?»

«Ich bin ganz durcheinander. Man wird sie auseinanderschneiden, Davey», sagte Molly.

«Wenn ich doch nur etwas tun könnte», sagte er.

«Du hast schon alles getan. Immerhin muss ich mir um dich keine Sorgen mehr machen.»

Er besprach mit ihr, ob sie Juliet auch testen lassen sollten. Sie einigten sich darauf, dass sie noch zu jung war. Sie konnte sich mit achtzehn testen lassen, wenn sie wollte. Es war eine furchtbare Unterhaltung. Es ging ihm körperlich schlecht dabei. *Und wenn sie das Gen hat?* Das war undenkbar.

«Du machst deine Sache gut, Junge», sagte sie.

«Das weißt du doch gar nicht», sagte er.

«Sie lebt noch, oder? Das ist gut genug», sagte sie und legte auf.

Davey vermisste seine Familie oft, aber dann sprach er wieder mit ihnen, und die Sehnsucht verflog sofort.

So schwierig es war, für jemanden verantwortlich zu sein, sie hatten auch gute Zeiten, Tage, an denen Davey und Juliet eine neue Stadt erkundeten, hübsche Dinge einkauften und sich die Sehenswürdigkeiten ansahen. Sie unterhielten sich und aßen Eis oder Donuts oder Cronuts oder Steaks oder Cheeseburger oder das, was gerade als Spezialität des jeweiligen Bundesstaates galt. Allerdings zogen sie beide die Grenze bei Polenta mit Käse und bei Frühstücksfleisch. Es fühlte sich an wie in alten Zeiten, als sie noch gute Kumpel waren und zusammen abhingen.

Manchmal öffnete sie bei diesen Gelegenheiten die Tür zu ihrer Seele einen winzigen Spalt. Wenn sie nebeneinander auf einem Felsen im Central Park saßen oder am Lake Tahoe angelten. Wenn sie sich in einer geschäftigen Seitenstraße in Colorado mit Beef Enchiladas vollstopften oder auf einer

Glasbrücke im Grand Canyon standen, dann ließ sie ihn für ein, zwei Minuten ein, bevor sich die Tür wieder schloss und die Rollläden herunterratterten.

«Glaubst du, dass es im Himmel so aussähe, wenn es ihn gäbe, Davey?», fragte sie und schaute 1200 Meter hinunter in den Canyon.

Davey fühlte sich ein wenig seekrank. «Hoffentlich nicht», antwortete er mit geschlossenen Augen. Er kämpfte gegen den Drang an, sich flach auf die Glasbrücke zu legen und zu wimmern. *Bleib stark, Davey.*

Sie setzte sich neben ihn, lehnte die Stirn gegen das Glas und schaute nach unten. «Alles sieht so schön aus, wenn es weit weg ist.»

Er hatte ihr angeboten, mit ihr diesen Ausflug zu machen, als Ergänzung zu ihrem Hausunterricht. Inzwischen bedauerte er es sehr. Die Lehrerin hätte das übernehmen können. Immerhin bezahlte er sie gut. *Herr im Himmel, hilf mir.*

«Ja, es ist wunderschön», murmelte er.

«Wie im Himmel, Davey.»

«Glaubst du, dass es einen Himmel gibt?», fragte er.

«Nein, aber vielleicht irgendeinen anderen Ort wie den Himmel, aber ohne diesen irren Gotteskram.»

«Was denn so?»

«Weiß ich auch nicht, vielleicht gibt es noch eine andere Welt wie diese, und der einzige Unterschied ist, dass die Menschen in dieser Welt wissen, dass es uns gibt, und sich an uns erinnern. Meistens führen sie einfach nur ihr Leben, aber hin und wieder kommen sie an einen Ort wie diesen, der ein Portal ist, von dem aus man die Leute sehen kann, die man liebt, nur ein, zwei Minuten lang, nur um kurz mal nachzusehen. Meinst du, das wäre möglich, Davey?»

«Alles ist möglich», sagte er.

«Und wenn ich eines Tages sterbe, komme ich vielleicht auch in diese andere Welt, in der meine Ma lebt, und wenn wir die Leute besuchen wollen, die wir liebhaben, dann kommen wir an einen Ort wie diesen und schauen runter.»

Er öffnete die Augen und legte langsam seinen Arm um ihre Schulter. «Das wäre wirklich schön.»

Sie winkte in den Tausend-Meter-Abgrund hinunter. «Ich hab dich lieb, Ma. Ich vermisse dich. Wir wünschten, du wärst hier – stimmt doch, Davey?»

«Das stimmt.» Er küsste sie auf den Scheitel, und sie legte ihren Kopf auf seine Schulter.

«Es ist alles in Ordnung, Ma», sagte sie. «Ich gebe mir beim Lernen viel Mühe, beim Einzelunterricht. Ich werde Ärztin sein, ehe du dich's versiehst. Ich werde den Krebs heilen können, wie ich es dir versprochen habe.» An diesem Tag war sie ganz berauscht von ihren vielen Möglichkeiten. Es war ein guter Tag.

Juliet verbrachte mehrere Stunden am Tag mit Lernen, und sie bestand jeden Test mit Bravour. Ihre Lehrerin war wirklich beeindruckt, aber Davey sorgte sich, dass sie sich in ihren Schulaufgaben verlor, weil sie keine Freunde in ihrem Alter hatte.

Er wusste nicht, was er tun sollte. Er konnte sie nur unterstützen und für sie da sein, wenn sie ihn ließ. Immerhin hatte sich noch nie jemand zu Tode oder in die Selbstzerstörung gelernt, und wie seine Mutter ihm gerade mitgeteilt hatte, hing die Latte für seine elterlichen Ziele ziemlich niedrig. *Hab sie einfach lieb, Davey.*

Aber wenn das nicht reicht, Rabbit?

Sein Sexleben trug irreparable Schäden davon, und nicht, weil er ein Vollzeitvater mit echten Sorgen war oder von Stadt zu Stadt, von Bundesstaat zu Bundesstaat tourte – das hatte ihn bis dahin auch nicht behindert. Aber die Nähe zu Fremden erfüllte ihn nicht, sie ließ ihn unbefriedigt, sie fühlte sich kalt und, was am schlimmsten war, auch unangenehm an.

Marjorie lachte über seine Befürchtungen, als er über sein schreckliches Sexleben jammerte. «Willkommen im mittleren Alter, Davey.»

Es war schön, wieder Kontakt zu Marjorie zu haben. Sie sprachen über viele Dinge, über die gute alte Zeit, als sie noch jung gewesen waren und das Leben so viel heller gewirkt hatte, obwohl Irland rückblickend so ein grauer Ort war. Aber sie sprachen über die Gegenwart. Marjorie beschwerte sich bitterlich über ihre schreckliche Mutter und ihren grauenvollen Job.

«Deine Mutter verdient dich nicht. Und die Bank verdient dich auch nicht.»

Egal, was wer verdient, Davey. Ich stehe nun mal, wo ich stehe.» Und als er ihr von den Schwierigkeiten erzählte, ein Mädchen in der Pubertät auf Tour zu erziehen, tröstete sie ihn: «Das bleibt ja nicht ewig so. Nächstes Jahr gehst du ja nicht auf Tour.»

«Ja, aber für wie lange?», fragte er. Es war gut, mit ihr zu sprechen, auch wenn keiner von beiden Antworten auf die Probleme des Lebens hatte. Er freute sich darauf, sie wiederzusehen. Er dachte oft an sie, verlor sich sogar in Phantasien über sie. Er versuchte, damit aufzuhören, sagte sich, dass das Unsinn war. Er zwang sich, sie in Ruhe zu lassen, er hatte schon genug Unheil in ihrem Leben angerichtet, aber dann ertappte er sich selbst dabei, wie er an ihre Brüste dachte. *Oh Gott, sie hat so wunderschöne Brüste.* Dann fragte er sich, warum er das nicht früher erkannt hatte.

Was mache ich da bloß, Rabbit.

Du machst wieder den Davey.

Er versprach seiner Schwester, dass er auf gar keinen Fall Sex mit ihrer besten Freundin haben würde, wenn er nach Hause fuhr, weil das selbstsüchtig und falsch wäre und er nach ihrem Tod erwachsen geworden war.

Lügner, hörte er sie sagen.

Marjorie

Marjorie besuchte ihre Mutter zum ersten Mal zwei Tage nach ihrem Schlaganfall. Sie hatte Glück gehabt, wie sich herausstellte. Vera Shaw hatte sich nicht wohl gefühlt und einen Krankenwagen gerufen, bevor sie zusammenbrach. Die Sanitäter sahen sie durch das große Panoramafenster auf dem Fußboden liegen, also traten sie die Tür ein. Sie wohnte nur zehn Minuten vom Mater-Krankenhaus entfernt, daher konnte man sie noch innerhalb der «goldenen Stunde» behandeln, wie der Facharzt es ausdrückte. Als er schließlich mit Marjorie sprach, erklärte er ihr, dass Vera nach vierundzwanzig Stunden wieder zu achtzig Prozent die Alte war, aber wegen der Schwäche in ihren Beinen würde sie sich physiotherapeutisch behandeln lassen müssen.

«Kann sie denn gehen?»

«Nicht ohne Hilfe.»

«Meinen Sie eine Krücke? Oder einen Rollator?»

«Sie wird eine Zeitlang im Rollstuhl sitzen.»

«Wie lange genau?»

«Das hängt immer vom Patienten ab.»

«Na ja, sprechen wir über eine Woche, einen Monat oder über ein Jahr?» Sie hatte die Stimme jetzt erhoben. Panik ergriff von ihr Besitz. *Was jetzt? WAS jetzt? WAS JETZT???*

Er legte die Hand auf Marjories Schulter, um sie zu beruhigen. «Machen Sie sich keine Sorgen, sie wird sich schon erholen.»

«Oh, ich mache mir um sie keine Sorgen, Herr Doktor, sondern um mich», erwiderte sie.

Er zog sich ein wenig zurück und sah sie widerwillig an.

«Sie können das verurteilen, wenn Sie wollen. Aber wenn sie Ihre Mutter wäre, würden Sie sie vermutlich einschläfern», erklärte sie und ließ den Arzt mit offenem Mund dastehen. Sie wollte rennen, einfach abhauen, raus hier, weg, niemals zurückkommen, wie die Männer in den 50er Jahren, die Zigaretten kaufen gingen und für immer fort waren, im Grunde genau wie ihr eigener Dad. *Bis dann.* Aber sie tat es nicht, sie zwang sich, durch den Korridor zu dem Zimmer zu gehen, in dem ihre Mutter lag. Ihr Körper fühlte sich ganz schwer an, als watete sie durch Schlamm. *Warum mache ich das? Weil sie meine Mutter ist. Scheißmutter, so eine Scheißmutter. Wenn es Molly wäre, würde ich Tag und Nacht hier verbringen. Wenn es Molly wäre, würde ich mir einen Minikühlschrank kaufen und hier einziehen, aber Vera? Verdammte Vera.* In diesem Moment hasste sie ihre Mutter mehr, als sie es je für möglich gehalten hätte. *Du darfst leben, und Rabbit musste sterben. Wie kannst du nur.*

Vera Shaw sah ganz klein aus in ihrem Bett. Marjorie hatte sie schon eine Weile nicht mehr gesehen, vielleicht einen

Monat nicht oder sogar zwei. In dieser Zeit schien sie gealtert zu sein, aber andererseits trug sie auch kein Make-up. Marjorie konnte sich nicht erinnern, wann sie ihre Mutter jemals ohne Make-up gesehen hatte. Es war praktisch ihre Kriegsbemalung und sorgfältig konstruierte Fassade, ohne die sie ihr Schlafzimmer niemals verließ. Aber jetzt lag sie da, mit blankem Gesicht, verletzlich und mitgenommen, und sah zu Marjorie hinauf, die auf sie herabblickte. Sie beugte sich nicht herunter, um Vera zu küssen. Sie setzte sich nur und stellte eine Tüte mit drei Nachthemden auf den Boden zu ihren Füßen.

«Ich habe dir ein paar neue Nachthemden gekauft und ein bisschen Unterwäsche», sagte sie.

«Danke.»

«Wie geht es dir?»

«Besser.»

«Gut.»

«Ich habe gehört, dass Rabbit gestorben ist», sagte sie, und Marjorie nickte.

«Das tut mir leid», sagte sie und sah aus, als meinte sie es ehrlich. «Ich wollte eigentlich zur Beerdigung kommen, aber dann hatte ich diesen Schlaganfall, deshalb ...»

«Für eine Ausrede ist das immerhin eine gute», sagte Marjorie, und ihre Mutter schniefte.

«Nehme ich auch an. Ich wollte ihr die letzte Ehre erweisen. Ich mochte Rabbit», sagte sie, und es tat Marjorie weh, weil sie wusste, dass Vera ihre Tochter im Gegensatz nicht besonders mochte.

«Dann schick doch eine Beileidskarte», sagte Marjorie.

«Ja, das werde ich auch tun. Sobald ich wieder auf den Beinen bin.» Sie schwiegen beide. Bis dahin würde sie Pflege benötigen, und Marjorie hatte nicht die geringste Absicht, ihr Hilfe anzubieten. *Such dir doch einen anderen Deppen dafür.*

Sie blieb eine Dreiviertelstunde und war erleichtert, als die Krankenschwester verkündete, dass die Besuchszeit vorbei war. Als sie sich zum Gehen erhob, hielt ihre Mutter ihre Hand fest.

«Danke, dass du gekommen bist», sagte sie. «Das weiß ich wirklich zu schätzen.» *Jetzt geht die emotionale Erpressung wieder los.*

«Gern geschehen», sagte Marjorie und spürte, wie der erste Gewissensbiss in ihrem Herzen aufkeimte und in ihren Magen schoss. *So ein Mist.*

«Sehe ich dich denn wieder?», fragte ihre Mutter mit jener süßen Stimme, die Marjorie kaum an ihr kannte.

«Morgen komm ich wieder vorbei», sagte Marjorie halbherzig, und ihre Mutter lächelte und tätschelte ihr die Hand. *Mist. 15 zu null für Vera.*

Marjorie ging zur Tür und wurde von einer lieben alten Dame aufgehalten, die sich als «Janet, 84» vorstellte.

«Verzeihung?»

«Ich heiße Janet und bin vierundachtzig Jahre alt», sagte sie und verbeugte sich.

«Das ist ja schön.»

«Sie sind also Veras Mädchen Marjorie», sagte sie, und Marjorie war verblüfft. *Woher weiß sie das?*

«Ja. Das bin ich.»

«Sie hat ununterbrochen über Sie geredet, dass Sie ein ganz hohes Tier bei der Bank sind. Und Sie sind wirklich so wunderschön, wie sie behauptet hat. Gott segne Sie. Ich war zu meiner Zeit auch ein ganz schöner Hingucker.» *Ein hohes Tier bei der Bank? Wunderschön? Das größte Kompliment, das mir meine Mutter je gemacht hat, war, dass ich eins der wenigen Kinder war, denen man weiße Kleidung anziehen konnte. Dreißig zu null für Vera.*

«Danke.» Marjorie versuchte, sich an ihr vorbeizuquetschen, aber Janet war noch nicht mit ihr fertig.

«Sie sagte, dass Sie verreist waren. Ich freue mich, dass Sie doch kommen konnten. Sie braucht Sie jetzt», sagte sie. *Vierzig zu null für Vera, die Alten halten doch immer zusammen.* Janet hatte gesagt, was sie sagen wollte. Sie drehte sich um und ging. *Spiel, Satz und Sieg für Vera Shaw. MIST.*

In den Wochen nach Vera Shaws Schlaganfall war Marjorie gezwungen, sich auf intimere Weise auf ihre Mutter einzulassen, als beide Frauen gewohnt waren. Alles war ein Kampf. Die Beine der Frau waren nicht stark genug, um sie aufrecht zu halten. Sie musste auf die Toilette gehoben werden, was überhaupt kein Spaß war, zumal Vera schon ihr ganzes Leben mit den Folgen von Marjories schwerer Geburt zu kämpfen gehabt hatte. Eine dieser Folgen war Darminkontinenz. Marjorie konnte üble Gerüche nicht gut ertragen, und bisher hatte sie nicht viel mit Exkrementen zu tun gehabt. Sie war vierzig Jahre alt und hatte niemals eine schmutzige Windel gewechselt oder einen Hund besessen, also hatte sie bis zum Schlaganfall ihrer Mutter niemals Scheiße aufheben oder wegwischen müssen. Es war ihr gar nicht in den Sinn gekommen, dass die Besucher dazu gezwungen sein würden, die Beine, Laken, Nachthemden, Unterhosen und Hintern der Patienten zu säubern, denn dafür gab es doch die Krankenpfleger, oder etwa nicht? Aber schnell wurde deutlich, dass man den Job nun mal übernehmen musste, und zwar ganz allein, wenn man den Geruch nicht ertragen oder es nicht aushalten konnte, dass die eigene Mutter länger als fünf Minuten in ihrem eigenen Unrat lag. Mit tränenden Augen und gegen den Würgereiz kämpfend, rang Marjorie also mit ihrer Mutter, um sie aus ihrem Kot zu befreien, und das war wirklich ein Kraftakt.

«Geh weg.» Vera schlug nach ihrer Tochter. «Fass mich nicht an.»

«Das ist ganz normal», kommentierte die neugierige alte Janet aus Bett drei.

«Kümmer dich um deine eigenen Angelegenheiten», zischte Vera.

«Deine Scheiße ist aber meine Angelegenheit. Sie stinkt so ekelhaft, dass ich sie nicht nur rieche, sondern verdammt noch mal schon schmecke», versetzte Janet.

Marjorie kam der Mageninhalt hoch, aber sie konnte sich gerade noch beherrschen. Sie hob ihre Mutter aus dem Bett und setzte sie in einen Rollstuhl, dann schob sie sie ins Badezimmer.

«Geh weg, ich mach das selber.»

«Okay, super. Wenn du das schaffst, gehe ich sofort.»

Aber ihre Mutter konnte nicht aufstehen.

«Können wir es jetzt endlich hinter uns bringen?», fragte Marjorie. Vera nickte und ließ zu, dass ihre Tochter sie abwischte und auf die Toilette setzte, damit sie den Rest direkt entsorgen konnte. Marjorie trug Handschuhe, wusch ihre Hände danach aber dennoch unter beinahe kochend heißem Wasser und benutzte so viel antibakterielle Seife, dass die Haut aufsprang. In dieser ersten Nacht fuhr sie noch an einem Schnapsladen vorbei und kaufte eine Flasche Whiskey, weil Wein einfach nicht gereicht hätte. Ab dann hatte sie das Gefühl, dass ihre Mutter extra wartete, bis sie durch die

Tür kam, um ihr großes Geschäft zu machen. Während sie den Körper dieser Frau säuberte, schrie sie in Gedanken: *Das macht sie doch extra. Was kommst du überhaupt hierher? Sie würde das doch niemals für dich tun. Sie würde nicht einmal auf dich pissen, wenn du in Flammen ständest. Aber da bist du wieder. Jetzt musst du ihre Scheiße nicht nur fressen, sondern sie auch noch wegputzen. Du bist bescheuert, Marjorie.* So sprach sie mit sich in Gedanken, weil sie sonst niemanden hatte. Niemanden außer Davey. Der hielt endlich einmal ein Versprechen: Er skypte einmal die Woche mit ihr.

«Ich hasse sie, Davey.»

«Deine Ma?»

«Ja, meine Ma.»

«Aber man kann natürlich nicht einfach wegsehen», überlegte er.

«Plötzlich braucht sie mich. Wo war sie, als ich sie gebraucht habe?»

«Da war sie nicht da», sagte er.

«Und jetzt soll ich ihre Sklavin sein?»

«Nein. Zieh Grenzen. Halt dich daran», riet er.

«Sie hat heute zehn Minuten lang über Sodom und Gomorra geschwafelt, dass sie Welt bald untergeht und wir es alle verdient haben. Sie freut sich verdammt noch mal sogar darauf, Davey. Sie hat erst aufgehört, als Janet gesagt hat, sie soll endlich den Mund halten.»

«Wer ist Janet?»

«Die neugierige Alte in Bett drei.»

«Wie lange behalten sie sie denn da?»

«Bis ich ihr Haus organisiert kriege. Ich werde eine Weile eine Krankenschwester anstellen.»

«Wie viel kostet das denn?»

«Das willst du nicht wirklich wissen. Das ist hier alles eine ganz große Scheiße, Davey.»

Marjorie hatte einmal einen Ehemann, eine beste Freundin und einen Job gehabt, den sie mochte. Jetzt war sie Single, hatte keine Freunde und steckte in einem Job fest, den sie hasste. Seit der Rezession bestand ihre Hauptaufgabe darin, die Träume von Menschen zu zerstören und deren Leben auseinanderzunehmen. Dafür hatte sie dort nicht angeheuert. Sie schlief nachts immer schlechter, und es fiel ihr immer schwerer, morgens aus dem Bett zu kommen. Sie wollte da raus. Sie musste da raus. Aber die Bedürfnisse ihrer undankbaren Mutter machten eine Flucht jetzt völlig unmöglich.

«Ist es schlimm, dass ich mir vorstelle, wie es wäre, wenn meine Mutter tot wäre statt Rabbit?»

«Ne, die Toten würden deine Mutter lieben, zu denen passt sie doch ganz wunderbar», sagte er, und sie kicherte.

«Kommt auf die Toten an», sagte sie.

«Na, ich meine diese Typen aus Dantes siebtem Kreis.»

«Zu denen würde sie wirklich prima passen.»

«Spielt man eigentlich Bridge in diesem Kreis?»

«Auf ewig», sagte sie.

«Du schuldest deiner Mutter nichts. Wirf deine Zukunft nicht für ihre weg», sagte Davey, und Marjorie traten Tränen in die Augen, denn sosehr sie es sich auch wünschte, sie konnte ihre Mutter nicht einfach wegwerfen. *So musst du dich gefühlt haben, als du mich bekamst, Ma,* dachte sie, und zum ersten Mal im Leben erahnte sie die verdrehten Gedankengänge ihrer Mutter. Sie wollte nicht mehr skypen und beendete bald das Gespräch.

Ein paar Monate vergingen, während der sie die meiste Zeit damit beschäftigt war, sich um die Bedürfnisse ihrer Mutter zu kümmern. Vera war inzwischen schon seit vier Monaten zu Hause, sie war wieder kräftiger geworden und kam langsam wieder auf die Beine. Marjorie schaute fast jeden Tag bei ihr vorbei. Beinahe unmerklich war sie die Sklavin dieser Frau geworden. Sie hatte ein Bett im Erdgeschoss aufstellen lassen und eine häusliche Pflegekraft eingestellt, aber ihre Mutter konnte die «Ausländer» nicht leiden, die zu ihrer Tür hereinkamen. Daher erhielt Marjorie ein- oder sogar zweimal täglich einen Anruf von ihrer Mutter, der mit den Worten «Ich bin schließlich ein Pflegefall, weißt du» ihre Anwesenheit einforderte. Marjorie, die dumme Nuss, hasste sie dafür, aber noch mehr hasste sie sich selbst, dass sie jedes Mal tatsächlich kam, nur um Zeugin zu werden, wie ihre wütende Mutter eine absolut nette Pflegekraft demütigte.

«Ich versteh sie nicht mal», sagte sie über eine Kroatin, die perfekt Englisch sprach, aber hin und wieder das Wort «kuja» vor sich hin murmelte, wenn Vera Shaw wieder besonders beleidigend wurde. Die Thailänderin hingegen mochte sie nicht, weil sie zu klein war. Vera behauptete, sie fühlte sich bei ihr nicht sicher, und außerdem flüsterte sie so leise, dass sie sie kaum verstand. «Wenn ich noch ein verdammtes Mal ‹Was?› nachfragen muss!», beschwerte sie sich. «Reden Sie gefälligst lauter», brüllte sie. Keiner der beiden Frauen musste gekündigt werden – sie gingen beide freiwillig. Eine Serbin hielt es nur einen Tag aus, weil es nicht ihr Plan gewesen sei, «nach Irland zu kommen, um für eine Diktatorin zu arbeiten». Doch Vera jammerte nur darüber, wo die ganzen Irinnen hin seien.

«Glaubst du im Ernst, dass irgendeine Irin deinen Scheiß

hier aushalten würde?», fragte Marjorie nach einem besonders anstrengenden Tag.

«Natürlich würden sie das. Die Iren schaffen alles. Das macht uns so besonders», sagte sie und glaubte es sogar. *Diese Irre.*

Marjorie vermisste Rabbit, ihre Art, wie sie mit einem Spaß oder einem guten Tipp wieder alles richten konnte. Den Beistand ihrer Freundin hätte Marjorie jetzt dringender gebraucht denn je. Ihre Mutter nutzte ihre Gutmütigkeit rücksichtslos aus. Tief in ihrem Inneren wusste sie, was Rabbit sagen würde: *Marj, du bist doch kein Kind mehr. Zeig ihr, was sie für einen Mist baut, lass dir das nicht mehr gefallen.*

Leicht gesagt, tote Frau.

Mit der Zeit besserte sich Veras Zustand immer mehr. Inzwischen schaffte sie es sogar, mit einem Gehstock das Wohnzimmer zu durchqueren. Sie behauptete jedoch, den Rollstuhl noch zu brauchen, um nach draußen zu können. Sie versuchte es nicht einmal ohne. «Willst du, dass ich mir die Hüfte breche?», fragte sie.

«Natürlich nicht. Wenn du dir schon etwas brichst, dann lass es lieber gleich das Genick sein», versetzte Marjorie, und Vera lachte. Es war das erste Mal seit Jahren, dass Marjorie sie lachen sah. Sie lachte so sehr, dass sie dabei grunzte, und es war so ansteckend, dass Marjorie ebenfalls lachen musste.

«Der war wirklich gut», sagte Vera, als sie endlich aufhörte zu lachen. Sie drückte ihrer Tochter den Arm und irgendwie auch das Herz.

«Danke», sagte sie, und Marjorie hätte vor Schreck beinahe selbst einen Schlaganfall bekommen.

Derweil machte sich Davey Sorgen um seine Mutter. Er

bat Marjorie, sie zu besuchen, also tat sie es. Molly sah sich gar nicht mehr ähnlich. Ihre Frisur war perfekt, ihre Fingernägel lackiert, und sie sah gesund aus, aber irgendetwas war merkwürdig. Marjorie wusste nicht genau, was es war. Sie saßen zusammen in der Küche, tranken Tee und teilten sich ein Donut. Molly gab zu, wie traurig sie war.

«Ich vermisse ihre Stimme», sagte sie.

«Ich höre sie ständig», sagte Marjorie.

«Sie spricht mit dir?», fragte Molly.

«Die ganze Zeit.»

Molly sah aus, als würde sie gleich in Tränen ausbrechen. «Sie spricht mit Grace, ihrem Dad, mit Davey und Juliet, nur nicht mit mir. Ich versuche es ja, Marjorie, aber sie will einfach nicht mit mir reden.»

Marjorie wusste nicht, was sie sagen sollte, also umarmte sie Molly nur ganz fest.

«Wer hat dich lieb, Molly?», sagte sie.

«Marjorie», antwortete Molly und lächelte ihr warmes Lächeln, um Marjorie zu zeigen, dass die Frau, die sie kannte, immer noch da war, hinter all dem Schmerz. «Jetzt erzähl mir von dieser Irren, die deine Mutter ist.»

Marjorie lud ihre Sorgen bei ihr ab, und Molly hörte still zu, ohne etwas zu sagen.

«Sag doch was», bat Marjorie.

«Deine Mutter ist eine Narzisstin, sie wird dich ausbluten lassen, wenn du es zulässt», sagte Molly. «Keine häusliche Pflegekraft, egal wie erfahren sie auch ist, wird je gut genug für sie sein, solange du sofort zur Stelle bist und einspringst. Ich weiß das aus eigener Erfahrung, mein Liebling. Tu, was du tun musst. Schneid das Band durch.»

«Das ist ein guter Ratschlag», sagte Marjorie.

«Na ja, leichter gesagt als getan, ich hoffe, die Alte richtet keine Waffe auf dich», sagte Molly.

Gleich am nächsten Tag ging Marjorie zu ihrer Mutter, und bevor Vera auch nur ein Wort sagen konnte, redete Marjorie Tacheles: «Zur nächsten Pflegekraft, die durch diese Tür tritt, wirst du nett und höflich sein, und du wirst dich nicht wie eine blöde Ziege aufführen. Du wirst respektvoll und dankbar sein, und du wirst froh über ihre Hilfe sein.»

«Ich brauche keine Pflegekraft, ich hab ja dich», versetzte Vera.

«Nein», sagte Marjorie. «Ich komme dich zweimal die Woche besuchen, ich kaufe für dich ein, aber das war's.»

«Also wirfst du mich den Wölfen vor?»

Doch Marjorie verlor nicht die Beherrschung. «Ich weiß nicht, ob du überhaupt zu echter Liebe fähig bist, Ma ...»

«Meinst du das wirklich?», fragte Vera.

«Ja, das meine ich.»

«Dann gehst du wohl besser», sagte sie.

«Gut. Bis Samstag dann», sagte Marjorie.

«Bemüh dich nicht.»

«Ich komme am Samstag wieder, und dann versuch doch bitte, ein Lächeln auf deine miesepetrige Visage zu kleben», sagte Marjorie und verließ hoch erhobenen Hauptes das Haus ihrer Mutter. Die Enge in ihrer Brust löste sich ein wenig – endlich hatte sie ausgesprochen, was gesagt werden musste.

Acht Monate nach Rabbits Tod kam Marjorie in ihre Bank und erfuhr, dass es Abfindungspakete für alle gab, die sich freistellen ließen. Sie zögerte keine Sekunde.

Während dieses Jahres wurde Davey Hayes Marjories einziger echter Freund. Sie ging mit den Mädchen aus der Bank hin und wieder etwas trinken, aber sie wusste, dass diese Beziehungen sofort zu Ende sein würden, wenn sie nicht mehr dort arbeitete. Das war ihr aber egal. Davey war begeistert, als sie ihm von der bevorstehenden Freistellung erzählte.

«Und was jetzt?», fragte er, und sie wusste es nicht. Zum ersten Mal in Marjories Leben hatte sie überhaupt keine Pläne, aber merkwürdigerweise hatte sie noch nie so sehr das Gefühl gehabt, ihr Schicksal fest in der Hand zu haben.

Molly

Mollys Mutter hatte bei Problemen immer zu ihr gesagt: «Steh auf oder geh.» Unmittelbar nach Rabbits Tod tat sie daher genau das. Ihr Haus fühlte sich nicht mehr wie ein Zuhause an. Sie hatte den Drang, weiterzumachen, beschäftigt zu sein, die Tage mit Aufgaben zu füllen, einkaufen zu gehen, ehrenamtlich für eine Obdachlosenorganisation zu arbeiten, zu sammeln, zu putzen, Suppe an die Entrechteten auszugeben, an die Alkoholiker, die Süchtigen, die armen Seelen, die nicht wussten, wohin. V.R. – vor Rabbits Tod war sie ein, zweimal die Woche in die Kirche gegangen. Sie brachte immer ein bisschen Möbelpolitur und ein Staubtuch mit, um den Platz zu putzen, auf dem sie betete. Manchmal setzte sie sich auch, aber nie sehr lange. Sie wusste, wo der Besen stand, also holte sie ihn und fegte die Kirche durch. Beim Putzen plauderte sie manchmal mit Pater Frank, und oft tranken sie noch Tee in der kleinen Küche neben der Sakristei. Im Laufe der Jahre unterhielten sie sich über allerhand Existenzielles, stritten und lachten in dieser kleinen

Küche, und sie vergossen beide die eine oder andere Träne. Pater Frank liebte Klatsch. Er tat so, als wäre dies nicht der Fall, aber er war immer ganz Ohr, wenn sie ihm von den zwischenmenschlichen Beziehungen seiner Schäfchen erzählte. Hin und wieder gab er vor, schockiert zu sein, dabei war er eigentlich unerschütterlich. Die Dinge, die er bei der Beichte hörte, waren vermutlich noch viel unerhörter. Aber er war kein Spielverderber und auch ein guter Freund, wie sich herausstellte. Sie vermisste ihn, aber nicht genug, um wieder in die Kirche zu gehen. Jetzt nicht mehr.

Nicht N.R. – nach Rabbit war Molly zu einer anderen Frau geworden. In dem Augenblick, da ihr Kind starb, hatte sie sich verändert. Sie hatte die Beerdigung überlebt, indem sie nicht nachgedacht, sondern nur gehandelt hatte. *Steh auf oder geh.* Aber als die Leute weg waren, sich der Lärm gelegt hatte und ihr Kind wirklich und wahrhaftig tot war, erwachten Mollys Gedanken wieder zum Leben, dunkle Gedanken, denen sie nicht entfliehen konnte. *Tut mir leid.*

N.R. verkörperte die Kirche alles, was ungerecht und unfair war, daher schaute sich Molly anderweitig um, um Frieden zu finden. Freiwilliges Engagement hielt sie in Bewegung. Montags und mittwochs sortierte sie die gespendete Kleidung für den Sozialen Kleiderladen, dienstags und donnerstags abends fuhr sie Essen für die lieben alten Leute aus, die nicht mehr selbst kochen konnten. Die Freitagabende verbrachte sie auf den Straßen Dublins und verteilte Suppe. Das war die einzige Arbeit, mit der Jack ein Problem hatte. «Es ist Nacht in Dublin, Molly, und du läufst durch die Straßen und verteilst Suppe und Sandwiches an wer weiß wen.»

«Ganz genau. Gut aufgepasst», versetzte sie.

«Es ist gefährlich.»

«Ich bin nicht allein, Jack, und außerdem können diese armen Leute keiner Fliege was zuleide tun.»

«Es sind nicht die armen Obdachlosen in den Hauseingängen, um die ich mir Sorgen mache, sondern die ganzen anderen Irren da draußen.»

«Ach, wer schert sich schon um eine alte Frau?», fragte sie.

«Es ist einfach zu gefährlich, Molly», beharrte er.

Doch Molly war das egal. Mit den armen Leuten da draußen zu sprechen, lenkte sie von ihren eigenen Sorgen ab. Im Vergleich zu Suchtproblemen oder Wahnvorstellungen wirkten ihre Probleme geradezu winzig. Sie schenkte ihnen Suppe aus, und früher oder später unterhielten sie sich über das Wetter oder Politik oder Kim Kardashians Hintern. Einige von den Bedürftigen waren schwieriger als andere.

«Steck dir dein Sandwich in den Arsch, gib uns lieber Drogen», sagte eine Alte im Rollstuhl zu ihr.

«Sehe ich aus wie eine Dealerin?», fragte Molly.

«Meine letzte war ungefähr in deinem Alter, wobei ihre Enkel den Großteil der Arbeit gemacht haben.»

«Tja, das ist ja mal eine heitere Geschichte», versetzte Molly trocken.

«Na komm, mach schon, dann gib uns lieber Geld, sonst schlitz ich deine Reifen auf», sagte die Alte und fixierte das Auto hinter Molly, das überhaupt nicht Mollys Auto war.

Molly schaute sich nicht einmal um, sondern konzentrierte sich auf den Rollstuhl. «Tja, aber nicht, wenn ich zuerst deine Reifen aufschlitze», sagte sie, und die Alte lachte.

«Dann her mit der Suppe», sagte sie.

Die freiwillige Arbeit hielt sie eine Weile in Atem, aber sie brauchte mehr, sie brauchte etwas, für das sie kämpfen oder wogegen sie wüten konnte. Pauline hatte die Antwort.

Sie waren beste Freundinnen, seit Pauline in einer Nacht in den 80ern an Mollys Tür geklopft hatte, mit blutigem und geschwollenem Gesicht und zwei weinenden Kindern an der Hand. Molly war für sie da gewesen, als sie ihn rausgeworfen hatte, und als der Gemeindepfarrer versucht hatte, sie dazu zu überreden, ihn zurückzunehmen, war es Molly gewesen, die ihn in die Schranken verwiesen und ihn wieder rausgeworfen hatte. Molly hatte ihr die nötige Kraft gegeben. Und Pauline war ihrerseits für Molly da gewesen, hatte ihr während Rabbits Behandlungen, Rückfällen und Enttäuschungen mit einer Tasse heißem Tee, einem Stück ihres berühmten Kuchens und einem offenen Ohr beigestanden.

Pauline war außerdem die Vorsitzende des Nachbarschaftskomitees und leitete den Protest gegen die steigenden Kosten für das Leitungswasser, speziell aber gegen die Wasserwerke, die ihre Grundstücke aufgraben wollten, um ihre Wasserzähler zu installieren. Sie war völlig überfordert und brauchte ihre Freundin. Deshalb hatte sie Molly an einem Montagnachmittag eingeladen und angeboten, Mittagessen zu machen und extra einen ihrer Kuchen zu backen. So saßen sie also zusammen und aßen selbstgemachte Tomatensuppe und Räucherlachs auf selbstgebackenem Vollkornbrot.

«Womit habe ich das nur verdient?», fragte Molly, die genau wusste, dass der Klecks saure Sahne in der Suppe bedeutete, dass Pauline etwas mit ihr besprechen wollte.

«Ich brauche Hilfe.»

«Wobei?»

«Bei diesem Protest, Molly. Ich habe allen versprochen, dass wir nicht zulassen, dass diese Schweinehunde unsere Gärten aufgraben, nur um ihre beschissenen Zähler zu installieren, aber mal im Ernst: Was kann ich dagegen schon unternehmen?», fragte sie und hob hilflos die Arme. «Ich bin kaum eins fünfzig und wiege weniger als eine Tüte Chips.»

«Na ja, niemand erwartet von dir, dass du dich mit den Scheißkerlen in einen Ringkampf wirfst, Pauline», sagte Molly.

«Aber was sonst?»

«Du organisierst eine Gruppe, so wie bei einem Streik, ein paar Spruchbänder und denkst dir einen Slogan aus, wie das die anderen Bezirke auch tun.»

«Na ja, aber die Leute müssen arbeiten, Molly, und viele hier sind schon zu alt für so was.»

«Blödsinn, wohl eher zu faul. Geh auf Facebook, erzähl dort, wann diese Typen kommen, und sammele die Namen derjenigen, die dagegen vorgehen wollen.»

«Machst du das für mich, Molly?»

«Na ja, mal sehen, ich habe eine Menge zu tun.»

«Siehst du», sagte Pauline. «Die Leute haben zu tun!»

«Ja, aber der Unterschied ist, dass ihnen das hier wichtig ist.»

«Und dir nicht.»

«Ich weiß nicht, was mir noch wichtig ist, Pauline», sagte Molly.

«Verständlich, das stimmt natürlich. Entschuldige», sagte Pauline und schnitt Molly ein extragroßes Stück vom Kuchen ab. «Bitte sehr», sagte sie und häufte Sahne darauf.

Fünf Tage später postete Pauline auf Facebook, dass die Zähler an einem Dienstagmorgen installiert werden würden. Sie bat alle, die an einer Blockade oder Widerstandsaktion teilnehmen wollten, sich mit ihr in Verbindung zu setzen. Zwei Leute meldeten sich. Einer davon war ein vierundachtzig Jahre alter ehemaliger Bibliothekar namens Thomas Kelly. Er ging schon am Stock und trug ein Hörgerät. Nicole

Donohoe hatte früher einen Laden gehabt und war jetzt in Rente. Sie war um die sechzig, ein wenig gelangweilt und ungeheuer wütend. Paulines Post erhielt einhunderteinundzwanzig Likes, brachte aber nur zwei echte Helfer.

«Das schaffen wir nicht zu dritt», jammerte Pauline, die auf Mollys Gartenmauer saß, während Molly ihren freien Donnerstagnachmittag dazu nutzte, die Hecke zu schneiden.

«Dann mache ich mit», sagte Molly.

«Sicher?»

«Ja, also mal ehrlich: Das ist doch wieder eine verdammte Unverschämtheit von denen, einfach hierherzukommen und unseren Besitz zu zerstören. Ich habe von einem Grundstück gelesen, wo sie ihre Zähler installiert haben, und dann waren hinterher die ganzen Wasserleitungen leck. Das war vor sechs Wochen. Der Gemeinderat hat absolut nichts deswegen unternommen.» Sie war richtig wütend.

Pauline erkannte das sofort. «Na, da bist du ja wieder, Molly», sagte Pauline. Sie genoss die neu entfachte Kampfeslust ihrer alten Freundin.

«Hör bloß auf», sagte Molly und murmelte dann: «Als ob wir nicht ohnehin schon genug für Wasser bezahlen würden, mit unseren Steuergeldern, dann noch die Mehrwertsteuer … eine unfassbare Unverschämtheit von denen.»

«Es geht ja nicht nur darum, dass sie überall ihre Zähler installieren wollen, Molly. Sie haben eine Firma mit Namen Irish Water gegründet, damit sie sie später privatisieren können.»

Molly seufzte und nickte vor sich hin. «Na dann, Pauline», sagte sie und richtete sich auf, «sie können uns vielleicht die Renten klauen, aber niemals unser Wasser.»

Pauline klatschte in die Hände und stampfte begeistert

auf. «Gott segne dich, Molly Hayes.» Und ehe sie sich's versah, wurde Molly Teil eines irischen Aufstands.

Molly versuchte, nicht allzu viel an Rabbit zu denken, denn welchen Sinn hatte das schon? *Es tut mir leid.*

Hin und wieder öffnete sie ihre Schublade, und darin lag der herzförmige Metallbehälter, in dem sich ein Teil der Asche ihres Kindes befand, und der Schmerz überwältigte sie. *Was in Gottes Namen hat mich dazu gebracht, zuzustimmen, dass die Asche meines Kindes auf einen großen und vier kleine Silberbehälter aufgeteilt wird? Dieser verdammte Jack und seine verdammten Ideen. Aufgeteilt! Mein Kind! Das ist doch nicht richtig.* Sie gab den Versuch auf, mit Rabbit sprechen zu wollen, außer sich zu entschuldigen. Sie hatte ihre Tochter im Stich gelassen, und diese Schuld rang sie allmählich nieder. Sie wusch das Geschirr ab. *Es tut mir leid.* Sie gab Suppe an einen Fremden aus. *Es tut mir leid.* Sie hielt ein Spruchband in den Himmel, auf dem das Wort «Wasserzähler» zwischen den Backen eines Arsches abgebildet war, und skandierte dabei die Worte «Schiebt euch die Wasserzähler in den Arsch». *Es tut mir leid.* Rabbits Namen benutzte sie nie. Sie sagte nur: *Es tut mir leid,* und dann machte sie einfach weiter. Wenn Pater Frank vor der Tür stand, versteckte sie sich. Sie wollte nicht mit ihm sprechen. V. R. hatte er sie irgendwie motiviert, Dinge zu sagen , die sie nicht hatte sagen wollen. *Aber heute nicht mehr, Padre.* N. R. vermisste sie zwar ihre Plaudereien, konnte ihm aber nicht ins Gesicht sehen. *Es tut mir leid.*

Im September wurde ihr ein Stent in eine schwache Arterie gesetzt, und nach drei Tagen wurde sie schon wieder aus dem Krankenhaus entlassen. Jack war erleichtert, als alles wieder in Sack und Tüten war.

«Auf geht's, Molly», sagte er, als sie aus der Narkose aufwachte.

«Hmmm», sagte sie. «Dann bin ich wohl noch am Leben.»

«Hurra», sagte er.

«Unkraut vergeht nicht, Ma», sagte Grace, beugte sich über sie und küsste sie auf die Stirn.

«Nein, mein Schatz.» Sie nahm die Hand ihrer Tochter. «Wir beide werden überleben.» Sie zwinkerte ihr zu, und Grace schien ein wenig zusammenzuzucken.

Molly dachte ständig an das Gen. Seit Grace ihr davon erzählt hatte, war es geradezu zur Besessenheit geworden. Sie machte sich Sorgen um Grace, Lenny und die Kinder, aber sie sorgte sich auch um ihre Enkelin. *Hat sie es? Muss sie sich auch vorbeugend zerschneiden lassen? Wird es sie töten, bevor sie sich zerschneiden lässt?* Sie sorgte sich darum, wie Davey mit Juliets Erziehung zurechtkam, versuchte aber, respektvollen Abstand zu halten.

V.R. wäre ihr das völlig egal gewesen. Sie wäre wie eine Planierwalze in ihr Leben gefahren und hätte alles geregelt, auf Mollys Art. N.R. hatte sie auch keine Antworten auf alle Fragen und war ebenso hilflos wie alle anderen. Also blieb sie zu Hause und hielt sich heraus und hoffte, dass das richtig war. Hin und wieder schaute sie hoch zum Himmel und flüsterte: *Es tut mir leid.*

Als die Wasserzähler-Installateure zum ersten Mal in der Gemeinde Fingal anrückten, parkten die Fingal-Five – als die Molly, Pauline, Thomas, Michelle und Nicole später bekannt wurden – mit ihren Autos die Lieferwagen zu, bevor die jungen Männer überhaupt aussteigen konnten. Ein Mann, der sich als Paul Preston vorstellte, ließ sein Fenster herunter. In der einen Hand hielt er einen Kaffeebecher, in der anderen einen Donut. Der kleinere Typ neben ihm hatte einen halben Schokoriegel in der Hand. Der dritte Typ beugte sich vom Rücksitz über Pauls Schulter. Er hielt einen Schraubenschlüssel in der Hand.

«Was wollt ihr damit erreichen?», fragte er Molly, die ebenfalls ihr Fenster heruntergekurbelt hatte. Sie saß leider viel niedriger, weil ihr Auto so winzig war.

«Was glaubst du denn?», fragte sie zurück und schaute zu ihm hinauf.

«Ihr könnt uns doch nicht in diesem verdammten Lieferwagen blockieren.»

«Tja, sieht so aus, als dürfte heutzutage jeder alles Mögliche. Da muss man die Leute mit ihren eigenen Mitteln schlagen.»

Paul Preston ließ das Fenster wieder hochfahren. Eine halbe Stunde verging, in der er seinen Kaffee trank, einen zweiten Donut aß und einen Anruf entgegennahm. Der Typ auf der Rückbank wurde irgendwann nervös. Er öffnete die Schiebetür, aber Mollys Auto stand zu dicht neben dem Lieferwagen. Er konnte sich nicht hindurchquetschen, also hämmerte er auf ihr Autodach.

«Lass mich raus», schrie er. «Wenn ich nicht an dir vorbeikomme, dann muss ich eben durch dich durch.» Er zerrte an ihrer verschlossenen Autotür. «Ich reiß diese verschissene Tür ab», schrie er.

«Versuch's doch», versetzte Molly.

«Wir können das hier friedlich regeln oder andere Saiten aufziehen», drohte er.

Molly grinste. «Ja, das können wir», sagte sie. Er zerrte und rüttelte immer noch an der Tür, und sie befürchtete schon, er könnte sie aus den Angeln reißen. Als er den Fuß gegen den Rahmen stemmte, um mehr Hebelwirkung zu erzielen, öffnete sie die Tür mit einem Knopfdruck, und er stürzte auf den Hintern. Der Typ auf dem Beifahrersitz lachte. Sie beugte sich vor, schloss die Tür und verriegelte sie, bevor der Mann wieder aufstehen konnte. Er hielt sich das Fußgelenk und schrie vor Schmerzen.

Paul seufzte und schüttelte den Kopf. «Das ist ein tätlicher Angriff», stellte er fest.

«Tätlicher Angriff, so ein Quatsch – den würdest du merken. Ich könnte dir mit Leichtigkeit den Rücken brechen», sagte Molly, und der Typ am Boden zuckte zurück, als er den Hass in ihrem Blick sah.

Der kleinere Typ beugte sich über Paul. «Ich müsste wirklich mal aufs Klo.»

«Pech gehabt.»

«Wann hört das hier bloß auf?», fragte Paul Preston.

Der Kollege vom hinteren Teil des Vans versuchte jetzt aufzustehen. Er konnte nicht auftreten. «Ich glaube, ich habe mir das Fußgelenk verstaucht.»

«Es hört auf, wenn ihr wegfahrt und nie wiederkommt.»

«Sonst?»

«Sonst fackele ich den beschissenen Lieferwagen nächstes Mal ab.»

«Habt ihr das alle gehört?», fragte er die anderen der Fingal-Five. Sie nickten. «Und ihr seht das genauso?», fragte er.

«Absolut», sagte Nicole und blies Rauch durch den schmalen offenen Fensterspalt.

«Und du?», fragte er Thomas.

Thomas überlegte einen Augenblick. «Der echte Soldat kämpft nicht, weil er hasst, was vor ihm steht, sondern weil er liebt, was hinter ihm steht», sagte er mit aller Autorität, die er aufbringen konnte. Dann skandierte er «Schiebt euch die Wasserzähler in den Arsch», und die anderen fielen ein.

Die Polizei kam zwei Stunden später. Die jungen Männer waren insgesamt knapp drei Stunden in ihrem Lieferwagen eingesperrt gewesen. Zwei Polizisten der Garda stiegen aus dem Auto, ein hübsches Mädchen in ihren Zwanzigern und ein Typ Anfang fünfzig, groß gewachsen, breitschultrig und mit weißem Haar. Sie begutachteten die Lage.

«Und ich dachte, ich hätte schon alles gesehen, Edel», sagte der Mann zu seiner Mitarbeiterin. Sie schüttelte nur den Kopf. «Wer ist hier der Chef?», fragte er.

Paul und Molly antworteten gleichzeitig: «Ich.»

Der Garda schniefte und trat auf Molly zu. Er stellte sich zwar nicht vor, aber später erfuhr sie, dass er Sergeant Kevin Fogarty hieß. «Sie müssen das Auto wegfahren.»

«Und wenn ich das nicht tue?»

«Dann muss ich Sie verhaften aufgrund von Paragraph 15, Angriff auf eine Person ohne Todesfolge.»

«Weshalb?», fragte Molly.

«Freiheitsberaubung.»

«Sie sind nicht ihrer Freiheit beraubt.»

«Steht es den Leuten frei zu gehen?»

«Nein.»

«Na, dann sind sie ihrer Freiheit beraubt», stellte er fest.

«Sie zerstören Privatbesitz.»

«Sie machen nur ihren Job, genau wie ich. Also ist es für Sie jetzt an der Zeit, nach Hause zu gehen.»

Molly rief den anderen zu: «Fenster zu und abschließen.» Sie kurbelte ihr Fenster so schnell hoch, dass sie dem Garda beinahe die Finger eingeklemmt hätte.

Molly kurbelte ihr Fenster noch ein wenig herunter,

streckte den Kopf heraus und rief: «We shall, we shall not be moved.» Die anderen taten es ihr nach. Sergeant Kevin Fogarty schüttelte den Kopf. «Molly Hayes und ihre Freunde, ich verhafte Sie nach Paragraph 15, Angriff auf eine Person ohne Todesfolge.»

Auf der Polizeiwache war es ziemlich ruhig. Ein junger Mann saß dort und wartete darauf, dass man ihm einen neuen Pass ausstellte. Neben ihm hockten Molly, dann Pauline, Nicole und ganz am Ende Thomas.

«Wo willst du denn hin, Junge?», fragte Molly den Mann.

«Australien.»

«Ah, wunderbar. Mein Sohn und meine Enkelin sind in Amerika.»

«Oh.»

«Ja, sie sagen, es sei toll dort, ich glaube das ja nicht so recht, es gibt doch keinen schöneren Ort als zu Hause, was?»

Der junge Mann starrte auf sein Formular. Dann füllten sich seine Augen mit Tränen. «Nein, gibt es nicht», stimmte er zu.

«Scheiße, tut mir leid.»

Er nickte und wischte sich die Nase am Ärmel ab.

«Also keine Ferien.»

«Nein.»

«Beruflich?»

«Hoffentlich.»

«Wie wär's denn mit England, das ist nicht so weit weg.»

«Mein Bruder ist dort, er findet keine Arbeit.»

«Ach so. Frankreich ist sehr schön, besonders im Sommer.»

«Ich spreche kein Französisch.»

«Griechenland. Die können alle Englisch dort.»

«Ich glaube, denen geht's noch dreckiger als uns.»

«Stimmt. Dann also lieber ans andere Ende der Welt.»

Er wirkte, als würde er gleich in Tränen ausbrechen.

Pauline beugte sich vor. «Hör auf, mit ihm zu reden, Molly, das Kind verliert ja jeden Lebensmut.»

«Na, da bin ich wohl mitten ins Fettnäpfchen getreten», sagte sie zu dem Mann. «Das ist eine Krankheit. Ich latsche in jedes Fettnäpfchen.»

«Wenn Sie doch bloß im Fettnäpfchen bleiben würden, Missus», sagte er, woraufhin Nicole lachte. «Gut gekontert, Junge», sagte sie.

Molly kicherte vor sich hin, obwohl das überhaupt nicht lustig war, gar nichts war lustig.

Der Garda öffnete das Trennfenster und rief ihn herbei. Der junge Mann war ganz offensichtlich erleichtert, Abstand zwischen sich und die neugierige Alte zu bringen, die es darauf abgesehen zu haben schien, ihn zum Weinen zu bringen.

«Und wenn wir uns einfach entschuldigen?», schlug Pauline vor, aber es war zu spät, sie konnten nicht mehr zurück. Molly hatte ihre Handtasche zu Hause vergessen. Sie brauchte ihren Führerschein und ihren Adressnachweis, um auf Kaution freizukommen.

Als Jack eintraf, war er ganz aufgebracht und blass im Gesicht. «Mein Gott, Molly, was hast du da nur wieder gemacht?»

Wenigstens verkrieche ich mich nicht auf dem Dachboden, alter Mann. Sie beachtete ihn gar nicht.

Pauline sprang ihr bei. «Wir haben uns wohl alle ein wenig hinreißen lassen.»

Mit viel Getöse tauchte Grace in Jacks Gefolge auf. «Hinreißen lassen, Ma? Du wirst eingesperrt wegen Freiheitsberaubung, und einer der Männer will dich wegen Körperverletzung verklagen», sagte Grace mit sehr hoher Stimme.

«Tut mir leid», sagte Molly. *Es tut mir leid.*

Auf der Fahrt nach Hause waren alle ganz still. Molly und ihre Mitstreiter würden innerhalb von dreißig Tagen vor Gericht erscheinen müssen. *Es tut mir leid.*

«Wir brauchen einen Anwalt», sagte Jack.

«Ruf doch Maurice an.»

«Maurice ist aber kein Strafverteidiger», sagte Jack.

«Gut. Ich bin ja auch keine Verbrecherin.»

«Na ja, nach dem beschissenen Anklageprotokoll bist du aber sehr wohl eine», schrie Grace. Danach herrschte wieder Schweigen.

In der Küche machte sich Molly eine lange überfällige Tasse Tee. Jack und Grace saßen einander am Tisch gegenüber. Sie kochten beide vor Wut. *Es tut mir leid.* Sie stellte die Kanne zwischen sie und ein paar Tassen, Milch und Zucker dazu. Dann setzte sie sich ebenfalls.

Nach einer ganzen Weile und einer Tasse Tee lenkte Jack ein. «Bestimmt ist es nicht so schlimm», sagte er, um die Stimmung ein wenig zu heben. «Ich meine, was ist eigentlich Freiheitsberaubung genau?»

«Das ist, wenn eine irre Alte drei Männer drei Stunden lang in einem beschissenen Lieferwagen gefangen hält», sagte Grace. Sie kam wirklich nicht gut mit der Situation zurecht.

«Ach, aber weißt du, ich habe schon länger in einem Fahrstuhl festgesteckt, erinnerst du dich, Molly? Das war in Blackpool.»

«Oh ja, sieben Stunden», sagte sie. «Wir dachten schon, wir kriegen ihn nie wieder da raus.»

«Ich hatte Glück, dass ich allein dadrin war. Ich hatte genug Platz, und es war wenigstens gemütlich warm. Ich bin einfach eingeschlafen, nicht wahr, Molls?»

«Ich bin fast verrückt geworden. Ich hab die ganze Zeit darauf gewartet, dass sich die Türen wieder öffnen. Und dann lag er da zusammengerollt und hat geschnarcht.»

«Damals konnte ich noch immer und überall schlafen», sagte er.

«Du kannst jetzt immer noch überall schlafen.»

Es war die erste nette Unterhaltung, die sie seit Wochen miteinander führten. V.R. war es immer so harmonisch zwischen ihnen gewesen, sie waren die besten Freunde. N.R. stießen sie entweder zusammen oder drifteten auseinander.

«Ich glaube, wir kommen vom Thema ab», bemerkte Grace.

«Ich rufe morgen früh Maurice an», sagte Jack.

«Bist du bereit für deine OP, Liebling?», fragte Molly.

«Nein», antwortete Grace.

«Alles wird gutgehen, nicht wahr, Jack?»

Jack entschuldigte sich. «Vielleicht versuche ich jetzt schon, ihn anzurufen oder ihm eine Nachricht zu hinterlassen.» *Arschloch.* Er wollte sich überhaupt nicht mit der OP oder dem auseinandersetzen, was damit zusammenhing. Das war einer ihrer vielen Knackpunkte.

«Er macht sich nur Sorgen», sagte Molly.

«Ich weiß», sagte Grace, aber ihre Mutter merkte, dass Jacks Schweigen sie tief verletzte. *Ich bringe ihn um.*

«Hab ich dir schon mal gesagt, wie mutig du bist, Grace?», fragte Molly, lächelte ihre Tochter an und legte ihr sanft die Hand auf die Wange.

«Du sagst immer, der einzige Unterschied zwischen Mut und Dummheit sei das Ergebnis», sagte Grace.

«In meinem Fall, nicht in deinem. Ich finde, du bist eine Heldin.»

«Hör auf, Ma.»

«Wirklich. Meine Heldin.»

Grace grinste ein wenig. «Na ja, ich für meinen Teil halte dich für eine Irre.»

«In der jetzigen Situation ist das eine kluge Einschätzung.»

«Ich hab dich lieb, Ma», sagte Grace und umarmte ihre Mammy.

«Ich hab dich auch lieb, Grace», sagte Molly und drückte ihre Erstgeborene fest an sich. *Es tut mir leid.*

Es war fünf Tage vor dem Jahrestag von Rabbits Tod und dreizehn Tage vor Graces OP, und Molly Hayes war inzwischen alles egal.

Jack

Seit dem Tod seiner Tochter verbrachte Jack die meiste Zeit allein. Zuerst hatte er sich auf den Dachboden verzogen, um seine alten Tagebücher zu lesen. Damit hatte er die Zeit von Mai bis August verbracht. Als er wieder auftauchte, war das Haus leer, seine Frau war meistens nicht aufzufinden. Die Frau, die früher ihr Zuhause so geliebt hatte, dass man sie mit Gewalt daraus loseisen musste, schien jetzt ganz versessen darauf, bei jeder Gelegenheit auszugehen, nur um nicht in den eigenen vier Wänden bleiben zu müssen. *Vielleicht war Rabbits Leiche im Esszimmer doch nicht die beste Idee der Welt.* Während Mollys Welt sich ausweitete, wurde seine immer enger. Sie schien immer etwas zu tun zu haben, Freunde besuchen, Poster und Transparente malen, Meetings besuchen. Während seiner Abwesenheit war sie irgendwie politisch geworden. Sie kümmerte sich jetzt um Probleme, die größer und weitreichender waren als die Themen in ihrer Familie – zum Beispiel darum, dass das irische Wasser nicht privatisiert werden sollte. Sie organisierte Versammlungen und protestierte. Sie hatte einen Sinn, einen Grund aufzustehen und rauszugehen. Er dagegen hatte sich mit seinen Erinnerungen eingeschlossen. Er vermisste seine Frau, aber gleichzeitig war er zufriedener, wenn er allein war. Er war nicht bereit für die neue Welt. Der Regen war ihm zu nass, der Wind zu windig, die Sonne zu hell, und die Nacht war so lang und dunkel. Schweigen fiel ihm leichter als Reden. Sitzen war leichter als Gehen. Er las lieber, als fernzusehen. Es gab so viel Schmerz, in ihm und draußen. Überall, wo man hinsah, schrien die Menschen verzweifelt um Hilfe. Sie waren arm oder gebrochen, obdachlos oder nur ein paar Monatslöhne davon entfernt. Lauter einsame, verlorene, ängstliche wandelnde Leichen, und das ganze Land schrie «Hilf mir!». Sie verlangten, dass die Regierung endlich damit aufhörte, auf ihre Kosten die Banken zu retten, aber ihre Stimmen blieben ungehört. Als Rabbit im Sterben gelegen hatte, waren ihm die Qualen seiner Landsleute gar nicht zu Bewusstsein gekommen, aber danach hatte sich das Leiden der gesamten Nation mit seinem eigenen vermischt, und das war so unerträglich, dass er sich vollkommen davon abschottete.

Im September erhielt er einen Anruf von Rabbits Redakteur. Er hatte gute Nachrichten: «Wir haben gute Aussichten auf einen Abschluss», sagte er. Er hatte seit ihrem Tod an Rabbits Buch gearbeitet und es über einen Agenten an einige

Verlage schicken lassen. Zwei hatten abgelehnt, aber zwei andere hatten gegeneinander geboten.

«Das ist toll», sagte Jack.

«Der Verlag, für den wir uns entscheiden, bietet nicht das meiste Geld, aber mein Agent und ich glauben, dass er die bessere Marketingstrategie hat, und das wollen wir doch, oder, Jack?»

«Mein Mädchen soll raus in die Welt, absolut.»

«Sehr gut», sagte Brian. Dann sprach er von Zahlen.

Brian erhielt einen Anteil vom Erlös, immerhin war er Rabbits Stimme, seit sie tot war. Sie hatten sich darüber schon vorher verständigt und alles vertraglich festgelegt. Jack interessierte sich nicht wirklich dafür. Es war ihm eigentlich egal. Alle Erlöse aus dem Buch würden ohnehin an Juliet gehen, und ob sich nun eines oder eine Million Exemplare verkauften – ihr würde es an nichts fehlen. Es ging nicht ums Geld. Es ging darum, Rabbit wieder zum Leben zu erwecken.

«Irgendwelche Fragen?», sagte Brian, nachdem er lange Zeit am Stück geredet hatte.

Jack hatte überhaupt nicht mehr zugehört, er hatte sich die ganze Zeit nur ein Buchcover mit dem Bild seiner wunderschönen Tochter darauf vorgestellt. «Nein.»

«Das sind wirklich gute Nachrichten», wiederholte Brian und klang etwas enttäuscht, dass Jack so zurückhaltend reagierte. «Geht es Ihnen denn gut, Jack?», fragte er.

Jack seufzte schwer. «Ich glaube, mir wird es nie wieder richtig gutgehen, Brian», antwortete er.

«Das tut mir so leid.»

«Das muss es nicht. Sie und dieses Buch sind der einzige Silberstreif am Horizont in dieser dunklen Welt.»

«Herrje», bemerkte Brian. «Also überhaupt kein Druck.»

Jack kicherte ein wenig. «Molly sagt immer, ich wäre ein melodramatischer alter Sack, wenn Sie verstehen.»

Jetzt war Brian an der Reihe zu kichern. Er verstand tatsächlich. Und er wusste auch, dass sie ihn eigentlich einen melodramatischen Wichser genannt hatte, der arme Jack aber selbst in seinen dunkelsten Stunden nicht in der Lage war, die deftige Sprache seiner Frau zu wiederholen.

«Wollen Sie es denn lesen, Jack?», fragte Brian.

«Schon, aber ich habe auch Angst davor.»

«Verständlich.»

«Bricht es mir das Herz, Brian?»

«Das tut es, aber es wird Sie auch aufbauen.»

«Sie hat mich immer aufgebaut, egal was war.»

«Dieses Buch wird sie nicht enttäuschen», sagte Brian voller Überzeugung. «Wenn ich daran arbeite, habe ich immer das Gefühl, dass sie neben mir steht.»

«Dann schicken Sie es uns», sagte Jack.

Er bekam das Buch Ende September und las jeden Tag ein Kapitel, zwanzig Tage lang. Die letzten vier Kapitel teilte er in acht Teile ein, die er alle zwei Tage las. Er wollte nicht, dass es zu schnell vorbei war. Er wollte mit ihr die Gegenwart teilen. Es war eine so unglaublich schöne und persönliche Lektüre und so viel besser als seine schlichten alten Tagebücher. Brian hatte sein kleines Mädchen wieder zum Leben erweckt, wenn sie auch nur in den Seiten eines Buches wohnte.

Molly war allerdings ein Problem. Sie waren einmal immer einig gewesen, aber jetzt schienen sie in allen wichtigen Fragen gegensätzlicher Meinung zu sein. Graces Operation und Rabbits Buch waren riesige Streitthemen. Molly wollte, dass die Erinnerung an Rabbit privat blieb.

«Sie hat das Buch nicht fertigstellen können, Jack.»

«Brian stellt es fertig.»

«Was weiß er schon über unsere Rabbit?»

«Er hat über zwanzig Jahre mit ihr gearbeitet, Molls.»

«Man soll die Toten ruhen lassen, Jack.»

Sie hatte offenbar überhaupt kein Problem damit, dass sich Grace verstümmeln lassen wollte.

«Das ist einfach nicht richtig, Molly!», sagte er immer und immer wieder. Sie war doch nicht krank. Vielleicht würde sie niemals krank werden. *Es ist falsch.*

Wenn sie nicht mehr am Leben war, um sich selbst zu verteidigen, dann würde Ma das für sie tun. Er sah beide Themen genau andersherum. Sie schrien sich wegen Rabbit und Grace an, bis ihre Kehlen und Köpfe schmerzten, und kamen zu keiner Einigung, sie drifteten nur immer weiter voneinander fort.

Er sprach noch immer oft mit Rabbit. Er sprach lang und breit mit ihr, wenn seine Familie darum stritt. Und dann erst die Aufteilung der Asche. Das war noch so ein Streitthema. Der Großteil sollte in einer Urne und der Rest in vier herzförmigen Metalldosen aufbewahrt werden. Er hatte das entschieden, ohne es wirklich durchdacht zu haben. *Wo stellen wir dich hin, Rabbit, in deiner kleinen silbernen Herzdose? Wo wäre ein angemessener Platz für dich?*

Ich will aber auf keinen Fall auf den Kaminsims neben Mas Entensammlung, das sag ich dir, Dad. Sagte sie, und er gehorchte.

Gute Entscheidung, mein Liebling.

Molly und er liefen durchs Haus und stritten sich über seine verfluchte dumme Idee, Rabbit in kleine metallene Herzdosen zu stecken, mal ganz abgesehen von der Urne mit dem Großteil von ihr, die immer noch in ihrer Garderobe stand. «Wir hätten sie einfach in diese beschissene Wand stellen sollen», sagte Molly, aber Jack wandte den Blick zum Himmel und flüsterte seiner Tochter lautlos zu: «Nur über meine Leiche.»

Er ging jetzt einmal die Woche zum Gottesdienst. Er hatte den Glauben so lange als etwas Unverbindliches betrachtet, der gesamte religiöse Eifer im Haus war von Molly gekommen. Jetzt, da sie der Kirche den Rücken gekehrt und sich für die Revolution entschieden hatte, übernahm er den Staffelstab und vertrat das Haus Hayes. Pater Frank bemerkte schnell, dass nur noch er zur Kirche kam. An einem Sonntag nahm er ihn auf dem Parkplatz beiseite. Er trug noch seinen Ornat und keuchte, weil er so schnell von der Kanzel durch die Sakristei gerannt war, und den Zweigen nach zu schließen, die von seinen langen Ärmeln hingen, hatte er eine Abkürzung durch eine Hecke genommen, um Jack noch zu erwischen, bevor er verschwand.

«Da sind Sie ja», sagte er so lässig, wie es ihm zwischen seinen pfeifenden Atemzügen gelang.

Jack öffnete die Autotür, setzte sich hinein und zeigte auf den Sitz neben sich.

«Schön, dass Sie wieder mal in der Kirche waren», sagte Pater Frank.

«Aber Sie vermissen Molly», stellte Jack fest.

«Sie hat gesagt, sie hätte ihren Glauben verloren, Jack.»

«Das ist ja wohl verständlich», versetzte Jack.

«Aber trotzdem sind Sie hier, ein Mann, der bisher nicht besonders engagiert war, weder auf die eine noch auf die andere Art.»

«Na ja, vielleicht bin ich hier nur ihr Platzhalter», sagte Jack. Pater Frank lächelte.

«Sie glauben also, dass Sie wiederkommt», sagte er, doch Jack schüttelte den Kopf.

«Bei meiner Molly weiß man nie», sagte er.

«Ich sehe, dass sie sich ziemlich bei diesen Protesten engagiert», sagte Pater Frank.

«Sie ist Feuer und Flamme», sagte Jack.

«Und wie finden Sie das?», fragte Pater Frank.

«Wenn sie nicht für irgendetwas kämpft, wer ist sie dann?», fragte Jack.

Pater Frank schüttelte den Kopf. «Immerhin hat sie dabei eine Chance zu gewinnen. Sagen Sie ihr, dass ich nach ihr gefragt habe. Es ist nicht dasselbe, wenn sie nicht kommt.»

«Das tue ich.»

Pater Frank hatte im ersten Jahr oft vor der Tür gestanden, aber Molly hatte nicht aufgemacht, wenn sie da gewesen war. Wenn sie nicht zu Hause gewesen war, hatte Pater Frank Jack nicht allzu lange stören wollen. Aber Jack spürte genau, dass der Pater seine Freundin vermisste. *Ich vermisse sie auch, Frank.*

TEIL FÜNF

Die Operation

Molly

Molly lag hellwach in ihrem Bett und hörte Jacks leisem Schnarchen zu. Sie hatte kein Auge zugetan. Wie auch? Ihr Kind musste ins Krankenhaus, um sich die Brüste abnehmen zu lassen. Es war die richtige Entscheidung. Wenn Rabbit gewusst hätte, dass sie das Gen hatte, wenn sie die Chance gehabt hätte, sich zu retten, dann hätte sie es ebenfalls getan. Molly wusste das jetzt. Manchmal braucht es einen Tod, um das Leben wieder zu begreifen.

Obwohl sie Graces Entscheidung richtig fand, machte sie sich Sorgen. Die Medizin hatte in so wenigen Jahren derartige Fortschritte gemacht, dass man es kaum begreifen konnte. Ihre Brüste würden weg sein, aber man würde ihr Ersatzbrüste machen. Sie würde nicht genau dieselbe Frau sein wie vorher; sie würde Narben aus ihrem Kampf davontragen, aber sie würde nicht zerstört werden. Und am wichtigsten war doch: Sie würde leben. Molly wünschte sich, dass der Tag schon vorbei wäre. Sie hielt es kaum aus, an den Spielfeldrand verbannt zu werden. Für eine Frau wie sie war es leichter, mittendrin zu sein, Grace den Bademantel und Pantoffeln anzuziehen, ihr das Haar zu bürsten, tröstende Worte zu flüstern und ihr die Hand zu halten, bis sie durch die Tür verschwand. Sie stellte sich vor, wie die Trage in einen sterilen Raum unter OP-Lichter geschoben wurde und Grace schlief, während Fremde sie aufschnitten und Teile von ihr entfernten. Es wäre besser, diejenige zu sein, die mit dem Handy an der Hüfte im Krankenhausflur auf und ab tigerte und als Erste Nachricht von den Krankenschwestern und den Ärzten bekam. Sie wünschte sich verzweifelt, dort sein zu können, wenn Grace die Augen öffnete und sich in einer neuen, verschwommenen Welt voller Schmerz und Angst wiederfand. Sie würde wissen, was zu tun und zu sagen war. So war es jedes Mal bei Rabbit gewesen, und sie war immerhin Graces Mutter, Herrgott noch mal, aber Grace hatte Lenny, und sosehr es Molly schmerzte, war der Platz an ihrer Seite ihm vorbehalten.

Wehe, du versaust es, Lenny. Es würde ein langer Tag werden, und sie weigerte sich, ihn damit zu verbringen, auf das Klingeln des Telefons zu warten. Die Ankunft von Davey und Juliet am Vormittag würde eine gute Ablenkung sein. Francie und Jay Byrne hatten an diesem Abend eine Party zu Rabbits Andenken organisiert. Also musste sie nur irgendwie die erste Hälfte des Vormittags überstehen. Wenn es einen Tag gab, an dem Molly doch darüber nachdachte, zur Kirche zu gehen, dann war es dieser. Sie ging bei ihrem Spaziergang dreimal an der Kirche vorbei, und wenn Pater Frank da gewesen und sie gesehen hätte, hätte er sie vielleicht hereinbitten können, aber er war nicht da und bat sie nicht herein, also ging sie weiter. Es war fünf Uhr morgens. *Es tut mir leid.*

Grace

Es würde eine beidseitige prophylaktische Mastektomie mit Rekonstruktion durch Kochsalzimplantat werden. Der Arzt erklärte, dass Grace dabei ihre Brustwarzen verlieren würde. Er würde einen Ankerschnitt setzen, und um eine natürliche

Form der neuen Brust zu erlangen, würde er den Muskel über die Implantate legen statt darunter.

«Warum muss ich meine Brustwarzen verlieren?», beschwerte sich Grace. Er sagte, sie könnten sich sonst nach unten bewegen oder verschieben. Sie verstand nicht, obwohl sie nickte, als er sie fragte, ob sie verstanden hätte. Sie konnte ihn kaum hören, so laut summte es in ihrem Kopf. Später, als sie wieder Ruhe hatte, recherchierte sie es selbst und verstand: Ihre eigenen Brustwarzen würden vermutlich nach unten zeigen, wenn sie sie behielte. Es war besser, sie zu verlieren und sich welche an der richtigen Stelle tätowieren zu lassen. Sie konnten sogar echte Nippel machen, indem sie die Haut zusammenkniffen, sie drehten und dann zusammennähten, um danach drum herum zu tätowieren. Es klang alles ziemlich qualvoll, aber vielleicht war es das wert. Sie würde darüber nachdenken, und irgendwann würde sie sich entscheiden.

Es war halb sieben Uhr morgens. Der Himmel war blau, und immerhin zwitscherten zwei Vögel.

Ein strahlend blauer Himmel, dein Lieblingswetter. Vielleicht ist das ein gutes Zeichen, Rabbit.

Das ist besser als gut, Grace. Du wirst die Möpse einer Zwanzigjährigen haben.

Der Parkplatz vor dem Krankenhaus war so gut wie leer, nur hie und da stand ein einzelnes Auto. Grace saß auf dem Beifahrersitz und starrte das eindrucksvolle Gebäude vor sich an. Lenny holte gerade ein Parkticket. Er kam zurück, legte es hinter die Windschutzscheibe und murmelte etwas, das klang wie «Die nehmen es aber von den Lebenden». Er warf die Wagentür zu und wartete darauf, das sie ausstieg, aber ihre Beine fühlten sich bleischwer an, und sie konnte den Blick einfach nicht von dem Gebäude wenden. Er ging um das Auto herum und öffnete die Beifahrertür.

«Grace?»

«Ja, Liebling?»

«Wir müssen jetzt gehen.»

«Okay.»

Sie rührte sich nicht. Er beugte sich zu ihr und nahm ihre Hände. «Wir könnten auch noch abwarten», sagte er, und ihre Augen füllten sich mit Tränen. «Wir könnten es verschieben oder so.»

Sie schüttelte den Kopf. «Nein.»

«Grace, du kannst ja nicht einmal aus dem Auto steigen», sagte er.

«Dann hilf mir doch», sagte sie durch zusammengebissene Zähne. Er richtete sich auf, atmete tief durch und nickte. Er streckte die Hand aus, sie nahm sie, und er zog und zog, und endlich stand sie und lehnte sich an ihn. Ihre Knie fühlten sich an wie Pudding, aber sie war jetzt entschlossen.

Das OP-Vorgespräch fand in einem kleinen Krankenhauszimmer statt. Grace wurde höflich gebeten, sich bis zur Taille frei zu machen, damit ihr Chirurg, der Anästhesist, der Assistenzarzt, der Arzt im Praktikum und die Krankenschwester sie untersuchen konnten. Fast nur Männer.

Sie stand ganz still da und bemühte sich, das Zittern in ihren Knien zu unterdrücken. Männer vermaßen und markierten ihre Brüste, um sie zu entfernen. Sie besprachen, wie sehr sich die Brüste abgesenkt und ihre natürliche Ausrichtung verloren hatten, und als sie sich auf die richtigen Maße verständigt hatten, malten sie sie mit einem Textmarker auf ihre Brüste. Sie waren sich einig, dass sie eine Form und Größe hatten, mit der man gut arbeiten konnte.

Als sie fertig waren, lächelte Graces Chirurg sie an. «Keine Sorge, Grace, wir werden Sie schon hübsch machen.»

Sie versuchte, etwas zu sagen, aber stattdessen brachte sie nur ein Gurgeln hervor, das entfernt wie «Manke» klang. Rabbit hätte einen Witz gerissen, oder vielleicht hätte sie sich an der medizinischen Diskussion beteiligt, sie wäre präsent gewesen, sie hätten sich vor ihr verantworten müssen. Grace hätte auch ein Stück totes Fleisch sein können. Sie konnte keinen Kontakt herstellen, sie war halbnackt, und vier Männer waren damit beschäftigt, ihre Brüste anzuheben und herumzuschieben – nicht gerade die ideale Gelegenheit, um neue Freundschaften zu schließen. Die Krankenschwester war ruhig und entspannt, und sie hatte ein warmes Lächeln. Sie half Grace, das OP-Hemdchen und einen Bademantel anzuziehen, und unterhielt sich dabei mit ihr über das Wetter.

«... nicht allzu kalt, obwohl sie gesagt haben, dass wir uns schon mal auf Regen einstellen sollen. Als wäre das was ganz Neues!»

«Nein, nicht allzu kalt.»

«Freuen Sie sich schon auf den Sommer?»

«Nein, eigentlich nicht.»

Lisa drückte Grace sanft auf einen Stuhl. «Es wird nicht leicht, aber Sie werden das durchstehen. Und hinterher werden Sie froh sein, dass sie es getan haben. Okay?»

Grace nickte und weinte ein wenig.

«Jetzt ist es Zeit», sagte Lisa.

Grace zwang sich aufzustehen, doch ihre Beine gehorchten nicht. «Hätten Sie etwas dagegen, meinen Mann zu bitten, das zu übernehmen?», fragte Grace.

«Kein Problem», sagte Lisa. Dann war sie fort und kam

sofort mit Lenny zurück. Er wandte eine ähnliche Schlepptechnik wie beim Aussteigen aus dem Auto an, und dann stand sie und schlurfte auf den Fersen durch den Flur. *Oh Gott, was tue ich da?*

Im Wartebereich schaute sie sich um und sah Männer und Frauen jeden Alters, die auf den Stühlen saßen und Formulare ausfüllten, und ihr fiel auf, dass sie die Einzige in einem Bademantel war. *Warum? Warum sind die dann hier? Warum bin ich die Einzige mit schwarzem Filzstift auf den Brüsten und nacktem Hintern?* Ihr Bademantel war hellblau und aus Frotté. Im Krankenhaus war es warm, aber ihr war eiskalt. Lenny stand gegen eine Wand gelehnt da. Sie saß auf einem gepolsterten Stuhl. Sie wollte aufs Klo.

«Ich muss aufs Klo. Wo sind meine Schuhe?», fragte sie. Erst jetzt merkte sie, dass sie barfuß war.

«Beruhige dich, ich glaube, ich habe sie im Flur gelassen», sagte er, und sie hätte ihn am liebsten umgebracht. Der kleine Koffer hatte für die Schuhe nicht genügend Platz gehabt. Sie hatte ihn noch gebeten, den größeren Koffer vom Dachboden zu holen, aber er hatte abgelehnt. «Nicht für ein Paar Schuhe. Die trage ich in der Hand», hatte er gesagt.

«Himmel, Lenny, ich kann auf keinen Fall barfuß in den OP-Saal latschen.»

Er holte die Schuhe mit den hohen Absätzen, auf die sie bestanden hatte. Er verstand nicht, warum sie im Krankenhaus hohe Absätze tragen musste. «Weil ich es verdammt noch mal will», hatte sie gesagt. Jetzt, da sie in der Schlange vor der einzigen Toilette in diesem Bereich wartete, kam sie sich dumm vor in ihrem OP-Kittelchen, dem Bademantel und den roten High Heels. Die Frau mit dem Buckel und einem Gesicht, das aussah wie ein durchgekauter Toffee, musterte erst ihre hochhackigen Pantoffeln und dann ihr Gesicht. «Toller Look», bemerkte sie.

«Danke.»

Lenny stützte sie. Ihre Knie gaben immer wieder nach, und obwohl ihr eiskalt war, schwitzte sie.

«Alles in Ordnung, meine Liebe?», fragte die Frau.

«Alles super.»

«Sie können vor mir rein, wenn Sie möchten», sagte sie freundlich.

«Nein, ehrlich, es geht mir gut.»

«Sie sehen aber nicht so aus.»

«Ist aber so. Ich bin kerngesund, stimmt doch, Lenny.»

«Sie hat gar nichts.»

«Wenn Sie das sagen», sagte die Frau.

Als sie in den Wartebereich zurückkehrten, war ihr Stuhl besetzt. Also stellte sie sich neben Lenny und lehnte sich gegen die Wand. Sie hätte sich am liebsten auf den Boden gelegt, aber das Krankenhauspersonal hatte damit bestimmt ein Problem. *Keime oder so.* Ein paar weitere Patienten mit OP-Kitteln tauchten auf, sie unterhielten sich gedämpft mit ihren Partnern oder Freunden. Ihr war schlecht. *Oh Gott, was tue ich da bloß?*

Als ihr Name aufgerufen wurde, stockte ihr der Atem nur für eine Millisekunde, aber lange genug, dass sie sich verschluckte und dann keuchend loshustete. *Oh Gott.* Lisa stand jetzt vor ihr und lächelte sie an. «Jetzt geht's los.»

«Ist schon gut, ich habe sie, gehen Sie voraus», sagte Lenny, und Lisa nickte, drehte sich um und ging weit genug voran, sodass Grace und Lenny noch ein paar Minuten für sich hatten. Er hielt sie fest, während sie den Flur entlang auf die Tür zu stolperte, die aufschwang und sich hinter Lisa schloss.

Grace ging inzwischen so langsam, dass sie beinahe stand. *Oh Gott.* Er zog sie weiter. *Oh Gott.* Sie hob mit letzter Kraft die Füße. *Oh Gott.*

«Alles in Ordnung, Grace», sagte er, aber es klang tränenerstickt.

«Mir geht es gut», sagte sie, aber dann gaben ihre Knie wieder nach, und sie weinte. «Es muss sein. Bitte.»

«Ich weiß, Liebling, ich weiß», sagte er und küsste sie auf die Stirn. Dann hob er sie hoch und trug sie den Rest des Weges den Flur hinunter. Sie hing an ihm, als ob ihr Leben von ihm abhinge, und dann setzte er sie vor der Tür ab. Sie fand wieder Tritt in ihren roten, hochhackigen Schuhen, stand da und atmete ein und aus, und dann legte sie die Hand auf die Tür. Er legte seine auf ihre, und sie drückten sie gemeinsam auf.

Sie drehte sich zu ihm um. «Danke.»

«Ich liebe dich», sagte er.

«Ich liebe dich auch.»

Die Tür schloss sich hinter ihnen, ihr Mann blieb im Flur. Im Narkoseraum nahm Lisa ihre Hand und führte sie zur Trage.

«Cooler Style», sagte sie und deutete auf die Schuhe.

Grace setzte sich auf die Trage, und Lisa half ihr, den Bademantel auszuziehen und ihn auf die Ablage darunter zu legen. Währenddessen atmete Grace weiter ein und aus und versuchte, sich zu beruhigen. *Es ist alles in Ordnung, dir wird es gutgehen. Bist du da, Rabbit? Bist du bei mir?*

Ich bin hier, Gracie.

Lisa stellte sie erneut dem Narkosearzt vor, den sie schon kennengelernt hatte, als man ihre Brüste markiert hatte. Zum dritten Mal an diesem Tag gingen sie eine Checkliste durch.

«Was lassen Sie machen?»

«Eine beidseitige prophylaktische Mastektomie mit Rekonstruktion durch Kochsalzimplantat.»

«Irgendwelche Metallteile in Ihrem Körper?»

«Nein.»

«Allergien?»

«Nein.»

«Hatten Sie früher schon einmal eine Narkose?»

«Nein.»

Lisa prüfte Graces Namensbändchen noch einmal nach und zog ihr dann behutsam den Kittel herunter. Zwei große Pfeile auf ihrer Brust wurden sichtbar. *Sind diese Pfeile wirklich nötig?* Als sie mit den Ergebnissen der Checklisten zufrieden waren, stach der Narkosearzt ihr eine Kanüle in die Armbeuge. Er sagte Grace, sie solle die Augen schließen und tief ein- und ausatmen.

«Schön ruhig und regelmäßig, ganz langsam, wir wollen nicht hyperventilieren», sagte er. *Leicht gesagt, du Wichser.*

«Wann haben Sie zum letzten Mal Schäfchen gezählt?», fragte er.

«Da war ich vielleicht zehn», antwortete sie. Sie hatte die Augen zusammengekniffen und rang immer wieder nach Atem.

«Na ja, ich wollte Ihnen eigentlich vorschlagen, damit jetzt wieder anzufangen, aber jetzt ist es nicht mehr nötig, wir haben es schon geschafft.»

Sie öffnete ein Auge und sah, dass ein gelber Port aus ihrer Haut ragte. *Du verdammter Scheißk…*

«Erfahrung», sagte er und lächelte.

«Schlafenszeit, Grace», sagte Lisa. Der Narkosearzt steckte eine Nadel in die Kanüle, und Grace wurde es plötzlich ganz warm und schwummrig, und dann verschwamm alles, und sie war weg.

Juliet

Juliets Panik wurde während des Fluges immer schlimmer. Kein Film, keine Musik konnte sie ablenken. Sie schmeckte die bittere Angst, die aus ihren Knochen in ihr Blut sickerte. Ihr Kopf schmerzte, und während des gesamten Fluges stand sie ständig kurz vor einem Tränenausbruch. Der Anblick der Skyline von Dublin tat ihr im Herzen so weh, wie es die ersten Wochen nach dem Tod ihrer Mutter weh getan hatte. Sie wollte nicht hinsehen, aber als sie diese vertraute Küstenlinie sah, konnte sie auch nicht mehr wegsehen. Der Himmel war hellblau, und als sie durch eine flauschige weiße Wolke sanken und der Boden immer näher kam, durchzuckte sie der Schmerz.

Beim Aussteigen aus dem Flugzeug musste sie ganz bewusst einen Fuß vor den anderen setzen, um über die Rollbahn zum Flughafengebäude zu gelangen. Auf dem Rollsteig hörte sie den vertrauten Akzent. Die Leute scherzten und lachten. Eine Horde junger Männer kam von einem Junggesellenabschied nach Hause, unter ihnen der Bräutigam, der ein T-Shirt mit der Aufschrift «Abchecker heiratet. Ruhe in Frieden, kleiner Abchecker» trug. Alle sangen: «Es gibt nur einen Abchecker!»

Ein Fremder, der ihnen entgegenkam, rief: «Tut mir leid, Jungs, aber ich bin auch ein Abchecker.»

«Es gibt nur zwei Abchecker!»

«Mein Dad dahinten ist auch einer», sagte er und zeigte auf einen grinsenden älteren Mann.

«Es gibt nur drei Abchecker!»

Die Iren albern die ganze Zeit herum, dachte sie. Früher war ihr das gar nicht aufgefallen. Sie lief hinter ihrem Onkel her, der sicheren Schrittes voranging, und fühlte sich wie eine Fremde in ihrem eigenen Land. Bei der Passkontrolle warf der Beamte einen Blick in ihren Pass und schaute ihr dann ins Gesicht. «Warst wohl länger weg?», fragte er.

«Ja.»

«Willkommen zu Hause, Juliet.» Er schob ihr eine Dose mit Bonbons zu. «Ich hab heute Geburtstag, nimm dir eins.»

«Nein, danke», sagte sie, aber sie spürte dennoch, wie ihre Stimmung sich besserte.

Dann passierte es. Sie ging durch den Zoll und durch die Milchglastüren, und dann sah sie ihren Grandad. Sie rannte in seine Arme, und der Schmerz ließ nach. Ob sie es wollte oder nicht, Juliet Hayes war wieder zu Hause.

Jack

Jack stand in der Ankunftshalle des Flughafens, die Augen auf die Milchglastüren gerichtet, um den ersten Blick auf seinen Sohn und seine Enkelin zu erhaschen. Da tauchte Davey auf. Er schob einen Gepäckwagen mit zwei Koffern. *Früher hatte er nur einen Rucksack auf dem Rücken und noch eine Tasche darauf. Wie sich die Zeiten ändern.* Nur den Bruchteil einer Sekunde später entdeckte er Juliet. Sie wirkte größer, älter. Sie lächelte nicht, sie blickte düster drein, aber dann sah sie ihn, ihre Augen leuchteten auf, und ein Lächeln erschien auf ihrem Gesicht. Sie sprang wie ein verspielter Welpe auf ihn zu. «Grandad!»

«Ach, mein Bunny.»

«Niemand nennt mich mehr so.»

«Ich aber schon», erwiderte er. «Ich nenne dich Bunny.»

«Okay», gab sie nach und umarmte ihn ganz fest. «Ich hab dich vermisst, Grandad.»

«Ich dich auch, Bunny.»

Davey stand daneben und schaute den beiden zu, dann streckte er seinem Dad die Hand hin.

«Wir sind wohl heute ganz förmlich unterwegs, was, Davey?», fragte Jack und nahm seinen Sohn in die Arme.

«Wie geht's dir, Junge?»

«Besser, jetzt, wo ich dich sehe, Dad.»

Im Auto erzählte ihnen Jack, dass Molly die letzte Nacht damit verbracht hatte, die Gästebetten herzurichten, und dass Daveys Lieblings-Irish-Stew auf dem Herd köchelte.

Davey wusste schon von der Verhaftung seiner Mutter. Man hatte ihm davon erzählt, als er angerufen hatte, um seine Ankunftszeit durchzugeben.

«Wie geht es denn damit weiter, Dad?», fragte er.

«Sie muss in drei Wochen vor Gericht erscheinen. Der Anwalt wird Akteneinsicht fordern. Dann sehen wir, was sie haben, und dann entscheiden wir, worauf wir plädieren.»

«Herrje.»

«Ich weiß. Deine Ma macht gerade eine ganz schön wilde Phase durch, fast wie in ihren Wechseljahren, nur noch ein bisschen irrer.»

«Aber Gran wird doch nichts passieren, oder, Grandad?», fragte Juliet.

«Das wird schon nicht so schlimm werden. Sie ist Rentnerin, die werden sie wohl kaum ins Gefängnis stecken.»

«Stellt euch mal Ma im Gefängnis vor», sagte Davey, und sie lachten alle.

«Nach einer Woche hätte sie das Gefängnis voll im Griff», sagte Jack.

«Wie geht es Grace?», fragte Juliet.

«Ja, Dad, schon was gehört?»

«Sie ist heute Morgen operiert worden, Lenny ruft an, sobald es Neuigkeiten gibt.»

«Wann können wir sie denn besuchen?», fragte Davey.

«Das verschieben wir lieber auf morgen. Deine Ma geht natürlich heute Abend schon», antwortete Jack.

«Und was ist mit dir?», fragte Davey.

«Ach, du kennst mich doch – ich kann kein Blut sehen.»

«Aber bei Ma warst du auch dabei!», wandte Juliet ein und drängte sich zwischen ihren Grandad und Davey.

«Da hatte ich keine Wahl. Ich sehe Grace, wenn sie wieder nach Hause kommt.»

Davey und Juliet wechselten einen Blick. Danach sagte niemand mehr ein Wort.

Molly kam mit Tüten voller Einkäufe aus der Tür, als sie ihre Enkelin sah, und ließ sofort alles fallen.

«Da ist ja mein kleines Mädchen!» Sie öffnete die Arme, und Juliet warf sich in ihre Umarmung.

«Hallo, Gran.»

«Mein Liebling, lass dich anschauen», sagte Molly. «Ganz deine Mammy. Schön, dass du wieder zu Hause bist.» Ihren Mann begrüßte sie nicht. Und er sie auch nicht.

«Habt ihr Krach?», fragte Davey. «Denn wenn dem so ist, gehen wir lieber ins Hotel. Das ertrag ich nicht.»

Molly sah Jack an. «Kein Krach», sagte sie.

«Mir geht's gut», sagte Jack, schniefte und wandte den Blick ab.

«Sieht doch so aus, als hätten sie Krach», sagte Juliet zu Davey. Molly umarmte Davey und küsste ihn auf die Wange.

«Willkommen zu Hause. Juliet, deck bitte den Tisch. Ich habe Daveys Lieblings-Irish-Stew gekocht», sagte Molly.

Als Juliet in die Küche ging, nahm Davey eines von Mollys Transparenten in die Hand und zeigte auf die gemalten Hinterbacken. «Wie subtil», bemerkte er, und Jack schüttelte den Kopf.

«Leg bloß nicht den Finger in die Wunde», warnte Molly.

Davey setzte sich seinem Vater gegenüber. Jack schaute nur aus dem Fenster, in den Himmel hinauf.

«Also, worüber streitet ihr?», fragte Davey.

«Er will mal wieder seine Tochter nicht im Krankenhaus besuchen», beschwerte sich Molly.

«Was meinst du damit?», fragte Jack verletzt. «Ich war immer da für Rabbit.»

«Und warum kannst du dann nicht für Grace da sein?», schrie Molly.

«Weil Grace nicht krank ist!», brüllte er. Er stand auf und stürmte hinaus.

«Was ist mit deinem Eintopf?», schrie Molly ihm hinterher.

«Schieb ihn dir in den Arsch», brüllte er, trat im Vorbeigehen gegen das Transparent und nahm Jacke und Schlüssel von der Garderobe.

«Hat mein Dad da gerade geflucht?», fragte Davey entgeistert.

«Ich glaube, irgendetwas stimmt nicht mit meinem Grandad», sagte Juliet.

Jack schlug die Eingangstür hinter sich zu und stieg in sein Auto.

Irgendwas ist jetzt kaputtgegangen, dachte er, als er fortfuhr.

Davey

Francie hatte eine SMS geschickt: «Meld dich, wenn du gelandet bist».

Also rief Davey ihn an.

«Du bist zurück! Super. Ich dachte schon, du hättest Verspätung, wegen des Sturms in Atlanta.»

«Seit wann trackst du meine Flüge?»

«Seit ich zu Ehren von Rabbit und Johnny einen Wohltätigkeits-Gig für Krebs und MS auf die Beine gestellt habe.»

«Wie bitte?»

«Du hast richtig gehört. Es gibt ein Revival, Kitchen Sink und The Sound, Louis' Neffe Jason singt.»

«Nein!»

«Du hast keine Wahl.»

«Sucht euch einen anderen.»

«Es gibt keinen anderen. Du bist unser Drummer. Ob's dir gefällt oder nicht.»

«Tu das nicht.»

«Es ist bereits getan, und es ist ausverkauft.»

«Jesus Christus!»

«Normalerweise werde ich Gott genannt, aber wenn du meinst ...»

«Wann?»

«Heute Abend.»

«Du machst Witze! Shit, das muss ein Witz sein, das ist völlig irre!»

«Tja, kein Witz, es gibt gute Gründe, weißt du? Heute ist Freitag, und freitags zieht man in deiner alten Heimat nun mal um die Häuser. Nächsten Freitag ist der Club schon gebucht, und am Freitag drauf bist du schon wieder weg.»

«Ich habe nicht geprobt.»

«Du bist Profi. Du kannst das.»

«Ich habe die Songs seit zwanzig Jahren nicht mehr gespielt.»

«Hör zu, Mann, du warst damals scheiße, und du wirst wieder scheiße sein. Ist auch völlig egal, wir spielen zum Spaß, für einen guten Zweck und zur Erinnerung an Rabbit und Johnny. Also reiß dich am Riemen und schwing deinen Arsch hier rüber. Uns bleiben bis zum Soundcheck noch fünf Stunden zum Proben.»

«Wer weiß davon?»

«Alle. Grace ist einverstanden. Deine Ma und dein Dad kommen auch.»

«Und Marjorie?»

«Musste schwören, dass sie die Klappe hält. Ich weiß, dass ihr beiden ständig auf Skype rumturtelt.»

«Fang ja nicht an!», sagte Davey warnend.

«Dazu hab ich auch gar keine Zeit. Wir sehen uns in einer Stunde im Escape.» Francie legte auf.

Davey saß auf seinem alten Bett in seinem alten Zimmer und starrte zum Fenster hinaus.

Shit!, dachte er und musste grinsen. *Ein Gig mit den Jungs. Wie früher. Das wär' schon was.* Und er dachte an Juliet. *Das wird ihr gefallen. Das ist jetzt genau das Richtige für sie.*

Rabbits erster Todestag lag inzwischen neun Tage zurück. Er hatte sich freigenommen und ihr gesagt, sie würden tun, wozu sie Lust hatte, egal was. Mit ihrer Antwort hatte er jedoch nicht gerechnet. «Ich will in die Hendersonville Memorial Gardens.»

«Und was gibt es in den Hendersonville Memorial Gardens?»

«Tote Leute.»

«Hast du wen Bestimmtes im Sinn?»

«Johnny und June Carter Cash.»

«Warum das denn?»

«Ma und ich haben den Film gesehen.»

«Okay. Und?»

«Wir fanden ihn toll. Der kommt gleich nach *Thelma & Louise*.»

«Und?»

«Und weil meine Mutter kein Grab hat, das ich besuchen kann, habe ich mir überlegt, ich packe das winzige Häuflein Asche in der dämlichen Herzchendose ein und nehme meine Ma mit, um Leute mit richtigen Gräbern zu besuchen.»

«Meinst du nicht, dass sie das traurig macht?», sagte er. Es war als Witz gemeint.

Juliet lächelte. «Du Arsch!», sagte sie.

Er griff sich den Schlüsselbund. «Na dann los.»

Juliet hatte ein echtes Problem damit, dass es von ihrer Mutter kein Grab gab oder wenigstens eine Inschrift an einer Wand. «Als wäre sie nie da gewesen oder als wäre es uns zu unwichtig.»

Die Familie hatte damit nur Rabbits Wünschen entsprochen, aber weh tat es trotzdem. Davey war mit dem Trip nach

Henderson einverstanden gewesen, schließlich mussten sie den Tag auf irgendeine Weise begehen.

Sie kamen um kurz nach zwei Uhr nachmittags an. Davey steuerte auf das Hauptgebäude zu.

«Was machst du denn?»

«Mir am Empfang einen Lageplan besorgen.»

«Hab ich schon». Sie zog ein Blatt Papier aus der Tasche. «Gab's auf findagrave.com.» Sie musterte den Plan. «Wir sind im Garden of Matthew, 36° ...» Sie tippte die Koordinaten in ihr Telefon ein. Dann übernahm das Smartphone. «Komm mit», sagte sie.

Die Gräber lagen direkt beieinander, zwei große, schwarze, mit Gold umrahmte Marmorplatten mit goldener Inschrift. Auf jedem Grab stand eine Vase mit frischen Blumen.

«Hübsch», sagte Juliet. In Johnnys Grabplatte waren die Daten 26. Februar 1932 und 12. September 2003 graviert, darunter der Psalm 19 14. Juliet las laut vor: «Möchten die Worte meines Mundes und das Sinnen meines Herzens vor Dir wohlgefällig sein, o Du mein Herr, mein Fels, mein Erlöser.» Sie sah ihren Onkel an. «Was soll das heißen?»

«Dass er hofft, dass Gott mit ihm zufrieden ist, mit dem, was er gesagt hat, mit seinen Gedanken und seinen Taten und so, du weißt schon.»

«Eher nicht. Ich hatte noch nie was mit Religion zu tun», sagte sie.

«Was das betrifft, hatte deine Mutter eine klare Haltung.»

«Johnny Cash hat ziemlich viel Mist gebaut, ich meine, er hat gesoffen und Drogen genommen, alles Mögliche, aber er war trotzdem ein netter Mensch. Drücken wir die Daumen», sagte Juliet.

«Dem geht's bestimmt gut.»

«Falls es Gott gibt, ist er sicher sauer auf Ma, weil sie nicht an ihn geglaubt hat.»

«Ich bin mir sicher, dass er ihr verzeihen würde.»

«Niemals! Das hab ich nachgelesen: Man kann sich jede Menge Mist leisten und kommt trotzdem mit einem blauen Auge davon, solange man sich entschuldigt und glaubt, aber der Glaube ist das Wichtigste. Ungläubige sind ...» Sie formte die Worte lautlos mit den Lippen: «... am Arsch». Dann wandte sie sich dem Grab von June Carter Cash zu und las die Daten vor. «23. Juni 1923 bis 15. Mai 2003. Psalm 103 1. Lobe den Herren, meine Seele, und was in mir ist, Seinen heiligen Namen.» Sie drehte sich zu Davey um. «Siehst du? Da steht's: Lobe Seinen heiligen Namen, das ist eine richtige Schleimspur. Alle Christen wissen, dass ihr Gott auf Einschleimen steht.»

«Fairerweise sollte man sagen, dass jeder Gott auf Einschleimen steht.» Davey musste grinsen. Das Kind hatte recht. *Vater unser im Himmel, geheiligt werde Dein Name ...*

Den krönenden Abschluss bildeten die goldenen Unterschriften von Johnny und June auf den Grabplatten. Er beobachtete seine Nichte, wie sie die beiden gepflegten Gräber in sich aufnahm, zwei Liebende Seite an Seite, vereint in alle Ewigkeit, auf ihrem eigenen Fleckchen Erde. *Zu Hause.* Behutsam platzierte Juliet das herzförmige Metalldöschen mit den paar Aschekrümeln ihrer Mutter zwischen den zwei Gräbern. «Ma, das sind Johnny und June, Johnny und June, das ist meine Ma, Rabbit Hayes. Falls es doch ein Leben nach dem Tod gibt, könntet ihr bei Gott vielleicht ein gutes Wort für sie einlegen? Damit er sie reinlässt?» Juliet setzte sich auf die steinerne Bank vor der Grabstätte.

Plötzlich durchzuckte Davey ein Schmerz wie ein Messerstich. *O Gott! Wieso habe ich das nicht früher gemerkt?* Er setzte sich zu ihr. «Machst du dir Sorgen um deine Mutter?», fragte er behutsam.

Juliet krümmte die Schultern. «Wäre doch nicht so schlecht, wenn ein paar Gottesfürchtige auf ihrer Seite stünden, oder? Nur für alle Fälle», sagte sie leise.

«Glaubst du an Gott? Das wäre okay, weißt du?»

«Keine Ahnung. Ma war sich sicher, dass Gott nicht existiert, und Johnny und June waren sich ganz sicher, dass es ihn gibt. Wenn Ma recht hatte, spielt es keine Rolle, dann liegen Johnny und June einfach bis in alle Ewigkeit hier rum. Sie sind zwar tot, aber sie sind trotzdem noch zusammen. Aber wenn Ma sich geirrt hat, sind die zwei im Himmel, und Ma ist in der Hölle.»

«Wie kommst du darauf?»

«Weil ich es träume. Überall um sie rum sind Flammen und Dunkelheit, und sie fleht, nach Hause zu kommen.»

Davey fehlten die Worte. Er hatte keine Ahnung, ob Gott existierte oder nicht. Es spielte für ihn auch keine Rolle, er ließ Gott in Ruhe, und Gott ließ ihn in Ruhe. Darauf hatte er keine Antwort. Er konnte nicht mal so tun, als hätte er eine. Also verließ er sich auf sein Bauchgefühl.

«Sie leidet nicht.»

«Woher ...» Juliet sprang auf und starrte ihn an. «Woher willst du das wissen?»

«Ich weiß es einfach.»

«Das ist keine Antwort.»

«Eine andere habe ich nicht.»

«Das reicht nicht», sagte sie.

«Okay. Sie leidet nicht, weil sie war, wer sie war, wegen ihrer Art, durchs Leben zu gehen, wegen all der Menschen, die sie berührt hat, und weil sie ein freundlicher Mensch war, witzig und gut, ehrlich und liebevoll.»

Juliet hatte angefangen zu weinen. Stumme Tränen liefen ihr übers Gesicht, und sie nickte. «Ja.»

«Deine Ma hat eine ganze Welt voller Liebe und Freude und Lachen in sich getragen, und wo immer sie jetzt auch sein mag oder auch nicht, das wird immer so bleiben.»

Juliet betrachtete die Inschrift auf Johnnys Grab. «Das Sinnen ihres Herzens ...»

«Ganz genau. Ich weiß zwar nicht, ob das irgendeinem Gott genug ist, aber für mich ist es das auf alle Fälle», sagte Davey. «Und wie steht's mit dir?»

«Mehr als genug.»

Er stand auf und nahm das weinende Kind in die Arme.

«Es wird Zeit, dass du aufhörst, dir Sorgen um sie zu machen, Juliet.»

«Ich weiß nicht, ob ich das kann, Davey.»

«Ja, Kiddo, manche Gewohnheiten lassen sich nur schwer ablegen.»

Als sie sich wieder von ihm löste, waren ihre Augen verquollen, und seine Jacke war nass, aber sie wirkte ein bisschen heiterer, nicht mehr so finster.

Davey hatte keinen Schimmer gehabt, welch riesige Sorgen Juliet sich um die Seele ihrer Mutter machte. Natürlich machte sie sich Sorgen, sie war damit aufgewachsen, sie kannte ja gar nichts anderes. *Grace hätte es gemerkt. Sie hätte Juliet verstanden. Gott, ein ganzes Jahr! Was bin ich für ein Arschloch! Ich habe sie im Stich gelassen. Was entgeht mir noch alles?* Mit sämtlichen Antennen auf Empfang fiel ihm an diesem Tag noch etwas anderes auf. Nämlich als sie auf dem offenen Heck des Pick-ups saßen und sich das Picknick schmecken ließen, das Juliet so sorgfältig vorbereitet hatte – alle seine Lieblingssachen. Zwischendurch erinnerte sie ihn an seinen Friseurtermin, und er erkundigte sich bei ihr nach seinem Zeug in der Reinigung, als es ihm dämmerte: Irgendwie hatte er im Laufe des vergangenen Jahres zugelassen, dass sich der Spieß umgedreht hatte. Juliet war in die Rolle der Versorgerin geschlüpft. Natürlich nicht so, wie sie sich um ihre Mutter gekümmert hatte. Er musste weder gebadet noch gestützt oder gefüttert werden, aber wenn sie nicht auf Tour waren, schmiss Juliet den Haushalt. Sie kochte, sie kümmerte sich um seinen Terminkalender am Kühlschrank, wenn er verschlafen hatte, weckte sie ihn, sie sorgte dafür, dass er aß, und tat jede Menge Kleinigkeiten für ihn. Unterm Strich kümmerte Juliet sich um ihn, wo er sich doch um sie hätte kümmern sollen. *Was zum Teufel ist eigentlich los mit mir?*

Was übersehe ich noch? Wie oft lasse ich sie jeden Tag im Stich? Und Rabbit?

Aber jetzt waren sie zu Hause, zur Erholung, und dank der Mühen, die sein bester Kumpel auf sich genommen hatte, durfte Juliet heute Abend einen Blick in die Vergangenheit ihrer Mutter werfen, in Zeiten, wo sie alle jung gewesen waren und das ganze Leben noch vor sich gehabt hatten. Davey und die Jungs würden sie mit zurück in eine Zeit nehmen, wo Angst und Scheitern noch bei keinem auf dem Zettel gestanden hatten. Davey lächelte. *Danke, Jungs.* Und dann dachte er an das Wiedersehen mit Marjorie.

Marjorie

Marjorie verbrachte den Vormittag beim Friseur, das volle Programm: Waschen, Schneiden, Föhnen. Gillian erwähnte ein paar graue Haare und schlug vor, sie beim nächsten Mal mit ein bisschen Blond zu retuschieren. *Shit! Das ist der Anfang, jetzt dauert's nicht mehr lang … bis zum Klimakterium.* Im Anschluss begab sie sich in den Schönheitssalon – Bikini Waxing, Maniküre und Lack. Sie redete sich ein, dass sie sich die Mühe nur machte, weil sie Montag ihren neuen Job anfing. *Ich muss doch gut aussehen.* Die ausgehandelte Abfindung gab ihr die Freiheit und den Raum, herauszufinden, wo sie künftig sein und was sie wirklich tun wollte. Und nach wochenlanger Recherche hatte sie schließlich über eine ehemalige, pensionierte Kollegin von dem Job gehört. Die Irish Entrepreneurs Enterprise Group suchte zur Verstärkung ihres Teams jemanden mit Erfahrung im Finanzsektor. Das Ziel der Organisation war die Unterstützung neuer Startups: beim Erstellen von Businessplänen, Investoren zu finden und ganz allgemein beim Networking mit den richtigen Leuten, um dem neuen Unternehmen möglichst zum Erfolg zu verhelfen. Es war nicht die Modeboutique aus ihren Tagträumen, aber es war der perfekte Job für Marjorie. Als sie die Einladung zum Gespräch bekam, streckte sie schon im Vorfeld die Fühler in sämtliche Richtungen aus, um so viele Informationen und Ratschläge wie möglich einzuholen, und studierte geschlagene zwei Wochen lang das Profil des Unternehmens. Sie betrat die Firma mit mehr Wissen über die Organisation als der CEO, der das Gespräch mit ihr führte. Noch ehe sie wieder ging, wusste sie, dass sie den Job in der

Tasche hatte. Nachdem das Gespräch zu Ende war, führte Colm Keane, der CEO, ein fitter, weißhaariger Mann Ende fünfzig mit einem offenen Gesicht, sie noch durch das Büro. Ein Open Space mit zwölf Schreibtischen und zwei kleinen Besprechungsräumen für jeweils etwa acht Leute. Es gab sechs Investment-Berater mit Kenntnissen in Telekommunikation, IT, Energie und Finanzen. Zwei von ihnen, beides Frauen – *Hurra!*, dachte Marjorie –, saßen an ihren Schreibtischen, eine davon am Telefon, die andere unterhielt sich gerade angeregt persönlich mit einem Kunden. Sie wurden einander nicht vorgestellt, dazu war es noch zu früh. Trotz des für einen Innovation Hub typischen hohen Energielevels herrschte eine angenehm entspannte Atmosphäre.

«Wir halten die meisten Meetings außerhalb ab», sagte Colm. «In Cafés, Restaurants oder, wenn es gewünscht ist, auch beim Kunden am Küchentisch.»

«Klingt gut.»

«Ich melde mich», sagte er, gab ihr die Hand, und sie trat hinaus auf die Straße am Kanal. *Und ob du dich meldest.* Vierundzwanzig Stunden später kam die Nachricht. «Sie haben den Job.»

Sie hatte Geld auf der Bank und einen neuen, aufregenden Job. Das Land und die Wirtschaft kriegten endlich die Kurve, und das Beste war: Ihre Mutter war, mit Hilfe eines Gehstocks, wieder auf den Beinen, und Marjorie hatte seit Monaten keine Exkremente mehr weggewischt. *Ein neuer Morgen, ein neuer Tag, ein neues Leben!*, dachte sie. Zum ersten Mal seit ewiger Zeit fühlte Marjorie Shaw sich gut.

Im Laufe des vergangenen Jahres hatte sie ein auf ätzender Ehrlichkeit und milder Aggression basierendes Verhältnis zu ihrer Mutter aufgebaut. Als sie mit der Nachricht über ihren neuen Job bei ihr auftauchte, schien ihre Mutter sich fast für sie zu freuen.

«Die Irish Entrepreneurs Enterprise Group! Klingt, als wäre der Job erfunden», sagte Vera.

«Jeder Job ist ein erfundener Job», antwortete Marjorie.

«Kühe melken nicht.»

«Gut. Gehe ich eben Kühe melken.»

«Na ja. Wahrscheinlich immer noch besser als arbeitslos», sagte Vera, und das kam einer Gratulation näher, als Marjorie zu hoffen gewagt hatte.

«Du sagst es», antwortete sie fröhlich. «Und wenn du Glück hast, lade ich dich Sonntag zum Mittagessen ein.»

«Na gut. Aber in ein anständiges Lokal. Das letzte hat nach alten Leuten gestunken.»

«Das warst du, Ma.»

«Ich heiße Mammy.» Vera hasste es, Ma genannt zu werden, aber sie hätte trotzdem beinahe gelächelt.

Dieses neue Verhältnis zwischen ihnen war alles andere als ideal, aber es funktionierte, und es war schön, jemanden im Leben zu haben, selbst wenn es eine schwierige Mutter war.

Marjorie rief sie aus dem Kosmetikstudio an. Vera meldete sich auch am Handy grundsätzlich mit den Worten: «Im Hause Shaw.»

«Ich habe heute keine Zeit vorbeizukommen, aber der Supermarkt schickt zwischen zwei und fünf eine Lieferung.»

«Weshalb hast du keine Zeit?»

«Weil ich ein Leben habe.»

«Seit wann das denn?»

«Seit heute.»

«Aha. Na gut. Schön für dich.»

«Danke, Ma.» Und damit legte sie auf.

Nach dem Termin bei der Kosmetikerin musste Marjorie dringend shoppen gehen, alles in Vorbereitung auf ihren neuen Job natürlich. Das redete sie sich selbst dann noch ein, als eine geschwätzige Frau aus Cork ihr die Härchen von den Schamlippen rupfte.

«Ich sehe da unten ein paar Graue. Sollten Sie übers Lasern nachdenken, wäre jetzt der richtige Zeitpunkt», sagte das Mädchen. *Maria Mutter Gottes! Was zum Teufel ...*

Als Nächstes ließ sie ein Vermögen in den Läden liegen, hauptsächlich für Büro-Outfits, aber auch für ein neues Kleid für das Konzert heute Abend. Davey hatte ihr am Nachmittag eine SMS geschrieben: «Ich kann nicht fassen, dass du mir nichts erzählt hast! Bis später ☺». Sie war aufgeregt wie ein Kind am Weihnachtsmorgen. Sie redete sich ein, dass das Konzert der Grund war – eine Nostalgiereise in die Vergangenheit wartete auf sie. Und ein Wiedersehen mit allen, vor allem mit Juliet. Sie konnte es kaum erwarten, ihre kleine Freundin in die Arme zu schließen. Sie hatte oft darüber nachgedacht, einfach in die Staaten zu fliegen und sie zu besuchen, doch erst kam der Schlaganfall ihrer Mutter dazwischen, dann musste sie ihren Job beenden, und dann war da noch die komplizierte Freundschaft zu Davey ... ein Wiedersehen auf vertrautem Terrain erschien ihr entschieden leichter. Die Jungs würden alle da sein, sie würden spielen und Witze reißen. Die alte Clique, endlich wiedervereint: eine angemessene Ehrung für Rabbit und Johnny. Marjorie freute sich seit Wochen auf den Abend.

An das Wiedersehen mit Davey zu denken, erlaubte sie sich nicht, die Gefühle, die dann in ihr aufstiegen, waren viel zu real. Sie hatte ihn auf die eine oder andere Weise schon immer geliebt, aber im letzten Jahr hatte sie sich ernstlich in ihn verliebt, auch wenn sie es immer noch abstritt. *Das mit uns soll nicht sein. Es ist völlig bescheuert. Ich bin einfach nur einsam und trauere. Ich habe meine beste Freundin verloren. Er lebt in den Staaten. Wenn es hätte sein sollen, wäre es längst passiert.* Aber ganz egal, wie viele Argumente gegen ihre Gefühle sprachen, sie fühlte es trotzdem. *Ignorieren, leugnen, vergessen.* So lautete ihr Motto. *Wir sind Freunde. Sonst nichts,* dachte sie, während sie mit wundem, klebrigem Intimbereich auf der Suche nach den perfekten Schuhen zu ihrem perfekten Kleid durch die Läden strich. *Ich hoffe nur, der neue Job ist es wert.*

Grace

Als der Tubus entfernt wurde, wachte Grace hustend und spuckend auf.

«O Gott, meine Brust, es ist so eng, ich kriege keine Luft!»

«Sie kriegen Luft, Grace, das ist nur die Muskelspannung. Die Implantate wurden unter die Brustmuskulatur geschoben, das sorgt für die Dehnung, nichts weiter. Beruhigen Sie sich, atmen Sie sanft ein und aus und dann machen Sie langsam die Augen auf.»

Grace zwang sich, die Augen einen winzigen Schlitz weit zu öffnen, sah vor sich ein verschwommenes Gesicht und kniff sie sofort wieder zu.

«Ich heiße Alison. Ich bin Ihre Anästhesieschwester.»

«Alison! Ich habe Schmerzen! O Gott, diese Schmerzen!»

«Okay, in Ordnung, Ich gebe Ihnen intravenös etwas Morphin. Ist Ihnen schlecht, Grace?»

«Nein, nein, nur Schmerzen, schlimme Schmerzen. Sehr schlimme. O Gott, diese Schmerzen!»

«Ganz kurz. Gleich wird's besser. In einer Sekunde oder zwei oder drei oder vier ...», sagte Alison, und Grace spürte einen Hauch Erleichterung. Es fühlte sich an, als würde eine sanfte Welle ein wenig Trost durch ihren Körper spülen.

«Die gute Nachricht lautet: Blutdruck, Atemfrequenz, Puls und Sauerstoffsättigung sind genau da, wo wir sie haben wollen», sagte Alison.

«Was ist mit meinen Brüsten?»

«Sie können hinsehen, wenn Sie wollen.»

Grace graute davor, auch nur einen einzigen Muskel zu bewegen, egal welchen. Die fest zugekniffenen Augen füllten sich mit Tränen. *Noch nicht.*

«Ich kann nicht.»

«Das ist okay, keine Eile. Aber sie sehen gut aus.»

«Ich hab immer noch Schmerzen. Wirklich schlimme Schmerzen. Das war eine Planschbeckenwelle Schmerzlinderung. Ich brauche einen Scheißtsunami!»

Alison lachte. «Halten Sie sich an mich, Grace. Ich gebe Ihnen die maximale Dosis, okay?»

«Okay.»

«Ist Ihnen schlecht?»

«Nein.»

Alison fixierte einen Klebpunkt auf Graces Brust. «Einer hat versucht, abzuhauen», sagte sie.

«Ein Busen?», fragte Grace erschrocken.

«Nein. Ein Kontrollsensor.»

«Oh! Gott sei Dank. Ich dachte, mir wäre eine der Brüste

rausgefallen. Es fühlt sich an, als würden sie jeden Moment rausfallen.»

«Sie fallen nicht raus.»

«Ist schon mal eine rausgefallen?»

«Nein.»

«Sicher?»

«Ganz sicher.»

Grace war völlig neben der Spur. Die Welt um sie herum war neblig und unwirklich. Das Einzige, was sich echt anfühlte, waren die Schmerzen. Ihre Gedanken stoben in alle Richtungen davon. Es war unmöglich, sie festzuhalten. Sie hatte das Gefühl, in ihrem Kopf im Kreis zu laufen, um sie mit einem Netz einzufangen.

«Ist Ihnen schlecht?»

«Nein.»

«Was machen die Schmerzen?»

«Sind schmerzhaft. Kann ich Sie was fragen?», sagte Grace.

«Alles, was Sie wollen.»

«Glauben Sie, Jurassic Parc könnte tatsächlich passieren?»

«Ich würde sagen, nein.»

«Gut. Das wäre nämlich ein echtes Problem.»

«Ja?»

«Ich habe vier Jungs. Ich kann nicht zulassen, dass sie in einer Welt voller durchgeknallter Dinosaurier leben.»

«Das wäre tatsächlich ein Problem. Übelkeit?»

«Was?»

«Ist Ihnen schlecht?»

«Nein. Ryan käme klar, er würde mit Sicherheit einen Weg finden, mit den Viechern zusammenzuarbeiten, Bernard könnte eventuell davonrennen. Stephen würde wahrscheinlich unterirdisch leben, er war zweimal nacheinander Meister im Versteckspiel. Aber Jeffrey wäre schon am ersten Tag Dinosaurierfutter. Er ist einfach zu langsam, auch wenn er inzwischen abgenommen hat.»

«Die anderen Jungs würden ihm sicher helfen. Was machen die Schmerzen?»

«Warm.»

«Ihre Schmerzen sind warm?»

«Jaaa.»

«Ist Ihnen schlecht?»

«Nöööö.»

In dem Augenblick schlug die Sauerstoffsättigungsanzeige Alarm. Und verstummte wieder. *Jingle bells, jingle bells ...*

Alison überprüfte den Sitz des Sensors auf Graces Zeigefinger. Sie sah nach, ob er sich gelöst und einen falschen Wert übermittelt hatte, doch die Klammer saß fest auf dem Finger, und Graces Sauerstoffsättigung lag bei 86. Alison drückte die Notglocke und senkte eilig das Kopfteil ab. Grace sauste nach unten. *Jingle bells, jingle bells ...* Der Anästhesist war in Windeseile da, Grace spürte, wie ihr eine Sauerstoffmaske übers Gesicht gezogen wurde, und als sie ein Auge einen Spalt weit öffnete, sah sie verschwommen das Gesicht eines Mannes, der sich an ihrem Port zu schaffen machte.

«Entschuldigen Sie bitte, Grace», sagte er, und eine Sekunde später durchfuhr Grace ein brennender, höllischer, unerträglicher Schmerz. Sie schaffte es nicht, die Augen zu öffnen. Sie waren plötzlich unglaublich schwer, um sie herum herrschte Dunkelheit, und sie schrie. *O nein! Ich bin gestorben. Ich bin in der Hölle. Scheiß Sex vor der Ehe!*

«Alles ist gut, Grace. Beruhigen Sie sich», sagte Alison. Wie beruhigend es war, ihre Stimme zu hören, denn das bedeutete, dass sie doch noch am Leben war – es sei denn, Alison war auch tot. *Nein. Das wäre unlogisch. Oder?*

«Grace. Sie sind in Sicherheit. Ich bin hier!»

«Verfluchte Scheiße, Alison! Was hat der Kerl mit mir gemacht?» *O Gott, o Gott, o Gott!*

«Das Morphin hat Ihre Sauerstoffsättigung unter 88 gedrückt, wir mussten Ihnen ein Gegenmittel spritzen.»

«Oh, nein, auf keinen Fall! Ich brauche Morphin. Bitte! Ich halte das nicht aus!»

«Ich weiß, ich weiß, atmen Sie einfach weiter.»

«Atmen Sie doch einfach weiter, verdammte Scheiße!»

«Gut, atmen wir eben beide weiter, okay?», sagte Alison fröhlich.

«Nicht okay! Gar nicht okay!» *Oh nein, nein, nein, das kenne ich!* Ihr liefen die Tränen übers Gesicht. «Bei Rabbit war's genauso, so ist sie gestorben. Ich hab's gesehen, ich war dabei, ich habe zugesehen, wie sie die Schwestern um Schmerzmittel angefleht hat. Die haben ihr auch erzählt, alles wäre okay!» Ihr Atem wurde hektisch, ihre Hände ballten sich zu Fäusten, der Schmerz raubte ihr die Sinne, aber wenigstens hatte sie inzwischen ihre Gedanken im Griff. «Aber es war gar nichts okay. Sie ist gestorben.»

«Sie sterben nicht, Grace. Sie sind eine gesunde Frau.»

«Sie ist tot!»

«Aber Sie sterben nicht.»

«Aber sie ist gestorben.» Grace spürte kühle, nasse Tränen aus ihren Augen laufen, über ihr Gesicht rinnen und im Kissen versickern.

«Wann ist sie gestorben, Grace?»

«Ziemlich genau vor einem Jahr.»

«Das tut mir furchtbar leid.»

«Mir auch», sagte Grace. *Mir auch.*

Nach ein paar Atemübungen setzte endlich die Wirkung der Medikamente ein.

«Besser?», fragte Alison.

«M-hm.»

«Wie ist der Schmerz auf der Skala bis zehn?»

«Elf.»

«Ich dachte, es wäre besser?»

«Vorher war es fünfundzwanzig!»

Der Arzt tauchte wieder auf, um nach Grace zu sehen und den Wechsel des Schmerzmittels zu besprechen.

«Fünfundzwanzig Mikrogramm Fentanyl über die patientengesteuerte Schmerzpumpe mit Fünf-Minuten-Sperre.»

«Kriegen Sie damit die Schmerzen in den Griff?»

«Ja.»

«Vollständig?»

«Ich hoffe es.»

«Und ich erst!», sagte Grace.

«Ja, Grace, das ist mir klar. Aber Sie haben sich tapfer geschlagen, wirklich. Ich weiß, dass es sich im Augenblick nicht so anfühlt, aber Sie sehen wunderbar aus. Sie dürfen sich jetzt entspannen. Es ist vorbei.»

«Es ist vorbei», wiederholte sie, und ihr wurde bewusst, dass er recht hatte. Hinter ihr lag ein Jahr voller Stress, Angst und Sorge. Die Entscheidung war gefallen, der Schritt vollzogen. Es war vorbei. Sie hatte zwar die Ovarektomie noch vor sich, aber darüber würde sie sich später Gedanken machen. *Es ist vorbei.*

Grace ließ los und schlief ein.

Jack

Jack fuhr stundenlang durch die Gegend, bis er schließlich vor der Haustür seines alten Freunds Sean Murphy landete. Er schäumte immer noch. Und er schämte sich, weil er das Wort «Arsch» in den Mund genommen hatte, noch dazu vor seiner Enkeltochter, die nach einem Jahr in Amerika gerade erst nach Hause gekommen war. Höflich wie immer rief er aus dem Wagen bei Sean an. Der hob beim dritten Klingeln ab.

«Ich habe eben an dich gedacht», sagte Sean.

«Echt?»

«Ja, wirklich. Ich habe gerade zu Flo gesagt, dass eigentlich bald Rabbits erster Todestag sein müsste.»

«Der war vor neun Tagen», sagte Jack.

«Vor neun Tagen schon! Himmel, wie die Zeit vergeht, Jack.»

«Einerseits ja und andererseits nein.»

«Wie geht's dir?»

«Ehrlich gesagt, nicht so berauschend.»

«Ach ... ich wünschte, ich könnte jetzt sagen, los, gehen wir auf ein Bier, aber du kennst ja unsere Situation. Schau doch bald mal bei uns vorbei.»

«Wie wär's mit jetzt gleich?»

«Heute?»

«Nein, jetzt. Ich stehe vor dem Haus.»

«Flo? Setz den Wasserkocher auf, ja?», sagte er zu seiner Frau. «Bis gleich.»

Jack legte auf, stieg aus und ging die Einfahrt hoch. An der Haustür wurde er von der Frau seines Freundes begrüßt. Sie umarmte ihn.

«Schön, dich zu sehen. Er ist dadrin.» Sie deutete auf die Wohnzimmertür. «Milch und Zucker?»

«Milch, ein Stück Zucker. Danke, Flo.»

Er klopfte an und betrat das Zimmer. Sean saß in seinem Sessel. Neben ihm stand das Sauerstoffgerät, und in seiner Nase steckten zwei Schläuche.

«Die Enkelkinder nennen mich ‹das Walross›», sagte er und legte den Kopf schief. Jack ging zu ihm, gab ihm die Hand und setzte sich aufs Sofa.

«Wie geht's dir?», fragte er.

«Mir ging's schon besser.»

Sean hatte vor vier Jahren die Diagnose COPD bekommen. Er war sein Leben lang starker Raucher gewesen, und er hatte sich entschieden, weiterzurauchen, bis die Krankheit seine Lunge so weit zerstört hatte, dass er ans Haus gefesselt war und Schwierigkeiten mit dem Atmen hatte. Jetzt konnte er nicht mehr rauchen und auch sonst kaum noch etwas tun. Er bezahlte einen hohen Preis.

«Und du, Jack? Wie geht's dir?»

«Grace wird heute operiert», sagte er.

«Was ist los?»

«Nichts. Sie ist fit wie ein Turnschuh.»

«Da komm' ich nicht ganz mit, Jack.»

«Sie lässt sich die Brüste entfernen.»

«Grundgütiger!» Sean bekreuzigte sich. «Warum das denn?»

«Sie hat das Gen, das Rabbit krank gemacht hat. Es bedeutet noch nicht mal, dass sie selbst auch Krebs bekommt. Es heißt nur, dass die Wahrscheinlichkeit höher ist. Also hat sie beschlossen, sich alles wegoperieren zu lassen. Erst die Brüste und als Nächstes die Eierstöcke.»

«Grundgütiger!», sagte Sean noch einmal und nahm eine Extradosis Sauerstoff. «Das tut mir leid.»

«Ihre Mammy steht voll hinter ihr, findet es eine super Idee, und der arme Lenny sagt, was ihm eingetrichtert wurde, so wie ich das sehe. Nur ich kann nicht fassen, dass meine Tochter sich verstümmeln lässt, nach allem, was sie bei Rabbit miterlebt hat, nach allem, was wir alle durchgemacht haben. Das ist einfach nicht richtig.» Er war den Tränen nahe, aber er riss sich zusammen.

Sean lehnte sich zurück. «Vielleicht tut sie es wegen all dem, was Rabbit durchgemacht hat, wegen all dem, was ihr alle miteinander durchgemacht habt.»

«Das sagt Molly auch. Aber Rabbit hatte Krebs. Grace nicht.»

«Habe ich dir eigentlich erzählt, dass mein alter Herr auch COPD hatte?»

«Nein.»

«Er hatte die Krankheit, und er ist daran gestorben. Ich habe mein Leben lang geraucht, obwohl ich wusste, dass ich es nicht tun sollte. Selbst als die Diagnose da war, hab ich noch jahrelang weitergeraucht. Keine Ahnung, warum. Wahrscheinlich hab' ich's drauf angelegt.»

«Das Rauchen aufgeben und sich verstümmeln ist nicht dasselbe.»

«Wenn jemand zu mir gekommen wäre und mir, mit meinem heutigen Wissen, ins Ohr geflüstert hätte: ‹Die Chancen stehen fifty-fifty, dass du COPD bekommst›, ich würde nicht nur das Rauchen aufgeben, ich würde mir auch mit Freuden einen Lungenflügel entfernen lasen, wenn man mir sagen würde, dass das hilft.»

«Das würdest du nicht überleben», sagte Jack.

«Du weißt, was ich damit sagen will.»

«Ja.»

Flo kam mit Tee und gebuttertem Rosinenbrot ins Zimmer. «Hier, Jungs. Ich lass euch wieder allein.» Sie ging, Sean reichte Jack den Tee und hielt ihm seinen Teller hin.

«Nein, Danke.» Jack hielt sich an seiner Teetasse fest. «Jeden Tag sterben Menschen an der Narkose», sagte er. «Und dann die Komplikationen. Bei Rabbit gab es fürchterliche Komplikationen, und die hatten nichts mit dem Krebs zu tun.»

«Darf ich dir einen Rat geben?», fragte Sean.

«Will ich den hören?»

«Nein.»

«Na, dann schieß los.»

«Sei einfach für sie da.»

«Wie das denn? Ich kann sie ja nicht mal ansehen.»

«Also da kann ich dir beim besten Willen auch nicht weiterhelfen», sagte Sean.

«Nein», erwiderte Jack. «Wahrscheinlich nicht. Und da ist noch was: Meine Ehe steckt in einer schlimmen Krise, fürchte ich.»

«Oh, nein! Du und Molly, ihr seid Überlebenskünstler.»

«Wir sprechen nicht mehr miteinander. Wir schreien uns an, aber wir reden nicht.»

«Das macht die Trauer. Die hat euch auf den Kopf gestellt», sagte Sean. «Ihr findet wieder zueinander.»

«Glaubst du?», murmelte Jack.

Kurze Zeit später verabschiedete Jack sich von seinem Freund und fuhr ziellos durch die Gegend, bis ihm das Benzin ausging. Er ließ den Wagen am Straßenrand stehen, fragte einen Passanten nach der nächstgelegenen Tankstelle und machte dann einen kleinen Spaziergang.

Molly

Molly verbrachte den Nachmittag mit ihrer Enkeltochter. Sie hatte gefragt, was sie tun wolle, und Juliet wollte ihr altes Zuhause wiedersehen. Molly griff nach dem Autoschlüssel.

«Na, dann los. Du weißt aber schon, dass da jetzt andere Leute wohnen?»

«Klar.»

«Und wir sitzen einfach nur vor dem Haus auf der Mauer, oder was?»

«Das reicht mir schon.»

«Ach, Juliet, du bist eine Stalkerin, genau wie deine Mutter», sagte Molly in Anspielung auf die Hartnäckigkeit, mit der Rabbit einst Johnny Faye nachgestellt hatte.

Juliet musste kichern. «Genau», sagte sie und hüpfte zum Auto.

Sie parkten zwei Häuser weiter. Alles sah noch genauso aus wie früher, bis auf den Busch, den die neuen Mieter in den Vorgarten gepflanzt hatten.

«Hübsch», sagte Juliet.

«Das ist ein Rosenbusch, jetzt ist es noch ein bisschen früh, aber bald blüht er», sagte Molly.

«Darf ich aussteigen?»

«Du kannst tun, was du willst.»

Langsam ging Juliet die Mauer entlang, die sie einst als ihr Eigentum betrachtet hatte. Sie setzte sich, und Molly setzte sich daneben.

«Ich sehe dich noch auf der Straße spielen. Ich sehe deine Ma vor mir, die dich zum Abendessen ruft, sie steht auf der Veranda, die langen Haare zum Pferdeschwanz gebunden, ein Rock-'n'-Roll-T-Shirt, enge Jeans und Flipflops an den Füßen.»

Juliet grinste. «Stiefel. Flipflops hatte sie nur an, wenn es heiß war.»

«Noch nicht, Ma, ich spiele mit Kyle!», rief Molly mit hoher Stimme.

«So habe ich sicher nicht geklungen!»

«Ich bin eine Außerirdische, Ma, und Kyle ist mein menschlicher Freund», rief Molly und lachte. Es hatte eine Zeit gegeben, da hatte Juliet ernsthaft geglaubt, sie wäre eine Außerirdische. Dieser Glaube basierte auf zwei Fakten: Ihr Vater war ein Mysterium und sie außergewöhnlich gelenkig.

Juliet lachte und gab ihrer Großmutter einen scherzhaften Schubs. «Wäre cool gewesen, eine Außerirdische zu sein.»

«Definitiv.»

«Ich frage mich, ob die auch sterben.»

«Alles stirbt.»

«Bis auf die Hoffnung, hat Ma immer gesagt.»

«Tja. Und dann ist sie fort und hat die Scheißhoffnung mitgenommen. Das war für den Arsch», sagte Molly, und Juliet kicherte. «Tja. Da hast du wohl recht.»

«Egal. Uns bleiben immer noch der Tee und Paulines Kaffeekuchen», sagte Molly und zwinkerte. Juliets unbekannter australischer Vater hatte ihr nie etwas ausgemacht, zumindest nicht, solange ihre Mutter noch am Leben gewesen war, aber Molly fragte sich, ob sich an Juliets Gefühlen vielleicht etwas geändert hatte. *Ich kann sie genauso gut jetzt gleich fragen*, dachte sie.

«Denkst du jemals an deinen Dad?», platzte Molly heraus.

«Nein!» Juliet wurde rot.

«Bist du sicher?»

«Was gibt's denn da zu denken?»

«Ich weiß es nicht, Schätzchen. Irgendwo da draußen hast du jedenfalls einen Vater.»

«Vielleicht auch nicht», sagte Juliet.

«Jetzt fang bitte nicht wieder mit diesem Außerirdischen-Quatsch an ...»

«Nein. Aber vielleicht ist er auch schon tot.»

«Stimmt». Dagegen ließ sich nur schwer was sagen, dachte Molly. *Wo das Kind recht hat, hat es recht.* «Vermisst du ihn?», fragte sie.

«Wie soll man jemanden vermissen, den man nie gekannt hat?»

«Das ist eine sehr erwachsene Antwort.»

Juliet krümmte den Rücken.

«Wenn du jemals über ihn sprechen willst, kannst du jederzeit zu mir kommen», sagte Molly.

«Da gibt's nichts zu sprechen, Gran», erwiderte Juliet, und Molly blieb nichts übrig, als das zu akzeptieren.

«Ich bin immer für dich da», betonte Molly noch einmal und fügte als Antwort auf das finstere Gesicht ihrer Enkeltochter hinzu: «Jedenfalls bis ich tot bin, und an dem Tag friert sowieso die Hölle zu.»

Juliet musste grinsen. Das Thema Hölle animierte sie offensichtlich zu ihrer nächsten Frage: «Hast du Angst, ins Gefängnis zu gehen, Gran?»

«Ich gehe nicht ins Gefängnis. Vielleicht brummen sie mir ein paar Sozialstunden auf, aber ehrenamtlich arbeite ich ja sowieso schon.»

«Kommt Tante Grace wieder in Ordnung?»

«Absolut.»

«Sie tut mir so leid. Sie hasst Nadeln.»

«Jeder Mensch hasst Nadeln.»

«Ja, aber niemand hat so einen Riesenschiss vor Nadeln wie mein Grandad und Tante Grace.»

«Möchtest du vielleicht mit mir über das Gen sprechen?», fragte Molly vorsichtig.

«Davey und ich haben schon darüber gesprochen. Ich lasse mich testen, wenn ich einundzwanzig bin.»

«Ach was?»

«Ja. Wir finden, dann bin ich alt genug, um die richtige Entscheidung zu treffen.»

«Hast du Angst?», wollte Molly wissen.

«Quatsch! Das ist doch noch ewig weit weg. Bis dahin könnten wir alle tot sein», sagte Juliet.

Molly wurde schwer ums Herz, weil ihre Enkeltochter mit dreizehn schon so abgebrüht war.

«Oder es gibt ein Heilmittel», sagte Juliet, und Molly wurde es sofort wieder leichter. *Ja, genau! Stell dir das mal vor.* «Wenn ich dann noch am Leben bin, werde ich eins finden», verkündete Juliet.

«Ob du ein Heilmittel findest oder nicht, ich bin sehr stolz auf dich, Juliet.»

«Danke, Gran.»

«Deine Mammy wäre auch stolz auf dich.»

Hinter ihnen öffnete sich die Haustür. Eine Frau Anfang vierzig mit kurzen Haaren und einem Schwangerenbauch trat auf die Veranda. Das kleine Kind, von dem Kyle gesagt hatte, es würde ständig heulen, versteckte sich hinter ihren Beinen. Er heulte zwar nicht, aber aus seiner Nase hing eine grüne Rotzglocke, die hin- und herschaukelte.

«Entschuldigung», sagte Molly. «Wir wollten gerade gehen.»

«Ich hab mal hier gewohnt», sagte Juliet.

«Bist du Juliet?», fragte die Frau.

«Ja, genau.»

«Ich bin Glenda, und diese Rotznase ist James. Bitte entschuldigt, er ist schrecklich erkältet.» Sie zog ein Taschentuch aus der Tasche und putzte dem Jungen die Nase.

«Hi, Glenda», sagte Juliet. Molly nickte.

Glenda ging durch den Vorgarten auf sie zu. «Und Sie müssen Molly sein, Rabbits Mutter, richtig?»

Molly staunte nicht schlecht.

«Wir haben viel von Ihnen gehört. Kommen Sie doch rein.»

Das Haus war noch dasselbe und gleichzeitig ein ganz anderes. Rabbits Sachen waren alle verschwunden. Davey hatte ein paar Möbelpacker beauftragt und irgendwo in Dublin einen Lagerraum angemietet. Ein gerahmtes Delfinposter hatte das alte Hayes-Familienfoto ersetzt. Molly folgte Juliet, Glenda und James in die Küche. Der einst so vertraute Raum war ihr völlig fremd: Wände, Schränke und Arbeitsflächen waren wie früher, Tisch und Stühle neu, größer, fast zu groß für den kleinen Raum. Auf den Vorhängen am Fenster prangten Gänseblümchen. *Das hätte Rabbit scheiße gefunden.* Keine Kühlschrankmagneten, fremdes Geschirr, fremder Geruch: weniger Chlor, mehr Zitrus. In diesem Haus gab es von ihrer Tochter keine Spur mehr. Sie war eine Fremde im Haus einer Fremden.

Juliet schaute hinaus in den Garten. «Spielt James manchmal in dem Häuschen?» Sie zeigte auf ihr altes, verwittertes Spielhaus.

«Er liebt es!», sagte Glenda.

«Schön», sagte Juliet. Sie untersuchte den Türrahmen, an

dem ihre Mutter ihre Größe markiert hatte. «Ist immer noch da», sagte sie, und Glenda nickte. «Ich habe an James' Zimmertür neu angefangen. Ich nehme an, das war früher dein Zimmer?» Juliet nickte und biss sich auf die Lippe. Molly gelang es nicht, die Gedanken ihrer Enkelin zu erraten.

«Möchtest du es sehen?»

«Nein, danke.» Juliet trat vor die Wand. Sie kniete sich hin, legte sich flach auf den Bauch und untersuchte die Fußbodenleiste. Glenda und Molly tauschten einen ratlosen Blick.

«Alles okay?», fragte Glenda.

Lächelnd kam Juliet wieder auf die Beine. «Ja, alles klar.»

«Wir sollten dann mal besser», sagte Molly.

«Ja, danke, dass Sie uns ins Haus gelassen haben.»

«Da fällt mir ein, ich habe im Schuppen noch ein paar Sachen, die deiner Mutter gehört haben.» Glenda holte den Schlüssel. «Die standen auf dem Speicher.»

«Oh, tut mir leid. Ich dachte, wir hätten alles mitgenommen.»

«Quatsch, irgendwas vergisst man immer, und ich finde, du solltest die Sachen haben». Glenda sah Juliet an.

Molly nahm eine große Schachtel entgegen, randvoll mit alten Schallplatten, Büchern, Tagebüchern, Fotos und jeder Menge Krimskrams, wie er sich im Laufe eines Lebens ansammelt.

«Danke sehr», sagte sie. Sie verabschiedeten sich und gingen zum Auto.

Auf dem Beifahrersitz kramte Juliet aufgeregt in der Kiste. «Fotos! Gran, das sind Fotos von meiner Ma in meinem Alter!»

«Ach, wie schön!», sagte Molly.

Juliet strahlte, als wäre sie auf Gold gestoßen. «Und schau

dir den ganzen Krempel an! Konzertkarten und alte Backstagepässe und … was ist das denn?» Juliet zog ein ziemlich merkwürdig aussehendes Kuscheltier aus der Schachtel.

«Oh, nein! Das darf nicht wahr sein!» Molly nahm ihr das Ding aus der Hand. «Das war ihr Monchichi. Das hat sie mit neun zu Weihnachten bekommen. Sie hat das Mistding überall mit hingeschleppt.»

«So riecht es auch», sagte Juliet und schnupperte daran.

«Das werfen wir einfach in die Waschmaschine.»

«Kann ich kurz bei Kyle vorbeischauen, Gran?» Juliet war sichtlich beflügelt von dem riesigen Geschenk auf ihrem Schoß.

«Klar, Schätzchen. Nur eine Frage noch: Was, bitte, hast du bäuchlings auf dem Fußboden gemacht?»

«Mas Blut ist immer noch an der Wand», antwortete Juliet. «Ich habe mit Kuli einen Kringel drumgemalt.»

«Wozu das denn?»

«Weil ich wusste, dass alles andere verschwinden würde.»

«Aha», sagte Molly. *Sehr schräg! Da muss ich dringend mit Davey drüber sprechen.*

«Meinst du, es wäre okay, Kyle zu fragen, ob er mit auf das Konzert kommen will?»

«Also, ich fände das schön!»

«Cool!»

Juliet stieg aus und rannte über die Straße. Molly sah, wie Kyle die Tür aufmachte, dann verschwand ihre Enkeltochter im Haus. Sie zog die alten Fotos aus der Kiste: ihre Tochter, Johnny, Davey und die Jungs, in Klamotten und mit Frisuren, die damals supermodisch waren. Unvorstellbar. Sie amüsierte sich über die gemusterten Tapeten im Hintergrund, über braun-orange-gelbe Teppichböden und erinnerte sich an die seinerzeit offensichtlich landesweite Obsession für Korbmöbel. Auf so gut wie jedem Bild war irgendwo ein Korbmöbelstück zu sehen. *Gott! Wir hatten ja keine Ahnung.* Der einzige Mensch, den man problemlos aus der Ära der Achtziger in die heutige Zeit hätte versetzen können, war Rabbit mit ihren langen, glatten dunklen Haaren, den Rock-T-Shirts und den unvermeidlichen Jeans. «Du hast dich nie verändert, Schätzchen», sagte sie, und dann geriet ihr ein noch älteres Foto von Rabbit zwischen die Finger: Rabbit mit Augenpflaster, dicker Hornbrille und zwei langen Zöpfen über den Ohren. «Entschuldige. Doch, hast du.»

Juliet kam mit Kyle aus dem Haus.

«Hallo, Mrs. Hayes!» Kyle quetschte sich auf den Rücksitz. Er war im letzten Jahr mindestens dreißig Zentimeter gewachsen.

«Das letzte Mal, als ich dich gesehen habe, habe ich dich über den Haufen gefahren», sagte Molly.

«Stimmt. Ich habe immer noch eine Narbe am Ellbogen», sagte er und demonstrierte ihr seinen Arm.

«Wo?»

«Da!» Kyle deutete auf einen schmalen, verblassten Strich.

«Das ist doch keine Narbe!» Molly zog das Foto einer strahlenden Rabbit aus der Kiste, die eine lange, genähte Wunde an ihrem Unterarm präsentierte. «*Das* ist eine Narbe.»

Kyle zog seinen Arm zurück.

«Und? Übernachtest du bei uns, oder was?», wollte Molly wissen.

«Wenn ich darf, Mrs. Hayes.»

«Meinetwegen, Junge. Also, Kinder, schnallt euch an, es geht rüber auf die Nordseite.»

«Mega», sagte Kyle, und Molly erhaschte im Rückspiegel einen Blick auf ihre lächelnde Enkeltochter. *Es tut mir leid! Es tut mir so schrecklich leid!*

Juliet

Juliet machte mit Kyle eine Führung durch die Nachbarschaft ihrer Großeltern. Sie zeigte auf das Schulgebäude zu ihrer Linken. «Da ist meine Ma zur Schule gegangen.»

«Ah.»

Als Nächstes war die Kirche dran. «Da hat sie die heilige Kommunion empfangen.»

«Ich dachte, deine Mutter war Atheistin?»

«Ja, war sie auch, aber Gran und ihre Schule sagten, sie muss, also hat sie es gemacht. Sie war doch erst sieben.»

«Und was ist mit der Firmung?»

«Ja, auch, aber nur, weil meine Gran gedroht hat, nie wieder ein Wort mit ihr zu sprechen, falls sie sich weigert.»

«Dann war sie also katholisch.»

«Als sie achtzehn wurde, hat sie der Kirche einen Brief geschrieben.»

«Und was stand dadrin?»

«Ich weiß nicht genau, irgendwas in der Art von ‹Ihr seid ein Haufen Pädophiler, Krimineller und Mörder, mir reicht's, ich bin raus aus der Nummer›.»

«Das müsste genügt haben», sagte Kyle und sah zu dem Gebäude hinauf. «Ist aber eine coole Kirche.»

«Ma hat dort mal Mutter Teresa gesehen.»

«Echt jetzt? Die war voll berühmt!»

«Echt.»

Sie überquerten die Straße und stiegen die Stufen zum Portal hinauf. Es war verschlossen, also setzten sie sich und sahen hinunter auf die kleine Grünanlage, den Zaun, den Fußweg und den Verkehr.

«Und warum ist sie hergekommen, um Mutter Teresa zu sehen, wenn sie doch nicht an Gott geglaubt hat?»

«Wegen Johnny.»

«Wer ist Johnny?»

«Die Liebe ihres Lebens.»

«War das nicht dein Dad?»

«Quatsch, den kannte sie überhaupt nicht.»

«Oh.»

«Johnny dachte, Mutter Teresa könnte seine Beine heilen.»

«Was war denn mit seinen Beinen?»

«Er hatte eine Krankheit namens MS. Er konnte nicht mehr laufen.»

«Klingt hart.»

«Ja.»

«Und? Hat sie ihn geheilt?»

«Nein.»

«Das tut mir leid.»

«Ma hat sie als sprechende Walnuss mit Geschirrtuch um den Kopf bezeichnet, und sie hatten einen Megastreit deswegen.»

Kyle musste kichern. «Deine Ma war witzig.»

«Danke.»

«Meine Ma hat ein gesegnetes Skapulier», sagte er.

«Was soll das denn sein?»

«Ein Stück brauner Filz an einer Schnur. Man hängt es sich um den Hals.»

«Und wozu?»

«Es rettet einen vor der Hölle.»

«Trägt sie es?»

«Nein. Es sieht scheiße aus, deshalb liegt es in einer Schublade. Ich denke nicht, dass meine Ma an die Hölle glaubt. Aber sie liebt Zeichen.»

«Was denn für Zeichen?»

«Wenn sie zum Beispiel irgendwo eine Feder sieht, glaubt sie, die käme von meinem toten Grandad.»

«Warum das denn?»

«Das machen Tote angeblich so. Sie hinterlassen Federn.»

«Warum?»

«Keine Ahnung, hab ich nie gefragt.»

«Aha.»

«Hast du schon mal eine Feder gefunden?»

«Nö.»

«Oder ist auf deinem Fensterbrett eine Taube gelandet? Ma sagt, die werden auch von den Toten geschickt.»

«Dann kommen da wahrscheinlich die Federn her.»

«Ja, kann schon sein.»

«Einmal dachte ich, auf meinem Fensterbrett wäre eine Taube gelandet, aber dann war es eine Indianermeise.»

«Eine Indianermeise?» Kyle grinste.

«Ja. Die hat eine ganz helle Brust und einen grauen Irokesen auf dem Kopf.»

«Eine Indianermeise», wiederholte er. «Na ja, vielleicht waren Tauben gerade nicht verfügbar, und da hat deine Ma dir eben eine Indianermeise mit grauem Irokesen geschickt. Würde zu ihr passen.»

Juliet lachte. «Ja. Stimmt.»

Sie spazierten zu den Geschäften, und Kyle bestand darauf,

in einem Coffeeshop haltzumachen und Juliet auf eine Tasse heiße Schokolade einzuladen. Sie setzten sich ans Fenster, beobachteten die Passanten und schlürften ihre Getränke.

«Ich hab dich vermisst», sagte er.

«Wir haben doch ständig geskypt.»

«Das ist nicht dasselbe.»

«Nein. Stimmt.»

«Gefällt es dir in Amerika, Juliet?», fragte er, und sie wusste nicht, was sie sagen sollte.

«Schon okay», antwortete sie.

«Das Leben sollte besser sein als okay.»

«Das geht aber nicht, Kyle. Meine Ma ist tot.»

Sie tranken ihren Kakao. Juliet pikte ihre Marshmallows auf und entsorgte sie auf dem Unterteller, Kyle tauchte seine in die braune Flüssigkeit.

«Ich glaube, wenn man stirbt, passiert das, woran man glaubt», sagte er.

«Wie meinst du das?»

«Also, deine Ma hat geglaubt, dass nach dem Tod nichts mehr ist, also ist es für sie vielleicht einfach vorbei, und Leute, die an den Himmel glauben, landen in irgendeinem angenehmen Blasendings, und Leute, die an die Hölle glauben, werden irgendwo gefoltert.»

«Und was ist mit Leuten, die Einkaufszentren voller Menschen in die Luft jagen und glauben, dass sie dafür belohnt werden?»

«Ach so. Die nicht.»

«Also alle anderen schon, nur die nicht?»

«Ja, ist kompliziert. Keine Ahnung.»

Sie kamen an der Bücherei vorbei, in die Rabbit als Kind immer gegangen war, und an dem Schwimmbad, in dem Rabbit immer geschwommen war. Sie drehten um und machten sich auf den Rückweg, vorbei an der Bank, wo Rabbit ihr Sparbuch gehabt hatte, und vorbei an dem ersten Baum, von dem sie jemals heruntergefallen war.

«Hat sie sich da den Riesenschnitt am Arm geholt?»

«Nein. Das war der Baum in Grans Garten.» Juliet legte die Hand auf den Baum.

Es war so seltsam. Alles war noch da, die Kirche, die Schule, die Bücherei, die Bank, das Schwimmbad, sogar der Baum – nur ihre Ma war weg. Alles hier erinnerte sie an ihre Mutter. Deshalb hatte sie damals unbedingt weggewollt, weil der Schmerz viel zu groß gewesen wäre, und vor einem Jahr wäre es wahrscheinlich auch so gewesen. Aber jetzt war es schön, durch die Gegend zu laufen, den Ort wiederzusehen, wo Rabbit gelebt hatte, und die Dinge zu berühren, die sie berührt hatte. Juliet schlang die Arme um den Baum. Kyle stand da und wartete. Und wartete.

«Juliet?»

«Ja?»

«Wie lange stehst du noch da und umarmst den Baum?»

«Noch so ein, zwei Minuten?»

«Okay.»

Als sie nach Hause kamen, war niemand da. Sie gingen nach oben in die Abstellkammer, die Juliet während ihres Besuchs bewohnte.

«War das etwa das Zimmer deiner Ma?», wollte Kyle wissen.

«Ja. Sie hatte das kleinste Zimmer, weil sie der Nachzügler war.»

«Sieht gar nicht aus wie ihr Zimmer.»

«Gran hat renoviert, als alle Kinder aus dem Haus waren.»

Sie setzten sich aufs Bett.

«Hast du eigentlich eine Freundin?», fragte Juliet. «Du redest auf Skype nie über Mädchen.»

Kyle lief knallrot an.

«Ich habe ein- oder zweimal wen geküsst.»

«Aha.»

«Aber die sind nicht wie du.»

Er konnte ihr nicht in die Augen sehen. Juliets Gesicht stand ebenfalls in Flammen.

«Und du?», fragte er.

«Nein! Du bist der einzige Junge», sagte sie. Er drehte blitzschnell den Kopf, sie beugten sich beide gleichzeitig vor und knallten zusammen.

«Au!» Juliet rieb sich die Schläfe.

«Sorry», sagte Kyle, und ehe sie noch was sagen konnte, küsste er sie. Seine Zunge fühlte sich an wie eine Eidechse, die irre schnell in ihren Mund rein- und wieder rausflitzte. Sie wusste nicht, ob sie die Lippen zusammenpressen sollte, um den Eindringling abzuwehren, oder beim nächsten Mal einfach zuschnappen.

Sie wich zurück und hob die Hände. «Stopp!»

«Okay», sagte er.

«Fühlt sich komisch an.»

«Sorry.»

«Können wir bitte noch mal von vorne anfangen, und du behältst deine Zunge 'ne Minute bei dir?»

«Okay.»

Sie pressten die Lippen aufeinander und bewegten die Münder ein bisschen. Es war schön, aber auch ein bisschen steif.

«Jetzt mit Zunge», sagte sie, und er legte los. Sie bewegte

ihre Zunge wie wild hin und her, um irgendwie mit seiner suchenden, drängenden mitzuhalten. Juliet machte sich los. «Fühlt sich immer noch komisch an.»

«Ich bin total gestresst», sagte Kyle.

«Ich auch. Wir schauen im Internet nach.»

«Okay.»

Juliet angelte sich ihr Laptop aus dem Gepäck und schaltete es ein. Er wartete geduldig, bis sie YouTube geöffnet hatte. Sie tippte «Erster Kuss Tutorial» in die Suchzeile, und eine ganze Liste von Videos erschien. Kyle rutschte ganz nah zu ihr, und sie stellten den Computer auf ihre Oberschenkel. Juliet wählte einen Film namens «Richtig Küssen – Schritt für Schritt». Sie sahen beide hochkonzentriert zu.

1. Ehe du zu küssen anfängst, musst du deinem Gegenüber zeigen, dass du küssen willst.

Sie waren sich einig, dass sie den Schritt überspringen konnten.

2. Wenn dein Gegenüber deine Absicht verstanden hat, konzentriere dich auf seine Lippen und bewege deinen Kopf ein wenig mehr in Richtung seines Mundes. Tipp: Wenn ihr euch dabei sehr nahe kommt, neige deinen Kopf ein bisschen zur Seite, weil ihr sonst vielleicht mit den Nasen zusammenstoßt.

Sie mussten lächeln. Das war der erste Fehler gewesen.

3. Vereine deine Lippen mit denen deines Gegenübers und gib ihm einen sanften, zärtlichen Kuss. Tipp: Steck die Zunge nicht zu schnell in den Mund, das empfindet der andere vielleicht als unangenehm.

Sie nickten beide stumm.

«Kapiert?», sagte Juliet.

«Kapiert.» Kyle zuckte mit den Achseln.

Tipp: Ein guter Kuss beginnt ganz langsam und steigert sich Stück für Stück zu mehr Leidenschaft.

4. Öffne leicht deine Lippen und halte die anderen mit deinem Mund fest. Liebkose die Lippen mit sanften Bewegungen.

«Mit dem Mund festhalten?», fragte Kyle ratlos.

«Sieht eher aus wie umschließen», sagte Juliet.

«Geh noch mal ein Stück zurück.»

«Nein. Wir schauen es jetzt zu Ende und fangen dann noch mal von vorne an.»

5. Jetzt ist der richtige Moment gekommen, langsam die Zunge ins Spiel zu bringen. Beginne mit der Zungenspitze, liebkose die Lippen deines Gegenübers und berühre sacht seine Zunge. Beweg dich nicht zu schnell und nicht zu langsam. Am besten, du umrankst mit deiner Zunge ruhig und gleichmäßig mit kreisenden Bewegungen die deines Gegenübers.

«Umranken?», fragte Kyle

Tipp: Übertreib's nicht, indem du deinem Gegenüber die Zunge zu weit in den Mund schiebst. Versuch es erst mal mit der Hälfte, um beim Ausprobieren niemanden zu ersticken.

Juliet zeigte auf Kyle, und er hob beide Daumen.

6. Zieh dich langsam zurück, bis deine Zunge wieder in deinem eigenen Mund ist, und kehre zu den Lippen zurück. Beende den Kuss mit einem letzten kleinen Vorstrecken der Zunge oder einem sanften Lippenkuss.

Während der Erklärungen waren ein Mädchen und ein Junge zu sehen, die sich ununterbrochen küssten. Es sah sexy aus und ganz und gar nicht wie ihr erster Versuch. Sie schauten sich das Video noch einmal von vorne an, und Kyle fing an, zur Übung den Mund zu bewegen wie ein Fisch. Er strahlte nicht wirklich viel Zuversicht aus. Bei Schritt vier fingen sie an, sich zu küssen, und liebkosten sanft ihre Lippen. Es war schön. «Oh!», hauchte Juliet. So machten sie eine ganze Weile weiter, bis Kyle langsam seine Zunge ins Spiel brachte. Sie hörten weder, dass unten die Haustür ins Schloss fiel, noch, wie die Einkaufstüten auf den Boden plumpsten.

«Juliet? Seid ihr da oben?», rief Molly.

Kyle und Juliet fuhren auseinander. «Ja, Gran!», rief Juliet. «Wir schauen YouTube.»

«Schön. Das könnt ihr aber genauso gut hier unten im Wohnzimmer machen.»

«Okay, Gran!», sagte Juliet, beugte sich vor und küsste Kyle noch ein bisschen weiter.

Davey

Als Davey den Club betrat, standen seine Freunde auf der Bühne und veranstalteten einen Höllenlärm. Kev und Louis hatten nie zusammen in einer Band gespielt, aber die wochenlangen Proben hatten sich ausgezahlt. Kitchen Sink und The Sound waren zu einer Band verschmolzen. Nur Johnny fehlte.

Kev entdeckte Davey als Erster. «Unser Mann der Stunde!», rief er.

«Du willst dich aber nicht ernsthaft im Blaumann präsentieren, oder?» Davey zeigte mit dem Finger auf Kev, der sich in einen zwei Nummern zu kleinen Overall gequetscht hatte.

«Das ist mein Look!»

«Und der war damals schon scheiße», sagte Francie, sprang von der Bühne und zog Davey in seine Arme. «Willkommen zu Hause.»

«Nette Begrüßung.»

«Das wird mega, wie die Kids zu sagen pflegen.»

Jay nickte. «Alles okay, DB?», fragte er.

«Und du, Jay, wie läuft's bei dir?»

«Läuft. Ich glaube zwar, dass meine Kinder mich lynchen werden, aber ansonsten ist alles gut.»

«Alles klar, Davey?» Louis kniete sich an den Bühnenrand und streckte ihm die Hand hin.

Davey ergriff sie. «Alles im Lot, Louis, was machen die Kinder?»

«Tja. Mein Ältester heiratet, dabei ist er noch viel zu jung, aber da kann ich ja wohl schwer was dagegen sagen, und der Jüngste geht ab September auf die Oberstufe. Also alles im Lot. Und bei dir?»

«Läuft.»

«Okay, dann mal los», sagte Francie und reichte Davey die Setlist. «Wir spielen zur Hälfte Kitchen Sink und zur anderen Hälfte Songs von The Sound.»

«Okay.» Davey zog die Jacke aus, holte die Drumsticks aus der Hosentasche und trat hinters Schlagzeug. «Was soll das denn? Das ist alles? Wo sind die Becken und die Hängetoms?»

«Du hast eine Snare, eine Basedrum und ein paar Hi-Hats. Mit mehr wärst du doch total überfordert», frotzelte Francie.

«Jetzt mal im Ernst. Ist das alles?»

«Für wen hältst du dich? Prince?», sagte Jay.

«Fuck …» Davey setzte sich und haute ein paar Beats raus. «Euch ist schon klar, dass das Ding erst mal gestimmt werden muss?»

«Dann mal ran», sagte Kev.

Davey zog einen Stimmschlüssel aus der Tasche. «Na dann viel Spaß. Ich seh schon, das wird ein Crash in Zeitlupe.»

Die Jungs lachten. «Da bin ich ja mal gespannt», sagte Jay.

Als das Schlagzeug gestimmt war und Davey sich darauf eingestellt hatte, nur mit halbem Equipment zu spielen, probten sie den ersten Song. Es lief okay, er patzte ein- oder zweimal, aber er kam schnell wieder rein.

«Nicht schlecht!», sagte Francie, als sie fertig waren.

«Und was ist jetzt? Spielen wir ohne Sänger, oder was?», fragte Davey.

«Quatsch. Louis' Neffe wird für uns singen.»

«Und ehe du ausflippst, der Junge ist gut», sagte Louis.

«Echt gut», sagte Kev.

«Besser als gut», sagte Francie. «Er wird Johnny keine Schande machen.»

«Und wo steckt er?»

«Der hat noch Schicht im Supermarkt, aber er müsste bald da sein.»

Sie hatten das Set zur Hälfte durch, als Jason auftauchte. Er war ein junger Kerl Mitte zwanzig, mit dichten kurzen Haaren, breit gebaut, ganz offensichtlich ein Fitnessstudio-Freak mit einer Figur wie The Rock. Schon möglich, dass er im Supermarkt arbeitete, aber er kleidete sich wie ein Rockstar. Er sprang mit einem Satz auf die Bühne, tänzelte für seine Statur überraschend leichtfüßig zu Davey hinüber und gab ihm die Hand: «Ich hab schon so viel von dir gehört. Ist mir eine Ehre, dich kennenzulernen.»

«Ehre, meine Fresse!», frotzelte Francie. «Nimm deine Zunge aus seinem Hintern und fang lieber an zu singen, Junge.»

Davey nickte Jason zu, gab mit seinen Drumsticks den Takt vor, schlug sie ein-, zwei-, dreimal zusammen, die Band setzte ein, und als Jason den Mund aufmachte, um zu singen, wusste er, dass Louis nicht zu viel versprochen hatte: Der Junge hatte echt Talent. *Heilige Scheiße!* Er hatte eine ausgeprägt rauchige Stimme und erreichte mühelos jeden Ton und noch ein paar mehr. Sie probten das Set zweimal komplett durch, dann hatte es Davey im Griff. Das halbe Equipment machte ihm zwar zu schaffen, aber er kriegte es hin.

Schließlich war es Zeit für den Soundcheck, und ein korpulenter Typ mit Wuschelkopf und Ohrstöpseln klemmte sich hinters Mischpult.

«Dann mal los!», sagte er.

Eine halbe Stunde später war auch der Soundcheck erledigt, und sie setzten sich zum Essen. Der Pub ließ sich nicht lumpen. Sie saßen um einen großen, runden Tisch versammelt und verschlangen Fish & Chips und jede Menge Bier.

Francie hob das Glas: «Lang leben Johnny Faye und Rabbit Hayes! Mögen sie ruhen in Frieden!»

Sie ließen die Gläser klirren und nahmen jeder einen tiefen Schluck. Dann erzählten sie reihum Geschichten über Rabbit und Johnny.

«Wisst ihr noch, wie sie ihn aus dem Haus seiner Ma entführt hat und mit ihm für eine Nacht nach Wicklow gefahren ist, obwohl sie nicht mal wusste, wie man so ein Scheißauto fährt?», sagte Francie, hob das Glas, und alle tranken.

«Oder wie sie uns dazu gebracht hat, uns auf die Bühne zu stellen und so zu tun, als hätten wir einen Autounfall gehabt ...», sagte Louis.

«... ja, nur damit Johnny im Sitzen singen konnte!», ergänzte Davey.

«Damals ging's ihm schon echt scheiße ...», sagte Jay.

«... er konnte nicht mal mehr allein auf die Bühne laufen ...», erinnerte sich Francie.

«... also hat sie ihm das Bein verbunden und euch zwei Irren dazu gebracht, euch miteinander anzulegen ...», sagte Kev.

«... aber erst nachdem Francie mir eine reingehauen hat ...», sagte Davey.

«Band überlebt Unfall mit Tourbus und absolviert die Show – die Legende war geboren», schloss Francie.

«Das war echt 'ne tolle Story, zu schade, dass sie erfunden war», sagte Jay.

«Was für ein toller Gig ...», erinnerte sich Louis.

«... einer unserer letzten als Kitchen Sink», erwiderte Jay.

«Ein Hoch auf Kitchen Sink!», rief Francie, sie hoben die Gläser und stießen an.

«Und dann kam die richtige Band: The Sound, mit mir als ganz großer Nummer», sagte Kev.

«Ein Hoch auf The Sound», sagte er, sie hoben die Gläser und tranken.

«Wisst ihr noch, als der Typ von der Plattenfirma aufgekreuzt ist und Rabbit Johnny huckepack die Treppe runtergeschleppt hat?», erzählte Davey.

«In der Sekunde, als der Typ Johnny gesehen hat, hat er den Koffer wieder zugeklappt», sagte Francie.

«Aber gesungen hat er trotzdem für ihn», erinnerte sich Jay.

«Das war der traurigste Tag in meinem ganzen Scheißleben», sagte Francie.

«Ich wollte nicht glauben, dass es tatsächlich vorbei war», gestand Davey.

«Gott! Wie frustrierend!» Francie hob das Glas. «Auf die beste Band der Welt, die es nie zu was gebracht hat.»

«Welche meinst du jetzt?», fragte Kev.

«Beide!», sagte Francie, und sie tranken.

Francie hob sein Glas noch einmal. «Auf Johnny Faye, den besten und unglücklichsten Mann, den ich je gekannt habe, verfickt noch mal!»

Wieder hoben sie alle die Gläser und tranken.

«Und auf die großartige Rabbit Hayes!», rief Jay, und alle hoben sie die Gläser und tranken.

Davey war betrunken, lange ehe er die Bühne betrat.

Marjorie

Marjorie kaufte einen hellen Baumwollmorgenmantel für Grace und besorgte außerdem noch eine Schachtel Pralinen, Lippenbalsam und eine leichte Feuchtigkeitspflege. Für Rabbit hatte sie ständig Carepakete gepackt, und jetzt war Grace an der Reihe. Sie parkte am Krankenhaus und wollte die Tüte für Grace eigentlich am Empfang abgeben und sich wieder verdrücken, doch dann lief sie im Eingang Lenny in die Arme.

«Marjorie! Was tust du denn hier?»

«Ach, ich wollte nur kurz was abgeben.»

«Das ist sehr nett von dir», sagte er und nahm ihr die Tüte ab.

«Wie geht es ihr?»

«Sie ist noch in der Aufwachstation, aber sie wird bald auf ein Zimmer verlegt.»

«Oh, gut. Und wie geht's dir?», erkundigte sie sich und bedauerte kurz, dass sie gefragt hatte, denn Lenny brach vor ihren Augen in Tränen aus. Sie nahm ihn am Arm und ging mit ihm in die Cafeteria.

«Tee oder Kaffee?»

«Danke. Einen Milchcafé könnte ich jetzt brauchen.» Er wischte sich die Tränen weg.

«Was dazu?»

«Nein. Mein Magen spielt total verrückt.»

Sie holte zwei Tassen Kaffee, stellte ihm den Milchcafé hin und setzte sich zu ihm an den Tisch.

«Du bist echt nett, Marjorie.»

«Na, da frag mal meine Mutter.»

«Deine Mutter kann froh sein, dass sie dich hat.» Er trank einen Schluck.

Marjorie und Grace hatten im Laufe des letzten Jahres immer wieder Kontakt gehabt. Marjorie war eine große Befürworterin der Idee gewesen, alles zu tun, was nötig war, um Rabbit nicht ins Grab zu folgen.

«Du warst Grace eine große Unterstützung», sagte er.

«Grace ist stark. Sie schafft das», erwiderte Marjorie.

«Ich musste sie aus dem Auto zerren und zum Anästhesie-Raum tragen.»

«Wenn Rabbit eine OP bevorstand, haben wir uns hinters Krankenhaus geschlichen und ein paar Züge Dope geraucht. Sie ist immer reingeschwebt. Ihre OP-Vorbereitung vor der OP-Vorbereitung, nannte sie es.»

«Du machst Witze!»

«Nein.»

«Was man nicht alles erfährt, so im Nachhinein», sagte er, und Marjorie grinste bei der Erinnerung daran, wie Rabbit «Survivor» von Destiny's Child summend in Richtung OP geschwebt war.

«Man klammert sich an alles, was Mut machen kann», sagte Marjorie.

«War das nicht gefährlich?»

«Wahrscheinlich, wir haben's nie nachgelesen.»

«Jesus!»

«Wie geht's den Jungs?»

«Gut. Jeff ist ein bisschen stiller als sonst, aber die andern zwei scheinen mit der Vorstellung zurechtzukommen – wahrscheinlich besser als ich», sagte er.

«Sobald sie wieder fit ist, solltet ihr Urlaub machen, du und Grace.»

«Das wird wohl noch eine Weile dauern», sagte Lenny. «Ich frage mich die ganze Zeit, wie es sein wird.»

«Wovon sprichst du?»

«Zusammen zu sein ... intim, meine ich. Wird sie noch dieselbe sein?»

«Ich dachte, darüber hätte der Arzt mit euch gesprochen?»

«Ich war in Panik, ich konnte gar nicht richtig zuhören, ich wusste nicht, was ich fragen soll.»

«Ihr seid euch echt ähnlich», sagte Marjorie.

«Hat Rabbit sich hinterher gefühlt wie davor?»

«Rabbit war krank.»

«Ja, weiß ich, das sagen ständig immer alle, aber war sie nach der OP noch dieselbe?»

«Nein.»

«Danke.»

«Wofür denn?»

«Für deine Ehrlichkeit.»

«Rabbit war nicht Grace, und sie hatte dich nicht.»

«Nein. Aber sie hatte immer dich», sagte er, und Marjorie brauchte einen Moment, um sich wieder zu fassen.

«Geh es langsam an. Sei für sie da. Kümmere dich um sie, und wenn es ihr wieder gutgeht, kümmert sie sich um dich.»

«Es geht nicht nur um Sex», sagte er.

«Ich weiß.»

«Aber sie ist mein Mädchen, weißt du?»

«Und sie wird auch weiter dein Mädchen sein. Manche Männer wären dankbar für neue Möpse.»

«Ich hab ihre alten geliebt.»

«Alles wird gut.»

«Das habe ich auch immer geglaubt, und dann ist Rabbit gestorben», sagte er, stand auf und reichte ihr die Hand. «Danke, Marjorie.»

«Sag ihr liebe Grüße von mir.»

«Mach ich. Viel Spaß auf dem Konzert! Gib Davey einen Kuss von mir», sagte er, zwinkerte ihr zu und war verschwunden.

Marjorie saß in einer Krankenhauscafeteria, trank ihren Kaffee aus und erging sich in Kussphantasien mit Davey. *Reiß dich zusammen, Marjorie, verflucht noch mal! Du bist einundvierzig Jahre alt!*

Grace

Grace legte sich die Hand über die Augen, das Deckenlicht war zu grell. Sie spürte den Zug auf ihrer Brust, als sie den Arm hob, und auch den Zug der Schläuche. *Igitt!* Wenigstens hatte sie Einfluss auf die Schmerzen. Sie drückte auf den Knopf in ihrer Hand. *Hmmmm. Besser.* Sie drückte den Knopf ein zweites Mal. *Schön ... Gut ... Okay, einmal noch, aller guten Dinge sind drei ...* Dann stand ein neuer Krankenpfleger an ihrem Bett, ein Filipino in den Dreißigern.

«Melchor», sagte er.

«Wie bitte?», fragte Grace.

«Melchor. So heiße ich, aber Sie können Mel zu mir sagen.»

«Okay. Danke.»

«Wo stehen die Schmerzen?»

«Bei vier.»

«Vier ist gut.»

«Null ist besser. Ich glaube, ich habe das Ding kaputt gemacht.» Sie hielt ihm den Knopf hin. Er lächelte. «Haben Sie ein bisschen Geduld. Ist Ihnen schlecht?»

«Nein.»

«Ich habe mit Ihrem Mann gesprochen. Er macht sich große Sorgen um Sie, aber ich hab ihm gesagt, Ihnen geht's super.»

«Dann haben Sie ihn angelogen.»

Er grinste. «Aber Ihnen geht's super, wirklich. Sie sind auf dem besten Weg.»

«Fühlt sich aber nicht so an.»

«Möchten Sie sich aufsetzen?»

Ihr tat vom vielen Liegen schon der Rücken weh, aber sie hatte Angst.

«Ganz sachte und behutsam», sagte Mel.

«Sachte und behutsam», wiederholte Grace.

Melchor bewegte vorsichtig und gleichmäßig das Kopfteil nach oben, dann griff er hinter sie und beugte sie nach vorn, Grace schrie leise auf, er steckte ihr ein paar Kissen in den Rücken, und ehe sie wusste, wie ihr geschah, saß sie aufrecht.

«Danke.»

«Gern geschehen.»

Sie trug noch immer das OP-Hemd und sonst nichts. Sie

könnte es wagen. Es wäre ganz leicht. Wenn sie wollte, könnte sie es einfach vorne runterziehen und nachsehen. *Noch nicht.*

Die grausame Tatsache ließ sich nicht länger verdrängen. Aus ihrem Körper kamen Schläuche und Drähte, die sie mit Maschinen und Beuteln verbanden. *Genau wie bei Rabbit.* Nur dass Grace nicht Rabbit war. Grace hatte keinen Krebs. *Jedenfalls noch nicht. Und hoffentlich nie. Eine OP geschafft. Bleibt noch eine. Und was dann? Freiheit?* Sie sah ihre Hände, die gelbe Kanüle auf dem Handrücken. Beim Anblick des Infusionsbeutels bekam sie weiche Knie. *Vielleicht ist mir doch schlecht? Ein bisschen? Nein. Nur schwindlig. Igitt! Nicht hinsehen. Nur nicht hinsehen!* Sie spürte die Drainageschläuche, die aus ihren Brüsten kamen. *Auf gar keinen Fall hinsehen. Nicht hinsehen.* Sie musste husten. *Aua! Autsch! Aua!!!* Grace drückte den Knopf. Einmal, zweimal, dreimal. Sie sah, wie sich die Kanüle auf ihrem Handrücken bewegte. *Würg!*

«Ahhh, es funktioniert wieder», stöhnte sie erleichtert.

«Was haben Sie gesagt?» Eine ausnehmend schöne Frau mit wilden Locken und cappuccinofarbener Haut in einem seidenen Morgenmantel kam auf Grace zugeschwebt. Ihr Alter war schwer zu schätzen. Sie hätte zwanzig, aber genauso gut vierzig sein können.

«Mein Klickdings, es funktioniert wieder.»

Die Frau musterte den Knopf in ihrer Hand. «Ah, gut. Sie haben vorhin geweint.»

«Echt?»

«Im Schlaf.»

«Oh. Tut mir leid.»

«Muss es nicht. Also: Was war's bei Ihnen?», fragte die

Frau und zeigte auf das mit Blut und Wundsalbe beschmierte OP-Hemd.

«Beidseitige prophylaktische Mastektomie mit Rekonstruktion durch Kochsalzimplantat.»

«Himmel! Ein echter Zungenbrecher! Sagen Sie das fehlerfrei dreimal hintereinander.» Die schöne Frau lachte verhalten und verstummte. «Meine Ma ist an Krebs gestorben», sagte sie plötzlich ernst.

«Das tut mir leid.»

«Ist schon eine Ewigkeit her. Ich war sieben.»

«O Gott.»

«Sie sind sehr mutig», sagte sie.

«Ich fühle mich kein bisschen mutig.»

«Und wie fühlen Sie sich?»

«Vernünftig.»

«Na ja, in dem Fall ist es mutig, vernünftig zu sein.»

«Sie klingen wie meine Ma», sagte Grace.

«Dann muss sie ziemlich clever sein», sagte die Frau.

«Sie haben ja keine Ahnung.» Grace musste lachen. *Autsch! Oh! Aua …* «Nicht lachen, nur nicht lachen!», sagte sie, malträtierte den Druckknopf und holte raus, was die Schmerzpumpe hergab. Danach schlief sie ein.

Als sie wieder aufwachte, saß Lenny an ihrem Bett. Er blätterte in einer Zeitschrift, der blaue Vorhang war zugezogen und schuf einen kleinen Kokon um ihr Bett, ein bisschen Privatsphäre in dem großen Krankenzimmer.

«Hallo», sagte sie, als sie die Augen aufschlug und ihn sah.

Lenny gab ihr einen Kuss auf die Stirn und strich ihr über den Kopf. «Na?», sagte er.

«Mir geht's super. Und dir?»

«Hatte schon kürzere Tage», sagte er.

«Was hast du gemacht?»

«Bin sämtliche Flure dieses Krankenhauses abgelaufen.»

«Schade, dass du deinen Fitnesstracker nicht am Arm hast.»

«Meine zehntausend Schritte habe ich jedenfalls locker geschafft.»

«Also bist du sieben Stunden lang nur gelaufen?»

«Marjorie war hier. Sie hat dir ein paar hübsche Sachen vorbeigebracht.»

«Wirklich?» Grace bekam feuchte Augen. «Wie lieb von ihr.»

«Wir haben Kaffee getrunken und uns unterhalten.»

«Und worüber habt ihr euch unterhalten?»

«Über dich und was ich für ein Glück habe», sagte er.

«Dann haben wir wohl beide Glück», antwortete sie, und er beugte sich vor, um nach ihrer Hand zu greifen. Grace sträubte sich. «Äh, äh ...» Sie zog die Hand zurück. Er durfte auf keinen Fall die Kanüle berühren. Schon bei dem Gedanken wurde ihr schlecht.

«Sorry», sagte er.

«Lenny? Ich habe noch nicht hingesehen», sagte sie.

«Nein?»

«Ich kann nicht.»

«Okay.»

«Kannst du bitte?»

«Ach, Grace ...»

«Bitte, Lenny.»

«Scheiße!»

«Bitte.»

«Na schön. Zeig her.»

Grace machte die Augen zu, zog das Hemd runter und entblößte sich vor ihrem Mann. Sie hörte ihn aufatmen.

«Sag, was du siehst!»

«Also. Die gute Nachricht lautet, sie sitzen höher, das wird dir gefallen. Eine grade, senkrechte Narbe, darüber ein paar Lagen hautfarbenes Pflaster. Du hast ein paar blaue Flecke, und unter deinen Achselhöhlen schauen die beiden Drainageschläuche raus.»

«Okay. Aber wie findest du sie?»

«Ich glaube, du wirst zufrieden sein», sagte er.

«Ja?»

«Sie sind verdammt groß!»

«Sie sind verdammt geschwollen!»

Er lachte. «Ich bin mir sicher, sie werden dir gefallen.»

«Aber gefallen sie dir?»

«Du bist meine Frau, die Mutter meiner Kinder und meine beste Freundin. Ich bin begeistert.»

Grace holte tief Luft. *Autsch! Au, Scheiße! Auaauaaua!!!* Sie drückte den Knopf, und eine Welle der Gelassenheit durchflutete sie. Sie öffnete die Augen und sah an sich hinab.

«Ohhhh!»

«Und?»

«Mit denen kann ich leben», sagte sie, und dann fiel ihr Blick auf einen der beiden Drainagebeutel mit dem Häschen drauf, die Ryan ihr genäht hatte, und sie fing an zu weinen – vor Erleichterung, aus Trauer, vor Freude und Traurigkeit, alles zusammen. *Eine OP erledigt, bleibt noch eine. Hab dich lieb, Rabbit. Ich vermisse dich, Rabbit. Danke.*

Juliet

Molly ließ Juliet und Kyle am Hintereingang aussteigen.

«Ihr klopft an und sagt, ihr gehört zu Davey.»

«Ich kenn mich aus, Gran.»

«Klar kennst du dich aus, Schätzchen», sagte Molly. Sie winkte zum Abschied. «Ich komme zurück, sobald ich kann. Habt ihr Geld für was zu trinken?»

«Ja, Gran. Alles okay.»

«Braves Kind.»

Sie standen vor der geschlossenen Hintertür und sahen ihr nach, als sie davonbrauste. Dann hob Juliet die Hand, um anzuklopfen.

«Willst du noch mal küssen?», fragte Kyle, und sie nickte.

Sie nahm ihn bei der Hand, sie überquerten den Parkplatz des Clubs und steuerten auf ein paar Büsche und Bäume zu. «Ein besseres Versteck werden wir hier wohl nicht finden», sagte sie und zeigte auf eine Lücke zwischen zwei Büschen.

«Hübsch», sagte Kyle, und sie quetschten sich ins Gebüsch. Er fing langsam an, sie zu küssen, benutzte alle Techniken, die sie zuvor gelernt hatten, und es war sanft und zärtlich und schön. Doch als er ihr gerade behutsam die Zunge zwischen die Lippen schieben wollte, machte Juliet sich von ihm los. Sie hatte angefangen zu weinen.

«Was hab ich falsch gemacht?», fragte er.

«Nichts.»

«Warum weinst du?»

«Keine Ahnung.»

«Dir geht's aber schon gut bei Davey, oder?», wollte er wissen, und Juliet schluckte.

«Klar.»

«Das glaub ich dir nicht.»

«Davey ist nett zu mir», sagte sie.

«Komm nach Hause.»

«Ich kann nicht.»

«Bist du dir sicher?», fragte er und traf damit voll ins Schwarze.

Juliet war sich ganz und gar nicht sicher. Seit sie aus dem Flugzeug gestiegen war, fühlte sie sich so gut wie das ganze letzte Jahr nicht. *Ich bin zu Hause.* Ihre Mutter war hier plötzlich viel mehr als eine schmerzliche Erinnerung, irgendwie war sie hier noch präsent, egal wo Juliet hinsah. *Ich bin zu Hause.* An einem einzigen Tag hatte sie sich lebendiger gefühlt als im ganzen vergangenen Jahr. *Ich bin zu Hause.*

«Wir sollten reingehen», sagte sie, und er nickte.

«Tut mir leid, Kyle», sagte sie, und als sie gemeinsam auf die Tür zugingen, gab er ihr einen fetten Schmatz und umschloss ihre Lippen mit seinen.

«Wir werden immer besser, oder?», fragte er, als er sich von ihr löste.

«Wir haben's voll drauf», antwortete Juliet.

Die Jungs im Backstagebereich sahen alle ein bisschen mitgenommen aus. Jay saß kerzengerade auf einem Stuhl und schlief. Sie bogen um die Ecke und stießen auf Davey und Francie. Ihnen gegenüber stand Kev und versuchte, seinen Blaumann zurechtzuzupfen. Der Overall war viel zu eng, vor allem um den Schritt herum.

«Entweder das Ding ist eingelaufen, oder mein Schwanz ist zu groß», sagte er.

Im gleichen Moment hob Francie den Arm. «Juliet Hayes!»

Kev drehte sich zu ihnen um. «Himmel! Sorry, Juliet. Wie schön, dich zu sehen. Wie geht's dir?»

«Ich fühle mich jedenfalls wohl in meinen Klamotten», sagte sie, und alle lachten.

«Fast als ob man einem Geist begegnet», sagte Francie und klang ein bisschen stolz.

Dann tauchte Louis mit der Setlist auf. Er nickte Juliet kurz zu, fragte «Wie geht's?», und sie hob grüßend die Hand.

«Wo steckt Jay?»

«Der schläft da vorne.»

«Was?», rief Louis. «Wer hat den einpennen lassen?»

«Jay pennt doch vor jedem Gig», sagte Davey.

«Der hatte seit zwanzig Jahren keinen Gig mehr», sagte Louis, fügte murmelnd «Scheiße noch mal!» hinzu, drehte sich um und verschwand.

«Wo er recht hat, hat er recht», sagte Davey, aber eigentlich war es ihm ziemlich egal, er war schon viel zu betrunken.

«Alles okay, Davey?», fragte Juliet.

«Worauf du einen lassen kannst!», antwortete er.

«Oh nein, wer hat den denn abgefüllt? Ich bring euch um!» Sie klang sauer.

Francie drehte sich zu Davey um. «Genau wie ihre Mammy», und zu Juliet sagte er: «Wir hatten keine Wahl. Wenn wir ihn nicht betankt hätten, hätte er uns den ganzen Abend was von fehlenden Hängetoms und Becken und so Scheiß vorgejammert.»

«Das ist echt hart», sagte Davey.

In dem Moment kam Jay mit Louis um die Ecke. «Juliet? Willkommen zu Hause», sagte Jay und zerzauste ihr die Haare. «Und wer ist das?»

«Das ist Kyle.»

«Hi, Kyle. Und, was machst du so?»

«Äh? Keine Ahnung?»

«Keine Ahnung? Was ist das denn für eine Antwort?»

«Ich geh zur Schule?»

«Tatsächlich?», fragte Francie. «Bist du sicher? Du klingst, als wärst du ganz und gar nicht sicher.»

«Die verarschen dich», sagte Juliet.

«Oh nein, wir meinen's todernst», widersprach Jay. «Davey? Bist du mit dem Jungen einverstanden?»

«Er isst gerne Würmer», sagte Davey.

Kyle lief rot an, und er fing an zu stottern. «Tu ich nicht! Nie! Vielleicht einmal – da war ich vier!»

«Ist ein guter Junge», sagte Davey und zwinkerte Kyle zu.

«Danke, Davey», sagte Kyle.

«Na gut. Wenn Davey mit dir einverstanden ist, sind wir auch mit dir einverstanden, aber reiß dich am Riemen», sagte Francie, und Jay nickte bedeutsam.

«Mach ich. Ich schwöre.»

«Guter Mann.»

«Seid ihr jetzt fertig damit, einen Vierzehnjährigen einzuschüchtern?», sagte Juliet, die Hände in die Hüften gestemmt.

«Genau wie ihre Mammy. Komm her zu deinem Onkel Francie.»

Jay täuschte einen Hustenanfall vor und sagte was von Lustmolch. Kev zog und zerrte am Schritt seines Overalls. Francie gab Juliet einen Zehner.

«Wofür ist das denn?»

«Für Süßigkeiten.»

«Ich bin dreizehn.»

«Ach so? Heißt das, du bist zu alt für Süßigkeiten?»

«Ich mag Donuts.»

«Ja dann, kauf dir ein paar Donuts.»

«Danke.»

Der Pub füllte sich langsam. Juliet konnte die Hitze spüren, die von der Menge ausging, der Lärmpegel steigerte sich, das Stimmengewirr drang durch die Wände, und der Fußboden vibrierte vom Stampfen der Füße. Sie kannte sich gut genug aus, um zu wissen, dass es voll wurde. Jason kam mit ein paar Flaschen Wasser um die Ecke und warf sie den Jungs zu. «Trinkt, Leute. Noch zehn Minuten.»

«Das ist Jason», sagte Davey zu Juliet. «Er singt heute mit uns.»

«Hallo, Jason», sagte Juliet. «Verkack's nicht. Das ist für meine Ma.»

«Ich werd mein Bestes geben, Juliet», sagte er und gab ihr die Hand.

Und dann hörte sie Marjories Stimme, noch bevor sie sie sah.

«Sieh mal einer an ...»

Juliet drehte sich um. «Marjorie!», kreischte sie, und Marj schloss sie in die Arme und hielt sie ganz fest.

«Ich hab dich vermisst, kleine Freundin», sagte sie.

«Ich dich auch, Marj.»

Davey schob sich dazwischen. «Du wusstest es und hast mir nichts davon erzählt!»

«Ich musste Geheimhaltung schwören», sagte sie, als sie sich umarmten.

«Ich bring dich um.»

«Es ist ihr erster Todestag, das muss doch begangen werden.»

«Auf die beste nur erdenkliche Weise», sagte er.

«Hallo, Kyle, wie geht's?», fragte Marjorie.

«Hallo», antwortete er.

«Noch fünf Minuten!», rief Louis.

«Na kommt, gönnen wir denen noch etwas Ruhe», sagte Marj zu den beiden und zu allen anderen: «Viel Glück, Jungs.»

«Danke, Marj.»

Eingerahmt von Marjorie und Kyle ging Juliet nach vorne in den überfüllten Zuschauerraum, und zum ersten Mal, seit ihre Mutter gestorben war, fühlte sie sich richtig glücklich und völlig frei von Schuldgefühlen. Sie empfand Frieden. *Oh, nein.*

Molly

Als Molly das Zimmer betrat, starrte ihre Tochter abwesend in die Luft. Lenny saß an ihrem Bett und las Zeitung.

«Sie sieht gut aus.» Molly beugte sich vor, um Lenny zu umarmen. «Gute Farbe.»

«Ihr geht's auch gut, Molly.»

«Hallo, Ma», sagte Grace und zoomte in die Gegenwart.

«Wie fühlst du dich, Schätzchen?»

«Wie durch den Fleischwolf gedreht.»

«Was machen die Schmerzen?»

«Es geht, solange ich mich nicht bewege», sagte Grace und drückte eilig den Knopf. «Wo ist Dad?»

«Er passt auf Juliet auf», log Molly.

«Ach so.»

«Er lässt dich ganz lieb grüßen.»

«Aha.»

«Waren die Jungs schon hier?» Molly wechselte das Thema.

«Sind gerade gegangen», antwortete Grace.

«Wie haben sie's aufgenommen?»

«Gut, sie waren ziemlich still, sogar Ryan.»

«Stephen nimmt sie mit aufs Konzert», erzählte Lenny.

«Ah, gut, das lenkt sie ab. Bist du schon einmal aufgestanden, Grace?»

«Nein, Ma. Morgen. Ich habe einen Katheter.»

«Bestimmt nicht mehr lange», sagte Molly, und Lenny stand auf, überließ ihr seinen Stuhl und verschwand, um einen zweiten zu suchen. Molly sah sich neugierig um. Die schöne Zimmernachbarin namens Annie winkte ihr zu, und Molly nickte. Im Raum war es warm und friedlich. Das Licht war gedämpft, und abgesehen von dem leichten Geruch nach Desinfektionsmittel war die Atmosphäre eigentlich ganz angenehm – völlig anders als damals, als Rabbit im Krankenhaus gelegen hatte, umringt von sterbenskranken Menschen. In solchen Krankensälen herrschte eine Kombination von dem Geruch nach Todesangst und Lethargie, von der Molly schlecht wurde. Lenny kam mit einem Stuhl zurück und setzte sich zu ihnen.

Grace tauchte immer wieder ab und kam wieder zu sich. «Ich spür den Katheter gar nicht, Ma. Als hätte ich überhaupt keine Blase. Ich musste den ganzen Tag noch nicht pinkeln.»

«Ach, mach dir da mal keine Sorgen», sagte Lenny.

«Mein Mund ist so trocken.»

Lenny schenkte ihr Wasser ein.

«Und der Knopf funktioniert schon wieder nicht.»

«Der ist nicht kaputt Grace, du hast einfach nur dein Limit erreicht», sagte Lenny.

«Die sind hier total geizig mit Schmerzmitteln, Ma.»

«Ich bin mir sicher, sie tun, was sie können, Schätzchen.» Es war schwer zu ertragen, Grace so geschwächt zu erleben. Ihre Haut war blass und rot gefleckt, der Schmerz war ihr ins Gesicht geschrieben, und sie hatte, seit Molly gekommen war, nichts bewegt außer ihrem Daumen, um den Knopf zu drücken. Sie war wie versteinert.

«Gehst du aufs Konzert, Ma?»

«Ja, klar, ich schau wenigstens kurz vorbei. Schließlich spielen sie für Rabbit und Johnny.»

«Sieh zu, dass du nicht zu spät kommst», sagte Lenny.

«Und du? Gehst du nicht?»

«Nee, Stephen ist mit den Jungs hin und geht hinterher noch mit seiner Freundin aus. Ich bleibe hier, so lange sie mich lassen», sagte Lenny.

«Das musst du nicht», widersprach Grace.

«Ich lasse dich nicht allein, wenn ich nicht muss.»

«Das ist schön», sagte sie.

Lenny machte sich auf den Weg, um Tee zu holen, und Molly rückte ein Stückchen näher an ihre Tochter heran.

«Besser, Gracie?»

«Besser, Ma.»

«Gutes Kind.»

«Willst du sie sehen? Ich hab nur einmal ganz kurz hingeschaut. Lenny sagt, sie sind hübsch.»

«Dann wird er auch nicht lügen.»

«Würde er schon.»

«Das Einzige, was zählt, ist, dass du hier bei uns bist, Grace. Ich halte deine Hand in meiner, ich höre deine Stimme, ich sehe, wie dein Mund sich bewegt, wenn du sprichst. Ich spüre deinen Atem in meinem Gesicht.»

«Oh, Mist, sorry, Ma! Gib mir mal ein Pfefferminz, bitte!», sagte Grace.

Molly holte ein Pfefferminzbonbon aus ihrer Tasche und wollte es Grace in die Hand drücken, doch Grace bewegte keinen Muskel, also steckte sie es ihr in den Mund. «Hast du gehört? Das war poetisch.»

«Zumindest der Versuch», sagte Grace und lachte ein bisschen. «Au! Autsch, au, au, au … Nicht lachen!»

«Kein Problem, ich lache nicht», sagte Molly.

«Dad ist immer noch sauer auf mich, oder?»

«Er versteht es nur einfach nicht, Grace.»

«Warum nicht?»

«Ich habe keine Ahnung.»

«Hasst er mich?»

«Natürlich nicht. Du kennst ihn doch, der beruhigt sich schon wieder.»

«Er tut mir weh damit, Ma», sagte sie und fing plötzlich an zu weinen.

«Es tut mir leid, Grace», sagte Molly und zog Jack in ihrer Vorstellung ein Netz Orangen über den Schädel.

Grace drückte eilig noch einmal ihren Knopf, die Medikamente flossen durch ihre Blutbahnen, und ihr Gesicht entspannte sich. «Ahhh. Jetzt geht's wieder, Ma», sagte sie und lächelte verhalten. «Wie ganz warme Wellen. Weißt du noch, als wir Kinder waren? Die Sommerferien in Blackpool, als Davey, ich und Rabbit immer in den warmen Wellen gespielt haben?»

«Ich erinnere mich an Blackpool. Ich kann mich nicht erinnern, dass es da jemals warm gewesen wäre.»

«Es war tropisch, Ma. Wir drei haben den ganzen Tag im Meer geplantscht, und du und Dad, ihr wart am Strand und habt zugesehen.»

«Ist lange her», sagte Molly.

«Aber es war wunderschön, oder, Ma?»

«Ja, Schätzchen, das war's.»

«Ich bin müde, Ma.»

«Schlaf ein bisschen, Liebes.»

«Ich hab Angst.»

«Wovor hast du Angst?»

«Vor Morgen.»

«Musst du nicht, Grace. Du musst keine Angst haben. Ich bin hier, Lenny ist hier ...»

«... und Dad? Wird der auch hier sein?»

Ich bring den Scheißkerl um!

«Und werde ich irgendwann wieder ich selbst sein?», fragte sie, und ihr stiegen die Tränen in die Augen.

Noch einmal beugte sich Molly behutsam vor, achtete darauf, Grace nicht zu berühren. Sie hielt sich von der Hand mit der Kanüle fern und passte gut auf, nicht versehentlich an Schläuche und Drainagebeutel zu stoßen. «Habe ich dir eigentlich jemals erzählt, was für ein hässliches Baby du warst, Grace?»

«Ja, Ma», sagte sie, und Molly zog ein Taschentuch raus und tupfte ihr die Tränen vom Gesicht.

«Dein Gesicht sah aus wie ein Altmännerarsch, du hattest leuchtend rote Haarstoppel auf dem Kopf, aber du warst was ganz Besonderes.»

Grace lächelte.

«Habe ich dir eigentlich jemals gesagt, wie schön du bist, Grace?»

«Nein, Ma.»

«Du bist wunderschön, und du warst immer wunderschön, sogar als du noch richtig hässlich warst.»

Grace musste kichern. «Au! Autsch ...» Sie drückte den Knopf. «Es funktioniert noch, Ma», sagte sie und dämmerte weg.

Molly wartete, bis Lenny wiederkam, ehe sie ging. «Du bist ein guter Mann», sagte sie zum Abschied zu ihm.

Sie fuhr durch die Stadt, das Tageslicht wich und machte dem Abend Platz. Die Straßenbeleuchtung schaltete sich ein, und sie dachte an Rabbit, wie sie ihre Hand gehalten hatte, sie hörte ihre Stimme, sah, wie sich ihr Mund beim Sprechen bewegte, spürte ihren Atem auf ihrem Gesicht, hörte ihr trockenes Lachen, die kräftige Stimme, die zarte Seele. Und wäre Molly von schwächerem Gemüt gewesen, sie wäre gegen die nächste Mauer gefahren. *Es tut mir leid. Es tut mir so schrecklich leid.*

Davey

Die aufgeheizte Atmosphäre in dem ausverkauften Pub machte die Jungs wieder nüchtern. Freunde, Familie und echte Fans der beiden Bands von damals waren gekommen und katapultierten sie mit ihrer Begeisterung auf die Bühne. Die Menge johlte, und dazwischen erschallten die Rufe von Marjorie, Juliet und Daveys Neffen. Den Hintergrund bildeten riesengroße, angestrahlte Schwarz-Weiß-Aufnahmen von Johnny, Kitchen Sink, Rabbit und Johnny, The Sound und wieder Rabbit. Das Foto in der Mitte zeigte Johnny allein am Rand einer Bühne sitzend. Er sang ins Mikro, und Rabbit stand am Mischpult und bediente einen Regler. Die beiden sahen einander an. Davey konnte sich nicht an die Situation erinnern, aber das Bild war perfekt. Francie eröffnete das Konzert und bat um Ruhe. Sobald er die Hände hob, verstummten alle Rufe, das Johlen und Klatschen, und es wurde still im Raum.

«Danke, Leute, dass ihr heute alle gekommen seid, um zusammen mit uns das Leben unserer Freunde zu feiern, unserer Familie. Als Johnny starb, war er sechsundzwanzig Jahre alt. Er hat eine Welt voller Liebe hinterlassen. Johnny war Dichter, Songwriter, Sänger, Musiker. Johnny war ein echter Mistkerl und ein unglaublicher Spaßvogel.»

Das Publikum lachte.

«Johnny wusste, was er wollte. Er wollte, was er nicht haben konnte, aber für eine kurze Weile gehörte ihm die Welt.»

Das Publikum jubelte.

«Denn Johnny hatte uns, und er hatte euch.»

Das Publikum stampfte mit den Füßen.

«Und er hatte Rabbit. Was soll ich über Rabbit sagen? Wir haben sie geliebt, sie war unser Glücksbringer, unsere Frau am Mischpult, unser Cheerleader, und sie ist keiner Auseinandersetzung aus dem Weg gegangen.»

Das Publikum johlte.

«Und zettelte auch den einen oder anderen an.»

Alle lachten.

«Rabbit hat uns zusammengehalten, solange es ging. Sie war Johnnys Muse, seine beste Freundin, sein Gewissen, seine Leidenschaft und die Liebe seines Lebens.»

Das Publikum applaudierte, und er hob noch einmal die Hand, um die Menge zum Schweigen zu bringen.

«Er glaubte fest daran, dass sie einander wiedersehen würden. Sie war davon überzeugt, dass mit dem Tod alles aus und vorbei wäre. Wer weiß schon, wo sie jetzt sind oder auch nicht, aber wie dem auch sei …» Er drehte sich zu der Aufnahme um, auf der Johnny für Rabbit sang. «Die beiden sind für immer zusammen, also lasst uns loslegen!»

Das Publikum flippte aus.

«Wir bedanken uns für eure großzügige Unterstützung!», rief Francie über den Lärm hinweg. «Sämtliche Einnahmen dieses Abends gehen an MS Ireland und an die irische Krebsgesellschaft, und dieser Song handelt von der Freiheit …»

In den Pub passten etwa zweihundert Menschen, und die machten Lärm für zweitausend. Davey schlug seine Drumsticks gegeneinander, gab den Takt vor, «One, two, three …», und die Band setzte im gleichen Moment ein, als Jason den Mund öffnete und zu singen anfing. Das Publikum stimmte sofort mit ein. Davey stellten sich die Nackenhaare auf.

Natürlich passierten ihnen jede Menge Patzer, aber dank der Zwillinge lachte das Publikum Tränen. Sie stoppten ständig wieder mitten im Song, um jedem, der sich verspielte, eine Gelbe Karte zu verpassen. Davey kassierte die meisten, weil er bei keiner einzigen Probe dabei gewesen war.

«Stopp, stopp, stopp!!! Der berühmte Schlagzeuger hat's schon wieder verkackt!», rief Francie, zog eine Gelbe Karte aus der Tasche und schleuderte sie mit Drall in Daveys Richtung.

«Tja, wenn mir vorher jemand gesagt hätte, dass wir heute Abend ein Konzert geben …»

Francie warf eine zweite Karte hinterher. «Und die ist fürs Jammern. Hier wird nicht gejammert.»

Auch mit Spott wurde nicht gespart. Das Schlagzeug

wirkte viel zu klein für Davey, vielleicht war auch der Hocker nur zu niedrig, jedenfalls hatte er seine Knie fast vor dem Mund.

«Seht euch den an», rief Francie. «Wie ein zu groß geratenes Küken im Nest. Na, DB, hast du's bequem?»

Davey spielte ein kleines Solo, und das Publikum lachte.

Abwechselnd erzählten die Jungs Geschichten zu den Liedern, die Jason sang: «Der nächste Song handelt von unerwiderter Liebe. Johnny hat ihn für Rabbit geschrieben, und ich habe ihn ein paar Tage vor ihrem Tod für sie gespielt. Ich erzähle euch jetzt nicht, was sie an jenem Tag gesagt oder gemacht hat, das bleibt unser Geheimnis. Aber das hier ist ihr Lied», sagte Jay.

Louis haute in die Tasten, Jasons Stimme füllte den Saal, und als die Band schließlich einsetzte, liefen Davey die Tränen übers Gesicht. *Verfickt noch mal!* Die Jungs bekamen es mit, und ausnahmsweise machte keiner einen blöden Spruch, denn sie wussten, was ging und was nicht. Das Konzert endete mit tosendem Applaus, und sie spielten zwei Zugaben. Davey war für einen Abend zurück in die Vergangenheit gereist, und es war phänomenal, mit den Jungs zu spielen und die glorreichen Zeiten noch einmal aufleben zu lassen – das Gefrotzel, das Gelächter, die Verbundenheit.

Hinterher nahm Davey ein Bad in der Menge, begrüßte bekannte und unbekannte Gesichter, schüttelte Hände und klatschte sie ab.

«Ich und meine Holde haben uns damals auf eurem Konzert im Tiv verlobt», erzählte ein Mann.

«Ich habe diese Band geliebt, Mann! Johnny war ein Riesenverlust», sagte ein anderer.

«Das mit deiner Schwester tut mir leid, Mann, sie war

damals echt ein stures Biest», bemerkte ein Dritter, der ihm vage bekannt vorkam.

Dann lief ihm ausgerechnet Sheila B in die Arme, Francies verrückte Exfreundin. *Ach du Scheiße!* Automatisch sah Davey sich suchend nach Francie um, um sicherzustellen, dass der Abstand groß genug war.

«Keine Angst, ich bin nicht hier, um Ärger zu machen», sagte sie.

«Nein, Sheila, das würde ich nie denken. Schön, dich zu sehen.»

«Ich nehm meine Tabletten, du brauchst echt keine Angst zu haben. Francie ist da drüben bei seiner Familie. Ich komme ihm nicht zu nahe.»

«Wie geht's dir, Sheila?», fragte Davey erleichtert.

«Super, wirklich. Hör mal, ich wollte dir sagen, wie leid mir das mit Rabbit tut. Ich hätte zur Beerdigung kommen sollen, aber da war ich gerade erst wieder aus der Klapse raus, und ich war noch ein bisschen wacklig unterwegs, falls du weißt, was ich meine.»

«Ja, klar», antwortete er. Ihr hartes Leben hatte an der einstigen Schönheit deutliche Spuren hinterlassen.

«Sind deine Eltern auch da? Ich würde ihnen gern mein Beileid aussprechen.»

Davey sah sich um und entdeckte ganz hinten seinen Vater. «Mein Dad ist dahinten.»

«Also dann – alles Gute, Davey», sagte sie, und als sie sich zum Gehen wandte, war er plötzlich traurig. So unberechenbar und beängstigend sie auch gewesen war, Sheila B war ein wichtiger Teil der Geschichte von Kitchen Sink, sie war Francies erste feste Freundin gewesen, und jetzt waren sie sich völlig fremd.

«Sheila?»

«Ja?»

«Es war echt schön, dich zu sehen», sagte er. «Ich wünsche dir nur das Allerbeste.»

«Du warst schon immer ein Weichei, Davey», sagte sie und verschwand in der Menge.

Als er sich umdrehte, stand Marjorie vor ihm. Offenbar hatte sie geweint. Sie wischte sich gerade die Tränen weg und schniefte. «Wie in alten Zeiten», sagte sie, und sie umarmten sich.

Juliet hüpfte begeistert auf und ab. «Das war genial. Der Song für meine Ma ist so schön! Der muss auf mein Telefon, ja?»

«Klar.»

Davey sah, dass Juliet und Kyle unter dem Tisch heimlich Händchen hielten. Marjorie besorgte ihm was zu trinken.

«Wo ist Ma?»

«Dadrüben, bei Francie und Jay und ihren Leuten», sagte Marjorie. Er wandte den Blick und sah seine Mutter über irgendetwas lachen, einen Spruch von Francie oder Jay. Es war schön, sie fröhlich zu sehen. Es war eine ganze Weile her, dass sie auch nur ein Lächeln zustande gebracht hatte.

«Gibt's was Neues von Grace?»

«Ihr geht's gut, Davey. Alles ist gutgegangen.»

Davey atmete tief durch, setzte sich und stützte den Kopf in die Hände. «Gut!», murmelte er.

Der Club leerte sich allmählich ein bisschen. Juliet, Kyle und seine Neffen zogen ab und überließen Marjorie und Davey sich selbst. Er sah sie an. Sie sah wunderschön aus, regelrecht strahlend – ein leuchtendes Wesen, aus himmlischen Gefilden auf die Erde gebeamt. Sie wirkte glücklich und traurig zugleich. Er merkte, dass er sie berührte, noch ehe er den bewussten Entschluss dazu gefasst hatte, legte die Hand an ihr Gesicht und streichelte mit dem Daumen sanft über ihre Wange. Dann beugte er sich vor und küsste sie, direkt hier, an Ort und Stelle, in einem Raum voller Menschen. Er dachte nicht nach, wägte nicht ab, plante nicht, verhandelte nicht mit sich selbst. Er tat es einfach, und sie reagierte.

«Lass uns gehen», sagte er. Er nahm sie bei der Hand, und sie steuerten gemeinsam auf den Ausgang zu.

«Willst du deiner Mutter nicht mal hallo sagen?», erklang die Stimme seiner Ma hinter ihm, und er drehte sich um. «Hallo, Ma.»

«Tolles Konzert.»

«Danke.»

«Sie wäre stolz auf euch gewesen.»

«Nimmst du Juliet mit nach Hause?», fragte er.

«Wollt ihr noch wohin?»

«Ins Hotel», sagte er und sah Marjorie an. Sie nickte.

«Ach, Marjorie, was tust du nur?», rief Molly ihnen nach, als sie zur Tür sprinteten. «Du hast was Besseres verdient, als mit diesem Riesenhornochsen in die Kiste zu springen. Nimm's mir nicht übel, mein Sohn.»

«Kein Problem, Ma.»

Davey war im Moment alles egal. Er wollte endlich wieder was anderes spüren als Versagen, Druck und Schmerz, und er wollte es mit Marjorie spüren.

Jack

Jack parkte vor Graces Haus. Die Vorhänge waren zugezogen, alles war dunkel, und auch Lennys Wagen war nirgends zu sehen. Entweder war er noch bei Grace oder im Pub. Stephens Auto stand auf der anderen Straßenseite, also war wenigstens ein Erwachsener im Haus, auch wenn er vielleicht schon im Bett lag und schlief. Bernard angelte den Hausschlüssel aus der Hosentasche.

«Kommt ihr zurecht, Jungs?», fragte Jack.

«Klar, Grandad», antwortete Jeff und zwängte sich von der Rückbank nach vorne. Jack sah seinen Enkeln nach, während sie an der winzigen Rostlaube von Wohnwagen vorbeiliefen, den Grace und Stephen in einem Panikanfall gekauft hatten, als Rabbit im Sterben gelegen hatte. Weil Grace für das Kind keinen Platz gehabt hatte, hatte sie Platz geschaffen. Es war eine Lösung gewesen, wenn auch keine bequeme, und wäre Davey nicht eingesprungen, Grace hätte dafür gesorgt, dass es funktionierte. Ihm war klar, dass sie den Wohnwagen zur Sicherheit behielt. Aus keinem anderen Grund. Seine Grace hatte grundsätzlich das Worst-Case-Szenario vor Augen.

Als die Kinder im Haus verschwanden, blieb Jack sitzen und wartete ab, bis das Licht anging. Er hatte keinen blassen Schimmer, wohin er jetzt sollte. Nach Hause wollte er nicht. Für einen Streit mit Molly fehlte ihm die Kraft und für ihre eiskalte Schulter erst recht. Er benahm sich unmöglich. Tief in seinem Inneren war ihm das vollkommen klar, aber er konnte nicht anders. Grace ließ sich in Stücke säbeln, *nur zur Sicherheit.* Aber ein Wohnwagen in der Auffahrt und freiwillige Selbstverstümmelung waren zwei völlig verschiedene Nummern.

Ihm war bewusst, dass Grace sein distanziertes Verhalten nicht entgangen war. Betrat sie das Zimmer, ging er hinaus. Lächelte sie ihn an, senkte er den Blick. *Mir ist nicht nach reden oder lächeln zumute.* Er benahm sich wie ein Sturkopf, das war sein negativster Wesenszug. Das wusste er. Aber er konnte nicht anders. Sie hatte versucht, mit ihm zu reden, doch seine Meinung stand fest. Molly hatte ebenfalls versucht, mit ihm zu reden, doch jeder Versuch endete mit Geschrei und Türenschlagen. Er hatte es mit Beten versucht, doch er hatte keine besonders große Übung im Beten, und während er vor sich hin stammelte, wanderten seine Gedanken zu gänzlich unheiligen Themen wie zum Beispiel der Frage, wie er sein Boule-Spiel perfektionieren könnte oder wie der Schauspieler gleich wieder hieß, den er vorhin im Fernsehen gesehen hatte. Manchmal dachte er währenddessen auch über seine aktuellen Sorgen nach, zum Beispiel darüber, dass seine Frau in weniger als einem Monat vor Gericht erscheinen musste. *Wie konnte es nur so weit kommen?*

Sie redeten einfach nicht mehr miteinander. Ein rabbitförmiges Loch hatte sich in ihr Leben gefressen, und es wurde von Tag zu Tag ein bisschen größer. Der Gedanke an Grace und das, was sie ihr auf dem OP-Tisch angetan hatten, war unerträglich. Rabbit dagegen hatte er in ihren Folterqualen beigestanden. Es spielte keine Rolle, dass das Skalpell von einem Mann mit einem freundlichen Gesicht geführt worden war oder dass die Versorgung erstklassig gewesen war; all ihre Schmerzen, die Drainagen und Infektionen, die Ekzeme und aufgeplatzten Adern, die blauen Flecke und

Schwellungen, die Verdauungs- und Blasenprobleme – all diese Schwierigkeiten waren operationsbedingt gewesen und hatten nichts mit der Chemo und der darauffolgenden Bestrahlung zu tun und konnten definitiv als Folter bezeichnet werden. Rabbit hatte keine Wahl gehabt, für sie hatte es Hölle oder Tod geheißen, aber Grace ... *Wie konnte sie sich das nur freiwillig antun? Wie konnte sie von ihm verlangen, all das noch einmal mitzumachen?* Er wäre schon beim ersten Mal fast draufgegangen.

Und weil das mit dem Beten bei Jack einfach nicht funktionierte, hielt er nur den Platz seiner Frau auf der Kirchenbank warm, lauschte allem, was Pater Frank da vorne von sich gab, und driftete dabei eben oft weg. Oder er sah den Staubteilchen zu, die in den Lichtsäulen tanzten, die durch die Buntglasfenster fielen und bunte Kringel auf den alten Steinboden warfen. Nach dem Gottesdienst verschwand er, so schnell es ging, durch den Seitenausgang, um die peinliche Begegnung mit dem Priester zu vermeiden, der seine alte Freundin bestimmt vermisste. Wie sollte er Fragen über Molly beantworten, wenn er die Antwort selbst nicht kannte? Sie war dermaßen in ihre ehrenamtliche Arbeit und ihr politisches Kleinkriegsgemetzel vertieft, dass sie praktisch Fremde geworden waren. Sie würde ihn umbringen, wenn sie wüsste, dass er für die Wasserabrechnung unterschrieben hatte. Das wäre der Todesstoß, aber Gesetz war nun mal Gesetz, und ohne gäbe es nur Chaos. Dafür waren Molly und ihre Krawallbrüder ja wohl der beste Beweis.

Aber Jack sparte sich die Worte, sie würde ihm sowieso nicht zuhören. Er hatte das Gefühl, dass das glückliche Heim, das sie sich beide während der letzten vierzig Jahre gemeinsam aufgebaut hatten, langsam in sich zusammenfiel. Er hatte das Gefühl, als glitten ihm alle und alles, was er je geliebt hatte, durch die Finger. *Was ist nur passiert, Rabbit? So war das nicht geplant. Mein Plan lautete: als alter, zufriedener Mann sterben, der eine glückliche, gesunde Familie zurücklässt. Ich war der, der als Erster gehen sollte.*

Tut mir leid, Dad.

Du kannst nichts dafür, Schätzchen.

Er fühlte sich beraubt, seiner Tochter, seines Seelenfriedens und auch der Rebellin, die seine Frau einst gewesen war, und seiner großen Tochter Grace, auf die man sich blind hatte verlassen können, weil sie die Dinge immer so gründlich durchdachte, weil sie genauso vorsichtig war wie er. Von all seinen Kindern war Grace ihm am ähnlichsten, aber er würde seinen Körper und seine Seele niemals einem dermaßen schrecklichen und unnötigen Risiko aussetzen.

Jack saß eine Ewigkeit im Auto und grübelte über seine finstere Zukunft nach. Sogar das Konzert hatte ihn nicht aus seinem Loch holen können, im Gegenteil. Die wunderschönen Schwarz-Weiß-Aufnahmen seiner wunderbaren, lebhaften Tochter und des sanften Genies, das sie so sehr geliebt hatte, und der Schriftzug «Viel zu früh von uns gegangen» darüber hatten ihn aus zwei Gründen wütend gemacht: erstens weil man den beiden ihre Zukunft geraubt hatte und zweitens weil der Idiot, der dafür verantwortlich gewesen war, ‹Früh› statt ‹früh› geschrieben hatte. Der Spruch ließ ihm den ganzen Abend keine Ruhe mehr. *Was soll das denn heißen, ‹zu Früh von uns gegangen›? Wo soll das sein, Früh? Jedenfalls sind sie weg und nicht mehr da. Um Gottes willen.*

Eine Stunde später saß Jack immer noch regungslos im Auto vor dem Haus seiner Tochter und sah zwei Katern zu, die sich mit gesträubtem Fell finster anstarrten. Den einen kannte er, es war der rote Kater von den Noonans, er war schon um die fünfzehn Jahre alt und hatte nur noch ein Ohr. Der zweite Kater war ein weißes Wollknäuel, er war jünger, fitter und schneller, hatte aber wenig Erfahrung, und obwohl Jack fast in seinem Selbstmitleid ertrank, ließ er sich von dem Katzenzirkus ablenken.

Plötzlich sah er aus dem Augenwinkel, dass der Wohnwagen hin und her schaukelte. Er wandte den Kopf und sah genauer hin. Tatsächlich. Sogar die Ziegelsteine, auf denen er aufgebockt war, wackelten, ganz leicht nur, aber sie wackelten. *Ein Erdbeben? Eher unwahrscheinlich, aber das käme mir gerade recht.* Jack schaute dem seltsamen Phänomen ein oder zwei Minuten lang zu, dann stieg er aus. Der Wohnwagen schaukelte immer noch. Jack begab sich in die Auffahrt zum Haus und sah sich die Sache aus der Nähe an. *Nein. Keine Einbildung, und mit meinen Augen ist auch alles okay. Die Kiste bewegt sich.* Dann hörte die Bewegung plötzlich auf, und Jack erstarrte. Was war das denn jetzt? Dann fing das Ding wieder an, hin und her zu schaukeln, ganz sachte, es schaukelte, es ruckelte, dann wieder eine Pause ... Die Ziegelsteine wirkten solide, und es wehte kein Lüftchen. Da war jemand drin!

Jack schnappte sich einen von Bernards Hurling-Schlägern, die an der Gartenmauer lehnten, schwang ihn hoch über den Kopf und schlich sich langsam näher – so langsam, dass sein Enkel und seine Freundin genug Zeit hatten, zu beenden, was sie taten, sich anzuziehen und die schmale Tür zu öffnen. Dort wurden sie von einem alten Mann begrüßt, der laut «Halt!» rief und einen kaputten Schläger schwang.

«Grandad?»

«Stephen!»

«Ja, ich bin's. Und das ist Charlene», sagte er und zeigte auf das Mädchen, das sich hinter ihm versteckte.

«Oh, nein, tut mir schrecklich leid. Entschuldigung, ich dachte, ein Landstreicher hätte sich's in eurem Wohnwagen gemütlich gemacht.»

«Nein, alles gut, Grandad. Charlene, gibst du uns bitte eine Minute?», sagte er, und das Mädchen nickte stumm. Es ließ sich schwer sagen, wie sie aussah, schließlich war es stockdunkel, und außerdem duckte sie sich immer noch weg, so sehr hatte er sie erschreckt. Stephen sprang aus dem Wohnwagen, nahm seinem Großvater den Schläger ab und warf ihn beiseite, dann legte er ihm den Arm um die Schultern und führte ihn zu seinem Auto zurück.

«Pass bloß auf, Grandad, sonst kriegst du noch einen Herzinfarkt», sagte Stephen.

«Ja, aber deinetwegen. Ihr hattet doch sturmfrei!»

«Charlene mag den Wohnwagen.»

«Warum das denn, um alles in der Welt?»

«Er ist unser eigenes kleines Reich. Ich habe ihn mit ein paar Lichterketten, einem kleinen Heizlüfter und ein paar Duftkerzen aufgemotzt.»

«Weiß deine Ma davon?»

«Ihr ist lieber, wir tun's im Wohnwagen anstatt im Haus bei den Jungs.»

Jack setzte sich zurück in sein Auto, und Stephen nahm auf dem Beifahrersitz Platz.

«Die Jungs sind vor über einer Stunde nach Hause gekommen. Sitzt du seitdem hier rum?»

«Hab nachgedacht.»

«Worüber denn?»

«Über alles Mögliche. Der rote Noonan-Kater und ein

weiß geflauschter Kumpel von ihm haben sich einen Showdown geliefert.»

«Wer hat überlebt?»

«Keine Ahnung. Der schaukelnde Wohnwagen hat mich abgelenkt.»

«Ma hat dich vermisst.»

«Wie geht es ihr?»

«Sie ist froh, dass es vorbei ist, sie hat Schmerzen und steht völlig neben sich. Du weißt schon, so wie Rabbit – eben noch ganz klar und eine Minute später kommt nur noch Quatsch aus ihr raus. Sie wollte von Ryan wissen, ob er Flügel hat.»

Jack schüttelte betrübt den Kopf. «Warum nur?», murmelte er.

«Grandad, sie hat es getan, damit ihre Kinder nicht durch die Hölle von Chemotherapie und Tod gehen müssen. Besser, du verzeihst es ihr, sonst kann's nämlich sein, dass sie dir nicht verzeiht.» Stephen stieg aus dem Wagen. «Gute Nacht, Grandad», sagte er und verschwand wieder in seinem Wohnwagen.

Jack fuhr los, ehe das Ding sich wieder in Bewegung setzte. Sein Enkelsohn hatte ihn zum Nachdenken gebracht. Selbst wenn Grace eine Krebserkrankung womöglich überlebte, wollte sie ihren Kindern die Tortur ersparen, mit ihr durch Chemotherapie, Bestrahlungen, unendliche Krankenhausaufenthalte, Ängste, Stress und Kummer gehen zu müssen. Das war nachvollziehbar, aber … es gefiel ihm trotzdem nicht.

Er parkte vor dem Haus und ging hinein. Alles war mucksmäuschenstill. Er sah kurz nach Kyle, der selig auf dem Sofa schlief, und lief in die Küche, um sich vor dem Zubettgehen noch eine Tasse Tee zu kochen. Er nahm das Handy aus der Tasche und entdeckte eine neue Nachricht auf der Mailbox:

«Hallo, Jack, Brian hier. Ich hab gute Nachrichten. Die Verträge sind endlich da, und wenn Sie nächste Woche Zeit haben, könnten wir uns vielleicht bei mir im Büro treffen. Der Verlag sagt, sie wollen das Buch noch im Laufe des Jahres veröffentlichen. Ach, und wir haben einen Titel: ‹Aufgeben gilt nicht›. Bin gespannt, was Sie dazu sagen. Rufen Sie mich an.»

Molly hatte während der vergangenen Monate unmissverständlich klargemacht, dass sie mit dem Buch nichts zu tun haben wollte. Vor allem die Vorstellung, dass Rabbit der Kritik ausgesetzt wurde, ohne sich dagegen wehren zu können, weil sie nicht mehr da war, gefiel ihr nicht.

«Aber es ist das, was sie wollte», hatte Jacks Argument gelautet.

«Tja. Und wenn sie recht hatte, was das Leben nach dem Tod betrifft, will sie jetzt gar nichts mehr», hatte Molly geantwortet.

Doch Brian brauchte für die Verträge lediglich seine Unterschrift, und Molly konnte nichts dagegen tun, es sei denn, sie ging vor Gericht, und das würde selbst die Mächtige Molly Hayes nicht tun. Im Grunde wusste sie, es war Rabbits Wunsch gewesen, dass das Buch veröffentlicht wurde, ob ihr das nun gefiel oder nicht. *Wieso kann sie das nicht einfach akzeptieren und uns unterstützen?*, dachte er, und in dem Augenblick fiel bei ihm der Groschen. *Heiliger Vater im Himmel, was bin ich für ein Vollidiot! Bitte verzeih mir, Grace.*

Weil das Sofa besetzt war, ging er schließlich nach oben, wobei er es tunlichst vermied, auf die quietschende Stufe zu treten. Er sah kurz nach Juliet und fand sie tief und fest schlafend in ihrem Bett, den Computer aufgeklappt neben sich. Ein YouTube-Kanal war auf dem Bildschirm zu sehen, *Top Ten der besten Küsse* lautete der Titel des gestoppten Videos.

Grundgütiger, die haben alle nur das eine im Sinn. Er zog sich auf dem Flur aus und schlich zu Molly ins Schlafzimmer. Zum Glück schlief sie schon. Er zog sich den Pyjama an und schlüpfte, so leise er konnte, neben sie ins Bett.

Gleich am nächsten Tag würde er Grace besuchen, und zwar mit Blumen und Pralinen und der größten Genesungskarte, die er auftreiben konnte. Das nahm er sich fest vor. Er musste ihr vergeben, er brauchte Vergebung, und er brauchte Verbündete – denn am Horizont lauerte ein größerer, viel schlimmerer Streit. Molly wollte die Erinnerung an ihre Tochter behüten und für sich behalten, und er wollte sie mit der Welt teilen. Jack und Molly hatten in all den gemeinsamen Jahren viele Kämpfe ausgefochten, doch jetzt stand ihnen der große Krieg ins Haus, und er war sich nicht sicher, dass ihre Ehe ihn überleben würde. Was für ein schrecklicher Gedanke, dass in seinem Alter womöglich seine Ehe scheitern, dass er vielleicht die Liebe seines Lebens für immer verlieren würde. *Es tut mir so leid, Molly. Und dir?*

Marjorie

Im Hotel ging es hoch her, die Bar hatte noch geöffnet, ein Pianist spielte Klavier, und teuer gekleidete Menschen saßen herum und tranken teuren Wein.

«Möchtest du noch was trinken?», fragte Davey.

«Nein.»

«Sicher?»

«Ich möchte bitte Sex», sagte Marjorie.

«Super. Ich auch.»

Das Zimmer war luxuriös, aber klein.

«Was anderes hatten sie nicht», sagte er entschuldigend.

«Das Bett sieht doch gut aus», antwortete sie.

Er küsste sie, sie küsste ihn, und es war langsam und heiß und tausendmal besser als damals, als sie nach einer Nacht im Club in einem Park auf der harten, nassen Erde ihre Unschuld an ihn verloren hatte. Die einzige bleibende Erinnerung daran war der pochende Schmerz in ihrer Vagina und der Gestank nach Hundescheiße. Und auch tausendmal besser als die anderen beiden Male: das eine Mal bei Rabbit zu Hause, eine hektische, fast fieberhafte Begegnung mit abruptem Ende, als plötzlich die sechsjährige Juliet im Zimmer gestanden und Davey ihr was von Froschhüpfen erzählt hatte; und dann das letzte Mal, bei ihr zu Hause im Ehebett, als sie sich derart mit Schuldgefühlen und Selbstvorwürfen gequält hatte, dass sie kaum hatte atmen können, ganz zu schweigen davon, irgendwas zu empfinden. Sie fingen an, einander auszuziehen, und sie war schon in Unterwäsche, als ihnen auffiel, dass sie keine Kondome hatten.

«Nimmst du nicht die Pille?»

«Nein. Ich bin Single.»

«Ja, eben», sagte er, und sie schob ihn weg.

Verdammter … «Ich bin nicht du, Davey. Ich schlafe nicht mit allem, was nicht bei drei auf dem Baum ist.»

«Ach, komm schon», sagte er und hob abwehrend die Hände. «Das ist unfair.»

«Glaubst du vielleicht, ich hab Lust, mir was einzufangen?»

«Bei mir gibt's nichts einzufangen.»

«Na ja, bei den vielen Weibern, mit denen du in die Kiste springst, wäre das kein Wunder.»

«Sehr nett, jetzt verwendest du unsere Gespräche gegen mich! Ich lasse mich regelmäßig untersuchen, das ist eine Auflage bei meiner Krankenversicherung.»

Plötzlich war Marjorie hellwach. *Was tue ich hier eigentlich? Ich bin schließlich kein Kind mehr. Das hier ist keine bescheuerte Teenie-Phantasie.* «Das war keine gute Idee.» Sie hob ihr Kleid vom Boden auf und zog sich wieder an.

Er hielt sie nicht auf, sondern blieb in Shorts auf der Bettkante sitzen. «Tut mir leid», sagte er.

«Schon okay», antwortete sie und suchte ihren Schuh. «Ich bin selbst schuld. Keine Ahnung, was ich mir dabei gedacht habe.» Der schöne Abend mit seinen kostbaren Erinnerungen voll von Wärme und Liebe und Freundschaft fiel in sich zusammen, und plötzlich war Marjorie nur noch verzweifelt und traurig. Aufgestaute Tränen brachen sich Bahn, flossen ungehindert, und sie wollte nur noch weg, notfalls auch ohne den dämlichen Schuh. *Wie schwer kann es sein, in einem Zimmer von der Größe einer Schuhschachtel einen einzelnen Schuh wiederzufinden!* Sie humpelte zur Tür.

Davey musste kein Akrobat sein, um vom Bett aufzuspringen und sie dort abzufangen. Er nahm sie in die Arme und zog sie fest an sich, und erst als sie sich von ihm löste und ihm ins Gesicht sah, merkte sie, dass er ebenfalls weinte.

Sie legten sich aufs Bett und sahen einander an. Sie in ihrem hinten immer noch offenen Kleid, das Augen-Make-up übers ganze Gesicht verteilt, ein Schuh am Fuß und einer nicht, und Davey in Boxershorts und Socken. Die Nacht hatte eine unvermutete Wendung genommen, aber einfach so dazuliegen, einander zugewandt, zum allerersten Mal unverstellt und nackt, fühlte sich gut an. Es war tröstlich und vor allem echt. Sie redeten über alte Zeiten, die Band, die Jungs, über Rabbit und Johnny und die unfassbarste Liebesgeschichte, an die Normalsterbliche jemals herankommen würden.

«Ihre Liebe stand unter einem schlechten Stern, und ich bin bei einem Banker namens Neil gelandet, der zum Furzen die Arschbacke hob und ‹’tschuldigung› knurrte», sagte sie, und er lächelte sie an und spielte mit einer blonden Locke.

«Ich hab’s nicht mal versucht», sagte er.

«Warum nicht?»

«Da gibt es viele Gründe – ich hatte Angst, und ich bin schräg drauf … Das steht schon mal fest.»

«Ja. Das steht fest», stimmte sie ihm zu.

«Außerdem habe ich Johnny auch geliebt und alles, was wir hatten. Ihn habe ich an seine Krankheit verloren und die anderen Jungs aus der Band an ihr Leben. Bei denen sah es so einfach aus, sich wieder hochzurappeln und weiterzumachen, sich ein Leben außerhalb der Musik aufzubauen und den Traum einfach aufzugeben. Für mich nicht.»

«Du hattest ein gebrochenes Herz.»

«So wie du jetzt.»

«Stimmt», sagte sie. «Und ich bin einsam.»

«Ich auch.»

«Du hast Juliet.»

«Ja. Sie hat mir die Tür zu einem Leben geöffnet, das ich für mich nie in Betracht gezogen hatte.»

«Aha. Und jetzt willst du plötzlich Frau und Kinder?», fragte sie mit hochgezogener Augenbraue.

«Jetzt will ich ein echtes Leben mit echter Liebe. Ich finde, Juliet hat das auch verdient.»

Marjorie war müde und etwas schwermütig; ihre Gedanken schweiften zurück zu einer Zeit in ein Leben, als sie und Neil so dringend versucht hatten, das Kind zu kriegen, das zwischen ihnen alles wiedergutmachen sollte. Es klappte nicht, sie ließen sich testen, die Ergebnisse waren nicht eindeutig, und ihre Probleme wurden in die Schublade ‹unklare Unfruchtbarkeit› gepackt. Nach der Diagnose und zwei vergeblichen Runden künstlicher Befruchtung kam es zu Marjories One-Night-Stand mit Davey, und Neil erwischte sie.

«Was ist mit dir, Marj? Willst du einen Mann und Kinder?»

«Nein.»

«Warum nicht?»

«Weil ich bereits einen Mann hatte und keine Kinder kriegen kann.»

«Was meinst du damit?»

«Ich meine, wir haben damals alles versucht, aber ich wurde nicht schwanger, und kaum trifft Neil die bezaubernde Debbie, schwups, schon kommt ein Mädchen zur Welt.»

«Das heißt gar nichts.»

«Doch, tut es, und es ist okay. Ich wäre wahrscheinlich sowieso eine miserable Mutter geworden.»

Das nahm ihr Davey offenbar nicht ab. «Blödsinn! Du wärst die beste Mutter der Welt.»

«Stopp, Davey!», sagte sie. «Ich bin nicht eins von deinen Mädchen, die alles glauben, was aus deinem Mund kommt, nur um in deiner Blase bleiben zu dürfen, so nett deine Blase auch ist.»

«Nein. Du bist keins von meinen Mädchen», sagte er. Er zog sie an sich, und sie legte den Kopf auf seine Brust. «Als ich dich zum ersten Mal gesehen habe, musste ich sofort an Shirley Temple denken: blonde Locken, rosarote Seidenschleife, wunderschönes Kleidchen, Lackschuhe und Rüschensocken. Du warst das hübscheste kleine Ding, das ich je gesehen hatte.»

«Und du sahst aus wie ein Vogelkadaver in Jeans», antwortete sie.

«Du warst für mich da, als die Band sich auflöste und ich mich um den Verstand trinken wollte.»

«Ich war so furchtbar in dich verknallt, Davey. Mir war klar, wenn ich nur lange genug bleibe, bist du betrunken genug, um mit mir zu schlafen», gab sie zu.

«Wow! Du bist ja schlimmer als Bill Cosby. Ich glaube, das setzt unsere Beziehung in ein ganz neues Licht», sagte er.

«Ja. Das war ziemlich fragwürdig.»

«Ich verzeihe dir.»

«Danke.»

«Außerdem bin ich dank dir in New York gelandet. Ich habe in der Bar deines Onkels gearbeitet, und dort habe ich Casey kennengelernt, und das hat mein ganzes Leben verändert. Du hast mich gerettet.»

«Genau. Ich bin eine Sexualstraftäterin Schrägstrich Heldin», sagte sie. «Da ist was zwischen uns, Davey, oder nicht? Das empfinde doch nicht nur ich so …»

«Da ist immer was zwischen uns gewesen, Marj.»

«Tja. Dann stehen uns offenbar immer nur Ort und Zeit im Weg, oder wie?»

«Genau.»

«Wirst du jemals nach Hause zurückkommen?»

«Ich weiß es nicht. Was soll ich denn hier?»

«Alles Mögliche, egal was», sagte sie.

«Ich weiß es nicht.»

Irgendwann schliefen sie Arm in Arm ein. Als Marjorie aufwachte, stand Davey unter der Dusche. Sie setzte sich auf und warf einen Blick in den Spiegel. *Ach du Scheiße!* Sie sah aus wie The Joker. Sie rupfte ein paar Kosmetiktücher aus der

Box neben dem Bett und wischte den dunklen Lidschatten weg. Danach war ihr Gesicht zwar immer noch fleckig, aber wenigstens sah sie nicht mehr aus wie eine fiese Comicgestalt. Sie ging ins Bad, und Davey drehte sich zu ihr um.

«Guten Morgen», sagte er.

«Guten Morgen», antwortete sie und merkte erst jetzt, dass sie immer noch einen Schuh am Fuß hatte. Sie schlenkerte ihn weg.

«Kommst du rein?», fragte er.

«Willst du das?»

«Ja.»

«Wir sind immer noch die gleichen Menschen, die wir letzte Nacht waren.»

«Weiß ich.»

«Okay.» Sie schälte sich aus Kleid und Unterwäsche und stellte sich zu ihm unter die Dusche. Sie pressten sich aneinander und verloren nicht ein einziges Wort über Verhütung. Vielleicht weil er ihr versichert hatte, dass er keine ansteckenden Krankheiten hatte, und sie ihm gesagt hatte, dass sie unfruchtbar war. Vielleicht war es ihnen in dem Augenblick aber auch einfach völlig egal. Wie dem auch sei, was im Bad geschah, führte sie zurück ins Bett, und aus einem Late Check-out wurde ein frühes Dinner. Sie trennten sich erst um kurz nach sieben am nächsten Abend mit dem Versprechen, sich vor seiner Abreise nach Amerika sechs Tage später noch einmal zu sehen. Aber selbst nach dem besten Sex ihres Lebens und trotz der besonderen Bindung zwischen ihnen wusste Marjorie, schon als sie ins Taxi stieg, dass sie ihn nicht wiedersehen würde. Es war traurig, aber es war auch okay, weil Montagmorgen ihr neuer Job auf sie wartete und vor ihr immer noch ihr neues Leben lag.

TEIL SECHS

Jahr zwei

Jack

Der Abschied von seiner Enkeltochter fiel ihm schwer. Er wollte nicht, dass sie abreiste, und Jack war clever genug, trotz all ihrer Proteste zu merken, dass Juliet genauso wenig wegwollte. Ihre Loyalität galt dem Mann, der sich bereit erklärt hatte, sie aufzuziehen, und sie galt der Erinnerung an ihre Mutter, die so große Hoffnungen in ihren Bruder als Ersatzvater gelegt hatte – aber sie war trotzdem tieftraurig.

Die Woche war wie im Flug vergangen. Juliet hatte sie bei ihrer Tante Grace im Krankenhaus verbracht, mit ihren Cousins und mit Kyle, dem Nachbarsjungen. Jack war mit ihnen ins Kino gegangen und hatte zwischen den beiden gesessen, was ihnen überhaupt nicht gefallen hatte. *Tja, Pech gehabt.* Molly hatte die Woche damit verbracht, Juliet und Davey ihre Lieblingsspeisen zu kochen und ganz allgemein viel Wind um die beiden zu machen. Es war schön zu sehen, dass sie sich zur Abwechslung mal auf was anderes als Wasserzähler konzentrierte. Ihn ließ sie nach wie vor links liegen, und er hielt die Füße flach, weil die Sache mit dem Buch immer näher rückte. *Armageddon.* Jack und Davey hatten mit Francie und Jay einen feuchtfröhlichen Abend im Pub verbracht. Es war ein schöner Abend mit viel Gelächter gewesen. Mit den Zwillingen gab es immer was zu lachen – Jack bewunderte sie für ihre Fähigkeit, aus allem einen Witz zu machen, es war eine Gabe, die er nicht teilte. Es war schön, seinen Sohn um sich zu haben, und es war jedes Mal traurig, wenn er wieder abreiste. Er vermisste ihn.

Er vermisste seine Tochter. Er vermisste seine Enkeltochter. Er vermisste seine Frau.

Grace hatte er am Tag nach der Operation endlich besucht. Sie war körperlich geschwächt durch die Schmerzen und mental geschwächt durch die starken Medikamente.

«Ist das mein Dad? Ich dachte schon, du hast mich nicht mehr lieb.»

«Ach, Grace, bitte fang jetzt nicht damit an», sagte er und hielt sich an seinen Blumen, den Pralinen und der riesigen Genesungskarte fest.

«Ich glaube, Blumen sind in Krankenhäusern inzwischen verboten», sagte Lenny entschuldigend.

«Im Ernst?», fragte Jack.

«Durchgeknallte Fürsorglichkeit.» Grace kicherte leise.

«Sie ist ein bisschen benebelt, oder, Lenny?»

«Sie steht völlig neben der Kappe, Jack.» Lenny bot ihm seinen Stuhl an.

«WIE GEHT ES DIR, SCHÄTZCHEN?», fragte Jack überdeutlich.

«Viel besser, jetzt, wo du da bist, Dad. Hat Ma dich mit einem Netz Orangen bedroht?»

«Nein. Ich bin von ganz allein gekommen.»

«Na! So ein großer Junge», sagte sie, und Lenny nickte entschuldigend.

«Es tut mir leid, Grace», sagte Jack.

«Was denn, Dad?»

«Na ja, dass ich, dass ich ...»

«Es tut dir nicht leid!»

«Wir sind verschiedener Meinung, Grace, aber ich liebe dich, und ich bin für dich da.»

«Willst du sie sehen, Dad?»

«Also jetzt aber ...!» Jack sprang auf und wich zurück.

«Tut mir leid, Jack, sie zeigt sie jedem, der zur Tür reinkommt, inklusive des Ehemanns einer Mitpatientin. Der Kerl stand kurz vorm Herzinfarkt.» Lenny zeigte auf die schöne Frau im Zimmer, die gerade ihre Tasche packte.

«Er wäre fast gegen die Scheibe gelaufen», sagte Annie. «Ich habe seit Ewigkeiten nicht mehr so gelacht.»

«Ach, Grace, was tust du denn?»

«Wieso denn? Das sind ja nicht meine, Dad. Die sind nicht echt, die Dinger. Sie sind ein Produkt der modernen Medizin.»

Lenny und Jack tauschten einen besorgten Blick. Grace drückte den Knopf, und ihre Augen wurden glasig.

«Die gute Nachricht lautet: Ich liebe Drogen!»

Von da an besuchte Jack seine Tochter jeden Tag, während sie im Krankenhaus war, und hinterher noch einen ganzen Monat lang zu Hause, und beide erwähnten die Mastektomie und ihre Implantate nie wieder auch nur mit einem einzigen Wort.

Mit Brian traf er sich in dessen Büro, um die Verträge zu unterzeichnen. Er war früher schon einmal in der Redaktion gewesen, um Rabbit zu besuchen, die ihm begeistert alles gezeigt hatte. Stolz hatte sie ihm ihren Arbeitsplatz präsentiert: «Hier sitze ich, Dad!» Und das war auch schwer zu übersehen gewesen: An den Wänden des kleinen Würfels hingen Bilder von Juliet, von der Familie, von Johnny, von der Band und auch eins, das nur sie und ihn zeigte. Er war so stolz gewesen auf seine Tochter, die Journalistin.

Nun ging er an ihrem alten Platz vorbei, wo jetzt jemand anderes saß, ein junger Mann mit Karohemd und Haarknoten auf dem Kopf. Die Wände waren leer, dafür standen Body

Spray und Handcreme auf dem Tisch. Von Rabbit keine Spur mehr. Jack setzte sich an Brians Tisch, und Brian zeigte ihm, wo er die bereits gezeichneten Verträge unterschreiben sollte. «Direkt hier.»

Jack musterte die Unterlagen und griff zum Stift. Er zögerte. Ein Jahr lang hatte er mit seiner Frau über alles Mögliche gestritten, buchstäblich über alles. Offensichtlich gab es nichts mehr, worin sie noch derselben Meinung waren, und jetzt auch noch das hier: die Sache, die den größten Keil von allen zwischen sie treiben würde – Rabbits Buch.

«Ist alles okay, Jack?», fragte Brian.

«Na klar. Alles in Ordnung», sagte er, dabei war überhaupt nichts in Ordnung.

«Sie können den Vertrag auch gerne mit nach Hause nehmen und ihn in Ruhe durchlesen», schlug Brian vor.

«Sie sind ein geduldiger Mensch, Brian. Wir haben über ein Jahr gebraucht, um an diesen Punkt zu kommen.»

«Wovor haben Sie Angst, Jack?»

«Vor meiner Frau», sagte Jack.

«Sie ist dagegen», stellte Brian fest.

«Molly ist der Meinung, wenn wir Rabbits letzte Tage veröffentlichen, setzen wir unsere Tochter dem öffentlichen Prüfstand aus. Menschen können grausam sein. Sie will nicht, dass ihr Mädchen von Wildfremden in der Luft zerrissen wird.»

«Das verstehe ich, aber viele Menschen werden sich mit ihr identifizieren, sie werden Trost in ihrer Geschichte finden, vielleicht werden sie Rabbit sogar ein bisschen lieben.»

«Sie wollte es so, Brian.»

«Absolut.»

«Habe ich Ihnen je erzählt, was sie an dem Tag zu mir

gesagt hat, als Sie ihren ersten Blog-Eintrag veröffentlicht haben?»

«Nein.»

«Sie sagte: ‹Weißt du, Dad, es ist sehr persönlich, es ist schwer, und manchmal wird es ziemlich hässlich. Und wenn du es liest, sei bitte nicht traurig oder sauer, sondern denk an die vielen Menschen, die genau dasselbe durchmachen, und denk vor allem an die, die keinen wie dich an ihrer Seite haben.›» Jack fing an zu weinen, und Brian gab ihm ein Kleenex aus der Schachtel in seiner Schreibtischschublade.

«Sie war eine hervorragende Journalistin, weil sie engagiert war, weil sie eine echte Verbindung suchte und weil ihr die Menschen wichtig waren, tief in ihrem Herzen», sagte Brian, griff noch einmal in die Schachtel und putzte sich selbst die Nase. «Sie würde laut lachen, wenn sie uns beide jetzt sehen könnte.»

Jack schniefte und wischte sich über die Augen. «Sie würde uns als Heulsusen bezeichnen, aber wissen Sie was? Wenn es um andere ging, hat meine Rabbit selber ständig geheult.» Die Männer entsorgten die durchweichten Taschentücher, und Jack griff wieder zum Stift. «Sie hat mir vertraut», sagte er, und dann unterschrieb er den Vertrag in vierfacher Ausfertigung.

«Molly wird irgendwann einlenken», sagte Brian.

«Vielleicht. Und vielleicht ist mir das inzwischen auch egal. Ich habe keine Kraft mehr», sagte Jack.

Höflich schlug er Brians Einladung zum Mittagessen aus, stand auf, durchquerte Rabbits ehemaliges Büro und trat durch den Vordereingang hinaus in den Sonnenschein. Es hätte ein Freudentag sein sollen; es hätte ein Sieg sein sollen. *Wir haben's geschafft, Häschen.* Sagte er in Gedanken und sah zum Himmel hinauf. *Wir haben's getan.* Er fuhr nach Hause, parkte den Wagen, ging zu Fuß zum Pub um die Ecke, und dann betrank er sich zum ersten Mal in seinem Leben allein.

Grace

An die ersten zwei Tage nach ihrer OP hatte Grace kaum eine Erinnerung, aber die erste Dusche hatte sich ihr ins Gedächtnis gebrannt. Es war schwer, mit zwei herunterhängenden Armen irgendetwas zu tun. Hochheben ging nicht, weil es viel zu schmerzhaft war und ihr außerdem ausdrücklich davon abgeraten wurde. Sie musste ohne Hilfe der Arme aus dem Bett aufstehen, auf den harten Boden treten und schlurfende Schritte tun, während von ihren empfindlichen, schmerzgellenden Brüsten zwei Drainagebehälter hingen. Das war eine unfassbare Tortur, es war die Hölle, sie fühlte sich so zerbrechlich und wund, ihr ganzer Körper war ihr fremd, als gehörte er nicht ihr, sondern irgendjemand anderem. Man hatte sie aufgeschnitten, wieder zusammengeflickt und notdürftig abgedichtet. Als sie es endlich leise weinend und an der Hand einer Krankenschwester bis ins Bad geschafft hatte, trat sie hinter den Vorhang. Tropf und Katheter waren fort; nur die ekelhaften Behälter voller Wundwasser und Blut mit den langen Schläuchen, die unter ihren Achselhöhlen an der Haut befestigt waren, behinderten sie noch. Sie steckten in Ryans Baumwollbeuteln, und weil Grace nicht wollte, dass sie nass wurden, entfernte die Schwester die Schutzhüllen. Grace brachte es nicht über sich, den Inhalt der Behälter anzusehen. Sie wollte und konnte sie weder berühren noch halten. Um sie auf den Boden zu stellen, waren die Schläuche zu kurz, und einfach hängen lassen ging auch nicht, weil die Flaschen sonst an ihrer Haut gezerrt hätten.

Die Schwester brachte einen kleinen Hocker in die Duschkabine. «Wir legen sie hierdrauf, Grace», sagte sie, und Grace konnte ihr nicht in die Augen sehen.

«Danke.» Sie drehte den Duschhahn auf, blieb außer Reichweite stehen und sah zu, wie der harte Strahl auf die Bodenfliesen prasselte. Sie konnte sich nicht vorstellen, sich darunterzustellen. Der Gedanke, wie Wasser auf ihre schmerzenden, empfindlichen Brüste traf, war unerträglich.

«Geht es Ihnen gut, Grace?», fragte die Schwester.

«Alles gut.» Sie wusch sich die Hände und streckte ein bisschen die Arme aus, alles tat weh und spannte und brannte. Sie brachte es nicht über sich, unter den Strahl zu treten, sie konnte unmöglich die Arme heben, sie war gefangen, kam nicht vor und nicht zurück, und vor dem Vorhang wartete die Schwester. Kein Tropfen Wasser erreichte ihre Brüste oder ihre Achselhöhlen, auch nicht ihren Bauch, ihre Vagina, ihre Arme, Beine, Füße. Schließlich beugte sie sich vor und machte Gesicht und Haare nass. Ihr wurde schwindlig, und sie hatte schreckliche Angst, ohnmächtig zu werden. Nein, es reichte, war vielleicht schon zu viel. Die ganze Zeit über weinte sie. Sie versuchte, nicht an sich hinabzublicken, aber die Schwester hatte die Kompressionsbandage entfernt, und ihre Patchworkbrüste waren nicht zu übersehen. *Keine Nippel.* Grace hatte ihre Brustwarzen nie wirklich geliebt, aber jetzt, wo sie weg waren, vermisste sie sie fürchterlich. Als sie aus der Duschkabine hinaustreten wollte, wäre sie fast ausgerutscht, und automatisch hob sie die Hand, um sich abzustützen. Der Schmerz, der sie durchfuhr, raubte ihr den

Atem, Grace schrie auf, und die Schwester war sofort zur Stelle, um sie zu beruhigen. Ihr war schwindlig und schlecht, und sie musste sich kurz auf den Hocker setzen.

«Alles in Ordnung, Grace, Sie machen das toll. Bald geht's nach Hause.»

Das war tatsächlich alles, was sie wollte: Sie wollte nur noch hier raus und nach Hause.

Als sie schließlich entlassen wurde, tobte in ihr eine Mischung aus unfassbarer Erleichterung, elender Angst und der altvertrauten, leise schleichenden Schuld. *Sie ist tot. Ich bin am Leben.* Rabbits Stimme erklang in ihrem Kopf. *Reiß dich zusammen, Grace, Scheiße noch mal!* Grace versuchte, sich nicht selbst leidzutun, das ließ die tote Rabbit in ihrem Kopf nicht zu. Zu Hause schlichen ihre Kinder auf Zehenspitzen um sie herum – das heißt alle bis auf Ryan. Der nannte sie Frankentits.

«Verstehst du, Ma? Frankenstein – Frankentits!»

«Ja, Ryan, ich hab's kapiert.»

«Ist leider nicht auf meinem Mist gewachsen, das hat sich einer von den Typen in der XXL-IQ-Fördergruppe ausgedacht.»

«Sehr beruhigend, dass du's überall rumerzählst.»

«Ich wusste nicht, dass das ein Geheimnis ist, Ma.»

«Ist es auch nicht, Ryan. Aber es ist etwas sehr Persönliches.»

«Oh. Ach so.»

Stephens Mission lautete, es seiner Mutter so bequem wie möglich zu machen. «Was immer du brauchst, Ma.» Wenn er nicht am College war, erledigten er und seine Freundin Charlene – ein ruhiges, großes, kluges Mädchen mit Hang zu klassischen Klamotten – die Einkäufe oder fuhren Bernard zu seinen umfangreichen Aktivitäten oder brachten Jeff zum Sport. Einmal wöchentlich fuhr die Mutter von Jeffs Freund Brill' O'Leary (benannt nach der übergroßen Brille, die er trug) ihn vom Basketball nach Hause und lieferte bei der Gelegenheit Selbstgebackenes an. Ryan fuhr überallhin mit dem Bus, weil er schließlich groß genug war, wie er sagte. Die Jungs kümmerten sich umeinander und jeder um sich selbst.

Lenny hatte eine Putzfrau angeheuert und abends das Kochen übernommen, wenn er nach Hause kam – Graces Job bestand darin, wieder gesund zu werden. Er kaufte teure Cremes und Heilsalben für sie und schenkte ihr sexy Seidenpyjamas. Eines Abends brachte er Blumen mit, ein andermal Pralinen, dann wieder einen Roman und immer so weiter. Er verwöhnte sie. Und er kümmerte sich zärtlich um sie, cremte sie überall dort ein, wo sie selbst nicht hinkam, weil sie die Arme nicht heben konnte, er kannte die Wunden und die beiden Zugänge unter den Armen besser als sie selbst und navigierte geschickt darum herum. Nie scheute er zurück, nie gab er ihr das Gefühl, weniger begehrenswert oder weniger weiblich zu sein; er ging gelassen mit der neuen Wirklichkeit um. Und Grace wartete währenddessen nur auf die nächste Hiobsbotschaft.

Den ersten Monat nach der OP verbrachte sie hauptsächlich sitzend im Bett oder mit ausreichend Rückenstützen im Wohnzimmer auf dem Sofa oder in dem großen Armsessel. Am Anfang war sie ohne ihre Arme so gut wie bewegungsunfähig und definitiv traumatisiert von dem Verlust ihrer Brüste. Sie war zerbrechlich und wund und geschwächt, weil es überall zwickte und spannte und schmerzte. Zwei weitere Wochen vergingen, und Grace kam allmählich wieder etwas zu Kräften. Sie fühlte sich nicht mehr so hilflos und konnte ihre Arme wieder gebrauchen. Obwohl sie immer noch fürchterlich empfindlich war, fühlte sie sich zunehmend wieder wie sie selbst. Sie hatte Glück gehabt, weil ihr Chirurg in der Lage gewesen war, bereits während der Operation eine große Menge Kochsalzlösung in ihren Gewebeexpander einzuleiten. Man hatte sie im Vorfeld gewarnt, sie könnte nach der Operation mit zwei leeren Hautsäcken konfrontiert sein, doch ganz so schlimm war es nicht geworden. Doch als die Schwellung abgeklungen war, wurde offensichtlich, wozu die Ventile dienten, die Grace nach wie vor unter den Armen trug: Die Gewebeexpander mussten regelmäßig nachgefüllt werden. Sie musste insgesamt noch dreimal in die Klinik zurück, um sich die Brüste füllen zu lassen. Lenny nahm sich jedes Mal einen Tag Urlaub, um sie zu begleiten, und Grace gab sich jedes Mal große Mühe, tapfer zu bleiben, während die Nadel durch das Ventil geführt wurde und die Spannung unter der Haut immer stärker wurde. Wenn sie sich dazu in der Lage sah, lud er sie hinterher zum Mittagessen ein. Er versuchte, das Beste daraus zu machen. Und obwohl Grace sich völlig darüber im Klaren war, wie gut sie es getroffen hatte, wartete sie immer noch jeden Tag auf die nächste Hiobsbotschaft.

In den ersten sechs Wochen kam Marjorie regelmäßig zu Besuch, entweder samstagvormittags oder sonntagnachmittags. Sie brachte immer eine Kleinigkeit mit, eine Topfpflanze oder eine Duftkerze, Blumen oder Parfüm – sie kannte Graces Duft, und Marjorie hatte ein Händchen für Geschenke. Natürlich sprachen sie auch über Marjories neuen Job. Sie war aufgeregt, regelrecht aufgekratzt und wirkte so strahlend und glücklich wie seit der Zeit nicht mehr, ehe Rabbit wirklich krank geworden war. Es war ein schöner Anblick. Einmal sprachen sie auch über «Davey und das Hotel», aber nur kurz, und Marjorie sagte, es wäre schön gewesen, aber es sei trotzdem vorbei und sie würde nach vorne sehen.

«Das ist gut, Marjorie.»

Sechs Wochen lang erwähnten Lenny und Grace das Thema Sex mit keinem einzigen Wort, es war auch keine Option, denn Grace konnte ja kaum eine Tasse Tee genießen, von Lennys körperlichen Zärtlichkeiten ganz zu schweigen. Schließlich waren acht Wochen vergangen, sie fühlte sich stärker und war allmählich wirklich wieder sie selbst. Nach zwölf Wochen war Grace wieder fit, nicht zu hundert Prozent, aber zu achtzig. Sie hatte immer noch keine Lust auf Sex, aber Lenny war die ganze Zeit so wunderbar gewesen, und er hatte verdient, dass sie die Initiative ergriff, er hatte es verdient, seine Frau zurückzukriegen.

Es war Freitagabend, Stephen war mit Charlene unterwegs, Bernard und Jeffrey waren beim Sport, und Ryan war Gott weiß wo und tat Gott weiß was, und sie hoffte nur, dass er sich im Rahmen der Legalität bewegte. Sie ging in die Badewanne, und während sie im Schaumbad lag, wurde ihr klar, dass sie sich an ihre neuen Brüste gewöhnt hatte. Von den fehlenden Brustwarzen abgesehen, hatten sie eine schöne Form, und wenn erst die Zugänge entfernt und neue Nippel tätowiert wären, würde sie sich bestimmt wieder so gut wie ganz fühlen. Lennys teure Cremes und Salben hatten sie narbentechnisch vor dem Schlimmsten bewahrt. Sie zog ihren Lieblings-BH an, aber er passte nicht. *Ach ja, davor hatten sie mich gewarnt.* Trotzdem war es aus irgendeinem Grund ein Schock für sie. Sie setzte sich auf die Bettkante, weinte ein paar Minuten, zog den BH wieder aus und räumte ihn weg. Sie hatte noch nicht wieder genug Energie, um shoppen zu gehen, und fühlte sich unter allzu vielen Menschen unwohl, weil sie immer noch einen gewissen Sicherheitsabstand brauchte. Sex konnte sie sich zwar genauso schlecht vorstellen wie Shoppen, aber es musste sein. Sie schlüpfte in einen schwarzen Seidenmorgenmantel und in ein rotseidenes Höschen und zog ihre roten High Heels an, doch leider erinnerten die Schuhe sie an den Augenblick, als sie in den OP geschoben worden war – *Mist, damit ist ein Paar Lieblingsschuhe beim Teufel* –, und sie entschied sich für die schwarzen. Sie hörte, wie unten die Haustür ins Schloss fiel, und rief Lenny zu sich nach oben. Sie zählte seine Schritte auf der Treppe, die dritte Stufe von oben knarzte wie immer. Sie war nervös und wusste nicht, wohin mit sich. *Gott, ich komme mir so dämlich vor!* Sie breitete sich auf dem Bett aus. Nein, das fühlte sich bescheuert an. Sie setzte sich auf die Bettkante, schlug die Beine übereinander und stützte das Kinn auf den Zeigefinger. *Albern!* Sie stellte sich hin und stemmte die Hände in die Hüften. *Jetzt seh ich aus wie Wonder Woman.* Als Lenny durch die Tür kam, befand sie sich zwischen zwei Posen und machte vor Schreck einen Knicks. *Verfluchte Scheiße, Himmel noch mal!*

«Was ist denn hier los?», fragte er, registrierte das sexy Outfit und versuchte, den Knicks zu ignorieren.

«Es ist Zeit», sagte sie.

«Bist du sicher?»

«Ja. Bin ich. Aber fass sie bitte nicht an. Nein. Das ist unfair. Okay. Du darfst sie anfassen, aber nur ganz, ganz vorsichtig.»

«Ich weiß, Grace», sagte er und zog sich das Jackett aus.

«Lenny, wir machen das jetzt.»

«Und du bist dir absolut sicher?»

«Schau mich an!», sagte sie und nahm die Wonder-Woman-Pose wieder ein.

Lenny stieß einen tiefen Seufzer aus, als erwarteten ihn Hölle und Verdammnis. «Okay», sagte er. «Okay.»

Sie gingen aufeinander zu, und kurz vor ihr blieb er stehen und hielt ein wenig Abstand, um ihren neuen Brüsten Raum zu geben. Er beugte sich zu ihr und küsste sie, zaghaft und zärtlich und ganz und gar nicht leidenschaftlich. Sie küssten sich noch ein bisschen weiter – Lenny allem Anschein nach vor allem, um etwas Zeit zu schinden. Sie bewegten sich langsam auf ihr Ehebett zu, legten sich hin, und er küsste sie wieder, während sie dachte *Jetzt mach schon vorwärts, Lenny, verdammt!*, aber er schwebte immer noch ein Stückchen über ihr, um ihr nicht weh zu tun. Brustabwärts bis zum Schritt runter berührten sie sich nicht. Er küsste ihren Hals und dann, in Ermangelung von Alternativen, ihren Arm. Grace zog sich das Höschen aus, in der Hoffnung, die Sache damit ein bisschen interessanter zu gestalten. Er zog sich ebenfalls die Hose aus, setzte sich auf sie und wiegte sich ein paar Minuten lang vor und zurück, und dann wurde klar, dass er immer noch so weich war wie ein Stück Butter in der Sonne. *Fuck!*

«Tut mir leid», sagte er und löste sich von ihr. «Ich bin einfach nur müde. Ich hab eine anstrengende Woche hinter mir.»

«Nicht schlimm», log sie ihn an.

Sie verzog sich ins Badezimmer und weinte. *Das wird wieder, das war der allererste Versuch. Ich bin immer noch nicht wieder ganz in Ordnung. Das wird wieder.*

Juliet

Während der ganzen Woche in Irland versuchte Juliet, Davey zu sagen, wie sie sich fühlte und dass sie wieder nach Hause wollte. Sie übte in Gedanken, vor dem Spiegel, und sie schrieb es auf. Aber Davey gegenüber brachte sie einfach keinen Ton raus. Und außerdem: Was verlangte sie da von ihm? Sollte er etwa einfach alles aufgeben und zurück nach Dublin ziehen? Und wenn nicht, würde sie es schaffen, ihn zu verlassen? Sie konnte ihn unmöglich im Stich lassen, nach allem, was er für sie getan hatte, jetzt, wo er inzwischen so auf sie angewiesen war. Wer würde sich in Zukunft um ihn kümmern? Und wo sollte sie auch hin? Zu Grace in den Wohnwagen vielleicht? Zu ihrer Gran in die Abstellkammer? Gran und Grandad waren zu alt, um sich um sie zu kümmern, und Grace hatte schon genug Probleme. In Irland zu bleiben, wäre egoistisch und brutal. Davey wäre am Boden zerstört, er hatte es ihrer Ma versprochen, und sie hatte ihr dasselbe Versprechen gegeben. Sie durfte dieses Versprechen nicht brechen. Jetzt hieß es die Zähne zusammenbeißen, Augen zu und durch. In viereinhalb Jahren würde sie Medizin studieren. *Alles verändert sich. Nichts bleibt, wie es ist.*

Die Rückkehr in ihr amerikanisches Leben fiel ihr nicht schwer, sie waren ja nur eine Woche zu Hause gewesen. Sie und Kyle hatten Fortschritte beim Küssen gemacht, und sie hatte jede Minute, die sie nicht bei ihrer Familie war, mit ihm verbracht. Beim Abschied von Kyle hatte sie geweint, und sie hatten einander versprochen, jeden zweiten Tag zu skypen. Sie fragte Davey, ob sie zu Weihnachten nach Hause fliegen könnten, und er willigte ein, hielt es sogar für eine gute Idee. Bis dahin waren es nur sechs Monate. Ihre Perspektive hatte sich verändert, es war nicht mehr schlimm, nach Hause zu fliegen. Sie hatte gemerkt, dass ihre Ma in Irland überhaupt nicht tot war, ganz im Gegenteil. Auf den Straßen von Dublin war Rabbit so lebendig wie nirgendwo sonst auf der Welt.

Sie fand schnell in ihre gewohnte Routine zurück: lernen, sich um den Haushalt kümmern, um Daveys Termine, um die Wäsche. Er wollte, dass sie damit aufhörte, dass sie wieder mehr Kind war, und meinte, es sei sein Job, sich um sie zu kümmern, aber sie tat diese Dinge nun mal gern, sie verschafften ihr eine Rechtfertigung, hier zu sein. Sie brauchte das Gefühl, nützlich zu sein. Sie trat mit Vehemenz für ihren Standpunkt ein. Er nickte und sagte, dass er nichts von dem verlange, was sie tat. Verlangen vielleicht nicht, aber notwendig war es trotzdem, denn Davey war das totale Chaos – sie hatte keine Ahnung, wie er je ohne sie zurechtgekommen war. Vielleicht würde er seine Dinge mit einem persönlichen Assistenten geregelt kriegen, aber so jemanden gab es in seinem Umfeld nun mal nicht, und obwohl Davey ständig Orte und Zeitzonen wechselte, hatte er weder eine Uhr noch ein Gespür für Tage und Uhrzeiten. Juliet war seine Uhr, sein Kalender und sein Gedächtnis. Sie wusste, wann er wo zu sein hatte und mit wem er sich wozu traf, und das gefiel ihr. Es war zwar nicht so schön wie zu Hause mit Kyle, ihren Cousins, Gran und Grandad, aber es war besser als nichts. Es war ein Leben.

Im Oktober gingen sie wieder auf Tour, ausgerechnet, als sie sich in Nashville endlich eingelebt hatte, ihre Leistungen wieder konstant wurden und alles richtig gut lief. Sie schnitt in ihren Prüfungen sehr gut ab und war auf dem besten Weg zur Überfliegerin. Doch Gemma, ihre Hauslehrerin, konnte nicht mit auf Tour kommen. Sie hatte andere Pläne, Pläne, über die Lehrer nicht mit Schülern sprachen. Für Juliet war das ein heftiger Schlag. Der neue Hauslehrer war ein Mann namens Zac. Er war in den Dreißigern und ein Hippietyp, der sein ganzes Leben zu Hause unterrichtet worden war. Er benutzte ständig das Wort «Mann» und roch nach Räucherstäbchen. Zac war nett, aber er war nicht Gemma. Mit Gemma hatte sie auch über Mädchenthemen sprechen können, über Dinge, die sie mit Davey nicht besprechen konnte. Natürlich gab es auch noch Casey und Mabel, aber die waren mit ihren Jobs und den eigenen Kindern beschäftigt. Gemma war nur für sie allein da gewesen.

Sie gingen zwei Monate lang auf Tour, also bis knapp vor den Feiertagen, aber Davey hatte versprochen, dass sie Weihnachten nach Hause fliegen würden, und online zwei Flugtickets erster Klasse gekauft. Er redete albernes Zeug, begeisterte sich darüber, sie nach Hause zu bringen, zurück in die Arme ihres Liebsten.

«Muss ich mir wegen dieses Jungen Sorgen machen?», fragte er.

«Ich bin dreizehn, Davey.»

«Knapp vierzehn.»

«Das ist trotzdem jung, Davey», sagte sie, und er nickte.

«Wenn du mal darüber sprechen willst, ich meine, über diesen Jungs-und-Mädchen-Krempel, kannst du jederzeit zu mir kommen oder zu Casey oder Mabel.» Er erstickte fast an den Worten.

«Danke.»

«Und deine Tante Grace ist auch immer nur eine Telefonleitung entfernt, okay?»

«Okay. Danke.»

«Oder deine Gran.»

Juliet sah ihn an.

«Oh, nein, lieber doch nicht», sagte er. «Die würde den Hörer wegwerfen und den armen Kerl erschlagen.»

«Mit einem Netz Orangen», sagte Juliet.

«Genau. Das ist ihre Lieblingswaffe.»

Eigentlich hätte sie ihm gern erzählt, dass Trevor, der Tontechniker, sich ihr gegenüber schräg benahm. Seit der Rückkehr aus Irland versuchte sie, ihm möglichst aus dem Weg zu gehen. Wenn er vorschlug, ihr was beizubringen, erfand sie eine Ausrede. Immer wenn sie zusammen im Lift fuhren oder er in der Schlange an der Tankstellenkasse oder in einer Kantine hinter ihr stand, kam er ihr ein bisschen zu nahe. Die Luft zwischen ihnen war inzwischen zum Schneiden. Juliet hasste es. In seiner Nähe fühlte sie sich unwohl. Sie überlegte, was sie zu Davey sagen sollte, wie sie das Thema anschneiden könnte, aber sie hatte keine Ahnung, sie wusste ja nicht mal, was genau da eigentlich los war. Also ließ sie es bleiben. Wäre Gemma noch bei ihnen gewesen, hätte sie sich vielleicht ihr anvertraut.

Als sechs der acht Wochen Tour rum waren, klopfte Trevor mit einem alten Zehnkanalmischpult in der Hand an ihre Hotelzimmertür. Sie war gerade in der Wanne gewesen, trug nur den Bademantel und war müde. Sie sagte ihm, dass sie gleich ins Bett gehen würde, und ihr war fürchterlich unbehaglich, weil sie unter dem Bademantel nichts anhatte.

«Ist Davey da?», fragte er.

«Nein. Die proben einen neuen Song», sagte sie. Sie fand die Frage seltsam, er sollte eigentlich wissen, wann geprobt wurde.

«Ich hab dir was mitgebracht», sagte Trevor, schob sich an ihr vorbei ins Zimmer und legte das Mischpult aufs Bett.

Sie überlegte, ob sie die Tür offen lassen sollte, doch das hätte komisch ausgesehen, also schloss sie die Tür.

«Mit so einem hat deine Mom gearbeitet», sagte er.

Juliet blieb an der Zimmertür stehen.

«Das gleiche wie auf den Fotos», sagte er, und es stimmte. Es war tatsächlich genau dasselbe Mischpult.

Das verleitete sie dazu, einen Schritt ins Zimmer zu machen. Sie berührte die Regler. «Das ist echt cool! Das kann ich doch nicht annehmen ...» Sagte sie und hoffte, dass er wieder ging.

«Hab ich gern gemacht. Wir sind doch schließlich Freunde, oder?», fragte er, und plötzlich hatte sie Angst. Sie wusste selbst nicht, weshalb. Er lächelte, aber ihr zog sich der Magen zusammen. «Ich zeig dir, wie man damit umgeht.»

«Musst du nicht.»

«Will ich aber. Das könnte unser Projekt werden, und zu Weihnachten zeigst du Davey, was du gelernt hast.»

«Nein, schon okay, ehrlich.» Sie wollte, dass er ging. *Geh weg. Bitte, bitte, bitte!*

«Juliet, das Teil hat mich 'ne Stange Geld gekostet!»

«Oh.»

«Wir sind doch noch Freunde, oder?»

«Klar.» *Nein!*

«Komm, ich geb dir 'ne kleine Übungsstunde», sagte er.

«Ich bin müde.» Sie raffte den Bademantel fester zusammen.

Aber er hörte gar nicht zu. Er tat, als erklärte er ihr die Regler. Er beugte sich über sie, drückte sich richtig gegen sie, und Juliet war klar, dass hier etwas völlig verkehrt lief. *Oh nein! Oh nein!* Als er den Gürtel ihres Bademantels löste, erstarrte sie. Ihre Haut wurde eiskalt, und dann griff er nach ihrer kleinen Brust. Er stand direkt hinter ihr, ragte bedrohlich über ihr auf. Sie hörte seinen Reißverschluss, und dann spürte sie, wie er sich hinter ihr bewegte. Sie schrie nicht, bewegte sich keinen Millimeter. Sie stand stocksteif da, hoffte, dass es vorüberging, und hatte schreckliche Angst, Davey könnte plötzlich ins Zimmer kommen. *Der bringt ihn um! Der bringt ihn um, und dann muss er ins Gefängnis, und dann bringt jemand aus einer Gefängnisgang ihn um, und alles ist nur meine Schuld.*

Trevor stöhnte, spritzte hinter ihrem Rücken auf den Teppich und wischte danach alles wieder weg. Juliet stand immer noch starr da, und das Herz pochte wie verrückt in ihrer Brust. Ihre Hände waren so fest zu Fäusten geballt, dass die Fingernägel die Haut durchbohrten.

«Das war schön», sagte er. «Ich bin gern mit dir zusammen.»

Dann war er plötzlich verschwunden, und ihr wurde fürchterlich schlecht. Sie versuchte, sich zu übergeben, aber es kam nichts heraus. Auch keine Tränen. Sie zog sich nur stumm ihren Schlafanzug an, verriegelte zweimal die Tür, ging ins Bett, rollte sich zu einer Kugel zusammen und schlang die Arme um sich, so fest sie konnte. Als Kyle sich an diesem Abend auf Skype meldete, ging sie nicht ran, und als ihr Onkel im Nebenzimmer an die Verbindungstür klopfte und fragte, ob alles okay sei, sagte sie: «Alles okay, gute Nacht!» Und dann weinte sie sich in den Schlaf.

Marjorie

Marjorie liebte ihren neuen Job. Er war genau das, was sie sich immer erträumt hatte. Nette, engagierte Kollegen und eine lockere, oft von Aufregung und Adrenalin durchsetzte Atmosphäre. Es machte ihr Spaß, neue Ideen, neue Ansätze, neue Start-ups zu unterstützen, und sie war gut darin. Sie kannte das Bankwesen in- und auswendig, sie kannte sich bestens mit Finanzen aus, sie konnte gut mit Menschen umgehen, und sie war voller Energie und frisch erwachter Hoffnung. Plötzlich herrschte um sie herum keine Weltuntergangsstimmung mehr. Einige Ideen waren inspiriert und inspirierend zugleich und gaben ihr das Gefühl, alles sei möglich. Es war ein neues Gefühl für Marjorie, das sie so noch nicht gekannt hatte, und sie wusste nicht recht, wie sie damit umgehen sollte. Täglich standen Besprechungen mit Kunden auf dem Programm, und sie labte sich regelrecht an den jungen, hellen Köpfen, an deren Energie und dem schier unendlichen Potenzial. Donnerstags und freitags traf man sich auf ein paar Drinks in angesagten Bars am glitzernden Kanal. Möglicherweise glitzerte der Kanal auch nur in ihren Augen so – eines stand jedenfalls fest: Das Leben hatte sich zum Besseren gewendet.

Auch mit ihrer Mutter ging es bergauf, und ihre Beziehung verbesserte sich mit jedem Waffenstillstand und jeder sarkastischen Bemerkung. Zwischen ihnen herrschte eine eigenartige Mutter-Tochter-Dynamik. Doch seit Marjorie aufgehört hatte, höflich zu sein und jede aus Kummer oder Wut fallengelassene Bemerkung ihrer Mutter persönlich zu nehmen, hatte sich tatsächlich etwas zwischen ihnen verändert. Zur Feier des erfolgreichen ersten Monats in ihrem neuen Job lud sie ihre Mutter zum Abendessen in ein schickes Restaurant ein. Vera war zu dem Zeitpunkt schon ziemlich geschickt mit dem Stock unterwegs und nutzte ihn im Gedränge vorzugsweise als Waffe.

«Bitte schlag das Kind nicht, Ma», sagte Marjorie.

«Das war kein Schlag, sondern sanft angetippt, und außerdem hat der kleine Racker versucht, mir ein Bein zu stellen», sagte Vera über das Kleinkind, das ihr im Weg war.

Als irgendwann einmal ein Mann im Rollstuhl sie versehentlich am Ellbogen streifte, hatte Vera sogar versucht, ihm den Stock zwischen die Speichen zu stecken.

«Himmel, Ma, ich nehm dir den Stock weg, wenn du nicht damit aufhörst», warnte Marjorie. Im Grunde benötigte Vera den Stock gar nicht mehr, er diente ihr eigentlich nur noch zur mentalen Unterstützung und natürlich als Gedächtnisstütze, damit ihre Tochter nur ja nicht vergaß, dass Vera jetzt eine Invalidin war und auf keinen Fall vernachlässigt werden durfte.

Das Restaurant war wundervoll und das Essen köstlich, und natürlich hatte Vera an ihrem Hauptgang etwas auszusetzen, obwohl sie praktisch den Teller ableckte. Als der Kellner sie fragte, ob alles in Ordnung gewesen sei, antwortete sie, etwas weniger Knoblauch und sehr viel mehr Kartoffeln wären ihr lieber gewesen. Zur Nachspeise gönnten sie sich beide ein Eis.

«Du isst sonst nie Dessert», sagte Vera.

«Ich habe eben Hunger.»

«Du solltest ein bisschen auf deine Figur achten. Frauen in deinem Lebensabschnitt legen um die Mitte herum gerne etwas zu.»

«Frauen in meinem Lebensabschnitt?»

«Im Klimakterium.»

«Ich bin zweiundvierzig.»

«Ich war vierzig.»

«Du kannst mich mal, Ma!»

«Nenn mich nicht Ma! Ich bin deine Mammy.»

Hinterher fuhren sie schweigend nach Hause.

«Jetzt bist du beleidigt», stellte Vera irgendwann fest.

«Kinder reagieren beleidigt. Ich ignoriere dich.»

«Wäre es dir etwa lieber, du wüsstest nicht, was auf dich zukommt?»

«Da kommt nichts auf mich zu.»

«Es heißt, Töchter kommen nach ihren Müttern.»

«Du hattest andere Themen.»

«Auch wenn die Symphysiotomie für die meisten Probleme verantwortlich ist, die Wechseljahre hatten nichts damit zu tun», sagte Vera.

«Ich bin nicht in den Wechseljahren», erwiderte Marjorie.

«Das kann jeden Moment so weit sein.»

«Kannst du bitte aufhören, dich wie eine Zicke zu benehmen?»

«Wollte ich gar nicht. Ich wollte dir nur helfen.»

«Du hast eine komische Art, mir zu helfen.»

Sie brachte ihre Mutter ins Haus und sagte, sie würde Mittwoch die Einkäufe vorbeibringen und Samstag mit ihr spazieren gehen.

«Es ist zu kalt für einen Spaziergang.»

«Erzähl das deinem Physiotherapeuten.»

«Ich gehe nicht spazieren.»

«Und wenn ich dich an den Haaren vor die Tür zerren muss. Du gehst spazieren.»

«Ich bin nicht die einzige Zicke in dieser Familie.»

«Aber, aber, Ma – ich will dir nur helfen.»

Bis auf Veras Thematisierung der Wechseljahre und die vor der Nase zugeknallte Haustür war der gemeinsame Abend nicht schlecht gewesen. Sie hatten sogar über einen dämlichen Witz gelacht.

«Was ist der Unterschied zwischen Jesus und einem Holländer?», hatte Vera gesagt, als der Vorspeisensalat serviert worden war. Marjorie war sprachlos und wusste nicht gleich, was sie sagen sollte. Einen Augenblick lang fürchtete sie, ihre Mutter hätte wieder einen Schlaganfall.

«Was ist der Unterschied zwischen Jesus und einem Holländer?», fragte Vera noch einmal.

«Ich habe keine Ahnung.»

«Jesus macht aus Wasser Wein, der Holländer Tomaten», sagte sie, nickte bestätigend und lächelte.

Marjorie war fassungslos. «Hast du gerade einen Witz gemacht, Ma?»

«Hab ich neulich im Fernsehen gehört», sagte Vera und fing an zu lachen, und Marjorie lachte ebenfalls, wenn auch in erster Linie vor Schreck. Aber zusammen gelacht war zusammen gelacht.

Als sie das Haus ihrer Mutter wieder verließ, war jedoch sämtliches Gelächter vergessen, und das Thema Wechseljahre türmte sich drohend am Horizont.

Marjorie war nicht der Typ, der ständig Buch führte, und erst recht nicht, was ihre Periode betraf. Deshalb kam ihr auch erst nach sehr langem Nachdenken die Erkenntnis, dass sie womöglich ein bisschen drüber war. Als sie zum letzten Mal ihre Tage gehabt hatte, hatte sie noch nicht wieder gearbeitet, und in ihrem neuen Job war sie jetzt seit einem

Monat. Als sie sich daraufhin wirklich ernsthaft das Hirn zermarterte, fiel ihr wieder ein, dass sie auf einer Dinnerparty gewesen war und keine Tampons dabeigehabt hatte. Sie konnte sich deshalb so gut daran erinnern, weil sie die Gastgeberin um einen Tampon hatte bitten müssen. Die Frau benutzte aber keine und hatte ihr stattdessen mit einer Binde von der Größe eines Kopfkissens ausgeholfen, was den Abend äußerst unkomfortabel gemacht hatte. Sie hatte die Einladung noch auf ihrem Computer.

Als sie nach Hause kam, suchte sie die Mail und stellte fest, dass ihre Periode fast drei Wochen überfällig war. *Verfluchter Wechsel!* Sie fing an zu googeln und machte sich vor Sorge beinahe in die Hose. Aussetzen der Periode: *stimmt.* Stimmungsschwankungen? Na ja, sie hatte ihre Mutter beim Abendessen Zicke genannt. *Stimmt.* Nachtschweiß: *noch nicht.* Vaginale Trockenheit: *ach du liebes Lieschen!* Sie stand noch ganz am Anfang, vieles davon würde sie erst durchmachen, wenn sie in die Menopause kam. Sie hatte Zeit, sich daran zu gewöhnen. Sie war ziemlich müde in letzter Zeit und aß viel öfter Süßes, was eigentlich nicht zu ihr passte. Sie hatte nicht das Gefühl, zugenommen zu haben, aber jetzt, wo sie darüber nachdachte, musste sie zugeben, dass die neuen Klamotten, die sie sich fürs Büro gekauft hatte, ein winziges bisschen eng wurden. Sie beschloss, zum Arzt zu gehen und sich testen zu lassen. Warum sollte sie sich nicht Gewissheit darüber verschaffen, ob noch ein paar Eier in der Schachtel waren? Außerdem gab es Hormonersatztherapie. Es kam überhaupt nicht in Frage, dass sie das ohne Hilfe durchmachte.

Sie vereinbarte einen Termin in zwei Wochen, weil sie hoffte, bis dahin vielleicht doch noch ihre Tage zu bekommen. Aber nichts. Null. Nada. *Ich bin im Wechsel. Verfluchte Scheiße!*

Sie betrat das Sprechzimmer, schilderte ihre Symptome und schloss mit dem Satz: «Bei meiner Mutter hat es mit vierzig angefangen. Ich bin zweiundvierzig.»

«Okay. Könnten Sie eventuell schwanger sein?»

«Wie bitte?»

«Hatten Sie in letzter Zeit ungeschützten Geschlechtsverkehr?»

«Äh ja ... also einmal. Ist schon eine Weile her.»

«Wie lange?»

«Etwa sechs Wochen?»

«Und ihre letzte Periode liegt acht Wochen zurück?»

«So ungefähr», sagte Marjorie.

«Und Sie haben noch keinen Schwangerschaftstest gemacht?»

«Nein. Auf die Idee bin ich überhaupt nicht gekommen. Ich habe lange versucht, ein Kind zu kriegen. Hat nicht geklappt.»

Die Ärztin sah sie an, als hätte sie nicht mehr alle Tassen im Schrank. Daraufhin ging Marjorie auf die Toilette und pinkelte auf ein Stäbchen, das die Ärztin ihr mitgegeben hatte. Als sie zurückkam, hielt sie das Stäbchen unter dem Pullover versteckt.

«Was machen Sie denn da? Warm halten?», fragte die Gynäkologin, als Marjorie sich weigerte, das Teststäbchen rauszurücken.

«Nein, aber ich bin mir nicht sicher, ob ich für das, was vielleicht gleich kommt, bereit bin.»

«Wenn Sie möchten, kann ich nachsehen.»

«Okay.» Sie reichte ihr das Stäbchen.

Die Ärztin musterte das Testfeld und nickte. «Also, die Wechseljahre sind es jedenfalls nicht.» Sie hielt das Stäbchen in die Höhe, auf dem «schwanger» stand, und Marjorie brach in Tränen aus.

Davey

Juliet hatte sich verändert. Sie wirkte in sich gekehrt und klammerte. Sie wollte nicht allein sein, war ständig in seiner Nähe, wie ein Schatten – außer er war auf der Bühne. Sie kam zu keinem Konzert mehr mit. Stattdessen wollte sie nach Nashville zurück; sogar mit einem Vierundzwanzig-Stunden-Kindermädchen war sie einverstanden, solange sie nur nicht mehr mit auf Tour musste. Davey war verwirrt. Einerseits wich sie ihm nicht von der Pelle, andererseits verlangte sie, tausend Meilen weit weg zu sein. Er redete mit Casey darüber. Auch ihr war die Veränderung in Juliet nicht entgangen.

«Sprich mit ihr.»

«Ich habe mit ihr geredet. Aber sie redet nicht mit mir.»

Daraufhin versuchte Casey, mit Juliet zu sprechen, jedoch ohne Erfolg. Juliet sagte nur, sie habe vom Touren die Nase voll.

«Sie ist eben ein Teenager.»

Aber das reichte Davey nicht. Also versuchte Mabel, mit ihr zu sprechen.

«Hey, Süße, was ist denn los?»

«Nichts.»

«Du bist nicht mehr glücklich bei uns.»

«Ich will einfach nur endlich an einem Ort bleiben. Ich bin eben anders als ihr», antwortete sie.

«Sie verschweigt was», sagte Mabel. Was Casey veranlasste, Mabel vorzuwerfen, sie sei von Haus aus misstrauisch, worauf Mabel konterte, wenn Casey so aufgewachsen wäre wie sie, hätte sie auch gelernt, zwischen den Zeilen zu lesen.

Verdammt, was ist hier los?

Als dann zu Weihnachten Schneechaos herrschte und sämtliche Langstreckenflüge annulliert wurden, bekam Juliet fast einen Nervenzusammenbruch. Sie verbrachte den Weihnachtstag im Bett, heulte sich die Augen aus dem Kopf, und selbst die Skype-Anrufe von Grace, Lenny und ihren Cousinen, von Gran, Grandad und Kyle halfen nichts. Juliet war untröstlich. Zu Weihnachten nicht nach Irland zu können, hatte ihr einen heftigen Schlag versetzt, und egal was Davey tat, von diesem Schlag schien sie sich nicht wieder zu erholen. Juliet wurde immer unkonzentrierter und bekam Lernschwierigkeiten.

«Was kann ich tun?», fragte er flehend, aber sie sagte, alles sei okay, und bat ihn, sie einfach in Ruhe zu lassen, und das tat er dann auch. Juliet war zutiefst unglücklich, und er konnte nichts dagegen tun. *Ich versage. Ich lasse sie im Stich.*

«Was wäre deiner Meinung nach in dieser Situation das Beste?», fragte Casey ihn eines Abends, als sie nach der Probe noch zusammensaßen.

«Ich weiß es nicht.»

«Doch, ich glaube schon, dass du das weißt», entgegnete sie.

«Sprich nicht in Rätseln, ich habe keinen Nerv zum Rätselraten.»

«Ich werde dir jetzt sicher nichts einreden, Davy. Frag

dich, was sie braucht, und wenn du weißt, was es ist, sorg dafür, dass sie es bekommt. Darum geht's beim Elternsein.»

«Das hier ist nicht das Richtige für sie, oder?», fragte er, und es brach ihm das Herz.

«Nein.» Casey klang untröstlich. «Sie braucht ihre Familie.»

«Es tut mir leid», sagte er, und Casey lächelte ihn an, obwohl ihr die Tränen runterliefen.

«Muss es nicht. Wir waren ein tolles Team, Davey Hayes.»

«Ja. Das waren wir.»

Sie hoben die Gläser und tranken aus. Am Eingang zur Bar trennten sich ihre Wege.

«Du bist immer noch der beste Freund auf der ganzen Welt», sagte sie.

«Ganz meinerseits.»

Sie umarmten sich lang und innig, und als sie sich voneinander lösten, fühlte es sich an, als würde ein kleiner Teil von ihm ein bisschen sterben.

Kurze Zeit später nahm Casey in Nashville ein neues Album auf, und sie einigten sich darauf, dass er den Schlagzeugpart einspielen würde, während Juliet ihre Prüfungen ablegte. Und das war's dann: Entscheidung gefällt; ein einziges Gespräch hatte sein Leben in eine grundlegend neue Richtung geführt. Aber wenn er ehrlich war, wusste er, dass es keinen anderen Weg gab. Schon in dem Moment, als er seine sterbende Schwester gebeten hatte, ihn als Vormund seiner Nichte in Betracht zu ziehen, hatte sein Leben sich grundlegend verändert. Er hatte einfach nur anderthalb Jahre gebraucht, um es zu merken.

Mit den neuen Plänen im Gepäck klopfte er an Juliets Zimmertür.

«Geh weg!», rief sie ihm zu.

«Es gibt Neuigkeiten», sagte er.

«Geh weg, Davey. Bitte, geh einfach weg.» Sie klang entsetzlich traurig.

«Es tut mir leid, Bunny», sagte er und erntete Schweigen. «Aber weißt du, ich habe eine Idee. Sobald du deine Prüfungen hinter dir hast, könnten wir zwei nach Irland zurückgehen. Was hältst du davon?», sagte er zu Juliets geschlossener Zimmertür. Er hörte es rascheln, dann hörte er Schritte, die Tür wurde aufgeschlossen und öffnete sich knarzend einen Spaltbreit.

Mit verweinten Augen und zitternder Unterlippe stand sie vor ihm. «Im Ernst?», fragte sie.

«Im Ernst.»

«Danke, Davey! Danke», sagte sie und fing wieder an zu weinen, dankbare, erleichterte Freudentränen. Sie schlang ihm die Arme um die Taille und drückte sich fest an ihn.

«Ich hab dich lieb, Davey!», sagte sie, und Davey atmete auf. *Geschafft!*

Zwei Stunden später bekam er einen Anruf von Marjorie.

«Ich habe gerade an dich gedacht ...»

«Davey, sitzt du?»

«Warum?»

«Ich bin schwanger.»

Darauf ließ sich Davey auf den nächsten Stuhl fallen.

Molly

Zum großen Streit, zum großen Finale kam es beim Weihnachtsessen. Molly hätte wissen müssen, dass es darauf hinauslaufen würde. Es brodelte seit dem Anhörungstermin.

Der Anwalt, ein Mann namens Mark Mooney, war ein Freund ihres Familienanwalts und hatte sich bereit erklärt, im Auftrag aller Beteiligten zu agieren. Er war in den Fünfzigern und ein nüchterner Mensch mit wenig Sinn für Geschwätz und sehr guten Fachkenntnissen. Er erklärte ihnen, es gehe nicht darum, sie zu verteidigen, er würde lediglich um Akteneinsicht bitten, um sich einen Überblick über die Beweislage der Anklage zu verschaffen. Noch vor Mittag waren sie wieder draußen. Er verabschiedete sich, sämtliche Dokumente unter dem Arm, und Molly ging mit Thomas, Nicole und Pauline essen. Zur Anhörung war Jack zwar aufgetaucht, er hatte sich aber ganz nach hinten gesetzt. Er überließ sie sich selbst. Er kam mit in das Lokal, hatte jedoch weder Lust auf Mittagessen noch auf Gespräche über irgendwelche Wasserzählerkriege. Die Beweislage war erdrückend. Vor allem gegen Molly, die offensichtliche Rädelsführerin. Mark hatte ihnen erklärt, dass alle bis auf Molly wahrscheinlich mit einer Geldstrafe davonkommen würden, ihr aber eventuell gemeinnützige Arbeit drohte.

«Das tue ich doch sowieso schon.»

«Das wäre ein Schuldspruch, Molly.»

«Ich bin über siebzig Jahre alt, das geht mir am Arsch vorbei», sagte sie.

Aber Jack ging es nicht am Arsch vorbei. Er war entsetzt. «Das ist nicht richtig.»

Schon vor der Anhörung hatten sie kaum noch ein Wort miteinander gesprochen, und danach hörten sie auf, sich das Bett zu teilen. Jack zog in Daveys altes Zimmer. Sie hörte auf zu kochen, und er hörte auf, sich zu kümmern. Er ging zum Essen in den Pub und verbrachte die Zeit mit Sean und ein paar Kumpels, die er vom Boule-Spielen kannte. Molly machte weiter wie immer und tat, als würden nicht gerade ihre Ehe und ihr ganzes Leben implodieren. *Es tut mir leid.*

Zu Weihnachten zog sie trotz allem sämtliche Register. Grace, Lenny und die Jungs kamen zum Essen, und bis zur Nachspeise war auch alles einigermaßen höflich und nett vonstattengegangen. Dann erkundigte sich Lenny bei Jack, wie es mit dem Buch voranging.

«Wovon redest du?», fragte Molly, Grace stöhnte auf, und Lenny fiel vor Schreck das Gesicht runter.

«Weiß sie nichts davon?», fragte Lenny.

«Was für ein Buch?»

«Rabbits Buch erscheint im März», sagte Lenny.

Molly war blind vor Wut. «Du riesengroßes Arschloch!», schrie sie.

Lenny stand auf. «Jungs, holt eure Mäntel.»

«Beruhige dich, Molly. Es besteht kein Grund, ausfallend zu werden», sagte Jack.

Molly stand ebenfalls. «Ich habe dir verboten, dieses Buch zu veröffentlichen.»

«Und ich habe dir gesagt, dass ich tun werde, worum meine Tochter mich gebeten hat.» Die Jungs sahen wie hypnotisiert zu.

«Die Mäntel! Sofort!», rief Lenny. Doch sie machten keinen Mucks.

Grace stand ebenfalls auf. «Ma, Dad, kommt, lasst uns vernünftig darüber reden.»

«Du willst verzweifelt was ganz Besonderes sein, stimmt's, Jack?»

«Hier geht es überhaupt nicht um mich, du grässliches altes Weib!»

«Es geht sogar nur um dich, Jack!»

«Sie wollte es. Sie hat es auf ihrem Sterbebett geschrieben!», schrie er.

«Ihr verfluchtes Hirn war voller Krebs. Sie wusste gar nicht mehr, was sie wollte!»

«Das ist nicht wahr, Ma», mischte Grace sich ein.

«Sie hat ihre Tochter einem wandelnden Riesenbaby anvertraut, das in einem Bus lebt! Rabbit war schon lange fort, ehe sie gestorben ist.» *Es tut mir leid.*

«Nein. Das ist nicht wahr, Molly», widersprach auch Jack.

«Jungs! Wenn ihr nicht sofort eure verdammten Mäntel holt und ins Auto verschwindet, bring ich euch eigenhändig um», sagte Lenny. Weil Stephen mit Charlene beim Essen war, hatten sie nur Bernard, Ryan und Jeff dabei.

«Dürfen wir den Weihnachtskuchen mitnehmen?», fragte Ryan.

«Greif zu, Kind», sagte Molly.

«Danke, Gran», sagte Ryan und nahm die Kuchenplatte vom Tisch.

«Frohe Weihnachten, Gran und Grandad, hab euch lieb», sagte Bernard.

«Bringt euch bitte nicht um», sagte Jeff.

«Versteck lieber die Orangen, Grandad», rief Ryan im Hinausgehen.

Auch Grace und Lenny traten den Rückzug an. «Ich melde mich später, Ma», sagte Grace, und Molly nickte.

«Ich will, dass du es stoppst.»

«Kann ich nicht. Ich habe im Mai den Vertag unterschrieben.»

«Du mieser Lügner!»

«Da war nichts gelogen. Ich habe dir gesagt, dass ich das durchziehe. Du hast mir nur nicht geglaubt.»

«Ich bring dich vor Gericht!»

«Das kannst du nicht.»

«Ich find schon einen Weg.»

«Ich verstehe nicht, wovor du solche Angst hast. Lies es doch einfach mal, und du wirst sehen, es ist wunderschön», sagte er.

«Wunderschön? Na klar! Ja, genau, das war ja alles so wunderschön. Eine junge Frau, die verstümmelt und vergiftet wird, die sich anpisst und anscheißt, die blutet und heult, und das ganze Jammern und Flehen nicht zu vergessen. Ja, das war wirklich was ganz Besonderes!»

«Das Buch ist viel mehr als das. Es handelt von Liebe und Freude und von all den guten Dingen, von denen wir zwei auch mal ein Teil waren. Kannst du dich noch daran erinnern, Molly?»

«Ich will, dass du verschwindest», sagte sie.

«Nein.»

«Verschwinde, Jack.»

«Und wo soll ich bitte hin?»

«Wie wär's mit deinem neuen besten Kumpel Brian? Weißt du was? Ist mir auch egal. Du bist in diesem Haus nicht mehr willkommen.»

«Das kannst du nicht machen.»

«Raus hier», sagte sie, und ihm war klar, dass sie es ernst meinte.

Zwei Stunden später kam ein Anruf von Grace: «Also, Dad schläft jetzt bei mir auf dem Sofa.»

«Schön.»

«Wie lange soll das gehen, Ma?»

«So lange, bis du ihn rauswirfst. Vermiete ihm doch deinen Scheißwohnwagen», sagte sie und legte auf, und dann heulte sie sich die Augen aus. Ihre Tochter im Tod zu beschützen, wäre das Mindeste, was sie hätte tun müssen, wenn sie es schon nicht geschafft hatte, sie im Leben zu beschützen. *Es tut mir leid.*

Ihre Ehe war am Ende, und das bevorstehende Gerichtsverfahren saß ihr tonnenschwer im Nacken. Nach außen hin tat sie so, als mache ihr die ganze Sache nichts aus. Schließlich war sie Molly Hayes. Sie hatte schon ganz andere Dinge überstanden. Das hier war gar nichts, Pillepalle. Nur dass es eben sehr wohl etwas war. Sie hatte gegen das Gesetz verstoßen, und jetzt musste sie sich dem Zorn des Gerichts stellen. Es raubte ihr den Schlaf. Auch wenn sie das niemals zugeben würde. *Es tut mir leid.*

Nach einer geschlagenen Woche im Bett und nachdem sie sämtlichen Anrufen von ihrer Tochter, den Fingal-Four, der Obdachlosenunterkunft, der Kleiderkammer und der Suppenküche aus dem Weg gegangen war, quälte Molly sich schließlich aus dem Bett und schleppte sich zum Arzt. Angus war seit dreißig Jahren ihr Hausarzt.

«Sie sehen schlecht aus, Molly», sagte er.

«Mir geht's auch schlecht.»

«Was ist los?»

«Meine Mutter hatte es doch ein bisschen mit den Nerven, wissen Sie noch?»

«Ja. Ich erinnere mich.»

«Ich hatte immer Angst, dass ich eines Tages auch so werde wie sie.»

«Wie fühlen Sie sich, Molly?»

«Als würde ich innerlich sterben. Als würde ich mich am liebsten abschalten, und draußen geht alles viel zu schnell. Verstehen Sie, was ich sagen will?»

«Es ist okay, niedergeschlagen zu sein.»

«Nein. Ist es nicht.»

«Sie haben Ihre Tochter verloren.»

«Das habe ich.» Ihr liefen Tränen übers Gesicht. «Ich habe sie verloren.»

«Ich verschreibe Ihnen ein Antidepressivum. Werden Sie es nehmen?»

«Ich will nicht so werden wie meine Mutter», antwortete Molly.

«Sie sind nicht wie Ihre Mutter, Molly. Sie trauern, und Sie brauchen ein bisschen Unterstützung. Das ist alles.»

«Ich weiß nicht, ob ich jemals wieder da rausfinde.»

«Sie finden wieder heraus. Sie sind schließlich Molly Hayes», sagte er und lachte leise.

«Ja, und was ist daran schon so toll?», sagte sie.

«Sehen heißt glauben», antwortete er.

Sie verließ die Praxis mit einem Rezept, löste es am selben Tag ein und nahm noch am gleichen Abend die erste Tablette.

Drei Tage später kam Marjorie zu Besuch, um ihr zu verkünden, dass sie schwanger war. Diese Neuigkeit war ein Schock. Marjorie war kein junges Küken mehr, sie war zweiundvierzig Jahre alt und zum ersten Mal schwanger.

«Heiliges Kanonenrohr», rief Molly vor Schreck. «Jesus, Maria und Josef!», sagte sie und legte Marjorie sofort die Hand auf den Bauch. «War das Davey? Hat mein Hornochse von Sohn dir das angetan, Schätzchen?»

«So würde ich es eigentlich nicht ausdrücken.»

«Also ist es von ihm», sagte Molly, und Marjorie nickte. Molly holte tief Luft und bekam feuchte Augen. Sie schlug die Hände zusammen und lächelte so breit und aus dem Herzen heraus wie seit einer Ewigkeit nicht mehr. «Na, wenn das keine Neuigkeiten sind!», sagte sie und drehte sich kurz um, als wollte sie ihrem Mann etwas zurufen. *Hast du das gehört, Jack? Hast du gehört, dass unsere Marjorie und Davey ein Kind bekommen?* Aber sie tat es nicht, denn er war nicht da, also nahm sie stattdessen Marjorie in die Arme und drückte sie fest an sich. «Was für eine wunderbare Nachricht», sagte sie. «Ach, das hätte Rabbit gefallen!»

Marjorie brach in Tränen aus. «Danke. Das habe ich wirklich gebraucht.»

«Hast du schon mit Davey gesprochen?»

«Vorgestern Abend. Er sagt, er kommt zurück nach Hause.»

«Wegen dir und des Kindes.»

«Er sagt, er wäre sowieso zurückgekommen, wegen Juliet, aber doch ... ja, wahrscheinlich. Es ist kompliziert. Jedenfalls freut er sich.»

Genau das hatte Molly sich so sehr gewünscht: Ihr Sohn und ihre Enkeltochter kamen endlich nach Hause. Und trotzdem fühlte sie sich immer noch völlig taub. «Man sollte meinen, er würde es wenigstens seiner Mutter erzählen.»

«Ich hab ihn gebeten, dass ich es dir sagen darf», antwortete Marjorie.

«Wer hat dich lieb, Marjorie?»

«Molly hat mich lieb.»

Drei Monate später war es tatsächlich so weit, und nach einer Tagung des Familienrats zog Jack wieder zu Hause ein, und zwar in die Abstellkammer. Molly wehrte sich nicht, sie hatte nicht die Kraft dazu, und Jack hätte zu beinahe allem ja und amen gesagt, nur um vom Sofa seiner Tochter runterzukommen. Juliet zog in Graces altes Zimmer und Davey in sein Kinderzimmer. Er fing sofort an, sich nach einer passenden Immobilie für sich und Juliet umzusehen, und zahlte einer Privatlehrerin fünfhundert Euro die Woche. Es war eine Zwischenlösung, bis sie ein Zuhause und eine neue Schule gefunden hatten. Davey gestand seiner Mutter ziemlich bald, dass er Juliet noch nichts von Marjories Schwangerschaft erzählt hatte.

«Machst du Witze?»

«Nein, Ma. Jetzt flipp nicht gleich aus.»

«Marjorie ist in der dreißigsten Woche, du Riesenhornochse.»

«Ich weiß, aber Juliet war in letzter Zeit echt schräg drauf, und dann war sie plötzlich so glücklich, und ich wollte ihr das nicht kaputt machen. Sie hätte bestimmt geglaubt, dass ich es für mich und nicht für sie tue.»

«Aber du hast es für dich und nicht für sie getan», sagte Molly.

«Das stimmt nicht. Die Entscheidung stand, ehe Marjorie mir was von dem Kind erzählt hat.»

Molly schüttelte seufzend den Kopf. «Tja, und so hast du mal wieder alles schlimmer gemacht.»

«Dann hilf mir», sagte er.

«Ich kann die Zeit nicht zurückdrehen», sagte sie.

«Wir sagen es ihr zusammen.»

«Na gut. Wir sagen es ihr zusammen.»

Beim Abendessen gab Molly erst Davey und Juliet etwas auf den Teller, Jack kam zum Schluss dran. Doch er schien es nicht zu bemerken. Anscheinend war er froh, dass er überhaupt etwas bekam und sie ihm keinen Teller an den Kopf knallte. Schließlich setzte sie sich mit an den Tisch.

«Das schmeckt super, Gran», sagte Juliet.

«Ist nichts Besonderes, Schätzchen.»

«Ich habe dein Essen vermisst.»

«Das ist Hähnchen Jägerart. Das hat deine Mammy geliebt.»

«Schmeckt spitze, Ma» sagte Davey. «Stimmt's, Dad?»

Jack nickte nur stumm, und Molly schnaubte verächtlich. «Der alte Kauz kann Hähnchen Jägerart nicht mal von panierter Hähnchenbrust unterscheiden», sagte sie.

Davey schien nervös zu werden, dass das Gespräch eine falsche Richtung nahm, und wechselte das Thema: «Marjorie kommt zum Nachtisch. Stimmt doch, Ma?»

«Cool! Ich freu mich so, sie wiederzusehen», sagte Juliet zwischen zwei Bissen.

«Ach, wo wir gerade dabei sind …», sagte Molly und räusperte sich. «Habe ich dir eigentlich erzählt, dass Marjorie ein Baby bekommt?»

«Ist nicht wahr!», sagte Juliet. Sie schien sich aufrichtig zu freuen. «Und von wem?», fragte sie, und Davey hielt den Atem an.

«Ja, weißt du, das ist eine lustige Geschichte», setzte Molly an, und Davey vergrub den Kopf in den Händen. Sie sah ihm an, dass er bereute, sie um Hilfe gebeten zu haben. «Erinnerst du dich noch an das Konzert zu Ehren deiner Ma?»

«Klar.»

«Also, weißt du, Davey und Marjorie haben hinterher noch auf ihre ganz eigene Weise weitergefeiert.»

«Wie meinst du das?»

Jack nahm seinen Teller mit Hähnchen Jägerart und verließ das Zimmer.

«Das Kind ist von mir, Juliet», sagte Davey und pikte mit der Gabel in die Luft, wie um den Satz noch zu betonen.

«Von dir?», fragte Juliet.

«Ja. Ist das nicht schön?» Molly sah, wie ihrer Enkeltochter die Tränen in die Augen stiegen.

Juliet schob den Teller weg. «Ganz toll!», sagte sie tonlos und rannte die Treppe hinauf.

«Was war das denn, Ma?», fragte Davey fassungslos.

«Ich hätte es auch tanzen können. Hätte keinen Unterschied gemacht.»

Als Marjorie eintraf, weigerte Juliet sich, nach unten zu kommen. Stattdessen verrammelte sie die Tür. Jack saß im Wohnzimmer und sah bei ohrenbetäubender Lautstärke fern. Molly, Davey und Marjorie saßen mehr oder weniger schweigend in der Küche und aßen gekaufte Pavlovas.

Jack und Molly benahmen sich wie zwei Fremde unter einem Dach, während Davey versuchte, seine Eltern und seine Nichte zu beschwichtigen und gleichzeitig zu Marjorie eine neue Beziehung aufzubauen. Molly stand an der Seitenlinie und sah zu, ohne sich einzumischen. *Was kommt, das kommt.* Es würde nicht einfach werden: Marjorie, die plötzlich ein Kind an Bord hatte, und Davey, der Ersatzvater mit einem ganzen Leben auf dem Buckel, in dem es immer nur um ihn gegangen war. Molly hatte zwar keine Ahnung, ob das funktionieren würde, doch sie hoffte es. Sie betete zwar nicht dafür – sie betete ja überhaupt nicht mehr, nicht seit der Totenwache –, aber sie nahm weiter ihre Tabletten und hoffte, dass sie irgendwann wieder irgendwas fühlen würde. *Es tut mir leid.*

TEIL SIEBEN

Die Heimkehr

Marjorie

Riesige Veränderungen kamen auf sie zu, und zwar massiv und viel zu schnell, und sie war nicht darauf vorbereitet.

Wir sind jetzt eine Familie, Rabbit.

Wir waren immer eine Familie, Marj.

Was denkt Johnny eigentlich darüber?

Johnny denkt nicht, Johnny ist tot. Marjorie musste kichern.

In den drei Monaten, während Davey sein Leben in Amerika aufgelöst und sich auf die Heimreise vorbereitet hatte, hatten sie regelmäßig telefoniert. Oft waren ihre Gespräche in Verhandlungen darüber gemündet, wie es weitergehen solle. Er war zu allem bereit gewesen. Marjorie war sich nicht so sicher gewesen. Schließlich hätten sie sich wahrscheinlich nie wiedergesehen, wenn sie nicht schwanger geworden wäre.

«Das stimmt nicht», hatte er gesagt. «Nach Hause zurückzugehen war die schwerste Entscheidung, die ich je getroffen habe, und das einzig Positive daran war die Vorstellung, dich wiederzusehen. Ich wollte dich anrufen, um es dir zu sagen, aber du warst schneller. Ich liebe dich, Marj, früher und jetzt und für immer.»

Sie hatte es nicht gleich glauben können, und es hatte eine Weile gedauert, bis es tatsächlich zu ihr durchgedrungen war.

Was meinst du, Rabbit?

Du liebst ihn Marj, früher und jetzt und für immer.

Dann kam er endlich zurück und stand mit einem Riesenblumenstrauß und breitem Grinsen im Gesicht vor ihrer Tür. Sie brach in Tränen aus und fiel ihm in die Arme. Dann setzten sie sich aufs Sofa und aßen Kuchen, und sie weinte noch immer. Als er auf ihren Bauch starrte und seine Hände darauflegte, lachten sie, und sie weinte. Sie redeten, und sie weinte. Sie küssten sich, und sie weinte. Sie hatten Sex, und sie hörte nicht auf zu weinen, aber gleichzeitig lächelte sie und stöhnte und schrie die Worte «Heilige Maria Mutter Gottes, ich danke dir!», und dabei ritt sie ihn, als müsste sie einen wilden Stier zähmen.

Ihre Mutter reagierte erstaunlich positiv auf die Schwangerschaft.

«Tja. Jetzt ist dein Leben vorbei.»

«Kannst du dich bitte ein bisschen für mich freuen?»

«Tue ich. Ein neues Leben ist etwas Wunderbares, und seien wir doch mal ehrlich: Du hattest einen guten Lauf.»

«Danke.» Marjorie wusste, dass sie aus dem Munde ihrer Mutter nie etwas Besseres zu hören kriegen würde. *Hey, Rabbit. Hinter all ihrer Zickigkeit ist Vera begeistert. Ich vermisse dich, Glatzkopf.*

Was als Haussuche für zwei begonnen hatte, wurde zur Suche nach einem Haus für vier. Marjorie inserierte ihre Wohnung zum Verkauf, obwohl Davey protestierte. Er konnte sich auch ohne ihr Geld ein Haus leisten, aber wenn sie schon mit im Spiel war, dann ganz. Er verstand sie. Juliet war nicht so entgegenkommend.

«Was? Die zieht dann bei uns ein? Im Ernst?», sagte Juliet, als Marjorie direkt danebenstand.

«Also hör mal! Wen meinst du mit ‹*die*›? Wir sprechen hier über Marjorie, okay?», sagte Davey.

Darauf verließ Juliet wortlos das Zimmer.

Davey gestand Marjorie, wie hilflos er war. Er wurde einfach nicht schlau aus ihr. «Ich habe ihr das alles tausendmal erklärt. Sie weiß, dass ich sie mehr liebe als mein Leben. Sie weiß, dass wir eine Familie sind.»

Er versuchte es, Marjorie versuchte es, Molly versuchte es, Grace und Jack versuchten es, sogar Francie und Jay versuchten, mit ihr zu reden. Aber Juliet knallte allen die Tür vor der Nase zu. Die Zwillinge drehten sich zu Marjorie und den versammelten Hayes um, die auf ein Byrne'sches Interventionswunder gehofft hatten.

«Die ist 'ne harte Nuss», sagte Jay.

«Genau wie ihre Ma», sagte Francie.

«Sie wird uns in ihrem eigenen Tempo zurück in ihr Herz lassen», sagte Molly und tätschelte Marjorie die Schulter. «Du hast nichts falsch gemacht.»

Marjorie verstand. «Das ist eine Riesenveränderung, Davey. Es ist ja für mich schon schwer, Schritt zu halten. Wie muss das erst für Juliet sein.»

Sosehr sie sich auch in Juliet einfühlen konnte und so entschlossen sie auch war, zu ihr durchzudringen, das Kind, das mal ihre Freundin gewesen war, schien alles daranzusetzen, ihre Feindin zu werden.

Ich weiß nicht, was ich machen soll, Rabbit. Wie kriege ich das wieder hin? Was würdest du tun?, fragte sie.

Ich würde nicht lockerlassen, Marj.

Marjorie versuchte auf jede nur erdenkliche Weise, mit Juliet in Kontakt zu treten, aber Juliet blockte alles ab, und Marjorie hatte auch noch andere Sorgen. Sie war ständig müde und gab ihr Bestes, die Arbeitstage an der Seite von enthusiastischen, ideensprühenden Jungspunden durchzustehen, während sie ständig gegen den Drang kämpfen musste, zu pinkeln, zu kotzen, zu furzen oder zu rülpsen. Obendrauf kam auch noch das Entsetzen ihres Chefs über ihren Zustand. Er gab sein Bestes, sich nichts anmerken zu lassen, aber ihre Elternzeit bescherte ihm für den Zeitraum des halben Jahrs, das sie weg sein würde, eine riesige Lücke. Sie war eben erst durch diese Tür gekommen, sie hatte sich noch nicht das Recht verdient, die Firma im Regen stehen zu lassen. Es war peinlich und unprofessionell, und sie merkte, wie sie sich ständig für ihre unerwartete Fruchtbarkeit entschuldigte. Marjorie tat ihr Bestes, um die Situation zu kompensieren, schob Überstunden, um Eindruck zu machen, und ihre Performance war trotz geschwollener Füße und nachmittäglicher Powerschläfchen beeindruckend. Sie wollte auf keinen Fall ihren perfekten Job verlieren. Sie wollte Davey nicht verlieren oder das Baby, und Juliet auch nicht – auch wenn die sich wie ein zickiger Teenager benahm. Marjorie hatte tatsächlich etwas zu verlieren. Es war überwältigend. Dazu kamen verrückt spielende Hormone, eine riesige Angst vor sämtlichen Was-wenns und die ständigen Untersuchungen beim Frauenarzt, die nötig waren, um sicherzustellen, dass eine Greisin wie sie ein gesundes Kind zur Welt brachte. Sämtliche Tests brachten hervorragende Ergebnisse, meistens kam Davey mit, und bei jedem Ergebnis, das ins Haus flatterte, führte er einen kleinen Freudentanz auf.

«Supergut, Marj. Supergut!»

Hörst du das, Rabbit? Supergut. Alles supergut.

Grace war ihr eine große Stütze, sie hatte handfeste Ratschläge parat und war für alle Fragen offen.«Als Davey mir heute einen guten Morgen gewünscht hat, wollte ich ihm eine reinhauen – ich bin doch nicht mehr ganz dicht, oder?»

«Nein. Das ist ganz normal.»

«Ich könnte ständig heulen. Ist das normal?»

«Ja.»

«Ich will alles gleichzeitig: Sex und Heulen und Davey eine reinhauen. Ist das normal?»

«Völlig normal.»

«Himmel! Ein Kind ausbrüten ist echt hart.»

«Das ist noch gar nichts. Warts ab, bis du die Küchenmesser vor dir selbst verstecken musst.»

Grace war schon immer ein bisschen durchgeknallter als du oder ich, stimmt's, Rabbit?

Oh ja!

Ihre Wohnung war, bereits drei Wochen nachdem Marjorie sie inseriert hatte, verkauft, und sie hatte nach einem kleinen Bieterkampf einen hübschen Gewinn erzielt. Sie hatte die Immobilie damals zum Tiefstpreis erstanden, jetzt zogen die Märkte wieder an; die Rezession war vorbei. Davey hatte für den Übergang eine Wohnung für sie drei angemietet. Am Anfang schliefen Davey und sie noch im selben Bett. Das war gleichzeitig seltsam und schön, aber irgendwann wurde sie so dick, dass sie das ganze Bett für sich benötigte. Das ständige Rumgewälze und Hin und Her, die plötzlichen Hitzewallungen und das damit verbundene Decke hoch und Decke wieder runter alle fünf Minuten vertrugen sich weder mit einem gemeinsamen Schlafzimmer noch mit jeglicher Form von Intimität. Also zog Davey ins Gästezimmer.

«Geht der Ärger jetzt schon los?», hatte Juliet am nächsten Morgen tonlos gefragt.

«Marjorie braucht nur etwas Raum», antwortete er.

«Das ist ein Witz», sagte Juliet und frühstückte in ihrem Zimmer.

«Das wird wieder. Sie wirkt viel glücklicher als in den Staaten, ob du es glaubst oder nicht.»

«Das ist wenig tröstlich», sagte Marjorie.

«Nein», sagte Davey, und sie hielten einander eine Weile im Arm.

Es war schön, aber gleichzeitig war ihr viel zu heiß, sie schwitzte, und sie spürte einen schlimmen Druck auf einer Region ihres Körpers, der sie eigentlich noch nie irgendwelche Aufmerksamkeit geschenkt hatte, nämlich ihrem Damm. Sie hatte Angst, dass das Baby vielleicht rausfallen könnte.

Dann kam ihr letzter Arbeitstag. Marjorie machte früher Schluss und übergab ihre Aufgaben an Kollegen, ehe sie erst mit ihrer Mutter einkaufen gehen und sich danach mit Davey treffen wollte, um den Kaufvertrag für eine große Doppelhaushälfte mit vier Schlafzimmern und Blick aufs Meer in Clontarf zu unterschreiben. Es war ein Traum, zwar nicht ihrer, aber ein Traum war es trotzdem. Leider war sie viel zu schwanger, um es zu genießen. Sie sah nicht nur aus wie eine winzige Frau mit einer gigantischen Kugel – ihr Bauch glich einem Luftballon kurz vor dem Platzen –, genauso fühlte sie sich auch. Noch zwei Wochen. *Ich kann das nicht.* Sie zupfte sich eine störrische Wimper aus und schrie auf vor Schmerz – ein Gefühl, als hätte man sie ins Auge gestochen. Alles tat ihr weh. Außerdem war sie müde, so unglaublich müde. Seit Wochen hatte sie nicht mehr richtig geschlafen. Das Baby trat und boxte sie und spielte mit ihrer Blase Fußball und tat ihrem Gedärm unverzeihliche Dinge an. Ihre Verdauungsstörungen spotteten jeder Beschreibung, Essen wurde regelrecht ihr Feind. Dabei hatte sie Essen immer geliebt. Sie vermisste es. In den letzten Wochen ihrer Schwangerschaft lebte sie nur noch von Crackern und Kuchen.

Ihre Kollegen feierten Marjories Mutterschutz mit Kuchen im Aufenthaltsraum, und obwohl sie erst seit acht Monaten Teil des Teams war, hatten sie zusammengelegt und ihr eine Glückwunschkarte und einen Babyschlafsack geschenkt. Sie war dankbar und gerührt, versprach hoch und heilig, in spätestens einem halben Jahr wiederzukommen, und dann musste sie dringend gehen. Auf dem Weg zu ihrer Mutter saß sie weinend im Auto, weil sie sich nicht sicher war, ob sie ihr Versprechen halten konnte. *Ich bin so müde. Ich bin zu alt, um Mutter zu werden. Dieses Baby bringt mich um.*

Ihre Mutter erwartete sie schon an der Haustür, bewaffnet mit Einkaufstasche und Gehstock. «Wie war dein letzter Tag?», fragte Vera.

«Gut. Und es war nicht mein letzter Tag.»

«Glaubst du.»

«Sei bitte nicht so negativ», sagte Marjorie.

«Okay. Du siehst hübsch aus.»

«Ich sehe aus, als würde jeden Moment ein Alien aus mir rausplatzen.»

«Du strahlst.»

«Ich schwitze.»

«Du machst es einem nicht leicht, nett zu dir zu sein, Marjorie.»

«Tut mir leid.»

«Können wir irgendwo zu Kaffee und Kuchen anhalten?», fragte ihre Mutter.

«Wie du willst.»

Vera lächelte. «Ich hätte gerne was mit Konfitüre und Schlagsahne.»

Vera Shaw war milde geworden. Es war ein langsamer, fast unmerklicher Prozess, aber sie wirkte weniger verbittert, zufriedener sogar. Sie erfreute sich an kleinen Dingen, die ihr früher niemals aufgefallen wären, und das war schön zu sehen.

«Was immer du möchtest, Ma.»

«Mammy», korrigierte Vera sie.

«Mammy.»

«Und ich würde gerne etwas für das Baby kaufen gehen.»

«Das musst du nicht.»

«Ich möchte aber.»

Marjorie kamen schon wieder die Tränen, Freudentränen diesmal. «Danke, Mammy.»

Sie verbrachten eine Stunde im Einkaufszentrum, und als sie Veras Einkäufe erledigt und auch noch etwas Hübsches für das Baby ausgesucht hatten, musste Marjorie sich dringend hinsetzen und etwas essen. Weil sie weder Kaffee noch Tee anrühren konnte – das Sodbrennen war geradezu lächerlich –, bestellte sie ein Glas kalte Milch und verschlang ein Stück Double Chocolate Cheese Cake, während Vera sich eine Portion Victoria Sponge mit einem Extraschlag Sahne schmecken ließ. Zwischen zwei Bissen brachte Vera die Sprache plötzlich auf ihren Vater.

«Möchtest du, dass dein Vater von dem Baby erfährt?», fragte sie.

Marjorie hätte sich fast verschluckt. «Nein!»

«Das verstehe ich, aber bist du dir wirklich sicher?»

«Absolut. Er interessiert sich nicht für mich, also weshalb sollte er sich für das Baby interessieren?»

«Ich weiß es nicht», antwortete Vera. «Ich finde nur, so was erzählt man eben.»

«Ich nicht.»

«Okay.»

Marjorie schob den Kuchen weg und trank die Milch, die sie früher niemals angerührt hätte.

Vera spielte mit dem restlichen Victoria Sponge auf ihrem Teller. «Niemand ist vollkommen», sagte sie.

«Das weiß ich.»

«Manche von uns sind weit davon entfernt», fuhr sie fort. «Ich war keine gute Mutter. Das weiß ich.»

«Du warst schon okay, Mammy.»

«Nach meiner Erfahrung ist ‹schon okay› das Gegenteil von gut.»

«Ich weiß nicht, worauf du hinauswillst.»

«Auf gar nichts. Ich möchte mich lediglich entschuldigen. Du hättest was Besseres verdient. Das ist alles», sagte sie.

Jetzt weinte Marjorie hemmungslos, während Vera den Kuchen aufaß.

Auf der Rückfahrt unterhielten sie sich über Graces anstehende Ovarektomie und Mollys unmittelbar bevorstehende Gerichtsverhandlung. Am nächsten Tag sollte es so weit sein. Weder äußerte Vera sich herablassend über die Tatsache, dass Grace sich die Eierstöcke entfernen ließ, noch machte sie eine gemeine Bemerkung über Mollys Krieg gegen die Stadtverwaltung. Ihr lag so einiges auf der Zunge – Marjorie sah ihrer Mutter den inneren Kampf an, es stand ihr offen ins Gesicht geschrieben –, aber sie riss sich zusammen, und dafür war Marjorie ihr dankbar. Sie sprachen über das neue Haus und wie schön es sein würde, am Meer zu wohnen. Beim Abschied ergriff Marjorie die Gelegenheit, sich bei ihrer Mutter zu entschuldigen.

«Ich möchte mich bei dir entschuldigen.»

Vera drehte sich zu ihr um. «Wofür denn?»

«Für den Zustand deiner Muschi.»

Vera kicherte. «Das warst nicht du», sagte sie und legte zärtlich die Hand an Marjories Wange. «Das waren die.» Sie zeigte zum Himmel, und ihre Stimme zitterte ein wenig.

«Es tut mir trotzdem leid», sagte Marjorie und meinte es auch so. Ihre Mutter hatte sie geboren, und das hatte sie zerstört, und endlich konnte Marjorie es verstehen.

Vera lächelte. «Du wirst eine gute Mutter sein», sagte sie und stieg aus dem Wagen.

Marjorie konnte nicht sprechen, also winkte sie nur und fuhr davon. Sie weinte so heftig, dass sie am Straßenrand anhalten musste, weil sie vor lauter Tränen nichts mehr sah.

Ein Polizist beugte sich zu ihr ins Auto. «Ist alles okay?», fragte er.

«Meine Mutter hat mir eben gesagt, dass sie mich liebt. Also zwar nicht wortwörtlich, aber ... ja, sie liebt mich», sagte Marjorie.

«Es ist bald so weit, stimmt's?» Er starrte auf ihren riesigen Bauch.

«In zwei Wochen.»

«Durch den Wind?»

«Ziemlich.»

«Soll ich Sie begleiten?»

«Ach, nein.»

«Sicher nicht?»

«Ich weine einfach noch ein bisschen weiter, wenn ich darf.»

«Hinter dem Pub an der Ecke gibt es einen Parkplatz, da können Sie weinen, so viel Sie wollen.»

«Danke.» Marjorie verabschiedete sich, bog auf den Parkplatz ein und heulte wie ein Baby. *Ach, Rabbit, wenn du mich jetzt sehen könntest.*

Davey

Davey musste sich Gedanken machen, womit er in Zukunft sein Geld verdienen wollte. Musik war sein Leben, und er wollte weiter in diesem Bereich arbeiten, aber ohne rund um die Welt zu tingeln und jeden Abend hinter dem Schlagzeug zu sitzen. Er wollte ein häusliches Leben mit Juliet, Marj und dem Baby. Online sah er sich nach passenden Studiengängen um und stieß auf einen Musikabschluss, für den er sich bewerben konnte. Er recherchierte und wusste, dass das Studium wie für ihn gemacht war. Nach dem Abschluss könnte er sogar seinen Master machen. Dann könnte er unterrichten. Das würde ihm gefallen. Es fühlte sich richtig an.

Das mit Marjorie und dem Baby fühlte sich auch richtig an, nach allem, was sie beide durchgemacht hatten. Sie sprachen dieselbe Sprache. Sie kannte seine positiven Seiten und hatte Geduld mit den negativen. *Genau wie Rabbit.* Was ihre Beziehung betraf, machte er sich überhaupt keine Sorgen. Juliet war es, die ihm Kopfzerbrechen bereitete. *Ach, Rabbit, was mache ich nur falsch?*

Bleib einfach dran, Davey.

Das Verhalten seiner Nichte bereitete ihm schlaflose Nächte. Er versuchte immer wieder, mit ihr zu reden, doch sie ließ ihn nicht an sich ran. Seine Mutter beunruhigte ihn ebenfalls. Er erkannte sie nicht wieder – sie war nur noch ein Schatten ihrer selbst. Sein Vater war todunglücklich, und in beiden steckte unglaublich viel Wut. Er machte sich Sorgen um sie, eigentlich machte er sich Sorgen um jeden – trotzdem war er glücklicher als je zuvor und wagte zu hoffen, dass alles gut werden würde.

Grace

Sex ist eine Angewohnheit und, wie sich rausstellte, eine, mit der man nur allzu leicht brechen kann. Nach dem ersten missglückten Versuch, als Lenny keine Erektion zustande gebracht hatte, taten sie beide so, als wäre es keine große Sache gewesen und als wäre nichts geschehen. Doch so einfach war das nicht, und sie zogen unabhängig voneinander jede nur denkbare Entschuldigung heran, um sich nicht mehr zu nahe zu kommen. Bei Grace waren es Schmerzen und sonstige Wehwehchen, bei Lenny Überstunden und der Stress im Büro. Aus einem Monat wurden zwei, aus drei wurden vier und immer so weiter, bis schließlich neun Monate verstrichen waren, ohne dass sie sich kaum einmal angefasst hätten. Sie sprachen nicht darüber, einer stillschweigenden Übereinkunft folgend, das Dilemma nicht zu thematisieren. Zwischen ihnen herrschte Harmonie, sie liebten sich noch immer, sie brachten einander zum Lachen und waren füreinander da – trotzdem war es ein riesiges Problem, und sosehr sie auch taten, als wäre alles in bester Ordnung, sie waren weit davon entfernt. Wieder eine Zeitbombe, die nur darauf wartete, zu explodieren. *Schöne Scheiße.*

Marjories Schwangerschaft hatte Grace und Marjorie noch näher zusammengebracht. Grace würde inzwischen sogar so weit gehen, Marjorie als echte Freundin zu bezeichnen. Sie fragte sich, ob Rabbit etwas dagegen hätte. *Sie wird immer deine beste Freundin bleiben, Rabbit. Ich bin nur der Lückenbüßer.* Natürlich hatte Grace ihre eigenen Freundinnen, aber die waren alle damit beschäftigt, ihre Kinder großzuziehen, und wenn sie ehrlich war, hatte sie diese Freundschaften schleifenlassen. Die Mädels trafen sich noch ein- bis zweimal im Jahr, zu einer Feier oder vor Weihnachten auf ein paar Drinks, und es ging über Smalltalk und Gelächter über alte Zeiten nur selten hinaus. Zu solchen Abenden brachte keine von ihnen ihre Probleme mit. Marjorie hingegen war auf eine Weise für Grace da, wie ihr alter Freundeskreis es nicht sein konnte. Marjorie verstand sie. Sie hatte Rabbit begleitet. Nichtsdestotrotz behielt sie ihre Sorgen größtenteils für sich.

Aber Marjorie gab ihr die dringend notwendige Hoffnung. Rabbit war Geschichte, ihre Brüste waren Geschichte, bald wären auch ihre Eierstöcke Geschichte, und doch kam zwischen all dem Verlust ein neues Hayes-Kind zur Welt. *Wer hätte das gedacht?*

Vor zwei Tagen hatten sie sich zum Lunch getroffen. Marjorie hatte nicht viel Zeit gehabt, weil sie vor ihrer Elternzeit noch ein Finanzierungskonzept fertigstellen wollte, also hatten sie sich in einem kleinen Café in der Nähe von Marjories Büro getroffen.

Grace hatte schon eine ganze Weile mit sich gerungen, ob sie Marjorie ihr nicht existentes Sexualleben beichten sollte, und jetzt saß Marjorie vor ihr, und sie hatte es so bitter nötig, dass es sprichwörtlich weh tat.

«Marj?»

«Ja?»

«Kann ich dich was fragen?»

«Klar.»

«Was muss ich anstellen, damit mein Ehemann mich wieder heiß findet?»

Marjorie hätte sich fast an ihrem Kuchen verschluckt. «Oh!»

«Tja.»

«Hattet ihr Sex, seit ...»

«Nein.»

«Äh, wie ...»

«Wir haben es einmal versucht, aber er hat keinen hochgekriegt.»

«Und zwar wann?»

«Zwei Monate nach der OP.»

Marjorie schob den Teller weg und trank einen Schluck Milch. «Aha», sagte sie. Auf ihrer Oberlippe prangte ein entzückender Milchschnurrbart. Grace machte eine Geste, und Marjorie wischte ihn weg. «Puh», sagte sie. «Wie wir beide wissen, bin ich nicht gerade eine Beziehungsexpertin.»

«Ja, das wissen wir. Aber ich bin verzweifelt, und meine Ma ist verschollen, und ...»

«Habt ihr darüber gesprochen?»

«Über Sex zu reden macht es nur noch schlimmer, oder? Es sollte natürlich sein. Man sollte nicht darüber sprechen müssen.»

«Hast du's mit sexy Dessous versucht?»

«Ich hab 'ne ganze Schublade voll.»

«Hast du ihn einfach beim Kragen gepackt und dir geholt, was du brauchst?»

«Nein. Das nennt man Vergewaltigung.»

«Du weißt, was ich meine.»

«Was, wenn er mich abstoßend findet?»

«Tut er nicht. Das wird niemals passieren. Du siehst toll aus.»

«Du hast mich ja nicht gesehen.»

«Ich sehe dich gerade vor mir.»

«Er hat zum allerersten Mal keine Erektion bekommen,

dabei hat er zugesehen, wie ich vier Riesenbabys aus mir rausgepresst habe.»

«Und er hat sich nach der Operation um dich gekümmert. Er hat dich gebadet, er hat dich mit diesen sündhaft teuren Cremes zugekleistert, er hat die Infektion rund um deinen Zugang versorgt, er war bei dir, als deine Expander aufgefüllt wurden, er hat die Schmerzen miterlebt, die du durchlitten hast, und er hat miterlebt, wie schmerzempfindlich du warst.»

«Glaubst du, er assoziiert meine Brüste mit Schmerzen?»

«Ich glaube, ihr habt beide etwas extrem Traumatisches durchgemacht.»

«Du bist genauso klug wie kugelrund, Marj», sagte Grace, und Marjorie lächelte.

«Aus deinem Mund ist das ja ein Riesenkompliment.»

Grace brauchte eine Weile, um über Marjories Worte nachzudenken. Da war schon was dran: Weil sie kein Blut sehen konnte, hatte Lenny sie praktisch im Alleingang wieder gesundgepflegt. Sie hatte sich geweigert, die Verantwortung für die Genesung ihres eigenen Körpers zu übernehmen. Es ergab durchaus Sinn. Natürlich konnte Marjorie sich auch irren, und in dem Fall implodierte ihre Ehe langsam, aber wenn auch nur die geringste Chance bestand, dass sie recht hatte, musste Grace ihrem Mann dringend zeigen, dass es ihr wieder gutging, mehr noch, besser als gut. Sie war gesund, sie war robust, ihre neuen Brüste waren verheilt und picobello und absolut schmerzfrei. Sie hatte zwar immer noch keine neuen Brustwarzen, aber ansonsten war sie mehr als bereit.

Die Gelegenheit war günstig, denn Lenny musste am Nachmittag zu einem Termin nach London fliegen und hatte den Vormittag frei. Grace stieg unter die Dusche, balsamierte ihren Körper mit duftender Bodylotion ein, legte einen Hauch Parfüm auf und zog sich den erotischsten Neuzugang aus ihrer Dessousschublade an. Sie brachte ihre beiden Mädchen in Stellung, stellte sich vor den Spiegel und drückte sie zärtlich. «So, Mädels. Wir schaffen das!»

Die Jungs waren in der Schule, Stephen war am College, und Lenny saß unten am Küchentisch und las die Zeitung. Sie betrat die Küche in ihrem schwarzen Spitzenbody und einem Paar schenkelhoher Stiefel, die sie eines Abends betrunken und in einem emotionalen Ausnahmezustand online gekauft hatte. Er saß mit dem Rücken zu ihr, was den erhofften Auftritt vereitelte. Sie ging zu ihm und legte ihm die Hand auf die Schulter.

«Geht's dir gut, Liebling?», fragte er, ohne den Blick zu heben.

«Nein. Aber das haben wir gleich», sagte Grace, umfasste sein Gesicht und drehte es zu sich um. Leider hielt sie ihn ein bisschen zu fest gepackt, und weil die ganze Situation sich reichlich seltsam anfühlte, ließ sie ihn los, machte einen Schritt zurück und stemmte die Hand auf die Hüfte, wie die Kids auf Instagram es taten.

«Was ist denn jetzt los?», fragte er.

«Das weißt du ganz genau.»

«Äh, Grace ...»

«Nein.» Sie trat auf ihn zu, setzte sich rittlings auf ihn, gab ihm einen Kuss, griff nach seinen Händen, legte sie auf ihre Brüste und hielt sie dort fest. «Jetzt ist es so weit.»

Plötzlich lag sie rücklings auf dem Küchentisch, ihr Mann war zwischen ihren Beinen, und ehe beide wussten, wie ihnen geschah, bewegten sie sich schon im gleichen Rhythmus. Seine Hände waren überall gleichzeitig, und es war anders als früher. Zum Beispiel hatten sie noch nie Sex auf dem Tisch gehabt, an dem ihre Kinder frühstückten. Sie war sich nicht ganz sicher, meinte aber, im Rücken einen nassen Teebeutel zu spüren. Es war anders, und es war schön, und vor allem war es höllisch aufregend. Es gab ein Leben nach der Mastektomie und mit Brustimplantaten, und es würde auch ein Leben nach der Ovarektomie geben.

Sie gingen zusammen unter die Dusche und hatten noch einmal Sex, diesmal weniger heftig und inniger, beide nackt, unverhüllt und unverhohlen. Lenny berührte ihre neuen Brüste auf absolut unpflegliche Weise, und je mehr sie ihn ermutigte, desto mehr fiel seine Zögerlichkeit von ihm ab.

«Du machst sie nicht kaputt.»

«Tut's weh?»

«Nein.»

«Spürst du was?»

«Ja!», sagte sie, und er seufzte erleichtert und sah aus, als würde er gleich anfangen zu weinen, weshalb sie ihn eilig küsste.

Sie war selbst überrascht, wie viel sie spürte, und zwar mehr als nur ein Kitzeln. Außerdem waren die brennenden Nervenschmerzen völlig verschwunden. Es war schön, es war lustvoll, und sie hatte das Gefühl, endlich wieder nach Hause zu kommen.

Hinterher lagen sie eine Stunde lang zusammen im Bett, sahen sich staunend an und streichelten einander sanft über die Körperkonturen. Sie waren wie Kinder, die sich selbst und einander ganz neu entdeckten. Sie redeten völlig ungezwungen und lachten über alberne Dinge wie zwei Frischverliebte, für die alles neu und aufregend ist.

«Warum hat das so lange gedauert?», fragte Lenny.

«Ich glaube, wir hatten beide eine kleine posttraumatische Belastungsstörung», antwortete Grace.

«Ich wünschte, wir hätten es früher getan, mir wären fast die Eier geplatzt.»

«Also mir wäre auch fast was geplatzt, ehrlich gesagt.»

«Bald hast du deine Ovarektomie.»

«Das passiert uns nicht noch mal», sagte Grace.

«Aber du wirst die Veränderung spüren», entgegnete Lenny.

«Das kriegen wir in den Griff. Ich kriege das in den Griff. Wir wissen jetzt, was wir zu tun haben, stimmt's, Lenny?»

«Deine Ma war völlig durchgeknallt.»

«Meine Ma *ist* durchgeknallt.»

«Könnte man von dir auch irgendwie behaupten.»

Sie lachte. «Keine Sorge. Alles wird gut.»

«Ja», sagte er, und dann liebten sie sich noch ein drittes Mal.

Sie war völlig erschöpft, und der arme Lenny war derart ausgelaugt, dass er kurz in Betracht zog, seinen Flug sausenzulassen. Dann nahm er sich doch ein Taxi zum Flughafen, und sie überließ sich selig der postkoitalen Narkolepsie – aber nicht ohne sich vorher bewusst zu machen, was für ein riesiges Glück sie hatte.

Jack

Eines Tages, als Molly unterwegs war, um Suppe zu kochen oder Kleiderspenden zu sortieren oder weiß Gott was zu tun, fand Jack ihre Antidepressiva. Er durchstöberte ihr Zimmer auf der Suche nach Beweisen, dass es die Frau, die er immer noch liebte, noch irgendwo gab. Die Tabletten waren ein Schock. *Das bist nicht du, Molly. Wohin bist du nur verschwunden?* Seine Entdeckung behielt er für sich. Auch zu Molly sagte er kein Wort, aber von da an passte er heimlich, so gut er konnte, auf sie auf und versuchte, so rücksichtsvoll und nett zu sein, wie sie es zuließ. Davey versuchte, mit beiden zu sprechen, aber er kam nicht weit. Sie stritten nicht, es gab weder Geschrei noch Beschimpfungen, und die Lethargie seiner Mutter war undurchdringlich.

Jack machte sich Sorgen wegen der bevorstehenden Gerichtsverhandlung. Er hatte keine Ahnung, wie das ablaufen würde. Er hatte noch nie im Leben vor Gericht gestanden, und es machte ihm Angst. Er wusste nicht mal, ob seine Frau ihre Familie dabeihaben wollte. Trotzdem hatten sie vor, geschlossen hinzugehen, ein Massenauflauf an Hayes bei Gericht. *O Gott.* Er hatte die Tatsache, dass er den Vertrag für den Wasserzähler unterschrieben hatte, nie erwähnt. Er hatte keinen Sinn darin gesehen, Molly noch weiter auf die Palme zu treiben, aber jetzt stand die Verhandlung unmittelbar vor der Tür, und er hatte Angst, dass das Thema vor Gericht plötzlich zur Sprache kommen könnte. Das wäre definitiv ein schrecklicher Schock für sie, wenn sie erführe, dass ihr eigener Mann alles untergrub, wofür sie gekämpft hatte, und das auch noch während sie im Zeugenstand war, um sich zu verteidigen. Die Folgen wären verheerend. Gut möglich, dass sie ihn sogar umbringen würde.

Um elf Uhr klingelte es an der Haustür. Molly war nicht da, und Jack hatte in seinem Sessel gedöst. Er fuhr erschrocken hoch, strich sich die Jacke glatt und rief dem störrischen Klingler zu, der sich offensichtlich weigerte, den Daumen vom Klingelknopf zu nehmen, er sei gleich da.

Vor ihm stand ein Paketbote mit einem großen Karton.

«Jack Hayes?»

«Ja?»

«Unterschreiben Sie hier», sagte er und zeigte auf die betreffende Stelle.

Jack unterschrieb und nahm den schweren Karton entgegen. Sobald die Haustür ins Schloss gefallen war, stellte Jack ihn ab. Er holte ein Messer aus der Küche und durchtrennte das dicke Klebeband, das den Karton zusammenhielt, öffnete den Deckel, entfernte eine dünne Lage Packpapier, und dann lag es vor ihm. Ihm wäre fast das Herz stehengeblieben. Es war Rabbits Buch, etwa dreißig Exemplare, säuberlich gestapelt. Jack nahm eines aus dem Karton, dann hielt er es in Händen. «Aufgeben gilt nicht» von Rabbit Hayes. Den weißen Umschlag zierte eine von Rabbits Zeichnungen. Es war wunderschön. Er umarmte es und weinte.

Als seine Frau nach Hause kam, riss er sich zusammen. Sie kam mit Einkäufen beladen zur Haustür herein, er nahm ihr die Tüten ab und stellte sie auf den Küchentisch.

«Ich hab was für dich, aber es wird dir nicht gefallen», sagte er und reichte ihr das Buch.

Molly verschlug es sichtlich den Atem, und sie musste sich hinsetzen.

«Es tut mir leid», sagte er. «Aber es war ihr ausdrücklicher Wunsch.»

Molly drehte das Buch um. Die Rückseite zierte ein Porträt von Rabbit. Molly drückte es ans Herz, schloss die Augen und lächelte. Das lief besser als erwartet, und Jack ergriff die Gelegenheit und erzählte ihr auch noch, dass sie künftig die Wasserrechnung bezahlen würden. Darauf holte Molly aus, zielte und knallte ihm das Buch an den Kopf.

Molly

Während Jack die Flucht ergriff, fasste Molly sich wieder und hob das Buch vom Fußboden auf. Sie hielt es fest und weinte. *Was werden die Leute über dich sagen, Rabbit? Welche Gemeinheiten werden irgendwelche Fremden dir an den Kopf werfen? Mit was werden sie ihre Gehässigkeiten rechtfertigen? Wie soll ich das aushalten, ohne mich zu bewaffnen und gegen jeden Einzelnen von ihnen in den Krieg zu ziehen? #bestelltundnichtabgeholt?*

In letzter Zeit ging es ihr wieder ein bisschen besser – die Medikamente wirkten, sie fühlte sich nicht mehr ganz so lethargisch und verzweifelt, aber sie hatte immer noch zu kämpfen und war noch nicht wieder die Alte. Die Heimkehr von Davey und Juliet hatte ihr Aufschwung gegeben, und das Baby war natürlich ein Segen, mehr noch, es war ein Wunder, aber es war auch eine große Quelle neuer Sorgen. *Was, wenn es nicht gesund ist? Was, wenn es stirbt? Was, wenn die arme Marjorie die Geburt nicht übersteht?* Wie sollte sie sich freuen, solange sie nicht sicher sein konnte, dass Marjorie und das Baby wirklich wohlauf waren? Noch mehr Krankheit und Tod konnte sie nicht ertragen. Lieber bliebe das Herz stehen, und sie starb daran, als dass sie noch einen einzigen Verlust ertragen musste. Und während sie dastand und mit angehaltenem Atem darauf wartete, dass etwas passierte, ob nun gut oder schlecht, musste sie sich auch noch mit einem Richter auseinandersetzen, und das würde kein Vergnügen werden, denn vor Gericht hatte der Richter die ganze Macht und sie überhaupt keine. Diese Dynamik missbehagte ihr gründlich. Außerdem vermisste sie ihren Ehemann. Sie vermisste seine

Zärtlichkeit und ihre langen Gespräche über die ganz alltäglichen Dinge. Sie waren einst ein so wunderbares Team gewesen, und sie hatte ihn auf die Ersatzbank verbannt. Sie wusste, dass er versuchte, es wieder einzurenken. Aber ausgerechnet bei Irish Water zu unterschreiben war endgültig der letzte Tropfen gewesen. *Was zum Teufel hast du dir dabei gedacht, alter Mann?*

Sie machte sich eine Tasse Tee und hielt immer noch das Buch in der Hand. Sie schnitt sich ein Stück Kuchen ab und hielt immer noch das Buch in der Hand. Sie betrachtete das Foto ihrer wunderschönen Tochter, fuhr mit den Fingerspitzen die geprägten Buchstaben auf dem Umschlag nach, die Rabbits Namen bildeten. *Was wolltest du der ganzen Welt mitteilen, Rabbit? Was musstest du dir so dringend von der Seele schreiben? Wie kann dieses Buch existieren, ohne dass ich es lese? Wie soll ich auch nur eine einzige Seite überleben, jetzt, wo du tot bist?*

In diesem Moment klopfte Pauline an die Fensterscheibe.

«Hier steckst du, Molly.»

Molly machte ihr die Tür auf, das Buch unter der Strickjacke an die Brust gedrückt.

«Hab ich dich beim Lesen erwischt?», fragte Pauline und schob sich in die Küche.

«So was in der Art.»

Pauline stellte den Wasserkocher wieder an. «Ich gehe dadrüben die Wände hoch, Molly. Ich habe ständig Albträume. Ich sehe mich in einem Trainingsanzug in einem Vogelkäfig hocken.»

«Du hattest schon immer einen Vogel, Pauline.»

«Stimmt.» Pauline machte sich einen Tee und noch einen für Molly. «Glaubst du, die lassen Milde walten?», fragte sie.

«Bei dir bestimmt, Pauline.»

«Nein, nein, wenn sie dich einbuchten, lasse ich mich auch einbuchten», sagte Pauline und brachte Molly zum Lächeln. Pauline hätte alles für die Molly getan, die sie vor all den Jahren gerettet hatte, aber das war die alte Molly gewesen. *Für die heutige Molly lohnt es sich nicht zu kämpfen, Pauline.*

«Sei nicht albern, Pauline. Wir sind zwei alte Weiber, was wollen die uns schon antun, was wir nicht schon längst erlebt hätten?»

Bald darauf verzog Pauline sich wieder nach Hause, und Molly nahm das Buch, das sie die ganze Zeit nicht aus der Hand gelegt hatte, mit ins Wohnzimmer und schloss die Tür hinter sich. Sie setzte sich hin, schlug das Buch auf und fing an zu lesen.

Ich heiße Rabbit Hayes, und ich bin am 28. Mai 2014 im Alter von vierzig Jahren gestorben. An dem Tag war es kalt, aber sonnig. Leider kann ich nicht genau sagen, wie es mit mir zu Ende ging, weil ich, na ja, tot bin, aber eins weiß ich ganz sicher, ich war nicht allein. Meine Familie und Freunde waren die ganze Zeit bei mir, egal wie ungemütlich, traurig oder schrecklich die ganze elende Angelegenheit war. Das ist eben das Blöde bei einer tödlichen Krankheit – am Ende ist es nur mehr ein Wartespiel. Ich sehe es genau vor mir: Ma, wie sie neben mir sitzt, die ganze Welt verflucht und versucht, mit Gott krumme Geschäfte auszuhandeln …

Molly liefen riesengroße Tränen übers Gesicht. *Es tut mir leid, Schätzchen. Es tut mir so schrecklich leid.*

Juliet

Juliets Beziehung zu Kyle war seit ihrer Rückkehr total verkrampft. Nach dem schrecklichen Übergriff hatte sie sich vor ihm und allen anderen zurückgezogen, hatte der Welt den Rücken gekehrt und sich in der kleinsten Blase eingerichtet, die sie hatte finden können. Sie war vor ihrem Peiniger davongelaufen und hatte sich versteckt, so gut sie konnte. Nachdem sie einen Monat lang sämtliche Auftritte und Hotelrestaurants und Bars gemieden hatte, ihre Hotelzimmertür immer abgesperrt und manchmal sogar mit einem Stuhl gesichert hatte, hatte sie festgestellt, dass er an einer Wiederholung gar nicht interessiert war. Er hatte bekommen, was er gewollt hatte, für ihn war die Sache erledigt. Doch das hatte ihr nicht geholfen, nicht wirklich. Sie war immer noch verängstigt und traumatisiert und fühlte sich so schrecklich allein. Als sie noch in den Staaten gewesen waren, hatte sie eigentlich mit Davey oder Casey oder Mabel darüber sprechen wollen, doch ihr waren nicht die richtigen Worte eingefallen. Sie hatte es einfach nicht über sich gebracht, auszusprechen, was passiert war. Und außerdem: Was, wenn sie es täte? Dann wäre die Hölle los, vielleicht würde sie ihm sogar gegenübertreten müssen. Bei dem Gedanken wurde ihr jedes Mal sofort schlecht. Es war besser, die Sache einfach tief in sich zu begraben und mit aller Kraft nach vorne zu schauen.

Als Davey gesagt hatte, sie würden zurück nach Hause gehen, durchflutete sie die Erleichterung mit der Macht eines Dammbruchs, und der unsichtbare Ballast, der sie beschwert hatte, löste sich und schwamm davon. Juliet Hayes war zwar immer noch schwer traumatisiert, aber sie fühlte sich trotzdem so leicht und fröhlich wie seit Jahren nicht mehr. Er hatte ihren Schmerz erkannt, er zog ihretwegen nach Hause zurück, verließ seine Musik und alles, was er liebte, weil er sie liebte und weil sie ihm wichtiger war. Mit Davey an ihrer Seite konnte sie Trevor hinter sich lassen und die Erinnerung an seine schreckliche Tat in einem fremden Land begraben. Sie glaubte fest an einen Neuanfang, umgeben von ihrer Familie und Freunden, die ihr niemals weh tun würden.

Doch als Daveys Geheimnis ans Licht gekommen und sie mit Marjories fettem Bauch konfrontiert worden war, wurde ihr mit einem Schlag klar, dass Davey ihren Schmerz überhaupt nie erkannt hatte. Er war gar nicht ihretwegen nach Hause gezogen, er verließ seine Musik und alles, was er liebte, weil er Marjorie und das neue Baby liebte. Nicht sie war ihm wichtiger. Sie war gar nichts. Und genau das hatte Trevor längst erkannt. Weil er erkannt hatte, dass sie gar nichts war und niemanden hatte, nur deshalb hatte er ihr antun können, was er ihr angetan hatte.

Kyle ging sie so oft wie möglich aus dem Weg, und er versuchte zu verstehen, was sich verändert hatte, aber wie hätte er das verstehen sollen? Sie schaffte es nicht, ihm ins Gesicht zu sagen, dass sie eigentlich nie wirklich auf ihn gestanden hatte. Er hatte sie von ihrer Trauer abgelenkt und war ihr Draht nach Hause gewesen, aber nach der Sache mit Trevor war sie am liebsten allein.

Eines Nachmittags trafen sie sich in einem Coffeeshop auf der Wicklow Street. Kyle saß am Fenster.

«Wieso hast du keine Schule?»

«Lehrerkonferenz.»

«Ach so.»

«Danke, dass du gekommen bist», sagt er.

«Ich war sowieso in der Stadt.»

«Ach so.» Er zögerte. «Ich finde, wir sollten Schluss machen», sagte er schließlich, ohne sie anzusehen. Er starrte zum Fenster hinaus und beobachtete einen Straßenmusikanten, der sang und die Knie zusammenschlug und dabei auf ein Tamburin trommelte ... ziemlich mies übrigens.

«Waren wir denn überhaupt richtig zusammen?», fragte sie und verletzte ihn damit offensichtlich sehr. Er warf ihr einen bösen Blick zu. «Tut mir leid. Das war nicht so gemeint.»

«Es ist dir egal, oder?», fragte er.

«Tut mir leid», sagte sie.

Ich bin so fies, Ma. Ich hab ihn ausgenutzt.

Jeder braucht jemanden, Bunny.

Nenn mich nicht Bunny.

Ich bin tot. Ich nenn dich, wie ich will.

Er stand auf, um zu gehen.

«Dich küssen war schön», sagte sie, aber er verschwand im Gedränge, ohne sich noch einmal umzudrehen, und als er auf der Straße war und wegging, sah sie, dass er sich die Augen wischte. Sie fühlte rein gar nichts. *Vielleicht verliebe ich mich nie, Ma.*

Sie stieg in den Bus und fuhr zu Francie. Als sie an der Tür klopfte, öffnete ihr einer der Söhne, sie war sich nicht sicher, welcher. Jedenfalls war er ein gutaussehender Junge mit ziemlich coolen Haaren und strahlenden Augen. Er checkte sie von oben bis unten ab.

«Ja, bitte?»

«Hi, ich bin Juliet, ist dein Dad zu Hause?»

«Wie alt bist du?», sagte er zur Antwort.

«Fast fünfzehn. Und du?»

«Bisschen über siebzehn.» Er grinste sie an, ehe er sich

umwandte. «Dad!», brüllte er in den Flur. «Hier steht ein Mädchen vor der Tür, sie sagt, sie heißt Juliet.»

Francie tauchte auf der Treppe auf. «Juliet Hayes!», rief er. «Was kann ich für dich tun?»

«Ich muss mit jemandem über ein Grab sprechen», sagte sie.

Francies Sohn, der sich als Darren vorgestellt hatte, sah sie an. «Also kein illegitimer Nachwuchs?»

Francie lachte. «Sie ist ganz offensichtlich zu hübsch, um von mir zu sein, du Knallkopf», sagte er und wuschelte seinem Sohn durchs Haar.

«Sehr charmant», erwiderte Darren.

«Komm rein, iss ein paar Pancakes mit uns.»

Sie liefen in die Küche, und Darren servierte die Pancakes. Je länger Juliet ihn anstarrte, desto schöner kam er ihr vor, und sie lief jedes Mal rot an, wenn sich ihre Blicke trafen.

«Ahornsirup oder Schokosauce?», fragte er.

«Ahorn», sagte sie und beobachtete ihn, wie er Sirup auf ihre Pancakes goss – er hatte beeindruckend kräftige Arme.

«Sag stopp, oder er ertränkt dich in dem Zeug», sagte Francie.

«'tschuldigung», sagte Juliet, und Darren reichte ihr einen Teller Ahornsirup mit einem Pancake als Beilage. Als sie den Pancake aufgegessen hatte, konzentrierte sie sich auf den eigentlichen Grund ihres Kommens: «Du kennst die Mutter von Johnny Faye, richtig?»

«So gut wie meine eigene», sagte Francie.

«Kannst du mit ihr etwas besprechen?»

«Um was geht's?»

«Um die Asche meiner Ma. Ich will, dass sie zu Johnny ins Grab kommt.»

«Ah», machte Francie und verzog das Gesicht.

«Wo ist die jetzt?», fragte Darren und setzte sich neben sie. Sein Bein berührte ihres, und sie machte sich vor Aufregung fast in die Hose.

«Der Großteil befindet sich in einer Urne im Kleiderschrank, und der Rest ist auf diverse silberne Herzchendosen verteilt.»

«Wow, klingt ziemlich crazy», sagte er und bot ihr einen weiteren Pancake an.

«Nein, danke», sagte sie und wurde rot.

«Her damit», sagte Francie, und Darren schubste den Pancake auf seinen Teller. «Das Problem ist, wir können nicht einfach hergehen und Rabbits Asche in das Grab schütten. Wir müssen für die Grabstelle bezahlen und alles ganz offiziell machen», sagte Francie.

«Genau das will ich ja, dass alles ganz offiziell ist und dass Mas Name auf dem Grabstein steht. Ich kann auch dafür bezahlen», sagte sie.

«Okay …», sagte er ganz ohne Grinsen oder die sonst übliche Selbstgewissheit.

«Wo ist das Problem?», fragte sie.

«Es ist nur so, dass das ein Familiengrab der Fayes ist, glaube ich.»

«Können die nicht meine Ma einfach mit dazuschütten? Es ist nicht mehr viel von ihr übrig, jetzt, wo sie Asche ist.»

«Ich rede mit Karen», sagte er, und sie grinste.

«Okay.»

«Ich kann nichts versprechen!»

«Ich weiß.»

«Dann hör auf, so zu grinsen.»

«Ich kann nicht.»

«Warum nicht?», fragte Darren.

«Weil wenn jemand auf der Welt jemand anders zu irgendwas überreden kann, dann dein Dad», sagte Juliet. Ihr Gesicht hatte mittlerweile die Farbe einer Tomate angenommen, und Darren wurde von Sekunde zu Sekunde attraktiver. Ihr wurde ganz heiß.

«Alles okay?», fragte er.

«Ich glaube, ich brüte was aus», sagte sie.

Francie stand auf, legte ihr den Arm um die Schultern und begleitete sie zur Tür. «Ich kenne diesen Blick: Genau so hat deine Ma Johnny Faye immer angesehen.»

Sie drehte sich noch einmal zu Darren um. «Bye, Darren», sagte sie.

Er nickte, lächelte und winkte ihr zu. «Gute Besserung», rief er, und sie grinste Francie an.

«Fang bloß nicht an, den Kerl zu stalken», sagte er.

«Würd ich nie machen», sagte sie.

«Ja, klar. Wenn du auch nur ansatzweise nach deiner Mutter geraten bist, sitzt du bald im Gebäude gegenüber, bewaffnet mit einem Nachtsichtgerät und einem Paar Handschellen!»

Juliet musste kichern. Er öffnete ihr die Haustür, und sie trat hinaus in die kühle Luft.

«Glaubst du, Mrs. Faye wird einverstanden sein?»

«Ich habe keine Ahnung, aber ich werde mit ihr sprechen. Und mit Davey auch.»

«Findest du das schräg?»

«Gerade schräg genug», sagte er.

«Danke, Francie», sagte sie und hüpfte die Straße hinunter. *Ma, hör mal, ich glaube, ich habe mich in Darren Byrne verliebt.*

Davey

Der Notar, Max Murphy, ein junger Mann mit blonder Mähne und Engelsgesicht, rief Davey und Marjorie zu sich ins Büro. Hände wurden geschüttelt, er machte eine Bemerkung zum Stand ihrer Schwangerschaft, und dann gingen sie ziemlich schnell zum Geschäftlichen über. Er verlas den Kaufvertrag und wies sie auf alle Notwendigkeiten hin. Sie befanden sich in der beneidenswerten Situation, das Haus kaufen zu können, ohne eine Hypothek aufnehmen zu müssen. Der Großteil des Geldes stammte von Davey. Als Max die genaue Aufteilung verlas, entschuldigte Marjorie sich plötzlich und verließ fluchtartig den Raum.

«Alles in Ordnung?», fragte Max.

«Sieht irgendwie nicht so aus», sagte Davey und ging hinter Marjorie her. Er fand sie auf der Toilette. Sie hatte sich eingesperrt. Zaghaft klopfte er an die Tür. «Marjorie?»

«Hallo.»

«Hallo.»

«Besteht eine Chance, dass du die Tür aufmachst?»

Sie sperrte auf, und er quetschte sich zu ihr. Sie saß auf dem Klo. Gottlob bei geschlossenem Deckel.

«Was tun wir da, Davey?»

«Wir kaufen ein Haus, Marj.»

«Nein. Du kaufst ein Haus. Ich werfe ein paar armselige Scheinchen für das Sofa mit in den Topf.»

«Wir kaufen ein Haus, Marj.»

«Warum?»

«Weil wir zusammen sind.»

«Warum?»

«Weil du ein Kind von mir bekommst.»

«Menschen kriegen ständig Kinder. Das heißt noch lange nicht, dass sie zusammenziehen.»

«Bist du glücklich, Marjorie?»

«Darum geht es nicht.»

«Finde ich schon.»

«Ich finde, wir überstürzen die Dinge, Davey», sagte sie und fing an zu weinen. «Wenn ich nicht schwanger wäre ...»

«Aber du bist nun mal schwanger geworden, gegen alle Wahrscheinlichkeiten.»

«Fang jetzt bloß nicht an, von Wundern zu sprechen. Sonst dreht Rabbit sich im Grab um.»

«Im Ernst, Marjorie, wie geht es dir?», fragte er, auch wenn er Angst vor dem hatte, was sie vielleicht sagen würde, weil eine falsche Antwort ihn zerstören könnte.

«Ich war noch nie in meinem Leben so glücklich», gab sie zu.

«Und was ist daran falsch?»

«Rabbit ist tot, und ich war noch nie in meinem Leben so glücklich.» Sie weinte wieder.

Er nahm sie in den Arm und hielt sie fest. Ihm ging es genauso. Dann griff er in die Jackentasche. «Ich habe auf den richtigen Augenblick gewartet», sagte er und zeigte ihr die Schachtel in seiner Hand. Er ließ sie aufschnappen und enthüllte einen Diamantring. «Ich weiß, dass du pingelig bist. Wir tauschen ihn um in etwas, das dir gefällt, aber ich wollte was in der Hand haben, wenn ich dich frage, ob du mich heiraten willst.»

Sie starrte den Ring an, dann blickte sie ihn an, und er sah ihr an, dass sie kurz davorstand, schon wieder Panik zu kriegen.

«Wir können verlobt sein, so lange du willst, wenn du ja sagst. Willst du? Mich heiraten?»

Sie lächelte und nickte. «Mindestens zwei Jahre lang. Dann kann das Kind schon laufen, vielleicht geht es auch schon zur Schule.»

«Klingt gut», sagte er.

«Das ist völlig bekloppt», sagte sie.

«Nein. Das ist völlig normal», widersprach er. «Wir kriegen ein Kind, wir kaufen ein Haus, wir heiraten. Alles total im Rahmen.»

«Du hast dich ziemlich verändert, Davey», sagte sie.

«Ging nicht anders.» Er nahm den Ring aus der Schachtel und steckte ihn an Marjories Finger.

Sie betrachtete ihn, lächelte, und sie küssten sich. Dann nahm sie den Ring wieder ab und legte ihn zurück in die Schachtel. «Ich will ihn nicht verkratzen, bevor wir ihn umtauschen», sagte sie, und Davey grinste. Er schob den Ring wieder in die Tasche, nahm ihre Hand und zog sie hoch. «Und was ist mit Juliet?», fragte sie.

«Das behalten wir erst mal für uns, und wenn sie sich wieder eingekriegt hat, was definitiv irgendwann der Fall sein wird, erzählen wir's ihr, und sie wird sich freuen.»

«Du klingst dir deiner Sache ziemlich sicher.»

«Na ja. Irgendwer muss sich meiner Sache ja sicher sein», sagte er und zwinkerte ihr zu. *Ich bin lange genug der König der Hornochsen gewesen.*

Sie gingen zurück ins Büro des Notars, und dann unterschrieben sie den Kaufvertrag für ihr neues Zuhause. Der alte Davey hätte sich von der Aussicht auf Ehe, Haus und Kind belastet und total überfordert gefühlt, aber der neue Davey fühlte sich leicht und frei wie ein Vogel.

Molly

Molly saß vier geschlagene Stunden lang auf dem Sofa und las in dem Buch ihrer Tochter. Ihre Beine waren taub, der Rücken tat weh, ihr Hintern brannte wie die Hölle, und ihre Blase drohte jeden Augenblick zu platzen, aber sie konnte es nicht beiseitelegen. Sie saugte jedes einzelne Wort in sich auf. *Oh Schätzchen, da bist du ja. Da bist du ja!* Es war erstaunlich, ihrer Tochter plötzlich wieder so nah zu sein. Obwohl sie längst gestorben war, war Rabbit zwischen diesen Seiten so quicklebendig wie eh und je. *Mein Mädchen.* Jack hatte recht. Es gab nichts zu befürchten, und was irgendwelche Miesepeter vielleicht dazu sagen würden, spielte keine Rolle. Allen kann man es nie recht machen. Nein, ihre Tochter würde aufsteigen wie ein Komet. *Es tut mir leid.*

Irgendwann ging die Wohnzimmertür auf, und Grace kam herein.

«Hallo, Ma.»

«Hallo, Schätzchen.»

«Was machst du da?»

«Ich lese Rabbits Buch.»

«Nicht dein Ernst!», sagte Grace, worauf Molly das Buch hochhob und ihr das Cover zeigte. «Und? Gefällt's dir?», fragte Grace.

«Es ist, als wäre sie hier bei uns, Grace.»

«Es sieht toll aus», sagte Grace, nahm ihr das Buch aus der Hand, drehte es um und las den Umschlagtext. «Es wird tatsächlich veröffentlicht», sagte sie.

«Das kann ich mir leider nicht auf die Fahnen schreiben.»

«Ach Ma, du hast nur versucht, sie zu beschützen. Ich verstehe das.»

«Ich bin eine alte, dämliche Kuh.»

«Nein, du bist keine dämliche Kuh», widersprach Grace.

Gemeinsam gingen sie in die Küche, Molly kochte Tee, und dann schlugen sie das Buch auf einer Seite auf, die Molly markiert hatte. Grace las die Passagen laut vor, und sie schwelgten lachend in Erinnerungen. Es war herrlich, gemeinsam zurück in die achtziger Jahre zu reisen, als Rabbit von ihrer Kindheit erzählte, von der Band und Johnny, von ihrer Lieblingssendung Swap Shop oder davon, auf Bäume zu klettern, von Bäumen runterzufallen, mit Grace auszugehen, dem armen Davey hinterherzuspionieren; von unglaublichen Frisuren, Pullovern mit Fledermausärmeln, langen Ledermänteln, ihrem alten, avocadogrünen Badezimmer – oder davon, gleichzeitig nichts und alles zu haben.

«Oh Gott, Ma, dein avocadogrünes Bad! Du dachtest, damit wärst du die Allergrößte.»

«Himmel, Grace, wie hässlich das war! Die arme Pauline hat zehn Jahre lang gespart, bis sie sich endlich eins in Altrosa leisten konnte, und zwar genau in dem Augenblick, als alle anderen endlich wieder zu Verstand kamen und zu weißen Fliesen zurückwechselten. Sie muss es immer noch ertragen, die Ärmste.»

Dann las Grace die nächste Stelle vor. Rabbit schilderte die gefürchteten Temperamentsausbrüche der Mächtigen Molly.

«Grundgütiger, Grace, bin ich wirklich so schlimm?»

«Nein, Ma, du bist noch viel besser!»

Molly musste lachen. Sie fühlte sich so wohl wie seit fast zwei Jahren nicht mehr, und es tat ihr immer noch leid, so furchtbar, furchtbar leid.

«Es ist, als wäre sie hier im Raum, Ma», sagte Grace.

«Ja, genauso fühlt es sich an.» *Es tut mir leid.*

Mollys Familie hatte keine Ahnung, was sie getan hatte, wie sie Rabbit im Stich gelassen hatte. *Es tut mir leid.* Seit einem Jahr und neun Monaten hatte Molly niemandem ihr Geheimnis anvertraut. *Es tut mir leid.* Keiner ahnte etwas davon. *Es tut mir leid.* Alle dachten, die Trauer sei der Grund für ihre Veränderung, dabei drückte die Schuld sie nieder, und die Schuld einer Mutter ist schlimmer als alles. *Es tut mir leid. Oh, Rabbit, es tut mir so furchtbar, furchtbar leid.* Ihr Dad dagegen hatte sie nicht im Stich gelassen. Er hatte für sein Mädchen gekämpft. Sie wollte ihn sehen, sofort, wollte ihm sagen, was für ein wunderbarer Mann er war. Er war Boule spielen, aber Molly konnte keine Sekunde länger warten. Sie musste ihm verzeihen, auch wenn sie sich selbst nicht verzeihen konnte.

Grace

Grace parkte vor dem Sportverein, sie stiegen gemeinsam aus, gingen die Stufen hinauf, durchquerten das Vereinsheim und liefen auf der anderen Seite hinaus auf die Zuschauertribüne. Jack und seine Boule-Kameraden steckten mitten in einer ernsten Partie. Die beiden Frauen sahen ein paar Minuten zu, dann fing es an zu regnen, und Molly wurde sichtlich ungeduldig.

«Jack!», rief sie. «Jack Hayes!» Er schaute auf, und sie winkte. Er wurde leichenblass und rannte ihnen entgegen.

«O Gott! Ma, er denkt, es wäre was passiert», sagte Grace

und lief zu ihm, um ihm zu sagen, dass alles gut war, ehe er einen Herzinfarkt bekam. Er war schon zur Hälfte die Treppe hinauf, als sie bei ihm ankam. «Alles gut, Dad!», sagte sie.

«Bist du sicher?», keuchte er.

«Ja, ist sie», sagte Molly, und Grace zog sich ein bisschen zurück.

«Ich hab das Buch gelesen», sagte Molly und umarmte ihren Mann. «Du hattest recht, und ich hatte unrecht», sagte sie.

«Mit allem?», fragte er.

«Treib's nicht auf die Spitze, alter Mann.»

Er erwiderte ihre Umarmung, und Grace stand daneben und sah, wie ihre Mutter ihrem Vater sagte, sie hätte ihn vermisst.

«Ich hab dich auch vermisst, Molly.»

«Ich hab in meiner Wut ein paar hässliche Dinge gesagt, Jack, und ich hab's nicht so gemeint. Du bist ein guter Mann und ein guter Vater, und es tut mir leid.»

«Ich hatte in meinem Leben einige gute Tage, Molly, aber der heutige zählt zu den absolut besten.»

Jack ließ die Partie sausen und fuhr gemeinsam mit Molly in seinem Auto davon, zuerst ein bisschen durch die Gegend und dann zu einem späten Mittagessen irgendwo. Sie hatten sich jede Menge zu erzählen. Grace sah ihnen nach. Jack wirkte so glücklich, wie ein Mann nur sein konnte, und das war ein schöner Anblick. Ihre Beziehung zu ihrem Dad war seit der Mastektomie ein wenig angespannt. Er gab sich Mühe, und meistens war auch alles ganz normal, aber zwischen ihnen stand etwas im Raum, was nicht angesprochen wurde, der sprichwörtliche rosarote Elefant im Zimmer, und daran würde sich auch nichts ändern, jedenfalls nicht bis auch die nächste Operation vorbei und Geschichte war – und vielleicht noch nicht mal dann. Doch es spielte eigentlich keine Rolle, denn sie liebten einander immer noch, und es gab keinen Grund, ständig auf der Sache herumzureiten. Und in einem stimmte sie ihm absolut zu: Auch sie hatte in ihrem Leben so einige gute Tage gehabt, aber der Anblick ihrer Eltern, wie sie gemeinsam davonfuhren, machte diesen Tag zu einem der absolut besten.

TEIL ACHT

Die Gerichts-verhandlung

Grace

Lenny machte den Kindern belegte Sandwiches, Grace rannte durch die Gegend und versuchte, aufzuräumen und sich gleichzeitig für die Gerichtsverhandlung ihrer Mutter anzuziehen, die Haare zu machen und sich zu schminken. Ausgerechnet jetzt wollte Stephen darüber reden, ob es nicht endlich an der Zeit sei auszuziehen.

«In einem Haus in der Nähe der Uni ist ein Zimmer zu vermieten.»

«Ein Zimmer in dem Haus, in dem zufällig deine Freundin wohnt», sagte Lenny.

«Ja.»

«Ist es ihr Zimmer?», fragte Grace.

«Ja.»

«Du bist noch nicht mal zwanzig und willst schon mit einem Mädchen zusammenziehen?», fragte Lenny.

«In dem Haus wohnen noch fünf andere Leute», antwortete Stephen.

«Dein Vater und ich kommen nicht dafür auf.»

«Mit dem Job in der Bar verdiene ich mir die Miete selbst.»

«Und was ist mit Essen und allem anderen?», wollte Lenny wissen.

«Wenn ich muss, arbeite ich noch eine Schicht extra, und im Sommer scheffle ich sowieso jede Menge Kohle.»

«Lenny?» Grace lief wie ein kopfloses Huhn in der Küche herum. Sie hatte vergessen, was sie eigentlich suchte, weil Stephen ihr auf Schritt und Tritt folgte. «Was sagst du dazu?»

«Ich finde, es ist höchste Zeit, aber bitte schwängere sie nicht gleich.»

«Okay, Dad. Danke für den Tipp.»

«Bist du sicher?», fragte Grace Lenny.

«Er kann jederzeit wieder zurück», sagte er. «Das Beste, was ich je getan habe, war, zu Hause auszuziehen und auf eigenen Füßen zu stehen.»

«Darf ich auch ausziehen?», fragte Ryan.

«Nein!», sagten Lenny und Grace wie aus einem Mund.

«Ich verdiene viel mehr als er», widersprach Ryan und hatte damit wahrscheinlich sogar recht. Trotzdem war er erst sechzehn. «NEIN!»

«Ich werde niemals ausziehen, ich bleibe für immer bei meiner Ma», sagte Bernard, als sei das eine besondere Ehre.

«Würg!», machte Jeffrey und verkündete dann, er würde auf alle Fälle bei Ryan einziehen.

«Am Arsch!», sagte Ryan.

«Ryan! Hüte deine Zunge», ermahnte Lenny seinen Sohn.

«Das werden wir ja sehen», sagte Jeffrey. Ich kenne deine Geheimnisse!» Er stupste sich mit dem Zeigefinger die Nase.

«Fick dich, Cybernerd», sagte Ryan genervt.

«Ryan!»

«Sorry, Dad», sagte er.

Jeffrey hatte seine Liebe zum Essen gegen Software-Programmierung eingetauscht und jüngstens verkündet, er wolle Hacker werden, wenn er groß wäre. Vielleicht war er sogar schon einer. *Noch ein Krimineller in der Familie hat uns gerade noch gefehlt …*

Lenny unterbrach ihre Gedanken mit einem Kuss und

einem Riesenberg in Folie gewickelter Sandwiches. «Nur falls ihr über Mittag dortbleiben müsst», sagte er.

«Danke.» Sie erwiderte seinen Kuss, und er küsste sie zurück, und so ging es sehr zum Unmut von Bernard und Jeffrey noch ein bisschen hin und her.

«Äh! Ma, bitte!», sagte Bernard.

«Ekelhaft!», sagte Jeffrey.

Grace war sich zwar sicher, dass die Sache vor Gericht im Nu erledigt wäre, aber sie war trotzdem dankbar für den Proviant. Ryan bestand darauf, sie zu begleiten.

«Nein, du gehst in die Schule.»

«Ich bin diesen Schwachköpfen meilenweit voraus, das weißt du genau», sagte er. Sie wusste, dass er recht hatte, aber sie wollte nicht, dass er in die Nähe eines Gerichtssaals kam.

«Juliet darf auch mit!»

«Ja, aber du bist nicht Juliet.»

«Es wäre gut für mich, mal eine Gerichtsverhandlung zu erleben», sagte Ryan.

«Nein.»

«Doch, das wirkt bestimmt abschreckend auf mich.»

«Nein.»

«Fu…»

«Ryan! Treib es nicht zu weit.»

«Na gut.» Er drückte ihr ein Büchlein in die Hand. «Gib das bitte meiner Gran.»

Sie nahm es entgegen und las den Titel. «‹Kleiner Gefängnisführer. Ein Ratgeber für Anfänger›?»

«Nur für alle Fälle.»

«Himmel», stöhnte sie und steckte das Buch in die Handtasche. *Für alle Fälle.*

In Lennys Begleitung ging sie zum Auto. Im Vorbeigehen

warf sie dem alten Wohnwagen einen Blick zu. «Zeit, den wieder loszuwerden.» Er wurde nicht länger gebraucht. Juliet war in Sicherheit. Ihr Ältester zog aus. Das Leben ging weiter.

Molly

Als Molly aufwachte, roch es nach Frühstück. Im Morgenmantel ging sie in die Küche, wo Jack am Herd stand und Würstchen und Speck für eine kleine Armee briet.

«Setz dich hierhin, Molls», sagte er, deutete auf das Tischset und reichte ihr eine Tasse Tee. «Ist gleich fertig.»

«Ich habe keinen Hunger.»

«Oh nein, bitte iss was, du brauchst eine Grundlage.»

Aus Respekt für den Mann, der es zubereitet hatte, pickte sie lustlos an ihrem Frühstück herum.

Dann kam Grace, mit Davey und Juliet im Schlepptau. Jack servierte ihnen Würstchen, während Molly ins Bad ging, um sich fertig zu machen. Sie machte sich Sorgen um ihre Freunde, fragte sich, wie es ihnen wohl ging und welchen Tribut ihr Verhalten ihnen wohl abverlangt hatte. Vor allem Thomas. Ein Mann über achtzig sollte sich wirklich nicht mehr vor Gericht verantworten müssen. *Es tut mir leid.* Sie schminkte sich und frisierte sich und ging zurück nach unten.

Am Fuß der Treppe stand Juliet, mit Rabbits Buch in der Hand. «Hast du's schon gelesen, Gran?»

«Ja, habe ich.»

«Und?»

«Und es ist was ganz Besonderes.»

«Ich trau mich nicht», sagte Juliet.

«Das macht ihr ganz bestimmt nichts aus, Liebes, das machst du, wenn du so weit bist.»

«Findest du mich schwach, Gran?»

«Gott nein, Juliet. Du bist ein Vulkan.»

«Wir werden sie nie vergessen, Gran.»

«Auf gar keinen Fall.»

Juliet gab dem Buch einen Kuss und ging zurück in die Küche. Mollys Lächeln verblasste, und sie setzte sich kurz auf die Treppe, um ihre wirren Gedanken zu sammeln.

Da tauchte Jack im Türrahmen auf, Grace, Davey und Juliet drängten sich hinter ihm.

«Bist du bereit, mein Herz?», fragte er.

«So bereit, wie man eben sein kann.»

Sie stand auf, und dann waren sie auch schon auf dem Weg.

Das enge Gerichtsgebäude verfügte über einen großen, gefliesten Eingangsbereich, in dem jede Menge unbekannter Menschen auf ihre Verhandlungen warteten. Es gab drei Türen. Eine führte zum Amtsgericht, eine andere zum Bezirksgericht, und hinter der mittleren lag eine Marmortreppe, die in Gefilde führte, zu denen gewöhnliche Sterbliche keinen Zugang hatten. Die Fingal-Four hatten Glück, der Staatsanwalt hatte ihren Fall von Freiheitsberaubung als minderschwer eingestuft und für ein Urteil im Schnellverfahren vor dem Bezirksgericht plädiert. Mark Mooney, ihr Verteidiger, hatte ihnen erklärt, dies bedeute eine Maximalstrafe von einem Jahr Gefängnis und höchstens fünftausend Euro Geldstrafe. Natürlich hoffte er, dass ihnen beides erspart blieb. Aufgrund ihres guten Rufs in ihrem Viertel, ihres fortgeschrittenen Alters und der Tatsache, dass keiner von ihnen zuvor mit dem Gesetz in Konflikt geraten war, erwartete er eine weit geringere, leichter aufzubringende Geldstrafe und gar keine Haft.

Thomas war nervös und aufgekratzt. «Meine Nerven sind am Ende, aber es ist auf alle Fälle besser als Bingo», sagte er, als jemand ihm einen Stuhl anbot.

Sie standen am Eingang zum Gerichtssaal, um ihren Verteidiger geschart, der ihnen sagte, wer sich wohin setzen solle und wie das Gericht anzusprechen war. Da ihnen gar keine andere Wahl blieb, plädierten sie einstimmig für «schuldig»; der Verteidiger hatte dem Richter im Vorfeld versichert, dass alle vier ihre Lektion gelernt hatten und das Gericht um Milde baten.

Pauline ergriff Mollys Hand. «Wir haben schon viel Schlimmeres durchgemacht.»

Das stimmte, sie hatten beide schon viel Schlimmeres erlebt als eine alberne Gerichtsverhandlung. Doch Molly merkte, dass Pauline trotz der aufmunternden Worte nervös war. Nicole war außer sich vor Angst und Thomas in einem Moment supergut drauf und im nächsten am Boden. Molly hatte keine Angst. Sie war voller Wut, und das erst recht, als sie ihre Kontrahenten entdeckte. *Arschlöcher.*

Der Verhandlungssaal war klein. Molly und ihre drei Mitangeklagten ließen sich zur Linken auf einer Bank nieder, in der Mitte saßen die Anwälte beider Parteien. Die Angehörigen der Angeklagten saßen ebenfalls links, die Angehörigen und Freunde der Anklage rechts. Eine Frau in Uniform rief: «Erheben Sie sich!», und dann trat Richter Diarmuid Ryan durch eine Holztür am Kopf des Saals und nahm am Richtertisch Platz.

Er warf einen Blick hinunter auf die Anwälte mit ihren

lachhaft dicken Aktenordnern und wedelte mit den Armen. «Setzen, setzen, setzen! Wir haben nicht den ganzen Tag Zeit.»

Wieder ging eine Tür auf, und Molly sah, wie Sergeant Kevin Fogarty und sein Kollege Edel Flynn den Saal betraten und sich auf eine Bank ganz vorn setzten. Er nickte ihr zu, und sie nickte zurück. Obwohl der Raum wirklich winzig war, hatte Molly Mühe, auch nur ein Wort zu verstehen, als die Anwälte ihre Eröffnungsplädoyers hielten.

«Verstehst du was?», raunte Pauline.

«Kaum. Hier und da mal ein Wort», antwortete Molly.

«Ich weiß überhaupt nicht, was hier vor sich geht», sagte Thomas.

«Meine Füße bringen mich um!», stöhnte Nicole.

«Verzeihung? Stören wir Sie?», fragte der Richter streng.

«Das würden Sie vermutlich, aber man versteht ja leider kein Wort», sagte Molly.

Mark Mooney schüttelte seufzend den Kopf.

«Sprechen Sie lauter, Himmel noch mal!», sagte der Richter. Dabei war das alles ohnehin nur viel Lärm um nichts, wenn Mooney für schuldig plädierte. «Und verstehen Sie, was ein Schuldeingeständnis bedeutet?», wollte der Richter wissen.

«Wir sind ja nicht blöd!», murmelte Molly.

Pauline drückte ihre Hand.

«Ich möchte das Gericht um Nachsicht bitten», sagte Mooney.

«Sie wären Ihr Geld nicht wert, wenn Sie es nicht täten», antwortete der Richter.

Also ließ Mark sich über den positiven Charakter der vier Angeklagten aus, erwähnte ihr fortgeschrittenes Alter und ihre körperlichen Unpässlichkeiten. Im Grunde lief alles wie am Schnürchen, zumindest bis der Richter sich direkt an Molly wandte.

«Leute an der Ausübung ihrer Arbeit zu hindern, müsste eigentlich ein Straftatbestand sein, seine Wasserrechnung nicht zu bezahlen und dem Staat auf der Tasche zu liegen, müsste ebenfalls ein Straftatbestand sein, aber glücklicherweise ist zumindest Freiheitsberaubung eine Straftat, und zwar eine schwerwiegende. Sie sind alle betagt, und ihr Verteidiger benutzt ihr hohes Alter als Argument, um dieses Gericht um Milde zu bitten, aber ich finde, Ihr hohes Alter hätte Sie schon längstens die Bedeutung von Richtig und Falsch lehren müssen. Ein Jahr auf Bewährung und fünfhundert Euro Strafe für jeden», sagte der Richter. «Ich hoffe sehr, dass es trotz Ihres fortgeschrittenen Alters noch nicht zu spät ist, eine wertvolle Lektion zu lernen.»

Das brachte das Fass zum Überlaufen. Ehe jemand sie aufhalten konnte, sprang Molly auf und ergriff das Wort. «Oh ja, wir haben ein paar wirklich wertvolle Lektionen gelernt. Dass Sie und Ihresgleichen immer davonkommen, wenn Sie unseresgleichen bestehlen. Aber mit einem kommen Sie nicht davon: Sie behandeln mich nicht von oben herab, Sie schäbiger Schnösel. Wasser ist ein Menschenrecht, und solange es kein Gesetz gibt, welches das irische Volk vor der Korruption der herrschenden Klasse beschützt, werde ich tun, was immer getan werden muss, um mir Gehör zu verschaffen und den Sieg davonzutragen. Und Sie, Richter wie auch immer, lecken Sie mich doch am Arsch!»

Ein Keuchen ging durch den Saal. Ein leises «Maria Mutter Gottes» rieselte durch die Reihen. Jack jaulte auf, Grace legte den Arm um ihn und stützte ihn. Davey schlug sich die

Hand vors Gesicht, und Juliet versuchte so verzweifelt, nicht loszuprusten, dass Molly befürchtete, ihre Backen würden gleich platzen. Und Molly selbst war einfach nur hundemüde. *Es tut mir leid.* Natürlich verurteilte der Richter sie wegen Missachtung des Gerichts. Sie sollte sofort im Anschluss ins Frauengefängnis verlegt werden, und zwar so lange, bis sie sich vor Gericht öffentlich entschuldigte.

Pauline begriff nicht ganz, was vor sich ging. «Ich komm nicht ganz mit», sagte sie, als Sergeant Kevin Fogarty sich erhob und nach Mollys Arm griff. «Wo gehst du hin, Molly?», fragte sie.

«Ins Gefängnis», sagte Nicole.

«Oh nein!», sagte Pauline.

«Na ja, ehrlich gesagt, man kann sich nicht einfach hinstellen und dem Richter sagen, er soll einen am ihr wisst schon was lecken», sagte Thomas.

«Oh nein.» Pauline standen die Tränen in den Augen.

«Mach dir keine Sorgen um mich», sagte Molly.

«Gehen wir.» Sergeant Fogarty drehte sich zu Jack, Grace, Davey und Juliet um. «Geben Sie uns bitte fünf Minuten. Warten Sie draußen. Ich komme gleich zu Ihnen», sagte er, und Jack nickte.

«Molly?», sagte Jack zu seiner Frau.

«Fang jetzt bitte nicht an, Jack. Ich will nichts hören», sagte sie. Mit dem, was dann kam, hatte sie jedoch nicht gerechnet.

«Du stehst für das ein, woran du glaubst, Molls. Das hast du immer schon getan, und ich bin stolz auf dich», sagte er. «Und ... na ja, scheiß auf die ...», sagte er, und sie packte ihn am Kragen und gab ihm einen Kuss.

«Ich liebe dich, Jack.»

«Und ich dich, Molls.»

Sie folgte Sergeant Fogarty zu den Haftzellen im hinteren Teil des Gerichtsgebäudes.

«Und jetzt?», fragte sie.

«Und jetzt werde ich versuchen, Sie wieder zur Vernunft zu bringen. Sie können sich noch heute entschuldigen.»

«Auf keinen Fall!»

«Sie gehen ins Gefängnis, Molly. Wir sprechen hier nicht vom Streichelzoo!»

Sie tätschelte seinen Arm. «Das packe ich schon. Keine Sorge», sagte sie. Doch das war gelogen. Sie machte sich Sorgen, und sie war fest entschlossen zu leiden. *Es tut mir leid.*

Jack

Als ihnen die Situation vollends ins Bewusstsein gedrungen war, musste Jack sich kurz setzen. Die Vorstellung von seiner Frau in einer Gefängniszelle war genauso unfassbar wie unerträglich.

«Warum musstest du ihr denn auch noch den Rücken stärken?», fragte Grace ihn fassungslos.

«Was hätte ich denn sonst tun sollen?», antwortete er. «Das Kind liegt sowieso schon im Brunnen, Gracie.»

«Ich bring sie um!»

Jack hatte eine Höllenangst, er fühlte sich innerlich ganz wund und fragte sich, welcher Teufel um alles in der Welt seine Frau geritten hatte. «Ich verstehe einfach nicht, wie es so weit kommen konnte», sagte er zu Davey, und Davey antwortete, alles würde wieder gut werden, aber er klang nicht besonders überzeugt. «Das habe ich schon einmal gehört, mein Sohn», sagte Jack.

«Ja, Dad. Aber diesmal stimmt es. Diesmal wird wirklich alles wieder gut», versprach Davey und schlug sich mit der Hand gegen die Schläfe.

Endlich tauchte auch Mark Mooney auf. Er wirkte abgespannt und zermürbt. «Also: Sie wurde in einen Haftraum verbracht, hier im Gebäude. Sie hat immer noch die Möglichkeit, sich vor Ende der Dienstzeit beim Richter zu entschuldigen, aber wenn sie sich weigert, wird sie am späten Nachmittag ins Dóchas-Centre-Frauengefängnis verlegt.»

Pauline war in einem kläglichen Zustand. «Das ist meine Schuld. Ich hätte ihr auf den Fuß treten oder ihr den Mund zuhalten müssen. Oder ihr ans Schienbein treten oder sie bewusstlos schlagen!»

Davey versuchte die untröstliche Pauline zu beruhigen, indem er ihr sagte, selbst der Donnergott hätte Molly nicht stoppen können. «Du kennst sie doch, Pauline.»

«Aber ins Gefängnis, Davey? Das steht sie nicht durch. Nicht auch das noch, nach allem, was passiert ist.»

Thomas und Nicole beglichen ihre Strafen und verschwanden, so schnell sie konnten. «Tut mir echt leid, Jack, aber jeder weiß, dass man sich auf keinen Fall mit Kriminellen verbrüdern darf, solange man auf Bewährung ist», sagte Thomas und rannte praktisch zur Tür hinaus.

Jack nickte nur. Er war auch nicht in der Stimmung, sich mit Kriminellen zu verbrüdern. Grace half ihm auf die Beine. Sie folgten Mooney in eine stille Ecke des Eingangsbereichs.

«Sie müssen sie unbedingt dazu bewegen, sich zu entschuldigen. Das ist der einzige Weg.»

«Dürfen wir denn überhaupt zu ihr?», fragte Grace.

«Der Beamte bringt Sie hin», antwortete der Anwalt.

«Kommen Sie nicht mit?», fragte Jack.

«Ich kann nicht, Jack, ich habe am Nachmittag noch einen weiteren Fall, und außerdem kann ich hier leider nicht mehr viel ausrichten. Das liegt jetzt ganz an Ihnen.» Mooney gab Sergeant Fogarty ein Zeichen, der gerade auf sie zukam.

«Der da?», fragte Jack und zeigte auf den Feind seiner Frau.

«Sergeant Kevin Fogarty.» Der Mann streckte Jack die Hand hin, und Jack ergriff sie, ehe er darüber nachdenken konnte. *Der Feind!*

«Und jetzt wollen wir versuchen, Ihre Frau wieder zur Vernunft zu bringen», sagte Sergeant Fogarty.

«Sie ist eine sehr vernünftige Frau», sagte Jack seinen eigenen momentanen Gefühlen und der aktuellen Situation zum Trotz.

«Davon bin ich überzeugt, aber ich fürchte, in diesem Fall ist alles gerade ein bisschen aus dem Lot geraten, Mr. Hayes. Wir müssen jetzt gemeinsam dafür sorgen, dass sie zurück in die Spur findet. Es will doch niemand diese Dame ins Gefängnis wandern sehen», sagte der Sergeant.

Juliet ergriff Jacks Hand. «Alles wird gut, Grandad», sagte sie.

Jack wünschte sich sehnlichst, dass seine Enkeltochter recht behielt. Tief in sich wusste er, dass dieser Akt des Wahnsinns nicht nur damit zu tun hatte, dass seine Frau ein bisschen aus der Bahn geraten war. Irgendetwas nagte an ihrer Seele. Es fraß ihre Freude und ihren inneren Frieden. In ihr gab es etwas, das tobte und wütete und nichts als Zerstörung suchte. Er wusste es. Er wusste nur nicht, was es war. Er kam einfach nicht darauf. *Ich weiß, Molly, wir haben unsere Tochter verloren, aber was soll das hier alles?*

Grace

Die Zelle lag am Ende eines langen, schmalen Flurs ganz hinten im Gerichtsgebäude. Molly saß auf einer an der Wand befestigten Bank. Sie war blass, und obwohl sie die Arme verschränkt hatte, sah Grace, dass ihre Mutter zitterte.

Sergeant Fogarty hatte vorgeschlagen, dass die Familienmitglieder am besten nacheinander zu ihr gingen, anstatt sie im Pulk zu überfallen. «Sie ist nervlich ziemlich strapaziert», erklärte er.

Grace hob die Hand. «Ich geh als Erste, Sergeant Fogarty!»

Nachdem der Sergeant sie also hineingeführt hatte, setzte Grace sich neben ihre Mutter auf die Bank.

«Die haben mich gefilzt, ehe ich zu dir durfte», sagte sie und holte die in Alufolie gewickelten Sandwiches aus der Tasche. «Ich dachte schon, die nehmen mir meine Butterbrote auch noch weg.» Sie wickelte sie aus und reichte ihrer Mutter eins. Dann nahm sie auch eins und biss hinein.

«Thunfisch», sagte sie. «Lenny ist verrückt nach Thunfisch.»

Molly legte ihr Brot neben sich auf die Bank und kratzte sich am Kopf.

«Du wirst dich entschuldigen, Ma», sagte Grace.

«Nein.»

«Das ist eine ernste Sache, Ma!»

«Ich weiß, wie ernst die Sache ist, Grace.»

«Mit deiner Bockigkeit kommst du keinen Schritt weiter.»

«Manchmal muss man seiner Sache treu bleiben, egal was passiert», sagte Molly.

«Aber hier kannst du nicht gewinnen.»

«Es geht nicht ums Gewinnen, es geht darum, den Kurs zu halten, bis zum bitteren Ende.»

«Schwachsinn!», sagte Grace. «Du bist eine sture alte Ziege, und das weißt du ganz genau.»

Molly seufzte, nahm das Sandwich von der Bank, klappte es auf und schmierte Grace den Thunfisch in die Haare.

«Haha. Sehr erwachsen, Ma» sagte Grace und pflückte sich das Brot vom Kopf.

«Da hast du meine Antwort, Grace», sagte Molly.

«Unfassbar!» Grace packte die restlichen Brote wieder in die Tasche. «Du hast sie nicht mehr alle, Ma. Ist dir das klar?»

«Ja.»

Grace zog den kleinen Gefängnisführer für Anfänger aus der Tasche und drückte ihrer Mutter das Buch in die Hand. «Hier. Von deinem Enkelsohn.»

Mit Thunfischbrocken im Haar tauchte Grace wieder aus dem Haftraum auf.

«Wer geht als Nächstes?», fragte Fogarty.

«Ich.» Davey strich sich das T-Shirt glatt und reckte den Hals.

Grace setzte sich zu ihrem Vater, ihrer Nichte und der armen, völlig aufgelösten Pauline.

«Was hast du da im Haar? Ist das Thunfisch, Schätzchen?», fragte sie.

«Jawohl.»

«Hast du zufällig noch was in der Tasche?»

«Jawohl.»

«Wenn ich nervös bin, werde ich immer so hungrig», erklärte sie.

Grace gab Pauline den Sandwichstapel und sah dabei zu, wie die hintereinanderweg fünf Stück vertilgte.

Davey

«Ma! Entschuldige dich und komm wieder nach Hause. Das ist doch total bescheuert!», sagte Davey.

«Danke, Davey, aber mir geht es wunderbar hier.»

«Ma, ich habe eine hochschwangere Frau zu Hause, könntest du also bitte damit aufhören?»

«Nein.»

«Ma! Ich habe mich jahrelang wie ein Arschloch benommen, ich weiß also ziemlich genau, wenn ich eins vor mir habe – und du verhältst dich gerade wie ein Riesenarschloch. Und ich weiß, wie sehr du solche Typen hasst.»

«Tut mir leid, wenn du das so empfindest, Sohn.»

«Ach, zum Teufel ...», sagte Davey, warf die Arme in die Luft und verließ die Zelle.

«Sie hört nicht mal zu. Es kommt mir vor, als wäre sie wildentschlossen, sich selbst in den Abgrund zu stoßen», sagte er und rief so laut, dass seine Mutter ihn hörte: «Und uns gleich mit!» Er setzte sich neben Pauline.

«Darf ich zu ihr, Davey?», fragte Juliet.

Davey sah den Sergeant fragend an.

«Warum nicht, sonst hat ja offensichtlich keiner Glück.»

«Weißt du, was du sagen willst?»

«Ja.»

«Soll ich mitkommen?»

«Nein.»

«Sicher nicht?»

«Ganz sicher nicht.»

«Ich bin hier.»

«Ich komme allein zurecht.»

Die Aussage war eindeutig. Er beschloss, sie zu überhören.

Dann öffnete der Sergeant die Zellentür, und Juliet verschwand. Davey warf Pauline einen Blick zu.

«Ist zufällig noch ein Sandwich übrig?»

Sie gab ihm das letzte.

«Geht's dir gut, Dad?», fragte er, ehe er in sein Sandwich biss.

Jack sah direkt durch ihn hindurch und nickte mechanisch. «Du kennst doch deine Mutter», sagte er.

Und Davey saß da, aß ein Thunfischsandwich und fragte sich, was um alles in der Welt als Nächstes passieren würde.

Juliet

Juliet betrat die Zelle und stellte sich vor ihre Großmutter. «Gran», sagte sie und stemmte die Hände in die Hüften, so wie ihre Großmutter es immer machte, wenn sie etwas wirklich ernst meinte.

«Ja, Liebes», sagte Molly. Ihre Augen und ihr Gesicht waren ganz sanft.

«Es ist okay, glücklich zu sein», sagte Juliet.

«Ich weiß.»

«Wirklich?», fragte Juliet zweifelnd.

«Ja, Liebes», sagte Molly und wischte sich einen unsichtbaren Fussel vom Rock.

«Ma hat gesagt, immer wenn du lügst, wischst du dir unsichtbare Fussel weg oder reibst dir die Hände.»

«Tatsächlich. Hat sie das?»

«Ja, hat sie.»

«Na, danke für den Tipp.»

«Ryan hat einen Zehner darauf gewettet, dass du eingebuchtet wirst.»

«Er kennt mich gut», sagte Molly und hielt das Buch hoch.

«Gran?»

«Ja, Liebes?»

«Es ist okay, glücklich zu sein.»

Und damit drehte Juliet sich um und verließ die Zelle, ehe ihre Großmutter noch irgendwas sagen konnte.

Jack

Jack war als Letzter dran.

«Jetzt liegt's an Ihnen», sagte Sergeant Fogarty.

«Ich fürchte, dann wird das nichts», antwortete Jack und betrat die Zelle.

Molly hob den Kopf, lächelte und streckte die Hand nach ihm aus. Er ergriff sie und setzte sich zu ihr auf die Bank. Erst einen Tag zuvor hatten sie zusammen auf einer Bank gesessen und aufs Meer geschaut, und jetzt saßen sie in einer Zelle.

«Du trittst für deine Überzeugungen ein», sagte Jack.

«Einem Richter ins Gesicht zu sagen, dass er mich am Arsch lecken soll, ändert auch nichts zum Guten, das ist mir klar.»

«Was kann ich tun, Molly?»

«Hab Nachsicht mit mir.»

«Ich will nicht, dass du ins Gefängnis gehst, Molly. Aber

ich bin lange genug mit dir zusammen, um zu wissen, dass du tun wirst, was du deiner Meinung nach tun musst.»

«Ich bin mir nicht mehr sicher, ob ich weiß, was ich tue, Jack.»

«Dann komm nach Hause, Molls.»

«Ja. Aber nicht heute.»

Er gab ihr einen Kuss auf die Wange. «Habe ich dir eigentlich jemals die Geschichte von dem Typen erzählt, der zwei Frauen namens Mary hatte? Eine in Cavan und eine in Clare, und insgesamt achtzehn Kinder.»

«Und? Was ist mit ihm?»

«Als er fünfzig war, ist er gestorben und hat die beiden Frauen zurückgelassen, die sich nicht kannten. Außerdem hat er einen Brief hinterlassen, in dem stand, er hätte geliebt und er hätte gut geliebt und er hätte gewusst, dass zwei Frauen ihn früher ins Grab bringen würden, als wenn er nur eine geheiratet hätte. Er hätte sich also sein eigenes Grab geschaufelt, und das sei es ihm wert gewesen.»

«Und was sagten die zwei Frauen dazu?»

«Nachdem sie sich ein paar Brüllduelle geliefert hatten, ließen sie einen Grabstein errichten, auf dem stand: ‹Zwei Frauen haben ein Großmaul geheiratet, und jetzt tanzen sie fröhlich auf seinem Grab, bis sie alt und runzlig sind.›»

Molly kicherte. «Die sind ganz nach meinem Geschmack», sagte sie.

«Das glaube ich auch», antwortete Jack. «Wenn du fertig bist, dann komm zu uns zurück, Molly. Und zwar ganz.» Er stand auf.

«Ich geb mir Mühe», sagte sie. «Und jetzt lass mich allein.»

Jack ging zu den anderen zurück. «Keine Chance, Sergeant, tut mir leid.»

«Mir auch», antwortete der und brachte sie nach draußen.

«Muss meine Gran jetzt ins Gefängnis?», fragte Juliet.

«Ja, Liebes», sagte Jack.

«Warum?»

«Weil sie es tun muss», sagte er und riss sich fürchterlich zusammen, um nicht in Tränen auszubrechen.

Molly

Sergeant Fogarty öffnete die Beifahrertür seines Wagens und ließ sie einsteigen.

«Sie müssen mich nicht persönlich hinbringen», sagte sie, als er die Tür schloss.

«Ich setze Sie nicht mit Gott weiß wem in den Gefangenentransport», sagte er und schnallte sich an.

«Sie schulden mir nichts.»

«Das weiß ich. Schnallen Sie ich an.»

«Warum sind Sie dann so nett zu mir?», fragte sie und gehorchte.

«Sie erinnern mich an meine Mutter. Die war auch völlig durchgeknallt.»

Molly lächelte. «Aber Sie haben sie trotzdem geliebt.»

«Stimmt.»

Es tut mir leid.

Inzwischen war es später Nachmittag. Sie fuhren durch die Vororte von Dublin, und vor ihnen am Straßenrand prangte ein großes gelbes M.

«Ich hab Hunger», sagte der Sergeant. «Wollen wir noch bei McDonald's anhalten?»

«Anstatt direkt ins Gefängnis zu fahren?»

«Nur einen Big Mac.» Er wechselte auf die Abbiegespur. Es gab einen Drive-through-Schalter, doch er bestand darauf hineinzugehen. Er dirigierte sie zu einem freien Tisch am Fenster, weit weg von der Tür, wo es wärmer war.

«Was nehmen Sie?», fragte er. Molly fiel ein, dass sie nicht mal ihre Geldbörse bei sich hatte. «Seien Sie nicht albern. Ich lade Sie ein.»

Es tut mir leid.

«Dasselbe wie Sie», sagte sie, und er rieb sich die Hände.

«Ein Festschmaus für zwei.»

Molly saß am Fenster, sah sich um und musterte die Menschen um sie herum, die Burger aßen und sich unterhielten. *Ob von denen auch wer auf dem Weg in Gefängnis ist? Bestimmt nicht.* Alles kam ihr so unwirklich vor. *Was tust du, Molly?*, fragte sie sich, aber sie hatte keine Antwort darauf. Sie wollte einfach nur, dass endlich der Schmerz und die Qualen verschwanden.

Sergeant Fogarty kam mit einem vollbeladenen Tablett zurück, zweimal Big Mac, zwei große Portionen Pommes, zwei Sechserschachteln Chicken McNuggets, zwei Tütchen Currysauce und zwei Schokomilchshakes.

«Wenn Sie sich weiter so ernähren, beißen Sie ins Gras, ehe Sie siebzig sind», sagte sie.

«Dann sterbe ich wenigstens glücklich», antwortete er und verteilte die Portionen.

Molly merkte erst, wie hungrig sie war, als sie in den Burger biss. Es schmeckte gut, wie ein als Hauptspeise verkleidetes Dessert. «Ich glaube, ich war seit Anfang der Neunziger nicht mehr bei McDonald's.»

«Warum das denn?»

«Keine Ahnung, ist mir einfach nie in den Sinn gekommen.»

«Soll ich Ihnen die Abläufe im Gefängnis erklären?»

«Nein.»

«Es ist ein ziemlich heftiger Eingriff in die Intimsphäre.»

«Keine Sorge, ich habe drei Kinder auf die Welt gebracht. Das war ein heftiger Eingriff in die Intimsphäre.»

Es tut mir leid.

«Molly», sagte er, und sein Tonfall verriet, dass ihr die nächste Belehrung bevorstand.

Sie schnitt ihm das Wort ab: «Schokomilchshake ist mein neues Lieblingsgetränk», sagte sie, und er nickte.

Er versuchte es nicht noch einmal. Stattdessen futterten sie sich durch eine Tonne Junkfood, und sie sah ihm zu, wie er zum Abschluss noch ein Erdbeereis verdrückte. Sie warf einen Blick auf die Uhr. Inzwischen war es kurz vor fünf. Schließlich brachte er sie ins Gefängnis und parkte vor dem Eingangstor.

«Morgen steigen Sie in den Transporter, fahren zurück zum Gericht und entschuldigen sich.»

«Glauben Sie?»

«Ja.»

«Und warum?»

«Weil es nicht nur um Sie geht. Was auch immer in Ihnen vorgeht, Molly, Sie haben eine Familie und Freunde, die alle darauf warten, dass Sie wieder nach Hause kommen.»

«Ich bin eine störrische alte Ziege», sagte sie.

«Genau wie meine Ma.»

«Aber Sie haben sie trotzdem geliebt.»

«Stimmt.» Er setzte sich die Mütze auf und stieg aus dem Wagen. «So. Und jetzt gehen wir Sie einbuchten.»

Es tut mir leid.

Molly folgte ihm durchs Tor, durch die Eingangstür, die Metalldetektoren und eine Tür zu ihrer Rechten. Dort wurde sie von einer uniformierten Vollzugsbeamtin in Empfang genommen.

«So. Ich verabschiede mich hier», sagte Sergeant Fogarty.

«Vielen Dank.»

«Am besten danken Sie mir, indem Sie sich morgen bei dem eingebildeten Scheißer auf der Richterbank entschuldigen», sagte er, tippte sich an die Mütze und ließ sie mit der Frau allein, die sich als Martina vorstellte.

«Es tut mir sehr leid, aber ich muss Sie bitten, sich auszuziehen», sagte sie, und Molly wurde klar, dass sie auf das hier überhaupt nicht vorbereitet war, drei Geburten hin oder her.

Es tut mir so furchtbar, furchtbar leid.

Jack

Jack war noch nie bei einem Geistlichen zu Hause gewesen, zumindest konnte er sich nicht daran erinnern. Der Flur lag im Dunkeln, nur eine Lampe, die auf einem Schränkchen stand, leuchtete schummrig. Durch den Spalt einer angelehnten Tür fiel Licht. Jack vermutete, dass dahinter die Küche lag. Pater Frank hatte ihm aufgemacht. Er sah ohne den weißen Kragen völlig verändert aus – er trug einen Trainingsanzug.

«Ich wollte gerade ins Fitnessstudio», sagte er und tätschelte sich den Bauch. «Ich muss dringend meinen Pfunden an den Kragen, ehe sie mir an den Kragen gehen.»

«Tut mir leid, dass ich störe.»

«Seien Sie nicht albern», sagte Pater Frank, und Jack folgte ihm in die hell erleuchtete Küche. Eine große Glasfront ging hinaus auf einen üppigen Garten voll prächtiger Blüten, Bäume, wild rankender Kletterpflanzen und drei Vogelhäuschen. Draußen ging es zu, als würde gerade ein ganzer Schwarm zu Abend essen.

«Haben Sie den Garten etwa selbst angelegt?», fragte Jack erstaunt.

«Mein geheimes Laster», sagte Pater Frank.

Es war wunderschön, ein echtes Paradies. «Sie stecken voller Überraschungen», sagte Jack.

«Sie sollten mal meine überbackene Eisbombe probieren.» Pater Frank grinste. «Eine Tasse Tee?»

«Gern», sagte Jack. Er war müde; es war ein langer Tag gewesen. Er setzte sich an den Küchentisch, während Pater Frank Tee kochte und ihm einen Teller Doppelkekse hinstellte.

«Ich weiß, die Dinger sind ziemlich aus der Mode, aber ich finde, ab und zu gibt es nichts Besseres als einen schönen alten Doppelkeks mit Vanillefüllung.» Er setzte sich zu Jack an den Tisch.

«Da können diese neumodischen Cookie Kreationen nicht mithalten», stimmte Jack ihm zu.

Schweigend tranken beide Tee. Dann setzte Pater Frank die Tasse ab.

«Also. Was kann ich für Sie tun, Jack?»

«Ich weiß es nicht», antwortete er.

«Geht's um Molly?», fragte Pater Frank, und Jack nickte. «Sie wissen, dass ich sie seit der Totenwache nicht mehr gesehen habe», sagte er. Es klang traurig. Inzwischen waren fast zwei Jahre vergangen, und er vermisste seine alte Seelengefährtin immer noch.

«Sie ist seitdem nicht mehr dieselbe», sagte Jack entschuldigend.

«Nein. Das hätte mich auch gewundert.»

«Können Sie bitte mit ihr sprechen?»

«Das habe ich weiß Gott versucht», sagte Pater Frank. «Sie geht mir beharrlich aus dem Weg.»

«Tja. Das hat sich erledigt. Sie ist nicht mehr in der Lage, irgendwem aus dem Weg zu gehen», sagte Jack. Pater Frank konnte offensichtlich nicht ganz folgen. «Sie ist im Gefängnis», fügte er hinzu.

Pater Frank verschluckte sich prompt an dem Tee, den er gerade getrunken hatte, und fing an zu husten und zu prusten.

Jack sprang auf und klopfte ihm auf den Rücken. «Entschuldigung!», sagte er.

«Allmächtiger, Jack, was tut sie denn im Gefängnis?», fragte Pater Frank zwischen zwei Hustensalven.

«Sie hat einem Richter gesagt, er soll sie am Arsch lecken.»

«Na ja. Wenigstens hat sie ihn nicht umgebracht», sagte Pater Frank, als er sich wieder gefasst hatte.

Jack stimmte ihm zu. «Ja. Das ist der Hoffnungsschimmer am Horizont.» Jack erzählte Pater Frank, wo Molly sich derzeit aufhielt.

Doch Pater Frank konnte ihm nur wenig Hoffnung machen. Allerdings kannte er die Gefängnisseelsorgerin im Dóchas-Centre. Er hatte sie vor einem Jahr auf einer Fortbildung kennengelernt, als er noch der Hospizseelsorger gewesen war. «Ich könnte mit Sylvia sprechen», sagte er, ohne Jack etwas zu versprechen.

«Ich komme nicht an sie ran, das gelingt niemandem», sagte Jack.

«Ich rede mit Sylvia und sehe zu, was ich machen kann», sagte Pater Frank.

«Ich bin verzweifelt», sagte Jack.

«Ich weiß, Jack.»

«Danke, Pater.»

«Danken Sie mir lieber noch nicht», entgegnete Pater Frank und geleitete ihn durch den dunklen Flur zurück zur Haustür. «Falls es mir tatsächlich gelingt, bis zu ihr vorzudringen, geht am Ende vielleicht doch noch ein Mord auf ihr Konto». Er deutete auf sich.

«Ich werde für Sie beten, Pater», sagte Jack.

Jack überließ den Priester seinem Vorgarten, stieg ins Auto und fuhr zurück in das leere Haus. Er hoffte und betete darum, dass die Vernunft irgendwann doch noch die Oberhand über die gequälte Seele seiner Frau gewann, der selbst Rabbits wunderbares Buch und die anstehende Geburt eines neuen Enkelsohns keine Linderung hatten bringen können, und dass sie irgendwie den Weg zurück zu ihm fand.

Grace

Als Lenny von der Arbeit kam, lag seine Frau im Bett. Er zog sich Jackett und Schuhe aus und schlüpfte zu ihr. Sie lag auf der Seite, das Gesicht zur Wand, und er schmiegte sich an sie.

«Ma ist im Gefängnis», sagte sie.

«Haben die Jungs mir schon erzählt», antwortete er.

«Das ist ein schlechter Witz.»

«Das wird alles wieder», sagte er, und sie drehte ich zu ihm um.

«Das kann ich nicht mehr hören.»

«Aber es wird wirklich alles wieder, Grace.»

«Ich habe heute Vormittag den Termin für die Ovarektomie bekommen. In sechs Wochen werde ich operiert.»

«Gut», sagte er. «Dann buche ich uns einen Urlaub in zwölf Wochen.»

«Was ist mit den Kindern?»

«Scheiß auf die Kinder», sagte er.

Grace musste lachen. «Und was ist mit meiner Ma?»

«Sche…»

«Wage es nicht!»

«Ich habe mit Stephen gesprochen, er kann sich um die Kleinen kümmern, und deine Eltern sind auch noch da.» Er beugte sich zum Nachttisch, zog den Reiseprospekt einer tropischen Insel hervor und reichte ihn ihr.

«Echt? Da fliegen wir hin?»

«Zehn Tage. Nur du und ich, wie klingt das?»

«Und was, wenn ich dann mitten im Wechsel bin?»

«Dann kriegen wir das auch hin.»

«Und was, wenn ich keine Lust auf Sex habe?»

«Das steht nicht zur Debatte», sagte er. «Außerdem: Wer könnte da schon nein sagen?» Er deutete auf sich.

«Was, wenn meine Ma dann immer noch im Gefängnis hockt?»

«Wird sie nicht.»

«Du bist dir immer so sicher.»

«Jepp!», sagte er.

«Lennie?»

«Ja?»

«Verschließ die Tür.»

«Echt?», fragte er. Sie konnten die Jungs unten rumoren hören, und mindestens einer war in seinem Zimmer, nur ein Stück den Flur hinunter.

«Ja!»

Lenny sprang aus dem Bett und verschloss die Tür. Als er wieder vor ihr stand, hatte er sich schon Hose und Unterhose vom Leib gezerrt.

«Sehr sexy!», sagte sie und musterte ihn in Hemd und Krawatte, mit steifem Schwanz, prallen Eiern und schwarzen Socken.

Sie fielen übereinander her und kicherten wie kleine Kinder, und Grace kam sich in ihrem eigenen Haus vor wie ein Teenager. In diesem Augenblick war es egal, dass ihr schon bald die nächste Operation bevorstand, und es war auch egal, dass ihre Mutter im Gefängnis saß, denn sie war verliebt. Sechsundzwanzig gemeinsame Jahre, und alles, was sie und Lenny durchgemacht hatten, waren eine spontane Feier wert, und wenn sie auch nur acht Minuten dauerte.

Marjorie

Marjorie verbrachte den Tag im Bett. Sie fühlte sich unförmig und viel zu unwohl, um sich zu bewegen. Davey hielt sie telefonisch über den Gang der Dinge auf dem Laufenden.

«Ma sitzt im Gefängnis.»

«Nicht dein Ernst!»

«Doch. Leider.»

«Himmel, Davey!»

«Bis nachher, Marj. Ich liebe dich», sagte er und legte auf.

Molly Hayes sitzt im Gefängnis! Sie musste aufs Klo, also stand sie mühsam auf und watschelte nach nebenan ins Bad. Plötzlich durchfuhr sie ein heftiger Krampf. *O Gott! Was ist das? Ich hab doch noch zwei Wochen, verdammt noch mal!* Sie ging aufs Klo, quälte sich zurück ins Bett, und dann überkam sie die nächste Welle Bauchkrämpfe ... *Bitte nicht ...* Sie erwartete den nächsten Krampf, doch eine Stunde verging, ohne dass etwas geschah. *Wahrscheinlich nur Blähungen.*

Sie hörte Juliet zur Haustür reinkommen. «Juliet? Bist du das?»

Juliet antwortete nicht gleich, aber Marjorie hörte sie die Treppe hochtrampeln. «Alles okay?», fragte sie, als Juliet den Kopf zur Tür reinstreckte.

«Mir geht's gut.»

«Wo ist Davey?»

«Der holt den Kinderwagen ab.»

«Ach ja. Willst du dich kurz zu mir setzen und reden?»

«Nein.»

«Nur zwei Minuten.»

«Keine Zeit.» Juliet drehte sich um und sprang die Treppe wieder runter.

Marjorie hob seufzend den Blick zur Decke. *Ich geb echt mein Bestes, Rabbit.* «Vergiss nicht, dass wir morgen Vormittag Möbel für dein Zimmer kaufen gehen», rief sie ihr nach.

«Ohne mich», rief Juliet zu ihr hoch.

«Ein Nein wird nicht akzeptiert. Du kommst mit, und wenn ich dich an den Haaren hinschleifen muss.»

«Das ist Körperverletzung.»

«Richtig.»

Die Haustür knallte ins Schloss.

Marjorie blickte wieder zur Decke. *Spar's dir!*

Juliet

Juliet drehte acht Runden an Francies Haus vorbei, ehe er sie erwischte. Er stieg in dem Moment aus seinem Lieferwagen, als sie zum neunten Mal an seiner Haustür vorbeiradelte.

«Juliet Hayes! Stalkst du meinen Sohn jetzt doch?», rief er.

Sie blieb stehen und lief knallrot an. «Also wirklich nicht!», sagte sie empört, als wäre die Vorstellung völlig abwegig. «Ich wollte zu dir.»

«Aha.» Er lehnte sich an den Kotflügel.

«Hast du schon mit Mrs. Faye gesprochen?»

«Ich hatte noch keine Gelegenheit.»

«Aber die Zeit drängt!»

«Aha. Und warum?»

«In drei Monaten ist Mas zweiter Todestag. Ich fände es schön, wenn wir es dann machen könnten.»

«Ich rede morgen mit ihr.»

«Okay.» Juliet wollte sich schon wieder aufs Rad schwingen und davonfahren.

«Warte mal! Was ist mit der Mächtigen Molly?»

«Die sitzt im Gefängnis.»

«Das musste ja irgendwann passieren. Was hat sie gesagt?»

«Sie hat dem Richter gesagt, er soll sie am Arsch lecken.»

«War ja klar.»

«Die lassen sie erst wieder raus, wenn sie sich entschuldigt hat.»

«Wie geht's Davey?»

Juliet zuckte die Achseln.

«Du musst ihm verzeihen, Juliet.»

Sie stieg auf ihr Rad und fuhr los.

«Ach, und Juliet ...»

Sie drehte sich noch mal zu ihm um.

«Darren ist zu alt für dich.»

Aus für sie beide völlig unerfindlichen Gründen reckte sie den Daumen.

«Darren hat keine Chance. Du bist genau wie deine Ma», rief er ihr nach, als sie davonradelte.

Molly

Die nächste halbe Stunde war der blanke Horror. Molly musste sich nackt ausziehen und wurde einer gründlichen Leibesvisitation unterzogen. Die Untersuchung konnte man zwar nicht mit Kinderkriegen vergleichen, aber eine massive Verletzung der Intimsphäre war sie trotzdem, auch wenn die Beamtin, die sich als Fiona vorstellte, ein nettes junges Mädchen aus Cork, sich jedes Mal entschuldigte, wenn Molly sich erniedrigen lassen musste.

«Bitte ziehen Sie sich ganz aus. Entschuldigung. Und jetzt umdrehen bitte, ich bitte um Entschuldigung. Und jetzt bitte auf den Boss setzen, das ist unser Körperöffnungsscanner. Entschuldigung, es tut mir leid, bitte entschuldigen Sie, gleich ist es geschafft.»

Molly hätte am liebsten geweint. Stattdessen riss sie Witze über eine Modelkarriere für Sports Illustrated und fragte, ob

Hugh Hefner wohl Manns genug für so ein Bunny wäre. Fiona lachte höflich. Sie fand es vermutlich nicht wirklich witzig, es war ja auch keine witzige Situation. Es war eine Leibesvisitation im Gefängnis, kein Amateurwettbewerb für Stand-up-Comedy auf der örtlichen Kleinkunstbühne. *Es tut mir leid.*

Nach dieser Stippvisite im Fegefeuer wurde sie in eine Arrestzelle in der Aufnahme gebracht. Molly folgte dem netten Mädchen aus Cork durch einen beigefarbenen Gang mit hellbraunen Metalltüren.

«Sollten Sie länger bei uns bleiben, werden Sie morgen der Leitung vorgeführt, damit bewertet werden kann, in welchem Trakt wir Sie unterbringen», erklärte Fiona.

Molly sagte nichts. Ihr fehlten die Worte. *Es tut mir leid.* Ehe Fiona mit rasselndem Schlüsselbund eine Tür aufsperrte, rief sie: «Wir kommen rein», die Tür schwang auf, und Molly sah sich einer heruntergekommenen Frau in einem verdreckten Samtjogginganzug gegenüber, die mit dem Kopf zwischen den Händen auf einer Pritsche saß.

«Alles in Ordnung, Sheila?», fragte die Wärterin.

«Mir ist kotzübel, Schwester.»

«Ich bin keine Schwester. Ich bin Gefängniswärterin.»

«Ah. Ja.»

«Das ist Molly. Sie teilen sich heute Nacht die Zelle. Morgen klären wir, wie es für Sie beide weitergeht.»

Die Frau hob verwirrt den Kopf. Sie wirkte benommen. Molly erkannte sie sofort.

«Sheila B?» Das Mädchen, das einst die beste Irish-Dance-Performerin in ganz Norddublin gewesen war, Francies erste große Liebe, eine amtliche Irre mit einem Herz aus Gold? *Gott im Himmel, Sheila B!*

«Mrs. H.?»

«Himmel, Sheila, was um alles in der Welt machst du denn hier?»

«Dasselbe könnte ich Sie fragen.»

«Freunde oder Feinde, meine Damen?», fragte Fiona.

«Freunde. Sie war immer so lieb zu mir, Schwester», sagte Sheila.

«Keine Sorge, wir kommen zurecht», sagte Molly. Die schwere Tür fiel ins Schloss, und Molly setzte sich aufs gegenüberliegende Bett.

«Was ist passiert, Sheila?»

«Ich bin auf Alkoholentzug. Wird 'ne lange Nacht werden. Tut mir echt leid, Mrs. H.», sagte sie und griff nach einem großen Eimer. Auf dem Boden neben ihr lagen Handtücher, Feuchttücher und eine Wasserflasche.

«Ich wusste nicht, dass du Alkoholikerin bist.»

«Hab ich auch ziemlich lange nicht gewusst. Das ist ja das Problem», sagte Sheila B.

«Und warum bist du hier?», fragte Molly, und Sheila legte sich auf ihre Pritsche.

«Hier drin ist es eisig!»

«Sheila?»

«Ladendiebstahl.»

«Du warst noch nie eine Diebin.»

«Tja. Die Zeiten ändern sich.» Sheila beugte sich über den Eimer und übergab sich.

«Als ich dich auf dem Konzert gesehen habe, ging's dir doch richtig gut», sagte Molly.

«Ja? Kann mich nicht erinnern. Ich stand völlig neben mir.»

«So hast du gar nicht gewirkt.»

«Ist meine Geheimwaffe», sagte Sheila und übergab sich wieder.

«Und warum Ladendiebstahl?»

«Ich wusste, wenn sie mich oft genug erwischen, lande ich irgendwann hier.»

«Das kapier ich nicht.»

«Wissen Sie noch, als ich jung war, hieß es immer, ich hätte eine bipolare Störung.»

«Ja.»

«Ich leide außerdem an einer Persönlichkeitsstörung.»

«Oh, nein. Das tut mir leid.»

«Ich krieg's nicht auf die Reihe, Mrs. H. Ich hab's versucht, aber ich schaffe es nicht. Ich kenne ein Mädchen, die war ein halbes Jahr hier und wurde trocken. Sie bekam gute Medikamente, und die haben dafür gesorgt, dass sie sie auch nimmt, und sie hat's überstanden. Es ist gar nicht so übel hier, wissen Sie? Im Haupttrakt gibt es richtige Zimmer und alles, was man braucht. Ich musste was unternehmen. Und was anderes ist mir nicht eingefallen.»

«Grundgütiger, Sheila, ist dafür nicht der psychiatrische Dienst zuständig?»

«Die labern mich immer nur zu, nehmen mich kurz auf, wenn ich total daneben bin, und werfen mich wieder raus, so schnell es geht. Ich weiß selbst, dass ich Hilfe brauche, Mrs. H., aber manchmal will ich die Hilfe nicht, und dann fackle ich wieder alles ab. Hier drin habe ich keine Wahl.»

«Du bist sehr mutig», sagte Molly.

«Quatsch. Ich bin nur verzweifelt», antwortete Sheila B und übergab sich wieder in hohem Schwall. Nachdem Molly sie gesäubert hatte, erzählte Sheila B, dass ihre Tochter Sandra die Klaue heiratete.

«Was? Den Typen, dem einer mit dem Samuraischwert die Hand abgeschlagen hat?»

Sheila brach in Tränen aus. Sie fing an zu zittern und sich zu kratzen. «Sie haben die Hand wieder angenäht. Aber sie will mich nicht dabeihaben», sagte sie und krümmte sich mit schmerzverzogenem Gesicht. «Ich kann's ihr nicht verübeln. Ich habe mich auf ihrer Verlobungsfeier ziemlich aufgeführt.»

«Wann findet die Hochzeit denn statt?»

«Anfang nächsten Jahres», sagte Sheila.

«Ja, dann. Bis dahin geht's dir doch wieder gut, du bist trocken und nimmst deine Tabletten, oder?», sagte Molly, und Sheila wischte sich die Tränen weg.

«Ja», sagte sie. «Entweder das oder tot, wär beides nicht schlecht.»

Molly wollte sie gerade für ihre Negativität schelten, als der Schlüsselbund im Schloss rasselte. Die Tür ging auf, und eine Wärterin mit straffem Pferdeschwanz kam herein.

«Molly Hayes?»

«Ja?»

«Sie haben beantragt, den Geistlichen zu sehen.»

«Sicher nicht.»

«Steht aber hier.» Sie hielt ein Klemmbrett in der Hand.

«Na los, Mrs. H., gönnen Sie uns beiden ein bisschen Privatsphäre. Ich glaub, ich muss dringend aufs Klo», sagte Sheila B.

«Na gut», sagte Molly. «Und vergiss nicht, genug zu trinken.»

Während sie durch mehrere Flure liefen und die Wärterin diverse Türen auf- und wieder zuschloss, erkundigte sie sich bei Molly: «Und? Wie gefällt es Ihnen bei uns?» Sie hatte ihren Namen nicht genannt, und falls doch, war Molly zu sehr mit Sheila und ihren Ausscheidungen beschäftigt gewesen.

«Der reinste Palast, nur Duftkerzen könnten Sie ein paar mehr verteilen», sagte Molly, und die Wärterin lachte.

«Wir tun alles, damit Sie zufrieden sind.»

«Sheila geht es wirklich schlecht.»

«Sie steht unter Beobachtung und wird bald dem Arzt vorgeführt. Sie übrigens auch.»

«Bei mir ist alles in Ordnung.»

«Gehört zum Programm.»

Noch eine letzte Tür wurde geöffnet und wieder geschlossen, dann standen sie vor der Gefängniskapelle.

«Ich hole Sie nachher wieder ab», sagte die Frau, ging davon und ließ Molly alleine stehen.

Molly öffnete die Tür und betrat einen kleinen, dämmrigen Raum. Stühle standen kreuz und quer, es gab einen Tisch mit einem Kreuz und an der Wand ein paar Bilder und handgeschriebene Schilder. Auf einem Stuhl vor dem provisorischen Altar saß, mit dem Rücken zu ihr, ein Mann in Schwarz.

«Hallo?», sagte Molly, und der Mann stand auf, drehte sich zu ihr um. Er winkte verhalten. «Pater Frank?»

«Hallo, Molly.»

«Sie drehen wohl Ihre Runde», sagte sie.

«Ich kenne die Krankenhausseelsorgerin, wir waren zusammen auf Fortbildung. Setzen Sie sich», sagte er.

Molly gehorchte. «Geht das auf Jacks Mist?»

«Er ist heute Nachmittag bei mir gewesen.»

«Tut mir leid, dass Sie Ihre Zeit verschwenden», sagte sie.

«Ist das so?»

«Ich weiß wirklich nicht, was Sie von mir wollen, Pater Frank», sagte Molly.

«Wie wäre es mit ein bisschen Aufrichtigkeit?»

«Ich bin ein offenes Buch.»

«So ein verfluchter Unsinn!», sagte Pater Frank. Molly hatte den Mann noch nie im Leben fluchen gehört.

«Wenn Sie meinen. Was wollen Sie wissen?»

«Was ist passiert, Molly?»

«Sie wissen, was passiert ist. Mein Kind ist gestorben.»

«Ja. Aber was ist passiert?»

«Ich weiß nicht, wovon Sie sprechen», sagte sie und stand auf, um zu gehen. Er griff nach ihrer Hand und hielt sie fest. Molly setzte sich wieder hin.

«Was ist passiert?»

Plötzlich verschwanden die Gefängnismauern um sie herum, und Molly fand sich in einem anderen kleinen Zimmer wieder, im Hospiz, auf dem harten Stuhl, auf dem sie die ganze Nacht gesessen hatte, und sah ihrer Tochter beim Sterben zu. Im Garten sangen die Vögel. Drinnen, in dem kleinen, überfüllten, leicht stickigen Hospizzimmer hielt Molly Hayes die Hand ihrer Tochter. Licht fiel durch das gegenüberliegende Fenster und schmerzte in ihren müden Augen. Trotz der überwältigenden Erschöpfung blieb sie wach und betrachtete mit weit geöffneten Augen ihr einst so wunderschönes Kind, das jetzt ein bis zur Unkenntlichkeit aufgedunsenes, jämmerliches Wesen war und um jeden Atemzug rang. Um Rabbit herum lagen und saßen schlafend die übrigen Familienmitglieder und ihre beste Freundin Marjorie. Ihr Atem ging im Gegensatz zur sterbenden Rabbit langsam und regelmäßig. *Ich hab dich lieb, Rabbit. Ich hab dich so lieb. Hörst du, Rabbit? Deine Mammy hat dich lieb!*

Sich den nächsten Gedanken ins Gedächtnis zu rufen, fiel Molly schwer, weil sie sich so sehr dafür schämte. *Na los, Rabbit, lass endlich los.* Sie sprach ihn sogar aus: «Lass endlich los.» Sie wollte, dass ihre Tochter einfach losließ und ging. Mehr noch: Sie musste endlich loslassen, denn Molly tat der Rücken weh, die Hüften schmerzten, und sie hatte steife Knie; außerdem hatte sie Kopfweh, und ihr knurrte der Magen. Stundenlang hatte Molly unbeweglich an Rabbits Bett gesessen, zugesehen und gewartet. Ihr Kopf stand in Flammen. Ihre Augen brannten, jeder einzelne Muskel in ihrem Körper schrie. Sie musste dringend aus diesem Zimmer raus, sie musste sich bewegen, sich strecken, ein Stückchen gehen, eine Tasse Tee trinken. Sie musste schlafen, leben, atmen, alles, nur bitte nicht noch eine einzige Sekunde länger hier sitzen. *Lass einfach los.* Und Rabbit? Rabbit kam ihrer Bitte nach. Sie packte die Hand ihrer Mutter, und Molly hätte sich vor Schreck fast in die Hose gemacht. Sie sprang auf. «So ein verdammter Scheißdreck!», murmelte sie leise, legte sich die Hand aufs Herz und überlegte kurz, ob ihre Jüngste sie wohl mit sich nehmen wollte. Sobald sich ihr Herzschlag wieder halbwegs beruhigt hatte, stützte sie sich aufs Bett und beugte sich über ihre sterbende Tochter.

«Rabbit?», flüsterte sie. «Bist du noch bei mir, Schätzchen?»

«Ich muss den Wagen kriegen, Ma», antwortete Rabbit, und Molly spürte, wie ihr Herz in tausend Stücke barst. *Das war's.* Mollys Augen füllten sich mit Tränen, die Nase schwoll zu, in den Ohren brummte es, die Kehle brannte. «Gute Reise, Rabbit», sagte sie und wollte, dass Rabbit ging. Sie wollte, dass Rabbit in diesen unsichtbaren Wagen stieg und endlich ging, weil sie es keine einzige Sekunde länger aushielt. Einen Moment später löste sich der Griff ihres Kinds, und sie war fort.

O Gott! Was habe ich getan? O nein! Molly bewegte sich nicht, alles, was sich gerade noch so dringlich angefühlt hatte, war weg. Sie spürte überhaupt nichts mehr. Sie war völlig taub. *Lass einfach los.* Draußen auf dem Fensterbrett zwitscherte ein Vogel. Drinnen, direkt unter diesem Fenster, summte die Heizung. Eine Spinne krabbelte über die Scheibe, um dann auf die Wand zu springen. Molly setzte sich ganz aufrecht hin, Kopf und Rückgrat genau in einer Linie, und streichelte den Kopf ihrer Tochter. Sie hatte sie im Stich gelassen, in ihren letzten Augenblicken, ihr eigen Fleisch und Blut. Sie hatte verdient, allein zu sein, einsam, verlassen und verzweifelt. Sie hatte gesündigt. Sie war ein schlechter Mensch, unwürdig und auf immer schuldig. Sie hatte Rabbit den Tod gewünscht. Der Wunsch nach einer Tasse Tee war ihr wichtiger gewesen als ihr eigenes Kind. *Lass endlich los.*

In diesem Moment hatte Molly ihr Kind und ihren Gott verloren – eine gläubige Frau, die ihren Glauben an einen gerechten, verzeihenden Gott verloren hatte, die ihren Glauben an sich selbst verloren hatte. Es hatte sie noch nie jemand nach diesen letzten Augenblicken gefragt, als außer ihr alle im Zimmer geschlafen hatten. Die anderen hatten gedacht, Rabbit wäre gestorben, ohne noch einmal wach geworden zu sein. Molly ließ sie in dem Glauben, denn wie hätte sie jemals zugeben sollen, was sie getan hatte, was sie in jenem entscheidenden Augenblick gefühlt hatte? Erleichterung. Dankbarkeit. *O Gott.* In dem Moment hatte sie beschlossen, dass es in ihrem Leben keinen Gott gab – nicht weil sie seine Gegenwart nicht immer noch gespürt hätte, sondern weil sie und Gott einander nicht würdig waren. *Wir sind keine Freunde mehr, du und ich.*

Aber Molly vermisste Gott trotzdem, nicht so sehr, wie sie ihr Kind vermisste, doch der Verlust zerrte heftig an ihr. Sie musste sich zusammenreißen, um ihn nicht flehend anzurufen, um nicht mit ihm zu sprechen, um von ihm nicht wenigstens ein bisschen Trost und Linderung zu erhalten. Endlich zugeben zu können, was sie ihrer eigenen Tochter in den letzten Augenblicken ihres Lebens abverlangt und wie ihre Tochter auf ihre Bitte reagiert hatte, war grauenhaft und befreiend zugleich.

«Lass endlich los.»

«Molly, das denken und sagen die Leute ständig. Es war Gnade», sagte Pater Frank mitfühlend.

«Mir hat der Arsch weh getan, Pater Frank», sagte Molly. «Das hat mit Gnade einen Scheißdreck zu tun.»

«Gott liebt Sie, Molly.»

«Und ich hasse ihn.»

«Nein, das ist nicht wahr.»

«Doch.»

«Sie vermissen ihn, und er vermisst Sie, Molly.»

«Blödsinn!»

«Wirklich?»

«Ich will ihm weh tun!», sagte sie. Ihr brannten Tränen in den Augen. «Ich will mir selbst weh tun.»

«Das ist okay.»

«Nein, das ist nicht okay. Wir haben sie im Stich gelassen.»

«Das stimmt nicht. Sie haben Ihr Bestes gegeben, das Mädchen musste endlich gehen, und als es so weit war, waren Sie bei ihr, um sie zu verabschieden, so wie Sie damals da waren, um Sie willkommen zu heißen. Schön, Ihnen hat der Hintern weh getan. Sie sind auch nur ein Mensch, Molly. Und zwar einer der besten und fürsorglichsten Menschen, die ich kenne.»

«Verpissen Sie sich.»

«Außerdem besitzen Sie das schmutzigste Mundwerk, das

ich kenne, und ich habe im Laufe der Zeit so einige Charmebolzen kennengelernt», sagte er, und Molly musste durch ihren Tränenvorhang hindurch grinsen. «Die Wahrheit lautet: Gott hat bewiesen, dass er oder auch sie nicht allmächtig ist, und Sie sind es genauso wenig, aber es ist schön zu sehen, dass Sie es beide versuchen», sagte Pater Frank. «Das ist tröstlich, Molly.»

Molly umarmte ihren Seelsorger und Freund und drückte ihn fest an sich. «Passen Sie auf meine Rippen auf, Molly.»

Sie weinte sich an seiner Schulter aus, und als sie keine Tränen mehr hatte, ließ sie erschöpft den Kopf auf seiner Schulter ruhen, und zum ersten Mal seit jenem verhängnisvollen Morgen war sie dankbar, am Leben zu sein. Ehe Molly wusste, wie ihr geschah, hatte er zu singen begonnen, und sie musste zugeben, dass Pater Frank eine schöne Singstimme hatte. «Ich, der Meer und Himmel schuf, hörte meines Volkes Ruf ...»

«Ach bitte, hören Sie auf damit!»

«Kommen Sie, Molly, singen Sie mit mir.»

«Ich, der Mond und Stern gemacht, sende Licht in ihre Nacht ... Kommen Sie, Molly, wir kürzen ab. Jetzt der Refrain: Ich bin hier, Herr. Meinst du mich, Herr?»

Es gehörte zu ihren Lieblingsliedern, und nachdem sie gerade mitten in einer Gefängniskapelle einen Seelenstriptease hingelegt hatte, war es auch schon egal. *Ach, zum Teufel, was soll's?* Molly stimmte ein: «Deinen Ruf vernahm ich in der Nacht. Ich will gehen, Herr, führe Du mich. Leg Dein Volk mir tief in Herz und Sinn.»

Als sie zu Ende gesungen hatten, inbrünstig wie zwei Betrunkene auf einer Party, blieb Molly ruhig sitzen, und plötzlich hörte sie es, das schönste Geräusch der Welt: Rabbits

Stimme, direkt in ihrem Kopf. *So, Ma, jetzt kann mich endgültig nichts mehr schocken. #MeinepeinlichenEltern.*

Molly fing an zu lachen. «Rabbit, da bist du ja! Da bist du ja endlich wieder, mein Mädchen. Deine Ma hat dich lieb, Rabbit, das weißt du, oder?»

Klar weiß ich das, du Dödel. Ich war ja die ganze Zeit hier, aber du hast mich nicht gehört.

«Das tut mir leid, Schätzchen. Aber jetzt höre ich dich.»

Pater Frank blickte sich um. Er wusste nicht recht, was er tun sollte, als Molly plötzlich die Arme zum Himmel reckte und Freudentränen vergoss.

«Sie ist zu mir zurückgekehrt, Frank!»

«Molly? Haben Sie etwa Visionen?», fragte er besorgt.

«Nein, Sie Spaßvogel, ich kann sie hören», antwortete sie, als wäre diese Vorstellung beruhigender.

«Ach?»

Molly lauschte. «Rabbit sagt, wir sind zwei Dödel, und Religion ist völliger Blödsinn.»

«Das klingt ganz nach Rabbit», sagte er.

Ehe sie sich trennten, nahm Pater Frank ihr das Versprechen ab, am nächsten Tag vor den Richter zu treten, um sich zu entschuldigen.

Sie nickte lachend. «Wird mir ein Vergnügen sein.»

«Molly!», sagte er warnend. «Reißen Sie sich bloß zusammen.»

«Wo denken Sie hin?»

Frechheit!, hörte sie Rabbit sagen und musste lachen.

«Da draußen wartet das Leben auf mich, Pater. Ich kann es mir nicht leisten, hier zu versauern.»

Um kurz nach acht holte die Wärterin mit dem Pferdeschwanz Molly wieder ab und brachte sie in ihre Zelle zurück.

Molly verbrachte die Nacht damit, sich um die sehr kranke und sehr kleinlaute Sheila B zu kümmern. Sie streichelte ihr den Rücken und beruhigte sie, sie gab ihr Wasser und bürstete ihr die Haare. Als sie fror, wickelte Molly sie in Decken, und als sie schwitzte, packte Molly sie wieder aus. Sie weinte mit ihr, redete mit ihr, erzählte ihr Geschichten von früher und brachte sie zwischen Erbrechen und Halluzinationen sogar ab und zu zum Lachen.

«Zwischen den Gardinen hängt ein Mann», sagte Sheila.

«Da ist kein Mann, und da sind auch keine Gardinen.»

«Sicher nicht?»

«Ich würde dich doch nicht belügen, Sheila.»

«Mir ist das alles so peinlich, Mrs. H.»

«Es ist mir eine Ehre, meine Liebe.»

Molly verbrachte die ganze Nacht an Sheilas Seite, die so verletzlich und verzweifelt war, half ihr und wischte ihre Kotze und die Scheiße weg. So zufrieden war Molly nicht mehr gewesen, seit ihre Jüngste ihren letzten Atemzug getan hatte.

TEIL NEUN

Die Geburt

Davey

Davey saß mit einer Tasse Kaffee bei Francie im Garten und leistete ihm beim Rauchen Gesellschaft. Francie hatte ihn angerufen und gebeten vorbeizuschauen, weil er mit ihm über Juliets Wunsch sprechen wollte, ehe er damit zu Karen Faye ging.

«Sie will die Asche ihrer Ma bei Johnny beerdigen?», fragte Davey.

«Kurz gesagt: ja.»

«Dieser Johnny ‹Fuckin› Cash!», murmelte Davey halblaut.

«Das sind ja harte Worte!», sagte Francie. «Und? Soll ich jetzt mit ihr reden, oder was?»

«Ja, sprich mit ihr, und sag ihr bitte, ich übernehme alle Kosten. Ich kaufe ihr auch eine neue Grabstelle, wenn's sein muss.»

«Ganz sicher?»

«Bunny will, dass ihre Ma neben dem Typen in Frieden ruht, den sie geliebt hat. Das ist das Mindeste, das ich tun kann.»

«Ich kümmere mich drum», sagte Francie.

«Du bist ein guter Freund, Francie», sagte Davey.

«Unverschämtheit. Ich bin der beste Freund der Welt!»

Jay kam mit einer Tasse Kaffee zu ihnen in den Garten.

«Was machst du eigentlich hier?», fragte Francie seinen Bruder.

«Ich bin auf der Flucht», sagte Jay und wandte sich an Davey. «Und du?»

«Meine Ma ist im Knast», antwortete Davey mit finsterem Gesicht.

Jay ließ den Blick langsam von Davey zu Francie und wieder zurück wandern.

«Was hat sie denn verbrochen?»

«Einem Richter gesagt, er soll sie am Arsch lecken.»

Jay brach in schallendes Gelächter aus, Francie stimmte mit ein, und schließlich konnte auch Davey nicht mehr ernst bleiben.

«Das war irgendwie absehbar», sagte Jay.

«Meine Rede», pflichtete sein Bruder ihm bei.

«Mrs. H. im Knast!», sagte Jay.

«Der Brüller», sagte Francie.

«Okay, okay, Jungs ...» Davey grinste immer noch, als plötzlich das Telefon klingelte und sein Dad dran war: «Gute Neuigkeiten, Davey. Deine Ma ist zur Vernunft gekommen. Sie wird sich heute Vormittag beim Richter entschuldigen.»

«Oh, das ist toll, Dad!» Davey stellte seinen Vater auf Lautsprecher.

«Gratuliere, Jack», rief Francie, und Jay sang zur Feier des Tages «I shot the sheriff ...».

«Hallo, Jungs. Ihr erratet nie, mit wem Molly sich die Zelle geteilt hat», sagte Jack.

«Mit wem denn, Dad?»

«Mit Sheila B.»

«Das ist nicht dein Ernst, Jack!»

«Doch, im Ernst.»

Jay fing schon wieder an zu lachen. «Das könnte man sich nicht besser ausdenken.»

«Ja, die Ärmste kann einem leidtun. Molly sagte, sie wäre in einer schlimmen Verfassung. Dabei war sie früher eine so tolle Tänzerin. Na dann, ich muss Schluss machen. Deine Mammy braucht was Frisches zum Anziehen.» Jack legte auf, ehe die Jungs sich verabschieden konnten. Nachdenklich blieben sie sitzen.

«Die arme, alte Sheila B», sagte Francie nach ein oder zwei Minuten. Die anderen nickten, und sie leerten schweigend ihre Kaffeetassen.

Marjorie

Mit mauligem Gesicht trottete Juliet hinter Marjorie durchs Einrichtungshaus. Sie standen vor einer Reihe von zehn Betten, und eines sah bequemer aus als das andere. Marjorie hätte sich am liebsten einfach in eines hineinplumpsen lassen, um nie wieder aufzustehen. Alles tat ihr weh, die Knöchel, der Bauch, ihre Vagina, ihr Hintern – sie schrien alle nur einen einzigen Satz: *Bringt endlich dieses Kind aus mir raus!* Eigentlich war sie inzwischen daran gewöhnt, dass ihr alles weh tat, aber heute war es noch heftiger, irgendwie schärfer. Was sie gestern immer wieder erlebt hatte, waren Scheinwehen gewesen, hatte sie nachgelesen. Alles gut, kein Grund zur Sorge, die Scheinwehen sorgten lediglich dafür, dass es ihr noch ein bisschen beschissener ging.

Als sie vor dem nächsten Bett stand, eskalierten die Kontraktionen, und sie setzte sich aufs Bett. Die junge, große, hübsche und ein bisschen einfältige Verkaufsberaterin namens Jane, die sich offensichtlich für Gottes größtes Geschenk auf Erden hielt, kam zum dritten Mal innerhalb von zehn Minuten angelaufen.

«Ist alles okay bei Ihnen?»

«Ja, okay. Ich verspreche, dass ich nicht auf Ihrem Bett niederkomme.»

«Will ich auch hoffen – das ist unser teuerstes Modell.»

«Gut zu wissen. Könnte ich wohl einen Schluck Wasser bekommen?», bat Marjorie.

«Das ist ein Möbelhaus.»

«Ja. Und das da vorne neben dem Tresen ist ein Wasserspender.»

Etwas Unverständliches murmelnd, lief Jane davon. Marjorie stand wieder auf, ging zum nächsten Bett und wartete dort auf ihr Wasser. Juliet setzte sich neben sie.

«Und?»

«Mir egal.»

«Na toll. Das Peppa-Wutz-Bett dadrüben ist reduziert.»

«Hahaha», sagte Juliet.

«Ich tue mein Bestes, Juliet.»

«Ich auch.»

«Tja. Das ist eine glatte Lüge.»

«Ist es nicht.»

«Doch. Du zickst mich an, seit du zurück bist. Wir waren mal beste Freundinnen, du und ich.»

«Wir waren nie beste Freundinnen. Du warst die Freundin meiner Mutter, und die ist tot.»

«Ich war auch deine Freundin, und das weißt du ganz genau. Ich bin immer noch deine Freundin.»

Jane tauchte mit einem Glas Wasser auf. «Kann ich sonst noch was für Sie tun, gnädige Frau?»

«Sie haben eine ziemlich unangenehme Art am Leib», sagte Marjorie.

«Ach so? Ich bin jedenfalls nicht die schwangere Frau, die

sich seit einer Stunde in der Bettenabteilung rumtreibt, offensichtlich ohne jede Absicht, etwas zu kaufen.»

«Wie man sich doch täuschen kann, Jane. Und jetzt sehen Sie doch bitte nach, ob das weiße Bett mit dem geschwungenen Kopfteil in eins sechzig und die passende Kommode dazu vorrätig sind.»

«Aber gerne!», sagte Jane und trollte sich.

«So was kommt nie außer Mode, das ist ein Klassiker», sagte Marjorie, und Juliet nickte.

«Weißt du, Juliet, ich vermisse dich», sagte Marjorie. «Ich kriege dieses Kind, und deine Mutter ist nicht mehr da, und du bist fies zu mir.»

«Ich bin nicht fies zu dir», widersprach Juliet.

«Du weigerst dich, mit mir zu sprechen, du bist ständig beleidigt und motzt mich an, sobald ich versuche, mit dir zu reden. Was hab ich dir getan?»

«Du hast mir Davey weggenommen.»

Jane kam mit einer Handvoll Formulare zurück. «Bitte sehr. Haben wir alles auf Lager.»

«Lassen Sie uns in Ruhe, Jane.»

Jane starrte sie an, dachte einen Augenblick nach, machte auf dem Absatz kehrt und setzte sich an ihren Counter.

Marjorie schaute Juliet in die Augen. «Ich habe dir Davey nicht weggenommen. Das könnte ich gar nicht, selbst wenn ich es wollte, und ich will es auch gar nicht.»

«Bla, bla, bla. Bald kommt das Baby, und dann seid ihr eine Familie.»

«Du bist meine Familie.»

«Blödsinn!»

«Du glaubst, er wäre nur meinetwegen nach Hause zurückgekehrt und wegen des Babys, aber da täuschst du dich.

Er ist nach Hause zurückgekommen, weil du in Amerika unglücklich warst.»

«Das ist nicht wahr.»

«Doch, ist es. Du warst nach deinem letzten Besuch völlig verändert, du warst unglücklich, unruhig, nicht mehr in der Lage, dich aufs Lernen zu konzentrieren, du warst launisch und traurig, und egal was er machte, er konnte dir nicht helfen. Als er die Entscheidung traf, wusste Davey noch gar nicht, dass ich schwanger bin. Er ist deinetwegen zurückgekommen, Juliet.»

In dem Mädchen vollzog sich eine Veränderung. Es geschah direkt vor Marjories Augen. Juliet schmolz regelrecht, der Zorn verebbte. Sie wischte sich eine Träne weg. «Und jetzt hat er mich dir aufs Auge gedrückt.»

«Ich hätte dich damals gern selbst zu mir genommen, Juliet, aber ich habe nach meiner Scheidung in einer Zweizimmerwohnung gelebt.»

«Wer's glaubt.»

«Frag deine Gran oder deinen Grandad. Oder Grace oder Davey. Dem habe ich übrigens ganz schön zugesetzt, weil ich eifersüchtig war und dachte, er wäre nicht gut genug für dich.»

Juliet lächelte zaghaft. «Armer Davey, ständig macht jeder ihm die Hölle heiß.»

«Ich will, dass wir eine Familie sind, und wenn deine Ma zu uns runterschaut, ich meine, *falls*, ich glaub es ja eher nicht, sie wäre überglücklich.»

Juliet nickte. «Wolltest du mich wirklich?»

«Ich wollte dich wirklich.»

«Marjorie?»

«Ja, Schätzchen?»

«In Amerika ist was Schlimmes passiert.»

In dem Augenblick kam Jane mit den Formularen wieder um die Ecke. «Was ist jetzt? Kaufen Sie, oder kaufen Sie nicht?»

«Verschwinden Sie.»

«Ich arbeite hier.»

«Aber nicht mehr lange, wenn's nach mir geht», sagte Marjorie, und Jane verdrückte sich.

Und dann, an Ort und Stelle, auf der Bettkante des zweitteuersten Betts in einem Möbelhaus mitten in Dublin, erzählte Juliet Marjorie von Trevor und was er ihr angetan hatte und wie einsam und schuldig und schmutzig sie sich hinterher gefühlt hatte, sie erzählte ihr von ihrer Angst und ihrer Scham.

Marjorie spürte, wie ihr heiß wurde. Wut kochte in ihr hoch. *Oh, Rabbit! Cool bleiben, Marjorie, bleib jetzt ganz cool.* Sie hatte höllische Bauchschmerzen, und ihr Baby fing an zu boxen, und Erinnerungen, die sie weggeschlossen hatte, seit sie acht Jahre alt gewesen war, überkamen sie in einer riesigen Flutwelle. Die Wut trieb ihre Temperatur derart in die Höhe, dass sie spürte, wie sie am Kopf zu schwitzen begann.

«Den finde ich, und dann foltere ich ihn und bringe ihn um und begrabe ihn in Löschkalk!»

«Das ist ziemlich präzise», sagte Juliet mit leiser Stimme. Sie schaffte es nicht, Marjorie anzusehen, hielt den Blick gesenkt. Ihre Wangen waren rot, und sie war den Tränen nahe.

Ich weiß, ich verstehe dich, ich hab dasselbe durchgemacht. Marjorie nahm sie in die Arme. «Es ist nicht deine Schuld. Der Typ ist ein widerliches Schwein und kommt nicht damit davon. Dein Onkel Davey ...»

Augenblicklich bekam Juliet Panik. Sie wollte auf keinen Fall, dass Davey davon erfuhr, den Gedanken ertrug sie nicht.

«Aber, Juliet, er muss es erfahren, und Casey und Mabel auch. Das Schwein darf auf keinen Fall mehr in die Nähe von Kindern, das verstehst du doch, oder?»

«Okay», sagte Juliet. Sie zitterte am ganzen Körper.

«Alles wird gut. Du kommst drüber weg. Und weißt du, woher ich das weiß?», fragte Marjorie, und Juliet schüttelte den Kopf. «Ich hatte einen Onkel, der hat auch Dinge mit mir gemacht und mir weh getan.» Die Worte hörten sich seltsam an. Sie hatte es noch nie laut ausgesprochen, nicht ein einziges Mal in all den Jahren. Ihr Echo hallte in ihrem Kopf wider, und ihr wurde schwindelig.

«Hast du es jemandem erzählt?»

«Ich erzähle es jetzt jemandem», sagte sie, und ihr liefen Tränen über die Wangen. «Ich erzähle es dir.»

Juliet umarmte Marjorie ganz fest. «Und du bist wirklich darüber hinweggekommen, Marjorie?»

«Das dachte ich zumindest mal. Aber inzwischen glaube ich, dass ich in meinem Leben ein paar ziemlich schlechte Entscheidungen gefällt habe, weil ich Angst hatte. Weißt du, was ich meine?»

Juliet nickte.

«Ich habe mich sehr lange in einen Käfig eingesperrt, Bunny, und ich möchte nicht, dass es dir genauso geht.»

«Was ist mit ihm passiert?»

«Er ist an Magenkrebs gestorben.»

«Geschieht ihm recht», sagte Juliet.

«Find ich auch», sagte Marjorie. «So. Jetzt kennen wir unsere Geheimnisse, und mit uns wird alles wieder gut.» Marjorie nahm Juliet in die Arme, und in dem Moment, als sie aufstanden, kam Jane wieder mit ihrem Klemmbrett in der Hand angelaufen.

«So, entweder Sie kaufen jetzt was, oder ich muss Sie bitten, die Verkaufsräume zu verlassen», sagte sie ziemlich aggressiv und mit Nachdruck.

«Wir kaufen», antwortete Marjorie, und in dem Augenblick platzte ihre Fruchtblase und ergoss sich auf den Teppichboden.

Jane wich zurück. «Himmel noch mal ... ich rufe Ihnen ein Taxi.»

Während Marjorie also auf einem unbequemen, abwischbaren Plastikstuhl direkt an der Eingangstür auf das Taxi wartete, erlitt sie im Fünfminutenabstand grauenhafte Wehen, füllte – nachdem sie sich bei Juliet noch einmal vergewissert hatte, dass ihr das Bett mit dem geschwungenen Kopfteil und die dazugehörige Kommode tatsächlich gefielen – nichtsdestotrotz unzählige Formulare aus, bezahlte die gesamte Summe auf einen Schlag und vereinbarte einen Liefertermin.

Juliet hielt ihre Hand und rief Davey an. Im gleichen Moment durchfuhr Marjorie ein unvorstellbarer Schmerz, und während sie halb in Ohnmacht fiel, hörte sie Juliets Stimme neben sich, die ihr befahl, zu atmen.

«Die Wehen haben eingesetzt!»

«Es ist so weit! Jetzt ist es so weit!», rief Davey, und im Hintergrund ertönte das Gegröle der Byrne-Jungs.

Es ist so weit. Oh Gott, Rabbit! Es ist wirklich so weit.

Juliet

Der Taxifahrer stöhnte, als er Juliet sah. «Im Kofferraum liegt ein Handtuch, da können sie sich draufsetzen», sagte er. Er war wenig erfreut von der Aussicht, eine Gebärende ins Krankenhaus zu fahren. «Ausgerechnet ins Rotunda, zu dieser Tageszeit», grummelte er und verstummte.

Es herrschte dichter Verkehr. Marjorie saß vorne auf dem Beifahrersitz, Juliet dahinter. Der Fahrer bestand darauf, dass Juliet angeschnallt blieb, deshalb konnte sie sich nicht so weit vorbeugen, wie sie es gern getan hätte, also redete sie von hinten beruhigend auf Marjorie ein.

«Immer noch fünf Minuten Abstand, Marj, du machst das super.» Juliet war ein leidenschaftlicher Fan sämtlicher Arztserien und Dokumentationen zum Thema Medizin. Sie war so firm, sie hätte jeden Test bestanden. Marjorie dagegen mied sämtliche Sendungen rund ums Thema wie die Pest.

«Danke», stöhnte sie und drosch mit der Faust gegen die Tür.

«Bitte lassen Sie das», sagte der Fahrer.

«Tut mir leid.»

«Das ist nämlich nicht nur mein Auto, das ist auch mein Arbeitsplatz, und ich hab selbst drei Mäuler zu stopfen.»

«Tut mir leid», sagte Majorie noch einmal.

Der Kerl nervte. Juliet beugte sich vor und fotografierte die Taxilizenz.

«Was soll das?», fragte der Fahrer.

«Ich melde Sie.»

«Warum das denn?»

«Weil Sie ein Arschloch sind.»

Marjorie lachte. «Genau wie ihre Mammy!»

Vor der Klinik angekommen, zerrte der Fahrer Marjorie beinah aus dem Auto, ließ Juliet und Marjorie, sobald er sein Geld kassiert hatte, vor dem Eingang stehen und raste mit Lichtgeschwindigkeit davon. Juliet bat Marj, sich nicht vom Fleck zu rühren, rannte hinein und holte einen Rollstuhl. Dann schob sie Marjorie zur Aufnahme, wo man ihre Daten registrierte und eine Schwester rief. Allmählich wurde es wirklich brenzlig, trotzdem ließen sich die Frau von der Aufnahme und die Schwester alle Zeit der Welt. Die Notfälle ihrer Mutter waren nie so beiläufig behandelt worden. Es war schwer, sich umzustellen.

«Ich bin Denise», sagte die Schwester zu Marjorie. «Dann wollen wir Sie mal auf die Entbindungsstation bringen.»

«Das Baby kommt!», rief Juliet.

Denise warf einen Blick auf das Krankenblatt. «Seit wann haben Sie Wehen, Marjorie?»

«Um 15:05 Uhr ist die Fruchtblase geplatzt, danach haben sofort die Wehen eingesetzt, anfangs mit fünf Minuten Abstand, inzwischen nur noch drei bis fünf Minuten mit einer Länge von fünfundvierzig bis sechzig Sekunden.» Juliet sah auf die Uhr. «Insgesamt also seit etwas mehr als vierzig Minuten.»

«Na so was. Hast du schon mal darüber nachgedacht, Hebamme zu werden?», fragte Denise.

«Nein. Ich werde Ärztin», sagte Juliet.

«Juliet wird ein Heilmittel gegen Krebs finden», sagte Marjorie und drückte Juliets Hand.

«Nicht schlecht, Juliet», sagte Denise.

Während Denise Marjorie ins Bett half und sie untersuchte, wartete Juliet vor der Tür. Zwischendurch hörte sie

Marj aufschreien. Seit sie zum Möbelhaus gefahren waren, war so viel passiert. Sie hatte sich ihre unglaubliche Last von der Seele geredet – dabei hatte sie das gar nicht gewollt, die Worte waren einfach aus ihr herausgepurzelt. Sie hatte erkannt, dass Davey und Marjorie sie wirklich liebten, und sie wusste, dass jetzt alles anders wurde. Außerdem wusste sie, dass Davey es früher oder später erfahren würde, und das war okay. Das war sogar richtig gut. Sie musste Trevor nie wiedersehen, und Davey war zu weit weg, um ihn umzubringen, aber der Typ würde trotzdem auffliegen und seinen Job verlieren und vielleicht sogar seine Frau und die Kinder, und darüber war sie froh. *Fick dich, Trevor! Du hast dich mit der Falschen angelegt.*

Juliet würde in Zukunft nicht mehr der Mittelpunkt von Daveys Welt sein, aber auch das war okay, weil das auch andersrum galt. Sie hatte in Zukunft Davey und Marjorie und dazu noch eine kleine Halbschwester/-bruder-Cousin / Cousine-Kombi. Sie würde in Zukunft wieder zur Schule gehen und vielleicht sogar neue Freunde haben. Wenn sie ganz ehrlich war, wusste sie, dass Davey und sie auch mit den besten Absichten dem anderen nicht alles bieten konnten. Ihre Mutter hätte sich genau das für sie gewünscht. Marjorie wollte sie! Marjorie verstand sie. Sie war nicht allein.

«Du kannst jetzt zu ihr.» Denise kam aus dem Zimmer.

«Wo gehen Sie hin?»

«Keine Angst. Ich komme wieder.»

«Aber das Baby kommt!»

«Mach dir keine Sorgen, das dauert noch», sagte Denise.

Juliet betrat das Zimmer. «Die nimmt das nicht ganz ernst, glaube ich», sagte sie mit Blick zur Tür.

Marjorie lachte. «Mir geht's gut, Juliet. Alles in Ordnung.»

Juliet schenkte Marjorie ein Glas Wasser ein. «Du solltest genug trinken.»

Marjorie trank einen Schluck und gab ihr das Glas zurück. «Ich wollte noch zum Friseur und mir die Nägel machen lassen. Und zum Wachsen wollte ich auch noch.»

«Du siehst total schön aus.»

«Ich sehe aus wie rückwärts durch die Hecke gezerrt.»

«Trotzdem schön.»

Davey rief von unterwegs aus an: «Ich stehe im Stau. Wie läuft's?»

«Wir sind sicher angekommen, sie wurde untersucht, und die sagen, es dauert noch. Also bitte bring dich unterwegs nicht aus Versehen um», sagte Juliet, dann gab sie Marjorie das Telefon.

«Davey, das Baby kommt. Kannst du das glauben?» Sie fing an zu weinen.

Juliet konnte nicht hören, was Davey antwortete, aber Marjorie strahlte. Dann legte sie auf und gab ihr das Handy zurück.

«Hast du Angst?», wollte Juliet wissen.

«Wie die Hölle», antwortete Marj und nahm Juliets Hand. «Aber ich hab dich und Davey an meiner Seite.»

«Und Gran und Grandad, Grace, Lenny, die Jungs und deine Ma», sagte Juliet, und Marjorie war so überwältigt, dass sie sofort wieder anfing zu weinen.

«Und meine Ma, auch wenn sie tot ist. Sie ist immer bei dir.» Juliet biss sich auf die Lippe.

«Und du, Juliet? Hast du Angst?»

«Quatsch, ich hab schon Schlimmeres erlebt», sagte sie. «Hier kommt ja was Gutes bei raus, Marj.»

Marjorie beugte sich zu ihr, um sie zu umarmen, und Juliet

kuschelte sich an sie. Plötzlich krallte Marj sich in ihre Haare und riss daran. «Heilige Maria Mutter Gottes ...»

Juliet beruhigte sie. «Las los, Marjorie.»

Marjorie ließ los, und Juliet entwirrte sich die Haare.

«Und jetzt atmen», sagte sie und brachte sich vorsichtshalber mit vier Schritten vor der explodierenden Irren im Bett in Sicherheit.

Siehst du, wie ich ihr helfe, Ma?

Ohne dich wäre sie verloren, Bunny.

Molly

Molly verabschiedete sich von Sheila, ehe sie in den Transporter stieg, der sie zurück zum Gericht bringen würde.

«Du bist eine starke Frau, Sheila, du wirst es schaffen.»

«Wie können Sie sich da so sicher sein?»

«Weil du es schaffen willst.»

«Das hoffe ich», sagte sie. «Ich bin es leid, als Lachnummer durchs Leben zu gehen.»

«Du bist keine Lachnummer, meine Liebe. Und denk dran, ich bin immer für dich da, wenn du was brauchst.»

«Danke, Mrs. H.», sagte sie, und Molly gab ihr einen Kuss auf die Stirn.

Im Transporter saßen noch zwei weitere Frauen, Molly unterhielt sich aber nicht mit ihnen. Sie sprach lieber mit Rabbit.

Und ich sag dir noch was, Schätzchen, das Essen war gar nicht mal so schlecht ... Alles in allem war ich schon schlechter untergebracht. Erinnerst du dich noch an das Loch in Blackpool?

Klar, Ma. Davey hatte eine Lebensmittelvergiftung und hat überall hingekackt.

Stimmt!

Sie wartete, bis sie an der Reihe war, und trat vor den Richter. Er war fest entschlossen, sie zu demütigen, doch es ist schwer, eine Frau zu demütigen, die sich nichts daraus macht, und nach einer langwierigen Standpauke, die Molly lächelnd über sich ergehen ließ, sagte er ihr, sie könne gehen.

«Danke! Ich danke Ihnen von Herzen. Sie ahnen ja nicht, wie gut mir das getan hat», sagte sie und klang dabei so aufrichtig, dass sie den guten Mann reichlich verwirrte.

«Gern geschehen», stammelte er, als Molly auf ihren Mann zuschwebte.

Sobald sie vor der Tür waren, fiel sie ihm um den Hals.

«Ich bin zurück, Jack», sagte sie.

«Hundertprozentig?»

«Hundertfünfzigprozentig.»

«Gott sei's gelobt und getrommelt.» Er griff nach ihrer Hand. «Es gibt Neuigkeiten, Molls. Marj kriegt ihr Baby.»

«Was? Jetzt?»

«Ja, jetzt gerade in diesem Augenblick.»

«Ein neues Kind!» Molly war plötzlich den Tränen nahe.

«Ein neues Hayes-Kind.» Jack legte ihr den Arm um die Schultern.

Was sagst du dazu, Rabbit? Ist das nicht schön?

Das ist der Knaller, Ma.

Marjorie

Die Wehen waren unerträglich. Marjorie war noch nie in ihrem Leben ernsthaft krank gewesen – sie hatte sich noch nie etwas gebrochen oder sich auch nur geschnitten. Bis zu diesem Moment war Waxing in Sachen Schmerzen das Schlimmste gewesen, was sie kannte. Sie hatte am Anfang der Schwangerschaft mit Molly darüber gesprochen, hatte ihr erzählt, wie nervös sie war, weil sie im Grunde überhaupt keine Ahnung hatte, was körperliche Schmerzen betraf. Sie hatte von Molly wissen wollen, ob sie sich irgendwie darauf vorbereiten könne, und Molly hatte einen Augenblick nachgedacht und sich dann seufzend die Hände an der Schürze abgewischt.

«Du könntest dir eine Handgranate in die Muschi schieben, aber davon rate ich ab», hatte sie gesagt, Tee gekocht und ein paar Kekse aus dem Schrank geholt. Als Marjorie darauf mit einer kleinen Panikattacke reagierte, legte Molly ihr die Hände auf die Schultern. «Oder du hast Glück, und es flutscht einfach so aus dir raus. Ein Spaziergang, quasi.»

«Meinst du wirklich?»

«In deinem Alter? Niemals.»

Marjorie war zum Heulen zumute gewesen.

«Aber weißt du was? Egal was wird, wir sind für dich da, für dich wird gesorgt, und es ist die Sache wert. Das darfst du mir glauben.»

Marjorie nickte und brach in Tränen aus. «Okay, Molly. Mach ich.»

«Wer hat dich lieb, Marjorie?»

«Molly hat mich lieb.»

«Ganz genau», hatte sie gesagt und ihr einen Kuss auf die Stirn gedrückt.

Danach hatte Marjorie ihre Angst vor Schmerzen und vor der Geburt nicht noch einmal thematisiert, und obwohl die Angst sie nicht verlassen hatte, tröstete sie sich mit dem Gedanken, dass es die Sache wert sein würde. Als der Geburtstermin schließlich immer näher rückte, wurden ihre Ängste immer schlimmer. *Was, wenn das Baby stirbt? Das kann passieren. Babys sterben ständig.* Dann kamen die Albträume. Sobald sie die Augen schloss, starb ein Baby. Einmal wachte sie schreiend auf, und Davey kam mit den beiden Kliniktaschen für Mutter und Kind ins Zimmer gerannt.

«Ist es so weit? Müssen wir los?» Weinend erzählte sie ihm, sie hätte geträumt, das Baby sei gestorben, und er setzte sich zu ihr und hielt sie im Arm. Trotz all ihrer Ängste ging es dem Kind gut, sie wurde engmaschig überwacht, alles war so, wie es sein sollte, und dennoch breitete die Angst sich immer weiter in ihr aus. *Was, wenn das Baby stirbt?* Sie war sich nicht sicher, ob sie das überleben würde. Das wäre definitiv der letzte Tropfen. *Ich habe ja schon dich kaum überlebt, Rabbit. Das würde ich definitiv nicht überstehen.*

Ihre Sorgen drehten sich zunehmend um Dinge, die sie nicht oder kaum unter Kontrolle hatte. Der Klimawandel spukte ihr im Kopf herum, Hungersnöte und Erdbeben, und zum ersten Mal in ihrem Leben machte sie sich Sorgen, weil sie auf einer kleinen Insel lebte. «Ein einziger Tsunami, und Irland ist futsch. Mehr braucht es nicht.» Sie weinte andauernd, Anlässe gab es genug: niedliche Hunde, obdachlose Hunde, tote Hunde. Alles, was mit Schmerz und Leid zu tun hatte, war ihr unerträglich, vor allem, wenn Kinder im Spiel waren. Nachrichten gingen gar nicht, Dramen auch nicht und sogar manche Komödien brachten sie zum Weinen. «Das ist alles so traurig.» Noch ein einziger «Mein / Meine Oma / Mutter / Sohn / Tochter / Vater ist gestorben»-Post, und sie hätte einen Nervenzusammenbruch erlitten, noch eine einzige «Rette dieses Tier vor grausamer Folter in einem abgelegenen Dorf in Gott weiß wo, indem du diesen Post teilst»-Bitte, ein einziger Aufruf, die Petition für eine Frau zu unterschreiben, die Opfer einer Gruppenvergewaltigung geworden war und der jetzt auch noch die Auspeitschung drohte, ein einziger schrecklicher Kriegsbericht oder ein einziges Foto von einem verzweifelten Kindergesicht hätte genügt. Es war zu viel. Sie weinte um jedes einzelne Schicksal, sie hatte jeden einzelnen Fall ständig im Kopf, und sie brachen ihr alle das Herz.

Irgendwann hatte sie endgültig den Computer ausgeschaltet und war stattdessen mit Kerzen und einem seichten, von der reizenden Dame im Buchladen um die Ecke genehmigten Roman in die Badewanne gestiegen. Sie war ständig fürchterlich ängstlich und versuchte, ihre Ängste, so gut sie konnte, in Schach zu halten, weil natürlich auch Ängste schlecht für das Baby waren. Sie ging zweimal pro Woche ins Yogastudio, sie meditierte, sie verbannte alles Negative aus ihrem Leben … na ja, fast – ihre Mutter traf sie immer noch. Es war nicht leicht. Davey war liebevoll und fürsorglich, und sie musste unbedingt cool bleiben.

Marj, entspann dich! Ein Tag nach dem anderen.

Du hast leicht reden, Glatzkopf. Ich gebe wirklich mein Bestes, aber um es mit Gwen Stefanis Worten zu sagen: this shit is bananas.

Und jetzt tat Juliet ihr Bestes, um Marj dabei zu unterstützen, sich mit Hilfe ihres Atems zu beruhigen. Das konnte sie wirklich gut, sie hatte ihrer Mutter oft beigestanden, wenn es darum gegangen war, die Schmerzen wegzuatmen.

«Langsam und gleichmäßig. Ein und aus, ein und ... loslassen, loslassen, loslassen ...», sagte Juliet. Das letzte Wort klang ziemlich gepresst. Marjorie merkte, dass sie gerade Juliets Hand zu Brei quetschte.

«Entschuldigung!», sagte Marjorie und ließ los.

«Alles gut. Und jetzt wieder atmen. Ein und aus.» Juliet spreizte die Finger, und kehrte zu ihrem beruhigenden Tonfall zurück.

«Tue ich doch.»

«Nein, du atmest nur ein. Du atmest nicht aus. Wenn du so weitermachst, bekommst du eine Panikattacke oder fällst in Ohnmacht oder so.»

«O Gott!», sagte sie und atmete vor Schreck noch mal ein.

«Ausatmen, ausatmen, lass es raus, atme alles aus.»

Marjorie versuchte verzweifelt auszuatmen. Es war, als hätte sie vergessen, wie das geht. Sie saß auf der Bettkante, die Hände auf Juliets Schultern.

«Denk an was Schönes.» Juliet versuchte es mit einer neuen Taktik, um Marjorie von der Vorstellung einer ausgewachsenen Panikattacke abzulenken.

«Was denn?», fragte Marjorie. Die Wehe war vorbei, und Juliet nahm mit der Stoppuhr die Zeit bis zur nächsten.

«Immer wenn es Ma total schlechtging und wir warten mussten, bis die Medikamente wirkten, hat sie ihre Lieblingsdinge und Orte und Menschen aufgezählt. Wir haben echt viel über dich geredet», sagte Juliet, und Marjorie lächelte.

«Echt?»

«Echt.»

«Okay. Eins meiner absoluten Lieblingsdinge ist eine Secondhand-Handtasche, die ich mit einundzwanzig in Paris auf einem Trödelmarkt gekauft habe», sagte sie, und dann streckte die nächste Wehe sie nieder. Es fühlte sich an, als würde ihr Kind sich mit einem Schweizer Taschenmesser den Weg ins Freie hacken. «O Gott! Ich will sterben!»

«Konzentrier dich auf den Atem, Marjorie. Denk an was Schönes. Jetzt ein Lieblingsort.»

«Das ist einfach», stöhnte Marjorie. Sie presste die Augen zusammen und grub die Finger in Juliets Schultern. «Heilige Maria Mutter Gottes!»

«Lieblingsort? Aua!», rief Juliet.

Dann ließ der Schmerz nach, und Marjorie lockerte leicht den Griff. Sie starrte Juliet an. «Der Hayes'sche Küchentisch. Sonntagsbraten, Gelächter und Durcheinander. Deine Gran, dein Grandad, Grace, Davey, Johnny, die ganze Band und deine Ma. Alle prügeln sich um die Bratkartoffeln, alle reden durcheinander, gestikulieren, verarschen sich gegenseitig, schmieden Riesenpläne, streiten sich ums letzte Stück Braten oder wer als Erstes Nachtisch bekommt.» Das Kind war offensichtlich aus Flammen gemacht, in ihr brannte alles lichterloh, aber sie überstand die glühende Wehe redend und dachte sogar daran zu atmen. Eine Träne lief ihr übers Gesicht.

Juliet tupfte sie mit einem Taschentuch weg und trocknete ihr die schweißnasse Stirn. «Und dein Lieblingsmensch?»

«Na ja, das ist ja wohl offensichtlich: deine Ma.»

«Und Davey», sagte Juliet.

«Und die Mächtige Molly.»

Juliet nickte grinsend. «Ja, genau!»

«Aber nein, ich entscheide mich anders: du.» Marjorie umfasste Juliets Hinterkopf und zog sie zu sich, bis sie einander sanft berührten. «Du bist mein Lieblingsmensch», sagte Marjorie, löste sich und gab Juliet einen Kuss auf die Stirn. «Dein erstes Lächeln, als du zum ersten Mal nach meiner Hand gegriffen hast; deine vielen kleinen Geschichten, als du felsenfest überzeugt warst, du wärst eine Außerirdische; dein Mut, dein riesengroßes Herz, deine Tüchtigkeit und wie du dich um deine Ma gekümmert hast. Wie du meine Angst gesehen hast, als sie gestorben ist, und wie du alle, die du liebst, verlassen musstest. Irgendwie waren wir schon immer verwandt, du und ich.»

«Ich hab dich lieb, Marj», sagte Juliet und grinste ihr kleines, freches Koboldgrinsen, das Marjorie jedes Mal zum Schmelzen brachte. «Und jetzt atmen! Du wirst knallrot», befahl Juliet, und Marjorie gehorchte.

Sie atmete ein, und sie atmete aus. «Davey hat mich heute Morgen gefragt, ob ich ihn heirate», sagte sie. «Ich habe ja gesagt. Er meinte, wir erzählen es dir erst, wenn es dir wieder gut geht. Also erzähle ich es dir jetzt.»

«Dann sind wir die Hayes!», sagte Juliet.

«Ja, genau!»

«Sonntagsbraten», sagte Juliet kichernd, und Marjorie nickte lächelnd.

Sie konnte schon wieder nicht sprechen, weil der Zwerg offensichtlich versuchte, auf dem Weg nach draußen ihre Eingeweide mitzunehmen. Ob es eine Junge oder ein Mädchen war, wusste sie nicht. Sie wollte sich das Geschlecht nicht sagen lassen, hatte sich eine Überraschung gewünscht. Und eine Überraschung hatte sie auch schon bekommen, denn solche Schmerzen waren tatsächlich eine Riesenüberraschung. Sie hatte das Bild von einem kleinen Baby vor Augen, das ihre gesamten Eingeweide als Rucksack auf dem

Rücken schleppte. *Heilige Mutter Gottes!* Juliet massierte ihr den Rücken, ganz unten, mit genau dem richtigen Druck. *Oh, ist das schön! Das tut wirklich gut!* «Wir werden uns um Trevor kümmern, du und ich», sagte sie, und Juliet erstarrte. *O Gott! Nicht aufhören!*

«Okay», sagte Juliet. «Aber ich muss ihn nie wiedersehen.»

«Niemals.» *Oh, mein Rücken! Bitte, bitte, bitte weitermachen, bitte!*

«Und ich muss nie wieder über ihn sprechen.»

«Außer mit einem Therapeuten.»

«Wenn ich gehe, gehst du auch», sagte Juliet.

Marjorie seufzte und nickte dann. Es wurde Zeit, sich diesem uralten Dämon zu stellen. Eine ungünstige Zeit zwar, aber trotzdem. «Einverstanden», presste sie hervor. «Und jetzt rubbel weiter, verdammt noch mal!»

Juliet lachte. «Genau das hat Ma auch immer gesagt.»

«Wer hat dich lieb, Juliet?», fragte sie, und Juliet grinste.

«Marjorie hat mich lieb», sagte sie.

Dann kam Davey wie ein Wirbelwind ins Zimmer gestürmt, die beiden Kliniktaschen schwenkend. «Ich weiß, dass du mich umgebracht hättest, wenn ich ohne die gekommen wäre.»

Wie gut er sie kannte. Und jetzt war er hier, sie waren eine Familie, und als die nächste brutale Wehe einsetzte, riss sie all ihre Ängste mit sich, und Marjorie ließ endlich los.

Jack

Mitten auf der James Larkin Road ging ihnen das Benzin aus. Die Anzeige war schon seit einer Weile kaputt, Jack hatte sie längstens reparieren lassen wollen, doch dann hatte er es wieder vergessen, bis er zum nächsten Mal irgendwo liegenblieb. Normalerweise hatte er einen vollen Reservekanister im Kofferraum, doch den hatte er bereits letzten Freitag auf dem Rückweg von einer Boules-Partie in Greystones gebraucht und hinterher nicht wieder aufgefüllt.

«Ich bring dich um!», sagte Molly.

«Jetzt komm schon, Molls, wir liegen super in der Zeit.»

«Wir stehen mitten auf der verschissenen Uferstraße!»

Jack war schon aus dem Auto gesprungen und zum Kofferraum gerannt, wo er einen alten Pappkarton ausleerte, in dem er ein wildes Sammelsurium an Ersatzklamotten lagerte: Wollmützen, Handschuhe, extrawarme Pullover, eine Strickjacke, eine lange Unterhose. Alles flog in hohem Bogen raus, das eine oder andere Teil landete auf der Straße.

Molly hob die lange Unterhose auf. «Was tust du da?», fragte sie.

«Hast du einen Stift?»

«Nein.» Sie folgte ihm zur Beifahrertür und sah zu, wie er im Handschuhfach kramte.

Er tauchte mit leeren Händen wieder auf. «Lippenstift?» Sie warf einen Blick in ihre Handtasche und zog einen roten Lippenstift heraus.

«Wunderbar.» Er legte den plattgedrückten Karton auf die Motorhaube und fing mit dem roten Lippenstift an zu schreiben.

Sorry, uns ist das Benzin ausgegangen. Wir kriegen ein Kind. Wir haben's sehr eilig. Wir entschuldigen uns für das Verkehrshindernis. Jack Hayes.

Er schrieb noch seine Telefonnummer dazu und legte den Pappkarton hinter die Windschutzscheibe.

Molly schüttelte den Kopf. «Wir kriegen ein Kind?»

«Ja, Molls!», sagte er kichernd. Dann stürzte er sich in den Verkehr und schrie einem Mann in einem schwarzen Taxi «Anhalten!» entgegen.

Als Davey anrief, waren sie schon unterwegs. Jack antwortete mit seinem vollen Namen, der festen Überzeugung, dass ein Polizist oder der Abschleppdienst am Telefon sei.

«Ich weiß, wie du heißt, Dad!», sagte Davey.

Jack schnipste aufgeregt in Mollys Richtung und stellte auf Lautsprecher. «Es ist Davey! Hallo, Davey, wie läuft's?»

«Sie ist völlig am Ende, Dad!»

«Ach ja, Junge, das ist ganz normal. Deine Mammy hat mich mitten ins Gesicht getreten, als ich Rabbit auf die Welt geholt hab.»

«Vera weigert sich, in ein Taxi zu steigen. Sie ist ein totales Nervenbündel.»

«Kein Problem, die sammeln wir auf dem Weg mit ein.»

«Die wollen hier eigentlich nicht so viele Leute haben», sagte Davey, und Molly riss Jack das Telefon aus der Hand.

«Tja, dann sind wir leider ein Griff ins Klo. Kann uns schließlich keiner verbieten, wenn wir uns in der Cafeteria auf einen Happen treffen.»

«Es kann aber noch dauern, Ma», sagte Davey.

«Weiß ich, mein Sohn. Und wir werden da sein.»

«Meinetwegen gern», sagte er, und Jack konnte das Lächeln in seiner Stimme hören. «Juliet darf bei den Presswehen nicht im Zimmer bleiben, und ich will sie auf keinen Fall allein lassen.»

«Niemals!», sagte Molly, ehe Davey auflegte. «Und was hat Vera Shaw da zu suchen?», fragte Molly.

«Sie ist Marjories Mutter, Molls», antwortete Jack.

«Ach, tatsächlich? Wer hat ihr das denn gesteckt?»

«Ach komm, Molls, fang jetzt nicht damit an», sagte er und nannte dem Fahrer Veras Adresse. Dann ergriff er die Hand seiner Frau und drückte sie. «Wir bekommen ein Baby, Molls», sagte er, und seine Frau nickte und schloss die Augen. «Wer hätte das vor einem Jahr, neun Monaten und acht Tagen geglaubt?»

«Amen», sagte Molly nur.

Molly

Während Jack Veras Haustür mit Fäusten bearbeitete, wartete Molly mit dem Taxifahrer im Wagen. Er trommelte im Takt der Musik aus dem Autoradio mit den Fingern aufs Lenkrad – der Kerl hatte Rhythmusgefühl. Von Vera allerdings keine Spur. Jack lugte durchs Fenster und klopfte noch einmal, dann kam er zurück zum Auto.

«Sie macht die Tür nicht auf. Ich weiß genau, dass sie da ist, ich kann sie sogar mit dem Stock klappern hören.»

«Der ramm ich ihren Stock in den …»

«Ach, Molls!», sagte Jack.

«Einen Moment bitte, Wertester», sagte Molly zu dem Taxifahrer. «Ich bin gleich wieder da.» Sie stieg aus, und Jack stieg ein.

«Das machen die Damen wohl besser unter sich aus», sagte Jack, und der Fahrer verrenkte sich fast den Hals, um nichts zu verpassen.

Molly marschierte zur Haustür und klappte den Briefschlitz hoch. «Mach sofort die Tür auf, Vera Shaw! Sonst pack ich mir deinen lächerlichen Riesengartenzwerg und schmeiß ihn dir durchs Fenster!» Sie wartete ein, zwei Sekunden, dann hörte sie Veras schwere Schritte und das Klicken ihres Gehstocks auf den Fliesen im Flur. Die Tür ging einen winzigen Spaltbreit auf.

«Du warst schon immer extrem aggressiv», sagte sie.

«Und auf dich war schon immer kein Verlass!», entgegnete Molly.

«Sie kann mich da nicht gebrauchen», sagte Vera.

«Da hast du recht. Sie braucht dich nicht. Aber sie will, dass du da bist», sagte Molly und schob sich an Vera vorbei. Sie ging an die Garderobe, nahm einen Mantel vom Bügel und warf ihn Vera zu. «Zieh den an, draußen ist es arschkalt.»

«Ich kann nicht», sagte Vera.

«Was ist denn los mit dir?», fragte Molly, als sie Veras Tränen sah.

«Was, wenn etwas schiefgeht?»

«Dann sind wir da», sagte Molly.

«Ich kann das nicht noch einmal durchmachen», sagte Vera.

Molly zwang sich zur Ruhe und schlug einen sanfteren Tonfall an. «Die Zeiten haben sich geändert», sagte sie. «Was man dir angetan hat, wird sie auf keinen Fall durchmachen müssen, Vera.»

Vera nickte. «Du bist eine gute Mutter, Molly.»

«Danke.»

«Ein schrecklicher Mensch, aber eine gute Mutter.»

«Aber mit Sicherheit nicht so schrecklich wie du, Vera», sagte Molly fröhlich.

Vera nickte. «Aber wenigstens bin ich keine Kriminelle», sagte sie und schlüpfte in ihren Mantel.

Molly lächelte. «Und? Bist du bereit, Großmutter zu werden?», fragte sie, und Vera fing wieder an zu weinen.

«Ja, bin ich», sagte sie.

Dann machte Molly die Haustür auf und folgte Vera ins Freie. «Und diesmal gibst du dir bitte mehr Mühe, Vera», sagte sie, und Vera nickte.

«Ich hab's kapiert», sagte sie und nahm neben dem Fahrer Platz.

Molly setzte sich nach hinten zu Jack. «Und jetzt, Fahrer, geben Sie Gas!», sagte sie, und der Mann salutierte.

«Zu Befehl!», antwortete er, und sie waren wieder auf dem Weg.

Grace

Ryan, Bernard und Jeff ließen Grace nicht ohne sie aus dem Haus. «Wir kommen mit!», sagte Bernard.

«Die wollen ja nicht mal mich dabeihaben», sagte Grace.

«Tja, Pech gehabt. Als Rabbit gestorben ist, haben wir den ganzen krassen Scheiß mitgemacht. Wir haben ein Recht, auch bei dem superguten Scheiß dabei zu sein», sagte Ryan.

«Außerdem ist nichts zu essen im Haus», erklärte Jeff.

«Na gut. Schreibt eurem Bruder, wo wir sind, und dann ab ins Auto», sagte Grace, und Jeff hatte sein Telefon gezückt und seinem Bruder eine Nachricht geschickt, noch ehe sie den Satz beendet hatte.

Von unterwegs rief sie Lenny an. Er war auf dem Golfplatz, also hinterließ sie ihm eine Nachricht: «Marj ist im Kreißsaal.» Dann fiel ihr ein, dass er ihre Nachrichten grundsätzlich nicht abhörte, und sie bat Jeffrey, auch seinen Vater zu informieren und ihn zu bitten, im Golfclub zu essen.

Wie zu erwarten gewesen war, wollte man ihnen den Zugang zur Klinik verweigern, aber Grace war den Umgang mit dem Sicherheitspersonal von Krankenhäusern inzwischen gewohnt.

«Wir sind in der Cafeteria verabredet.»

«Wie bitte?»

«Wird uns etwa der Zutritt zur Cafeteria verweigert?»

«Nein …?»

«Na dann!»

«Sie dürfen nicht auf die Station.»

«Na, dann ist es ja gut, dass wir in die Cafeteria gehen», sagte sie, und der Mann ließ sie passieren. Im Vorbeigehen drehte sie sich noch einmal zu ihm um. «Wo ist die Cafeteria?» Er deutete in die Richtung, sie bedankte sich und marschierte weiter, mit ihren Söhnen im Schlepptau.

Jack, Molly und Vera waren bereits da, und auch Juliet. Sobald sie Grace und die Jungs erblickte, hüpfte sie hoch und runter wie ein Gummiball.

«Das Baby kommt! Ich war dabei, als die Fruchtblase geplatzt ist!»

«Echt jetzt?», sagte Bernard.

«Ja, mitten auf den Teppich im Möbelladen», sagte sie.

«Krass!», sagte Jeff.

«Wer sind Sie denn?», fragte Bernard Vera.

«Ich bin Marjories Mutter.»

«Marjorie hat eine Mutter?», fragte Ryan, und Grace versetzte ihm einen Tritt.

«Sie kann sehen, dass du mich trittst.»

«Macht der Gewohnheit», murmelte Grace.

«Ist schon gut», sagte Vera.

«Hallo, Mrs. Shaw», sagte Grace.

«Hallo, Grace. Ich habe gehört, was du durchgemacht hast. Tut mir leid», sagte Vera, und Grace musste plötzlich schlucken.

«Danke sehr.»

«Wenn du nur halb so stark bist wie deine Mammy, stemmst du das mit links.»

«Ich weiß», antwortete sie. «Danke.» Sie drückte Bernard fünfzig Euro in die Hand. «Na los, besorgt euch was zu essen. Juliet, du auch.»

Juliet nickte. «Ich bin am Verhungern.»

«Fünfzig Mäuse! Das ist ja üppig», sagte Bernard.

«Hier nicht, glaubt mir, Kinder, Cafeterien in Krankenhäusern sind die reinsten Apotheken», sagte Grace, und Juliet nickte.

«Stimmt. Ich hab mal sieben fünfzig für ein Schinkensandwich bezahlt.»

«Ganz genau. Also, sei ein gutes Kind, geh und iss mit den Jungs», sagte Molly. Ihre Veränderung war nicht zu übersehen. Es war, als wären die Jalousien hochgezogen worden, und endlich strömte wieder Tageslicht herein.

«Das Leben ist schon komisch», sagte Molly und sah glücklich zu, wie ihre Enkelkinder sich an der Theke anstellten und fröhlich und ungezwungen miteinander lachten.

Grace wandte sich an ihren Vater. «Alles okay, Dad?»

Er strahlte sie an. «Besser als okay, Gracie.»

«Ich hoffe nur, sie lässt sich nicht allzu lange Zeit, ich glaube nicht, dass die hier die ganze Nacht aufhaben.» Grace sah sich zweifelnd um.

«Dann warten wir eben im Hotel um die Ecke, bis es so weit ist», sagte Molly.

Vera fühlte sich im Kreise so vieler Hayes offensichtlich unwohl. «Ich bleibe nur ein Stündchen oder so, dann fahre ich wieder nach Hause.»

«Kommt nicht in die Tüte», sagte Jack.

«Verzeihung?»

«Wir fahren alle zusammen nach Hause, und zwar, wenn das Baby geboren ist», sagte Molly entschieden.

«So macht man das bei den Hayes», sagte Jack. «Bei Grace haben wir das jedes Mal auch so gemacht.»

«Ich bin aber keine Hayes», antwortete Vera.

«Kann schon sein, aber du gehörst jetzt zur Familie», sagte Molly, und die arme Vera sackte angesichts dieser Erkenntnis merklich zusammen.

Grace schnappte sich einen Stuhl und beobachtete ihre Meute. Ryan und Bernard kämpften mit Juliet und Jeff in der Schlange um den Fünfzigeuroschein, sehr zum Unmut der anderen Kantinengäste. Dann setzte Grace sich und schaute die anderen erwartungsvoll an.

«So. Ich wette einen Zehner darauf, dass es ein Mädchen wird. Wer hält dagegen?».

Davey

Die Hebamme, Annette, eine kleine Frau um die fünfzig, rief «Pressen!», und Marjorie presste und zerquetschte Davey dabei fast die Hand. Er merkte ihr ihre schreckliche Angst an und den verzweifelten Versuch, tapfer zu sein. Annette mit den großen Händen zum Auffangen von neugeborenen Babys – so zumindest hatte sie sich vorgestellt – war für den professionellen Teil zuständig.

«Gleich haben Sie's geschafft, Marjorie, wir warten nur noch auf die nächste Presswehe», sagte sie, und Marjorie wartete und hechelte.

Endlich ließ sie Daveys zerquetschten Finger los und sah ihn mit wilden, angsterfüllten Augen an. «Und es wird alles gut, Davey, ja?»

«Es wird ganz wunderbar.»

«Und du wirst uns nicht verlassen, nein?»

«Natürlich nicht.»

«Ich meine, mich kannst du ruhig verlassen, wenn du willst, das würde ich verstehen, aber das Baby nicht. Okay?»

Er beugte sich ganz nah zu ihr und legte ihr sanft die Hand ans Gesicht. «Ich werde niemals mein Kind im Stich lassen, und ich würde dich niemals im Stich lassen.»

«Du kannst nicht wieder nach Amerika, Davey.»

«Ich gehe nirgendwohin. Wir haben gerade ein Haus gekauft. Wir werden heiraten.»

«Meine Eltern haben auch ein Haus gekauft und waren verheiratet.»

«Ich bin aber nicht dein Vater.»

«Ich weiß.»

«Ich könnte mir auch nicht erlauben, zu sein wie er. Meine Ma würde mich umbringen.»

«Stimmt», sagte Marjorie, und dann weinte sie ein bisschen und lachte dabei und wischte sich mit dem Arm die laufende Nase ab. «Freunde», sagte sie und streckte die Hand aus, und er verschränkte seinen kleinen Finger mit ihrem.

«Freunde fürs Leben», sagte er. Und dann kam die nächste Wehe, und Marjorie hätte ihm ums Haar den kleinen Finger abgerissen. «Heilige Scheiße!», schrie er.

«Heilige Maria Mutter Gottes!», schrie sie und sah Annette an. «Das Kind kommt», rief sie, und Annette nickte.

«Das sehe ich.» Die Hebamme musterte das Köpfchen, das zwischen Marjories Beinen zum Vorschein kam. «Und zwar jetzt», sagte sie, und Davey sah zu, wie Marjorie fast die Augen aus dem knallroten Gesicht fielen und an ihrem Hals dicke Adern sichtbar wurden.

«Pressen, Marjorie, pressen!», sagte Annette.

Wenn sie noch ein bisschen mehr presst, zerreißt es sie in tausend Stücke!

«Pressen!», sagte Annette streng.

«Heiliges Herr Jesulein!», stöhnte Marjorie, und in dem Augenblick flutschte das Kind aus ihr heraus und hinein in die Welt. Annette hob das Baby mit ihren großen Hebammenhänden hoch, es war voller Blut und weißer Schmiere, und eine dicke, violette, pulsierende Schnur verband es mit seiner Mutter. Es war nicht schön anzusehen, aber es war spektakulär. Sie rieb das Baby ab, und es fing an zu weinen, und ohne es zu merken, weinte Davey mit, genau wie sein Kind: Tränen und Rotze und tiefe, ganz und gar unerwachsene Schluchzer.

«Es ist ein Junge», sagte Annette, und er wandte den Blick

ab und sah Marjorie mit verheulten Augen an. Sie stand offensichtlich unter Schock.

«Es ist ein Junge.»

«Ein Junge? Wir haben einen Jungen?», sagte Marj ungläubig.

«Ein Junge!» Und dann lagen sie sich in den Armen, und es zerriss ihm fast das Herz, aber nicht, weil es brach, sondern weil es immer größer wurde.

Annette säuberte das Baby und durchtrennte die Nabelschnur. Sie wickelte es in eine Decke aus Marjories Kliniktasche und drückte Davey den Jungen in den Arm. «Das ist Ihr Sohn», sagte sie.

Davey schaute hinab auf das winzige Gesicht, musterte die kleine Knopfnase, die dicken, weichen Wangen, das rosarote Mündchen, die dunklen Locken, und in dem Augenblick schlug der Junge die dunkelblauen Augen auf und blickte seinen Vater direkt an. Er reckte sich unter der Decke und versuchte, die Ärmchen zu strecken.

«Wow!», sagte Davey. «Oh, wow!»

Annette half Marjorie, sich aufzusetzen. Davey legte ihr das Baby in die Arme. Sie sahen den Jungen einfach nur an. Die Nachgeburt war noch nicht gekommen, aber Marjorie war so selig, dass sie die kleine Frau, die anfing, an der baumelnden Nabelschnur zwischen ihren Beinen zu zerren, gar nicht bemerkte.

Davey und Marjorie hatten sich viele Gedanken über den passenden Namen gemacht. Wenn es ein Mädchen geworden wäre, dann Amber, und Mia hatte ihnen auch gut gefallen. Rabbit hatte eigentlich Mia geheißen, und es war ein schöner Name, auch wenn er ihr ganzes Leben lang so gut wie ungenutzt geblieben war. Doch sie hatten sich dagegen entschieden. Rabbit war Rabbit gewesen und niemals Mia, und es gab nur eine Rabbit. Für einen Jungen gefiel Jack ihnen gut, nach Daveys Vater. Ein starker Name. Und ein guter Mensch. Davey brachte Cody ins Spiel, doch Marjorie sagte, das sei ein blöder Name und er hätte offensichtlich zu lange in den Staaten gelebt. Sie waren also unentschlossen ins Krankenhaus gekommen.

Marjorie löste den Blick von ihrem kleinen Sohn und sah Davey an. «Wie heißt er?», fragte sie.

«Das darfst du entscheiden – nach allem, was ich gerade miterlebt habe», sagte er, und Marjorie nickte.

«Dann heißt er Johnny.»

«Echt?» Davey fing schon wieder an zu heulen. «Sorry! Sorry, es tut mir echt leid, ich weiß wirklich nicht, was mit mir los ist.»

Dann war die Nachgeburt auf dem Weg, und Johnny musste untersucht werden.

«Wieso gehen Sie nicht runter und sagen Ihrer Familie Bescheid, damit sie endlich unsere Kantine freigibt?», sagte Annette.

Davey gab Marjorie einen Kuss auf die Stirn. «Gut gemacht, Marj», sagte er und schlitterte aus dem Zimmer wie ein wildgewordener Kobold auf Kokain. Tänzelnd betrat er die Cafeteria, wo seine gesamte Familie versammelt war. Auch Francie und Jay waren inzwischen eingetroffen. Francie hielt Zigarren parat, Jay hatte eine Flasche Jack Daniel's dabei.

Als Molly ihn sah, stand sie auf. «Und?»

«Es ist ein kleiner Junge», sagte er.

«Alles gut?», fragte Molly.

«Alles perfekt», sagte er, und Molly beugte sich vor und schlug sich vor Freude auf den Oberschenkel.

«Na, das nenn ich mal 'ne frohe Botschaft!», sagte sie.

Sie scharten sich um ihn, und er umarmte und küsste sie alle und fühlte sich wie der glücklichste Mann der Welt. Jack weinte, Grace weinte, die Kinder klatschten sich begeistert ab, Francie und Jay rempelten ihn an.

«Kannst dich schon mal von deinen Eiern verabschieden», sagte Jay.

«Ganz genau. Die haben jetzt nämlich nix mehr zu melden», pflichtete Francie ihm bei.

Inmitten des ganzen Hayes'schen Trubels saß Vera stumm da.

Er ging zu ihr. «Danke, dass du gekommen bist, Vera.»

«Wie heißt er denn?», fragte sie, und plötzlich hielt jeder den Atem an.

«Wir werden ihn Johnny nennen», sagte Davey.

«Das ist ein schöner Name», sagte sie, und um ihn herum explodierte lautstarker Jubel.

«Johnny Hayes», sagte Jack. «Wenn das nicht nach Rockstar klingt, weiß ich auch nicht.»

«Ich hoffe nicht, Dad.»

«Aha. Ihr habt euren Sohn also nach dem traurigsten Jungen der Welt benannt», sagte Molly trocken, und wieder verstummten alle. Sie seufzte tief und zog ihren Sohn am Ohr. «Dann wird's offensichtlich Zeit, dass Johnnys Schicksal sich zum Guten wendet, stimmt's, mein Sohn?», sagte sie und strahlte und nickte bekräftigend. Die Anwesenden atmeten erleichtert auf.

Francie nahm Davey in den Schwitzkasten. «Recht hat sie, du durchgeknallter Scheißkerl.»

«Oh Mann, das würde Johnny gefallen!», sagte Jay. «Verdammte Scheiße, der würde platzen vor Stolz.»

Francie gab Davey einen fetten Schmatz auf den Kopf, dann ließ er ihn frei. «Ziemlich coole Nummer, DB, echt ziemlich cool.»

Davey entdeckte Juliet. Sie stand direkt neben Ryan. «Johnny?», fragte sie.

«Wie findest du's?»

«Ich find's mega.»

«Wir möchten, dass du ihn als Erste kennenlernst.»

«Echt jetzt?»

«Ja. Weißt du, Kiddo, ab jetzt sind wir nicht mehr nur zu zweit, du und ich.»

«Ich weiß.» Juliet bekam feuchte Augen, aber sie rang sich trotzdem ein Lächeln ab. Er nahm sie bei der Hand und brachte sie zu Marjorie ins Zimmer.

Die saß im Bett, ihren kleinen Sohn im Arm, und grinste Juliet an.

«Juliet. Darf ich dir Johnny vorstellen?»

«Nenn mich Bunny. Johnny und Bunny», sagte Juliet.

Davey nickte. «Bunny und Johnny.»

Sie grinste.

Ich wünschte, du wärst hier, Rabbit.

Bin ich doch.

Juliet

«Babys sind was Tolles, oder, Gran?», sagte Juliet zu ihrer Großmutter, die Johnny im Arm hielt und ihn verliebt ansah.

«Absolut», antwortete die und stupste mit dem Finger seine winzige Nase an. «Ich kann deine Ma in ihm erkennen.»

«Ich auch!», sagte Marjorie.

«Es ist das Kinn», sagte Molly.

«Ja. Und dieser Blick», sagte Marjorie.

Molly grinste. «Mit dem Blick konnte sie Eier schrumpfen.»

«Ma!», sagte Davey, und alle lachten.

Grace, Lenny und die Jungs blieben nur ganz kurz, um hallo zu sagen und das Baby in Augenschein zu nehmen. Die Schwester beharrte drauf, dass immer nur höchstens zwei Besucher zugleich im Zimmer waren. Irgendwann zwischendrin waren sie zu elft.

«Er ist ein echtes Wunder», sagte Grace und sabberte schluchzend das wunderschöne Baby voll. Ehe sie gingen, nahm Ryan Juliet beiseite.

«Hast du Lust, Samstagnachmittag mit mir und der Nerd-Crew abzuhängen?»

«Nur Jungs?»

«Nein, Mädchen sind auch dabei, eine Chinesin, aber sie hat einen fetten Dubliner Akzent.»

«Okay.»

«Ich schreib dir.»

«Ryan?»

«Was?»

«Danke.»

«Wofür denn?»

«Dafür, dass du mein Freund bist.»

«Ach, Klappe!», sagte er und verschwand hinter seiner Familie zur Tür raus.

Alles wird gut, Ma. Endlich, endlich wird alles wieder gut.

Epilog

An Rabbits zweitem Todestag versammelte sich unter einem weiten blauen Himmel die ganze Familie, dazu die Jungs beider Bands, Vera Shaw und Karen Faye um den neuen Grabstein von Johnny Faye und Rabbit Hayes. Der Totengräber hatte ein kleines Loch in Johnnys Grab geschaufelt und es mit einem Stückchen Kunstrasen abgedeckt. Jack entfernte es und ließ die Urne mit Rabbits vollständiger Asche in die Erde hinab. Die Familie war am Vorabend zusammengekommen, um den Inhalt sämtlicher Herzdosen in die Urne zu leeren.

Pater Frank begleitete die Versammelten, sie sprachen ein Gebet für Johnny, den Gläubigen, und für Rabbit, die Atheistin, spielten sie über Daveys Telefon ein Lied. Juliet hatte den Song ausgesucht, den Johnny für ihre Mutter geschrieben hatte, und seine Stimme erhob sich klar und deutlich über dem neuen Grabstein und kündete von ihrer unsterblichen Liebe. Den Grabstein zierte das Schwarz-Weiß-Foto von Johnny am Bühnenrand und Rabbit am Mischpult. Es war ein wunderschönes Foto, die Essenz ihrer Liebesgeschichte. Unter dem Bild stand ein Zitat:

«Lieber Gott, wenn Leid mein Ende ist, so öffne mir die Tür und lass mich aufsteigen zu dir, und wenn ihre Zeit gekommen ist, zu dir zu gehen, mein Gott, erlaube mir, sie bei der Hand zu nehmen.»

Darunter stand: «Von Johnny Faye für die Liebe seines Lebens, Rabbit Hayes». Es folgten ihre Geburts- und Sterbedaten. Juliet war zufrieden – Rabbit war endlich da, wo sie hingehörte.

Als die Zeremonie zu Ende war und sie sich zum Gehen wandten, um im Pub zu feiern, flüsterte Marjorie: «Wer hat dich lieb, Rabbit Hayes?»

Molly drückte ihre Schulter. «Wir alle haben dich lieb.»

ENDE

MIX
Papier aus verantwortungsvollen Quellen
FSC® C083411

Das für dieses Buch verwendete Papier ist FSC®-zertifiziert.